POUR L'AMOUR D'ELENA

ÉGALEMENT CHEZ POCKET

YASMINA KHADRA

POUR L'AMOUR D'ELENA

roman
(inspiré d'une histoire vraie)

Mialet-Barrault Éditeurs

© Flammarion, 2021

ISBN : 978-2-266-32173-0
Dépôt légal : mars 2022

En mémoire de Domingo

Première partie

1

D'après la légende rurale, c'est un certain Gonzales Ier qui, vers la fin du XIXe siècle, avait posé la première pierre de notre village. Il n'était ni roi ni empereur, juste un vaurien qui glandouillait dans les bordels de Veracruz avant que la grâce du Seigneur ne le frappe de plein fouet. On raconte qu'il dormait au milieu de ses putains lorsque le Christ était venu lui rendre visite dans son sommeil. *Lève-toi*, lui a dit le Christ, *lève-toi et va dire à mes sujets que j'ai reçu leurs prières et que je t'envoie les sauver. Et quand tu auras récupéré mes brebis, va dans le Chihuahua leur bâtir une bergerie.* Gonzales a marché des mois et des mois, un gourdin de pèlerin à la main, avant de jeter son dévolu sur nos terres. Il construisit une vaste demeure pour recueillir ses fidèles – qu'il baptisa en grande pompe l'Enclos de la Trinité –, s'autoproclama Gonzales Ier, *pape de la Nouvelle Révélation*, et régna sans partage sur ses ouailles comme un berger sur son troupeau.

Aujourd'hui, il ne reste du sanctuaire qu'une énorme bâtisse décoiffée ouverte aux quatre vents et une chapelle déglinguée entourées d'un muret de pierres infesté de scorpions.

Pour le vieux Paco, notre village aurait dû s'appeler le Cimetière des Vivants tant nos taudis ressemblaient à des tombes, et nos voisins à des fantômes. Pas un chicanier, pas un gros bras, pas un litige pour cultiver la rancune ou rendre crédible une quelconque menace. La mort elle-même nous avait pris en grippe puisque, depuis des années, personne n'avait réussi à crever d'une glissade ou en avalant de travers un os de poulet. La cinquantaine de familles qui faisandait au soleil semblait évoluer à la marge du temps.

Depuis que j'avais ouvert les yeux, je voyais les mêmes figures tannées, les mêmes silhouettes efflanquées aux allures d'ombres chinoises ; j'entendais les mêmes bruits, les mêmes voix ravagées et les mêmes jappements des chiens.

Nos gens se terraient chez eux et attendaient on ne savait quoi, non pas parce qu'ils n'avaient pas où aller, mais parce qu'ils n'osaient pas se risquer ailleurs, persuadés que s'ils venaient à se hasarder sous d'autres cieux, ils perdraient leur âme, comme tous ces gamins qui s'aventurent dans les grandes villes et qu'on retrouve, au matin, sur les terrains vagues, les tripes à l'air et la gorge tranchée.

Beaucoup de nos jeunes ont déserté l'Enclos de la Trinité. Ils étaient là à shooter dans les cailloux et, du jour au lendemain, ils ont abandonné chèvres et cochons et se sont évanouis dans la nature. Ils ne sont jamais revenus. Les frères Rodriguez purgent des peines incompressibles à la prison fédérale de Puente Grande, dans l'État de Jalisco ; les Martinez sont morts dans le désert du Texas ; Pepito n'a envoyé qu'une seule lettre à ses parents depuis qu'il a réussi à atteindre San Diego ; García Guzmán est gardien à la prison de haute sécurité d'Altiplano ; quant à Juanito l'Albinos, les jumeaux Alexis et Alejandro, Maribel la fille de Sancho et un tas d'autres dégourdis, ils ont carrément disparu de la surface de la terre. Certaines rumeurs avancent que beaucoup d'entre eux ont été liquidés, mais la police n'a jamais retrouvé leurs corps.

Seul Osario, le fils de Petra l'Accoucheuse, rentrait de temps en temps au village voir sa mère. Chaque fois dans une voiture flambant neuve.

Osario, c'était le rêve dans sa splendeur insolente ; un rêve tellement improbable pour nous autres, les *indécis*, qu'on se contentait de graviter à sa périphérie. N'empêche, quand Osario rentrait au bercail, il devenait l'attraction du jour. Il nous parlait, avec une passion grandissante, de Ciudad Juárez où il vivait aux crochets d'une « riche mère de famille de vingt ans son aînée », de ses solides relations, de ses grands projets et des acrobaties qu'il exécutait pour maintenir le cap.

La trentaine bien sonnée, des tatouages plein le corps et le verbe sec, Osario était le gars dont le regard, lorsqu'il vous dévisageait, vous traversait de part en part, mettant à rude épreuve vos arrière-pensées. Il nous impressionnait. Mais il était généreux. Y a pas à dire, il était le grand frère, pour nous. Il nous payait à boire, des fois à manger, nous prêtait des sous, et les gens du village l'aimaient bien.

La nuit, autour d'un feu au cœur des ruines du temple, il nous rassemblait pour nous conter ses conquêtes féminines et ses soirées arrosées. On ne le croyait qu'à moitié – peut-être parce qu'on le jalousait –, mais on se prêtait volontiers à son théâtre d'ombres. Il faut reconnaître que ses histoires nous vengeaient un peu de la nullité de notre vie de paysans. Osario écartait nos œillères et nous emmenait sur un nuage survoler des univers multicolores où les boîtes de nuit battaient leur plein. On s'imaginait dans la lumière tamisée des cabarets à mater les splendides sirènes qui dansaient nues sur les comptoirs, ou à rouler à tombeau ouvert dans des bagnoles qui atteignent les deux cents kilomètres à l'heure au quart de tour. Dans nos petites têtes de ploucs éméchés paradaient des gratte-ciel en verre étincelants, des esplanades où se bousculent des touristes venus du monde entier. Osario savait si bien nous mettre en situation qu'il nous arrivait d'entendre jusqu'aux bagarres homériques qui se déclenchaient dans les bars huppés et d'atterrir sans parachute dans des palaces où l'on célèbre chaque nuit quelque chose et où l'on ne dort jamais.

— Rien à voir avec votre Cimetière, nous certifiait Osario. Là-bas, on carbure au super. Plein aux as ou sur la jante, on existe pour de vrai. C'est pas comme ici où les jours vont et viennent comme des balançoires hantées. À Juárez, tout se joue à pile ou face, et tout le monde participe. Parce que le jeu en vaut la chandelle. Tu peux devenir riche en un claquement de doigts. Moi, par exemple, j'étais parti avec une toile d'araignée au fond de la poche. Maintenant, j'ai une caisse de nabab et un joli pied-à-terre avec jardin. Je ne roule pas encore sur l'or mais j'y crois. J'ai des ambitions. Un jour, je m'offrirai un club branché, un harem de putains et un carnet d'adresses blindé où seront répertoriés des stars, des hauts fonctionnaires et des flics influents.

— On a la radio, Osario, lui rappelait Ramirez, mon cousin, qui avait mon âge et un caractère trempé.

— Et alors ?

— Ben, les nouvelles qui nous parviennent de Juárez glacent le sang.

— C'est-à-dire ?

— Ben, tous ces cadavres de femmes qu'on découvre sur les terrains vagues, et tous ces gosses qu'on abat pour se faire la main.

— Et alors ?

— Ben, tout n'est pas rose, à Juárez. De nos p'tits gars qui sont partis d'ici, tu es le seul à rentrer de temps en temps. On aimerait bien entendre leur version, à nos p'tits gars, mais ils ne sont pas revenus. Paraît qu'on en a buté plus d'un. Ils seraient encore vivants s'ils étaient restés parmi nous.

— Parce que tu crois que t'es vivant dans ce trou-duc ? T'es mort, Ramirez, t'es mort et tu ne le sais pas. Regarde autour de toi, bordel. Des ânes qui roupillent à longueur de journée, des poulets qui courent dans tous les sens, quelques cochons qui vadrouillent et des chèvres en train de bouffer du carton. C'est ça ton monde, et tu n'y figures même pas. À Juárez, si on meurt, c'est parce qu'on a vécu. Mais ici, Ramirez, ici, quand tu seras vieux, tu n'auras même pas de souvenirs pour te tenir compagnie.

— En tous les cas, jamais personne ne tombe malade chez nous, a répliqué Ramirez avec fierté. L'air de nos montagnes dope jusqu'à nos vieillards. On dort tranquilles, on mange sain et on coule du bronze si dur qu'on casserait la pierre avec.

— Si t'es à ton aise dans la merde, restes-y, a tranché Osario.

Ce n'était pas l'air vivifiant de nos montagnes qui me retenait à l'Enclos de la Trinité. Si ça n'avait tenu qu'à moi, j'aurais fiché le camp depuis longtemps. Mais les yeux en amande d'Elena et son joli grain de beauté sur le menton me clouaient sur place, comme un lièvre ébloui par la lumière subite d'un projecteur au beau milieu du sentier.

Elena, c'était la grâce qui rendrait tolérable n'importe quelle misère sur terre.

Fille unique de Dolorès, une veuve effacée qui passait ses jours à raser les murs et ses nuits à prier la Vierge en terre cuite qui ornait sa chambre, Elena avait presque le même âge que moi ; je la dépassais à peine d'un an. Elle n'avait pas de père et pas de frère. J'étais orphelin et je n'avais pas de sœur. Quelque part, on était faits pour se rejoindre et se compléter un peu. On allait à l'école ensemble, agrippés à l'arrière de la charrette d'un voisin. Je rêvais de devenir journaliste ; elle *me* rêvait, moi. À l'époque, elle ne payait pas de mine. Elle était aussi sèche qu'une sauterelle et elle flottait dans sa robe usée telle une âme menue dans un suaire. Puis elle a commencé à s'épanouir comme une fleur sauvage, et plus elle ajoutait de la chair sur ses os, plus elle avivait les fantasmes des louveteaux qui lui tournaient autour. À douze ans, elle était devenue si belle qu'elle m'intimidait. Lorsqu'on était ensemble, je ne trouvais rien à lui dire. Elle aussi était gênée. Elle se contentait de se triturer les doigts, et on restait ainsi, bêtes et silencieux, des heures durant.

C'était pour apprendre à dire les mots qui seyaient à sa beauté que je m'étais mis à dévorer les bouquins. J'en avais chapardé un tas au marché aux puces de San Cristo. Je les lisais sans trop comprendre de quoi

16

il retournait, mais avec la conviction grandissante qu'à la longue je finirais par trouver ces fameuses formules dont raffolent les filles qu'on aime.

Un soir, tandis qu'on assistait au coucher du soleil, assis côte à côte sur un rocher, elle prit ma main et elle la posa sur son genou en me confiant :

— Je t'apprécie très fort, tu sais ?

Je restai sans voix. Tellement heureux que mon cœur faillit s'arrêter de battre. Je compris alors qu'elle nourrissait pour moi les mêmes sentiments que je cultivais pour elle en secret.

— Et toi ? Est-ce que tu m'apprécies ?

J'avais un million de déclarations romantiques sur le bout de la langue, sauf que ma gorge contractée refusait d'en libérer une seule. Elena serra très fort ma main.

— Est-ce que je te plais, Diego ? Est-ce que tu penses qu'un jour tu seras l'homme de ma vie ?

Elle me dit cela en me regardant droit dans les yeux.

— Oui, j'aimerais être l'homme de ta vie.

— Et moi, la femme de ta vie ?

— Oui.

Aujourd'hui encore, je perçois l'empreinte de son baiser sur ma joue.

Elle venait d'avoir treize ans. On s'était juré de ne laisser ni la mort ni le malheur nous séparer.

Elle me disait :

— Tu feras quoi quand tu seras grand ?

— Journaliste.

— Est-ce qu'un journaliste gagne assez pour vivre dans une grande ville ?

— Je suppose que oui.

Elle levait les yeux au ciel comme lorsqu'on prie en son for intérieur. Ses petits poings se refermaient sur quelque chose qui la rendait songeuse.

— Tu crois qu'on partira d'ici un jour ?

— Si tu veux qu'on parte, on partira. De toutes les façons, il n'y a pas d'imprimerie dans les parages pour fabriquer des journaux.

Elle n'avait écouté que la première partie de mes propos. Son visage s'était illuminé, pareil à une aube naissante.

— On ira vivre en bord de mer ?

— On ira où tu voudras.

— Et on voyagera partout ?

— Jusqu'au bout de la terre, si tu veux.

Je n'étais pas sûr de tenir mes promesses, mais, ces soirs-là, je tenais le monde. Les yeux d'Elena brillaient dans l'obscurité comme des joyaux. Ils étaient mes matins clairs à moi.

Au village, alors que nous n'avions pas encore frémi aux vertiges de la puberté, Elena et moi, on nous appelait déjà « les fiancés ».

Chaque saison qui passait consolidait la passion que nous nourrissions l'un pour l'autre. On ne s'embrassait pas encore sur la bouche – Elena était pieuse comme sa mère – mais nos deux cœurs n'en faisaient qu'un.

Je m'étais mis au travail après avoir été viré de l'école. Mon oncle m'avait engagé pour laver la vaisselle dans l'arrière-boutique de sa cantina, vider les ordures et bricoler ce qu'il y avait à réparer. J'étais preneur de n'importe quelle corvée pourvu qu'elle me rapporte de quoi offrir à Elena un beau mariage. Je n'en amassais pas assez pour nous acheter une voiture, mais suffisamment pour nous payer un ticket d'autocar car il n'était pas question, pour nous deux, d'élever nos enfants dans un bled où l'empuantissement le disputait à l'ennui.

Et le rêve se brisa comme un miroir.

C'était un jour de fête, tout le monde était allé à San Cristo célébrer les morts. Il ne restait au village que de rares vieillards, quelques silhouettes recluses dans leurs taudis et les poulets en train de becqueter dans la poussière sous le regard ensommeillé des chiens. Mon oncle avait fermé boutique et emmené sa tribu à la kermesse. J'étais resté finir la lecture d'un roman de Paco Ignacio Taibo II, puis j'étais allé bricoler dans la cantina. Pendant que je préparais mes outils, je vis, par la lucarne, Elena flâner dans les champs. La veille, elle avait soufflé sa quinzième bougie... Dieu ! Ce qu'elle était belle, ce jour-là. Elle avait tout pour elle. Je m'étais dépêché de la rejoindre. On avait marché le long de la piste en parlant de tout et de rien. Je ne sais pas pourquoi je lui avais proposé de nous rendre dans les ruines. C'était peut-être le Malin qui, jaloux de nous voir heureux, avait cherché à nous gâcher la vie. On n'était jamais allés ensemble dans les ruines, Elena et moi. Mais ce jour-là, parce que le village était désert, j'ai cru que le monde vacant m'appartenait.

Nous avions longé le muret de pierres, dérangeant au passage une escouade de rats qui s'était dispersée plus vite que les éclats d'une grenade, marché jusqu'à la chapelle qui n'en finissait pas de s'écrouler, ensuite nous étions entrés dans la grande bâtisse au toit crevé. Quelqu'un dormait sous une couverture à côté d'une bécane. Nous n'eûmes pas le temps de rebrousser chemin. Le dormeur avait écarté d'un coup la couverture et s'était dressé sur son séant, un énorme revolver au poing. Il nous tint en joue, le temps pour lui de recouvrer ses esprits.

— Qu'est-ce que vous foutez par ici ? s'écria-t-il, la figure tressautant de tics.

J'étais pétrifié.

Je n'avais jamais vu d'arme à feu de si près avant, et jamais une tête aussi terrifiante.

Il nous a ordonné de ne pas bouger. Après s'être assuré qu'il n'y avait personne d'autre aux alentours, il s'était mis à mater Elena tandis qu'une lueur monstrueuse embrasait ses prunelles.

— Ça tombe bien, fit-il en ouvrant sa braguette. Je m'apprêtais justement à me branler.

Il y eut comme un décalage dans mon esprit. Je n'arrivais pas à saisir ce que je voyais. J'étais dans un rêve infect ; tout partait en vrille. Le sang battait à mes tempes à les défoncer. Une tremblote incontrôlable s'était emparée de mes membres.

Le type a saisi Elena par le poignet et l'a attirée contre lui. Avec son arme, il me tenait en respect :

— Recule contre le mur, enculé de ta race, et mets-toi à genoux, les mains sur la tête.

Mes jambes s'étaient dérobées d'elles-mêmes et mes doigts s'étaient refermés sur ma nuque comme les serres d'un rapace.

Puis les choses se sont emballées. Mon esprit engourdi ne parvenait pas à les suivre. Les cris d'Elena résonnaient en moi comme un gong dans la tête d'un boxeur mis K-O. « Lâche-moi ! » hurlait-elle en repoussant la brute qui riait, amusée par la pugnacité de sa proie. Il la tenait fermement par le bras. Dans un sursaut de révolte, elle l'a griffé au visage. Ça l'a rendu fou de colère. Il a frappé Elena sur la tête avec la crosse de son revolver, l'a jetée à terre et lui a écrasé la figure contre le sol.

Dieu m'est témoin, je luttais de toutes mes forces pour me porter au secours d'Elena, mais aucune fibre ne répondait en moi.

Le fauve s'était assis sur le dos d'Elena, le souffle débridé. Elena remuait farouchement ; ses bras et ses pieds traçaient une multitude d'arcs sur le sol poussiéreux. L'agresseur dut poser son pistolet par terre pour la neutraliser. Il lui a retroussé la robe, baissé le slip et il l'a pénétrée si violemment que le corps d'Elena s'est cabré à se casser. Son cri résonnera longtemps à mes oreilles.

Je n'ai rien pu faire. J'étais là, à genoux, les mains derrière la tête, pareil à un prisonnier de guerre guettant stoïquement le coup de grâce qui mettrait fin à son calvaire. Je regardais Elena se distordre sous la hargne sauvage de son violeur et attendais de me réveiller.

Le violeur râlait et ricanait en même temps ; il me narguait de ses yeux reptiliens, me montrait du menton le revolver qu'il avait posé à portée de sa main, m'invitait à m'en emparer. « Vas-y, me lançait-il entre deux va-et-vient, prends-le. Tu vas lui dire quoi, après, hein ? Que t'as une bite, mais pas assez de couilles ? » Elena aussi me regardait de ses yeux de bête prise au piège. Elle me suppliait d'intervenir. La poussière du sol collait à ses larmes et zébrait son visage congestionné.

Je n'avais pas bronché. Emmuré dans ma terreur, je ne pouvais que subir dans ma chair et dans mon esprit l'ignoble spectacle qui se déroulait sous mes yeux.

Le violeur a poussé un énorme râle de jouissance. Au même moment, Elena avait cessé de se débattre ;

ses pleurs s'étaient arrêtés d'un coup. Il y eut une sorte de blanc où tous les éléments s'étaient figés. Visiblement content de lui, le violeur s'était redressé en s'essuyant dans un pan de la robe d'Elena, avait ramassé son flingue, extirpé un cran d'arrêt et m'avait éraflé l'oreille. « Comme ça, chaque fois que tu te regarderas dans un miroir, tu te souviendras de ce moment. »

Je n'ai pas senti la lame sur mon oreille ni le sang couler sur mon cou.

Le monstre a roulé sa couverture, l'a mise dans un sac en toisant Elena à plat ventre par terre, la robe retroussée sur le dos, le slip par-dessous les mollets, puis, comme si de rien n'était, il a enfourché sa moto et il est parti.

Pendant un temps qui m'avait paru un siècle, Elena était restée étalée dans la poussière, sans bouger. Elle fixait le mur devant elle comme si elle souhaitait le voir s'écrouler et l'ensevelir pour toujours.

J'eus un mal fou à disjoindre mes doigts soudés à ma nuque. Mes rotules s'étaient bloquées. Je voulus m'approcher d'Elena pour l'aider à se relever ; elle me freina net du plat de sa main.

— Surtout, ne me touche pas.

Sa voix semblait gicler d'outre-tombe.

Lentement, émergeant du fin fond de son cauchemar, elle s'était hissée sur ses coudes écorchés, avait remonté son slip, et elle s'était levée en tremblant de la tête aux pieds, exsangue, mais digne.

Elle passa à côté de moi, tel un fantôme. Sans me regarder. En me décochant, de cette voix que je ne lui connaissais pas et qui me parut aussi implacable qu'un sortilège : « L'homme de ma vie ? … Tu parles d'un homme ! »

Ce fut la dernière fois qu'elle m'adressa la parole.

Personne, au village, ne sut ce qu'il s'était passé dans les ruines ce jour-là, mais tous constatèrent que quelque chose s'était définitivement rompu entre Elena et moi.

2

Quatre ans avaient passé.

Elena était devenue l'ombre d'elle-même. Elle ne sortait presque pas de chez elle.

J'avais honte de la savoir malheureuse à cause de moi. J'étais la pire chose qui lui soit arrivée.

Ramirez voulait savoir ce qui clochait chez moi. Sa mère lui laissait entendre que j'aurais probablement hérité de la mienne la déprime qui l'avait emportée.

Mille fois, j'eus envie de tout plaquer et de m'évanouir dans la nature. Impossible de déserter. Elena était mon arène où je me livrais les plus terribles des combats. Je n'étais pas en mesure d'assumer une deuxième fois la même lâcheté.

Si seulement elle avait tourné la page, Elena. Elle aurait fini par comprendre qu'être un *homme* ne veut pas dire être un héros. Mais le mal était fait, comme sont faits les échecs et les drames qu'aucune excuse ne saurait minimiser.

Au sommet de notre colline se dressait un arbre solitaire. De loin, avec ses branches levées au ciel, il évoquait un géant catastrophé. Ramirez et moi aimions nous asseoir dans son ombre et contempler le village à nos pieds. On n'était pas obligés de parler. Au village, les rares sujets qui nous tenaient à cœur avaient été épuisés et on avait perdu le goût des confidences.

Un attroupement s'opéra progressivement sur l'aile gauche du village. Une femme courait d'une maison à l'autre, entraînant dans son sillage des mioches de plus en plus nombreux.

— Ce n'est pas normal, dit Ramirez en se levant.

Il porta sa main en visière :

— Il est arrivé quelque chose.

Nous dévalâmes la colline à toute vitesse.

Presque tous les habitants du village s'étaient rassemblés autour de la cantina de mon oncle. Dolorès était en pleurs.

— Qu'est-ce qui se passe ? demanda Ramirez à Pablo, son frère aîné.

— Elena a disparu.

Le matin, Dolorès n'avait pas trouvé sa fille dans sa chambre. Elle avait pensé qu'Elena était chez une voisine, puis, ne la voyant pas rentrer à midi, elle s'était mise à sa recherche. Mais Elena n'était nulle part. De retour à la maison, Dolorès avait remarqué que la petite armoire où sa fille rangeait ses affaires était vide.

Les hommes et les femmes se tournaient vers le désert comme s'ils espéraient y déceler une réponse à leurs interrogations. Vers le tard, lorsque le soleil commença à décliner, le petit Rodriguez, qui revenait d'on ne savait où, lança à l'attroupement qui tournait en rond autour de la cantina de mon oncle :

— Elle est partie avec Osario.

Tout le monde se dirigea vers la maison de Petra l'Accoucheuse qui nia en bloc les allégations du petit Rodriguez.

— Osario était au village, hier ?

— Il est arrivé tard dans la nuit, mais il est reparti tout de suite après, dit Petra. Il avait une urgence. Il a eu juste le temps de me donner un peu d'argent et il est parti. Seul. J'étais là, dehors, quand il est monté dans sa voiture. Personne n'était avec lui.

On se tourna vers le petit Rodriguez qui persistait :

— La voiture d'Osario était garée en bas de la piste. Elle a attendu un bon moment. Après, j'ai vu Elena se dépêcher de la rejoindre. Elle portait un sac.

— Menteur, lui cria Petra.

— Tu es sûr de ce que tu avances ? fit mon oncle en saisissant le mioche par les épaules. C'est très sérieux, mon garçon. Ne nous lance pas sur une fausse piste si tu veux qu'on retrouve la pauvre fille.

— Elle est partie avec Osario. Je l'ai vue.

— Il était quelle heure ?

— J'sais pas. Peut-être 2 heures, peut-être 3 heures du matin. La lune était pleine et j'ai bien vu Osario qui fumait à l'intérieur de sa caisse. Puis Elena l'a rejoint. Elle est montée à côté de lui, et la bagnole a démarré.

— Qu'est-ce que tu fichais dehors à 3 heures du matin, à ton âge ? lui cria Petra, faute d'arguments.

— J'arrivais pas à dormir, répondit simplement le petit Rodriguez.

Petra jurait que son fils n'avait rien à voir avec la disparition d'Elena, qu'il s'agissait d'une fâcheuse coïncidence.

— Il ne la connaissait même pas, cette petite. Et puis, il ne ferait jamais une chose pareille à une fille de chez nous. Ce n'est pas la première fois que mon fils revient au village. Est-ce qu'il a causé du tort à quelqu'un ? Elena est peut-être partie quelque part et elle ne va pas tarder à rentrer. Il ne fait pas encore nuit, voyons.

Elena ne rentra pas cette nuit-là, ni les nuits d'après.

Dolorès venait chaque matin me trouver dans l'arrière-boutique de la cantina : « C'est de ta faute. C'est à cause de toi si elle est partie. Qu'est-ce que tu lui as fait ? »

Je ne savais pas quoi lui répondre. Elena était partie parce que *je n'avais rien fait* du tout, alors qu'un geste de ma part, ce jour-là dans les ruines, aurait peut-être suffi à rendre les blessures supportables.

Une semaine passa.

Dans le village, on s'inquiétait pour Dolorès. Elle n'arrêtait pas de pleurer le jour et de prier la nuit, agenouillée devant sa Vierge en terre cuite. Les femmes lui rendaient visite pour la réconforter. Les hommes tournaient et retournaient les mêmes questions. Elena avait-elle été enlevée par Osario ? Ça semblait peu probable. Avait-elle fugué ? Pour aller où ? Elle n'avait d'autres parents nulle part. On revenait à Osario. Hypothèse vite abandonnée. Osario était un bon garçon. Un ravisseur étranger ? Elena ne se serait pas laissé faire. Elle aurait crié, ameuté le village. Et puis, quel étranger oserait troubler notre léthargie ? Nos filles pouvaient se balader dans les parages sans risquer d'être embêtées, encore moins d'être agressées. On veillait les uns sur les autres, à l'Enclos. Hormis les rares montagnards qui, parfois, s'arrêtaient pour se restaurer dans la cantina de mon oncle avant de poursuivre leur route, aucun intrus ne s'attardait chez nous ; il était surveillé de près jusqu'à ce qu'il quitte le village.

Le petit Rodriguez vint dans la cantina m'annoncer que Petra l'Accoucheuse voulait me parler.

— Pourquoi ?

— J'en sais rien.

— J'ai du boulot.

— Elle veut te voir tout de suite, insista le petit Rodriguez avant de courir rejoindre les mioches de son âge en train de taper dans un ballon pelé.

— Va voir ce que cette folle te veut, me conseilla Ramirez.

— J'ai un tas de trucs à finir.

— Je les finirai pour toi.

Je n'étais pas emballé.

Ramirez m'enleva le chalumeau que je tenais à la main et me poussa gentiment dehors.

— Il y a une drôle d'atmosphère au village ces derniers jours, tu ne trouves pas ? Alors, va voir de quoi il retourne. Je n'aime pas ce qui se trame derrière les murs.

— Et c'est quoi, mon problème ?

— Justement, Diego, justement.

À contrecœur, je me débarbouillai dans l'abreuvoir et me rendis au domicile de Petra. Elle n'était pas chez elle. Sa voisine m'orienta sur le taudis de Dolorès. Un groupe de femmes attendait dans la courette caillouteuse, en silence, le visage fermé. On s'écarta pour me laisser passer. À l'intérieur du réduit, il faisait sombre à cause des volets à moitié clos.

Petra était là, les bras croisés sur la poitrine. Elle fixait Dolorès à genoux devant la Vierge en terre cuite, un marteau à la main.

Dolorès n'était plus qu'une loque. Ses cheveux s'entortillaient sur sa tête ; ses épaules osseuses tressautaient nerveusement sous la robe usée qu'elle portait à longueur de saison.

— Ne fais pas ça, Dolorès, la mit en garde Petra.

— Je ne lui ai pas demandé la fortune, sanglotait la veuve en étreignant fermement le marteau. Je ne lui ai pas demandé de me trouver un mari. Je n'avais qu'une prière, une seule : qu'on ne me dépossède pas du peu que j'avais. C'est tout. Je ne demandais rien de plus.

— Pose ce marteau, Dolorès. Si tu touches à la Vierge, tous les malheurs du monde te tomberont dessus.

— Je veux brûler en enfer.

— Ne sois pas idiote. Ça ne sert à rien de s'insurger contre le Seigneur. Tu as toujours été une femme pieuse.

— Ça m'a avancée à quoi ? Je m'adresserais à un mur qu'il finirait par me répondre. Mais pas cette foutue Vierge. Je me confesse à elle toutes les nuits, et tous les matins je retrouve mes peines intactes. Je n'avais qu'Elena sur terre. Et la Vierge me l'a confisquée.

— Arrête de blasphémer, Dolorès. Elena est quelque part et on va la retrouver.

Petra se tourna vers moi :

— Va à Juárez trouver Osario.

— Pourquoi moi ?

— Elena était ta fiancée devant Dieu.

— Elle est partie à cause de toi, grommela Dolorès d'une voix mourante. Tu l'as rendue malheureuse. Je ne sais pas ce que tu lui as fait, mais ça lui a brisé le cœur. Je ne reconnaissais plus ma fille. Elle était si joyeuse et si jolie, avant.

— Laisse-moi lui parler, s'il te plaît, l'interrompit Petra… Diego, je suis certaine que mon fils n'a rien à voir avec la disparition d'Elena. Osario ne ferait jamais de tort à quelqu'un de chez nous. Nous sommes comme une même famille au village, et je ne tiens pas à baisser les yeux devant Dolorès chaque fois que nos regards se croisent. C'est pourquoi je te demande d'aller trouver mon fils. Je sais ce qu'il va te dire, mais j'aimerais que Dolorès l'entende de ses propres oreilles, tu comprends ? Il faut qu'elle sache que sa fille n'a pas été enlevée par mon garçon.

— Je n'ai jamais été à Juárez, fis-je bêtement, pris de court.

— Ramène-moi ma fille, me supplia Dolorès. Ramène-la-moi, sinon je réduirai en mille morceaux cette Vierge et je continuerai de m'acharner sur elle jusqu'à ce que la malédiction s'abatte sur ce village.

— Notre misère nous suffit, lui cria Petra. Je te répète qu'Osario n'a pas enlevé ta fille. Il reviendra te le dire en face. Maintenant, pose ce foutu marteau par terre et arrête de faire la folle. Ta fille a fugué sur un coup de tête et elle ne va pas tarder à rentrer… Est-ce que tu veux revoir ta fille, oui ou non ? Touche à la Vierge et tu ne la reverras jamais plus.

Deux femmes, qui se tenaient devant la porte, s'approchèrent de Dolorès. Avec infiniment de précautions, elles lui enlevèrent le marteau. Dolorès se remit à pleurer, arc-boutée contre son chagrin.

Petra me pria de la suivre chez elle. J'étais dépassé par les événements. Je ne savais pas quoi dire ni comment réagir.

— J'ai un frère à Juárez. Il s'appelle Enrique Medina. Il a un restaurant sur la Batalla del Paredón. Lui sait où habite Osario. Mon frère est connu, là-bas. Il te suffit de demander.

31

— Je te répète que je n'ai jamais été à Juárez.

— Il faut bien commencer un jour.

— Vous êtes en train de me faire porter le chapeau. Je n'ai rien à voir avec la disparition d'Elena.

— J'ai demandé à mon neveu. Il prétend qu'il a des empêchements. Il ne fout rien de l'année et, quand on le sollicite une fois par hasard, il dit qu'il a des empêchements. Lesquels ? Dieu seul le sait. Je suis allée trouver Manuel. Son fils est parti à Juárez, il y a des lustres, et n'a plus donné signe de vie. C'est l'occasion, pour Manuel, de se bouger un peu, non ? De faire d'une pierre deux coups. Chercher mon fils et le sien. « C'est du passé », qu'il a grogné, ce vieil âne. Le passé ? Jusqu'à maintenant, je n'arrive pas à saisir ce qu'il entend par « c'est du passé ». J'en ai marre de remuer ces vieilles carcasses, Diego. Ils ne bougeraient pas le petit doigt pour se gratter. Alors, je me tourne vers toi.

— J'ai du travail qui m'attend à la cantina.

— Il y a des choses qui n'attendent pas.

Elle sortit un boîtier d'un tiroir.

— C'est toute ma fortune, Diego. Elle ne me servirait pas à grand-chose si je me mettais à baisser les yeux devant Dolorès. Je suis certaine qu'Osario n'est pour rien dans cette histoire. Cela ne m'empêche pas de rester éveillée une bonne partie de la nuit. Je ne supporte pas le silence des gens, Diego. J'ai l'impression d'avoir trahi, d'être une pestiférée. Je n'en peux plus, tu comprends ?

— Non, justement, je ne comprends pas.

— Tu veux que je me rende moi-même là-bas, Diego ? À mon âge ? La dernière fois que j'ai mis les pieds à Juárez remonte à plus de vingt ans. Déjà, à l'époque, je m'étais égarée plusieurs fois. Je tiens à peine sur mes jambes. Je ne crois pas pouvoir supporter le voyage, avec mes rhumatismes et mon hypertension. J'ai l'air d'aller bien, mais je suis très malade.

— Demande à Sancho. Il a une fille mariée là-bas.

— Sancho a renié sa fille. Maribel ne s'est pas mariée, là-bas. Elle danse dans des cabarets louches. Ne m'oblige pas à profaner le secret des autres. Si je m'adresse à toi, c'est parce que tu es mon ultime recours. Si tu refuses, je serai obligée d'y aller moi-même.

Elle me remit une liasse de pesos.

— C'est toute ma fortune, dit-elle avec fermeté.

J'ignore pourquoi je n'avais pas repoussé l'argent. J'étais retourné dans la cantina, embêté. Ramirez avait fini de souder le pied du réchaud que j'étais en train de réparer. Il m'attendait sur le pas de la porte, pressé de savoir ce que Petra l'Accoucheuse me voulait.

— Tu n'as pas envie de changer d'air ? me dit-il quand j'eus fini de lui raconter ce qu'il s'était passé chez Dolorès et chez Petra.

— À les entendre, c'est moi qui aurais enlevé Elena. Je ne suis responsable de rien. Ça fait des années qu'on ne se parlait plus, elle et moi.

— Dans ce cas, pourquoi tu as accepté l'argent de l'Accoucheuse ?

— Je me le demande encore. Ces deux sorcières m'ont envoûté.

— Je pense qu'il est temps de se tailler d'ici, Diego. On a au moins une raison de mettre les voiles, maintenant. Nous irons chercher Osario tous les deux. Avec l'argent de Petra, tes économies et l'argent que j'ai mis de côté, on aura suffisamment de quoi tenir deux ou trois semaines…

— Je n'ai pas dit que j'étais partant.

— Oui, mais tu as accepté l'argent de Petra, et c'est comme si tu avais conclu un marché avec elle. Tu ne peux pas faire machine arrière.

— Je n'ai pas le couteau sous la gorge, Ramirez. Personne ne peut me forcer à faire ce que je n'ai pas envie de faire.

Ramirez s'assit à côté de moi sur le banc. Il me prit le menton entre ses doigts de façon à acculer mon regard.

— De toutes les manières, quelque part au fond de toi, tu sais que tu y es pour quelque chose. Sinon, tu n'aurais pas accepté l'argent de l'Accoucheuse.

— Tu dis ça pour me mettre la pression ?

— Pour te libérer.

— Je ne suis pas en prison.

— Nous le sommes tous, d'une manière ou d'une autre. Nous avons tous des trucs à nous reprocher. Je suis convaincu que la Providence est en train de nous tendre la perche. Nous avons enfin une raison de déguerpir d'ici. J'ai mis de côté quelques économies. J'attendais le moment, et le moment est venu. J'allais te proposer de partir avec moi. Aujourd'hui, c'est moi qui me propose de partir avec toi. Je t'assure que c'est la meilleure chose qui nous reste à accomplir.

— Ton père serait d'accord ?

— Il ne remarquerait même pas mon absence. Quant à ma mère, elle serait flattée d'avoir un rejeton en ville. Elle est tellement jalouse de Petra.

J'avais réfléchi une semaine durant. Le soir, le crâne en effervescence, je sortais errer dans le silence. Je pesais le pour et le contre, et ni le pour ni le contre ne faisait pencher la balance d'un côté. Il n'y avait rien à négocier à l'Enclos. Rien à opposer à rien. Le pour comptait pour des prunes et le contre n'avait pas grand-chose à lui envier. La peur de m'aventurer dans l'inconnu me proposait un tas de prétextes pour rester au village, mais leur inconsistance les désintégrait à tour de rôle. Elena partie, l'Enclos m'était devenu étranger. Pas de rues. Pas de place. Pas de rêves. Pas d'ambition. Quelques taudis çà et là, et le sentiment d'être largué dans le vide, en suspens. Les rares mariages qui s'y déclaraient par moments avaient un arrière-goût de farce. Hormis la cantina de mon oncle, qui s'était trompée d'époque, avec ses battants geignards en guise de porte, son comptoir déprimant et ses tables grotesques serrées de près par d'horribles bancs sur lesquels s'abîmaient des postérieurs terreux, je n'avais pas où me réfugier. Tout m'éprouvait : les vieillards qui pourrissaient sur pied devant leur porte, les champs qui avaient rendu l'âme depuis si long-temps que les ronces n'y poussaient que pour fournir un peu d'ombre aux rats, les gamins braillards qui attendaient de pied ferme l'âge des fugues, les jours qui se levaient pour se débiner en douce, bredouilles et inutiles, les nuits qui n'offraient ni conseils ni issues, pas même un bout de fantasme digne de ce nom... tout se liguait contre moi, m'isolait dans le désarroi.

— Alors, t'as réfléchi ? me demanda Ramirez en me surprenant en train de soliloquer dans l'arrière-boutique de la cantina.

— Je ne fais que ça.

— Et... ?

— Et quoi ?

Il s'assit sur un caisson en face de moi.

— Sors un peu de tes bouquins, Diego. Ça t'a servi à quelque chose, la lecture ? Il y a un monde qui bouge dehors, et toi tu restes là, le nez dans un texte à la con pour avoir l'air savant. À force de vivre dans ce trou à rats, tu vas finir par lui ressembler, me mit-il en garde en me montrant les deux cageots superposés qui me servaient d'armoire, le lit rudimentaire que j'avais menuisé moi-même avec des lattes et des bouts de ferraille, les étagères sur lesquelles s'entassaient mes piles de livres au milieu de toutes sortes de sachets, de boîtes de conserve et de cartons. Tu mérites mieux que moisir au milieu des toiles d'araignées.

— J'ai besoin de réfléchir encore.

— Moi, c'est décidé. Je pars. Mon père a haussé les épaules, et ma mère m'a chargé de lui rapporter une robe pour le mariage de Martha. Ton problème, Diego, c'est que tu ne te secoues pas. Tu restes là à attendre, et rien ne vient. Tu ne réfléchis pas, tu essayes de gagner du temps, et le temps se fout de toi. Qu'est-ce qu'on a à perdre ? On va voir ailleurs, et si ça ne marche pas, on revient crever comme des cafards au village. Ça ne coûte pas grand-chose d'essayer.

— C'est pas ça, Ramirez. J'ai l'impression qu'on me fait porter le chapeau.

— Tu te répètes, Diego.

— Si j'acceptais de partir, je leur donnerais raison.

— En tous les cas, tu aurais tort de faire comme si de rien n'était. Plus les jours passent, plus tu te sentiras mal à l'aise et tu finiras par te poser les mauvaises questions. Il faut reconnaître qu'Elena est devenue malheureuse à cause de toi. Je ne veux pas savoir ce que tu lui as dit ou fait. Ça ne regarde que vous deux. Mais…

— Mais quoi ?

— Ça, c'est encore une mauvaise question. La bonne est de savoir si tu comptes te bouger ou pas.

— J'ai encore besoin de réfléchir.

Ramirez se leva, dépité. Il porta ses mains à ses hanches, me considéra longuement et lâcha :

— Je pars demain. Avec ou sans toi.

Il sortit en claquant la porte derrière lui.

Le soir, je le trouvai derrière la butte en train de fumer comme une cheminée, assis sur un rocher, les jambes dans le vide. La braise de sa cigarette avait au moins deux centimètres de long tant il tirait dessus avec hargne.

— Je pars avec toi, lui annonçai-je.

— Je commençais à te prendre pour une chiffe molle.

— Tu crois que je n'en suis pas une ?

— Plus maintenant.

Il sauta à terre et m'enlaça avec force en me soufflant son haleine de coyote dans le nez. Nous retournâmes dans ma chambre pour mettre au point les préparatifs de notre départ. C'était la première fois qu'on allait se risquer si loin de notre village. Juárez se trouvait à des centaines de kilomètres au nord. Pour nous, c'était, plus qu'un exil, une expédition dont on n'avait ni la carte ni le mode d'emploi.

Le lendemain, aux aurores, nos sacs sur l'épaule, Ramirez et moi rejoignîmes la route bitumée, à une heure de marche du village. Un camionneur qui transportait des biques turbulentes nous proposa de nous déposer au relais le plus proche pour deux cent cinquante pesos. Ramirez négocia le prix à la baisse en mettant une telle conviction que le camionneur accepta de nous accueillir à bord gratis. « Si c'est pour retrouver votre pauvre petite sœur, je vous prends de bon cœur. Le Seigneur me le rendra. » Il nous largua devant une station d'essence insolite au milieu du désert, sur la route de Nuevo Casas Grandes. Quelques camions étaient rangés autour d'une gargote en parpaings coiffée de tôle ondulée avec, de part et d'autre, des cordes en chanvre pavoisées d'une multitude de fanions qui frissonnaient dans la brise pour tenter de donner à l'endroit un air de fête qu'il n'aurait pas de sitôt tant la désolation alentour pousserait le diable à se pendre haut et court. Quelqu'un avait accroché une savate dépareillée à une poutrelle extérieure, probablement pour conjurer le sort. À quelques mètres de la gargote, à proximité d'une sorte de guérite qui tenait lieu de latrines, un paysan trapu contemplait béatement son mioche qui déféquait à l'air libre. « Les chiottes sont bouchées », nous dit-il pour s'excuser alors que nous ne lui avions rien demandé.

L'intérieur de la gargote rappelait une taverne médiévale. Toutes les tables étaient occupées par des chauffeurs vannés, des voyageurs encombrés de balluchons et des mouflets qui sommeillaient sur les genoux de leurs mères. Une famille d'Indiens se tenait dans un coin, debout et silencieuse, attendant patiemment qu'une table se libère.

Ramirez et moi mangeâmes au comptoir, du réchauffé arrosé d'une bière infecte et chaude comme la sueur. « Le frigo déconne », a prétexté le barman.

L'autocar arriva avec une demi-heure de retard. Ramirez et moi prîmes place sur la banquette du fond, serrés de près par un gros paysan à droite et, à gauche, par un ouvrier nippé d'une salopette usée jusqu'à la trame. L'autocar était d'un autre âge. Chaque fois que le conducteur changeait de vitesse, le moteur cafouillait. Je regardais défiler le désert ; un paysage si aride et uniforme que j'eus l'impression qu'on crapahutait sur place. Au bout d'une centaine de kilomètres, tous les passagers dormaient, assommés par la chaleur et les émanations de carburant. Seul un bébé braillait dans les bras de sa mère qui ronflait, la bouche grande ouverte et la tête renversée contre le dossier. Le paysan m'écrasait de tout son poids. Je le réveillais du coude. Il sursautait, écarquillait les yeux puis, une minute plus tard, il s'effondrait de nouveau sur moi et se remettait à clapoter des lèvres qu'il avait énormes et pleines d'écume.

— Tu feras quoi quand on aura trouvé Osario ? me demanda Ramirez.

— On l'a pas encore trouvé.

— Ouais, mais admettons.

— J'en sais rien.

— Si Elena était effectivement partie avec lui ?

— Ben, on lui raconte ce qui se passe au village.

— Et s'il refusait de rentrer à l'Enclos s'expliquer ?

— C'est son problème.

— Tu retournerais au village, toi ?

— Il le faut bien. On attend une réponse, là-bas. Dolorès a le droit de savoir où est passée sa fille.

— Tu es sérieux ? Tu veux vraiment retourner au village ?

— Ce ne serait pas correct de ma part si je ne rentrais pas. On attend de moi des explications. Dolorès est à deux doigts de devenir folle, et Petra veut en avoir le cœur net. Ce n'est pas par charité qu'elle m'a filé son argent.

Ramirez passa ses mains sur sa figure, sans doute exaspéré par mes bonnes intentions, puis il repoussa d'un coup de rein l'ouvrier qui salivait sur son épaule.

— Diego, tu n'as pas encore compris ?

— Compris quoi ?

— Qu'on est partis pour de bon. On ne peut pas rebrousser chemin. C'est une autre vie qui commence pour nous deux. On va à Juárez tenter notre chance. Si on n'a pas de touche à Juárez, on ira tâter le terrain ailleurs. Le monde est à nous.

— Dolorès et Petra doivent savoir.

— C'est à Osario de retourner au village s'expliquer. Nous, on le trouve et on lui raconte ce qu'il se passe.

— Et si Elena n'était pas avec lui ? Si elle était partie de son côté et qu'Osario n'y était pour rien ? … Tu veux qu'on tente notre chance ailleurs ? Je suis d'accord. Mais on a des comptes à rendre. Dolorès et Petra attendent de connaître la vérité, et c'est à moi de leur apporter la fin de l'histoire. Après, oui, je pourrais aller tenter ma chance ailleurs. Après, Ramirez, après, pas avant.

— Moi, je n'y retournerai pas.

— Tu n'es pas obligé. C'est moi qui suis chargé d'apporter la réponse.

— Et si Elena…

— Arrête avec tes « si ». J'ai horreur d'anticiper.

— C'est peut-être ça, ton problème, Diego. Tu végètes au jour le jour et tu tournes le dos aux lendemains. Qui n'anticipe pas ne progresse pas. La vie est un marathon, chrono en main.

— C'est ça, dis-je, dépité.

L'autocar nous conduisit jusqu'à Nuevo Casas Grandes, un autre à Janos, et un troisième, plus esquinté, après deux crevaisons et des heures de suffocation, nous vomit, tard dans la nuit, à la gare routière de Ciudad Juárez.

À peine avions-nous mis pied à terre qu'un jeune homme en survêt et chaussures de sport nous sauta dessus.

— Vous cherchez des putes, un motel, n'importe quoi, je vous fais un prix. J'ai tout ce qu'il vous faut. Même un ticket pour le Texas. J'ai le meilleur passeur du pays. Vous payez la moitié ici, et le reste à El Paso. On a nos réseaux de l'autre côté de la frontière.

Il parlait si vite qu'on avait du mal à le suivre. Pendant qu'il débitait ses tirades, ses yeux partaient dans tous les sens comme ceux d'une bête traquée.

— On cherche Enrique Medina, un parent à nous, je lui dis. Il a un restaurant.

— Je suis votre homme. Je connais Juárez comme ma poche. Mais il se fait tard. Et vous êtes fatigués. J'ai un motel pas loin d'ici. Et des putes nickel. Vous ne trouverez pas moins cher ailleurs. Vous baisez toute la nuit, et au matin on ira chercher votre parent.

— Non, merci, fit Ramirez. On va se débrouiller. Et puis, on est fauchés.

Le racoleur nous ignora aussitôt et se dépêcha de proposer ses services à d'autres passagers qui paraissaient un peu déboussolés.

— Pourquoi tu lui as dit qu'on était fauchés ? On a besoin d'un endroit où dormir.

— On n'est pas au village, Diego. Ici, il n'y a que des prédateurs et des proies. Ce type sent le traquenard.

— Il m'a l'air très serviable.

41

— Diego, mon pauvre cousin, à Juárez, même le bon Dieu a un hameçon piégé au bout de la perche qu'il te tend.

Durant une bonne partie de la nuit, nous nous rendîmes dans les restaurants sur notre chemin pour demander après Enrique Medina. Personne ne savait qui était le frère de Petra. Épuisés, nous nous rabattîmes sur le premier hôtel qui nous sembla abordable. Le quartier était misérable et l'enseigne au néon de l'établissement saignait sur la façade comme une vilaine blessure. Quelques silhouettes suspectes rôdaient dans les parages, obligeant Ramirez à mettre la main dans la poche pour faire croire qu'il avait une arme sur lui.

Le veilleur de nuit était un vieux spectre tout gris, avec des binocles perchés sur le nez et des yeux qui louchaient. Ramassé derrière son guichet, il feuilletait une bande dessinée pornographique.

— C'est pour une heure ou pour la nuit ? grommela-t-il sans lever la tête de son illustré.

— Pour la nuit, dit Ramirez.

— Vous voulez des capotes ? J'en ai des fruitées.

— On veut juste dormir.

— C'est ça, croassa le veilleur en repoussant ses lunettes sur le front. Chambre 33. Et pas de grabuge, d'accord ?

Le veilleur examina les billets que lui tendit Ramirez pour vérifier leur authenticité, nous balança une clef, reprit sa bande dessinée et nous ignora.

La chambre empestait la cigarette qu'un ventilateur paresseux tentait vainement de tempérer. Il y avait un lit défoncé, une chaise en plastique, une ampoule coiffée de rouge au plafond, et rien d'autre. Pas de W-C, pas de douche, juste une sorte de bidet nain surmonté d'un robinet dans un coin. Un tapis décoloré, criblé de brûlures de mégots et d'éraflures diverses, proposait une variété de taches dégueulasses qui en disaient long sur les soûlards qui avaient transité par là.

Ramirez souleva les oreillers, retourna les draps pour s'assurer que nous n'allions pas les partager avec des bestioles féroces.

— On reviendra pas ici demain, c'est sûr, promit-il.

Toute la nuit, on entendit des bruits de pas dans le couloir, des portes qui claquaient sans arrêt, des gens qui parlaient fort en se foutant royalement du sommeil des autres, des femmes qui gémissaient en réclamant plus de souffrance jouissive, et des lits qui tanguaient dans le crissement effréné de leurs ressorts.

Nous nous réveillâmes le matin, un brasier dans le crâne.

Nous venions de négocier sans trop de dégâts notre première nuit de « débarqués » dans un hôtel de passe.

3

Lorsque Osario nous magnifiait Ciudad Juárez, je m'imaginais mal traînant mes guêtres sur les grands boulevards, moi, le paysan indolent qui raclait les pistes caillouteuses du matin au soir et qui ne s'était jamais aventuré plus loin que San Cristo. Je m'étais trop habitué aux siestes de l'Enclos pour affronter le roulis des autoroutes et la frénésie des foules. Et voici Juárez qui m'accueillait de bon matin avec sa pollution et son charivari, ses cloaques inextricables, ses bicoques rabougries aux peintures criardes, et ses patios mystérieux sur lesquels veillaient des chiens susceptibles. C'était donc ça, la plus grande cité de l'État de Chihuahua : une immense toile de bourgades rudimentaires greffées les unes aux autres sur un plateau en disgrâce que le désert n'en finissait pas de ronger.

J'étais mal à l'aise dans ce foutoir où il fallait écarter cent personnes pour accéder à une bouffée d'air.

Enrique Medina ? se demandait-on en nous dévisageant comme si nous débarquions d'une autre planète. *Jamais entendu parler…*

Les gens ne nous accordaient pas plus de confiance qu'à un crotale sifflant.

Un hurluberlu en transe, qui se faisait passer pour un prédicateur, nous conseilla de ne pas trop nous attarder dans le coin. « Vous êtes deux anges, mes enfants, perdus dans la vallée des ténèbres. Retournez dans la lumière. Il n'y a que des démons par ici. Allez-vous-en, mes enfants. Allez loin de ces lieux maudits où l'on coupe la tête aux pauvres veuves sans défense, où l'on s'abreuve du sang des orphelins. Fuyez, fuyez avant que Satan ne vous mette le grappin dessus. » Quand il eut fini de nous bénir en agitant un minuscule encensoir autour de nos têtes, il nous tendit la main. Ramirez fut obligé de lui glisser quelques pièces pour qu'il nous fiche la paix. Le faux prophète nous accompagna jusqu'à la frontière de « sa circonscription » en braillant des incantations. C'était comme s'il nous proposait au lynchage car les gens se mirent à nous lorgner d'une drôle de façon.

Vers 14 heures, alors qu'on était à deux doigts de choper une insolation, un soûlard qui urinait contre le mur nous héla :

— Vous cherchez Enrique l'Enflure ? Je crois bien qu'il s'appelle Medina.

— Il a un restaurant sur la Batalla del Paredón, lui précisa Ramirez. On a bien fait deux fois le boulevard aller-retour, sans succès.

L'ivrogne se gratta la tête en réfléchissant, puis, tout en titubant, il remonta la fermeture Éclair de sa braguette d'une main incertaine.

— Je vois p't-être qui c'est. Il me semble que l'Enflure avait quelque chose sur la Batalla del Paredón.

Mais c'était il y a longtemps. Si c'est le même enfoiré, il s'est installé pas loin de Tres Castillos.

Il accepta de nous montrer le chemin contre quelques billets. On était trop crevés, Ramirez et moi, pour marchander.

L'ivrogne nous promena à travers un dédale de ruelles lugubres. Il tenait à peine sur ses jambes et s'arrêtait toutes les deux minutes pour reprendre son souffle, un bras contre le mur et l'autre main sur le ventre. Un moment, Ramirez commença à se méfier. L'endroit n'inspirait pas confiance. Le type pourrait très bien nous conduire droit dans un guet-apens. Mais on n'avait pas le choix.

— C'est ici, balbutia l'ivrogne en nous indiquant une bicoque.

Petra l'Accoucheuse exagérait en parlant de « restaurant ». Le boui-boui en question se trouvait à Casa de Janos, au fond d'un cul-de-sac triste à pleurer que hantaient des crevards en décomposition avancée.

— Tu parles d'une mangeoire ! s'exclama Ramirez.

Sans l'enseigne sur le fronton et le dessin débile représentant une fille avec un poulet rôti sur un plateau, on prendrait *El Banquete* pour une étable. À côté, la cantina de mon oncle passerait pour un palace.

Nous pénétrâmes dans le « restaurant » après avoir regardé à plusieurs reprises où nous mettions les pieds. Quelque chose nous sommait de déguerpir au plus vite, mais pour aller où ?

Une dizaine d'hommes rigolaient bruyamment autour d'un gros personnage édenté assis dans un coin. Le cuistot, un individu trapu au crâne cabossé, reconnaissable à son tablier maculé de gras, était avec eux ; il se tordait de rire en remuant son derrière. Ramirez lui fit signe, en vain. Tout l'auditoire semblait tourner le dos au monde et n'avoir d'ouïe que pour le gros clown visiblement ravi de susciter autant d'intérêt.

— Le chef a appelé un douanier, racontait le gros personnage. « Fais-lui un toucher rectal », qu'il lui a ordonné. Le douanier, un balèze pas commode pour un sou, a retroussé ses manches et m'a ordonné de baisser le slip. Ce que j'ai fait. Ensuite, il m'a ordonné d'écarter les jambes en appuyant mes mains contre le mur. Ce que j'ai fait. Et alors, sans mettre de gant en latex et sans même retirer sa grosse bague de maquereau, il m'a foutu le doigt si profond que j'ai senti mon nombril se dévisser de l'intérieur.

Les gars se gondolaient aux larmes, pliés en deux, en se tapant sur les cuisses. Le cuistot hennissait à gorge déployée, les narines dilatées. Seul un vieillard ne riait pas, perplexe, la figure fermée comme une huître, il n'avait pas l'air de comprendre de quoi il retournait.

— Et depuis, poursuivit le gros personnage, j'ai le cul qui fuite. C'est gênant. J'vais plus à la messe à cause des perlouzes que j'arrive pas à contenir. Même mon chien, il préfère dormir dehors tellement je schlingue. J'suis allé voir un toubib pour me réguler. Au début, quand il a jeté un œil sur mon trou du cul, il est resté songeur. Il comprenait pas pourquoi mon trou du cul restait béant quand je serrais les fesses. Alors, il m'a fait une écho, mais ça n'a rien donné. Puis il m'a fait un scanner, et là il s'est écrié : « J'ai trouvé le problème. On t'a foutu le stérilet au mauvais endroit. »

De nouveau, les gosiers explosèrent et il y eut comme un séisme qui fit crisser les tables alentour ; les gars ne tenaient plus debout à force de rigoler.

Le vieillard, qui semblait avoir loupé un épisode, s'enquit :

— Il avait un stérilet dans le cul ?

— Mais non, lui expliqua le cuistot, c'était la bague du douanier.

— Quel douanier ?

— C'est pas grave. Tu peux te rendormir, lui dit le cuistot, agacé.

Le show terminé, les clients se dispersèrent en hoquetant. Certains occupèrent des tables çà et là, d'autres sortirent dans la rue en continuant de se marrer.

Le cuistot déboula sur nous comme un roquet.

— Vous pouvez pas vous asseoir et attendre qu'on vienne prendre vos commandes ?

— On n'est pas là pour manger, lui expliqua Ramirez. On cherche Enrique Medina.

Le cuistot souleva un sourcil :

— Medina ? Rien que ça ? Vous êtes qui ?

— Laisse, Félix, lui lança le gros personnage en crachant sa chique dans un broc. Je m'en occupe. (Il tordit un doigt pour nous sommer d'approcher.) C'est moi, Enrique.

— On vient de l'Enclos de la Trinité.

— Tout le monde vient de quelque part.

— C'est votre sœur qui nous envoie.

— Elle s'appelle comment, ma sœur ?

— Petra.

— Elle vit encore, celle-là ?

— Oui, monsieur.

Enrique esquissa un sourire, flatté par le « monsieur », nous désigna deux chaises.

— La dernière fois que je l'ai vue remonte à plus de vingt ans. Elle est toujours aussi givrée ?

— Qui ne l'est pas de nos jours, monsieur ? fit Ramirez.

— Elle vous envoie pourquoi ?

— La fille de Dolorès a disparu du village. Un témoin prétend l'avoir vue partir avec Osario.

— Qui c'est, Dolorès ?

— Une veuve de chez nous.

— Connais pas. Elle était mariée à qui ?

— On s'en souvient pas. Son mari est mort quand on était tout p'tits.

Enrique lissa le bout de son nez d'un air méditatif.

— En quoi c'est mon problème ?

— On ignore où habite Osario. Petra pense que tu pourrais nous aider à le joindre. On veut juste savoir si la fille de Dolorès est avec lui ou pas. Au village, on se pose la question. Petra dit que son fils n'a rien à voir avec la fugue d'Elena et le petit Rodriguez jure avoir vu Elena monter dans la voiture d'Osario. Là-bas, on veut tirer cette affaire au clair. Sinon, Dolorès finira par faire un malheur. Osario est le seul capable de calmer les esprits.

— Hum, grogna Enrique. Osario n'a pas donné signe de vie depuis des mois. Avant, il me rendait visite quand il était dans le besoin, mais depuis qu'il doit du fric à mon cuistot, il s'est inscrit aux abonnés absents. (Il se tourna vers le cuistot en train de s'affairer dans sa cuisine.) T'as des nouvelles d'Osario, Félix ?

— Il n'a pas intérêt à se pointer par ici, ce couillon.

— Et toi, César ? demanda Enrique à une espèce de momie entassée dans une encoignure.

— Je crois l'avoir aperçu du côté de chez Dida le Borgne, y a quelques jours.

— Tu sais pas où il crèche ?

— Ça dépend de ses points de chute. C'est un res-
quilleur qui couche là où on lui demande de baisser le
froc. Il doit tellement de blé à droite et à gauche qu'un
silo ne suffirait pas à tout engranger.

— On ne parle sûrement pas de la même personne,
dit Ramirez. Osario est plein aux as. Il revient au village chaque fois avec une belle bagnole.

— De location, glapit César.

— Quoi, de location ?

— Des voitures de location. Tu vis sur quelle planète, p'tit gars ? C'est pas ton trouduc de village, ici.
N'importe qui peut louer une caisse pendant un ou
plusieurs jours. Tu vas dans une agence, tu choisis la
bagnole que tu veux à condition de la restituer après le
forfait. Tous les frimeurs fauchés font ça pour faire
croire qu'ils roulent sur l'or. C'est d'ailleurs à cause
de ces petites frappes qu'on a tous ces ploucs qui rap-
pliquent en masse en ville.

— Osario est un type réglo, persista Ramirez.

— Osario est juste une fiotte que personne ne cal-
cule ici. Une raclure de camé qui vend son cul chaque
fois qu'il est en manque.

— Mollo, lui décocha Enrique. Fais gaffe à tes
propos, César. C'est de ma famille que tu causes.

— C'est toi qui as voulu savoir, Enrique. Moi,
j'ai rien demandé.

César nous conseilla de tenter notre chance à Tres
Castillos, une cité-dortoir où le dénommé Dida le
Borgne faisait fructifier ses petits trafics à la tête d'une
armada de gosses des rues. Là, nous sollicitâmes des
gens qui nous paraissaient abordables, mais personne
n'avait idée de qui pouvait être Osario. On n'avait ni

photo de lui ni signalement susceptible de nous mettre sur sa trace.

Le troisième jour, ce fut Osario qui nous trouva. Il nous attendait sur la calle Barranco Azul, à deux rues de la mangeoire d'Enrique. Dès qu'il nous aperçut, il ouvrit grand les bras pour nous accueillir.

Osario ne répondait pas du tout au portrait qu'on nous en avait dressé chez Enrique Medina. Bien au contraire, il était toujours bien sapé : chapeau cow-boy au ras des sourcils, chemise blanche immaculée et santiags aux pieds. Exactement la même dégaine de Texan friqué qui nous le rendait fascinant au village.

— Paraît que vous me cherchez, nous dit-il après nous avoir chaleureusement serrés contre lui.

— C'est pas faux, reconnut Ramirez.

— Vous êtes à Juárez depuis quand ?

— Trois jours.

— Vous avez besoin de fric ? fit-il en portant la main à la poche arrière de son pantalon. Je suis là. Vous me les rendrez quand vous pourrez.

— On a c'qu'il faut, Osario. Merci.

— T'es sûr, Ramirez ? On est des frangins. Te gêne surtout pas. Si on ne s'entraide pas, personne ne sortira la tête de l'eau. Juárez, ça paie pas de mine, mais ça coûte cher.

— On a c'qu'il faut, je t'assure.

— Combien ?

— Pas des masses, mais de quoi tenir encore trois ou quatre semaines. On te cherchait pas parce qu'on est sur la jante, Osario. C'est ta mère qui nous envoie.

Il fronça les sourcils :

— Il lui est arrivé quelque chose ?

— Non, mais c'est à propos d'Elena.

52

Osario plissa un œil, l'air de ne pas nous suivre.

— Qui c'est, Elena ?

— La fille de Dolorès, voyons.

— Il y a un tas de filles au village dont je ne connais pas le nom. On a toujours été entre hommes lorsque je rentrais à l'Enclos. Quel rapport avec ma mère ? Elle ne compte pas me marier à une fille du village, tout de même ! Ce genre de traditions n'a plus cours de nos jours, ajouta-t-il en riant.

Il y eut un silence.

Nous étions gênés, Ramirez et moi. Osario affichait une sorte d'incompréhension qui réduisait en miettes les soupçons qui pesaient sur lui. Il remarqua notre trouble, sourcilla de nouveau :

— Quoi ? s'écria-t-il. Y a un problème ?

Ramirez se gratta longuement derrière l'oreille avant de tout déballer. Osario l'écouta jusqu'au bout, sans l'interrompre. Seuls ses sourcils remuaient chaque fois que quelque chose l'interpellait. À la fin, il secoua la tête, jeta un œil par-dessus son épaule comme si notre histoire le navrait plus qu'elle ne le préoccupait, puis, après nous avoir bien regardés, il dit :

— Vous me croyez capable de faire une chose pareille à une fille de chez nous ? Franchement, c'est ce qu'on pense de moi, là-bas ? Est-ce que j'ai une tête de salaud ?

— On n'a pas dit ça, gémit Ramirez, embarrassé.

— C'est pas que j'aie du chagrin, mais j'avoue que ça m'étonne que nos gens aient une idée pareille de moi. Je ne revenais jamais au village les mains vides. J'avais tout l'temps un peu d'argent pour les plus pauvres et j'aimais bien offrir des tournées aux copains.

— Faut pas que ça t'énerve, Osario, lui fit Ramirez, conciliant. C'est juste qu'on veut savoir où est passée Elena. C'est ta mère qui insiste. Elle a dit qu'elle ne veut pas baisser les yeux devant Dolorès. Elle est persuadée que tu n'as rien à voir avec la fugue d'Elena, et nous aussi. Personne ne croit aux hallucinations du petit Rodriguez. Ce garçon ment comme il respire. Il lui faut toujours se démarquer des autres gosses, voilà tout. Tu dis qu'Elena n'était pas avec toi. On te croit sur parole. Pour nous, l'affaire est close.

— Je ne m'énerve pas, dit Osario. Je trouve que c'est pas bien de faire porter le chapeau aux absents, c'est tout. Imagine que quelqu'un se fasse descendre au village, on va encore supposer que c'est moi qui l'aurais buté parce que je suis pas sur place pour prouver mon innocence.

Ramirez était tellement gêné que si la terre s'était ouverte, il aurait sauté dedans à pieds joints.

— Bon, on tourne la page, d'accord ? soupira Osario, indulgent. Comment elle s'appelle déjà la fille ?

— Elena.

— Si ça se trouve, Elena est rentrée chez elle à l'heure qu'il est. Et si on parlait de vous deux, maintenant ? Vous n'allez pas me dire que vous vous êtes tapé des centaines de kilomètres pour une histoire sans queue ni tête ? Vous avez où dormir ?

— On loge chez l'habitant.

— J'ai honte pour Enrique. Il a renoncé aux usages. Loger chez l'habitant alors qu'on a de la famille à Juárez ? Il aurait pu m'appeler. J'ai au moins dix endroits où vous caser. On est du même bled, putain. On est une même famille.

— C'est pas grave.

54

— Si, c'est grave. Enrique me déçoit. Mais bon, pour l'hébergement, c'est pas un problème, je m'en occupe. Vous comptez faire quoi, après ?

— On n'en a pas encore discuté, Diego et moi. Maintenant que cette histoire d'enlèvement imaginaire est réglée, on va peut-être penser à autre chose, hein, Diego ?

— En tous les cas, si vous avez besoin de moi pour vous dégotter un job, je suis là. Je ne vais pas vous laisser livrés à vous-mêmes dans ces coupe-gorge. Vous avez le fric sur vous ?

— Dans le sac de Diego.

— Très mauvaise idée. On n'est pas au village, mes frangins. Vous risquez d'être attaqués par des bandes de voyous à chaque coin de rue. On a saigné plus d'un gars juste pour vérifier si son bouton de manchette était en or ou du toc.

Il me saisit par les épaules :

— Putain, Diego. T'as l'air d'un chiot sous la pluie ! C'est pas bien de tirer la tronche. Ça ferait fuir la Providence. Souris de temps en temps, mec. Rien ne compte plus sur terre que les rares joies qui nous sauvent la mise. Depuis que je te connais, t'es triste sans raison. Qu'est-ce qu'il y a ? T'as un souci ?

— Je t'assure que je vais bien.

— Alors, relève la tête, bon sang ! On dirait que tu viens juste d'enterrer ton ange gardien. (Il me lâcha et s'adressa à Ramirez.) Voilà c'qu'on va faire. Je ne peux pas vous héberger chez moi parce que j'ai loué ma villa à des producteurs de Hollywood. Mais j'ai une résidence secondaire pas loin. C'est peinard, et tout le monde se connaît. Vous pouvez y rester le temps qu'il vous faudra pour décider de votre avenir.

Si vous comptez changer de vie, j'ai mes réseaux, on vous trouvera un boulot dans vos cordes très vite.

Il se tourna vers un jeune homme en survêt frappé aux couleurs de l'équipe nationale de foot, assis d'une fesse sur le capot d'une grosse cylindrée :

— Pedro. Emmène ma voiture au lavage et tâche de bien l'astiquer. J'ai rencard avec une star, ce soir.

— OK, patron, dit l'homme en survêt.

Osario nous poussa devant lui.

— La résidence est à vingt minutes à pied. J'ai envie de me dégourdir les jambes. Je commence à prendre de l'embonpoint à force de ne pas descendre de ma caisse.

Ramirez et moi étions ravis de retrouver *notre* Osario, celui que nous connaissions si bien, le beau gosse fringant, généreux et coriace qui, au village, nous inspirait le sentiment d'être sous l'aile protectrice du grand frère.

4

Avec sa clôture en pierre taillée, sa jolie grille dorée, son petit jardin potager encadré de pots fleuris et sa véranda qu'ornait une belle chaise à bascule en osier, la résidence secondaire d'Osario contrastait violemment avec le paysage alentour. Autour d'elle, il n'y avait que des maisonnettes trapues, moches et rustres, flanquées de portails grotesques ; des sortes de clapiers révoltants d'ingénuité au fond desquels se terraient des fantômes et où pas un bout de verdure ne contestait la souveraineté absolue du parpaing et de la tôle ondulée.

Osario nous fit entrer dans un vaste salon lumineux dont la porte-fenêtre donnait sur le jardin. Il y avait des tableaux accrochés aux murs, des rideaux imposants aux fenêtres, un grand canapé en cuir capitonné face à un écran plasma large comme un panneau publicitaire, et des piles de DVD sur une table basse. C'était la première fois que je mettais les pieds dans une maison où tout étincelait, enguirlandée d'objets que je n'avais jamais vus avant, d'appliques sophistiquées que surplombait un lustre en cristal. Un lit à baldaquin occupait la moitié d'une chambre décorée avec soin ; dans une autre pièce, des bancs matelassés encadraient un bureau sur lequel trônait un ordinateur.

— C'est un palais, s'extasia Ramirez.

— C'est juste une planque, voyons, dit Osario avec humilité.

— Tu appelles ça une planque ! Ça change bougrement des étables qu'on fait passer pour des maisons, au village.

— Mettez-vous à l'aise. Je vais voir s'il me reste des bricoles dans le frigo.

Nous jetâmes nos sacs par terre et prîmes place sur le canapé.

— On se croirait dans un jet privé, lança Ramirez.

— Garde les pieds sur terre, bonhomme, lui répondit Osario du fond de la cuisine. T'as encore rien vu.

Osario revint avec deux chopes de bière, des sandwichs garnis de cornichons marinés et de rondelles de saucisson et un bol de *gordita*. Il s'installa dans un fauteuil et nous regarda boire et manger, un sourire attendri sur les lèvres.

— Je suis obligé de vous quitter dans moins d'une heure, les gars. Ce soir, je suis invité à un gala de charité, histoire de réactualiser mon carnet d'adresses.

— Il y aura des stars au gala ?

— Il y aura surtout le maire et les grosses pointures de l'administration. C'est avec ce genre d'individus qu'on traite les affaires.

— T'es millionnaire, Osario ? lui demanda Ramirez.

— Pas encore. Mais je rame très fort pour y arriver.

— Si j'avais une maison pareille, je m'auto-proclamerais roi du monde.

— C'est jamais assez quand on a des ambitions. On développe une sorte d'addiction au pognon. Plus on en a, plus on en redemande. Juárez ne suffit pas à mon appétit. Je suis dans le commerce haut de gamme, et il n'y a que des ploucs dans cette ville, et des arrivistes pas foutus de faire la différence entre un antiquaire et un prêteur sur gages, qui pensent qu'avec une grosse cylindrée et une jolie baraque ils ont atteint le nirvana. Le design, ils savent pas c'que c'est. J'envisage de m'installer à Acapulco dans un premier temps. Là-bas, il y a beaucoup de richards instruits.

— Pourquoi pas à Mexico ?

— J'ai une petite affaire, là-bas, mais la concurrence est rude. J'ai perdu un million de dollars, l'an dernier.

— Un million de dollars ? s'écria Ramirez, les yeux exorbités. Et tu dis que t'es pas millionnaire ?

— Tu sais, fit Osario avec condescendance, le fric, c'est comme les vagues de l'océan. Ça va, ça vient. Parfois, il y a des raz de marée, parfois des marées basses. Ce qui importe, c'est de tenir la barre le plus longtemps possible. La seule différence avec le règlement de la marine marchande traditionnelle est que, dans notre navigation à nous, le capitaine n'est pas obligé de couler avec le navire.

— Tu n'en es pas encore là.

— Mais je m'y prépare. On ne sait jamais d'où vient la tempête.

Osario nous offrit d'autres bières. Je commençais à avoir chaud. Je transpirais de partout. Ramirez posait de moins en moins de questions. Il suait à grosses gouttes, lui aussi. Osario parlait, parlait. Je manquais d'air. Pourtant la porte-fenêtre était grande ouverte. J'avais dégrafé le haut de ma chemise, desserré de plusieurs crans ma ceinture. La voix d'Osario me parvenait de plus en plus loin. Les murs se mirent à ondoyer autour de moi, et la silhouette d'Osario à se distordre. Puis, le trou noir…

— Hey ! Debout, là-dedans.

Quelqu'un me secouait avec le bout de son pied.

La nuit était tombée. J'avais du mal à me relever.

Ramirez était assis sur le canapé, la tête entre les mains. Il était dans les vapes, lui aussi.

— Qu'est-ce que vous fabriquez chez moi ?

Je mis un certain temps à remettre un peu d'ordre dans mon esprit. Un homme se tenait debout devant moi, grand, le visage osseux, une tache de taie à l'œil droit. Il avait les bras tatoués des poignets aux épaules, un affreux piercing à l'oreille et une bague imposante à chaque doigt. Il devait avoir la trentaine, malgré les rides qui lui ravinaient le front.

Ramirez se leva brusquement et fonça aux toilettes. On l'entendit vomir en râlant.

L'homme se laissa choir dans le fauteuil, les jambes écartées, la crosse d'un Colt coincée sous le ceinturon. Il avait l'air éberlué de quelqu'un qui découvre un rat mort sous ses draps.

— Vous êtes qui, putain ?

— Les invités d'Osario…

— Les invités d'Osario ? Rien que ça ? … C'est pas parce que je l'autorise à dormir de temps en temps chez moi qu'il doit se permettre de ramener sa tribu.

Ramirez revint des cabinets en chancelant, le visage olivâtre. Soudain, il se figea. Je suivis son regard et ce que je constatai me dégrisa tout à fait : nos sacs gisaient au sol, nos affaires et mes livres éparpillés autour. Je me jetai sur les sacs. Notre argent avait disparu. Refusant de l'admettre, je continuai de tourner et de retourner les pochettes intérieures dans l'espoir absurde de dénicher la petite bourse en Nylon dans laquelle nous gardions notre fortune. Rien.

Ramirez se prit la tête à deux mains et s'effondra sur le canapé.

— Sacré Osario ! dit le Borgne qui comprit aussitôt le manège. Il braderait sa propre mère au marché de gros, celui-là… Il y avait combien dans vos sacs ?

— Tout notre fric, dit Ramirez avec dégoût.

— Il vous a drogués, c'est ça ?

— J'en sais rien, grogna Ramirez. C'est peut-être pas lui. Osario est un peu notre grand frère. Quelqu'un a dû entrer ici après qu'Osario est parti au gala de charité.

— Gala de charité ? s'esclaffa le Borgne. C'qu'il faut pas entendre comme conneries de nos jours. Cassez-vous avant que je vous charcute.

Nous ramassâmes nos affaires et nous nous apprêtâmes à nous en aller quand le Borgne nous héla :

— Revenez un peu par ici.

Il nous fouilla pour s'assurer que nous ne lui avions rien volé.

— Vous êtes qui, par rapport à lui ?

— On est du même village.

Ramirez lui raconta les raisons de notre présence à Juárez. Le Borgne alluma une cigarette, écouta notre récit en lançant des ronds de fumée vers le plafond. Après un silence méditatif, il s'enquit :

— Elle est comment, cette fille ?

— Très jolie, lui dis-je.

— Toutes les femmes le sont, y compris ma belle-mère.

— Elle est brune, détailla Ramirez, les cheveux noirs très longs, taille moyenne, blanche de peau. Elle a les yeux en amande qui tirent vers le vert, et un grain de beauté sur le côté droit du menton.

Le Borgne ébaucha un large sourire :

— Osario dit qu'elle n'était pas avec lui ?

— Il dit qu'il ne la connaît même pas.

— Une brunette toute mignonne, avec des yeux en amande et un grain de beauté sur le menton ?

— Oui, monsieur.

— Il y a deux semaines, il a amené chez moi une fille qui correspond à ce signalement. Il m'a dit que c'était une cousine qu'il était allé chercher au bled parce qu'elle a du talent et qu'elle pourrait faire carrière dans le cinéma... Mais il n'a pas précisé lequel, ajouta-t-il, le rictus lourd de sous-entendus.

Je sentis mon cœur exploser comme une grenade dans ma poitrine.

Enrique Medina ne fut ni embarrassé ni surpris lorsque nous lui avons raconté comment son neveu nous avait dépouillés. Ces histoires, il devait en être saturé. Il s'en voulait même d'être là, à nous écouter crachoter notre dépit, alors qu'il n'en avait rien à cirer. Ses grosses bajoues de dogue remuaient lourdement pour ruminer le blanc de ses pensées. On aurait dit qu'il n'avait qu'une seule envie : nous envoyer balader. Comme nous parlions tous les deux à la fois, Ramirez et moi, il nous pria de baisser le ton et d'attendre que le dernier client ait débarrassé le plancher pour discuter de « tout ça » à tête reposée, car, de toute évidence, il n'était pas disposé, pour le moment, à traiter un problème qui ne le concernait pas. Il nous offrit un repas auquel ni Ramirez ni moi ne touchâmes. Nous étions sous le choc, des boules incandescentes dans la gorge, incapables de digérer la vacherie qu'Osario nous avait jouée.

Du fond de ses fourneaux, le cuistot nous écoutait en secouant la tête. J'ignorais s'il nous plaignait ou s'il compatissait.

Le dernier client parti, Enrique prit place en face de nous, posa ses coudes sur la table et le menton sur ses doigts croisés. Il ne savait pas par où commencer. Ramirez lui raconta pour la deuxième fois ce qu'il s'était passé, mais Enrique se contenta d'aligner les « hum » sans manifester la moindre émotion.

Quand Ramirez se tut, le souffle ravagé de colère, Enrique lâcha du bout des lèvres :

— Juárez ne convient même pas aux démons qui l'ont fondée. Croyez-moi, le mieux qu'il vous reste à faire est de sauter dans un autocar et de rentrer chez vous.

— Comment ça ? s'indigna Ramirez. On va faire comme s'il s'était rien passé ?

— Il s'est rien passé du tout. La preuve, vous êtes encore vivants.

— Osario nous a tout pris.

— Ça aurait pu être pire. Ce garçon est irrécupérable. Il a l'arnaque dans le sang. Un de ces quat', c'est son corps qu'on trouvera dépecé sur un terrain vague. J'en ai pas l'air, mais je suis sincèrement désolé. Rentrez chez vous parce que dans cette ville où les charniers supplantent les vergers, le diable en personne regarde dix fois sous son lit avant de se coucher.

— Il n'en est pas question ! glapit Ramirez en se soulevant presque. Je veux récupérer mon argent jusqu'au dernier peso.

Enrique se tourna vers moi pour voir si j'étais du même avis que mon cousin. Je lui dis sans détour :

— Moi, je veux récupérer Elena.

— Hey, Enrique ! cria le cuistot. Tu crois pas que c'est l'heure de fermer boutique ? On va pas y passer la nuit, à raisonner ces p'tits cons. S'ils veulent finir dans un fossé, c'est pas nos oignons.

— Tu peux disposer, Félix.

— C'est ce que je compte faire, Enrique. C'est ce que je compte faire.

Le cuistot balança son tablier dans un coin, décrocha une veste qui pendait à une patère et quitta le restaurant par la porte de service. Enrique se leva pour aller fermer derrière son employé, revint dans la salle ramasser les assiettes qui traînaient sur les tables puis, après avoir rangé son attirail, il déclara que la seule chose qu'il pouvait faire pour nous était de nous autoriser à passer la nuit dans son restaurant.

— Et méditez mes propos.

— C'est tout réfléchi, monsieur. Diego et moi, on va chercher Osario, on récupérera notre argent et on renverra Elena chez elle.

Enrique écarta les bras, nous signifiant qu'il se fichait éperdument de nos intentions :

— C'est vous qui voyez.

Il nous laissa là et sortit baisser le rideau du restaurant. Nous l'entendîmes siffloter en s'éloignant dans la rue.

Nous avions passé une bonne partie de la nuit à faire et à défaire nos projets. Il n'était plus question, pour nous deux, de rentrer au village. Certes, il n'y avait pas de ligne téléphonique à l'Enclos ni de réseau pour alimenter les mobiles, mais il y avait une poste à San Cristo et une lettre finirait toujours par arriver à destination. Nous avions décidé d'écrire à Petra pour lui confirmer les dires du petit Rodriguez, et à Dolorès pour lui signaler que sa fille était bel et bien partie avec Osario et qu'on allait faire des pieds et des mains pour la retrouver.

Enrique nous trouva couchés sur les tables, nos chaussures en guise d'oreiller. Il nous offrit du café et nous demanda ce que nous avions décidé. Il fut déçu par notre réponse.

César arriva pendant qu'Enrique nous mettait en garde :

— Vous ne savez pas où vous mettez les pieds.

Soudain Ramirez sortit dans la rue en courant. Je me dépêchai de le rattraper, mais il était déjà au bout de la rue en train d'interpeller un homme en survêtement frappé aux couleurs de l'équipe nationale de foot.

— Où habite Osario ? braillait Ramirez en retenant l'homme par le poignet.

— J'vois pas de qui tu parles, grogna l'homme en survêt. Et enlève ta sale patte de sur mon bras si tu ne tiens pas à finir ta vie manchot.

— Je te reconnais. Tu es le chauffeur d'Osario.

— Je te répète que j'vois pas de qui tu parles, connard. Tu vas me lâcher, oui ou non ?

— Tu étais là, hier, sur l'avenue. Assis sur le capot de la grosse cylindrée. Osario t'a demandé d'emmener sa bagnole au lavage.

L'homme repoussa Ramirez et poursuivit son chemin. Fou de rage, Ramirez lui sauta dessus et l'écrasa contre le mur. Mais l'homme parvint à se défaire de l'étreinte de mon cousin et lui asséna un coup de boule. Ramirez tomba à la renverse. L'homme le maintint au sol en lui écrasant le ventre avec son genou et lui mit un cran d'arrêt sous la gorge.

— J'suis le chauffeur de personne. J'ai même pas de permis. Un type m'a proposé dix dollars pour poser mon cul sur le capot d'une caisse et répondre par « OK, patron » quand il me demanderait d'emmener la voiture au lavage. J'allais pas cracher sur dix dollars pour si peu de chose. Le type, je l'avais jamais vu avant. Ça te suffit comme version ou tu veux que je te charcute la gueule ?

Sur ce, l'homme referma son couteau et s'éloigna.

César aida Ramirez à se relever. Il nous conduisit à un petit café, curieux de connaître la fin de notre histoire.

— Enrique Medina ne vous viendra pas en aide, nous dit-il quand j'eus fini de tout lui déballer. Ici, c'est pas comme au village où tout le monde se serre les coudes. À Juárez, chacun roule pour son compte, et il n'en est jamais au bout. Va falloir vous dégotter un job au plus vite car la charité n'a pas cours dans les parages. À part vous branler, qu'est-ce que vous savez faire d'autre avec vos petites mains ?

Je lui dis que nous touchions un peu à tout : électricité, maçonnerie, peinture, soudure. César promit de voir ce qu'il pourrait faire pour nous. Il appela successivement plusieurs personnes avec son portable. La cinquième parut intéressée. César nous présenta comme deux garçons solvables, d'authentiques montagnards sans histoires, assez dociles pour galérer sans rechigner. Au bout du fil, l'interlocuteur posa un tas de questions auxquelles César finit par répondre : « Bien sûr, Cisco, bien sûr. Tu m'connais, j'ai l'œil. Tu seras pas déçu. » Quand il raccrocha, il nous gratifia d'un large sourire :

— C'est dans la poche.

Il se frotta les mains à la manière d'un braconnier qui découvre un beau gibier pris au piège.

— Maintenant, on va négocier, vous et moi.

— Négocier quoi ?

— À Juárez, tout se paie, mes p'tits gars. Tu demandes ton chemin, tu paies. Tu t'mets à l'ombre d'un arbre, tu paies. Tu regardes passer le temps, tu paies.

— Et alors ?

— Et alors, je veux dix billets pour service rendu.

— Mais on n'a pas un rond.

— Vous êtes pas obligés de casquer tout de suite.

Je consultai Ramirez du regard ; mon cousin était trop occupé à redresser l'arête de son nez pour m'accorder un bout d'attention.

— Les affaires sont les affaires, me pressa César. Faut vous décider. Ce boulot, vous y tenez ou pas ?

5

Visage taillé au burin, regard perçant, Cisco était un grand Indien filiforme, sec comme un roseau. Il avait de longs cheveux noirs qui tombaient dans le dos, un gilet en cuir sur son torse nu et des grigris autour des biceps. Il nous dépassait de deux têtes.

Il nous considéra en silence, aussi impénétrable qu'un totem.

— Vos fringues, vous les avez taillées avec quel sécateur ? nous fit-il, écœuré par nos frusques de paysans.

Après avoir pesé le pour et le contre, il nous demanda si nous savions tenir correctement un chalumeau.

— Oui, monsieur, lui répondit Ramirez.

— Monsieur, c'est pour les p'tits cons en col blanc qui portent des cravates pour faire croire qu'ils ont grandi.

Du menton, il nous ordonna de grimper dans son pick-up.

Il s'installa derrière le volant, ajusta le rétroviseur et démarra sur les chapeaux de roue.

Il conduisait n'importe comment, champignon au plancher.

— César dit que vous êtes des montagnards.

— C'est la première fois qu'on vient à Juárez. On est là depuis seulement quatre jours.

— Même les chats de gouttière ne tiennent pas aussi longtemps à Tres Castillos... César prétend que vous êtes des gens d'honneur.

— On est réglo.

— C'est pas la même chose.

Le pick-up tanguait dans les nids-de-poule, nous projetant dans tous les sens.

— L'honneur, c'est ce qui importe le plus en ce monde, décréta-t-il. J'ai pas raison ?

— Tu n'as pas tort, lui dit Ramirez.

— Ce n'est pas la même chose, ne pas avoir tort et avoir raison.

Ramirez me jeta un coup d'œil pour s'assurer que la bizarrerie du bonhomme me tarabustait, moi aussi.

L'Indien se rendit compte que le moteur menaçait d'exploser ; il passa la vitesse supérieure, loupant de quelques centimètres un chien errant.

— Tu t'entends avec ton père, toi ?

— Bien sûr, dit Ramirez.

— Il représente quelque chose pour toi ?

— Ben, c'est mon père.

— Et toi ?... C'est quoi d'abord ton blaze ?

— Diego.

— Tu respectes ton père, Diego ?

— Il est mort quand j'avais trois mois.

— Il t'arrive de te recueillir sur sa tombe ?

Je me demandais s'il n'était pas en train de nous soumettre à un test psychologique.

— J'ignore où il est enterré.

— Si tu savais, tu irais te recueillir sur sa tombe ?

— Je crains de n'avoir pas plus d'émotion devant sa tombe que devant un monticule de gravats.

— J'apprécie ta franchise, Diego.

Il se tut un instant, puis, se raclant la gorge, il raconta :

— Mon père gueulait tout le temps. Il tabassait ma mère pour un oui pour un non. Il régnait en maître absolu à la maison et il m'inspirait une frousse que j'ai plus connue après. J'aimais avoir peur de lui. Je me sentais protégé. J'avais le sentiment que personne, en dehors de lui, n'oserait porter la main sur moi.

Il attendit de doubler une charrette avant de poursuivre :

— Et un jour, un voisin est venu frapper à notre porte parce que ma petite sœur avait chié sur le perron de l'immeuble. Il était dans une rogne pas possible, le voisin. Plus mon père se confondait en excuses, plus le voisin montait au créneau. Il nous insultait, nous sommait de retourner dans nos tipis et alignait tous les clichés que l'on croyait derrière nous. Je m'attendais à voir mon père lui foutre la raclée du siècle, à ce gros porc de Blanc d'enculé, mais mon père s'écrasait comme une merde. Je ne comprenais pas. La seule fois où mon père a voulu protester, le voisin lui a foutu une torgnole qui me brûle encore la joue. Mon père n'a pas réagi d'une fibre. J'en étais malade.

Il ralentit, alors que la voie était libre, tripota le levier de vitesse, l'air soudain absent. Sa voix revint, sourde comme un grondement souterrain :

— Pour moi, Dieu est mort ce jour-là. Je n'avais aucune raison de rester à la maison. J'ai mis le peu de

71

choses que j'avais dans mon sac et je suis allé attendre derrière un bar où le voisin avait ses habitudes. La nuit était tombée quand le voisin s'est pointé. Je suis allé à sa rencontre et je lui ai dit : « Des pyramides, pas des tipis. » Et je l'ai étripé avec mon couteau. Je suis resté là, à le regarder souffrir jusqu'à ce qu'il rende l'âme, puis j'ai fait corps avec la nuit. Je n'ai plus jamais revu ma famille depuis. J'avais quatorze ans.

Il négocia mal un virage et manqua de percuter un lampadaire. Imperturbable, il redressa le volant et accéléra comme si de rien n'était.

Ramirez et moi nous demandions dans quelle galère nous étions en train de nous embarquer. Tout chez cet homme me mettait mal à l'aise : sa façon de conduire, la rigidité de son visage, la fixité de son regard. Mon cousin pensait la même chose que moi. Ses yeux n'arrêtaient pas d'interpeller les miens. Les choses arrivaient trop vite pour nous, habitués à la lenteur et au report au lendemain des travaux qu'il nous fallait entreprendre sur-le-champ.

L'Indien reprit :

— Manquer de cran, gaffer par moments, se faire entuber une fois par mégarde, c'est humain. Ça peut arriver au plus malin. Mais manquer de dignité, ça ne se retape pas.

Pas une fois il ne s'était tourné vers nous.

On avait traversé la moitié du *barrio peligroso*, et il était encore à nous soûler avec ses théories.

— Si le pape venait à perdre l'estime de lui-même, je lui pisserais dessus, ajouta-t-il. L'honneur, c'est tout ce qui compte pour un homme, un vrai.

On en avait jusque-là, Ramirez et moi, mais on prenait notre mal en patience.

Au début, j'avais pensé que notre individu était juste un fanfaron qui se lâchait devant deux péquenots fraîchement descendus de leur montagne, mais je me trompais. Plus tard, lorsque j'appris à le connaître, je découvris un drame incarné : Cisco était un homme tourmenté, un naufragé de l'Histoire qui subissait sa crise identitaire comme une terrible pathologie. Toute sa susceptibilité se nourrissait des doutes qui le rongeaient et des questions qui tournaient en vrille dans son crâne cuirassé. Moins il obtenait un semblant de réponse et plus il sombrait dans la paranoïa. Un regard, une allusion mal cernée, et il ruait dans les brancards. Indien dilué à son corps défendant dans un cosmopolitisme abâtardissant, Cisco ne savait plus où il en était ; cette absence de repères le livrait en vrac à ses vieux démons. « Si un Noir est à la Maison Blanche aujourd'hui, nous dira-t-il un soir après avoir forcé sur le calumet, c'est parce que les Nègres d'Amérique n'ont jamais cessé de chanter. Ils ont fait de leur folklore une culture, et leur musique les a sortis de leurs champs de coton, malgré les chaînes et les lynchages. Ce n'est pas le cas des Indiens. Les Indiens sont en voie d'extinction parce qu'ils ne savent plus chanter. »

Il nous conduisit dans un entrepôt sur un terrain vague. Un Indien flottant dans une salopette raccommodée de travers nous accueillit, une main dans un bandage grotesque. Petit de taille, une casquette de base-ball enfoncée jusqu'aux oreilles, il boitait à cause d'une hanche esquintée.

— C'est Domingo, le présenta Cisco. Il vient de se couper deux doigts sur la meuleuse.

— C'est la faute à ce fichu groupe électrogène qui s'enclenche et se déclenche comme bon lui semble, pesta Domingo. À croire qu'il est habité par un mauvais esprit.

Au fond de l'entrepôt, serrant de près un box, s'amoncelaient toutes sortes de machines hors d'usage et d'outillages hétéroclites. Au milieu, à côté d'une voiture désossée, s'élevait une montagne de fers en barre recouverte de poussière. L'endroit sentait les huiles usées, la rouille et du louche.

Cisco nous montra une page déchirée dans un magazine de bricolage sur laquelle figurait la photographie d'une cage à fauve et, en dessous, le croquis de cette même cage légendé de mesures et d'autres caractéristiques.

— Je veux la même, décréta Cisco. Domingo est un as de la ferronnerie. Il vous assistera, et vous suivrez à la lettre ses instructions.

— Une cage ? s'enquit Ramirez, qui s'attendait à un vrai boulot.

— Ouais, des cages. J'en veux une bonne dizaine. Je me lance dans l'élevage et le dressage des chiens de combat.

Sur ce, il regagna son pick-up.

Domingo nous poussa vers deux chalumeaux branchés à des bouteilles de gaz, à proximité d'un boîtier métallique rempli de baguettes à souder, nous fournit à chacun une meuleuse et un masque, et nous mit aussitôt au travail.

Quelques heures plus tard, alors que nous venions à peine de finir la coupe d'un fardeau de fers en barre, Domingo nous apporta des sandwichs et nous accorda dix minutes de pause.

Ramirez et moi sortîmes dans la cour manger au soleil, les mains noircies, les yeux incandescents. Nous prîmes place sur une pierre et mordîmes dans nos casse-croûte avec voracité.

— On cherchera quand Osario ?

Ramirez faillit avaler de travers.

— Tu comptes le traquer avec quoi, Diego ? Réfléchis un peu, merde. On n'a pas un rond. Tu t'imagines en train de parcourir la ville à pied, le ventre vide ? Trouvons-nous d'abord de quoi nous nourrir et nous payer une chambre où dormir, d'accord ? Osario ne va pas se volatiliser. On finira bien par lui mettre le grappin dessus.

— Et Elena ?

— Quoi, Elena ? Elle a choisi de vivre sa vie, tâchons d'en faire autant.

— Je suis sûr qu'Osario l'a enlevée.

— Le petit Rodriguez n'avait aucune raison de mentir. Elena est montée de son plein gré dans la voiture d'Osario.

— Ce fumier a dû la baratiner comme il nous a baratinés. Elena, tourner dans un film ? Et puis quoi encore ? À l'heure qu'il est, elle doit regretter de s'être laissé appâter.

— Dans ce cas, elle n'a qu'à rentrer chez elle.

— Et s'il la séquestrait ?

— T'as des pouvoirs de chaman, maintenant ? Elena est assez grande pour décider de son avenir. Elle a accepté de se fier à Osario, et c'est son droit. Si ça se trouve, ils partagent le même lit.

Il se pencha pour me dévisager :

— Tu vas pas me dire que t'as encore des sentiments pour elle, Diego ?

Je ne lui répondis pas.

— Diego, mon pauvre Diego, tu n'es pas Zorro pour voler au secours des vierges en danger. Tu es un pauvre type qui s'abîme les yeux sur des bouts de ferraille dans un entrepôt pour chiens, un paumé sans un seul saint vers qui se tourner. Sauf que t'es à Juárez et il t'appartient de décider de ton sort. Je te promets, si tu m'écoutais, dans peu de temps, nous pourrions monter une affaire tous les deux et nous en mettre plein les poches. Je suis venu dans cette ville avec des rêves, Diego. À moi de trouver les accessoires qui vont avec. La vie appartient à ceux qui osent. Des milliardaires sont partis de rien, pourquoi pas nous deux ? Je suis prêt à n'importe quoi pour réussir. *À n'importe quoi…*

Le soir, Cisco revint voir où nous en étions. Il vérifia méticuleusement la cage que nous avions réalisée, les points de soudure, le calibrage des barres, leur alignement, l'aspect général… Il se redressa, satisfait.

— J'en veux d'autres, nous dit-il.

Une semaine après, nous avions construit cinq cages si identiques qu'on les aurait crues sorties de l'usine. Cisco ne nous félicita pas, mais il était content de notre travail. En fin d'après-midi, deux gros 4×4 noirs aux vitres teintées nous tombèrent dessus. Des hommes armés en descendirent pour ouvrir la marche à un individu trapu, le crâne coiffé d'un panama, un gros cigare entre les dents et des bagues colossales aux doigts. Domingo afficha immédiatement une obséquiosité d'eunuque qui nous alerta tout de suite : le visiteur devait être quelqu'un de très très important.

C'était Sergio Da Silva, alias El Cardenal, un roi de la pègre qui faisait la pluie et le beau temps sur une bonne partie de la ville.

Le nabab passa devant nous sans nous accorder d'attention, se campa devant nos cages, en fit le tour. Puis il se tourna vers Ramirez et moi :

— Beau travail, admit-il.

Du doigt, il nous somma d'approcher.

— Tu t'appelles comment ?

— Diego, monsieur.

— Et toi ?

— Ramirez.

— Cisco raconte que vous êtes de bons gars.

— On est réglo, monsieur.

— Vous êtes fichés chez les flics ?

— On n'en a jamais croisé un seul sur notre chemin depuis qu'on est venus au monde, monsieur.

Le nabab extirpa une liasse de billets de banque, en préleva une petite partie et la tendit à Ramirez qui me parut sur le point de se jeter aux pieds de notre bienfaiteur.

— Achetez-vous des fringues moins tristes, nous ordonna-t-il.

La nuit suivante, Cisco nous réveilla à une heure impossible. Nous montâmes à bord de son pick-up, il nous conduisit sur un terrain vague et nous arma de deux pelles. Nous creusâmes un trou dans le sable, large de deux mètres et assez profond. Cisco ne nous donna aucune explication. Quand nous finîmes de creuser, il jeta les pelles à l'arrière de son véhicule, nous reconduisit au hangar et rentra chez lui.

— Tu penses que c'était une tombe ? je demandai à Ramirez.

— Comme si tu ne le savais pas.

Au cours des deux semaines qui suivirent, il n'y eut aucun arrivage de chiens de combat, pas même un chiot. Nous avions réalisé une bonne douzaine de cages qui étaient restées vides. Cisco venait de temps à autre s'assurer que nous ne nous étions pas envolés. Quand il n'avait rien à faire, il nous soûlait avec ses théories sur la droiture et le sens de l'honneur. Une fois lancé, il était impossible de l'arrêter. Parfois, sa voix nous poursuivait jusque dans notre sommeil.

Ramirez disparaissait des nuits entières, me laissant seul avec Domingo dans le box de l'entrepôt. Lorsque je lui demandais où il était passé, il me rétorquait qu'il me suffisait de montrer un minimum de cran pour le savoir car, pour Cisco, je n'étais pas encore prêt.

— Prêt ?

— Tu as très bien entendu.

Ramirez fut doté d'une moto et d'un téléphone portable. Cisco l'avait pris sous son aile. Il lui confiait des commissions auxquelles je n'étais pas convié. Je commençais à me barber ferme et le fis savoir à Domingo. Le soir, un dénommé Adamo vint me chercher. Il me pria de changer de fringues et de grimper dans son tacot… Ce fut la première fois de ma vie que je mis les pieds dans un cabaret. Cisco et Ramirez occupaient une table dans un angle, complètement bourrés. Ils me firent signe de les rejoindre. Une musique endiablée obligeait les gens à hurler pour se faire entendre. Des filles se tortillaient sur des estrades, les seins à l'air, un fil entre les fesses. D'autres, presque aussi nues, slalomaient entre les tables, un plateau sur les bras, et dix mains baladeuses sur le postérieur. Des rires de brutes fusaient dans le brouhaha, parfois des jurons gros comme des tonnerres.

Ramirez me désigna une chaise.

— T'attendais pas à ça, pas vrai ? me lança-t-il d'une voix pâteuse en me versant à boire. Vise comme elles se trémoussent, toutes ces chattes brûlantes que notre patron nous offre sur un plateau. T'as qu'à choisir. Elles sont toutes à toi.

Ramirez était ivre mort. Je ne le croyais pas capable d'un langage aussi ordurier. Nous étions cousins et jamais nous n'avions osé nous balancer à la figure de telles obscénités.

Il me tendit un joint :

— Goûte-moi ça, me dit-il entre deux balbutiements. Tu vas planer plus haut que tes bonnes vieilles prières qui n'ont jamais servi à quoi que ce soit. Ce soir, tu vas boire comme un chameau, fumer comme un dragon et baiser comme un faux eunuque dans le harem du vieux sultan.

Cisco me fixait sans relâche. Je compris qu'il avait une décision à prendre et que cette dernière dépendait de moi. Mon intuition me disait que si je ne faisais pas ce que Ramirez attendait de moi, je pourrais dire adieu à mon boulot. Peut-être même que personne, ce soir, ne me reconduirait à l'entrepôt.

Je pris le joint. Puis les verres d'alcool se mirent à défiler sous mon nez. Ensuite, un autre joint... Je me réveillai dans un plumard parfumé, dans une chambre de rêve, une fille nue plaquée contre mon dos.

Aujourd'hui encore, je n'ai aucun souvenir de ce qui aurait dû être une nuit historique pour moi : la nuit de mon dépucelage.

6

Cisco nous dénicha une petite baraque au nord de Santa Rosa, un deux pièces cuisine qui nous changeait bougrement du box infect de l'entrepôt. Nous disposions de vrais lits, d'une armoire, de deux fauteuils, d'une table pour manger et nous n'étions plus obligés de stocker de l'eau dans des jerricans ni d'aller déféquer derrière le remblai.

Nos voisins étaient des gens bruyants qui savaient se fermer comme des huîtres lorsque les choses se compliquaient. Chacun balayait devant sa porte sans s'occuper de celle des autres. L'endroit nous plaisait. C'était un peu l'Enclos de la Trinité, sauf que les rues étaient asphaltées, les maisons badigeonnées et les boutiques garnies. Il y avait même une salle de jeux, deux cybercafés, des tripots et une vidéothèque où l'on écoulait des DVD piratés.

On m' « affecta » dans un « laboratoire » clandestin que gérait un certain Luis Enrique Dalgado, dit Cuchillo, un type froid comme un pic à glace, grand de taille et laid ; un boucher qui vous arracherait les yeux juste pour regarder à l'intérieur de votre crâne et s'assurer que vos arrière-pensées n'ont pas de suite dans les idées. Sa légende racontait qu'à huit ans il avait tué tous les chats et les chiens de son quartier, et à douze ans son premier homme.

Le labo opérait au sous-sol d'une friperie qui appartenait à Sergio Da Silva, comme pratiquement la majorité des boutiques de Santa Rosa ; il était composé de la salle « technique » et d'une pièce interdite baptisée le « bloc », séparée du reste de l'habitation par une cloison bétonnée.

Personne ne devait savoir ce qui se tramait derrière la cloison bétonnée.

Le bloc avait son propre accès gardé jour et nuit par des gars embusqués qu'on ne voyait jamais, pareils à des sortilèges prêts à foudroyer les curieux.

La salle technique était accessible à partir d'un garage donnant sur une cave. Nous étions quatre à l'occuper : deux as de l'informatique – Joaquín, un beau gosse tiré à quatre épingles, et Nonito Reyes, un binoclard débraillé qui faisait crépiter le clavier de son ordi plus vite qu'une mitraillette –, Pacorabanne, un escogriffe taiseux qui schlinguait comme dix putois, et moi.

Je n'avais pas le droit de sortir de mon cagibi sans autorisation, d'utiliser le téléphone, de porter des chemises et des pantalons avec des poches, de débarquer au boulot avec un cabas ou une trousse. J'étais fouillé à l'arrivée et au départ par Pacorabanne. Ce dernier ne me quittait pas des yeux lorsqu'une main me passait des petits sachets opaques à travers une sorte de judas donnant sur le bloc.

Mon boulot consistait à glisser les petits sachets, en fonction de leur taille, dans des enveloppes postales ou bien dans des colis cartonnés, à y noter les noms et adresses des destinataires, à recopier les mêmes noms et adresses sur un registre vert étiqueté « Livraison » et sur un classeur rouge étiqueté « Réception ». Sur le registre vert, les feuillets comportaient trois colonnes, une pour les noms, une pour les dates de livraison et une pour l'émargement. Les feuillets du classeur comptaient deux colonnes seulement, l'une avec des références codées, l'autre avec des chiffres flanqués de zéros à donner le vertige.

Je passais mes journées à préparer le « courrier » et à renseigner attentivement les registres que je devais remettre tous les soirs, à 19 heures tapantes, au maître de céans. Entre-temps, on m'envoyait acheter des casse-croûte, des cigarettes ou des journaux. J'étais un peu le *burrero* de l'équipe et Cuchillo en abusait ; il me sommait parfois de porter son linge sale à la laverie et ses pompes crottées au cireur du coin. Je ne rouspétais pas parce que je me sentais en danger. Ramirez me disait qu'il s'agissait d'une simple crise d'angoisse due au dépaysement, mais chaque fois que le regard de Cuchillo m'effleurait, des frissons me glaçaient le dos.

Ramirez commençait à me manquer. Je ne le voyais presque pas. Dès l'aube, Cisco l'embarquait dans une voiture et le gardait jusque tard dans la nuit. Un matin, j'ai remarqué des éclaboussures de sang sur les chaussures de mon cousin. Je n'ai pas osé lui demander des explications. Ramirez était bizarre. D'ailleurs, il me devenait de plus en plus étranger. Lorsque je tentais de lui soutirer des confidences, il s'énervait et me priait de changer de disque. Quand je lui parlais d'Osario, il me décochait un regard noir. Une fois, je l'ai surpris en train de sniffer. Quand je lui ai demandé ce qu'il faisait, il m'a rétorqué : « C'est le métier qui rentre. »

Il y a eu du grabuge quelque part dans la ville et deux de nos « coursiers » s'étaient fait descendre dans un guet-apens. Cuchillo me chargea de remplacer l'un d'eux. La nuit tombée, une petite voiture jaune frappée du logo DHL vint me chercher. Le conducteur avait la dégaine d'un jeune premier. Rasé de frais, lunettes d'intello, chemise cravatée, on lui aurait donné le bon Dieu sans confession – sauf qu'il portait un flingue sous le ceinturon et deux petits diables gris sur les épaules… Il y avait un carton sur la banquette arrière dans lequel j'ai reconnu les enveloppes postales et les colis que je préparais à longueur de journée au labo. Ma mission, ce soir-là, consistait à jouer au coursier. Il y avait des noms et des adresses sur les paquets, que je me limitais à livrer à leurs destinataires dans les quartiers huppés. Le conducteur s'arrêtait devant des résidences, me désignait un porche ou une allée fleurie. Les gens qui m'ouvraient leur porte étaient plutôt jeunes, entre trente et quarante ans, resplendissants de santé et de bonheur, tous fortunés et fiers de l'être. Je leur faisais signer une décharge, à côté d'un gribouillage codé, les saluais et remontais dans le fourgon. Certains me glissaient un billet ou deux dans la main, d'autres me claquaient la porte au nez après avoir récupéré leur « courrier ».

J'ai beaucoup aimé ce côté-là de Juárez. Ce n'était pas un coin de paradis, mais on n'en était pas loin. L'air y était respirable et les enseignes au néon rendaient l'obscurité moins traîtresse. Rien à voir avec Santa Rosa où il suffirait de se tromper de ruelle pour finir dans un charnier au cœur de Xicahua.

Et vint le 14 mars. Une date qui marqua un tournant décisif dans mon existence. Nous étions réunis dans l'entrepôt. Il y avait là El Cardenal et sa cour prétorienne, Cisco, Domingo, Ramirez, un Noir colossal tenant en laisse un pitt-bull salivant, et moi. Les cages que nous avions fabriquées avaient disparu. Aucun chien de combat promu au dressage ne grognait nulle part, hormis le molosse qui tirait sur sa laisse aux pieds du Noir. On formait un cercle autour d'un homme sérieusement esquinté. Ce dernier, nu de la tête aux pieds, était en sang, les yeux tuméfiés, les lèvres éclatées et une oreille à moitié arrachée. Il grelottait de terreur, à genoux.

— Il y a combien de péchés capitaux, Rango ? lui demanda El Cardenal en mordillant son cigare. (L'homme à genoux remua la bouche sans parvenir à libérer un son.) Tu ne vas pas me dire que tu ne t'en souviens pas.

— Sept.

— Tu vois ? Ta mémoire fonctionne à merveille. C'est ta cervelle qui déconne, Rango. Sauf qu'il y a plus que sept péchés capitaux. Il y en a un huitième. Sans doute le pire de tous : me décevoir, moi.

L'homme à genoux reniflait pour tenter de contenir les sécrétions nasales qui lui ruisselaient sur la bouche et sur le menton.

— Tu crois en Dieu, Rango ?

— Je fais ma prière chaque fois avant de dormir, je le jure, répondit le supplicié dans un sanglot.

— Est-ce qu'il t'entend quand tu le pries ? ... Réponds. Est-ce que le bon Dieu est à côté de toi lorsque tu traverses la vallée des ténèbres ?

— Je ne crois pas.

— Et moi, est-ce que j'ai toujours mis mes hommes sous mon aile ?

— Oui.

— Donc, c'est moi que tu devrais prier. Parce que moi, je t'entends. Parce que moi, je dispose de ta vie et de ta mort comme bon me semble. Je peux t'offrir le paradis sur un plateau et je peux transformer tes jours en enfer.

Le supplicié se mit à pleurer :

— Je te demande pardon, Sergio. J'sais pas c'qui m'a pris. J'avais p't-être fait une overdose ou j'sais pas quoi. Je le jure, je m'en souviens pas. J'étais p't-être devenu fou pendant une minute. J'ai jamais été comme ça, avant, Sergio, tu me faisais confiance les yeux fermés. J'ai tellement honte. Je m'en veux comme c'est pas possible.

— C'est bien, lui dit El Cardenal en lui caressant les cheveux d'une main auguste. Faute avouée est à moitié pardonnée. Tu veux te repentir, Rango ?

— Oui.

— Tu es sincère ?

— Oui, je veux que tu me pardonnes, Sergio. Je t'en supplie, pardonne-moi.

— Pourquoi dois-je te pardonner ?

Le supplicié ne sut quoi répondre.

El Cardenal s'accroupit pour le regarder droit dans les yeux :

— Parce que, sur terre, ton dieu, c'est moi. C'est à moi que tu dois adresser tes prières, et pas au vieillard sénile qui divague là-haut. Je suis tellement tout-puissant que chaque fois que je pète, je provoque un big bang.

Il claqua des doigts. Un *sicario* se dépêcha de lui tendre une cravache aux lanières cloutées.

— On va te détacher, Rango. Avec cette cravache, tu vas t'autoflageller en signe de profonde contrition en m'adressant toutes les prières qui te traversent l'esprit. Si tu es sincère dans ton repentir, tu ne sentiras rien.

Le supplicié hésita avant de prendre la cravache. Il chercha une lueur de compassion dans les regards qui l'entouraient et ne rencontra que fiel et dégoût. Il se frappa une fois, s'essuya le nez de la main gauche, se frappa encore.

— Plus fort, Rango, plus fort. Il faut faire montre d'une plus grande ferveur si tu veux que tes prières m'atteignent.

Subitement pris de frénésie, le supplicié se mit à se fouetter avec rage en serrant les dents pour contenir ses cris. Les hommes le regardaient en ricanant. Chaque coup lui arrachait un lambeau de chair. J'en eus le ventre retourné. « Plus fort, plus fort... », criait El Cardenal. Plus le supplicié s'acharnait sur lui-même et plus El Cardenal devenait exigeant. C'était un spectacle insoutenable.

De la tête, El Cardenal ordonna à sa cour prétorienne de le suivre. Ils sortirent et montèrent dans leurs 4 × 4. Les portières claquèrent, les moteurs rugirent, les phares s'allumèrent, et le petit convoi quitta les lieux, laissant dans son sillage un silence mortel.

Le Noir, qui était resté avec nous, cracha sur le côté.

— Ta requête a été rejetée, Rango. Pas d'absolution pour toi, mon gars. Désolé.

Le pitt-bull se rua sur le supplicié et entreprit de le réduire en pièces. Ce fut un moment d'une horreur absolue. Les crocs du chien broyaient la chair et les os avec une effroyable voracité. Le supplicié hurlait,

hurlait. Ses cris me catapultèrent dehors et je courus dégueuler contre un arbuste.

Cisco me trouva à quatre pattes. Il s'accroupit en face de moi et me dit :

— Rango a tué une veuve et sa fille qui refusait de coucher avec lui. Le viol et les tueries sont monnaie courante par ici, sauf que la veuve était l'épouse d'un gars de notre clan mort en service commandé. On est une famille, dans le clan. On veille les uns sur les autres, tu comprends ? Violer la femme d'un des nôtres, c'est pire que l'inceste. Violer la gamine de l'un de nos morts, c'est carrément la fin du monde. Rango n'avait pas un gramme d'honneur. Il n'a eu que ce qu'il méritait.

Pas encore meurtrier, mais pleinement complice, je venais, en ce 14 mars, de franchir le pas ; l'abîme m'accueillait en son vaste purgatoire.

Nonito l'informaticien m'invita à prendre une bière dans un café. On s'entendait bien, lui et moi. Il avait appris que j'adorais les bouquins et ça nous a rapprochés dans ce monde de brutes qui était le nôtre.

Nonito avait perdu son boulot suite à la faillite de son employeur, ce qui l'avait plongé dans la dépression ; sa femme s'était barrée avec leurs deux filles, ses proches l'avaient laissé tomber et ses amis changeaient de trottoir lorsqu'il les croisait dans la rue. Après des années de naufrage, il était tombé sur une annonce, dans le journal, qui laissait entendre qu'une entreprise ambitieuse cherchait des informaticiens surdoués. Ce fut ainsi qu'il se surprit en train de bosser pour El Cardenal.

Depuis le lynchage de Rango, je filais un mauvais coton. J'arrivais au labo dans un état second, traînais la patte et me trompais souvent en mettant à jour le registre vert et le classeur rouge. Ma morosité n'échappa pas à Nonito. Il m'offrit donc une bière et attendit patiemment que je vide mon sac. J'ignore pourquoi je lui ai raconté la fin atroce de Rango. Peut-être parce que mon sommeil en était saturé et qu'il me fallait l'en désengorger. Nonito m'écouta jusqu'au bout, impassible, un sourire énigmatique sur les lèvres. Quand j'eus fini mon récit, il me tapota la main et me confia à son tour :

— Je vais peut-être t'étonner, Diego, mais chaque fois qu'un de nos gars se fait dégommer, chaque fois qu'un *sicario* ou un dealer est mis hors d'état de nuire, je m'en réjouis. Rango est mort lynché ? Bon débarras. Ça fait un tueur de moins. Personnellement, je n'aimerais pas qu'on me regrette lorsque mon tour viendra. Je ne mérite pas de manquer à quelqu'un. Parce que je suis un parasite. J'ai conscience du mal que je fais, et pourtant je le fais. Combien de gosses empoisonnés, combien de familles endeuillées, combien de carrières bousillées à cause de moi, à cause de toi, à cause de Rango, à cause de ces gangs qui empêchent les braves gens de traverser la chaussée sans être foudroyés par une balle perdue ? Combien de macchabées sur notre route, combien de cadavres sans sépulture livrés aux vautours et aux coyotes dans la nature ? Ça fait longtemps que j'ai cessé de compter. Nous ne sommes que des marchands de mort, Diego, rien que des vauriens sans foi ni loi prêts à mettre le feu à la ville pour voir clair dans leurs nuits. Alors, ressaisis-toi et dis-toi que tu n'es qu'un fumier de fils de pute dont le diable se passerait volontiers, et que lorsque tu butes un autre fumier de fils de pute ou bien

89

lorsque tu es buté par lui, Dieu est le premier à s'en féliciter. On a cessé d'appartenir à l'espèce humaine à l'instant où nous avons chargé les armes de parler pour nous. Nous sommes des assassins, la lie de l'humanité. Nous entre-tuer est le plus grand service que nous puissions rendre à la société.

Ses paroles me firent l'effet d'un élixir ; je me sentis un peu mieux, après.

7

J'étais plongé dans un roman d'Alberto Ruy Sánchez lorsque Ramirez rentra. Le réveil affichait 2 h 43. On n'entendait que les jappements des chiens dans le silence troublant de la nuit. Ramirez était éméché. Il sentait la sueur fauve des noceurs et il avait de la brume dans les yeux.

— Devine qui j'ai rencontré aujourd'hui ? me dit-il en s'écroulant dans le fauteuil pour retirer ses chaussures... Ce bon vieux con d'Albinos... Il trime dans un boui-boui à Mirador.

— Qu'es-tu allé faire à Mirador ?

— C'est pas la bonne question, Diego... (Il jeta au loin son soulier, s'attaqua au deuxième.) Je te parle du petit-fils de Paco.

— Je croyais qu'il avait été tué en tentant de traverser la frontière.

— Eh bien, il est revenu du royaume des morts. C'est un gagne-petit, mais il a l'air content de lui. Il s'est marié, tu sais ?

— Tu m'en voudrais si je ne sautais pas au plafond ?

— Tu sauterais plus haut si je t'annonçais qu'il sait où habite Maribel, la fille de Sancho.

Je posai mon bouquin et fronçai les sourcils :

— Désolé, mais je n'ai toujours pas la bonne question, Ramirez.

— L'Albinos dit que Maribel bossait pour Osario et qu'elle a peut-être une idée où cette raclure se planque.

J'étais presque debout, excité comme un cabot devant un marchand de brochettes.

— Qu'est-ce qu'on attend pour aller la trouver ?

— T'as vu l'heure qu'il est ?

— Raison de plus. À cette heure, on a des chances de surprendre ce fumier d'Osario dans son lit.

— On ira demain. Maribel doit être en train de pioncer, elle aussi. Je ne sais même pas si elle va se souvenir de nous. Et puis, on risque de l'effrayer pour rien.

Il se déshabilla, se glissa dans son lit et éteignit la lumière.

— J'ai pas fini de lire, je te signale.

— Fais pas chier, grogna-t-il en actionnant un petit ventilateur sur sa table de chevet.

Maribel, la vestale de l'Enclos de la Trinité qui faisait fantasmer les grands et les petits, n'était plus que l'ombre d'un lointain souvenir.

Elle nous reçut dans son taudis triste à crever, au milieu d'un désordre alarmant, une fille handicapée dans une encoignure et un marmot braillard sur les genoux.

— Tu devrais emmener ton bébé chez le médecin, lui suggéra Ramirez.

— Il pleure tout le temps et sans raison. Des fois, j'ai envie de l'étouffer en lui donnant la tétée…

Elle le berça pour le calmer, mais le bébé hurlait sans arrêt.

— Je vais le confier à la voisine, sinon, il ne nous laissera pas parler à tête reposée.

Elle sortit sur le palier, frappa à la porte d'en face et revint dans le salon, un peu soulagée d'avoir les mains libres.

— Perla est la meilleure des voisines. Sans elle, je ne m'en sortirais pas... Un café ?

— Ne te dérange pas pour nous.

— Ça ne me dérange pas. C'est un plaisir de vous revoir. Vous avez vachement grandi, tous les deux.

Ramirez la remercia puis, après avoir constaté le foutoir alentour, il s'enquit :

— Comment tu vas, Maribel ?

— Comme tu vois. Vous êtes arrivés à l'improviste, et c'est bien ainsi. Mais, par rapport à d'autres, je n'ai pas à me plaindre.

— C'est ta fille qui dort là ?

— Oui, Diego. C'est bien ma fille. Elle est clouée au sol tous les jours que Dieu fait.

— Qu'est-ce qu'elle a ?

— Paralysie. À cause d'un vaccin. L'infirmière lui en a administré une dose deux fois supérieure à la normale. Accident ou châtiment divin ? Qu'est-ce que ça change ? Elle avait à peine dix-huit mois lorsque c'est arrivé. Depuis, c'est un légume.

J'eus pitié pour le squelette recroquevillé sur la natte. La fille nous fixait de ses grands yeux ; j'eus l'impression que son âme appelait au secours derrière son regard suspendu entre le ciel et la terre. Elle devait avoir cinq ou six ans.

Maribel chassa une mouche qui persécutait sa fille.

— Elle s'appelle Lupita, comme ma mère. Elle a un beau visage, n'est-ce pas ?

— Ouais.

— Elle ferait des ravages dans le cœur des écoliers si elle pouvait porter un cartable sur le dos. Des fois, quand je la toilette, je lui tresse les cheveux et je la mets face à un miroir. Quelque chose remue fortement en elle. C'est comme si elle cherchait à sortir de son corps.

La mouche revint bourdonner sur le visage de Lupita. Maribel fit tournoyer un torchon et chassa la bestiole par la fenêtre. Épuisée par son effort, elle retomba sur le banc, redéploya son regard de mère sur le petit corps rigide, soupira tristement et dit :

— Au moins, elle me cause pas de problèmes, elle. Je la nourris au biberon à l'heure des repas, puis c'est comme si elle n'était pas là… Alors ? se ressaisit-elle, qu'est-ce qu'on raconte ?

Ramirez sortit des billets de banque de sa poche. Maribel les repoussa avec fermeté :

— J'ai ce qu'il faut, je t'assure. De ce côté, je me débrouille pas mal… Qu'est-ce qui vous amène à Juárez ?

— Le vent qui tourne.

— Je vois. On n'est que des girouettes, après tout…

— Ou des feuilles mortes.

— Des feuilles mortes, répéta-t-elle, pensive… Comment va ce bon vieil imbécile de Sancho ?

— Ton père va bien.

— Et ma mère ? Elle lèche toujours le cul à Petra l'Accoucheuse ?

— Elle fait bande à part avec les sœurs Rodriguez.

— Ces chipies. Ça leur suffit pas d'avoir envoyé tous leurs rejetons derrière les barreaux ?

— Quand on a goûté au soufre, on s'approprie l'enfer qui va avec.

— Tu sais qu'Alejandro a tué un chef de la police ?

— Je l'ignorais.

— On a montré son arrestation à la télé.

— On n'a pas de télé.

— Et Manuel le Gaucher ?

— Il a épousé la grosse Lourdes.

Maribel éclata de rire :

— Elle a fini par lui mettre la corde au cou. Pourtant, il la détestait et la moquait tout le temps. Tu t'rappelles, Ramirez, comme il la faisait pleurer quand on allait à San Cristo célébrer les morts ? Il l'appelait comment déjà ?

— La montgolfière, dis-je, pour me joindre à leurs bons souvenirs.

— Non, pas ça, il avait un autre truc qui la faisait hurler de chagrin.

— Je m'rappelle pas, dit Ramirez, pressé de passer au vif du sujet. Le Gaucher inventait toutes sortes de formules blessantes. Chacun y avait droit.

Il y eut un silence. Maribel avait la larme à l'œil.

— Ça se passe comment au village ?

— Il n'a pas changé d'un iota depuis que tu es partie.

Elle croisa les mains dans le creux de sa robe. Contrairement à son village natal, Maribel avait bougrement changé. Son visage portait nettement la marque des déchéances irréversibles.

— On cherche Osario.

Maribel s'ébranla comme sous l'effet d'un électrochoc. Une expression de fiel poussée à l'extrême lui distordit les traits.

— À votre place, je l'éviterais comme la peste.

— On a déjà eu affaire à lui. On a des comptes à régler.

— C'est une pourriture de la pire espèce.

— On le sait.

— Regardez ce qu'il a fait de moi, s'étrangla-t-elle en retroussant ses manches pour nous montrer ses bras criblés de piqûres noirâtres. Une junkie et une traînée. Il m'en a fait voir de toutes les couleurs, ce chien. J'ai jamais voulu partir avec lui. J'étais bien au village. Mais il a littéralement embobiné mon père. « Elle a une voix de diva, qu'il lui susurrait. J'ai des relations solides dans le milieu de la chanson. Maribel va casser la baraque, et toi, tu jetteras du fric par la fenêtre. » Même ma mère se voyait écumer les grands magasins de luxe. Moi, je n'étais pas emballée. J'aimais ton frère aîné, Ramirez. Je rêvais de me marier avec lui. Mais mon père n'avait d'yeux que pour les mirages que lui faisait miroiter Osario.

— Il nous aurait embarqués tous, sans exception, admit Ramirez.

— Au début, quand on est arrivés à Juárez, j'étais sur un tapis volant. J'avais mis une croix sur mes amours d'autrefois. Osario m'achetait plein de robes de gala, m'emmenait chez les meilleures coiffeuses et les meilleures esthéticiennes, et dans les restaurants les plus chics, *Plaza Portales*, *Gómez Martín*... Je l'aurais suivi en enfer tellement il me traitait comme une reine. On habitait dans une belle maison. Osario avait promis de m'épouser. Je lui ai cédé ma virginité en chantant. Puis il m'a soumise au « protocole des stars » : des joints de plus en plus carabinés. « C'est bon pour les cordes vocales, et c'est le meilleur remède

contre le trac », qu'il me disait, Osario. J'étais devenue accro en moins de deux. Après, ça a été le grand
écart. Adieu les studios d'enregistrement, les contrats
faramineux, les tournées dans le monde. Chaque soir,
Osario faisait venir à la maison un invité de marque :
imprésario, compositeur, parolier, magnat de l'industrie musicale. En vérité, c'étaient des magistrats, des
notables, des haut placés et de respectables pères de
famille ; un contingent de porcs, chacun avec son petit
truc de pervers. Quand je n'en pouvais plus, Osario
me battait. J'ai connu l'enfer avec lui.

— Le fumier, pesta Ramirez.

— Lupita est de lui. Il refuse de la reconnaître.

Maribel se perdit un instant dans ses souvenirs.

Elle hochait la tête en fixant sa fille qui nous regardait de ses grands yeux vides.

— Il voulait que j'avorte. Il me cognait dans le
ventre pour que je fasse une fausse couche. J'ai réussi
à m'enfuir. J'ai accouché dans une cave. Comme une
bête. Il m'a retrouvée. J'ai confié ma fille à une nour-
rice et j'ai repris le travail. Pour mon bébé. Osario m'a
maquée quelques mois encore, puis les invités de
marque ont commencé à me trouver de moins en
moins bonne à leur goût, et ce chien m'a fourguée à
des proxénètes de substitution qui m'ont abîmée.
Depuis, pour joindre les deux bouts, je suis contrainte
de sucer les poivrots de seconde zone.

— Le salaud, soupira Ramirez.

— Je ne dois m'en prendre qu'à moi-même. Je
n'étais pas naïve, j'étais égoïste.

— Où est-ce qu'on peut le trouver ?

— J'en sais rien. La dernière fois que je l'ai
entrevu, il fréquentait l'*Azteca*, un bar où l'on fait des

paris du côté d'Agustín Melgar. Ça remonte à pas mal de temps. Sinon, essayez le cabaret *Rio Grande*, sur la grande avenue de Barrio Alto. C'est là-bas que les proxénètes jettent l'ancre.

— Merci, Maribel. Va récupérer ton bébé, maintenant.

— La prochaine fois, s'il vous plaît, ne venez pas les mains vides. Apportez-moi le scalp de ce chien.

— Promis, lui fit Ramirez.

Nous prîmes congé d'elle.

Nous étions rentrés directement à Santa Rosa. Au cours du trajet, ni Ramirez ni moi n'avions prononcé le nom d'Elena. Notre silence éloquent pouvait se passer de mots.

Nous avions fait le guet autour de l'*Azteca* et du *Rio Grande* pendant une semaine. Aucune trace d'Osario.

— Et si on demandait à Cisco de nous donner un coup de main ? Ses hommes sont partout. Ils pourraient le localiser vite fait.

— C'est pas leurs oignons, Diego.

— Oui, mais on fait équipe avec eux.

Ramirez m'a fixé d'un œil attendri :

— Diego, mon pauvre Diego, tu sais pourquoi je veille à ce que tu restes en dehors de ce que je fricote avec Cisco et ses suppôts ? C'est pour que tu continues de croire qu'il existe encore un cœur dans la poitrine des hommes.

Je n'avais sûrement pas posé la *bonne question*, mais Ramirez me tendait là un bout de réponse. Perche ou hameçon ? C'était à moi de voir. Car la question, la vraie, était celle que je m'évertuais à museler au fond

98

de mes silences – devais-je prendre mes jambes à mon cou et fuir ventre à terre les stands de tir de Juárez ou bien faire corps avec eux ? En réalité, la question ne pesait pas lourd devant les promesses, certes piégées mais tellement tentantes, d'une aube nouvelle pour moi et pour mon cousin. Si Ramirez était prêt à faire « n'importe quoi » pour réaliser ses rêves de millionnaire en devenir, je me contentais d'y croire, et ça tenait les doutes à distance. En peu de temps, j'avais réussi à mettre de côté autant d'argent que durant toutes ces heures sup que j'avais passées à dépanner les tacots à San Cristo, à prêter main-forte aux maçons et aux déménageurs, à réparer les clôtures avant de retourner trimer comme un esclave dans l'arrière-boutique de la cantina de mon oncle.

J'avoue que certains soirs, lorsque mon livre me tombait sur la figure, je fermais les yeux et je m'imaginais heureux sur une plage privée, Elena en maillot de bain blanc courant devant moi et un mignon toutou jappant à nos trousses. Ces nuits-là, je m'endormais comme un ange sur son nuage.

8

César nous intercepta à la sortie d'un tripot. Il n'était pas là par hasard. Quelqu'un lui aurait téléphoné pour lui dire où nous étions. Il nous gratifia de son sourire de murène. Ramirez porta la main à sa poche, sortit des billets, en préleva dix et les lui tendit, sans lui laisser le temps de placer un mot. César empocha sa commission pour nous avoir mis en contact avec Cisco et en redemanda.

— Quoi ? lui fit Ramirez. On n'a pas parlé d'intérêts.

— J'ai une bonne nouvelle pour vous deux, et je vous la laisse à moitié prix.

— Tu peux te la garder. Je ne veux plus te revoir, le menaça Ramirez.

César ne se défit pas de son sourire, ne récupéra pas sa main, non plus. Il avait l'air certain qu'on allait payer.

— C'est à propos d'Osario. J'sais où vous pouvez le coincer, ce soir.

— Combien ? m'écriai-je.

— Cinq autres fafiots.

Ramirez n'était pas chaud, mais il avait constaté, à ma façon de piaffer, que je ne reculerais devant rien pour mettre le grappin sur le salopard qui avait enlevé Elena.

— Et puis merde, céda Ramirez avec dépit en portant de nouveau la main à la poche.

Osario était bien *Chez Norma*, une énorme tenancière qui gérait un boxon clandestin enfoui dans les bas-fonds de Paseo Ciprés. Lorsqu'il nous repéra, il se débina par une porte qui donnait sur l'arrière-cour. Nous nous dépêchâmes de le rattraper. Mais Osario ne s'était pas enfui. Il nous attendait tranquillement dans une courette jonchée de sacs-poubelle, adossé contre le mur, les pouces sous la boucle de son ceinturon.

— Vous voulez que je vous fasse des excuses ? nous lança-t-il. Pas de problème. Je vous demande platement pardon. Je ne vous ai pas pris votre fric, je vous l'ai seulement emprunté. J'avais des créanciers au cul. Dès que je les aurai calmés, je vous rembourserai jusqu'au dernier peso, avec un supplément pour les dommages que je vous ai causés. D'accord ?

— Tu vas abouler notre fric illico presto, Osario, lui cria Ramirez.

— J'ai que dalle sur moi, là. Je suis fauché.

— Rien à foutre. Tu ne nous enfumeras pas deux fois.

— Et Elena ? Qu'as-tu fait d'Elena ?

— Diego, mon p'tit frangin, je t'ai pas menti. Cette fille, je la connais même pas.

— Le Borgne est catégorique. Il l'a vue avec toi. Tu la lui as présentée.

Osario se donna un léger coup de reins pour se redresser.

102

— C'est pas parce que le Borgne a un œil crevé qu'il voit bien avec l'autre, Diego, mon p'tit frangin.

— J'suis pas ton p'tit frangin.

— Ne nous énervons pas. Je traverse une zone de turbulences, c'est tout. Mais ça va s'arranger, et on sera de nouveau les meilleurs potes du monde. J'ai honte, je vous assure. J'aurais pas dû vous piquer votre fric… Vous feriez quoi à ma place, si vous aviez des zombies au cul ? J'avais investi gros dans une affaire qui a foiré. Ça arrive aux plus malins. Mais je compte bien me rattraper, et je vous promets de me racheter. Peut-être même qu'on fera équipe, tous les trois.

— Comme avec Maribel, lui rafraîchit la mémoire Ramirez.

Osario tomba le masque et l'expression conciliante sur son visage laissa place aux traits du monstre.

— Vous croyez me faire peur, petites frappes ? J'essaye d'être aimable, et vous pensez que j'ai la trouille. Allez, caltez avant que je vous marche dessus jusqu'à vous faire sortir votre merde par les oreilles.

Ramirez extirpa son couteau. Osario sourcilla, amusé. D'un geste désinvolte, il nous sortit un flingue. À la vue de l'arme de poing, mon cœur rua dans ma poitrine. Le visage terrifiant du violeur d'Elena surgit d'entre mes souvenirs. Je me sentis défaillir.

— Tu penses que ton canif ferait le poids devant mon engin ?

Deux hommes, que nous n'avions pas remarqués, nous attaquèrent par-derrière. Ils nous tombèrent dessus comme la foudre. Ramirez reçut le premier un coup derrière la tête et s'écroula. Quelque chose explosa dans ma nuque. Mon visage heurta le sol.

Quand l'orage cessa, j'étais terrassé, le corps en capilotade.

Osario s'accroupit devant Ramirez disloqué par terre, l'attrapa par les cheveux et lui souleva la tête :

— Tu as encore du chemin à faire pour remonter jusqu'à moi, p'tit con. Ton fric, un jour, je te le rendrai. Quant à la fille (il se tourna vers moi), je sais pas de qui vous parlez. La lettre que vous avez envoyée au village a fait beaucoup de tort à ma mère.

Il nous laissa le nez dans les ordures et retourna dans le boxon.

Ses deux comparses nous saisirent par les pieds et nous traînèrent jusque dans la rue, où ils nous sommèrent de déguerpir.

Il nous a fallu deux jours de repos dans notre planque pour recouvrer un semblant de couleur. Cisco a voulu savoir ce qu'il nous était arrivé. Ramirez lui a dit qu'on avait rencard avec des filles mais qu'on s'était trompés d'adresse, et Cisco a rétorqué : « C'est bien fait pour vos gueules. »

Cuchillo me guettait devant le magasin de fripes, les poings sur les hanches, les sourcils bas. Il consulta sa montre de manière à me faire comprendre que je venais de perdre des points. De la tête, il me fit signe de passer par-derrière.

J'ai contourné le pâté de maisons. Nonito faisait le pied de grue dans le patio qui menait au sous-sol du labo. Il portait une sacoche noire en bandoulière. Une Volkswagen Coccinelle pétaradait à côté de lui. Adamo le chauffeur tambourinait sur le volant.

— Ça fait une plombe qu'on poireaute ici à cause de toi, me reprocha l'informaticien.

Il me poussa sur la banquette arrière, s'installa sur le siège du mort et somma Adamo de démarrer.

Nous avons traversé Santa Rosa vers le sud, puis nous avons pris une piste poudreuse qui conduisait hors de la ville. En cours de route, nous avons croisé un convoi militaire chargé de soldats sur le pied de guerre. Depuis quelques jours, ça bardait par endroits à Juárez, et la police, dépassée par l'ampleur des batailles rangées, avait demandé du renfort aux garnisons limitrophes. À la télé, on n'avait droit qu'aux speechs alarmants des autorités locales ; les gens commençaient à en avoir marre, mais j'ignore si c'était à cause des fonctionnaires corrompus qui n'honoraient guère leurs promesses électorales ou bien à cause des gangs qui proliféraient comme des rats dans les bas-fonds.

— Mets-nous un peu de musique, dit Nonito au chauffeur.

— Jamais pendant le service, a grogné ce dernier.

Il était comme ça, Adamo. Il aurait exécuté n'importe quel ordre tordu ; mais pour ce qui était de rendre service ou de faire plaisir à un collègue, ça, pas question. Il ne fumait pas, ne buvait pas, ne fréquentait ni cabaret ni boxon ; il passait ses jours dans son tacot et ses nuits au sous-sol du labo. C'était un troglodyte en survêt qui semblait languir de sa caverne, l'air des temps modernes ne convenant guère à ses humeurs. Pas une fois je ne l'ai vu avec une petite amie. Pourtant, il n'était pas affreux, Adamo. Sa dégaine de type ombrageux plaisait aux filles dans la rue, mais comment être séduisant quand on ne sait pas sourire ?

Il nous transporta jusqu'à un abattoir désaffecté coincé entre une décharge publique et un chantier à l'abandon. Cinq hommes armés firent coulisser un large portail en fer pour nous laisser entrer.

Je m'étais souvent demandé où étaient passées les cages que nous avions réalisées, Ramirez et moi. Les cages étaient là, entreposées le long d'une rigole que surplombaient des esses de boucher. Certaines étaient vides, d'autres occupées par des chiens en rogne, probablement excités par les fantômes des bêtes que l'on tuait à la chaîne et dont l'odeur du sang empestait encore les lieux.

Les *sicarios* nous firent passer par une porte dérobée. Il y avait une autre salle camouflée derrière les cages. À l'intérieur, dix hommes et deux femmes noirs étaient enchaînés à une barre métallique. Esquintés, malades et terrorisés, ils portaient des traces de torture.

Nonito sortit un appareil photo de sa sacoche et me confia un calepin et un stylo. Les *sicarios* libérèrent un prisonnier, le bousculèrent à coups de crosse jusqu'à un drap blanc punaisé sur le mur. Nonito le photographia et me chargea de noter sa filiation, son adresse et sa nationalité sur le calepin.

Nous fîmes la même chose pour le reste du groupe.

Une fois le travail fini, les *sicarios* nous raccompagnèrent à la sortie et refermèrent le portail derrière nous.

Adamo nous ramena au labo. Joaquín était parti, Pacorabanne n'était pas à son poste ; aucun bruit ne parvenait de la pièce interdite.

Nonito brancha son appareil photo à son ordi et entreprit de pianoter sur son clavier. Il était dégoûté.

— C'était qui ?

— Des migrants africains. Ils se sont fait piéger sur le Rio Bravo par nos gars déguisés en passeurs. On les a dépouillés de leurs biens et, maintenant, on va les vendre sur le Net.

Je m'assis sur une chaise à côté de lui.

— Comment ça, les vendre sur le Net ?

— C'est pourtant clair. Ces migrants sont nos prisonniers. Je vais mettre leurs photos avec leurs filiations sur un site que j'ai créé et nommé *Charité chrétienne*. On va faire croire, sur les réseaux sociaux, que ces naufragés sont malades et en difficulté et qu'ils ont besoin d'une aide urgente. Forcément, leurs proches vont se manifester. On les orientera sur un autre site et on leur demandera une rançon s'ils veulent revoir les leurs vivants.

Il cessa de tripoter son clavier et me fit face. La colère lui froissait le visage :

— La drogue, les putes, les jeux ne suffisent pas à calmer la boulimie du Cardinal. Il roule sur des millions et il en veut encore. Putain, il passerait sa vie à jeter son fric par la fenêtre qu'il lui en resterait encore de quoi mettre à l'abri du besoin ses héritiers sur plusieurs générations ! Est-ce qu'il a besoin de s'attaquer à des migrants qui ont parcouru des milliers de kilomètres pour fuir la misère dans leurs pays ? Réponds-moi, Diego. Est-ce qu'il a besoin d'appauvrir davantage leurs familles ?

À cet instant, Cuchillo débarqua et m'envoya chercher ses fringues chez le teinturier. Avant de sortir, je jetai un coup d'œil à Nonito, mais Nonito s'était déjà remis au travail, penché sur son clavier comme une cartomancienne sur le sort de ses clients.

Ramirez était calé dans un fauteuil, les mains derrière la nuque. Il ne répondit pas à mon salut. Je pris une bière dans le frigo, intrigué par le silence de mon cousin :

— Ça va ?

Ramirez se redressa, renfrogné :

— T'as quoi dans le crâne, bon sang ? Du cambouis ?

— J'ai gaffé quelque part, Ramirez ?

— T'as merdé.

— Je ne vois pas de quoi tu parles.

Il abattit le plat de ses mains sur ses cuisses et me foudroya du regard.

— Tu ne vois même pas où tu mets les pieds, cousin.

— J'étais pas au courant pour les migrants. Cuchillo…

— Rien à foutre des migrants et de Cuchillo. C'est de *Chez Norma* que je te parle. Tu es retourné deux fois là-bas.

— Moi ?

— Tu vois quelqu'un d'autre dans cette pièce ? Qu'est-ce que tu es allé fiche à Paseo Ciprés ? C'est un territoire ennemi. La raclée qu'on nous y a donnée ne t'a pas suffi.

— J'suis pas allé *Chez Norma*.

— Ne mens pas, Diego. Tu ne sais pas le faire. On t'a vu rôder autour du boxon. Tu cherchais quoi ? À faire peur à Osario ? T'as même pas un coupe-ongles sur toi. Le mordre ? Il te casserait les dents rien qu'en claquant des doigts. Et puis, te hasarder seul dans cette souricière ? Qu'est-ce que tu veux prouver ? Que t'es un abruti fini ?

Ramirez était fou furieux. Sa figure tressautait de colère et sa bouche clapotait de postillons.

Je ne me laissai pas impressionner :

— Je m'étais dit que peut-être Elena était dans les parages.

— Tu ne lâcheras donc jamais l'affaire ?

— J'ai fait attention à ne pas me faire remarquer, je t'assure. J'observais de loin. Osario est un zigoto. J'suis sûr qu'il a enlevé Elena pour lui faire subir ce qu'il a fait à Maribel.

Ramirez se leva, les mâchoires crispées. Il marcha jusqu'à la fenêtre, alluma une cigarette et se mit à rejeter la fumée par les narines. Il se tourna vers moi, me considéra longuement et revint s'écrouler dans son fauteuil :

— Oublie Elena. C'est de l'histoire ancienne. On a des projets, toi et moi, Diego. On est là pour amasser un bon paquet de fric et nous tirer de cette ville de merde. On montera une affaire réglo et on coulera des jours peinards, loin des tueries et des descentes de police. Tu n'as qu'une chose à faire en attendant : te tenir à carreau. C'est pour cette raison que j'ai convaincu Cisco de te muter dans l'équipe de Cuchillo. Tu bosses parmi des cracks, Diego. Tâche d'apprendre auprès d'eux. Je connais que dalle au travail des bureaucrates.

— Tu crois que ce sont des bureaucrates ?

— Ouais, ils savent manier les ordis et les fichiers. C'est dans tes cordes. Tu as lu un tas de bouquins, toi.

J'éclatai de rire :

— Et alors ? Je suis aussi nul que toi pour le reste.

— D'accord, mais si tu t'appliques un peu, avec la culture que tu as puisée dans les bouquins, tu as des chances de devenir un crack, toi aussi. J'ai pas une tête pour ça, Diego. Or, on a besoin de savoir gérer la paperasse, les fichiers et les réglementations si on veut monter une affaire nickel vis-à-vis de la loi. Je veux être le président d'une vraie entreprise, pas le caïd d'une bande de cinglés. Je veux faire partie du gotha, pas du cartel. Quand on aura suffisamment de blé, on ira à Acapulco, ou à Cancún, ou bien à Mexico monter notre boîte dans les règles de l'art. À la place des flingues et des chaînes de vélo, on portera des cravates et des costards sur mesure…

Il m'étreignit les poignets. Son souffle redoubla de débit et ses yeux brillèrent d'une flamme vorace.

— Regarde El Cardenal, Diego. Est-ce un foudre de guerre ? C'est qu'un gros con qui mène à la baguette un escadron de p'tits cons. Il ne sait ni lire ni écrire, et il descend des mêmes montagnes que nous. Est-ce que tu sais qu'il a débuté comme *burrero* pour le cartel de Sinaloa ? Il était en bas de l'échelle, sauf qu'il a décidé de brûler les étapes. Il serait encore en train de ramer s'il n'avait pas saisi sa chance au vol. La chance, il y en a pour tout le monde, Diego. Il suffit de ne pas laisser passer la nôtre. El Cardenal a osé se jeter au milieu des requins et nager dans les eaux troubles sans complexe. Il a pris des risques calculés. Regarde ce qu'il est devenu, le péquenot d'hier, le muletier de bas étage : un milliardaire.

— D'autres ont bâti des fortunes plus grandes, Ramirez. Parce que leur empire reposait sur du vent, ils sont tombés les uns après les autres.

— C'est pour cette raison qu'on ira ailleurs monter une affaire nickel.

— Quand ?

— Quand tu auras cessé de penser à cette folle d'Elena, Diego. Pas avant.

Le lendemain, à la nuit tombée, je me surpris en train de faire de nouveau le guet du côté du boxon clandestin. C'était plus fort que moi. J'étais comme un somnambule. Je fermais les yeux et, en les rouvrant, je me retrouvais au cœur de Paseo Ciprés, tapi dans un angle mort, à surveiller la ruelle, les gens qui entraient et sortaient de *Chez Norma*, les voitures qui passaient, les briquets qui s'allumaient dans l'obscurité, les fumeurs qui papotaient sur le trottoir, repoussant du pied les chiens qui venaient parfois me renifler les mollets.

Aucune trace d'Osario. Et pas l'ombre d'Elena.

9

Le pick-up de Cisco freina si violemment que la gomme des pneus imprima d'épaisses rayures au sol. Ramirez porta aussitôt la main sur le flingue posé sur sa table de chevet et bondit sur ses pattes. De la tête, il me somma de rester tranquille. Lorsqu'il reconnut l'Indien à travers la fenêtre, il se détendit.

Cisco entra dans notre bicoque tel un ouragan.

— Pourquoi je tombe sur ton répondeur quand j'essaye de te joindre ?

— J'ai pas entendu sonner, s'excusa Ramirez.

— On serait déjà en route si tu ne m'avais pas obligé à venir te chercher. C'est la dernière fois que tu me fais un coup pareil, Ramirez, t'entends ? On t'a pas fourni un portable pour faire des selfies.

— J'suis désolé, patron.

— J'sais pas ce que ce mot veut dire... Prends ton attirail et ramène tes fesses fissa. On a une mission.

Ramirez enfila rapidement ses chaussures, ramassa son veston et, le pistolet sous le ceinturon, il ouvrit les bras pour signifier qu'il était paré pour la mission.

Cisco se tourna vers moi, le pouce par-dessus l'épaule :

— Toi aussi, monsieur Mains-Propres.

— Pourquoi lui ? s'affola Ramirez.

— J'ai besoin d'hommes. On a localisé les fumiers qui ont descendu nos deux coursiers et on va leur faire la peau.

— Diego n'y connaît que dalle aux armes.

— Faut bien qu'il s'y mette un jour. On n'est pas en colonie de vacances.

Ramirez voulut insister ; je le coupai net :

— Je viens avec vous, dis-je en soutenant le regard contrarié de mon cousin.

— Tu vois ? lui fit Cisco.

Ramirez et moi grimpâmes à l'arrière du pick-up car il y avait deux hommes armés dans la cabine. Cisco manœuvra dans la cour pour faire demi-tour, renversa une poubelle et appuya sur le champignon.

— Abruti, me lança Ramirez, agrippé à la ridelle, abruti, abruti ! Je me tue à te laisser en dehors des terrains minés, et toi, tu te jettes dedans avec zèle. Pourquoi tu n'écoutes pas, Diego ?

— Parce que j'ai, moi aussi, mon mot à dire.

— Tu n'as pas entendu Cisco ? On ne va pas au bal masqué, abruti ! Il va y avoir de la casse. Tu t'rends compte dans quel guêpier tu viens de te foutre ?

— J'suis pas femme au foyer, Ramirez. Je veux en découdre, figure-toi. J'ai des projets, et ils ne sont pas forcément les tiens.

Ramirez fronça les sourcils, cisaillé par mes propos :

— Répète voir ?

Je haussai les épaules.

Il m'attrapa par le menton :

— Qu'est-ce t'as derrière la tête, Diego ? C'est quoi tes projets qui ne sont pas forcément les miens ? Tu veux me signifier qu'on n'est plus associés, c'est ça ?

Il était outré et chagriné à la fois.

— Ça veut dire simplement que j'ai des priorités. Après, je te suivrai en enfer les yeux fermés.

— Quelles priorités, Diego ?

Je ne lui répondis plus.

Le pick-up bondissait sur la piste comme une vedette sur une mer démontée. Cisco accélérait en se fichant royalement des secousses qui nous ballottaient dans tous les sens. Je faillis à deux reprises passer par-dessus bord. Agrippé à la ridelle, Ramirez n'arrêtait pas de me fixer en cherchant à percer ce que je manigançais. Je ne pensais à rien. Je regardais les lumières de Santa Rosa qui s'amenuisaient au loin tandis que nous foncions à travers les terrains vagues. Le ciel était constellé de millions d'étincelles. L'air sentait le sable moisi.

Une dizaine d'hommes nous attendaient dans l'entrepôt. Avec un prisonnier, un gamin à la figure ratatinée. Ce dernier était membre des Muchachos, un groupuscule d'enfants des rues qui naviguaient à l'aveugle dans notre secteur et qui s'étaient illustrés plus d'une fois en braquant des taxis pour dépouiller les passagers. Mais depuis quelque temps, les Muchachos commençaient à prendre goût aux hardiesses les plus folles et s'étaient mis à avoir les yeux plus gros que le ventre. On les soupçonnait d'être derrière le guet-apens qui avait coûté la vie à nos deux « coursiers ».

Cisco nous briefa pour l'opération : l'attaque d'une ferme isolée où, d'après les déclarations du prisonnier, se terrait le groupe en question constitué de six mioches et d'une fille.

— Ils ont bien choisi leur planque, dit Cisco en traçant un croquis sur le sol à l'aide d'un couteau. La ferme est au milieu d'un terrain à découvert. La vue est dégagée sur 360 degrés. Nous progresserons tous feux éteints en utilisant nos jumelles infrarouges. Quand nous serons à proximité de la cible, nous avancerons à pied.

On me mit un fusil d'assaut dans les mains et on me dota d'un gilet pare-balles identique à celui que portent les unités spéciales de la police. Cela me fit un drôle d'effet. Moi, que la vue d'un pistolet avait réduit à une larve autrefois dans les ruines du temple, voilà que j'étais d'un coup équipé comme un cheval de bataille. Une étrange dangerosité fermentait en moi. Je me sentais devenir quelqu'un d'autre.

Ramirez m'observait, désappointé. Je lui décochai un clin d'œil pour le rassurer.

Cisco nous ordonna de vérifier nos armes et nos munitions. On jeta le prisonnier dans le coffre d'une bagnole, et le convoi se mit en route, le pick-up de Cisco devant, deux voitures derrière et un 4 × 4 fermant la marche.

Il était 2 heures du matin quand nous atteignîmes la ferme. Embusqués derrière des touffes d'herbes, nous scrutâmes les alentours. Pas âme qui vive. Cisco chargea deux groupes de se déployer sur les flancs de la cible afin de la prendre à revers. Lorsqu'ils prirent position de part et d'autre de l'objectif, le reste de la bande avança de front, par petits bonds, en rampant presque. Ramirez me collait au train, plus occupé à me surveiller qu'à faire attention où il mettait les pieds.

Un cadavre au crâne fracassé était étalé dans la cour à côté d'un chien abattu (sans doute exécutés tous les deux par un sniper). À quelques mètres, la ferme baignait dans un calme malsain…

Cisco donna l'assaut.

Aucune riposte.

Lorsque nous défonçâmes la porte de la bâtisse, nous ne pûmes que constater l'ampleur de la boucherie. Cinq corps étaient étendus autour d'une table chargée d'agapes, les uns par terre, les autres mitraillés sur leurs chaises. Tous des gamins originaires de cette jeunesse perdue qui écumait les bidonvilles pour apprendre sur le tas comment gâcher la vie des autres après avoir gâché la leur. Le plus âgé n'avait pas quinze ans.

Ils avaient été surpris pendant qu'ils faisaient la fête. Des bouteilles de tequila, des joints entamés et des assiettées de bonne chère jonchaient le sol, parmi les tessons et les flaques de sang. Une fille, criblée de balles, tenait entre ses doigts bleutés une console de jeux vidéo. Les murs et les meubles alentour portaient les traces d'un déluge de feu. Les fenêtres avaient volé en éclats.

— Ils ne leur ont pas laissé le temps de se moucher, grogna un *sicario* aux dents en or, mécontent d'arriver trop tard.

— Un raid des Rebeldes, y a pas à chier, dit Cisco, dépité, lui aussi, de rater l'occasion d'accrocher de nouveaux scalps à sa ceinture.

On fit venir le prisonnier. Ce dernier parut horrifié par le spectacle qui s'offrait à lui. Il tomba à genoux.

— Tu t'attendais à quoi ? lui cria Cisco. Qu'on entre dans la cour des grands comme dans un moulin ? Ils sont tous là, tes copains ?

Le prisonnier acquiesça de la tête. Il paraissait sur le point de tourner de l'œil. Il devait avoir moins de quatorze ans et peser dans les quarante kilos tout mouillé. Son visage faunesque portait l'empreinte des nuits farouches et des cuites carabinées à l'abri des portes cochères.

— Qui c'était le chef ?

Le prisonnier désigna du menton un freluquet à peine plus grand que le fusil qui gisait à côté de lui.

— Il s'appelait ?

— Rambo.

— C'est lui qui a monté l'embuscade contre nos coursiers ?

— C'était l'idée de Rosa, répondit le prisonnier en montrant la fille. Elle disait que c'était du gâteau et qu'on allait se faire un paquet d'oseille les doigts dans le nez.

— Vous roulez pour quel clan ?

— On roule pour notre compte.

— Je te crois pas ! lui brailla dans l'oreille Cisco. Il y a sûrement un clan derrière. Mes hommes ne se seraient pas laissé piéger par une poignée de moutards.

— Rosa était sûre de son coup. Elle avait un croquis sur elle, avec les itinéraires et les horaires de passage. On n'a pas de clan derrière nous, je le jure. J'ai tué personne, moi. La nuit du traquenard, je faisais le guet. J'ai pas tiré, j'ai juste donné le signal.

— Où se trouve la marchandise ?

— Je sais pas.

Cisco lui asséna un coup de crosse sur la figure.

— Raconte pas de salades. Montre-nous où se trouve la marchandise, et on te laisse rentrer téter le sein de ta mère.

Le prisonnier regarda l'Indien dans les yeux.

— Tu me relâcherais ?

— Ça dépend de ce qu'on va trouver.

Le prisonnier traîna jusqu'à une armoire antédiluvienne qu'il nous demanda de déplacer. Derrière le meuble, sous le plancher, il y avait une cachette. Cinq colis et quelques enveloppes postales étaient enfouis dedans. Je reconnus mon écriture dessus.

— Où est le reste ? explosa Cisco. Il y en avait dix de chaque.

— J'sais pas.

Nous avons fouillé la ferme de fond en comble pour retrouver le reste de la marchandise volée à nos deux « coursiers ». En vain.

Dans un débarras, nous avons découvert le fermier et son épouse, deux vieillards terrorisés et gémissants. Ils étaient ligotés et bâillonnés. Leurs yeux s'écarquillèrent à notre vue, mais impossible de savoir s'ils étaient soulagés ou bien désemparés.

— Qu'est-ce qu'on fait de ces deux-là ? demanda Ramirez.

— De qui tu parles ? lui rétorqua Cisco, lui signifiant que ce n'était pas nos oignons.

Nous ramassâmes les colis et les enveloppes postales et nous sortîmes dans la cour. Avant de regagner nos véhicules laissés dans un lit de rivière, à quelques centaines de mètres au sud, nous formâmes un cercle autour du prisonnier, qui comprit aussitôt que son histoire s'arrêtait là. Il nous regarda les uns après les autres une dernière fois, ploya la nuque et attendit le coup de grâce avec un stoïcisme qui me sidéra. Le *sicario* aux dents en or lui tira une balle dans la tête. Le gamin resta un moment à genoux avant de s'affaisser lentement sur le côté tandis que le sang jaillissait de sa tempe par petites giclées.

Sur le chemin du retour, Cisco, qui était dans une colère noire, percuta une grosse pierre sur la piste, cassant net un cardan du pick-up et bousillant le pare-chocs. Ramirez s'en tira avec une bosse, et moi avec une grosse frayeur. L'Indien chargea le 4 × 4 de tracter le véhicule accidenté.

De retour à Santa Rosa, après avoir rendu fusil et gilet pare-balles, je me sentis démuni, pareil à un chevalier débarrassé de son armure. Je compris alors qu'il me fallait une arme pour renouer avec l'adrénaline qui avait boosté mon ego quelques heures plus tôt. À mon insu, je venais de réveiller la bête qui sommeillait en moi.

Ramirez ne m'avait pas adressé la parole depuis l'assaut. Il entra directement dans la cuisine, s'empara d'une bouteille de tequila et se versa une rasade, puis une deuxième, sans trouver les mots ni la force de m'engueuler.

— Tu vois ? lui dis-je. J'ai pas gerbé, cette fois.

Après avoir vidé d'une traite son troisième verre, il se leva et sortit dans la cour.

— Où tu vas ?

— Détacher le vieux fermier et son épouse, me lança-t-il en enfourchant sa moto.

Et il s'engouffra dans la nuit.

10

Le lendemain, vers 23 heures, la voiture de Cisco se rangea dans la cour de notre planque. Pour ne pas se donner la peine de descendre du véhicule, l'Indien se contenta de klaxonner, soulevant un concert de jappements des chiens du voisinage. Nous sortîmes en courant. Cisco tortilla un doigt dans notre direction. Mon cousin pivota sur ses talons pour retourner chercher son arme.

— Pas toi, Ramirez… Diego.

Cisco se pencha sur le côté pour m'ouvrir la portière. Je me glissai sur le siège, les mains subitement poisseuses. Dans le rétroviseur extérieur, je vis Ramirez croiser les bras sur sa poitrine, l'air de se demander si je n'étais pas en train de lui couper l'herbe sous le pied.

Nous nous rendîmes dans un night-club, au cœur de Barrio Alto, un coupe-gorge où, dès le soir tombé, chacun ne devrait s'en prendre qu'à lui-même s'il croisait un péril grandeur nature sur son chemin.

Cisco gara sa voiture sur le trottoir, à quelques mètres de la bâtisse sur le fronton de laquelle clignotait une enseigne bleue en français : *Le Pharaon*. Il me tendit un

Colt et me conseilla de le dissimuler dans mon dos. Un homme à la forme d'un baril de mazout, la tronche ronde et compacte comme un boulet de forçat et des anses difformes en guise de bras, nous fit signe d'aller nous ranger ailleurs. Comme nous ne bougions pas, il s'énerva et marcha sur nous dans l'intention manifeste de nous écrabouiller avec notre tacot. Cisco alluma le plafonnier. Le mammifère en rogne freina net en reconnaissant l'Indien ; il fit demi-tour et regagna sa niche en roulant des mécaniques, sauf que, cette fois, son zèle manquait de crédibilité.

Nous entrâmes dans la boîte de nuit. Un monde fou grouillait sur la piste. Un échalas doté d'une oreillette se précipita pour nous frayer un passage dans la cohue. Il nous conduisit par un corridor et s'effaça pour nous laisser grimper un escalier. Sur le palier, deux malabars montaient la garde devant une porte blindée. Visiblement, ils s'attendaient à notre visite. L'un d'eux s'apprêtait à nous fouiller lorsque l'Indien le repoussa brutalement :

— Tu risques de t'électrocuter, face de singe.

Le malabar recula et afficha l'attitude du larbin qu'on n'a pas sonné. L'autre tripota un code sur un clavier mural et se déporta sur le côté pour nous laisser passer.

Tassé derrière un immense bureau en verre, un gros personnage chauve improvisa un sourire de circonstance en nous voyant entrer et posa majestueusement le cigare qu'il était en train de téter dans un cendrier en ivoire. Il dut se trémousser pour se décoincer de son fauteuil.

— Ça fait un bail, Cisco ! s'exclama-t-il en tendant une main que l'Indien ignora.

— Ouais, ça fait longtemps. T'en as fait du chemin depuis le caniveau dans lequel tu lapais, Naaman.

— Faut bien avancer dans la vie, tu ne trouves pas ?

Cisco jeta un coup d'œil sur le faste alentour. De part et d'autre du bureau, deux statues de pharaon en stuc veillaient sur le maître de céans. En face s'étageaient une dizaine d'écrans de télésurveillance sur lesquels s'affichait chaque recoin de la boîte de nuit, y compris les toilettes et le hall d'entrée. Au-dessous d'un aigle empaillé, une armoire vitrée exposait un tas de pistolets de collection, de mousquetons et de pétoires de pirates. Un divan rouge étalait sa grâce de vache sacrée sur l'aile gauche de la pièce, à côté d'une porte-fenêtre donnant sur un jardin.

— T'as une chouette baraque, dis donc.

— J'ai bossé dur pour l'acquérir.

— Ce sont de vrais tableaux ? s'enquit Cisco en contemplant les toiles ornant les murs recouverts de bois noble.

— Si on en croit le faussaire.

— Ça change des photos pornos qui tapissaient ta piaule de blaireau.

— Faut bien avoir la culture de sa fortune. Même les ploucs ont besoin de se saper en citadins lorsque leur tirelire est pleine.

— Qu'est-ce que tu entends par plouc, Égyptien de mes deux ? dit Cisco, susceptible.

— Je suis Libanais…

Les deux hommes se jaugèrent, le regard fielleux.

— Qu'est-ce qui t'amène, Geronimo ? fit le Libanais en reprenant son cigare. Nous avons tiré les choses au clair, avec Sergio. Il y a une charte et on s'est tous entendus pour l'observer à la lettre. Si tu viens décompresser, tu fais comme chez toi à condition de casquer cash et sans remise. Si c'est pour me faire perdre mon temps, je suis très occupé.

— Ne me prends pas de haut, Naaman, menaça l'Indien, dont la pommette gauche se mit à tressauter. N'oublie pas d'où tu viens.

— Même le pape se faisait torcher quand il était enfant. Si on passait aux choses sérieuses ? ajouta-t-il en glissant ostensiblement la main dans un tiroir, sans doute pour se saisir d'une arme au cas où les choses déraperaient.

Cisco ébaucha un rictus dédaigneux :

— Tu saurais pas t'en servir, l'Arabe.

— Qu'est-ce que t'en sais ?

Cisco se gratta le front. Nerveusement. Il ne s'attendait sans doute pas à une fermeté aussi insolente de la part du Libanais. Ce dernier devait avoir une quarantaine d'années. Son obésité l'aurait situé beaucoup plus du côté des videurs de tripot que des caïds. S'il s'était entouré de faste, c'était sans doute pour afficher une autorité qu'il peinait à incarner et que l'Indien contestait avec un mépris flagrant.

Après avoir discipliné sa respiration, Cisco passa aux « choses sérieuses » :

— Sergio déplore l'anarchie en train de torpiller nos petites affaires.

— Et c'est à moi qu'il s'adresse ? Je m'occupe de mon jardin potager. De ce côté, il n'y a pas de grabuge. Mes putes passent régulièrement leur visite médicale et mes clients portent des capotes. L'anarchie touche un secteur où je ne suis pas habilité. La drogue, le trafic d'armes, les migrants, c'est plus mon rayon, et Sergio le sait.

— Tu insistais sur la charte, il y a deux secondes.

— Justement. La répartition des zones d'influence ne souffre aucune équivoque. Chacun connaît ses frontières, Cisco. Les miennes sont parfaitement sécurisées. Pas de raids de police, pas de malentendus, pas de mauvais payeurs. Je gère des boxons et des boîtes de nuit, et tout se passe intra-muros. Si les Rebeldes lavent leur linge sale, c'est en famille, et je ne suis ni leur beauf ni leur cousin germain. (Il extirpa un chapelet du tiroir et se mit à l'égrener sans quitter des yeux l'Indien.) Ça me chagrine que Sergio t'envoie tâter le terrain chez moi. J'ai toujours nagé dans mon couloir.

Cisco se gratta de nouveau le front.

— D'après certaines informations, tu fricoterais avec Dida le Borgne.

— Et alors ? S'agit ni de complot ni d'alliance. Dida me propose occasionnellement des filles pour renouveler mes harems. Rien de plus. C'est un sous-traitant comme les autres.

— Ouais, mais ses moutards ne se limitent pas à escorter les putes jusqu'à tes écuries. C'est à cause d'eux si l'armée s'invite à la fête. La ville est cernée, et plus personne ne peut travailler tranquille. Ça fait deux semaines que le business est en cale sèche.

— Pas le mien, Cisco. Si Sergio a des problèmes avec les gamins de Dida – je suis au courant de ce qui s'est passé avec vos deux coursiers –, c'est pas chez moi qu'il va trouver la solution.

— Qui a exécuté les Muchachos ?

— D'après toi ?

— On n'a pas récupéré toute la marchandise.

— Je te dis que je ne pratique plus ce genre de commerce. J'ai un fournisseur pour ma clientèle, mais pas de stand sur le marché. Et maintenant, est-ce que je peux m'occuper de mes oignons ?

— Nos sources avancent que ton fournisseur t'a livré des colis suspects et Sergio souhaite jeter un œil sur leur traçabilité.

— Révise la charte, Cisco.

— Je la connais par cœur. Si on veut garder intactes nos bergeries, on doit dénoncer le loup partout où il se manifeste.

Le Libanais s'aperçut que son cigare s'était éteint. Il le ralluma, souffla la fumée vers le plafond et s'enfonça d'un cran dans son fauteuil.

— J'ai pas merdé, Cisco.

— J'ai pas dit ça. On veut savoir si, par hasard, des colis égarés n'ont pas échoué dans ta boîte aux lettres, c'est tout. Si c'est le cas, on peut s'arranger. Sergio ne t'en voudrait pas. Il y a un livreur clandestin et il devient compliqué de distinguer l'intrus de l'infiltré... Alors, ce Borgne ?

Le Libanais remua dans son fauteuil. Il réfléchit en suivant une volute de fumée en train de se dissiper au plafond. Pour la première fois, sa nuque s'affaissa lorsqu'il laissa échapper, en détournant les yeux :

— Ne compte pas sur moi pour confirmer.

Une grande satisfaction défroissa le visage de l'Indien. Je compris qu'il venait d'avoir la réponse qu'il cherchait.

— Tu vois ? C'est tellement simple.

— Au revoir, Cisco... Pas la peine de retourner dans la salle. Sortez par le jardin.

Cisco avisa une batte de base-ball sur une commode en acajou. Il la prit, la soupesa.

— Tu ne vas pas me faire le coup d'Al Capone, ironisa le Libanais en faisant allusion à la célèbre réunion crapuleuse au cours de laquelle le caïd de Chicago avait réduit en bouillie le crâne de l'un de ses lieutenants avec une batte de base-ball.

— Pas ce soir, mais je prends la trique pour y penser à tête reposée.

— Elle a appartenu à un grand champion. Je t'en fais cadeau, et c'est de bon cœur.

— De bon cœur ? Tu es né sans, comme tous les asticots de merde.

Cisco soupesa encore la batte, la fit tournoyer et frappa au vol une balle imaginaire. Avant de sortir par la porte-fenêtre, il se tourna vers le Libanais et lui lança :

— C'était le dernier des seigneurs.

— Jésus ?

— Geronimo. Depuis, le monde est livré à la racaille.

— Tu es mieux placé pour le crier sur les toits, Cisco.

L'Indien le pointa de l'index et fit le geste de l'abattre :

— Ton doigt tire à blanc, Cisco. Tu peux te le mettre là où je pense.

— Tu me manques de respect, là, blaireau d'Arabe.

— C'est quand tu veux.

Cisco souffla sur son doigt. Il y eut dans son regard un feu qui aurait glacé le sang à un serpent. Les deux hommes se toisèrent en silence, chacun attendant que l'autre se détourne. Finalement, le Libanais laissa tomber et Cisco se dépêcha de me pousser devant lui. Nous dévalâmes un petit escalier jusqu'à une allée dallée jalonnée de lampadaires nains. Une fois dans la rue, Cisco sortit son téléphone et dit à son interlocuteur au bout du fil : « Confirmation obtenue. À toi de jouer. »

Ensuite, avant de rejoindre notre voiture, il m'ordonna de lui remettre le Colt.

— Je ne peux pas le garder ?

— Il fonctionne pas à l'eau, me dit-il.

— T'en as bien donné un à Ramirez dès les premières semaines. Pourquoi pas à moi ? J'ai fait mes preuves, non.

— T'as rien prouvé du tout.

— Qu'est-ce que je dois faire de plus ?

— Ce que je te dis.

Cette nuit-là, quelques heures après notre passage au *Pharaon*, seize personnes seront exécutées à Tres Castillos : neuf gamins, trois prostituées, quatre adultes, dont Dida le Borgne.

Ramirez m'attendait de pied ferme. Torché, mais furieux.

— Où est-ce qu'il t'a emmené ?

— Tracer mon chemin.

— C'est moi, ton géomètre, Diego.

Je me déshabillai et sautai dans mon lit. Ramirez se tenait debout au milieu de la pièce, les mains sur les hanches.

— Qu'est-ce que t'as dans le crâne, putain ?

Je tirai le drap sur mon visage et me tus pour de bon.

Ramirez sortit dans la cour. Lorsque je l'entendis enfourcher sa moto, j'éteignis la lumière.

11

J'ai demandé à Nonito de m'aider à retrouver quelqu'un sur le Net. Il m'a prié de prendre mon mal en patience jusqu'au soir. Il régnait une atmosphère sordide au labo. Cuchillo engueulait tout le monde pour des broutilles. Les voyants étaient au rouge à Juárez et, bien que notre secteur fût épargné, El Cardenal avait décrété l'état d'alerte. Les livraisons étaient suspendues jusqu'à nouvel ordre. Nous étions comme les troufions consignés dans leurs quartiers.

La télé traitait en boucle de la boucherie de Tres Castillos. On insistait sur l'âge des gamins exécutés : six d'entre eux avaient moins de quinze ans. Le chef de la police promettait d'identifier très vite les assassins et de les traduire en justice. Le maire, lui, exigeait un renfort conséquent de la part des militaires pour ratisser large dans les bidonvilles. Un rescapé au visage flouté racontait que les agresseurs étaient arrivés à bord de 4 × 4 et qu'ils avaient ouvert le feu avant de mettre pied à terre. Un repenti certifiait que le mode opératoire des agresseurs n'avait rien à voir avec celui des Rebeldes et qu'il s'agissait d'une purge intestine destinée à renverser Dida le Borgne dont l'autorité était contestée par certains de ses *capos*. Défilaient sur les plateaux des experts et chacun y allait de sa petite théorie. En fin de compte, tout le monde était dans le cirage.

Cuchillo était tellement furieux qu'il finit par nous renvoyer chez nous vers 15 heures. Il voulait être seul au labo.

Nous avions cassé la croûte dans un boui-boui, Nonito et moi, ensuite nous étions allés nous dégourdir les jambes sur les berges du Rio Bravo. La ville était sévèrement quadrillée par les forces de l'ordre. Il y avait des barrages confiés à des soldats et des postes de contrôle de police à chaque carrefour. Les embouteillages s'encordaient sur des kilomètres. De temps en temps, des ambulances ululaient au loin, angoissant davantage les badauds. Nonito paraissait outré par le chaos qui s'accentuait de jour en jour à Juárez. À bout, il me proposa d'aller chez lui.

Nonito habitait à l'angle de l'avenue Las Granjas et de la Hacienda de Tabalaopa. Une petite maison en dur, assez modeste. Il me pria de m'asseoir dans le salon et alla nous chercher des bières. Il observa un long silence, renfrogné dans son fauteuil, puis il se mit à me raconter sa vie, le père qu'il avait été, la belle maison qu'il possédait, place Général Zuloaga, ses deux jumelles qui lui manquaient, avant de revenir sur sa dégringolade et sur les « horreurs » qui faisaient de Juárez la ville la plus dangereuse du monde. Il déplorait les drames qui endeuillaient quotidiennement des familles entières, la corruption en train de gangrener les gens censés la combattre, les lendemains qui s'annonçaient désastreux et la jeunesse vouée aux dérives les plus meurtrières. Je ne l'écoutais que d'une oreille, impatient de le voir devant son ordinateur tenter de retrouver la trace d'Elena. Il s'aperçut que ses histoires m'ennuyaient, s'excusa de me casser la tête avec ses états d'âme et consentit enfin à tripoter les touches de son clavier. Nous sommes restés des heures à chercher Elena Rodero sur les sites et les pages du Net consacrés au cinéma, aux castings, aux starlettes. Rien. Nous avons essayé avec Osario Guzmán. Son nom était cité dans quatre affaires de banditisme relatées en détail par la presse locale, mais ni page Facebook ni traces de lui sur les réseaux sociaux. J'en étais désespéré.

— Tu es sûr qu'elle est à Juárez ?

— J'ignore si elle y est encore, mais elle a été vue avec Osario.

— Je ne connais pas ce type. C'est quoi son métier ?

— Il a promis à la fille en question une carrière d'actrice et elle est tombée dans le panneau. Il avait réussi à piéger une autre fille de notre village de la même façon et il en a fait une souillure.

— C'est une parente à toi, Elena ?

— C'est très important pour moi.

— Ça crève les yeux, mais tu ne réponds pas à ma question, Diego.

— C'est une longue histoire.

— Tu veux qu'on cherche du côté de la prostitution ? Il y a des centaines de sites sur le Net. Ça va nous prendre un temps fou.

— Pas la peine. Elena est trop pieuse pour se laisser embarquer dans ces milieux-là. Elle préférerait mourir.

Épuisés, nous retournâmes dans le salon finir nos bières. Nonito retomba aussitôt dans la déprime. Il alluma une cigarette et la fuma jusqu'au filtre en fixant un point sur le mur, remuant au plus profond de lui-même la lie qui fermentait en lui. Parfois, il oubliait que j'étais là et se mettait à soliloquer. Quand il réalisait qu'il n'était pas seul, il me décochait un sourire gêné et continuait de hocher la tête avec chagrin.

— Tu ferais quelque chose pour moi s'il m'arrivait un pépin, Diego ?

— Que veux-tu qu'il t'arrive ?

— Nul n'est à l'abri dans cette ville. Mais la question n'est pas là. Je veux savoir si je peux me fier à toi. On n'est jamais sûr de rien ni de personne, sauf qu'on est bien obligé parfois de prendre des risques.

— Tu ne risques rien avec moi.

Il me montra une commode près de la fenêtre.

— Tu vois le tiroir gauche ? Si tu le retires complètement, il y a une enveloppe collée en dessous. Dedans, une lettre avec des instructions. S'il m'arrivait quelque chose, j'aimerais que tu y jettes un œil.

— Il ne t'arrivera rien, voyons.

— C'est pas ton affaire, Diego. Dis-moi seulement si je peux compter sur toi.

— Si c'est dans mes cordes.

— Je m'en voudrais de te solliciter pour quelque chose qui te dépasse.

— Dans ce cas, je suis d'accord.

— Merci. Tu trouveras la clef de la maison sous le pot, dehors.

— Je n'aime pas quand tu parles de cette façon.

— Y en a pas d'autre.

Il se détendit et alla nous chercher d'autres bières. Nous allumâmes la télé. Les informations continuaient de se focaliser sur la boucherie de Tres Castillos. Un jeune homme en pleurs criait vengeance en s'adressant au journaliste. Il traitait les assassins de lâches et de fumiers. Le journaliste nous le présenta comme étant le grand frère de deux des victimes du massacre.

— Tu étais dans le coup, Diego ?

— Moi ?

— Ben, ce sont nos gars qui sont derrière. Tu n'as pas remarqué comment Cuchillo se conduisait avec nous ce matin ? C'est lui qui a dirigé l'opération. Il est mal parce que le Borgne et lui ont grandi dans le même patio. Ils ont été plus que deux frangins avant que Dida ne décide de rouler pour son propre compte.

— C'est Cuchillo qui a buté tout ce beau monde ?

— Tu n'étais pas au courant ?

— Non. J'étais avec Cisco, hier soir. On a rendu visite au patron du *Pharaon*.

Nonito fronça les sourcils.

— Il faut garder tes distances avec l'Indien. Tu relèves de l'équipe de Cuchillo et tu n'as de compte à rendre à personne d'autre.

— C'est lui qui est venu me chercher.

Nonito posa sa bière sur la table et me fit face.

— Diego, il faut que tu saches que Cisco est un détraqué. Il a des comptes strictement personnels à régler avec des types qui ne sont pas obligatoirement dans le collimateur du Cardinal. Un jour, tu vas te retrouver dans de beaux draps et Sergio ne sera pas fier de toi. Cisco, parfois, cherche des gars assez cons pour qu'ils fassent pour lui la sale besogne. Il commence par te faire croire qu'il t'a à la bonne et quand tu mords à l'hameçon, il te jette à l'eau en veillant à ne pas se mouiller. Fais très attention. Il m'a roulé de la même façon, à mes débuts. J'ai tué un flic pour lui.

— Tu as tué un flic ?

— Ça doit rester entre nous. Je te le dis pour que tu fasses attention. Cisco opère de cette façon pour régler ses comptes à lui. Pas ceux du gang. Pas ceux du Cardinal. Rien que ses comptes à lui… Je parie que tu n'es pas fiché chez les flics.

— J'ai jamais eu d'embrouilles avec eux.

— C'est exactement ce que cherche Cisco. Un gars clean, inconnu de la police, sans empreintes digitales ni ADN répertoriés. Il l'utilise pour descendre les gars qui ne lui reviennent pas.

— Comment lui désobéir ?

— Ton chef attitré, c'est Cuchillo.

— Cisco commande Cuchillo.

— Ouais, mais il ne commande pas le labo et n'a aucune autorité sur le personnel du labo. Sergio est strict là-dessus.

Son ton alarmant ne m'éveilla pas à la dangerosité de l'Indien. En vérité, je m'en fichais de rouler pour Cisco ou pour quelqu'un d'autre.

Je promis à Nonito de me tenir sur mes gardes pour qu'il arrête de me prendre pour un enfant de chœur qui se serait trompé de paroisse.

Le soleil déclinait ; ses lumières rasantes envahissaient le salon. Nonito changea de chaîne, tomba sur un documentaire animalier et se cala dans son fauteuil. Dehors, des gamins chahutaient. Un camion traversa la rue dans un tintamarre de ferraille. Je me levai pour m'approcher de la fenêtre. Les gamins tapaient dans un ballon à même la chaussée ; leurs cris emplissaient l'air d'une clameur apaisante, supplantant pour quelques instants les mugissements des sirènes.

Je me tournai vers Nonito :

— Et toi, est-ce que tu peux faire quelque chose pour moi ?

— Ça dépend.

— J'ai besoin d'un flingue.

Il sourit. Tristement.

— J'ai de quoi payer.

— Généralement, on paie de sa vie ce genre d'objet, sauf que l'on ne s'en aperçoit que trop tard.

— J'ai besoin d'un flingue, Nonito. Je suis sérieux.

— On ne l'est jamais vraiment quand on se range de ce côté des choses, Diego.

— J'suis assez grand pour savoir ce que je veux.

— Grand de taille ou d'esprit ?

— Nonito, s'il te plaît.

Nonito émit un hoquet dépité. Un sourire triste flotta quelques secondes sur ses lèvres avant de s'effacer. Ses doigts tambourinèrent sur son genou, il chercha ses mots, n'en trouva aucun susceptible de me faire entendre raison. Il se leva à son tour et marcha vers la commode, sur laquelle trônait, dans un cadre en bois, la photo d'une jeune femme entourée de deux petites jumelles blondes.

— C'est tout ce que je possédais sur terre, Diego. Une épouse que j'adorais et deux bouts de chou magnifiques que j'aime plus que tout au monde. Nous formions une belle petite famille tranquille. J'avais un boulot qui suffisait largement à nos besoins et il nous arrivait de nous offrir des vacances. Et puis, un mauvais placement, et la société qui m'employait s'est rompu le cou. Du jour au lendemain, j'étais sur la paille. J'ai frappé à toutes les portes, passé au peigne fin toutes les annonces, pas moyen de me ranger quelque part. Un soir, je suis rentré chez moi torché comme un cul. Et tu sais quoi ?

— Pourquoi tu me racontes ça, Nonito ? J'ai seulement besoin d'un flingue.

— Ma femme et mes jumelles s'étaient taillées. Je les ai cherchées partout. À Madera, où vivent mes beaux-parents. À Lincoln, chez mes parents. À Vado, où nous avions une résidence secondaire. On aurait juré qu'un ovni les avait enlevées...

— Nonito, est-ce que tu peux me procurer un flingue ou pas ?

Il revint vers moi, les yeux presque éteints :

— Tu as déjà tué quelqu'un, Diego ?

— Non.

— Alors, barre-toi... Retourne dans ton bled tout de suite.

— Tu sais comment on appelle mon village ? Le Cimetière des Vivants.

— Juárez est l'antichambre de la mort.

— S'il te plaît, ne me fais pas la leçon.

Nonito posa ses mains décharnées sur mes épaules.

— Des dizaines de p'tits gars qui pensaient qu'avec un flingue ils allaient changer la donne sont en train de pourrir dans des charniers.

Sa main droite glissa sur ma joue, avec tendresse :

— Je t'aime bien, Diego. Ce qui me chagrine, c'est que tu n'as pas du tout la tête de l'emploi. C'est pas ton monde, Santa Rosa. On se jouera de toi comme d'une marionnette, et après on te rangera au placard pour l'éternité. Tu veux changer de vie ? Saute dans un autocar et va loin de cette nécropole où la voix du Seigneur n'arrive pas à se faire entendre dans le chœur des canons.

J'ai quitté Nonito en claquant la porte derrière moi. Tellement furieux que je m'étais rendu directement dans un zinc avaler trois doigts de tequila afin de me calmer. J'en avais ras le bol d'être traité en immature par mon cousin, par Nonito, par Cuchillo, par Cisco, par tout le monde. Personne ne semblait mesurer l'étendue de ma frustration chaque fois qu'on me prenait de haut ou avec condescendance. Je voulais une arme pour être responsable de mes actes et ne plus dépendre de personne. Depuis l'assaut contre la ferme des Muchachos, je m'étais éveillé à l'impérative nécessité de me reprendre en main. Le dernier des mômes tués dans cette ferme m'avait paru plus grand que moi. Ces gamins connaissaient parfaitement les périls qui les guettaient et avaient *décidé* de les courir. Ils avaient agi en responsables. J'avais presque du respect pour eux. Ils sont morts pour avoir joué l'atout majeur, celui du quitte ou double, et rien que pour cette audace insolente, aussi hasardeuse que pathétique, je leur trouvais un mérite que je n'avais pas.

Maintenant que j'y pense, des années plus tard, je crois que j'avais décidé *de participer à l'assaut de la ferme non pas pour contrarier mon cousin, mais pour m'initier à l'exercice de la mort. Je l'ignorais sans doute à cette époque. Aujourd'hui, j'en suis convaincu : je voulais apprendre à tuer. Car, derrière ma nonchalance, tapi au plus profond de mon être tel un agent dormant, un manque lancinant fermentait en moi. Ce manque avait fini par me travailler, inconsciemment, comme le seul défi véritable susceptible de me restituer la dignité que j'avais perdue dans les ruines du temple. Le 14 mars, en assistant à l'exécution de Rango dans l'entrepôt, je n'avais pas vomi,*

*je n'avais fait qu'expurger mon être des derniers rési-
dus de cette part d'humanité qui me couvrait de
ridicule chaque fois que j'étais confronté à la cruauté
de mes semblables.*

12

— Je sais où se terre Osario. À Valle Alto, rue Manuel Goytica. J'ai même pris des photos de sa planque. Rassure-toi, elle n'a rien d'une forteresse. Un moulin, plutôt. Tu peux pas mesurer combien je suis content !

Ramirez accusa la nouvelle avec un léger soubresaut avant de continuer d'astiquer sa bécane, un torchon dépassant de la poche arrière de son pantalon, un autre dans ses mains maculées d'huile usée.

— Est-ce que tu entends ce que je te dis, Ramirez ?

Mon cousin se redressa pour contempler sa moto, passa machinalement un dernier coup de chiffon sur le guidon. Sans se tourner vers moi, il se dirigea vers le robinet extérieur, fit couler du savon liquide sur ses paumes et entreprit de se laver.

— Eh, ho ! Je te parle, Ramirez !

Il me balança la serviette sur la figure et entra dans la bicoque. Je le poursuivis, des boules dans la gorge.

— Quand est-ce qu'on va lui régler son compte, à ce salopard ?

Ramirez enfila un tricot et se mit face à la glace du vestibule. Il passa les doigts dans ses cheveux, lissa son menton rasé de frais. Il avait une petite cicatrice derrière l'oreille que je ne lui connaissais pas. Il me poussa sur le côté pour se rendre dans la cuisine, pêcha une bière dans le frigo, la décapsula d'une chiquenaude et avala une pleine rasade.

— Je te préviens, Ramirez. Si tu n'es pas partant, je le ferai tout seul.

— Osario n'a pas flingué que des chiens dans sa vie, je te signale, cousin.

— Dois-je comprendre que j'ai passé des nuits et des nuits à faire le guet *Chez Norma* pour des prunes ?

— J'ai pas dit ça. C'est pas le moment, c'est tout. Pour s'attaquer à ce genre de filou, il faut bien calculer son coup. Car on n'a droit qu'à un seul. Si tu le loupes, tout ce qu'il te restera à faire, c'est creuser ta tombe à mains nues. Je me suis renseigné sur ce faux-jeton. Il a une longueur d'avance sur le Malin. La preuve, il doit du fric à un tas de truands, et ça n'a pas l'air de le préoccuper. S'il s'amuse à se faufiler entre les mailles des filets où les plus gros requins échouent, c'est qu'il est capable de nous pendre avec notre propre lasso.

— Tu lui prêtes un talent qu'il n'a pas. Je l'ai suivi jusqu'à chez lui. Il était rond comme une barrique. On peut se le faire cette nuit. Il était complètement cuit. Et seul.

Ramirez écarquilla les yeux, aussi sidéré qu'agacé par mon entêtement.

— Tu veux qu'on y aille maintenant ?

— Il faut battre le fer tant qu'il est chaud.

— Tu n'es pas au courant ?

— Au courant de quoi ?

— Mais, bon sang, il y a eu un cataclysme à Santa Rosa. Tu n'es pas passé au labo ce matin ?

— Si.

— Est-ce que Cuchillo y était ?

— Non.

— Et depuis quand Cuchillo n'est pas à son poste, le matin ?… Il y a eu un drôle d'orage, cousin. Cisco a été mis sur le banc de touche. C'est désormais Cuchillo qui le remplace. Il va y avoir d'autres têtes qui vont tomber avant le coucher du soleil.

J'étais scotché.

— Cisco est au courant de son limogeage ?

— Tu parles, s'il est au courant. Il a été relevé par Sergio en personne, hier. Et depuis, il est cloîtré chez lui. Je suis allé lui rendre visite pour me préparer au pire. Paraît que toute la clique à Cisco est visée. Mais Cisco a refusé de me recevoir. Il était soûl comme une tempête. Il a même failli me tirer dessus. Alors ? Tu veux qu'on aille régler son compte à Osario tout de suite ou bien tu préfères te tenir à carreau en attendant de voir quelle tuile va nous tomber dessus ?

Pendant deux minutes, j'étais resté bête. La tournure que prenaient les choses, conjuguée à l'état de guerre en train de consolider ses dispositifs dans les bidonvilles de Juárez, me prenait de vitesse. C'était trop rapide pour mon esprit habitué à réfléchir mollement sans pour autant parvenir à des synthèses probantes. Je ne connaissais que très peu de gens dans le clan. Le cloisonnement était observé avec une rare rigueur et les différents escadrons qui composaient la force de frappe du Cardinal agissaient chacun dans son territoire en veillant scrupuleusement à ne rien laisser au hasard ni aux autres. Chaque *capo* se limitait à sa zone d'influence, strictement. La majorité d'entre eux ne se croisaient qu'en de rares occasions. En fin stratège, El Cardenal disposait d'un conseil occulte, tenant ainsi son cheptel dans une opacité où tous les coups lui étaient permis : décimer un groupe gênant, restreindre ou élargir tel ou tel secteur, nommer ou dégommer un lieutenant. Nous n'étions que du menu fretin, Ramirez et moi ; cependant, notre rang de subalternes ne nous mettait aucunement à l'abri des purges. Étions-nous vraiment très proches de Cisco ? Je ne le crois pas. Nous ne détenions ni secrets ni informations suscep- tibles de faire de nous des cibles sérieuses, mais pour El Cardenal nous étions *tous* suspects. Sans exception. Il aurait liquidé un pauvre larbin juste pour dissuader les traîtres potentiels.

— Pourquoi a-t-on limogé l'Indien ?

— Les voies du Seigneur sont impénétrables.

— C'est quoi ton plan, si ça tourne mal pour nous deux ?

— On a un peu de fric pour nous refaire ailleurs.

— Et Elena ?

Ramirez se prit les tempes à deux mains et courut s'écrouler sur son lit, excédé par le décalage entre mes préoccupations et celles du jour.

La veillée d'armes nous obligea à rester en alerte jusqu'à 4 heures du matin. Chaque fois qu'une voiture s'arrêtait dans les parages, mon ventre se contractait. Un silence de plomb écrasait le quartier. Même les chiens du voisinage semblaient retenir leur souffle. Ramirez faisait la navette entre son pieu et le vasistas de la cui- sine. Parfois, les nerfs à fleur de peau, il sortait dans la cour inspecter les alentours. Il avait fumé plus d'un paquet de cigarettes et ingurgité tout ce qu'on avait dans le frigo.

Personne ne vint frapper à notre porte.

Nous nous assoupîmes aux aurores, Ramirez dans un fauteuil, moi, la tête sur la table de la cuisine.

Aucune tuile ne s'était décrochée du ciel. Le « remaniement » imminent prévu par Sergio n'eut pas lieu. Ou peut-être ne nous concernait-il pas, mon cousin et moi.

On s'était levés vers midi. C'était un jour comme les autres, misérable et laid, avec son soleil poussiéreux et ses tintamarres habituels. Les rues grouillaient de mioches instables, les zincs débordaient de paysans aux dents jaunâtres descendus de leurs montagnes chercher une corvée mal payée, les *maquiladoras* tournaient à fond la caisse, les dealers faisaient le pied de grue çà et là, un œil devant, un œil derrière, pendant que, tels des vampires fuyant la lumière, les prostituées s'offraient une sieste post-digestive derrière les volets clos, attendant la nuit pour piéger les honnêtes pères de famille.

Ramirez et moi avions traîné dans le *barrio* jusqu'au soir. Depuis quelque temps, les Rebelles procédaient à des purges sur leurs territoires, en particulier à Bellavista et à San Antonio, et la police était sur les dents. Notre secteur n'était pas touché, mais, par mesure de précaution, Sergio Da Silva, alias El Cardenal, avait décrété le stand-by jusqu'à nouvel ordre. Pour Ramirez et moi, c'était le chômage technique ; on ne faisait que tourner en rond comme des chiens errants.

On avait acheté des côtelettes de porc pour le dîner et rejoint le trou à rat qui nous servait de planque.

Hormis deux voisines qui se chamaillaient à cause d'une vague histoire de mari dragué, le peuple de Santa Rosa s'apprêtait à regarder le match de foot. J'ai rincé les assiettes qu'on avait oublié de laver la veille pendant que Ramirez épluchait les patates. La radio diffusait les chansons d'El Divo. Les deux voisines avaient fini par se calmer, et le quartier, rendu à son silence, retrouvait ses angoisses car un drame était toujours à prévoir : une semaine sur deux, quelqu'un prenait du plomb dans le buffet lorsque ce n'était pas une gamine qui se faisait violer. À part ces faits divers, somme toute ordinaires, les gens vivaient leur vie. Dans les *focos rojos*, la longévité est une simple question de hasard. Quand le sort s'abat sur l'élu, on pleure un coup, on promet de se venger, parfois on se venge, parfois on se fait descendre pour avoir crié vengeance, puis chacun reprend le cours de son destin là où il l'a laissé, avec le sentiment d'avoir échappé à un sortilège et que ce n'était que partie remise.

On s'apprêtait à passer à table, Ramirez et moi, lorsque Cisco débarqua, une batte de base-ball à la main. Il respirait comme un buffle qui se serait pris les naseaux dans une fourmilière.

— Allez le chercher ! nous cria-t-il en cognant sur la table.

Nos assiettes s'étaient envolées avant de se fracasser au sol avec nos côtelettes de porc et nos frites.

Cisco tendit le bras vers la guimbarde qui pétaradait dans la cour.

— Ramenez-moi ici ce fils de pute !

Ramirez et moi, on était sortis au pas de course. On avait regardé à l'intérieur de la bagnole. Il n'y avait personne sur le siège avant ni sur la banquette arrière.

— Dans le coffre, connards ! hurla Cisco.

On avait soulevé le capot du coffre. Un militaire était recroquevillé à l'intérieur, les poignets ligotés.

Nous l'avons traîné à l'intérieur de la baraque. Le soldat regardait à droite et à gauche d'un air ahuri. C'était un gamin, malgré le duvet qu'il faisait passer pour une moustache. Il avait une belle petite gueule, le genre d'enfant élevé au biberon pour ne pas abîmer les seins de sa mère et destiné à porter des costards de banquier ou des tuniques d'officier. Il devait avoir entre vingt et vingt-trois ans, faussement frêle, les cheveux blonds soigneusement taillés en brosse et les oreilles propres et translucides comme les lanternes que l'on brade dans les bazars chinois.

— Tu disais quoi au tripot de la gare routière, face de fille ? feula Cisco.

— Où suis-je ?

— Tu ne me remets pas ?

Cisco tremblait comme un camé en manque. Ses prunelles étaient en feu. Cisco, quand il se mettait dans un état pareil, ça signifiait que la danse du scalp avait commencé pour quelqu'un. De toute évidence, le soldat était mal barré.

— Qu'est-ce que vous me voulez ?

— Ta peau, enfoiré.

— Je ne vous ai rien fait.

— C'est pas un empêchement.

Le soldat n'était pas tout à fait éveillé. Il tentait instinctivement de se défaire de la cordelette qui lui attachait les poignets derrière le dos.

Cisco balança la batte de base-ball contre le mur et extirpa son énorme flingue de sous son ceinturon. La vue de l'arme dégrisa le soldat. Il nous regarda, Ramirez et moi, comme s'il espérait un quelconque secours de notre côté, puis il revint sur Cisco ; ce qu'il décoda dans les prunelles effervescentes de ce dernier le pétrifia.

— Il s'agit d'un malentendu. Je suis seulement de passage dans la région. Ça fait des mois que je n'ai pas bénéficié d'une perm.

— Pourquoi tu me racontes ta vie, asticot de merde ? J'en ai rien à cirer de tes histoires. On a des comptes à régler, toi et moi, et rien de plus. Tu m'as manqué de respect. Et ça m'a affecté. J'ai presque envie de chialer tellement ça m'a fait mal que tu me manques de respect. J'suis Cisco, putain. J'suis pas n'importe qui.

Il était parti, Cisco. Une boîte de Pandore quand il se mettait à râler. Il expurgeait toute la lie qu'il avait engrangée au fond de ses tripes depuis son enfance minable, depuis ses nuits blanches passées dans les porcheries, depuis qu'il avait perdu la foi dans tout ce qui ne le faisait pas souffrir.

— Je ne sais même pas ce que vous me reprochez.

Cisco stoppa net son délire. On aurait dit qu'il s'était pris la tronche dans une baie vitrée. Pendant une minute, il se demanda où il en était, puis, se grattant la tempe avec le canon de son pistolet, il se pencha sur le soldat, l'air de le découvrir pour la première fois.

— Tu sais pas c'qu'on te reproche ?

— Non.

— T'es un gradé, c'est ça. T'es quoi ? Lieutenant ?

— Caporal.

— Wow ! T'as pas encore de poil au cul et déjà t'es caporal. C'est parce que tu portes un costume de majorette que tu m'as regardé comme si j'étais une crotte flottante ?

— Vous vous trompez. Ce n'est pas dans mes habitudes de me conduire de la sorte avec les gens.

Cisco ne l'écoutait plus. Il était reparti en vrille.

— Qu'on me tire dessus, c'est normal. C'est mon monde à moi. Des fois, c'est toi qui canardes. Des fois, le canard sauvage, c'est toi. C'est de bonne guerre. Mais qu'on me prenne de haut, ça, je le supporte pas. Ma dignité, c'est tout ce que je possède sur terre. J'suis pas un plouc. J'suis Cisco, putain. Tu me craches dessus et tu récoltes un tsunami avant que ta salive ne déborde tes lèvres. C'est ça, Cisco. C'est le manitou sur terre. S'il ne promet le paradis à personne, il voue aux enfers toutes les pédales qui se frottent à lui.

Ramirez et moi, on comprenait un peu ce qui mettait Cisco dans un état pareil. Ça a toujours été le même topo avec lui. Quand il grillait un fusible, il court-circuitait la ville entière. C'était un malade, un vent funeste lâché dans la nature, le genre à s'écraser comme une crêpe devant plus fort que lui avant de courir conjurer ses démons sur des gamins. Depuis qu'El Cardenal l'avait rétrogradé, Cisco était comme fou. Le soldat allait lui servir d'exutoire. Il a eu le malheur de se trouver là où il ne fallait pas. Pour Cisco, c'était du pain bénit.

— Détachez-le.

Ramirez, qui avait un canif sur lui, s'exécuta. Il trancha la cordelette qui meurtrissait les poignets du soldat.

— Lève-toi ! cria Cisco au caporal. Un soldat doit mourir debout. C'est ce qu'on vous enseigne dans l'armée, pas vrai ? Mets-toi au garde-à-vous que je te crève dans les règles de l'art.

Le caporal n'avait qu'à lire dans les yeux incandescents de Cisco pour comprendre que son sort était scellé. La mort, chez Cisco, n'était pas forcément une question d'honneur. Une simple saute d'humeur suffisait à la légitimer. C'était absurde, mais c'était comme ça. À Juárez, on peut croiser son destin à n'importe quel moment, n'importe où, et ce soir-là, la sentence était tombée dans un zinc de la gare routière tandis que le militaire savourait une bière en attendant son autocar. Avait-il pensé une seule seconde qu'il allait louper la navette ? Je ne crois pas. Il était tranquille dans ce bar, à s'imaginer rentrant chez lui retrouver ses proches, et peut-être une fiancée, loin de se douter qu'il était en train de vivre les dernières heures de sa vie. J'avais de la peine pour lui. Mais, dans le monde où j'avais échoué par mégarde, les bons sentiments et les prières n'avaient pas cours. C'était le monde des balles perdues, des suspicions expéditives et des procès bâclés ; le monde des règlements de comptes, des humeurs massacrantes et des hasards meurtriers. On y trucidait à tout-va, sans préavis et, souvent, par simple formalité.

Le caporal se tourna vers moi. Je ne pouvais rien pour lui. Il regarda Ramirez, et Ramirez baissa la tête. Il décida alors de tenter l'hypothétique chance sur mille que le sort pourrait lui accorder – la chance de tous les miracles et de tous les dangers. Il bondit sur ses jambes et fonça tête baissée sur Cisco, espérant le renverser et filer par la porte restée ouverte sur la cour. Cisco s'y attendait. Ses yeux brillèrent d'un feu jubilatoire lorsqu'il appuya sur la détente. Ramirez et moi, on était restés scotchés.

Il y eut un silence.

Puis Cisco maugréa :

— Personne ne doit me prendre de haut. J'suis pas un nain.

Le caporal est mort sur le coup. La balle l'avait traversé de part en part. Couché sur le dos, il fixait le plafond de ses yeux bleus qui ne verraient jamais plus se lever le soleil sur ce monde de dégénérés. Un filet de sang coulait de sa bouche. Il avait l'air de s'être assoupi en mordant une cerise.

Ramirez s'écria :

— Qu'est-ce que t'as sur ta chemise, Diego ?

Il y avait du sang sur ma chemise. Probablement celui du caporal, car je me tenais juste derrière lui lorsque le coup de feu avait claqué. Ramirez n'en était pas convaincu. Il trouvait que je saignais trop. Il avait raison. Il ne s'agissait pas d'éclaboussures. C'était mon sang qui suintait sur ma chemise. Tout de suite, je perçus le tintement d'une coupe de cristal dans ma tête ; un tintement lent, qui n'en finissait pas de me fissurer le cerveau. Ensuite, mes jambes se dérobèrent.

— Putain, c'est pas vrai... répétait Ramirez, vert de panique. Hey, Diego, dis-moi que c'est pas vrai !

Je ne pouvais rien lui dire. J'avais la bouche pleine d'un goût de cendre.

— Qu'est-ce qu'il a ? a demandé Cisco. Il veut dégueuler ?

— Il a pris la balle dans le ventre.

— Quelle balle ?

— Celle qui a buté le caporal.

— Comment ça s'fait ?

— La balle a traversé le corps du soldat et est venue se loger dans le bide de Diego.

Cisco se frappa le front avec le plat de la main.

— Putain ! Qu'est-ce qu'il lui a pris, à cet abruti, de se mettre sur la trajectoire de la balle ?

Le froid me gagnait de partout. Bientôt les cris de Ramirez ne m'atteignirent plus. Je ne voyais que sa bouche qui remuait, ses bras qui me retenaient et ses yeux qui ne savaient quel saint implorer. Soudain, il y eut un flash. Tout devint blanc. Puis la brume se mit à s'échancrer et je vis un marmot aux fesses nues courir dans un champ. Je revins à moi, retrouvai le visage décomposé de Ramirez, sa voix me suppliait, à travers une multitude de filtres, de rester éveillé. *Ne lâche pas l'affaire. Accroche-toi...* C'était une voix lointaine, qui allait et venait dans un roulis. De nouveau, la brume. Cette fois, le marmot aux fesses nues, vêtu d'un tricot trop court qui lui dévoilait la moitié du ventre, a les doigts dans la bouche. Il regarde brailler une femme aux prunelles éclatées. Cette femme, qui a été sa mère la veille, lui est devenue étrangère du jour au lendemain. Il ne la reconnaissait plus. Elle ne le reconnaissait pas, elle non plus. Pendant qu'elle se déchaînait en s'arrachant les cheveux, le marmot faisait sur lui...

Les embouteillages n'en finissaient pas de nous ralentir tandis que chaque minute comptait. Une terrible course contre la montre se jouait à pile ou face, et moi, je pirouettais entre la vie et la mort comme une pièce de monnaie lancée en l'air. Je n'avais pas mal. J'étais hébété, un goût d'aliment avarié dans la bouche. Je tentais de m'accrocher à des bouts de nuages, mais ils s'effilochaient entre mes doigts. Quelque part, entre ciel et terre, une main se tendait vers moi tandis que j'hésitais à la saisir...

J'étais en train de mourir.

Lorsqu'on voit sa vie défiler sous ses yeux, ça signifie qu'on est en train de faire ses adieux à tout ce que l'on a subi, partagé, aimé et haï...

Étrangement, je n'avais pas peur. Je flottais quelque part, rasséréné, presque heureux de partir, survolais l'Enclos de la Trinité, les ruines sur la colline, voyais mon oncle debout devant sa cantina, Elena qui m'épiait derrière la moustiquaire, ma mère qui courait nue à travers champs, deux chats ébouriffés se disputant un oiseau mort, puis le ciel qui m'aspirait lentement.

Cisco klaxonnait sans arrêt. Ma tête retentissait de déflagrations diffuses. Un moment, tiraillé de toutes parts, j'ai souhaité que mon cœur lâche une fois pour toutes.

— Ne t'endors pas, Diego. Je t'en supplie, reste éveillé ! On va te conduire à l'hosto.

Deuxième partie

L'enfant court sur l'eau. Sous ses pieds nus, de petites gerbes virevoltent en gouttelettes nacrées. Une femme en blanc le regarde venir à elle. Ses yeux ne sont que tendresse. Le visage auréolé de soleil, elle écarte les bras pour accueillir son petit. L'enfant bondit contre la poitrine de sa mère, traverse cette dernière de part en part et tombe à l'eau. La femme ne comprend pas. Elle cherche son petit qui vient de se volatiliser. *Il est derrière toi, il est derrière toi...* La mère panique, regarde à droite et à gauche... *Il est derrière toi, maman. Retourne-toi, ton fils est en train de se noyer dans ton dos...* La mère ne se retourne pas. Elle ne m'entend pas. L'enfant sombre au ralenti dans les flots. On voit ses épaules, puis son cou, ensuite sa tête s'enliser dans les eaux qui, tache d'huile s'élargissant à l'infini, virent au gris. Sa petite menotte tente désespérément d'atteindre l'ourlet de la robe maternelle, s'accroche à des volutes d'écume... *Vite, retourne-toi, maman. Ton fils est en train de se noyer juste derrière toi...* Ma voix s'effrange sur les vagues. La mère ne la perçoit pas. Lorsqu'elle se retourne enfin, l'enfant a disparu. Des spirales s'élargissent à l'endroit où la petite main translucide a *coulé*. « Il va se réveiller, n'est-ce pas, docteur ? — Il est hors de danger, mais ne reste pas là » … Elena se promène sur une plage au sable blanc, un petit chien jappant devant elle. La silhouette de la mère s'est dissipée au large. Les vagues déferlent sur le rivage. Noires de nuit. Debout sur une dune, les mains en entonnoir, j'appelle Elena, et Elena ne m'entend pas. Je ne peux pas aller vers elle. Mes pieds sont enracinés dans la dune. *Elena... Elena...* Elena s'éloigne, le petit chien gambadant devant elle…

J'ouvre les yeux, aperçois un plafond, des visages flous penchés sur moi. J'essaye de revenir à mon rêve, de retourner sur la dune, mais la plage est déserte et Elena a disparu ; seule une robe blanche froufroute sur le sable tandis qu'une marée noire rampe vers elle…

— Docteur, il vient de se réveiller.

Ramirez me fit mal en étreignant mon poignet.

— Tu me vois ? Tu me reconnais ?

— Vas-y mollo, lui dit un homme en blouse blanche. Il n'était pas dans le coma, voyons, il était sous anesthésie. Dans moins de deux semaines, il pourra courir comme un lièvre.

Soulagé, Ramirez s'assit d'une fesse sur le rebord de mon lit sans se douter que son coude pressait sur ma blessure.

— Tu es sorti d'affaire, Diego. Tu seras bientôt sur pied.

Sa voix m'atteignait par bribes. J'eus le sentiment d'émerger d'un puits. J'essayai de bouger un bras. Mon corps ne réagit pas. On aurait dit un ballot de chair froide saucissonné dans un drap.

L'homme en blouse blanche braqua une lampe de poche sur mes yeux. La lumière me fit l'effet d'un coup de rasoir dans le cerveau.

— Il est encore dans les vapes. Laisse-le se reposer.

Je fermai les yeux et retombai dans les ténèbres.

13

Le docteur Singer me garda quelques jours en observation. Il me rassura : la balle n'avait touché aucun organe vital. Elle s'était logée à un centimètre de l'appendicite ; son extraction s'était déroulée sans problème. J'avais perdu beaucoup de sang, mais je réagissais très bien.

Je n'ai pas été opéré à l'hôpital. Cisco a préféré me confier à un chirurgien clandestin de Mirador qui avait l'habitude de rafistoler les *sicarios* et les fugitifs amochés au cours de leur traque.

Le docteur Singer (on le surnommait ainsi en référence à la célèbre machine à coudre) avait fait de la prison suite à un avortement bâclé pratiqué sur une gamine qu'il avait lui-même engrossée. La mort de la petite avait écœuré la nation, et le peuple avait exigé de la justice une sanction exemplaire contre le « boucher » qui purgera dix ans de détention criminelle et se verra renié par la corporation et interdit d'exercer sur l'ensemble du territoire national. Mais, dans les pays où les soubassements grouillent de vermine, rien ne se perd tout à fait. Le docteur sera récupéré par les cartels qui mettront à sa disposition un gourbi réaménagé dans les bidonvilles de Mirador où il soignera des dizaines de blessés par balle. Avant, il n'était qu'un médecin de campagne qui trimbalait, pour tout accessoire, un stéthoscope et un vieux tensiomètre. Les miracles qu'il accomplira, en apprenant sur le tas et après avoir charcuté un tas de voyous éclopés, lui vaudront le statut de chirurgien attitré de la pègre locale.

Au bout d'une semaine, je réussis à me traîner jusqu'aux toilettes sans l'aide de personne, un épais pansement autour de la taille. Ramirez venait chaque matin me rendre visite. Il m'apportait des fruits et des nouvelles de Santa Rosa : les purges déclenchées par les Rebelles avaient cessé ; une bonne partie des soldats déployés dans la ville avait regagné ses garnisons ; on ne parlait plus du massacre de Tres Castillos ; Cisco s'était débarrassé du cadavre du soldat, sauf qu'il ne décolérait toujours pas.

L'Indien subissait sa mise sur la touche comme une terrible humiliation. Il passait ses journées cloîtré chez lui, et ses nuits à hanter les bordels, provoquant par endroits des bagarres générales.

Le septième jour, après avoir désinfecté ma blessure et changé mes pansements, le docteur Singer m'annonça que j'étais apte pour un retour chez moi. Il me prescrivit un traitement et me mit à la porte. Ramirez vint me chercher dans la voiture d'Adamo. Ce dernier avait reçu l'ordre de me conduire directement à Santa Rosa. Quand on l'a prié de s'arrêter à une pharmacie pour acheter les médicaments, il a refusé, catégoriquement.

À la maison, un énorme steak saignant m'attendait. « Pour reprendre des couleurs », me dit Ramirez, content de me bichonner. Il était tellement soulagé, Ramirez, que les larmes perlaient à ses paupières chaque fois qu'il levait les yeux sur moi.

— Tu m'as foutu une de ces frousses, répétait-il.

— Je suis là, maintenant.

— Il faudrait que je te touche pour le croire.

Ramirez m'interdit de porter des choses lourdes, mais j'arrivais à tenir sur mes jambes et à ranger mes affaires. Ma plaie cicatrisait bien. Je ne saignais presque pas. J'avais un peu mal lorsque Ramirez me faisait rire, parfois une migraine revenait compresser mes tempes ; à part ces petits soucis, je récupérais et mes forces et mes couleurs avec beaucoup d'entrain. Par rapport au reflet que m'avait renvoyé la glace une semaine plus tôt, la figure spectrale que j'arborais laissait progressivement place à celle qu'Elena aimait caresser du bout de ses doigts de fée, autrefois, quand le rêve était permis.

Cisco me rendit visite pour s'assurer que j'étais encore de ce monde. Il s'excusa – chose inhabituelle chez lui – pour l'accident qui avait failli me coûter la vie, puis, après avoir accepté de partager notre dîner, il commença à se bourrer la gueule et à geindre :

— Je suis une merde sur laquelle les dieux ont marché.

— Te prends pas la tête, patron, tentait de le consoler mon cousin. Sergio n'a de respect pour personne.

Il aurait dû se taire, Ramirez, car l'Indien cogna si fort sur la table qu'il manqua de se déboîter le poignet.

— J'suis pas personne, je suis Cisco. Mon honneur n'est pas une crotte collée aux semelles.

Je fusillai du regard mon cousin qui ne sut où se mettre à l'abri. Cisco en voulait au Cardinal, au gang, à ses hommes qui n'avaient pas bougé le petit doigt pour lui, et jurait de se venger. De peur que ces propos ne tombent dans des oreilles indiscrètes, Ramirez se dépêcha de fermer les fenêtres.

Après une courte convalescence, je retournai au labo. Un gaillard au crâne tatoué avait remplacé Cuchillo. Il m'accueillit froidement. Pacorabanne était à son poste ; le judas donnant sur la pièce interdite était clos ; Joaquín surfait sur son ordinateur. J'eus le sentiment de déranger l'ordre des choses.

J'attendis Nonito, et Nonito ne se manifesta pas. Je demandai à Joaquín où était passé son collègue. Joaquín ne me répondit pas. Il se contenta de taper sur son clavier, puis il tourna l'écran de son ordi vers moi. Dans le reportage télévisé diffusé sur El Canal de las noticias, on voyait une unité spéciale de la police s'affairer autour d'un abattoir désaffecté, des corps de *sicarios* baignant dans des mares de sang et une vingtaine de migrants africains pris en charge par des ambulanciers.

— C'est quoi ?

Joaquín remit l'ordi à l'endroit et, sans un mot, reprit ses recherches sur le Net.

Pacorabanne ricanait en astiquant le canon de son fusil d'assaut.

— J'ai loupé un épisode ?

— C'est Nonito qui a alerté la police, dit Pacorabanne. Heureusement que les flics ont abattu nos cinq gars. Autrement, ils remontaient jusqu'à nous.

— Nonito a fait ça ?

— Ouais. D'ailleurs, il l'a reconnu tout de suite quand l'étau s'est resserré sur lui. Il n'a pas essayé de nier. Il a même dit qu'il était fier d'avoir contribué à la libération des migrants et que c'était la seule bonne action qu'il ait accomplie de toute sa putain de vie. Ce sont ses propos.

— Et il est où, maintenant ?

— À ton avis ?

Au sourire fielleux de Pacorabanne, je compris que Nonito devait se décomposer quelque part dans un charnier.

Je rentrai à la maison, dégoûté. Ramirez avait commandé une pizza et des bières pour le déjeuner et m'attendait à table. Il sourcilla lorsque, sans un regard pour lui, j'allai tel un somnambule m'effondrer sur mon lit.

— Qu'est-ce qu'il y a encore ?

— Tu étais au courant ?

— Au courant de quoi ? Il se passe un tas de trucs, ces derniers jours.

— Nonito.

— Connais pas.

— Mais si, tu connais. Le petit gars aux lunettes de myope qui bossait avec moi au labo.

— J'ai jamais mis les pieds au labo, tu le sais très bien.

Il laissa tomber la pizza et vint s'asseoir en face de moi.

— Raconte voir.

— Il paraît que c'est lui qui a alerté les flics à propos de l'abattoir où étaient détenus des migrants africains.

— Ah ! … C'est pas mon rayon. J'sais même pas de quoi tu parles, Diego. Viens manger. Ce soir, je t'emmène dans un claque de première. T'auras même pas besoin de capote tellement les filles sont clean.

— J'ai pas la tête à ça.

— Mange un morceau d'abord. Après, tu verras.

— J'ai pas envie de manger. Je me sentirais mieux si tu me fichais la paix.

Ramirez retourna dans la cuisine, ramassa la pizza et la jeta dans la poubelle, puis il sortit enfourcher sa moto. Je m'assoupis aussitôt.

Le soir, Ramirez téléphona à un certain Sorolla et lui communiqua notre adresse. Une heure plus tard, deux jeunes filles frappèrent à notre porte. Elles étaient fardées à outrance et portaient des perruques blondes qui contrastaient avec leur teint chocolat. Au début, j'avais résisté à la tentation – la disparition de Nonito me rendait toute chose repoussante – mais, après quelques verres de tequila et deux joints, j'envoyai au diable El Cardenal et ses couillons, les morts et les vivants, les migrants et les passeurs, les gangs et les flics. Les deux filles étaient drôles. Elles riaient à propos de rien et nous amusaient, Ramirez et moi. On s'était foutus à poil et on avait dansé sur les airs bidon que la radio diffusait. Ça a été une vraie thérapie, pour moi. J'oubliai ma blessure, mon chagrin, ma haine, et je me surpris à rire et à pleurer sans raison, expurgé des toxines qui polluaient mon être.

14

Un détraqué haranguait une foule invisible, debout sur une bassine en plastique au beau milieu de la chaussée :

— Renoncez à vos voitures, renoncez à vos machines, reprenez vos ânes et vos mules. Il ne sert à rien de courir, mes frères. La vie est plus douce quand on prend son temps.

Mon cousin rangea sa moto contre le trottoir pour s'éponger dans un mouchoir et s'essuyer les mains. Un soleil de plomb écrasait la ville. Le détraqué continuait de déblatérer en décrivant de larges cercles avec ses bras décharnés. Des gamins le montraient du doigt en se gondolant.

— Tu es sûr que c'est le bon chemin, Diego ? Ça fait trois fois qu'on passe par ici. Je suis lessivé à force de tourner en rond. Si tu ne te rappelles pas la rue en question, rentrons à Santa Rosa. J'ai pas fermé l'œil de la nuit.

— Je ne suis venu qu'une seule fois dans le coin.

— À mon avis, c'est pas une bonne idée. Tu ne dois rien à personne.

— J'ai promis, Ramirez.

— Purée ! Tu vas finir par me rendre fou, avec tes promesses à la con. On est à Juárez pour lancer notre affaire, pas pour jouer aux bons samaritains.

Finalement, après quelques détours et des raccourcis négociés au hasard, nous parvînmes à atteindre la maison de Nonito. La clef était sous le pot, sur la dernière marche du perron. Ramirez inspecta les alentours. Hormis une femme en train de vider ses ordures à même la chaussée, personne ne s'intéressait à nous. J'introduisis la clef dans la serrure ; la porte céda dans un grincement et un petit cri de surprise nous accueillit dans le vestibule : une femme se trouvait dans le salon, un balai à la main. Un moment, je crus m'être trompé d'adresse.

La femme se figea un instant, les sourcils relevés. Notre intrusion ne l'effrayait pas ; elle l'intriguait. Je levai les bras pour la rassurer. Je n'avais pas envie de l'entendre ameuter le voisinage.

Elle ne cria pas, ne tenta pas de s'enfuir.

— Qui êtes-vous ?

— On ne vous veut pas de mal, madame.

— J'en ai eu ma dose. Qu'est-ce que vous faites chez moi ?

Elle devait avoir la trentaine, mais en paraissait dix de plus. Petite, amaigrie, elle flottait dans sa robe de chambre.

— Nonito m'a laissé la clef, je lui dis.

Tout son corps se souleva d'un coup et un immense espoir illumina son visage blême.

— Il est où ? Ça fait des jours que je l'attends. Mettez-vous à l'aise, nous pria-t-elle en nous désignant

166

une petite table dans la cuisine. Vous voulez du café ? Il est prêt. J'en bois sans arrêt.

Elle tournoya autour de nous, fébrile, délivrée d'on ne savait quoi.

— Je vous en prie, asseyez-vous. Je suis sa femme. Nos deux filles sont à l'école. Prenez place et racontez-moi. Où est mon mari ?

Ramirez s'installa sur une chaise. Il ne comprenait pas grand-chose au cirque de la femme et il était trop fatigué pour s'y intéresser. Il s'empara de la cafetière sur la table et se servit une tasse, sans gêne aucune. La femme me força presque à m'asseoir. Elle s'agitait dans tous les sens, ne savait pas par où commencer, retourna dans le salon, revint dans la cuisine, complètement déboussolée.

— Où est Nonito ? J'espère qu'il va bien. J'ai fait un rêve atroce. C'est pour ça que je suis revenue. Mon Dieu ! J'ai demandé aux voisins. Personne ne sait où est passé mon mari. Le boutiquier m'a dit que ça fait des lustres qu'il ne l'a pas vu. J'étais mal, très mal. C'est le Seigneur qui vous envoie.

Elle tremblait de la tête aux pieds, telle une possédée. Les mots se télescopaient dans sa bouche. Plus elle parlait, plus son visage s'embrasait. Elle s'effondra sur une chaise en face de nous, saisit Ramirez par les poignets et les étreignit si fort que les jointures de ses phalanges en blanchirent.

— Il va bien, n'est-ce pas ? Il est en déplacement, hein ? Il rentre quand ?

— Ben, j'en sais rien, moi. Je le connaissais pas.

Elle se rabattit sur moi, me broya les mains.

— Ce n'est pas de ma faute si je suis partie. J'avais peur qu'il ne nous fasse du mal, à mes filles et à moi.

Il n'était pas comme ça, avant. C'est à cause de cette maudite faillite. Quand il rentrait bredouille après avoir frappé à toutes les portes, il nous menaçait de nous tuer et de se suicider après. Il s'est mis à boire et à nous battre. Des fois, les voisins appelaient la police. Je disais aux policiers que ce n'était pas grave, que Nonito traversait des moments difficiles. Et Nonito remettait ça tous les soirs. Je ne l'ai pas quitté, j'ai mis mes filles à l'abri, c'est tout.

La malheureuse déraillait. Elle ne se donnait même pas la peine de reprendre son souffle. Ramirez était gêné. Il m'en voulait d'être là, à subir le chagrin et la détresse d'une femme qu'il ne connaissait ni d'Ève ni d'Adam et dont l'histoire lui échappait. C'était sans doute pour la faire taire qu'il lui cria :

— Pourquoi vous êtes revenue, alors ?

La femme se tut d'un coup, comme si elle venait de se réveiller, nous regarda d'une drôle de façon, parut ne plus savoir où elle en était.

— C'est à cause du mauvais rêve, dit-elle.

Elle releva la tête. Ce n'était plus un visage qu'elle avait, mais un masque mortuaire.

— Où est-il ?

— Je l'ignore, lui répondis-je.

— Est-ce qu'il va bien, au moins ?

— …

— Pourquoi vous êtes là ? Qu'êtes-vous venus chercher chez moi ?

— Nonito avait laissé quelque chose dans le tiroir gauche, lui dis-je en montrant la commode. Une lettre scotchée en dessous.

La femme courut vers la commode.

— Attendez, s'il vous plaît, lui lançai-je. Je ne tiens pas à savoir c'que c'est. Maintenant que vous êtes là, je n'ai aucune raison de rester. On va partir. Vous regarderez après.

Elle dodelina de la tête. Des larmes affluèrent dans ses yeux.

— Il lui est arrivé malheur, n'est-ce pas ?

— Adieu, madame, lui dis-je en faisant signe à mon cousin de me suivre dehors.

La femme s'agrippa à mon poignet, suppliante :

— J'ai le droit de savoir. Je suis sa femme. Est-ce qu'il est mort ? On ne cache à personne ce genre de chose. Il faut que je sache, sinon je vais me ronger les sangs tous les jours et toutes les nuits.

Ramirez ouvrit la porte, me poussa devant lui. Il se racla la gorge avant de laisser échapper :

— Nous sommes désolés, madame.

La femme porta ses mains à ses tempes et s'écroula dans le vestibule.

Rien, dans le boui-boui où nous avions atterri après notre rencontre avec la veuve de Nonito, ne trouva grâce à mes yeux : le barman tassé et rond comme un tonnelet en train de se tirer les vers du nez derrière son comptoir ; la serveuse en minijupe qui mâchait vulgairement un chewing-gum, la bouche de travers ; les trois guignols qui rigolaient à gorge déployée au fond de la salle ; la famille de paysans qui gloutonnait à deux tables de la nôtre, la bouche dégoulinante de jus et les joues cabossées ; les badauds qui déambulaient dans les rues, semblables à des épouvantails insolés – tout me remplissait de dégoût.

— T'as avalé ta langue, cousin ? Tu n'en as pas décroché une depuis une heure.

— Ce monde me fait gerber.

— Tu t'attendais à quoi, mon pauvre Diego ? À voir la vie en rose au fond du caniveau ?

— Tu penses qu'il existe un monde meilleur ailleurs ?

— Bien sûr.

— Et ça se trouve où, putain ?

— À portée de ta main, cousin. C'est ce que je me tue à te faire rentrer dans le crâne. On a tous le choix. Seuls les blaireaux disent qu'ils n'en ont pas. La vie est un casino. Ou tu t'improvises joueur et tu mets le paquet, ou tu fais le croupier.

— Tu crois que c'est aussi facile que ça ?

— Absolument. Ça a toujours été ainsi. Il y a le monde que l'on subit, et le monde que l'on s'offre, taillé sur mesure. (Il frotta le pouce contre l'index.) Si tu as de la thune, les dieux te mangeront dans la main. Mais si tu n'as que ta sueur pour beurrer ton croûton, tu ne dois t'en prendre qu'à toi-même s'il ne te reste plus de dents pour croquer la lune.

Je repoussai mon repas. La cuisse de poulet ratatinée, les frites ramollies, la chiée de moutarde sur l'assiette mal rincée me donnaient envie de dégueuler.

Ramirez renonça à son repas, lui aussi.

— T'as une gueule à désespérer un rat, grogna-t-il.

Il balança quelques billets sur la table, m'attrapa par le poignet et me traîna derrière lui.

Nous rentrâmes à Santa Rosa, chacun verrouillé dans sa colère.

Le soir, après avoir pris une douche, je repris un peu mes esprits. Ramirez fourbissait son revolver, assis sur son lit. Il n'avait pas proféré un traître mot depuis notre retour à la maison. Un mégot éteint au coin de la bouche, une tige de fer enroulée dans un bout de tissu, il nettoyait l'intérieur du canon.

— J'ai envie d'aller prendre de l'air.

— Qui t'en empêche ?

— Tu ne viens pas avec moi ?

— J'suis pas obligé.

Je m'assis en face de lui, sur mon lit.

— Vas-y, accouche. Qu'est-ce que tu me reproches ? D'être touché par la mort d'un pote ?

Il leva la tête vers moi :

— Laisse tomber, Diego.

— Je suis par terre.

— Tu adores t'apitoyer sur ton sort. À la longue, ça n'émeut plus personne... J'en ai marre de ton cinéma. (Il posa son flingue sur l'oreiller et me toisa.) On dirait un enfant gâté qu'aucun jouet n'amuse plus.

— Tu ne m'aides pas à remonter la pente, là, cousin.

— Il faudrait que tu le veuilles d'abord. D'une main lasse, il reprit son revolver.

— Je te montre la lune et tu regardes mon doigt.

— Je n'ai qu'une parole, Ramirez. Mais tu dois me comprendre.

— Tu vois ? On en revient toujours à Elena.

Le lendemain le pick-up de Cisco s'immobilisa dans la cour dans un crissement désagréable. Une portière claqua. L'Indien marcha sur nous d'un pas martial. Il était sobre pour une fois. Son regard d'aigle avait recouvré son acuité. De la tête, il nous somma de le rejoindre dans la cuisine et nous désigna deux chaises. Il resta debout, solidement campé sur ses jambes pendant qu'on s'asseyait.

— Est-ce que je peux compter sur vous deux ?

— On a toujours été loyaux avec toi, lui répondit Ramirez.

— « Toujours » relève du passé. Il s'agit de demain.

— Moi, je suis partant.

— Tu ne demandes pas de quoi il retourne, Ramirez ?

— Non.

— Et toi, Mains-Propres ?

— Mon cousin ne sait pas se servir d'une arme, tenta de me protéger Ramirez.

— Tu ferais mieux de t'occuper de tes fesses, Ramirez… Alors, monsieur le liseur de bouquins ?

— Je suis partant, moi aussi.

— Les yeux fermés ?

— Oui.

Cisco sortit une clef de sa poche et la lança à Ramirez :

— J'ai récupéré mon pick-up. La berline est à toi.

Ramirez contempla la clef qu'il venait de saisir au vol.

— Tu veux dire que je peux la conduire, patron ?

— T'en fais ce que tu veux. Elle est à toi.

Ramirez enveloppa de ses doigts la clef comme s'il tenait la pierre philosophale, aussi heureux que l'enfant qui découvre son jouet préféré devant la cheminée, un matin de Noël.

— Je ne trouve pas les mots pour te remercier.

— Tant mieux… Maintenant, va chercher la caisse et restituer la moto à Domingo. Il t'attend à l'entrepôt.

Ramirez me fit signe de le suivre.

— Pars seul, lui dit Cisco. Diego et moi, on a des choses à se dire.

La joie de mon cousin s'estompa d'un coup.

— Va, je te dis… Domingo n'attend que toi pour rentrer chez lui.

Ramirez sortit dans la cour, les jambes lourdes. Il se tourna vers moi, porta discrètement l'index à son œil pour que je fasse attention à moi et disparut. Lorsque le vrombissement de la moto s'éloigna, Cisco extirpa de derrière son dos un pistolet et le posa sur la table.

— Tu en voulais un, je te l'offre.

C'était un bel engin à la crosse chromée, le barillet fourré de balles qui brillaient comme de l'or.

Un long moment, je restai cloué sur ma chaise, le cœur en déroute, ne sachant plus si je devais sauter au plafond ou bien me terrer dans un trou de souris. Je n'étais plus sûr de vouloir une arme, en même temps j'étais fasciné par l'objet.

— Il te plaît ?

— Je suppose que oui.

— Il est nickel. Pas de soucis à te faire, côté police scientifique. Il n'a jamais servi contre personne.

Je pris le revolver d'une main qui tremblait.

— Il est lourd.

— C'est pas un jouet pour minettes. T'as déjà tiré sur quelqu'un ?

— Pas même sur une boîte de conserve.

— Putain, tu comptes t'en servir comment si une lopette te sortait un bazooka ? Tu lui dirais quoi ? « S'il te plaît, donne-moi le temps de consulter le manuel ? »

— Ben…

— Amène-toi. Je vais t'apprendre à te prendre en charge.

Nous passâmes l'après-midi sur un terrain vague à viser des cailloux et des bouteilles vides. Chaque détonation éveillait en moi, coup après coup, un vieux démon dormant.

Sur le chemin de retour, Cisco me dit :

— Tu t'y connais vachement en bouquins, toi.

— J'aime lire.

— Il paraît que tu rêvais de devenir journaliste.

— Je vois que Ramirez ne sait pas garder un secret.

— Il n'est pas le seul.

Il me désigna la boîte à gants :

— Y a un cadeau pour toi, là-dedans.

— Qu'est-ce que c'est ?

— Ben, ouvre.

Il y avait un gros bouquin dans la boîte. Un pavé de huit cents pages avec, sur la couverture cartonnée, le portrait en noir et blanc d'un Indien au regard inconsolable.

— Geronimo, m'expliqua Cisco. Le roi légitime de toutes les Amériques. C'est le seul bouquin que j'ai acheté de toute ma vie. Sans marchander. J'en ai jamais tenu un autre dans ma main. Il m'a coûté la peau des fesses. Le vendeur m'a certifié qu'il s'agissait d'une édition rare, très ancienne…

— Il ne t'a pas menti.

— Je l'ai pas lu… J'sais pas lire. Je l'ai gardé comme une relique.

— Et tu me l'offres ?

— Oui.

— Je ne peux l'accepter s'il compte tellement pour toi.

— Il y a beaucoup de choses qui ont compté pour moi et que je n'ai pas su garder, Diego. C'est la vie. Ce qu'elle te donne d'une main, elle te le reprend de l'autre… J'ai un rêve, moi aussi, figure-toi. Plus important que mon projet de m'emparer de Tres Castillos.

— C'est donc ça, le projet ? T'emparer de Tres Castillos.

— Oui, sauf que ça doit rester secret défense. Depuis la mort du Borgne, les Muchachos sont livrés à eux-mêmes. Il leur faut un chef. Certains seraient prêts à me faire allégeance.

— Tu penses que Sergio…

— J'emmerde Sergio, me coupa-t-il. Il me fera pas boire le bouillon, ce péteux. Tres Castillos sera à moi. J'ai déjà placé mes pions… (Il se tut un moment, puis me confia :) Je veux laisser une trace de moi sur terre. Pour être digne de mes ancêtres que l'Histoire n'a pas ménagés… Tu penses que tu pourrais écrire quelque chose sur moi ?

— Quoi, par exemple ?

— Ben, c'est toi qui t'y connais. C'est ton rayon, les bouquins, non ?

— Tu veux que j'écrive un bouquin sur toi ?

— C'est à peu près ça.

— J'ai pas suffisamment de talent pour ce genre d'entreprise.

— Fais pas le modeste, Diego. Quand on sait lire, on sait écrire, forcément. C'est pas pour tout de suite. Tu as tout le temps, le temps de connaître la fin de l'histoire, si tu vois où je veux en venir.

— J'imagine.

— C'est déjà un début d'inspiration, tu ne crois pas ?

Je me mis à feuilleter le pavé pour ne pas avoir à lui répondre. Il acquiesça de la tête et accéléra, un large sourire sur la figure. C'était la première fois que je le voyais sourire.

15

Ramirez avait emmené la bagnole au lavage.

Les mains sur les hanches, il contemplait le tacot d'un air fier. La guimbarde était sur les jantes, mais la carrosserie tenait bon et étincelait comme un scarabée géant au soleil.

— On va fêter ça, s'écria-t-il en tapant dans ses mains.

Nous sortîmes nos plus belles chemises de leur emballage et les pantalons que nous n'avions pas eu l'occasion de porter, peaufinâmes notre look devant la glace, traquant le moindre faux pli, puis, fleurant bon à des lieues à la ronde, nous sautâmes dans la berline et mîmes le cap sur le centre-ville.

Ramirez conduisait d'une main, l'autre bras ballant par-dessus la portière. Il était sur un nuage. Chaque fois que son regard croisait celui d'une fille, il ajustait ses lunettes de soleil et snobait son monde.

Nous parcourûmes plusieurs fois les avenues de Los Insurgentes et de la Raza, dans les deux sens, après quoi nous sillonnâmes les beaux quartiers avant d'aller nous dégourdir les jambes à Chamizal. C'était un beau jour de printemps, le parc grouillait de badauds endimanchés. Des filles se baladaient par petits groupes, aussi jolies qu'un songe. Ramirez étalait son charme comme un marchand de tapis sa camelote, proposait des « virées inoubliables » aux demoiselles esseulées, mais aucune d'elles n'accepta de se joindre à nous. Bredouilles, nous regagnâmes notre tacot, prêts à rouler à l'aveugle jusqu'à ce qu'il n'y ait plus une seule goutte de carburant dans le réservoir.

On était toujours à Ciudad Juárez, gigantesque toile de bric et de broc, avec ses chasses gardées, ses polygones de tir qui s'improvisent au gré des conflits d'intérêts, ses jungles en parpaings et ses chaussées minées, sa faune et ses boucheries, et pourtant, le centre-ville s'en démarquait totalement – il était aux antipodes de Santa Rosa, de Barrio Alto et des coupe-gorge à ciel ouvert où les jours étaient plus enténébrés que les nuits. Les gens qui déambulaient sur les esplanades n'avaient pas le visage des damnés qui hantaient les *focos rojos*, ni le regard des paumés des *barrios peligrosos*. Ils vivaient sur une autre planète. Était-ce le « monde meilleur » dont s'exaltait Ramirez ?... Je voyais les mères se promener avec leurs rejetons sur le boulevard, les jeunes couples se becqueter tendrement dans les squares, les familles sortir des supermarchés, les clients attablés en terrasse, d'autres faisant la queue devant le cinéma, paisibles, tranquilles, patients comme s'ils avaient tout leur temps, comme s'ils dégustaient chaque instant. Il me semblait qu'ils parlaient une langue étrangère à la mienne, assainie, dépouillée, sans un mot qui dépasse ou un juron claironnant, qu'ils vivaient pleinement leur vie pour ne pas avoir à s'intéresser à celle des autres. En mon for intérieur, je maudissais

d'être né si loin des choses simples et belles – belles
parce qu'ordinaires, simples parce que justes ; maudissais cette malencontreuse rencontre, un jour où l'on
célébrait les morts, qui avait foutu en l'air mes rêves et
mes aspirations. J'aurais pu me joindre à ces gens qui
partageaient ma ville sans en subir les effets secondaires, qui entretenaient leurs jardins à proximité de
mes charniers. Je m'imaginais assis sur un banc, là-bas,
avec Elena. Je voyais Elena partout où les enseignes
rutilaient sur les frontons des magasins, partout où des
bambins choyés trottaient derrière leurs parents.
L'image du violeur d'Elena zébra mon esprit, aussi
tranchante qu'un éclair. Je revoyais son sourire de bête
immonde, son regard abyssal, sa figure hideuse et je
me retenais de hurler. C'était injuste. Une rencontre
imprévue, insoupçonnée, et c'est le destin qui s'invite
à la croisée des perditions. Si le hasard nous avait fait
rebrousser chemin ce jour-là pour une raison ou une
autre, si, au moment où nous allions enjamber le muret
du temple, un voisin nous avait aperçus, nous serions
rentrés aussitôt au village, Elena et moi, pour garder
intact, loin des dangers et des ragots, notre amour
grandissant. Mais le sort en avait décidé autrement.
Et j'étais là, faussement décontracté dans un tacot, à
feindre le frimeur, un air affecté sur le visage et le
cœur en charpie sous la chemise. Pourquoi ce voyou
avait-il anéanti sous mes yeux le seul être sur terre qui
m'aurait donné la force de croire à l'ensemble de mes
vœux ? Je n'avais pas la réponse. J'avais un tel dégoût
pour ma personne que je l'étendais volontiers à l'humanité entière. Plus je songeais au revolver que j'avais
glissé sous mon lit tout à l'heure, plus j'étais certain
qu'aucun lendemain ne chanterait pour moi tant

qu'Elena ne m'aurait pas pardonné. En moi grondaient mille volcans. J'étais en enfer à chaque seconde et je m'interdisais de lui échapper…

— À quoi tu penses, cousin ?

— À tes lunettes de soleil. Je te signale qu'il commence à faire nuit.

Ramirez éclata de rire :

— Je me disais bien qu'il faisait plus sombre que d'habitude.

Nous trouvâmes une place sur un parking, non loin de l'avenue Heroico Colegio Militar. De l'autre côté du Rio Bravo, on pouvait voir les gratte-ciel d'El Paso, fière d'être américaine, qui, sans vergogne, dressait son faste ostentatoire sur l'autre rive pour narguer notre indécrottable statut de bouseux. D'un coup, face aux lumières festives d'El Paso, le centre-ville de Juárez me parut aussi triste qu'un cierge au fond d'une chambre mortuaire.

— Il te voulait quoi, Cisco ? me brusqua mon cousin pendant que nous remontions à pied une rue adjacente.

— S'assurer que j'étais partant.

— C'est tout ?

— Ouais, c'est tout.

— Il ne t'a pas parlé de son projet ?

— Non.

— T'es sûr ?

— On n'est jamais sûr de rien.

Il m'attrapa par le poignet.

— Je veux que tu restes en dehors de ce qui se trame dans la tête de ce cervidé.

— Pourquoi ? On est associés, non ?

— Cisco est sûrement en train de merdouiller quelque part. S'il est sobre, c'est qu'il prépare une grosse vacherie. Il a la rancune tenace. Sergio n'est pas con. Peut-être même qu'il le manipule à distance pour le zigouiller une fois pour toutes.

— Tu as promis de m'emmener dans un vrai resto, Ramirez. Commence par ne pas me gâcher l'appétit.

— Tu dois te méfier de Cisco. Son jeu n'est pas clair.

— Dans ce cas, tu n'aurais pas dû accepter son tacot.

— C'est pas la même chose, cousin.

— C'est du pareil au même, Ramirez. Il ne t'a pas offert une voiture pour tes beaux yeux. Il t'a tendu la perche et tu as mordu à l'hameçon. Cisco ne donne rien pour rien.

— Je suis sur mes gardes, moi.

— Et moi, sur mes jambes. Tu veux qu'on rentre à la maison s'expliquer ? Pour une fois que j'ai vraiment envie de décompresser, putain !

Ramirez relâcha mon poignet.

Je lui montrai les lumières d'El Paso qui scintillaient comme un arbre de Noël à même nos frontières pour nous rappeler au bon souvenir de notre misère.

— Le monde meilleur, Ramirez. Une rivière à traverser. Comment ne pas se mouiller ?

Il abdiqua de la main et me poussa devant lui.

Le chasseur de *La Terraza Grande* nous barra l'accès au restaurant. « C'est un club privé », nous dit-il, droit dans ses bottes.

Nous nous rabattîmes sur le *Marina Grill*. Une petite musique en sourdine berçait l'intérieur qu'une lumière tamisée couvait comme une mère poule. Tout y était feutré, policé, savamment agencé. Les tables recouvertes de nappes rouges se mariaient parfaitement avec le noir des chaises alentour. Les murs d'un blanc laiteux étaient ornés d'appliques cristallines identiques aux lustres nains surplombant la salle. J'étais presque fier de moi lorsque le garçon nous pria de le suivre jusqu'à une jolie table près de la baie vitrée.

— Tu es déjà venu ici ?

— Plusieurs fois, mais pas pour la même raison qu'aujourd'hui, avoua Ramirez, une lueur froide dans les prunelles.

Je consultai la carte.

— C'est pas donné, dis donc. Ce sont les prix ou bien des codes ?

— Le chic n'a pas de prix, cousin. Savoure l'instant et imagine un peu le monde qui nous attend. Et dans ce monde-là, aucun chasseur ne nous empêchera d'accéder au paradis. Bien au contraire, il accourra comme un chien nous ouvrir la portière et nous conduire en rampant jusqu'à notre table réservée à l'année.

— Wow ! Tu vas trop vite en besogne, là. On est juste dans un grill sympa.

— Disons que c'est un avant-goût, cousin.

— Je m'en lèche déjà les doigts.

Le garçon revint prendre nos commandes et nous apporter des amuse-gueules raffinés.

Des couples soignés arrivaient au fur et à mesure ; une bonne partie du restaurant était occupée.

Deux filles bien faites et bien mises papotaient à la table voisine. La plus jeune pétillait d'une énergie ardente et n'arrêtait pas de se trémousser comme si elle était assise sur un brasero. L'autre avait la mélancolie des anges auxquels rien ne réussit. Ramirez matait la cadette. Il levait son verre chaque fois qu'elle se tournait vers nous. Au début, elle s'était contentée de lever un sourcil circonspect, puis l'insistance de mon cousin la préoccupa et elle orienta sa chaise de manière à nous tourner le dos.

— Il est joli, lui fit Ramirez, la susceptibilité rudoyée.

— C'est à moi que tu causes ? dit la fille, le menton par-dessus l'épaule.

— Ouais, et je parle de ton cul.

Elle nous fit face, suffoquant d'indignation.

— Pardon ?

— Tu nous as tourné le dos pour nous proposer ton p'tit cul, non ?

— Surveille ton langage, plouc de mes deux ! explosa la fille. Non mais tu t'es regardé ? Tu portes encore la crotte de tes biques sur tes frusques, putain de ta race !

Toutes les têtes dans la salle se tournèrent vers nous. Ramirez était comme un rat pris au piège. Sa pomme d'Adam crapahutait dans sa gorge. Ses oreilles étaient rouges de confusion.

Le gérant se dépêcha d'intervenir, suivi par deux malabars patibulaires.

— S'il vous plaît, pas de grabuge chez nous.

La fille nous toisait comme si elle cherchait à nous faire rentrer sous terre.

— Par où il est entré, ce péquenot, bordel ? s'écria-t-elle. Je croyais le club chic, et on laisse passer des cons avec des frocs de clown ?

Le gérant n'eut pas le temps de la calmer. La fille se leva et somma sa compagne d'en faire autant. Les deux jeunes femmes quittèrent le restaurant sous le regard éberlué de la clientèle.

— Je sais pas ce qu'il lui a pris, se défendit Ramirez. C'est pas à elle que je causais.

Le gérant nous considéra en silence, ses deux gorilles derrière lui, puis il dodelina de la tête et décréta :

— Pour cette fois, je prends sur moi. Mais je ne veux plus vous revoir dans mon établissement.

— Bravo, dis-je à mon cousin lorsque les trois hommes retournèrent à leur travail. Je me suis farci copieusement ton numéro d'imbécile. Tu ne pouvais pas te conduire comme tout le monde dans cette boîte ?

Ramirez se versa à boire pour éviter de me répondre. Sa main tremblait de colère. Il s'en voulait de s'être laissé traîner dans la boue par une fille devant tout le monde, lui, le macho invétéré.

Pour mon premier « vrai restaurant », ce fut un fiasco. Nous n'avions presque rien mangé tant ce que nous ingurgitions nous restait en travers de la gorge. Ramirez paya l'addition ; le garçon ne nous raccompagna pas jusqu'à la sortie.

Dehors, le ciel étoilé se voulait festif, mais le cœur n'y était plus. J'avais hâte de rentrer à la maison.

Nous avons marché tels des somnambules, Ramirez cadenassé dans ses colères et moi dans ma déception.

Brusquement, je me raidis.

Un vieil homme costumé sortait de *La Terraza Grande*, une jeune fille à son bras. Cette silhouette ! Je l'aurais reconnue entre mille. Mes jambes faillirent se dérober. Je retins Ramirez par l'épaule pour ne pas tomber. D'un coup, je me mis à courir comme un possédé en criant « Elena ! Elena ! ». La jeune femme se tourna vers moi avant de s'engouffrer dans une grosse cylindrée, le vieil homme derrière elle. Je n'eus pas le temps de les rattraper. La voiture démarra avant que j'atteigne le club privé.

— Qu'est-ce qui te prend ? me cria Ramirez.

— C'était Elena.

— Tu hallucines ou quoi ?

— Elle s'est retournée quand je l'ai appelée. C'était elle, ma main à couper.

— Ce n'était pas elle. Tu as vu comment elle était sapée ?

— C'était elle.

J'étais comme fou. Je ne savais plus quoi faire. Pas un taxi dans les parages, et notre tacot était garé à l'autre bout de la rue. Je ne pouvais que regarder la grosse cylindrée s'éloigner. Tout mon corps frémissait.

Le chasseur nous observait, sur ses gardes.

— Qui c'était, le vieillard ?

— Casse-toi, me somma-t-il.

— C'est un club privé. Tu dois connaître les habitués. Qui c'était, le vieux ?

— Casse-toi, je te dis.

Je lui sautai au cou. Il me repoussa. Je revins à l'assaut. Le chasseur me catapulta contre le mur. Ramirez me ceintura.

— Calme-toi, Diego. Ta blessure n'est pas tout à fait guérie.

Je me défis de son étreinte et me ruai sur le chasseur.

— Qui c'était, le vieillard ?

Ramirez s'interposa entre moi et le chasseur. Mon poing l'atteignit au visage ; il riposta du tac au tac. D'un crochet qui me foudroya. Je n'en revenais pas. On ne s'était jamais battus, Ramirez et moi. Il m'était arrivé de me bagarrer avec sa fratrie quand nous étions gamins, mais jamais avec lui. C'était la première fois que nous en venions aux mains. Je commençais sérieusement à détester les « premières fois ». Elles ne m'avaient apporté que fiel et désillusions. Alors, je cognai à mon tour. À bras raccourcis. Comme si je voulais abattre toutes ces foutues *premières fois* qui cherchaient à me faire croire que je n'étais jamais au bout de mes surprises. « Ne fais pas le con, Diego », me suppliait Ramirez. Je me relevai et fonçai sur lui. Il m'esquiva, et de nouveau j'étais par terre. Chaque coup que je portais dans le vide me rendait dingue. Ramirez comprit que je n'étais pas près de me calmer. Il décida d'employer les moyens appropriés. Son poing m'accueillit au menton et m'envoya au sol, ébranlé de la tête aux pieds.

En recouvrant mes esprits, je me surpris assis à même le trottoir, le dos contre une haie. Ramirez se tenait debout devant moi, les jambes écartées et les bras croisés sur la poitrine.

— Tu as besoin d'un psy, Diego.

Il se pencha sur moi pour m'aider ; je le repoussai.

— Ne me touche pas.

— Tu ne m'as pas laissé le choix.

— C'était elle.

— Ce n'était pas elle. C'est toi qui la vois partout.

— Je l'ai reconnue. Elle s'est retournée quand je l'ai appelée.

— Tout le monde se retourne quand on entend hurler un taré.

— J'suis pas un taré.

Je m'éloignai en titubant.

— Où tu vas comme ça ? La bagnole est de l'autre côté.

— Trouver Osario.

186

— Quoi ?

— Je l'obligerai à me dire dans quel merdier il a foutu Elena.

Ramirez n'eut d'autre choix que de me conduire rue Manuel Goytica, à proximité de Valle Alto.

Je m'étais esquinté les poings à force de cogner sur la porte d'Osario. Personne ne nous ouvrit. Ramirez n'essayait même pas de me raisonner. Ce n'était pas la peine. Et il le savait. Nous remontâmes dans la bagnole et attendîmes. Osario ne rentra pas chez lui cette nuit-là.

Nous revînmes rue Manuel Goytica, la nuit d'après. Osario n'était pas chez lui. Nous passâmes des heures à le guetter, embusqués dans la voiture. En vain.

16

Que j'ouvre un roman, Elena était dedans. Que je ferme les yeux, elle surgissait en moi. Ramirez ne savait où donner de la tête, certain que je n'avais plus la mienne. Je crois même qu'il me méprisait.

Nous étions en train de finir de dîner, dans un snack loin de la *colonia* de Valle Alto, lorsque le téléphone sonna. Ramirez regarda d'abord ce qui s'affichait sur l'écran de son portable avant de décrocher. Il écouta, hocha la tête, grommela « Bouge pas, on arrive » et rabattit le clapet de son mobile.

— Osario est rentré, m'annonça-t-il avec dégoût.

En moins de trente minutes, nous étions rue Manuel Goytica. Ramirez regrettait de m'avoir cédé le volant. Je ne conduisais pas un tacot, je pilotais un bolide.

Le gamin que Ramirez avait chargé de surveiller les parages nous attendait sur le trottoir, en face de la baraque où créchait Osario.

— Il est arrivé quand ?

— J'étais pas là, dit le gamin. J'suis arrivé y a pas longtemps. Dès que j'ai vu la lumière allumée, j'vous ai appelé.

— Et tu l'as vu, lui ?

— Non, mais y a que lui qui habite là-dedans.

— Il n'est peut-être pas seul.

— Vous m'avez chargé de vous appeler quand il y a du nouveau. C'est c'que j'ai fait, non ? J'suis pas censé surveiller les fréquentations de votre gars.

Il tendit la main. Ramirez le paya et le congédia.

La porte de la baraque n'était pas verrouillée. Nous tendîmes l'oreille. Aucun bruit à l'intérieur. Ramirez empoigna son flingue.

— S'il y a du monde, on se taille, me chuchota-t-il. S'il est seul, tu me laisses gérer.

J'opinai du chef.

La porte grinça avant de s'ouvrir sur un vestibule jonché de saletés. Une commode vandalisée barrait le passage. Nous l'enjambâmes, à l'affût du moindre craquement. Le salon était sens dessus dessous. Des tiroirs traînaient çà et là. Un canapé éventré gisait au milieu d'un tas de DVD et de magazines pornos. Une armoire murale avait les battants quasiment déglingués ; tout ce qu'elle contenait – vêtements, boîtes cartonnées, paires de chaussures, valises, cintres – était par terre. L'endroit portait les traces d'une formidable bagarre.

— Vous arrivez trop tard, gémit une voix.

Osario était dans la pièce d'à côté, recroquevillé dans un angle. Le visage violacé, il ne portait qu'un slip et un tricot de peau déchiré. Du sang coulait de son cuir chevelu.

— Ils m'ont pas laissé de quoi acheter une corde pour me pendre.

— C'est la preuve que tu ne vaux pas un lacet, lui rétorqua Ramirez.

Un sourire dépité s'esquissa sur les lèvres ensanglantées : deux dents manquaient à l'appel.

— J'avais votre fric, je le jure. Je l'avais mis de côté pour vous le rendre. Mais ces fils de pute ont tout raflé.

— Lève-toi, lui ordonna Ramirez.

— J'peux pas. J'ai une épaule déboîtée et un genou pété. J'ai du mal à respirer.

— Tu rendrais une fière chandelle à l'humanité si tu arrêtais de respirer pour de bon. On est venus chercher notre argent.

De sa main valide, il nous montra le chaos alentour :

— Ils ont ratissé large.

Je ne disais rien. Il était très abîmé, Osario. L'envie de l'achever me tenaillait.

— Malin comme t'es, sûr que t'as d'autres cachettes, lui fit Ramirez. Ça t'ennuierait si je jetais un œil ?

— Fais comme chez toi, frérot.

Je m'accroupis devant Osario. Sa jambe gauche se tordait ridiculement sur le côté, comme si elle ne tenait qu'à un tendon. Quant à son bras blessé, il pendouillait contre son flanc telle une branche morte.

— Ils ne t'ont pas raté.

— Ils m'ont pris par traîtrise. Je m'apprêtais à prendre une douche.

Je sortis mon revolver.

— T'en as fait des progrès depuis le temps où tu rinçais les casseroles dans la cantina de ton vieil oncle, admit-il.

— C'est ton sarcasme qui t'empêche de crever, Osario ?

J'entendis Ramirez remuer des meubles dans le salon.

— Je ne suis pas venu pour le fric, moi.

— S'il te plaît, Diego. Tu vas pas remettre cette histoire à la con sur le tapis. Combien de fois faut-il te répéter que je ne sais même pas qui c'est, cette gamine ? (Il s'interrompit pour discipliner sa respiration.) C'sont pas les filles qui manquent, voyons. Pourquoi faudrait-il que j'aille les chercher dans mon propre village ? On a le sens de famille, à l'Enclos. On est tous comme frères et cousins, là-bas.

— Osario, s'il te plaît, ne m'oblige pas.

— Je reviens de loin et j'suis fatigué. Si tu ne me crois pas, finissons-en. J'vais pas passer le restant de ma vie à…

— Osario ! le coupai-je.

Il essaya de changer de position, ne fit que relancer la douleur.

— Nous avons la preuve qu'elle était avec toi, lui mentis-je. L'Albinos vous a vus, tous les deux.

— Et moi, je te dis que je ne la connais pas, cette gosse.

— Et ça ? cria Ramirez en revenant du salon, un album photo ouvert sur le portrait d'Elena entre les mains.

Mon cœur rua dans ma poitrine. L'album était plein de photos grand format de jeunes filles dénudées, dont deux d'Elena ; sur la première (d'identité), elle souriait à l'objectif, le regard absent ; sur la deuxième, elle posait nue, couchée sur le plongeoir d'une piscine. Quelque chose explosa en moi et je me surpris à cogner de toutes mes forces sur le crâne d'Osario avec la crosse de mon revolver. Quand je revins à moi, ceinturé par Ramirez, Osario gisait par terre, la tête et la figure ruisselant de sang.

— Qu'est-ce qui t'a pris ? me hurla Ramirez...
Et puis, d'où tu sors ce flingue ?

— Ça ne te regarde pas.

— Comment ça, ça ne me regarde pas ? Tu avais
un flingue et tu m'as rien dit ?

— C'est pas le moment. Je veux que ce chien nous
raconte ce qu'il a fait d'Elena.

— L'album est clair, non ? Regarde toutes ces
filles. Tu crois qu'elles posent pour Noël ? Elles sont
jeunes et belles. Et elles ne sont pas toutes mexicaines.

— Boucle-la, cousin. Ces photos ne veulent rien
dire.

— Il te faut un dessin ?

— Tu as toujours cherché à te débarrasser d'elle.

— Ah, oui ? Qu'est-ce que je fous dans cette
baraque, d'après toi ?

— Alors, garde tes insinuations pour toi.

— Et ces photos ?

— C'sont pas des preuves. Elena n'est pas une...
une...

Je ne parvins pas à prononcer le mot.

Ramirez me fixa avec pitié.

— On fait quoi, maintenant ?

— Retrouver Elena.

— Quoi ?

— Tu as très bien entendu. Tu n'es pas obligé de
t'impliquer, tu sais... Je ne rentrerai pas tant que je
n'aurai pas retrouvé Elena.

Je bondis sur Osario et me remis à le tabasser.
Chacun de ses cris décuplait ma fureur. Ramirez dut
me plaquer au sol pour me neutraliser.

Osario finit par se rendre à l'évidence : sa seule
chance de revoir le jour était de coopérer.

— Je ne l'ai pas enlevée. C'est elle qui est venue me trouver chez ma mère. Elle voulait dégager du village. J'ai essayé de la raisonner. Elle était déterminée. Elle serait partie de toute façon… J'avais pas grand-chose à lui offrir à Juárez. J'étais fauché et je devais beaucoup d'argent à un tas de gens, dont Dida le Borgne. Comme je pouvais pas le rembourser, Dida a pris Elena comme consigne. J'ai emprunté du fric à des amis pour la récupérer. Quand je suis retourné chez le Borgne, elle a dit qu'elle était bien avec lui et elle a refusé de me suivre. Je jure que c'est la vérité.

— Dida est mort, Osario.

— J'suis au courant. Mais Santos est toujours en vie.

— Qui est Santos ?

— Le trésorier de Dida. C'est lui qui s'occupait des filles. Il doit savoir où est Elena. Son contact est barbier à Tres Castillos.

Ramirez nota l'adresse du *contact* de Santos.

Avant d'évacuer les lieux, je dis à Osario :

— Il te faut briser combien de vies pour gagner la tienne ?

Il balbutia quelque chose avant de se coucher sur le côté.

L'adresse que nous avait fournie Osario menait à un salon de coiffure minable, dans une sinistre ruelle au cœur de Tres Castillos. À l'intérieur, trois énergumènes se racontaient des histoires hilarantes. Il y avait un gros tout laid, avec un nez flasque au milieu de la figure et une tête de Christ tatouée sur l'épaule. Il trônait sur un fauteuil en tournant le dos à la glace. En face de lui, deux garçons se tenaient le ventre à force de rigoler. Le plus grand, dégingandé et presque noir, se leva d'un bond et porta instinctivement la main à sa poche quand nous poussâmes la porte.

— On cherche Santos, le calma Ramirez.

— Qu'est-ce que vous lui voulez ? nous lança le gros.

— Lui parler.

— Il est pas ici… Qui vous envoie ?

— Osario.

— Cet enculé. Il est encore de ce monde ?

— Pas en entier, mais il s'accroche.

Le gros fit pivoter son fauteuil dans notre direction.

— Et vous êtes qui ?

— On cherche une fille, dis-je en montrant la photo d'Elena, au grand dam de mon cousin.

— C'est pas le bureau des objets trouvés, ici.

— On veut causer à Santos, intervint Ramirez en me priant de la main de le laisser faire. Osario pense qu'il peut nous aider à retrouver une parente.

— Sans blague.

— On ne cherche pas d'embrouilles.

— Vous êtes en plein dedans, mes gars. Revenez demain matin. Peut-être qu'il sera là, Santos.

— On veut le voir, et tout de suite.

Le gros fronça les deux énormes chenilles velues qui lui servaient de sourcils.

— Wow ! Vous avez pas l'air commodes, vous deux.

— On n'en a pas d'autres.

Il se trémoussa sur son siège, nous dévisagea deux secondes :

— Je vous préviens, Santos prend cher. Cinq minutes d'entretien avec lui coûtent plus qu'une auscultation chez le meilleur toubib de la ville.

— On a de quoi payer.

— Je vois pas de sacoche sur vous.

— C'est cher tant que ça ?

Il se tourna vers les deux garçons. Le regard qu'il échangea avec eux était chargé de codes facilement déchiffrables.

— José, tu sais où il se trouve, Santos ?

— Probablement chez lui, à l'heure qu'il est, répondit le garçon filiforme.

— Alors, conduis-y ces deux messieurs et tâche qu'ils ne reviennent pas me casser les couilles dans ma boutique. C'est pas écrit « Information » sur la devanture de mon salon.

Les deux garçons nous invitèrent à les suivre.

— C'est loin d'ici ? demanda Ramirez.

— Tu parles, maugréa le gros. C'est aussi loin que le bout du monde.

Une fois dans la rue, Ramirez s'apprêta à rejoindre sa guimbarde.

— Pas la peine, dit l'autre garçon, qui était tassé comme une borne. C'est à deux pas d'ici.

Les deux énergumènes nous baladèrent à travers deux pâtés de maisons avant de nous braquer subitement avec leurs couteaux. On était dans un cul-de-sac. Sur notre gauche se dressait une palissade haute de trois mètres enfaîtée de plusieurs rangées de fils barbelés. Sur notre droite, un garage brandissait son portail en fer cadenassé. L'échalas ricanait en faisant sauter son couteau d'une main à l'autre. L'autre, comprimé tel un ressort, se tenait prêt à nous sauter dessus.

— Aboule le fric, carcailla le dénommé José.

— On n'a pas un rond sur nous, dit calmement Ramirez.

— À d'autres. On ne vient pas voir Santos les mains vides. Allez, passe le fric si tu veux rentrer chez toi en entier.

Ramirez fit mine de s'exécuter. Il feinta le grand et envoya son pied dans le bas-ventre du second qui, pris au dépourvu, tomba à la renverse devant moi. Il y eut un flash dans mon esprit. Un tourbillon me catapulta jusqu'au temple. L'image d'Elena se tortillant sous la carcasse de son violeur me coupa le souffle. Puis tout se passa très vite. Je me vis abattre la crosse de mon revolver sur le crâne du garçon qui tentait de se relever. La voix de Ramirez me parvint du fond d'un gouffre. Le grand échalas tenait mon cousin à terre et bataillait pour lui enfoncer le couteau dans la gorge. Ramirez étreignait la lame de son agresseur qui vibrait à deux centimètres de son cou. « Diego, qu'est-ce que tu attends ? Descends-moi ce fils de chienne… » Du sang suintait entre les doigts de mon cousin. Mon ventre se contracta. Mon vertige s'accentua. À mes pieds, l'autre agresseur ne bougeait plus. Une lumière s'éteignit à une fenêtre. Je crus entendre des volets se fermer. « Diego, bordel, je vais lâcher prise. » Un éclair… Je me rendis soudain compte que mon cousin était en danger de mort. Mon bras se tendit de lui-même, mon doigt pressa sur la détente du revolver et la tête du dénommé José explosa… Blanc… « Tu attendais quoi, putain ? Qu'il me décapite ? » … Blanc… Je me voyais courir comme un possédé, la tête retentissant d'une même détonation… « Prends le volant. Je peux pas conduire. Ma main est fichue », haletait Ramirez… Crissements des pneus… Blanc… Je roulais à tombeau ouvert le long d'une avenue. « Lève le pied, hurlait Ramirez. Ça va, on est loin, maintenant. » Je ne parvenais pas à retirer le pied de l'accélérateur. Le sang battait à mes tempes. Je tremblais de partout. D'un coup, mes tripes se soulevèrent et je rendis mon dîner sur le volant. Mes vomissures se déversèrent sur le tableau de bord, cascadèrent sur moi, chaudes et rances. Ramirez se jeta sur le volant pour éviter une voiture garée sur le bas-côté... Blanc...

Lorsque je recouvris mes sens, j'étais à quatre pattes en train de dégueuler dans le fossé.

Ramirez se tenait accroupi devant moi, sa main blessée sous le bras ; il me regardait comme si j'étais un extraterrestre.

— Tu crois que je l'ai tué ?

— ...

— Putain.

— Je t'avais prévenu, tête de lard. Les armes, c'est pas ton rayon. Mais tu m'as pas écouté.

— Putain, j'ai tué un homme... J'ai tué un homme...

— Chiale un coup, si ça peut te soulager. Mais fais vite. On va pas y passer la nuit. J'ai une main à réparer, moi.

Il m'attrapa par les cheveux et m'obligea à le regarder dans les yeux :

— Une dernière chose, cousin. Je ne veux plus entendre parler d'Elena.

17

Je n'ai pas réussi à fermer l'œil. Ramirez a été obligé de dormir dans la cuisine parce que j'avais peur d'éteindre dans notre chambre. Il a étalé son matelas par terre et s'est couché dessus, la main dans un bandage de fortune. Le matin, il est parti solliciter le docteur Singer.

J'ai verrouillé les volets et cherché à faire le vide dans ma tête. Impossible d'atténuer la détonation qui retentissait par intermittence en moi. Son onde de choc se répandait à travers mes fibres tel un souffle calamiteux. Je n'avais rien mangé depuis la veille. La nausée me tenait en alerte. Je m'étais rué plusieurs fois dans les cabinets sans parvenir à rendre quoi que ce soit. La tête dans le bidet, je râlais, me contorsionnais, plongeais le doigt dans ma gorge, sans succès. Je ne faisais que trembler et transpirer.

Le téléphone sonnait par moments. Je ne décrochais pas. J'étais malade comme un chien. Le moindre soubresaut me démaillait.

Ramirez rentra tard dans l'après-midi. Le docteur Singer lui avait rafistolé la main et l'avait piqué contre le tétanos.

— C'est pas méchant, m'annonça-t-il pour rompre le silence sidéral qui régnait dans la baraque.

Il nous prépara à manger. L'odeur de friture me renvoya clabauder dans la cuvette des chiottes.

— Faut que tu voies un toubib, me suggéra Ramirez, plus ennuyé que préoccupé.

Je refusai.

Ramassé en chien de fusil sur mon lit, j'attendais de m'endormir. Le sommeil ne vint pas. Toute la nuit, je n'ai pas arrêté de me retourner dans les draps tel un poulet de rôtisserie, le corps en nage.

Le jour d'après, je ne fis qu'errer dans le patio.

Le labo envoya Adamo me chercher. Je retrouvai la pénombre délétère du sous-sol, l'odeur des vesses, un énorme « courrier » en instance sur ma table et la grimace reptilienne de Pacorabanne. Joaquín manquait à l'appel. Il était allé aux funérailles d'un proche.

J'avais du mal à me concentrer sur la tenue des registres et le classement des enveloppes et des colis. Le ventilateur au plafond me donnait le tournis. Au bout d'une heure, je ne tenais plus. Je pris mes cliques et mes claques et allai marcher au hasard jusqu'à épuisement.

Le soir, Ramirez me traîna dans une pharmacie. On me prescrivit un traitement de choc. Je dormis quatorze heures d'affilée.

J'appris par la suite que le garçon que j'avais tué s'appelait José Maria Fuentes, qu'il avait dix-huit ans, qu'il était marié et père d'une petite fille. Et ce n'était pas tout : José Maria Fuentes était le cousin germain de Joaquín, notre informaticien.

Cisco convoqua sa nouvelle équipe chez lui, tard dans la nuit. Il y avait là une bonne partie du groupe qui avait participé à l'assaut de la ferme où s'étaient retranchés les exécuteurs de nos deux « coursiers », ainsi qu'un étranger sapé comme un jeune premier. L'Indien nous annonça que les choses se mettaient en place à Tres Castillos et nous briefa sur l'attitude à observer afin de ne pas gâcher l'effet de surprise. Après nous avoir soumis à un rituel d'un autre âge qui consistait à nous mobiliser corps et âme autour de lui, il étala une carte d'état-major sur la table et nous désigna le territoire que nous comptions conquérir. Ensuite, il nous présenta l'inconnu : il se prénommait Jorge et était l'émissaire d'un célèbre gang de Tijuana venu nous apporter le soutien de son caïd.

— Nous avons de solides appuis. Et nous ne laisserons personne nous couper l'herbe sous le pied, décréta l'Indien.

Tout le monde, ce soir-là, piaffait d'impatience de passer à l'acte.

Le jour de la rencontre avec nos « alliés » de Tres Castillos fut fixé à vendredi, 14 heures. À midi, nous étions sur les lieux, échafaudant un dispositif de sécurité autour de l'entrepôt afin de parer à tout imprévu. Les Muchachos arrivèrent sur des motos. Ils étaient six gamins plus ou moins débraillés ; le plus âgé, Marlo, devait avoir dix-huit ou dix-neuf ans. Solidement baraqué, la mâchoire carrée et le front volontaire, il portait un maillot de la Seleção au-dessus d'un panta-court bariolé, des baskets neuves et une casquette à large visière rabattue sur la nuque. À côté de lui se tenaient les frères Valderas, des jumeaux à peine sortis d'une maison de redressement. Ils avaient un regard d'outre-tombe qui faisait froid dans le dos. Les trois autres s'appelaient Farinha, dix-sept ans, ancien voleur à l'esbroufe reconverti en tueur à gages ; Lechuza, dix-sept ans, rescapé du massacre qui avait décimé Dida le Borgne et sa cour ; et un orphelin enténébré qu'on aurait cru né d'un sortilège, surnommé Picasso à cause des tatouages qui l'habillaient de la tête aux pieds.

Cisco consulta sa montre.

— Où sont passés les autres ?

— Ils ne viendront pas, dit Marlo, qui semblait être le porte-parole de ses compagnons.

— Ils étaient tous d'accord, pourtant.

— Y en a qui ont changé d'avis, depuis.

— On peut savoir pourquoi ?

— El Enano dit qu'il réfléchit et Santos fait bande à part pour garder le butin du Borgne pour lui tout seul. Il veut être son propre boss.

— Boss de qui ? Il n'est même pas fichu de rentrer chez lui sans raser les murs.

— Il a le soutien de Benito.

— Qui c'est, ce Benito ?

— Un proxénète de Bellavista, un type très dangereux qui a descendu trois des nôtres quand on est allés réclamer nos parts à Santos.

— Et Reyes, pourquoi il est pas venu ?

— Il s'est rangé du côté d'Hector le Rouge.

— Hector n'est qu'un clodo.

Marlo haussa les épaules :

— Moi, j'suis venu. Le reste, c'est pas mes oignons.

— Ouais, ouais, glapit Farinha. Depuis le massacre, Santos fait celui qui ne nous remet pas.

— C'est vrai, renchérit Lechuza. Cette fiotte ne veut pas partager.

202

— S'il détient le butin de Dida, il va devoir le restituer, promit Cisco. Mais il y a des priorités. Je vous ai réunis pour lancer notre projet : faire de Tres Castillos un bastion respectable. Ce qui se passe là-bas n'arrange les affaires de personne. Depuis la mort du Borgne, c'est le bordel. Chacun fait ce qu'il lui passe par la tête et pas un chiot ne sait où il va. J'ai décidé de mettre de l'ordre dans les esprits, et au pas les brebis galeuses. Ça va changer, je vous le garantis. Parce que ça *doit* changer. Tres Castillos ne peut prospérer qu'à deux conditions : la discipline et la loyauté. Ce sont les deux mamelles d'une vraie famille. Et je compte bâtir une vraie famille, avec sa hiérarchie, ses lois, ses devoirs et ses obligations.

— Cisco, s'il te plaît, on n'est pas à la messe, dit l'un des frères Valderas. Tu ne nous as pas convoqués pour nous faire la morale.

— Il s'agit de directives, s'énerva Cisco.

— Du baratin, tout ça. D'ailleurs, on en a déjà discuté et on est d'accord avec ton projet. Maintenant, on veut juste savoir quand est-ce qu'on va en découdre. On a la liste des indésirables et la liste des indécis. Qu'est-ce qu'on attend ? Pas vrai, Farinha ? On n'est pas venus pour parler cahiers et crayons.

— Ouais, ouais, fit Farinha. Il faut tout de suite frapper un grand coup, si on veut mettre au pas les tocards.

Cisco leva la main pour exiger le silence. Il toisa les Muchachos, les uns après les autres. Ses narines frémissaient d'une colère intérieure.

— Il n'y a pas que les tocards qu'il va falloir dégommer, à ce que je vois, lâcha-t-il d'une voix caverneuse, mais suffisamment claire pour rappeler à l'ordre les entendeurs. Que les choses soient nettes et précises entre nous, les gars : j'ai horreur d'être interrompu. Parce que je ne parle pas en l'air. Ce que j'ai à dire est très sérieux. Tres Castillos est vacant, et je vais faire en sorte qu'il ne risque pas d'être annexé aux Rebeldes ou à un autre gang mieux structuré. Si nous voulons disposer de notre propre secteur, il faut solliciter ce qu'on a dans le crâne. Réagir au quart de tour, comme vous venez de le faire, est la preuve que vous ne réfléchissez ni à vos intentions ni à leurs conséquences. Aucun troupeau n'est à l'abri sans un berger attentif. Et je suis un berger *très* attentif. J'ai des baroudeurs aguerris sous la main, des flics dans la poche, des partenaires solvables (il montra Jorge du pouce) et assez de potentiel pour me démerder en enfer. Et vous avez quoi, vous, hormis des casiers judiciaires qui pèsent des tonnes et des asticots dans la cervelle ? À part détrousser les vieilles mémés et tabasser les marchands de soupe, que savez-vous faire d'autre ? Braquer des kiosques pour quelques pesos ? Dealer une fois par hasard et déguerpir comme des rats dès qu'un uniforme pointe au coin de la rue ? Je veux faire des Muchachos des adultes, des hommes d'affaires, des types qu'on craint et qu'on respecte dans le milieu. Mais avant, il faut qu'ils apprennent à écouter.

— Pourquoi tu nous engueules, Cisco ? maugréa l'autre frère Valderas.

— Pour me faire entendre, et je n'aime pas me répéter. Si la discipline est la force principale des armées, la loyauté est leur longévité. Si je vous ai choisis, c'est parce que j'ai confiance en vous. Je sais ce que vous valez et connais vos petites faiblesses. L'insolence n'a jamais fait de grands hommes, elle ne fait que de grands perdants. À partir d'aujourd'hui, vous me devez respect et obéissance. Quand je parle, on se tait. Vous tenez à grandir ? Rentrez dans les rangs et marchez au pas. Ce sont mes conditions et elles ne sont pas négociables. Nous allons trancher ici, et tout de suite. Ou vous êtes d'accord avec moi sur toute la ligne ou on annule tout, et chacun ne doit s'en prendre qu'à lui-même.

Un silence abyssal écrasa l'entrepôt pendant deux bonnes minutes.

— On marche avec toi, dit Marlo.

— Tu n'es pas obligé. Mais si tu t'engages, plus de marche arrière.

— Je suis partant.

Cisco se tourna vers les autres. À tour de rôle, les Muchachos levèrent une main et promirent soumission et loyauté à l'Indien.

— Très bien, dit Cisco. À ce soir, à l'heure et aux endroits indiqués.

À minuit pile, l'opération fut déclenchée. Cisco commença par la villa de Dida le Borgne. La demeure était squattée par un certain Hector le Rouge, trente-cinq ans, un *capo* déchu qui voulait se refaire la main. Il avait été actif au sein des Rebeldes, autrefois. Après un séjour en prison, son ancien gang ne l'avait pas repris. Pour gagner sa croûte, il avait dû toucher à tous les petits boulots sans en garder un seul plus d'une semaine. Son addiction à l'alcool le disqualifiait d'office. Quand il avait appris que le Borgne avait été descendu, il avait cru saisir la chance de sa vie, persuadé, avec son passé d'ancien Rebelde, de ne faire qu'une bouchée de la marmaille délurée de Tres

Castillos. Très vite, il s'était rendu compte qu'il n'était pas de taille à fédérer les Muchachos. À défaut de ratisser large, Hector le Rouge s'était entouré d'une poignée de mioches instables et adjugé la villa du Borgne.

Nous le surprîmes dans la cour du jardin en train de jouer au pacha avec ses louveteaux au milieu d'un tas d'ordures et de canettes de bière. La villa évoquait un dépotoir. Les vitres éclatées pendant le massacre n'avaient pas été remplacées et personne n'avait songé à balayer les bris de verre qui jonchaient la véranda ni à nettoyer les flaques de sang qui grumelaient çà et là. Par la porte-fenêtre grande ouverte, on pouvait voir le capharnaüm qui régnait à l'intérieur de la baraque : écran plasma crevé, murs criblés de balles, tableaux décrochés, lustre éparpillé au sol, mobilier chamboulé…

Hector le Rouge se prélassait sur une chaise longue, deux gamines faméliques blotties contre lui. Une énorme chaîne de rappeur ornait son torse nu. Il devait être soûl ou bien complètement abruti aux psychotropes car il ne manifesta aucune surprise lorsque nous surgîmes devant lui, armés jusqu'aux dents.

— Cisco ? balbutia-t-il… T'as rongé ta laisse ou quoi ? Qu'est-ce que tu fiches si loin de ta niche ?

— Je suis venu prendre possession de la villa.

— Rien qu'ça ?

Ses louveteaux nous fixaient avec des yeux troubles. Certains d'entre eux souriaient bêtement. Ils gravitaient tous à la périphérie du coma éthylique.

— Je te donne cinq minutes pour te rhabiller et prendre tes jambes à ton cou sans te retourner.

— Arrête, tu vas me foutre la frousse de ma vie.

— Cinq minutes, Hector. Quant aux rats d'égout qui t'entourent, ils vont tout nettoyer avant de disparaître de ma vue.

Hector le Rouge repoussa mollement les fillettes qui somnolaient contre lui, tendit un bras vers un gros Magnum sur la table basse devant lui. Marlo le devança.

— Ne m'oblige pas à te dépecer avec un arrache-clou, lui conseilla Cisco.

— T'as rien à glaner ici, l'Indien. Santa Rosa est de l'autre côté de la ville. Tu vas gentiment remonter dans ton tacot et actionner le GPS parce qu'apparemment tu ne sais pas où tu mets les pieds.

— Quatre minutes…

Hector le Rouge se leva – il tenait à peine sur ses jambes –, donna un coup de pied dans le flanc de ses galopins pour les secouer un peu. Ces derniers ne semblaient pas comprendre ce qu'il se passait. Ils continuaient de sourire bêtement.

— Tu dégages, Hector.

— Je t'emmerde. Tu te prends pour un caïd avec tes tresses de squaw ? Retourne lécher le cul à ton Cardinal. Ici, c'est mon territoire.

— Si tu y tiens, on te trouvera bien un coin où te caser. T'as qu'à choisir. Dans le jardin ou dans les chiottes ? Mais fais vite. Je risque de changer d'avis.

Hector le Rouge fut bâillonné, empaqueté, saucissonné et jeté à l'arrière d'une fourgonnette. On ne retrouvera jamais son corps.

Une heure plus tard, nous débarquâmes chez Santos. Ce dernier dormait comme un loir, un garçon dans les bras. En entendant la porte de sa chambre s'ouvrir avec fracas, il bondit hors du lit. Sa bedaine remuait sur ses genoux, pareille à un gros machin gélatineux.

— J'suis pas venu les mains vides, lui annonça Cisco en exhibant un petit sac en toile de jute dégoulinant de sang frais.

Santos regarda dans tous les sens à la recherche d'une échappatoire. Lorsqu'il comprit qu'il était fait comme un rat, il leva les mains en signe de capitulation.

— Tu ne veux pas savoir ce que je t'ai apporté, l'enflure ?

— Cisco, je t'en prie, je ne t'ai rien fait, gémit Santos d'une voix flageolante. J'sais pas ce qu'on t'a raconté à mon sujet, mais c'est pas vrai. Je me suis toujours tenu à carreau et je suis sympa avec tout le monde.

— Paraît que tu voulais être ton propre boss.

— C'est faux, Cisco. J'ai jamais visé si haut, moi. J'suis rien. Demande à Farinha. Hein, Farinha ? Tu me connais mieux que personne. Est-ce que tu m'as vu doubler quelqu'un ou briguer des postes vacants ? Je suis bien à ma place. Je demande qu'à rendre service.

Farinha émit un hoquet de mépris.

Cisco vida le sac sur le lit. Une tête ensanglantée roula aux pieds de Santos qui se mit aussitôt à mugir et à s'arracher les cheveux.

— Tu le reconnais ? C'est ton protecteur Benito la Balafre. Je pouvais pas le ramener en entier. Y avait pas assez de place dans la voiture.

Santos ululait, les yeux révulsés d'épouvante. Il tomba contre le mur et se mit à se chier dessus. Le garçon qui partageait sa couche avait beau faire le mort, on le devinait à deux doigts de rendre l'âme pour de vrai.

— On raconte que c'est toi qui détiens le butin de guerre de Dida le Borgne, lui dit Cisco.

— J'y ai pas touché, je le jure, chevrota Santos. (Il se mit à genoux, les doigts croisés sous le menton.)

Je l'ai gardé intact. Pas un peso ne manque. J'ai toujours été réglo avec Dida. Je le serai avec toi, Cisco.

— On va chercher ce putain de butin ?

— Tout de suite, Cisco. C'est toi le patron. Je suis tout à toi. Tout ce que je possède, mes contacts, mon argent, ma vie, te revient de droit. Le boss, c'est toi.

— Mais non, le boss, c'est toi.

— Plus maintenant, Cisco. Tu peux faire de moi ce que tu veux.

— Je vais me gêner.

Cisco ne lui laissa pas le temps de se torcher. Il le jeta tout nu à l'arrière du pick-up, sous la garde rapprochée de Farinha et des frères Valderas.

Le butin se trouvait au sous-sol d'une boutique, dans une cachette murale dissimulée derrière un vieux coffre-fort rouillé – quelques centaines de milliers de pesos en petites coupures, ce qui en disait long sur la misérable rentabilité de Tres Castillos.

Cette nuit-là, je ne faisais que suivre Cisco sans savoir où il m'emmenait. J'étais en apesanteur, comme dans un mauvais rêve. J'avais assisté à des descentes musclées, à une décapitation, à une torture au chalumeau sans vraiment être sûr que je n'hallucinais pas. J'évoluais dans un monde parallèle, fait de cris et de furie, avec du sang qui giclait des chairs meurtries et des rires qui cadençaient les hurlements des suppliciés. C'était cauchemardesque, mais je prenais mon mal en patience en attendant de me réveiller. Lorsque le jour se leva, tandis que nous finissions d'enterrer les corps de nos victimes quelque part à Rio del Navajo, je m'aperçus que j'étais bel et bien réveillé.

18

La « nuit des Longs Couteaux », version Cisco, ne tarda pas à porter ses fruits. En quelques semaines, Tres Castillos jeta l'éponge. Il restait encore deux ou trois poches de résistance, mais le plus dur était accompli.

Cisco élut domicile à la villa de Dida le Borgne, y établit son QG. En un rien de temps, la maison fit peau neuve, s'offrit un portail blindé à la place de la grille et se coiffa de fils barbelés sur les façades. Quatre *sicarios* de l'ancienne école montaient la garde dans le jardin, deux molosses salivant au bout de la laisse. Il ne manquait que le sas.

En fin manipulateur, l'Indien appâtait les Muchachos sans rien promettre de précis ; il louait la sagacité des uns pour stimuler celle des autres. La nouvelle donne semblait convenir au contribuable du coin. Ce n'était pas encore le bastion exemplaire, mais les boutiquiers n'étaient plus obligés de baisser le rideau dès le coucher de soleil et les gens pouvaient s'attarder dans la rue débarrassée des arracheurs de sacs et des détrousseurs d'ivrognes. Il y avait des guetteurs dans chaque pâté de maisons ; des patrouilles de Muchachos sillonnaient les quartiers à bord de motos, traquant les dealers indépendants et calmant les esprits dans les zincs surchauffés.

Ramirez et moi avions emménagé dans un patio à quelques encablures du QG. La maison était plus grande que celle que nous occupions à Santa Rosa – seul petit bémol, les WC étaient dans la courette. Nous avions chacun notre chambre, un téléviseur grand écran dans le salon, un frigo à deux portes, une cuisinière flanquée d'un micro-ondes sophistiqué, et nous disposions d'un garage et d'un débarras extérieur rempli d'outils hors d'usage. Tous les matins, on devait pointer chez le boss pour recevoir ses instructions et on passait le reste de la journée à traquer les « indésirables ». Les plus raisonnables comprenaient qu'ils n'avaient pas le choix et s'alignaient à contrecœur ; les têtes brûlées étaient livrées en vrac aux frères Valderas et à Farinha. Une seule fois, un groupe de mécontents nous tendit une embuscade à la sortie d'un boxon clandestin. Au cours de la fusillade, Lechuza reçut une balle dans la fesse. Cisco exigea des représailles immédiates. Les mécontents furent liquidés avant le lever du jour dans un chantier où ils s'étaient repliés. Il s'agissait d'un groupuscule que chapeautait Reyes, un garçon de vingt ans à qui Hector le Rouge avait promis monts et merveilles et qui rêvait d'un empire aussi vaste que celui des Rebeldes.

Après quelques mises au point expéditives, tout rentra dans l'ordre. Le secteur était à nous. Je m'attendais à une guerre d'usure jalonnée d'assauts et de replis, de tractations orageuses et de défections, mais non, les passations de pouvoir se déroulèrent sans contestations sérieuses. Cisco fut intronisé comme un envoyé du Ciel. Je dirais même que les gens furent soulagés d'avoir enfin quelqu'un à qui se plaindre.

— Comment il a fait pour s'emparer si vite de Tres Castillos ? j'ai demandé à Ramirez.

— Tu y as participé, non ?

— Oui, mais…

— Mais quoi, cousin ? C'est dans la nature des choses. Dans les bas-fonds comme dans la forêt, il y a le mâle dominant. Il fait marcher le clan à la trique, se tape toutes les femelles en solo jusqu'au jour où un de ses rejetons vient lui foutre la raclée du siècle et le bannir.

Cisco nous affecta dans la section de Farinha. On s'occupait de l'aile sud de Tres Castillos, c'est-à-dire de pas grand-chose. C'était la partie la plus pauvre du bidonville, une sorte de limbes pour vieux briscards en fin de vie. Les gargotes périclitaient et les épiciers croulaient sous les ardoises impayées. Pour ne pas perdre la main et la face, il nous arrivait d'inventer des brebis galeuses, généralement d'anciens taulards convalescents ou des dealers en rupture de stock. Ramirez se prêtait volontiers au jeu. Il adorait rouler des mécaniques et était fier de lever le gibier rien qu'en se raclant la gorge. Persuadé que Farinha n'était qu'un fusible, mon cousin faisait étalage de son savoir-faire de chef potentiel. Ses petites manœuvres n'échappaient à personne, et Farinha n'avait qu'à bien surveiller ses arrières.

Ramirez se dénicha une copine. Une brunette assez mignonne qu'il avait draguée dans un bistrot du centre-ville. Elle s'appelait Maria et avait quelques années de plus que nous. Au début, quand elle a débarqué sans préavis à la maison, je l'ai détestée d'emblée.

Ensuite, au fur et à mesure que je goûtais à sa cuisine, j'ai fini par tolérer sa présence. La nuit, lorsque les ébats dans la pièce d'à côté m'empêchaient de me concentrer sur mes bouquins, je sortais prendre l'air dans le patio, une bière fraîche dans une main, dans l'autre un joint. Je restais là jusqu'à ce que les lumières s'éteignent dans la chambre des jouissances tapageuses.

On était mieux lotis qu'à Santa Rosa. Et beaucoup mieux rétribués. Pendant que Ramirez s'escrimait à se bâtir une réputation dans le clan, j'apprenais à compter mes sous. Je n'avais pas besoin de ruer dans les brancards. Tout le monde avait remarqué que Cisco m'avait à la bonne.

Un soir, de retour d'une ronde, j'ai demandé à Ramirez si le Santos qu'on avait buté était le même que celui dont parlait Osario, la nuit où j'avais tué José Maria Fuentes.

— Osario nous a envoyés au casse-pipe, a rugi Ramirez, fâché que je ramène cette « vieille » histoire sur le tapis. Santos n'était qu'un nom de code.

— Qu'est-ce que t'en sais ?

— Je le sais, un point, c'est tout. Le vrai Santos était le trésorier de Dida le Borgne. Il ne s'occupait pas de la traite des *putes*.

Ramirez avait appuyé exprès sur « putes », et cela m'avait profondément affecté.

— Une nouvelle vie commence pour nous, cousin. Le passé, tu oublies, compris ?

Le doigt qu'il avait braqué sur moi faillit m'éborgner.

Un dimanche, Cisco nous ordonna de lui ramener « vivant » un certain Miguel Bonanza qui habitait dans un ranch pourri à une trentaine de kilomètres de

Ciudad Juárez. Nous étions partis dans deux voitures, les frères Valderas, Picasso et Farinha devant, Ramirez, Marlo et moi derrière. Miguel Bonanza ne nous opposa aucune résistance lorsque nous l'avons tiré du lit à 3 heures du matin. Il demanda juste qu'on l'autorise à faire ses adieux à son épouse. « Si t'as l'éjaculation précoce, y a pas d'inconvénient », lui dit Marlo. Le pauvre bougre portait mal la cinquantaine. Une méchante tonsure au milieu de ses cheveux blancs, les joues tombantes et le ventre dégrossi posé gauchement sur ses deux pattes d'échassier, il n'avait rien d'un dur à cuire. Il se montra très coopératif afin qu'on laisse sa femme tranquille. Elle était très jolie, sa femme. Elle ressemblait un peu à Salma Hayek, en plus potelée, mais suffisamment provocante dans son déshabillé transparent pour polluer les idées aux frères Valderas – sans le *niet* catégorique de Ramirez, le rapt aurait tourné à l'orgie.

On a jeté Miguel Bonanza dans le coffre de la voiture de Farinha et on a pris le chemin du retour. Notre bagnole ouvrait la marche. Tout avait l'air tranquille. La voie était libre. J'ignore pourquoi la voiture de derrière s'était mise à zigzaguer.

— Tu crois qu'ils ont crevé ? s'enquit Marlo.

Ramirez, qui conduisait, observa le manège derrière dans le rétroviseur.

— Je pense pas. Ils font ça depuis un moment.

Marlo appela Farinha avec son émetteur-récepteur. Il y eut un crachotement, puis des rires dans la radio.

— À quoi vous jouez, putain ?

Crachotement. Puis la voix de Farinha :

— Le *viejo* chiale. On le berce pour qu'il s'endorme.

— Ils s'amusent, les cons, maugréa Marlo en jetant la radio sur le tableau de bord. Ils sont pas près de grandir, ces mioches de merde. Et dire que c'est cet abruti de Farinha qui commande. Je me demande sur quels critères s'est basé l'Indien.

Soudain, une sirène retentit dans le noir. En me retournant, je vis des gyrophares tournoyer au loin.

— Voilà c'qui arrive quand on fait les cons, pesta Marlo.

La voiture de police rattrapa celle de Farinha qui mit le clignotant pour se ranger sur le côté.

— Éteins les phares et gare-toi, ordonna Marlo à Ramirez.

On s'était arrêtés un peu plus loin pour observer ce qui se passait derrière. Trois minutes plus tard, on vit deux flammèches fulgurer, immédiatement suivies de deux détonations.

— Merde, merde, ils ont tiré sur le flic.

Marlo ordonna à Ramirez de faire demi-tour.

Nous sautâmes à terre et courûmes vérifier si le policier était vivant. Très vite, nous comprîmes que nous étions dans de beaux draps. Personne ne peut continuer de vivre avec la moitié de la cervelle répandue sur le bitume.

— Qu'est-ce qui vous a pris, bon sang ? hurla Marlo.

— Le gars dans le coffre s'est mis à faire des siennes. Le flic a demandé ce qu'il y avait dans la malle. Il m'a pas laissé le choix, dit Picasso.

Pendant qu'on poussait le cadavre du flic dans le fossé, Picasso monta dans la voiture de police et s'installa confortablement derrière le volant.

— Qu'est-ce que tu fabriques ? lui lança Marlo.

— Mon oncle est mécanicien, répondit Picasso.

— Et alors ?

— Il a un garage. On va désosser la caisse pour la revendre en pièces détachées.

— Quoi ? T'as fumé la moquette ou quoi ? C'est une voiture de police.

— T'inquiète. On a l'habitude. Et puis, j'ai besoin d'argent de poche.

Je n'en revenais pas. Ramirez non plus. Marlo tenta de dissuader Picasso ; ce dernier enclencha la vitesse et démarra sur les chapeaux de roue en actionnant la sirène.

— Vous avez vu ça ? nous prit à témoin Marlo. Il est complètement niqué de la tête, ce morpion. T'aurais pu le rappeler à l'ordre, Farinha ! C'est toi le chef, non ?

Farinha paraissait éberlué. Il regardait les gyrophares qui tournoyaient en s'éloignant, l'air d'avoir reçu un coup de massue sur la tête.

— Ça, alors…

Dès notre retour à Tres Castillos, Ramirez demanda à voir Cisco en privé. Il lui rapporta dans les moindres détails ce qu'il s'était passé sur la route, en chargeant à fond Picasso dont l'immaturité catastrophique représentait un danger évident pour le gang et en faisant porter le chapeau à Farinha qui manquait gravement d'autorité.

— Pourquoi t'as rien fait pour dissuader Picasso, toi ?

Et Ramirez, qui n'attendait que cette question :

— Parce que j'suis pas le chef.

Cisco reçut cinq sur cinq le message :

— T'es un malin, Ramirez. Ton indignation laisse à désirer, mais je t'accorde le bénéfice du doute.

Deux jours plus tard, on découvrit le corps de Picasso dans une cage d'escalier. Il aurait succombé à une overdose.

La semaine suivante, Farinha céda ses galons de *capo* à Ramirez. Pour fêter sa promotion, mon cousin invita Maria et une copine à elle à la maison. On avait commandé un festin et on avait bu et sniffé comme des damnés.

19

Pour sa première tournée des popotes, le *capo* Ramirez n'y alla pas de main morte. Il délogea *manu militari* un « indésirable » qui rackettait les cybercafés et le remplaça par Marlo. Ensuite, le soir, il procéda à deux raids spectaculaires, l'un dans la tanière d'une fratrie indocile, l'autre dans une maison de passe. Je n'avais pas participé aux expéditions. D'après la rumeur qui se répandit comme une épidémie le lendemain, le nouveau maître du Bloc 7 avait frappé très fort.

Je n'avais pas de fonction claire au Bloc 7. Pour tout le monde, j'étais le cousin du *capo* et le protégé de Cisco. Ce dernier m'emmenait avec lui, de temps à autre, assister à des tractations, histoire, pour moi, de mémoriser ses faits d'armes.

Ramirez était au four et au moulin, parfois dans le pétrin à cause de l'étourderie des gamins sous sa tutelle qui prenaient des initiatives dont ils ne calculaient guère les retombées, perturbant ainsi le nouveau format en vigueur à Tres Castillos.

Au début, les absences de mon cousin me tarabustaient. Ensuite, j'appris à me débrouiller. Je faisais la cuisine et employais une vieille femme du voisinage pour le ménage. Quand les programmes de la télé m'assommaient, je me rendais dans un bar, rue de la Libertad, retrouver les frères Valderas. Je descendais quelques bières en leur compagnie, suivais trois ou quatre parties de cartes et sortais me dégourdir les jambes et l'esprit dans le bidonville. Les gens me saluaient avec respect. Certains me sollicitaient pour que je fasse part de leurs requêtes à Cisco, d'autres, craignant pour leurs petits commerces, me graissaient la patte pour que mon cousin leur lâche du lest.

Un soir, tandis que je m'ennuyais ferme (Ramirez était parti en mission pour trois jours), je fis venir à la maison une prostituée croisée dans un parc. À mon réveil, la fille s'était volatilisée après m'avoir fait les poches, volé la montre que m'avait offerte mon cousin pour mon anniversaire, une paire de baskets neuve et un lecteur de DVD dans son emballage d'origine. Bien sûr, je n'ai rien dit à Ramirez – j'avais trop la honte. Je n'ai plus osé ramener une fille à la maison depuis.

Marlo me téléphona pour m'annoncer qu'il passait me prendre chez moi. Je lui dis que j'étais occupé. Il insista parce qu'il y avait urgence. À 10 heures, il frappa à ma porte et m'invita à monter derrière lui sur sa bécane. Il me conduisit dans un dépôt délabré où un vieillard nous attendait.

— C'est mon beau-père, m'informa Marlo. Il veut vendre son magasin. Des gars de l'extérieur lui ont proposé un prix.

— Et en quoi ça me concerne ?

— D'abord, Cisco n'aimerait pas voir des étrangers sur son territoire. Ensuite, on pourrait faire de ce dépôt, qui prend la poussière depuis des lustres, un endroit attractif. Les gens n'ont rien, par ici. Ni ciné ni cabaret. C'est pour ça qu'ils vont ailleurs claquer leur fric. Il y a suffisamment d'espace pour transformer le magasin en salle de jeux. On mettra un bar au fond avec un juke-box, des billards de ce côté et des machines à sous en face. Je connais des artisans impec. Ils prennent pas cher et ils font du bon boulot... Qu'est-ce que t'en penses, Diego ?

— J'suis pas promoteur immobilier, moi.

— Ça va changer pas mal de choses au Bloc 7, persévéra Marlo. Une belle salle de jeux, avec de la musique à fond la caisse, des spots encastrables qui pètent le feu, des glaces sur tous les murs... On ira plus se faire sécher au centre-ville. En plus, ça va lifter le quartier.

— OK, j'en toucherai deux mots à Ramirez.

— Non, pas au *capo*. Il nous faut l'aval de Cisco lui-même. Mon beau-père ne jure que par lui. Et puis, les acheteurs en question ne vont pas lâcher l'affaire. Ils sont venus trois fois cette semaine relancer le vieux. Ils lui ont foutu la pétoche.

— Ils t'ont menacé ?

— En tous les cas, j'ai pas aimé leur façon de me causer, marmonna le vieillard en fuyant mon regard. Moi, j'veux pas de problèmes. J'veux juste vendre.

Je lui promis de voir ce que je pouvais faire et, une fois dans la rue, je demandai à Marlo s'il ne connaissait pas un barbier assez gros avec une tête de Christ tatouée sur l'épaule.

— Tu veux parler d'Osa-Mayor ?

— J'ai oublié son nom. Il tient un salon de coiffure en face d'un bazar.

— C'est bien Osa-Mayor. Mais on a un barbier pas loin. C'est un as de la brosse.

— Non, c'est le gros avec le Christ sur l'épaule qu'il me faut.

Marlo ne s'était pas trompé sur la personne. Je reconnus tout de suite l'énormité foraine en train de se contempler dans la glace. C'était bien l'énergumène qui avait chargé José Maria et son acolyte de nous descendre, Ramirez et moi, la nuit où nous avions surpris Osario chez lui. Il était seul dans son salon. Je priai Marlo de m'attendre dehors.

Le barbier, les yeux plissés, me dévisageait ; apparemment, je lui rappelais quelqu'un, mais il ne parvenait pas à me situer.

Il me proposa un fauteuil et s'apprêta à décrocher un tablier.

— J'suis pas venu me faire une beauté, lui dis-je. J'ai des questions à te poser.

— J'ai plaqué l'école à cause de ça.

— T'as intérêt à l'écouter, le prévint Marlo du trottoir.

— Pourquoi ? C'est Bob Marley ?

— Fais pas le malin, je t'assure, insista Marlo. T'as devant toi le bras droit de Cisco.

Le barbier leva les mains en signe d'abdication.

Avec dégoût.

— Déjà que j'arrive pas à joindre les deux bouts, j'vais pas me mettre le bon Dieu à dos.

— T'as tout pigé, mon lapin.

Je demandai au barbier si Santos s'occupait des filles pour le compte de Dida le Borgne. Le barbier attesta que Santos avait droit de regard sur tout ce qui concernait de près ou de loin les intérêts du Borgne et que si je voulais plus d'informations sur le sujet, je n'avais qu'à m'adresser à Dolly Aguires, qui habitait à deux pas, derrière le collège.

Dolly Aguires était l'amant de Santos. C'était le garçon qui faisait le mort dans la chambre du trésorier, le soir de la prise de Tres Castillos. Il me reçut dans un petit studio joliment décoré, peint en rose et tapissé de posters de culturistes aux muscles torsadés. Quand Marlo me présenta, le pauvre garçon faillit tourner de l'œil. Il était encore sous le choc.

— Pourquoi on vient m'importuner ? Santos n'était pas mon confident. On s'aimait, c'est tout. Je me mêlais pas de ses affaires. Je ne voulais pas savoir ce qu'il fricotait.

Je levai la main droite et, pour le calmer, dus jurer qu'il n'avait rien à craindre. Il promit de me dire le peu de choses qu'il savait. Et il en savait beaucoup trop. Chaque fois que je prononçais le nom de Santos, il s'emparait d'un mouchoir et sanglotait dedans. Il répondit à mes questions sans détour, les yeux rivés sur le Colt que Marlo feignait de dissimuler sous sa chemise, et m'assura de sa disponibilité de jour comme de nuit.

Ramirez disposait d'une salle de réunion qui nous servait aussi de cantine à la fin des briefings – une grande pièce à l'arrière d'un ancien chenil. Les vendredis soir, Ramirez convoquait ses proches collaborateurs pour leur communiquer les dernières instructions de Cisco. Il m'arrivait de me joindre à eux, sauf que je n'intervenais pas dans les débats. D'ailleurs, je n'en éprouvais pas le besoin. J'étais là parce que je ne savais rien faire d'autre de mon temps. Après la réunion, on se faisait livrer des pizzas et des boissons.

On dînait autour d'une table en fer et on se racontait les cocasseries de la journée. Farinha, qui n'avait pas digéré sa relégation, boudait dans son coin. Les frères Valderas le charriaient et, des fois, les plaisanteries dérapaient.

Un soir, Farinha s'amena avec un individu dont la tête m'était familière, mais impossible de la cadrer. Il était grand et maigre, les pommettes saillantes et la bouche déformée par une vilaine cicatrice, vestige d'un bec-de-lièvre mal raccommodé.

— C'est Pedro Diaz dont je t'ai parlé, dit Farinha à Ramirez.

Ramirez, qui finissait de manger, s'essuya les lèvres dans un torchon et se tourna pour considérer froidement le visiteur.

— À entendre Farinha, tu serais un foudre de guerre.

Farinha voulut intervenir, Ramirez le freina de la main.

— Je t'ai assez entendu, toi. C'est lui que je veux écouter.

Farinha recula d'un pas, mécontent d'être rabroué. Les frères Valderas ricanaient ostensiblement pour lui signifier qu'il l'avait bien cherché.

— J'ai fait l'armée, dit Pedro Diaz.

— La bouffe était dégueulasse. C'est pour ça que t'as décroché ?

— C'était pas un boulot pour moi. J'ai une mère qui vient de faire un AVC, un père qui a perdu un bras dans un accident de travail et des sœurs à nourrir. Forcément, j'ai besoin d'être auprès de ma famille pour limiter la casse. Depuis que Cisco a pris en main le secteur, les choses s'améliorent. Ça me botterait d'y contribuer.

— De quelle façon ? Tu as toujours vécu aux crochets de ta fausse sœur et de son cocu d'infirme depuis qu'on t'a viré de l'armée.

Un silence malsain plomba la salle. On n'entendit que les rats en train de fureter derrière les cloisons. Pedro Diaz se passa un doigt sur le nez ; sa pomme d'Adam crapahutait dans sa gorge.

— Arrête-moi si je me trompe, poursuivit Ramirez. Tu as vingt-quatre ans, tu es célibataire, ta mère a effectivement fait un AVC suite à la disparition brutale de deux de ses rejetons dans la tuerie qui avait ciblé le Borgne, mais ton père est mort depuis longtemps et le manchot dont tu parles est un pauvre bougre dont tu baises la femme en la faisant passer pour ta sœur. Exact ?

D'un coup, ça me revint. Ce visage, je l'avais déjà vu. À la télé. Le lendemain de la boucherie qui avait endeuillé Tres Castillos. C'était Pedro Diaz qui s'adressait à la caméra du journaliste en promettant de venger la mort de ses deux frères cadets tués cette nuit-là.

— Je me porte garant de lui, dit Farinha.

Ramirez saisit son assiette et la fracassa contre le mur. Il entra subitement dans une colère que je ne lui connaissais pas. Ses prunelles éclatées jetaient des flammes de l'enfer et ses mains tremblaient comme si elles étreignaient un câble haute tension. Il saisit Farinha à la gorge et le plaqua contre une armoire métallique, un flingue sous le menton :

— Et qui se porte garant de toi, monsieur le recruteur de merde ? Tu me ramènes un fils de pute et tu me le fais passer pour mon jumeau.

— Qu'est-ce qui te prend, Ramirez ?

— Fais pas ta sainte-nitouche. Je lis à travers ton crâne de demeuré comme dans une boule de cristal. Je suis au courant de ton petit manège, Farinha. Tu n'arrêtes pas de comploter dans mon dos. Mais t'as misé gros, cette fois, et t'as engagé toute ta réserve. T'es foutu… Tu pensais sincèrement que j'allais recruter les yeux fermés toutes les fiottes que tu me ramènes ?

Pedro Diaz se mit à avoir chaud aux oreilles.

— Je vois pas de quoi tu parles, dit Farinha.

— Le problème est que tu ne vois même pas la fosse que tu viens de te creuser. Parce que ce fumier que tu veux me fourguer n'a qu'une idée en tête : venger ses frangins. La police lui a fait croire que c'est Cisco qui est derrière la boucherie, et il est tombé dans le panneau. Il a accepté de nous infiltrer.

— Tu es en train de délirer, Ramirez, protesta Farinha. Pedro n'est pas le genre à se laisser embobiner par les flics.

Le sang allait couler et je ne tenais pas à être présent.

Je quittai le chenil en me bouchant les oreilles pour n'entendre ni les cris ni les détonations.

Ce fut à partir de cette nuit que les hallucinations commencèrent.

Ramirez rentra à la maison vers minuit. Méconnaissable. Les yeux enténébrés. Il s'était enfermé dans sa chambre. À double tour. Sans un mot. Lorsque j'éteignis dans le couloir, je vis la lumière sous sa porte. Ce n'était pas dans ses habitudes de dormir la lumière allumée.

Un bruit me réveilla. Il était environ 3 heures du matin. Quelqu'un se tenait debout contre la fenêtre de ma chambre et m'observait. Je sautai hors du lit, en caleçon, et, revolver au poing, je courus pieds nus jusque dans la cour. L'intrus se tenait encore debout contre la fenêtre. Je pointai mon arme sur lui. Il se tourna vers moi : c'était José Maria Fuentes, le garçon que j'avais tué la nuit où Osario nous avait envoyés trouver Santos. Sauf que l'individu qui me faisait face avait toute sa tête et pas un grumeau de sang sur la figure.

Le sol se déroba sous mes pieds.

20

— Chassez le naturel, il revient au galop.

Je ne saisissais pas ce que Ramirez entendait par là ni où il voulait en venir, cependant quelque chose me disait que ses propos me visaient directement. Je posai le bouquin que j'étais en train de lire et levai les yeux sur mon cousin. Il était dans tous ses états.

Il m'envoya à la figure les photos qu'il tenait dans sa main.

— Tu aurais pu en imprimer des centaines d'exemplaires et les placarder sur tous les murs de la ville, tant qu'on y est.

C'étaient les reproductions de la photo d'Elena que j'avais confiée à Dolly Aguires, l'amant de Santos, pour qu'il les distribue un peu partout en quête d'un informateur.

— Tu me brises le cœur, cousin.

— Toi aussi, Ramirez.

— Sans blague.

— Tu m'as menti. Santos s'occupait bel et bien de la traite des *putes*.

J'avais appuyé exprès sur « putes ».

— Je croyais qu'on avait tourné la page, Diego.

— Je le croyais, moi aussi. Mais, sur la page suivante, il n'y a que du blanc.

— C'est-à-dire ?

— Que je suis obligé de revoir ma copie.

Ramirez se jeta sur moi, me souleva et m'écrasa contre le mur.

— T'as quoi dans le crâne, imbécile ? Qu'espères-tu trouver en cherchant cette fêlée ? Elena n'est plus la petite gamine qui te faisait courir comme un chiot dans les champs. Elle se fait sauter à plein régime, et toi, t'as mal au cul. Quand vas-tu comprendre, une fois pour toutes, qu'elle a choisi de faire carrière dans la location de sa chair et que tu n'y es pour rien ?

Il me relâcha et quitta la maison en claquant la porte derrière lui.

Ce que Ramirez refusait d'admettre est que nous avons tous une étoile qui brille plus que les autres et que cette étoile ne nous éclaire pas tous de la même façon. Dans mon ciel à moi, Elena ne laissait place ni aux astres ni aux prières. J'étais incapable de dire si je l'aimais encore ou si elle ne m'était qu'autoflagellation. Il était évident que je m'accrochais à du vent, sauf que je n'avais rien d'autre à quoi m'agripper. Ramirez n'avait pas tort. Elena n'était plus la gamine qui me faisait courir dans les champs, mais comment renoncer au plus beau des souvenirs quand bien même il muterait en une insoutenable culpabilité ? Et dans quelle sève vénéneuse cette effroyable culpabilité puise-t-elle son énergie : dans celle de la résilience ou bien dans celle du remords ?

Je suis allé voir Dolly Aguires pour qu'il m'explique comment les photos d'Elena s'étaient retrouvées dans les mains de mon cousin. Ramirez m'avait devancé. Dolly en portait la preuve ; il était sérieusement amoché. Il m'a juré qu'il avait remis les photos à des contacts sûrs dans le circuit et qu'à aucun moment il n'avait cité mon nom à qui que ce soit. Je lui ai demandé s'il avait des nouvelles d'Elena, ou un semblant de piste susceptible de me conduire à elle. Il a fait non de la tête :

— C'est pas facile, Diego. Y a plusieurs filières dans ce genre de commerce. Les filles sont orientées en fonction de leurs prédispositions : le trottoir, les boîtes de nuit ou le porno.

Je l'ai attrapé par le menton et lui ai cogné la tête contre le mur.

— Le trottoir, les boîtes de nuit et le porno ? C'est tout ce que t'as trouvé ? Le trottoir, les boîtes de nuit et le porno ? J'ai bien entendu ?

— J'comprends pas, Diego. J'ai gaffé quelque part ?

— Et comment, enculé de ta race ! Je te parle d'Elena et toi, tu me parles de pouffiasseries. Si tes contacts n'ont pas réussi à la retrouver, c'est parce qu'ils ont cherché là où Elena n'a aucune raison d'être. Est-ce que tu as seulement la moindre idée de qui est Elena ? (Je ponctuais chacun de mes propos en lui cognant la tête contre le mur.) Elena est saine de corps et d'esprit, malheur de ta mère ! Elle n'est pas faite pour traîner dans votre monde dégueulasse. Elena est pieuse, et propre, et bonne, et pudique, putain de ta race…

Je quittai Dolly Aguires en vibrant de rage. L'envie d'empoigner mon arme et de tirer sur tout ce qui bouge me dévorait de l'intérieur. Dans ma tête, le ricanement du violeur d'Elena fusionnait avec les reproches de Ramirez. J'en avais les tempes qui menaçaient d'éclater.

Je suis allé me soûler dans un bar sordide, loin du Bloc 7 et de ses indiscrétions. Une grosse dame se morfondait derrière le comptoir, un nid de cigogne en guise de coiffure et une horrible verrue sur le nez. Elle ne m'a pas souri quand j'ai commandé un verre de tequila et m'a à peine effleuré du regard quand elle m'a servi. Son attitude souffla sur le brasier qui sourdait en moi. Un moment, j'ai failli l'attraper par son goitre jusqu'à ce que ses yeux bovins lui giclent de la tête.

J'ai pris la bouteille de tequila et mon verre et je me suis rabattu sur une table au fond du zinc. J'ai avalé rasade sur rasade, pas moyen de noyer le volcan qui grondait en moi.

Marlo me trouva chez moi en train de ruminer mes aigreurs. Il voyait bien que j'étais mal, mais il ne put s'empêcher de me déranger.

— J'suis désolé, Diego. Il faut vraiment faire quelque chose. Ils ont encore rappelé mon beau-père et ils ont dit qu'ils vont s'amener avec des documents à signer. Mon beau-père n'en peut plus. Il a peur de ces gens. Si on se bouge pas, il sera obligé de céder.

— De quoi tu parles, putain ?

— Des acheteurs. Tu as promis d'en toucher deux mots à Cisco et il ne se passe rien. On aura besoin, tôt ou tard, de ce dépôt. Si ce n'est pas pour en faire une salle de jeux, ce serait pour autre chose. C'est une affaire, Diego. Y a du fric à la pelle dans cette histoire. C'est pourquoi les acheteurs refusent de lâcher le morceau. Ils vont s'amener dans une petite heure, et mon beau-père sera obligé de signer. Il leur avait donné sa parole, tu comprends ? Maintenant, il ne peut plus faire machine arrière.

— Tu es sûr qu'ils vont s'amener ?

— Et comment !

Je me rhabillai et sautai derrière Marlo sur sa bécane.

Le beau-père se rongeait les sangs sur le seuil du dépôt. Il courut vers moi, les bras déployés, prêt à se prosterner à mes pieds.

— Ils ont l'air décidés, cette fois, se lamentait-il. J'ai le couteau sous la gorge, Diego. J'suis sûr qu'ils vont me faire la peau si je continue à me défiler.

Quelques minutes plus tard, un 4 × 4 étincelant freina devant le dépôt. Un homme costumé en descendit, une serviette à la main. Il était petit, légèrement pansu, rasé de frais et tiré à quatre épingles. Deux autres hommes étaient restés dans le véhicule, avec le chauffeur.

— C'est le notaire, me souffla Marlo dans l'oreille.

Je sortis mon revolver et tirai dans la jambe du notaire qui, visiblement, ne s'attendait pas à un accueil aussi chaleureux puisqu'il mit un certain temps à réaliser ce qu'il lui arrivait. Il tomba à la renverse en hurlant et en se tenant la cuisse des deux mains. J'orientai mon arme sur le 4 × 4 et tirai sur le pare-brise. J'étais moi-même étonné par ma réaction. C'était comme si une entité démoniaque s'était emparée de moi et appuyait sur la détente. Le 4 × 4 recula dans un crissement de pneus, heurta une benne à ordures, effarouchant les deux chats qui roupillaient dedans, et battit en retraite.

Marlo me fixait avec des yeux ronds comme des soucoupes. Son beau-père courait déjà se mettre à l'abri.

Le notaire beuglait, un pied en l'air.

Je m'accroupis devant lui et lui confiai :

— Je te laisse une jambe pour que tu retournes dire à ton employeur que le dépôt n'est pas à vendre et que je suis nul en tractations.

— Bravo, me fit Ramirez.

J'étais dans ma chambre en train de descendre des bières, le cendrier débordant de mégots et la tête telle une ruche assiégée de frelons ardents. J'avais fermé tous les volets pour faire corps avec l'obscurité. Mais, à chaque gorgée, à chaque bouffée, j'avais l'impression de jeter de l'huile sur le feu qui me dévorait.

Ramirez alluma la lumière, me considéra de biais, puis, les mains dans les poches, il s'appuya d'une épaule contre le chambranle.

— Il paraît que tu as déconné grave, aujourd'hui, me dit-il.

— C'est pour ne pas te casser la figure que je me suis défoulé sur le premier venu.

— Tu vois ? Tu te trompes toujours de cible.

Il attrapa la chaise qui traînait à proximité de mon lit et s'assit dessus à califourchon, les bras croisés sur le dossier.

— Il faut être cinglé pour tirer sur un huissier de justice.

— Ce n'était pas un huissier de justice, c'était même pas un notaire. Tu as déjà vu un notaire avec un flingue collé à la cheville, toi ?

— Il avait un flingue sur lui ?

Je lui indiquai du menton un Smith & Wesson sur ma table de chevet.

— Il croyait impressionner tout le monde avec son cartable et sa cravate.

— Tu lui as bousillé une patte, Diego. C'était pas la peine. Rien ne te forçait à jouer au cow-boy. Et puis, on est au Bloc 7. C'est moi qui suis censé régler les litiges au Bloc 7. Tu veux m'attirer des problèmes, cousin ?

— Je ne sais pas ce qui m'a pris. Tes propos m'ont fait mal. J'avais la haine. J'étais plus moi-même. Je me serais jeté sous un camion que j'aurais trouvé ça gratifiant.

— Je t'avais mis en garde, cousin. La déprime n'est pas la meilleure des compagnes. D'ailleurs, je ne vois pas pourquoi tu te prends la tête. Je t'ai pas insulté, ce matin. J'ai seulement cherché à te secouer un peu pour que tu te réveilles. Lorsqu'on m'a remis les photos, c'est comme si le ciel m'était tombé sur la tête. J'ai dit ça y est, ça recommence. Je croyais que tu avais compris où était ton bien. On a une vraie maison avec des rideaux aux fenêtres, du pognon, et des projets. Je pensais que ça roulait pour nous, qu'on avait la tête sous la même casquette. Et puis, vlan ! Je vois ces photos et tout dégringole comme un château de cartes.

Il écarta la chaise et vint s'écrouler à côté de moi sur le lit :

— T'as aimé une fille dans une vie antérieure, Diego. Mais est-ce qu'on aime vraiment quand on a douze ans ? À cet âge, que connaît-on de l'amour ? Un jeu d'enfants plus sympa qu'une partie de cache-cache, c'est tout. Avec le temps, on doit passer aux choses sérieuses. Mais toi, Diego, tu es resté coincé dans ta maison de poupées alors que t'as plein de poil au cul. Y a à peine quelques saisons, on crevait la dalle au village. On n'avait pas plus d'enthousiasme que les clébards qui tournaient en rond dans nos champs où rien ne poussait. Et regarde autour de toi. On a un toit, une bagnole, des fringues, des téléphones portables… Tiens, où est la montre que je t'ai offerte ?

— Je l'ai perdue.

— C'est pas grave. Tu en auras d'autres, serties de diamants.

Il enroula son bras autour de mes épaules :

— Je t'aime beaucoup, Diego.

— Je sais…

— Il faut que tu passes aux choses sérieuses, maintenant.

— Tu as probablement raison. On ne court pas deux lièvres à la fois.

— Tu le penses vraiment ?

— Vraiment.

— Alors, oublie cette conne.

— Elena n'est pas une conne, Ramirez.

— Oublie-la quand même.

— C'est fait.

— T'es sûr ?

— Puisque je te le dis.

Il me prit par le menton pour lire dans mes yeux.

— T'as le regard triste, cousin. C'est pas bon signe.

Il se leva, ragaillardi :

— Va te changer. T'as l'air d'un biffin dans ses chiffons. L'Albinos nous invite à dîner chez lui. Est-ce que tu sais que je suis le parrain de son nouveau bébé ?

— Je n'étais même pas au courant qu'il attendait un gosse.

— Tu l'es, maintenant. Et c'est pas un garçon, c'est une fille. Débarbouille-toi et donne un coup de peigne à ta tête de mule. Je t'attends dehors.

Ramirez m'attendit patiemment dans la voiture. Ne me voyant pas le rejoindre, il revint me chercher et me trouva effondré dans le salon.

— Qu'est-ce qu'il y a encore ?

— J'ai pas envie de sortir.

Il me saisit par le bras, me traîna jusqu'à la voiture, me poussa dedans et claqua la portière sur moi.

Je ne me souviens pas de ce dîner chez l'Albinos.

21

Ramirez trouva séduisante l'idée de transformer le dépôt du beau-père de Marlo en salle de jeux. L'endroit avait du potentiel et était bien situé. Il fit venir des artisans pour s'assurer que le projet était réalisable, leur demanda un devis et prit un tas de photos de la bâtisse pour les montrer à Cisco car l'Indien ne se déplaçait désormais que pour traiter avec des grosses huiles, déléguant ses lieutenants pour le menu fretin. Marlo était ravi. Il se voyait déjà gérer la boîte et se remplir les poches dans notre dos. Je suis certain que c'était lui qui avait persuadé son beau-père de revoir à la hausse le prix du magasin. Mais Ramirez était emballé et ne se souciait guère du budget. Les affaires avaient repris à Tres Castillos. Le gang de Tijuana avait obtenu le marché de la came dans notre secteur et nous étions obligés de recruter des dealers et de grignoter quelques empans des territoires voisins pour écouler les livraisons.

L'Albinos nous téléphona pour nous annoncer que Maribel avait perdu sa petite fille handicapée. C'était un vendredi soir, nous étions en réunion derrière le chenil parce qu'un certain El Enano faisait des siennes en remontant les Muchachos contre la nouvelle refonte de Tres Castillos. Cisco, qui déplorait pas mal de défections dans ses rangs, exigeait un traitement de choc pour rétablir la situation. (El Enano considérait l'Indien comme un squatteur et contestait sa légitimité.) Depuis quelques jours, tous les Blocs étaient en alerte. Il fallait absolument neutraliser la brebis galeuse avant qu'elle ne contamine le troupeau.

Le samedi matin, Ramirez ordonna à Marlo de verrouiller le Bloc 7 afin d'interdire toute intrusion malintentionnée et nous partîmes rendre visite à Maribel. En cours de route, Ramirez me dressa à gros traits le tableau de ce qui ne tournait pas rond à Tres Castillos. D'après lui, El Enano ne faisait que s'insurger ouvertement contre ce que la populace condamnait en silence.

En réalité, il ne m'apprenait rien. Tout le monde avait remarqué que quelque chose clochait dans le secteur depuis que le gang de Tijuana y avait jeté l'ancre. Cisco avait troqué son vieux pick-up contre un 4 × 4 BMW, fumait le cigare et portait des costards confectionnés chez les meilleurs couturiers de Juárez. Il s'était constitué une garde rapprochée impressionnante et il ne s'occupait que de ses petites affaires personnelles, cumulant les concessions au profit de ses partenaires du Nord et négligeant ses troupes… Mais ce n'était pas ça qui me tarabustait. Je m'inquiétais surtout pour Ramirez. Il paraissait dépassé par la tournure que prenaient les événements et je commençais sérieusement à douter de sa capacité à régner sur des garnements élevés dans la prédation crasse, presque à l'état sauvage, initiés aux batailles rangées et aux volte-face avant même d'apprendre à compter sur leurs doigts. Il me semblait que mon cousin privilégiait les exécutions sommaires pour asseoir une autorité de moins en moins évidente, un peu comme les tyrans qui terrorisent leurs peuples pour juguler leur propre angoisse. Il avait perdu de son assurance, Ramirez ; quand bien même il ne le montrait pas, j'étais trop proche de lui pour ne pas percevoir les préoccupations qui le taraudaient. Il parlait peu, ne s'attardait pas dans la rue, changeait fréquemment ses itinéraires et ses habitudes ; certaines nuits, je l'entendais sortir dans le patio, arme au poing, vérifier si tout allait bien.

Ce samedi matin, pendant que nous nous rendions chez Maribel, il n'avait pas arrêté d'étreindre nerveusement le volant. Ses mâchoires roulaient comme des poulies dans son visage tendu.

— C'est à cause du type que Farinha voulait que tu recrutes ?

Ramirez sursauta :

— Quoi ?

— Tu n'es pas bien depuis que tu as exécuté ce gars et Farinha.

— Qu'est-ce que tu racontes, Diego ?

— On dirait que ta conscience te travaille.

— Pourquoi veux-tu que ma conscience me travaille ?

— Peut-être que tu n'es plus sûr que ce Pedro Diaz était un infiltré.

Ses mâchoires se crispèrent davantage et ses doigts blanchirent aux jointures autour du volant. De toute évidence, le sujet l'agaçait au plus haut degré. Il respira un bon coup, le temps pour lui de gérer son exaspération, et dit, d'une voix faussement décontractée :

— Il n'y a pas de fumée sans feu.

— Tu avais des preuves ?

— Et comment ! Cisco avait tout un dossier concernant ce fumier.

— Tu as eu accès à ce dossier ?

— On est pas au tribunal, Diego.

— Farinha était dans le coup ?

— C'est quoi cet interrogatoire, putain ? T'as qu'à poser la question au boss. Je n'ai fait qu'exécuter ses ordres.

— Qu'exécuter ses ordres ? Il s'agit de mort d'hommes, Ramirez. Tu ne peux pas buter des gens simplement parce qu'on te le demande.

— Ah oui ?

— Cisco a changé. Il s'est entouré d'hommes de confiance et manipule le reste. Pourquoi il ne t'a pas pris dans sa garde prétorienne ? Il t'a donné un os à ronger et te charge des sales besognes. Je n'ai pas confiance. Cisco est en train de se débarrasser de ceux qui ne lui servent pas à grand-chose. Lorsqu'il aura liquidé les fortes têtes des Muchachos, il placera ses pions aux bons endroits et aura le monde à ses pieds. Cisco a une longueur d'avance sur le diable, Ramirez. Il se sert de nous en attendant de nous dégommer sans préavis. Qu'est-ce qui prouve que tu ne seras pas le prochain ?

— Rien, et je m'en tape. Si je dois regarder sous mon lit chaque fois que je m'apprête à dormir, j'suis pas sûr de trouver le sommeil toutes les nuits.

Il se rangea sur le côté pour me dévisager :

— Qu'est-ce qui te tracasse, Diego ? T'as entendu des trucs sur moi ou quoi ?

— Tu as promis qu'on se taillerait de ce merdier dès qu'on aurait de quoi lancer notre projet.

— Tu penses qu'on a largement de quoi nous payer une affaire ?

— En tout cas, suffisamment pour ne pas courir de risques inutiles.

— Qui ne risque rien n'a rien, cousin. Arrête de te court-circuiter les neurones pour des prunes. J'assure, t'inquiète.

En vérité, j'avais peur ; peur des Muchachos instables et imprévisibles, peur des gens qui se taisaient sur mon passage, des regards qui me suivaient dans la rue ; peur des morts que j'entendais arpenter mon sommeil en faisant grincer leurs chaînes ; peur de ce que j'étais en train de devenir. Je ne contrôlais plus rien, ni mes gestes ni mes pensées. J'avais l'impression d'être sorti de mon corps et de me regarder errer tel un somnambule à travers un dédale aussi tortueux que les méandres de la folie. Une voix, au tréfonds de mon être, me suppliait de partir loin de Juárez et de ses fouillis sanglants, d'aller me reconstruire ailleurs, n'importe où ; reprendre une vie normale, réapprendre à rêver des joies ordinaires. Il m'insupportait d'évoluer dans une arène où toutes les filles me rappelaient Elena, et toutes les têtes louches celle de son violeur... Elena, mon Dieu ! Elena. Qu'aurais-je à lui dire si, par on ne sait quel miracle, je me trouvais nez à nez avec elle ? *Pardonne-moi ? Viens avec moi ? Sauve-moi ?* Pourtant, j'étais persuadé que la « fiancée » que j'avais adorée me serait aussi étrangère qu'une inconnue. Je n'avais aucun doute là-dessus. J'aurais en face de moi une fille salie, avilie, qui m'en voudrait plus que jamais d'avoir été la pire chose qui lui soit arrivée. Alors, pourquoi remuer le couteau dans la plaie ? Pourquoi ne pas m'exiler dans un bled où chaque jour qui se lève me rapprocherait de moi-même un peu plus, jusqu'à ce que je me réconcilie avec le sort qui m'avait frappé ? Pourquoi ne pas me faire oublier quelque part où le remords le plus cuisant ne saurait supplanter le besoin naturel de renaître à des lendemains apaisés ? *Regarde-toi, Diego. Regarde la Bête dont tu accouches à la césarienne. Si on t'avait dit, un an plus tôt, qu'un meurtrier sommeillait en toi, tu ne l'aurais pas cru une seule seconde. Et pourtant, te voilà bel et bien un assassin, une brute, un complice et un parfait salaud, toi, la petite nature d'hier, le tranquille liseur de bouquins que la vue d'un flingue a tétanisé à un moment de vérité où n'importe quel garçon digne de ce nom aurait risqué sa peau pour mériter d'être aimé et respecté.*

— Tu veux qu'on aille voir Maribel un autre jour ? me demanda Ramirez en tambourinant sur son volant.

— Pourquoi ?

— Avec la tronche que tu tires, tu rendrais malheureux un clown.

— Il n'y a pas plus malheureux qu'un clown, Ramirez. C'est pour masquer ses grimaces qu'il peint de larges sourires sur son visage blanc. Et son rire, tout son rire, n'est qu'une diversion.

Ramirez me considéra avec des yeux ronds comme le double canon d'un fusil de chasse.

— Wow ! Tu déprimes grave, cousin. On ferait mieux de rentrer à la maison. Je dirai à Maribel qu'on a eu un empêchement.

— Ça changerait quoi ?

Ramirez resta coi, une girouette folle dans le crâne. Je voyais bien qu'il se posait un tas de questions sans leur trouver la bonne réponse. Il pêcha une cigarette dans un paquet sur le tableau de bord, l'alluma d'une

main nerveuse et se mit à téter dessus à grandes bouf-
fées, le regard droit devant lui. Ensuite, après avoir
consumé la cigarette jusqu'au filtre, il écrasa le mégot
dans le cendrier, enclencha la vitesse et démarra.

Il garda le silence jusqu'à notre arrivée chez Maribel.

22

Dolly Aguires me donna rendez-vous sur la place du Zócalo. « J'ai du nouveau », m'avait-il annoncé au téléphone.

Il m'attendait dans une vieille voiture cabossée, près d'une boutique close, d'énormes lunettes de soleil sur la figure pour masquer les traces de la raclée que je lui avais infligée une semaine plus tôt.

Hormis quelques galopins en train de martyriser un chien au bout de la rue, la place était déserte. Pas un café dans les parages. Pas un banc public. Rien que des bâtisses misérables aux volets rabattus et des venelles livrées à la poussière.

Je me tenais sur mes gardes. N'importe qui pouvait surgir d'un angle mort, tirer et s'évanouir dans la nature, et personne n'aurait vu quoi que ce soit.

— J'espère que tu ne m'as pas dérangé pour des salades…

Dolly se pencha pour m'ouvrir la portière.

L'intérieur de la cabine empestait la marijuana. Sur la banquette arrière se prélassait un petit chien toiletté, coiffé et parfumé, un ruban rose en guise de collier.

— Aère ta caisse. On se croirait dans une étuve.

— Désolé, j'ai pas la clim, dit Dolly en actionnant un minuscule ventilateur rivé sur le tableau de bord.

— Aboule, j'ai pas qu'ça à faire.

— On a une piste, Diego. Osa-Mayor va nous rejoindre dans un quart d'heure. Il t'expliquera.

— Pourquoi il n'est pas venu avec toi ?

— On n'était pas ensemble.

Je sortis exprès mon revolver et feignis de m'assurer que le barillet était chargé.

— T'as rien à craindre, Diego. On veut juste t'aider à retrouver la fille que tu cherches.

— Ça a un prix, la perche ?

— Ta protection... Osa-Mayor et moi voulons que tu nous prennes sous ton aile. Les choses changent à Tres Castillos et personne ne se sent à l'abri. Depuis la mort de Santos, je suis totalement largué.

— Je ne suis pas le boss.

— Oui, mais Cisco t'a à la bonne et ton cousin est *capo*. Je demande pas grand-chose, Diego. Le fait d'être vu, de temps en temps, en ta compagnie suffirait. Sinon, n'importe qui voudra me maquer. Y a deux jours, un proxénète m'a proposé de faire des passes pour lui... J'suis pas une pute, j'suis gay.

J'orientai le rétroviseur vers moi de manière à surveiller mes arrières.

— Il a un nom, cet enfoiré ?

— C'est pas important. Si c'est pas lui, ce sera quelqu'un d'autre. Mais si on me voyait avec toi, une ou deux fois par hasard, ça calmerait pas mal d'esprits.

— Je ne tiens pas à ce que Ramirez soit au courant de notre petite affaire.

— Promis. Ça restera entre nous… Tu n'as qu'à laisser entendre que t'as un œil sur moi et aucun fumier ne s'avisera de m'embêter.

Il était aux abois, Dolly.

— Je peux compter sur toi, Diego ?

— Je ne suis pas une ardoise.

— J'veux dire…

— Je sais ce que tu veux dire.

À l'autre bout de la rue, les gamins jubilaient chaque fois que l'animal recevait un coup de pied.

— Est-ce qu'on t'a dit que tu ressemblais à Bruno Mars ? me susurra Dolly en retirant ses lunettes et en posant sur moi un regard lascif.

— Qui c'est ?

— Quoi ? Tu ne connais pas Bruno Mars ? C'est une méga star. Ses clips sont vus par des centaines de millions de gens sur le Net.

Il extirpa un CD de la boîte à gants et le glissa avec une délicatesse affectée dans le lecteur.

— Écoute-moi ça. Ça s'appelle *When I Was Your Man*. (Ses yeux se remplirent de larmes.) C'était la chanson préférée de Santos.

— Éteins cette saloperie. Je n'ai pas la tête à écouter de la musique.

Il éjecta le disque, le contempla pensivement avant de le remettre dans la boîte à gants. Ensuite, il reprit son regard de chien battu et posa une main frémissante sur mon poignet.

— Je veux t'appartenir, Diego.

— Ne joue pas à ce petit jeu avec moi, Dolly.

Il retira sa main et se ramassa sur lui-même, le menton dans le creux du cou.

Osa-Mayor arriva avec dix minutes de retard. À cause des « embouteillages ». Il monta derrière et manqua d'écraser le petit chien sous sa carcasse éléphantesque.

Il tendit un bout de papier à Dolly.

— C'est l'adresse. T'as qu'à la mettre dans le GPS de ton portable.

— Quelqu'un va-t-il m'expliquer de quoi il retourne ? m'écriai-je.

— Tu ne lui as rien dit ? reprocha Osa-Mayor à Dolly.

— Me dire quoi, putain ?

— On va rendre visite à Madame Rosa, une professeure de danse, bredouilla Osa-Mayor en s'épongeant dans un mouchoir. La fille que tu cherches a pris des cours chez elle.

— Une professeure de danse ?

— Elle est très connue, me rassura Dolly. C'est chez elle que Santos envoyait ses strip… (Il s'aperçut de sa bourde, la rectifia aussitôt.) … Madame Rosa est une pointure dans le milieu artistique. Elle donne des cours à des vedettes de la télé.

Madame Rosa habitait dans une grande maison en pierre de taille, non loin de la Hacienda de Tabalaopa. C'était une femme d'un certain âge, mince comme un roseau dans son collant noir qui mettait en exergue la parfaite topographie de son corps. Fardée comme une actrice japonaise, le chignon strict et le geste chorégraphié au millimètre près, elle nous pria de la suivre le long d'un corridor aux murs ornés de diplômes et de portraits sur lesquels elle posait aux côtés d'artistes célèbres et de pontes cravatés.

Elle nous installa dans un salon cossu et nous servit du thé.

— Elle avait son p'tit caractère, celle-là, dit-elle en reconnaissant tout de suite Elena sur la photo que Dolly lui présenta. Très jolie, mais un peu farouche. D'ailleurs, elle n'est pas restée longtemps chez moi. Elle n'était pas faite pour la danse.

— Elle ne vient plus prendre de cours ? m'enquis-je, désappointé.

— Depuis plusieurs mois. Je crois qu'elle était trop malheureuse pour apprendre à s'amuser. La danse est une vocation. C'est dans les gènes. On l'a ou on ne l'a pas. Cette fille (elle promena un doigt manucuré sur la photo) avait de sérieux problèmes avec elle-même.

— Est-ce qu'elle portait des traces de sévices ?

— Au contraire, on veillait sur elle comme sur de la porcelaine. Elle était très belle et on était aux petits soins pour elle. Des filles comme elle doivent coûter cher à entretenir.

— Vous dites qu'elle était malheureuse.

— Beaucoup de femmes riches et choyées le sont. L'argent n'achète pas tout.

Madame Rosa ne m'avança pas à grand-chose. Elle se souvenait d'Elena, mais ignorait où elle résidait et avec qui elle était. Selon Dolly, les filles destinées au commerce de la chair étaient rarement « choyées ». Le statut d'Elena était plus proche de celui de la maîtresse d'un nabab que de celui d'une star du... (il évita de prononcer le mot). J'ai quitté la professeure de danse sur ma faim, mais, curieusement, quelque chose me laissait penser que je pouvais encore voler au secours de la fille que j'avais aimée.

Dolly me proposa de me déposer au Bloc 7. Je refusai. Non à cause de Ramirez, qui aurait été déçu d'apprendre que je n'avais toujours pas tourné la page malgré la promesse que je lui avais faite, mais pour marcher un peu et réfléchir à tête reposée à ce que je devais entreprendre.

— Si tu as besoin de moi, tu appelles, dit Dolly. Je reste dans les parages, à toutes fins utiles.

— Ce n'est pas la peine. Rentre chez toi.

— On la retrouvera, me promit Osa-Mayor en déversant ses flaccidités sur le siège du mort.

J'attendis de voir s'éloigner la voiture avant de traverser la chaussée. Le besoin de téter un joint m'obligea à fumer cigarette sur cigarette. J'avais beau essayer de m'intéresser au soir en train d'adoucir la chaleur de la journée, pas moyen de désengorger mon esprit. À la sortie de la Hacienda de Tabalaopa, je vis une espèce de Raspoutine haillonneux debout sur une bassine en plastique. Je me rendis compte que je n'étais pas loin de l'avenue Las Granjas et, pour une raison que j'ignore, je me surpris en train de sonner chez la veuve de Nonito. Elle me reconnut aussitôt et s'écarta pour me laisser entrer. Deux fillettes jouaient dans le salon.

— Je passais par là et j'ai tenu à vous rendre visite pour voir comment vous allez.

— Beaucoup mieux.

— Je vais vous laisser mon numéro de téléphone au cas où vous auriez besoin de moi. Nonito était un ami très cher.

— Je n'en doute pas. C'était quelqu'un de bien. Il nous manque tellement… Qui est Diego ? Vous ou l'autre garçon ?

— C'est moi.

Elle essuya une larme et courut chercher une enveloppe dans la commode.

— Nonito nous a laissé de l'argent. Il y avait aussi cette lettre dans la grande enveloppe. Elle vous est adressée.

Je pris la lettre, sur laquelle on avait tracé au stylofeutre : *Pour Diego.*

— Prenez une chaise, monsieur. Je vais vous chercher du café.

— Non, merci. On m'attend chez moi. Vous avez de quoi noter ?

Je lui laissai mon numéro de téléphone et pris congé.

La nuit était tombée. J'ouvris la lettre au pied d'un réverbère. Il y avait une petite fiche cartonnée à l'intérieur et des billets. Sur la fiche, deux mots m'étaient destinés : *Barre-toi.*

Je retournai chez la veuve lui remettre l'argent que Nonito m'avait légué et revins errer dans le quartier. Le vieux fou sur sa bassine continuait son numéro. Je poursuivis ma route, un énorme poids sur la poitrine. Deux prostituées m'interceptèrent au coin de la rue, me chuchotèrent quelque chose que je ne saisis pas et m'abandonnèrent à mes tourments.

Je marchai dans une sorte de brouillard jusqu'à un jardin vandalisé et m'échouai sur un banc public. Une sirène ululait quelque part. La tête dans les mains, je fixai la pointe de mes chaussures pendant de longues minutes.

Quelqu'un vint s'asseoir à côté de moi.

C'était José Maria Fuentes.

Il se tenait la tête à deux mains, lui aussi, et fixait le sol. Comme s'il me singeait.

— Tu perds ton temps avec moi, lui dis-je. Tu es mort et fini.

Je me levai et, sans un regard derrière moi, je partis chercher un taxi.

23

Étendu sur une chaise longue en toile, Maria assise à califourchon sur lui, Ramirez tétait un joint en prenant le frais dans la courette du patio. Des bouteilles de bière vides traînaient par terre, autour d'une table basse encombrée de restes d'agapes.

En m'entendant rentrer, Ramirez écarta sa petite amie pour me faire face.

— Je t'ai appelé plusieurs fois sur ton portable, cousin.

— La batterie était à plat.

— T'étais où ?

— En ville.

Il repoussa Maria et s'assit sur le rebord de la chaise. Il était torse nu, une chaîne en or sur la poitrine. Ses mollets velus contrastaient avec le pantacourt blanc qu'il venait de s'acheter dans un magasin de luxe.

— Elle est jolie, au moins ?

— Qui ?

— La fille sur laquelle tu as flashé en ville.

— Est-ce que je me mêle de tes parties de jambes en l'air, moi ?

— Non, mais tu aimes bien coller ton oreille au mur.

Maria gloussa. Je perçus son rire comme une provocation.

— Je n'aime pas quand tu uses de ce genre d'allusions avec moi, Ramirez.

— Parce qu'on est des gens bien élevés ?

— Parce qu'on est cousins. C'est important, le respect.

Une voiture se mit à klaxonner dehors. Maria ramassa son sac, embrassa Ramirez sur la bouche et se dépêcha de gagner la rue. Sans me regarder.

Une portière claqua et la voiture s'éloigna.

D'une chiquenaude, Ramirez balança son joint à travers la courette et m'invita à le suivre à l'intérieur de la maison. Il sortit une bière du frigo.

— T'as une dent contre Maria ?

— Ça changerait quoi ?

— Qu'est-ce qu'elle t'a fait ? Elle est gentille, pas envahissante, et elle t'apprécie. Elle ne comprend pas pourquoi tu lui fais la gueule.

J'étais trop déprimé pour lui répondre.

Ramirez changea de disque :

— J'aime bien quand tu disparais comme ça toute la journée. Je ne sais pas où t'as été ni avec qui, mais je te préfère ainsi. Je t'ai toujours demandé de rester à l'écart de mes petits trafics.

— J'ai tué un homme, je te rappelle.

— Tu m'as sauvé la vie. Ce n'est pas la même chose. Ce fumier était à deux doigts de me trancher la gorge. Il ne t'a pas laissé le choix. C'était lui ou moi.

— J'ai donc fait un choix ?

— Tu le regrettes ?

Je me laissai choir sur une chaise, pris une bouteille de tequila sur la table de cuisine et me versai un verre.

— Tu as tué combien de gars, Ramirez ?

— Six ou sept.

— Est-ce qu'ils reviennent te persécuter ?

— Parfois, lorsque j'ai trop mangé du mouton avant de me coucher. Et seulement dans mon sommeil... Je t'ai entendu, l'autre nuit. Je croyais que tu parlais à quelqu'un dans le patio. Mais il n'y avait personne avec toi. Il faut que tu te ressaisisses, cousin. C'était un accident de parcours.

Il avala une gorgée de bière, clappa des lèvres, renifla fort avant d'ajouter :

— Ne crois pas que je suis insensible. Quand je bute quelqu'un, je suis mal les jours d'après.

Il décrocha une chemise safari accrochée à une patère derrière lui, l'enfila.

— On va manger chez l'Albinos. Puis on ira voir un spectacle. Il y a un grand humoriste qui se produit au *Al Sereno*. Ça te retapera le moral.

Nous dînâmes dans le resto où l'Albinos bossait comme cuistot. Ensuite, nous allâmes au *Al Sereno*, mais le spectacle tirait à sa fin.

C'était une belle nuit scintillante de millions d'étincelles. Les magnifiques immeubles du centre-ville arboraient leur panache au milieu de la magie des enseignes au néon. Partout, des panneaux de réclame appelaient à la consommation immodérée. Un monde était en train d'avancer à toute allure tandis que je me délitais corps et âme dans l'empuantissement des bidonvilles.

Nous garâmes la voiture sur le parking d'un centre commercial et rejoignîmes à pied la berge du Rio Bravo.

Les boulevards pullulaient d'insomniaques et de fêtards. Dans les squares, les vendeurs à la sauvette embobinaient les pères de famille avec leurs jouets sophistiqués. Des gamins, par petites bandes, paradaient en mordant dans des tranches de pastèque, d'autres se pourchassaient comme des moineaux en riant ; des couples se picoraient tendrement, tapis dans leur bonheur : Ciudad Juárez n'était dangereuse que pour ceux qui avaient troqué leurs rêves contre des projets bidon. C'était peut-être ça, le *monde meilleur* : le monde des gens ordinaires. J'étais jaloux de chaque rire qui fusait par endroits, de chaque buveur de bière attablé à une terrasse, de chaque badaud qui flânait à l'air libre, content de mettre à distance les soucis de la journée tandis que je galérais de l'autre côté du miroir, un fantôme dans la tête et un nuage de fumée en guise de perspective.

Je m'imaginais au milieu de la foule, Elena à mon bras, et rien qu'en pensant à elle, j'étais prêt à remonter le temps pour redevenir moi, c'est-à-dire un être banal qu'un baiser aimant élèverait au rang d'un seigneur.

— Tu as avalé ta langue, Diego ?

— Je regarde, Ramirez, je regarde.

— Qu'est-ce que tu regardes ?

— Ce que nous refusons de voir à Tres Castillos.

Ramirez hocha la tête.

— Je ne vois pas ce que tu entends par là, mais je suppose…

— Il n'y a rien à supposer.

Il leva une main pour renoncer à une discussion qui ne nous avancerait pas à grand-chose. Ramirez avait appris à ne pas trop insister lorsque j'affichais ouvertement mes états d'âme.

— Tu as la déprime contagieuse, Diego.

Il entra dans un kiosque acheter des cigarettes et revint avec un magazine.

— Ça te fera un peu de lecture. Tu n'es supportable que plongé dans un bouquin.

Dolly Aguires me téléphona pour m'annoncer qu'il avait mis la main sur une photo qui pourrait m'intéresser. Je me rendis aussitôt chez lui. Son accueil me déplut d'emblée. Maquillé, parfumé, il ne portait qu'un string par-dessous un déshabillé rose fleuronné au col. Je le sommai de changer immédiatement de tenue s'il tenait à sauver ce qu'il restait de son joli minois. Il courut dans sa chambre se débarrasser de son déguisement et revint moulé dans un survêt pour majorette.

Il me soumit l'agrandissement imprécis d'une photo montrant une fille au visage blessé.

— Ce n'est pas Elena, lui dis-je.

— C'est elle, je t'assure. Regarde le grain de beauté sur son menton. C'est vrai, l'agrandissement laisse à désirer, mais c'est bien elle.

— T'es sourd ou quoi ? Je te dis que ce n'est pas elle.

Il saisit son téléphone et forma un numéro.

— J'appelle Osa-Mayor pour qu'il aille chercher la photo d'origine chez l'informaticien. Ce que nous avons, là, n'en est qu'une partie…

— Ton hippopotame de copain a intérêt à se dépêcher.

Une demi-heure plus tard, Osa-Mayor s'amena avec la photo d'origine, sur laquelle on voyait trois filles tassées sur un canapé et deux hommes en train de leur crier dessus. La brune qui figurait sur l'agrandissement était recroquevillée au milieu des deux autres, les bras croisés sur ses cuisses dénudées. Elle fixait l'objectif d'un air chagrin. Elle ressemblait un peu à Elena, mais je n'en étais pas sûr. Par contre, je reconnus Santos. De profil, le poing brandi, il menaçait une blonde qui tentait de se protéger derrière ses mains.

— Le type qui nous a fourni la photo est catégorique. C'est lui qui tenait l'appareil. Il se souvient parfaitement de la fille que tu cherches, persista Aguires. D'après lui, ça remonte à plusieurs mois. Ce sont trois filles que Santos se préparait à fourguer à un proxénète de…

Il ne finit pas sa phrase. Mon poing s'abattit si fort sur sa figure qu'il tomba à la renverse.

— Fourguer ? … Elena n'est pas de la camelote, connard ! Je t'ai dit mille fois de surveiller ton langage quand tu parles d'elle.

Osa-Mayor n'était pas content. Mon geste l'avait outré. Il me toisa en silence, puis il se tourna vers Aguires qui se massait stoïquement la joue meurtrie et l'aida à se relever.

— C'est pas bien, Diego, maugréa-t-il. Dolly ne mérite pas d'être traité de cette façon. Il essaye seulement de te rendre service. Tu ne peux pas savoir combien il se démène pour t'aider à retrouver la disparue. Il paie de sa poche les types qu'il sollicite. Ça fait des jours qu'il frappe à toutes les portes pour dégotter une piste et, crois-moi, il s'est fait avoir plusieurs fois. Quant au langage, c'est comme ça qu'on parle entre nous. Dolly ne choisit pas ses mots exprès. Comment veux-tu qu'il te le dise ? Les faits sont les faits, aucun jargon, qu'il soit recherché ou pas, ne les minimise.

Aguires s'effondra dans un fauteuil et se mit à pleurer :

— Tout ce que je veux, c'est te rendre service, Diego. Je le jure. Je serais tellement heureux si je parvenais à t'aider à retrouver cette fille. J'en fais une affaire personnelle. Je me fiche de l'argent que ça me coûte. Rien ne vaut ta satisfaction. Je veux que tu sois fier de moi.

Ému, je posai ma main sur sa nuque. Il se fit tout petit et redoubla ses sanglots.

— Pardonne-moi, lui dis-je. Cette histoire me rend fou.

Aguires saisit ma main sur sa nuque, avec infiniment de tendresse, et la porta à ses lèvres.

— C'est pas grave, Diego. J'ai connu pire.

El Enano fut éliminé deux jours plus tard. Son père, qui tenait une boutique de chaussures à Bellavista, découvrit trois têtes ensanglantées sur le pas de sa porte – celle de son fils avait été scalpée.

Cisco convoqua l'ensemble de ses *capos* pour leur annoncer que Tres Castillos avait abdiqué sans conditions, et qu'il était seul maître à bord. Pour célébrer sa victoire, il organisa une fête dans sa villa. Des banquets furent déployés dans le jardin. Les convives, dont la majorité nous était inconnue, rappliquaient des différentes franges de la société. Il y avait des jeunes gens aux allures de banquiers accompagnés de filles resplendissantes de classe et de bijoux, des gros ventrus qui empestaient la magouille à des lieues à la ronde, des individus plus ou moins décontractés qui avaient l'air d'être des flics et d'autres énergumènes venus exclusivement pour s'empiffrer gratos. Trois musiciens en costume traditionnel *norteño* jouaient du *carrido*, de la guitare *bajoquinto* et de la basse *totoloche* à fond la caisse. Quelques ringards en mal de visibilité se donnaient en spectacle en exécutant des pas de danse, un verre à la main, dans l'autre un flingue, avant de se faire rappeler à l'ordre par les *sicarios* chargés de la sécurité.

Cisco plastronnait au milieu de ses courtisans, la queue-de-cheval gominée, le costard impeccable. Ce n'était plus l'Indien ténébreux que j'avais connu. Il effleurait à peine le sol. Tout le monde lui donnait du « Don Cisco », et lui, ravi d'être anobli par une meute de lèche-cul, levait le menton si haut que ses vertèbres cervicales en craquaient. Il passait d'une table à l'autre, bavardait avec ses invités, promettait la lune aux plus dévoués. Lorsqu'il arriva à ma hauteur, il me décocha un clin d'œil et m'oublia sitôt après.

Ramirez tirait la tronche dans son coin en s'envoyant rasade sur rasade. Il s'attendait à un geste de la part de Cisco, ou un mot bienveillant qui l'aurait distingué au même titre que les autres *capos* ; Cisco ne l'avait pas calculé.

De retour à la maison, Ramirez se mit à voir rouge. Il fracassa une bouteille de bière contre le mur du patio, donna un coup de pied dans la chaise longue, renversa quelques pots, les narines palpitantes de rage.

— On l'a dans l'os, Diego. Cisco est en train de nous rouler dans la farine en attendant de nous faire frire. (L'ébriété libérait la lie qui lui ravageait les tripes. Il chancelait, la bouche effervescente d'écume, deux braises à la place des yeux.) Il n'a d'égards que pour son ancienne équipe, et nous, on est de la garniture.

— C'est ça qui te chagrine ?

— Et comment, après tout le boulot que je me suis tapé pour lui ! On est là juste pour tenir la chandelle pendant qu'il prend son pied. (Il se frappa la tête à deux mains.) Est-ce que tu sais que le fameux émissaire du gang de Tijuana n'est qu'un négociant du Minnesota ? C'est un Américain. Aucun gang de Tijuana n'opère à Juárez. Cisco nous a raconté n'importe quoi.

— Qu'es-tu allé faire à Tijuana, dans ce cas ?

— J'ai jamais mis les pieds là-bas. Cisco m'a ordonné de le faire croire autour de moi pour faire diversion. J'étais dans un ranch, à cinquante kilomètres de Juárez. Avec une vingtaine d'abrutis pour monter la garde, et pas une seule recrue de Tres Castillos. Et dans ce ranch, les décideurs ont passé quatre heures à peaufiner leur nouvelle stratégie pour mettre le grappin sur l'ensemble de l'État de Chihuahua. Et devine qui défilait dans le ranch ? Fernando Jimenez Warda, du cartel de Sinaloa – tu te rends compte, du cartel de Sinaloa ? Il ne manquait plus qu'associer le loup et la chèvre –, Don Filip Sassona, le chef des Crânes Noirs, Alvar Luis Pajena, du Clan 66, Ángel Guzmán de Cuauhtémoc, Nuñez le Néandertal, le fameux dissident des Rebeldes à l'origine du bordel qui a obligé l'armée à intervenir à Juárez, et… tiens-toi bien… El Cardenal en personne, en compagnie de Cuchillo et de sa garde prétorienne. Et tu sais quoi ? Notre manitou Cisco, il leur servait du café et des petits-fours.

— Je te disais bien que Cisco avait conquis trop facilement Tres Castillos.

— Tu es un cérébral, toi. T'as les yeux connectés au cerveau. Tu vois des trucs et tu sais aussitôt pourquoi ils sont là. Moi, c'est pas pareil. J'ai besoin de plus de temps pour me faire une idée, mais j'y arrive toujours.

— Pourtant, ça crevait les yeux. C'est Cuchillo qui fait le ménage, et c'est Cisco qui s'installe avec ses valises. Je m'attendais à un phénomène de rejet, et ni les Rebeldes ni El Cardenal n'ont bougé le petit doigt. Ce n'était pas catholique. À ton avis, que signifie cette mascarade ?

Ramirez s'écroula sur la chaise longue et entreprit de se déchausser. Ses mains tremblantes ne parvinrent pas à délacer les souliers. Il laissa tomber.

Il dit, après s'être essuyé la figure ruisselante de sueur dans un pan de sa chemise :

— Je sais pas trop. Je pense que des alliances sont en train de se constituer pour déloger les Rebeldes et redistribuer les zones d'influence aux nouveaux maîtres de cérémonie.

— Et nous, dans cette histoire ?

— On n'est pas dans l'histoire, Diego.

— Dans ce cas, pourquoi ne pas nous tirer d'ici ?

— J'y compte bien. Mais pas les mains vides. Il va y avoir du grabuge à grande échelle bientôt. Des têtes vont tomber, et des secteurs être réquisitionnés. Ça va barder large. J'ai l'intention d'en profiter.

— Comment ?

— M'emparer des recettes. Je sais à qui les dealers remettent l'argent collecté de la semaine. J'ai déjà testé la manœuvre. Ça va marcher comme sur des roulettes. Encore deux ou trois mois, et on mettra les voiles sur Mexico avec un bon magot.

— Il arrive souvent que l'on se coupe le doigt sur la dernière gerbe, Ramirez. Pourquoi ne pas filer maintenant ? On a suffisamment de quoi lancer un commerce sympa. On achètera une boutique, ou un tripot et, petit à petit…

— Trop peu pour moi, s'écria Ramirez. Une opportunité s'offre à moi, je ne vais pas cracher dessus. Je te promets qu'il n'y aura ni traitement de choc ni effets secondaires. Personne ne me soupçonnera.

Je partis dans la cuisine préparer du café.

Quand je retournai dans le patio, avec mon plateau, Ramirez ronflait, les bras de part et d'autre de la chaise, la grimace féroce. Il était en colère jusque dans son sommeil.

24

Elena…

Elle me réveillait tôt le matin, à la même heure. En sursaut. Je ne me rappelais pas le rêve que je faisais d'elle. Mais mon sommeil était rempli de sa présence et j'avais son parfum sur le visage.

J'allumais alors la lumière et je fixais la porte dans l'espoir absurde de voir entrer Elena. La porte refusait de s'ouvrir. J'attendais ainsi que quelque chose se produise, un bruit, un grattement, un rideau qui bouge, n'importe quoi qui me ferait croire qu'Elena était là. Rien. Une tristesse insondable m'envahissait. Je prenais une cigarette, puis une autre, jusqu'à ce que la fumée m'oblige à sortir m'oxygéner dans le patio. J'arpentais la courette de long en large en cherchant dans le ciel une étoile filante à implorer.

Où était-elle, Elena ? Dans quels bras ? Au fond de quelle tourbe ? Mangeait-elle à sa faim ? Dormait-elle dans des draps ou sur des orties ? Était-elle malheureuse autant que je l'étais ?… Je me posais d'interminables questions, des bonnes et des mauvaises, pour déboucher sur la même réponse : sans elle, ma vie ne valait pas celle d'un chien errant.

Je me mis à harceler Aguires plusieurs fois par jour pour savoir si ses recherches avançaient. Parfois, il me répondait : « Mais Diego, tu viens de me poser la même question il y a moins de trois heures… »

J'avais perdu la notion du temps. Les minutes, les heures, les jours se confondaient. Je n'arrêtais pas de consulter l'écran de mon portable, de peur de manquer un message ou un appel. Je ne tenais pas en place, non plus. Tres Castillos m'étouffait. Je ne supportais plus les gueules racornies que je croisais sur mon chemin, ni leur langage ordurier ni leur chahut. Je passais mes journées à errer le long des boulevards du centre-ville. Lorsque la marche me cisaillait les mollets, je m'attablais à une terrasse, commandais une bière et restais là à observer les gens *ordinaires* vaquer à leurs occupations. Le soir, je rôdais autour des cabarets et des grands hôtels dans l'espoir d'entrevoir la silhouette d'Elena. Les nuits, comme mon sommeil, étaient pleines de sa présence, mais nulle part je ne percevais le son de sa voix.

Je retournais sur les grands boulevards me diluer dans le remous de la foule. Pour semer ma peine, j'essayais de m'intéresser à tout et à rien : au musicien grattant sa guitare, un chapeau par terre à l'intention des âmes charitables ; à l'étranger demandant son chemin à un autochtone prévenant ; au saltimbanque jonglant avec des pommes, un nez de clown sur la figure ; aux moutards ébahis devant une vitrine ; au groupe de danseurs des rues, la chaîne stéréo vibrant de mille décibels, exhibant l'étendue de leurs talents au milieu d'un attroupement conquis… Je ne pouvais espérer meilleure thérapie.

Mais à peine remettais-je les pieds à Tres Castillos, la déprime me sautait dessus avec la voracité d'un oiseau de proie. Je n'avais d'autre choix que de puiser dans ma réserve de marijuana. Rendu aux quiétudes opiacées, je survolais les montagnes de mon village natal, planais par-dessus nos vergers cailloux. Depuis que j'avais appris à courir dans les champs, je n'aspirais qu'à rejoindre les moineaux dans le ciel. Ils savaient mieux que personne être libres. Leur vivacité me vengeait de mon statut d'orphelin. Je n'étais pas un enfant comblé, mais j'étais vivant. Mon mal me tenait en éveil. Je n'en voulais qu'à moitié au bon Dieu de m'avoir dépossédé de mes parents et me contentais de l'autre moitié pour me faire une raison. Je jurais, du haut de mes douze ans, de m'offrir des êtres qui compteraient pour moi plus que tout au monde, d'être le père que je n'ai pas connu et de me laisser materner par la femme de ma vie. Il me suffisait de plonger mon regard dans les yeux d'Elena pour y croire de toutes mes forces.

Un jour, en flânant du côté de Calzada del Rio, je m'étais arrêté devant une église. J'ignore comment je m'étais retrouvé assis sur un banc, au pied de la Vierge, les mains jointes sous le menton. C'était la première fois de ma vie que je mettais les pieds dans une chapelle. Comme je me méfiais des « premières fois », j'y retournai le lendemain et priai jusqu'à ce qu'un père vienne me demander si j'allais bien.

— Il faut absolument que tu voies ça, me dit Aguires au téléphone.

Il était 3 heures de l'après-midi. Une chaleur caniculaire écrasait la ville. Tout le monde s'était réfugié chez soi, les volets clos et les climatiseurs réglés sur le débit maximal.

Ramirez s'était assoupi dans le salon. Maria sombrait insensiblement dans les eaux glauques de l'engourdissement, le garrot oublié sur le bras, la seringue coincée entre les doigts.

J'enfilai en vitesse un pantalon et une chemise et me livrai aux rues chauffées à blanc. Il n'y avait pas un chat dehors. J'étais à deux doigts de choper une insolation lorsqu'un taxi daigna enfin s'arrêter.

Aguires était surexcité. Il m'attendait dans son tacot, son toutou sur la banquette arrière. Nous passâmes prendre Osa-Mayor dans son salon de coiffure et mîmes le cap sur Chavena où nous avions rendez-vous avec un informaticien. Ce dernier nous fit entrer dans son labo, dans l'arrière-cour d'un entrepôt en disgrâce. Il introduisit un CD dans le lecteur de son ordinateur.

— C'est la copie d'une vidéo de télésurveillance, me confia Aguires. Elle m'a coûté la peau des fesses.

— Je te rembourserai l'ensemble de tes frais, lui promis-je.

— C'est pas obligatoire, Diego. Je ferais n'importe quoi pour toi.

Un écran s'alluma sur un parking souterrain où de nombreuses voitures rongeaient leur frein. Deux hommes apparurent, traversèrent une allée et disparurent dans un angle mort, suivis quelques instants plus tard par un couple qui se chamaillait – un homme trapu et une fille brune moulée dans une robe noire échancrée sur le côté. La fille repoussait les bras de son compagnon qui tentait de la traîner vers un 4 × 4. Alors qu'ils arrivaient juste sous la caméra de surveillance, la dispute dégénéra ; l'homme jeta sa compagne à terre et s'acharna sur elle à coups de pied.

J'étais estomaqué.

Cette fois, il n'y avait pas de doute : la fille qui se faisait massacrer était bel et bien Elena.

— Tu peux zoomer sur le visage de la fille ?

L'informaticien tripota son clavier, agrandit l'image et l'arrêta au moment où Elena se tournait vers la caméra. Elle avait la bouche ensanglantée, les yeux noirs de souffrance. Et ce regard, mon Dieu ! Exactement le même que celui qu'elle m'avait adressé, là-bas dans les ruines de ce maudit temple, pendant que son violeur l'écrasait sous un éboulis de fureur et de cruauté.

— Reviens sur l'homme.

L'informaticien s'exécuta.

— Qui est-ce ?

— Diego, gémit Aguires.

— Qui est ce salopard ? hurlai-je. Je veux savoir qui c'est, sinon je mets la ville à feu et à sang !

Osa-Mayor recula jusqu'au mur, probablement pour se mettre à l'abri. L'informaticien préféra continuer de tripoter son clavier. Aguires joignit ses mains à la manière d'un bonze en méditation, respira un bon coup et dit :

— Diego, tu as sur cette vidéo le yeti de l'État de Chihuahua. Un type extrêmement dangereux. Tout un contingent de brutes roule pour lui.

Je le saisis par la gorge.

— Qui est-ce ?

Osa-Mayor revint arracher Aguires de mes griffes. De la tête, il pria l'informaticien de nous laisser.

Il attendit d'entendre le portail extérieur claquer avant de décréter :

— Mettons-nous d'accord sur un point. On veut juste te rendre service. Tu ne connais pas bien le milieu, mais nous, on sait précisément où ne pas mettre les pieds. Le type que tu vois sur l'écran, il te faut franchir un tas de paliers avant d'espérer l'entrevoir. Et de très loin. Parce qu'il est pire qu'une zone contaminée.

— Qui est-ce, putain ?

— J'y arrive, Diego, j'y arrive. Il faut juste que tu saches que nous ne tenons pas à être mêlés à cette histoire, Dolly et moi. Parce que même sous ton aile, ou bien sous celle du pape en personne, le type que tu vois là, il ne nous louperait pas.

— Il a un nom ou pas ?

— Retournons dans la voiture, Diego. (De l'œil, il me fit comprendre que nous avions intérêt à poursuivre la discussion quelque part où il n'y aurait pas de micros ou de caméras dissimulés.) Et calme-toi, s'il te plaît. Je sais, le spectacle auquel tu viens d'assister est très dur…

— Tu n'en sais rien.

Il leva les deux mains en signe de reddition.

Osa-Mayor transpirait à grosses gouttes. Il ne savait pas par quoi commencer. Aguires conduisait lentement. Il était en sueur, lui aussi. De part et d'autre, les bicoques défilaient au ralenti, semblables à des balises jalonnant ma frustration.

J'étais sous le choc, suspendu entre la colère et la haine.

— La vidéo a été prise dans le parking souterrain d'un hôtel, dit Osa-Mayor. L'informaticien a refusé de

272

nous dire lequel pour protéger ses sources. Et il a raison. Mais ce n'est pas l'endroit qui nous intéresse. On a retrouvé la fille, c'est déjà ça de gagné. Quant au salopard, il s'agit d'Alias Gómez Mortalunes alias Grucho. Je m'excuse d'user de mots qui fâchent, Diego, mais quels qu'ils soient, ils veulent dire la même chose : Grucho est un baron de la prostitution. Il fournit les boxons clandestins de Barrio Alto, Paseo Ciprés, Agustín Melgar, Mirador et certains cabarets huppés. On raconte qu'il est impliqué dans l'assassinat de Dida le Borgne. Ce gars n'est pas de la tarte, Diego. Il faudrait une armée pour l'affronter. Et s'il te plaît, ne dis pas devant n'importe qui des choses que tu risques de regretter. L'informaticien n'avait pas à savoir ce que tu comptais faire. Heureusement, on ne lui a pas dit qui tu es.

— Je veux la peau de ce salopard.

— Ce n'est pas en le criant sur les toits que tu as une chance d'y parvenir, Diego. Tu dois garder ton sang-froid. On est à Juárez, je te rappelle. Toute intention déclarée est une mise en bière garantie. Si tu tiens à aller jusqu'au bout de tes projets, ne mets personne dans la confidence. Il y a des oreilles qui traînent partout.

J'avais terriblement soif. Aguires m'acheta une bouteille de soda dans un bistrot. Je la descendis d'une traite et le renvoyai m'en chercher une autre. Les propos d'Osa-Mayor m'avaient un peu calmé. Mais le visage agressé d'Elena occupait mon esprit.

Nous traversâmes plusieurs bidonvilles avant de trouver un endroit peinard pour réfléchir à ce que nous allions entreprendre. Osa-Mayor insistait sur la nécessité pour lui et pour Aguires de rester en dehors de ce que j'envisageais de faire pour récupérer Elena.

— On te coachera, Diego, mais on n'entrera pas dans l'arène avec toi.

— Je veux savoir où elle habite.

— Ça, c'est pas un problème. On trouvera. Mais comment comptes-tu la reprendre à Grucho ?

— J'ai de l'argent.

— Il n'en a rien à cirer, Diego. Ça ne marche pas de cette façon dans le milieu.

— Je l'enlèverai.

— Ça, c'était avant, au temps des ancêtres. Voler la fille à un boss ? Même pas en rêve. Grucho te retrouverait dans l'heure qui suit. Il n'y a qu'une seule possibilité pour tenter le coup avec une chance de t'en tirer, Diego : liquider le bonhomme d'abord.

— C'est vrai, renchérit Aguires. Tu butes ce salaud et tu te tailles avec la fille.

— Vous disiez qu'il a un contingent de brutes qui roulent pour lui.

— Oui, mais il n'est pas obligé de les avoir tout le temps autour de lui. N'importe qui a besoin d'un minimum d'intimité. Il arrive à Cisco de s'isoler de temps en temps, non ? Ne serait-ce que pour aller aux chiottes. C'est valable pour n'importe quel caïd. Le pouvoir ne guérit pas toutes les petites faiblesses. Grucho a sûrement une faille dans son dispositif. Il suffit de chercher. T'as un avantage, Diego. Grucho ne sait pas que tu existes. Ses hommes ne te connaissent pas. Si tu agis dans l'ombre, personne ne te soupçonnera. Grucho a beaucoup d'ennemis. Il y aura sans doute une chasse à l'homme, mais aucune piste ne mènera à toi à condition de ne pas te donner en spectacle.

— Et on va la trouver, cette faille, Diego, promit Aguires. Comme on a trouvé la fille. Laisse-nous chercher sans nous bousculer.

Il me tendit la main. Je mis une éternité à la saisir. Osa-Mayor joignit la sienne aux nôtres. Nous venions de sceller quelque chose, mais je n'étais pas très sûr de la teneur du serment.

Une semaine plus tard, Aguires arrêta sa voiture sur le boulevard Tomás Fernández, à quelques encablures des Jardines Senecú. Sur la banquette arrière, Osa-Mayor orienta des jumelles sur une belle villa stylée. Il scruta les parages immédiats de la baraque, s'attarda sur le 4 × 4 colossal garé devant le garage avant de me montrer ce que je devais observer. Je lui pris les jumelles. Je pouvais voir une silhouette à travers les fenêtres du rez-de-chaussée de la villa, mais on était trop loin pour savoir si c'était celle d'une femme ou d'un homme.

— La fille que tu cherches crèche là-dedans, me dit Aguires.

— C'est une maison close ?

— C'est la résidence secondaire de Grucho. D'après nos informations, ta petite amie y habite à plein temps. Elle est, pour l'instant, la maîtresse de Grucho. C'est dans ses habitudes, à ce salaud. Quand une fille est très jolie, il la garde pour lui quelque temps avant de l'injecter dans le circuit.

— C'est ça la faille ?

— Non. Tu vois la voiture sur la gauche, la Chrysler bleu métallisé ? C'est celle de son chien de garde. Il s'appelle Quasimodo, et c'est pas un hasard. Il est moche comme un délire et il a une carcasse de rhinocéros. Tu lui viderais un chargeur dans le buffet que tu l'arrêterais pas. Quand Grucho s'absente, il laisse Quasimodo dans la villa, pour surveiller la fille.

Nous restâmes plus d'une heure à observer la résidence, les jumelles braquées sur les grandes fenêtres du rez-de-chaussée et sur celles du premier étage. Pas l'ombre d'Elena. Pour ne pas attirer l'attention, nous effectuâmes plusieurs tours dans le quartier pour repasser discrètement devant la villa. Le 4 × 4 et la Chrysler étaient toujours là. Nous revînmes sur les lieux, le soir, et quelle ne fut pas mon émotion lorsque je vis Elena sortir de la résidence, sa brute derrière elle. J'étais ému aux larmes, incapable de déglutir ou de libérer un son…

Grucho et Elena grimpèrent dans le 4 × 4 et gagnèrent le boulevard à toute vitesse, la voiture de Quasimodo collée au train. Nous les filâmes pendant quelques centaines de mètres avant de les perdre dans les embouteillages qui saturaient la rue Pedro Rosales de León.

Cette nuit-là, je dormis dans un hôtel.

J'étais trop bouleversé pour rentrer à Tres Castillos et je ne tenais pas à ce que Ramirez soupçonne quoi que ce soit.

25

— Marlo, on s'est entendus sur le prix… Je veux rien savoir. Ton beau-père devient de plus en plus gourmand, et ça commence à bien faire… C'est la troisième fois qu'il renvoie les artisans… C'est toi qui lui bouffes la cervelle… Il signe ces foutus documents et basta.

Ramirez raccrocha sèchement ; il se tourna vers moi, les narines palpitantes :

— Ils nous prennent pour qui, ces deux zigotos ? Pour l'armée de salut ?

— Je t'avais averti. Marlo a les yeux plus gros que le ventre.

— Ouais, mais il est mal tombé… (Il alluma un joint et me le tendit.) Où t'as passé la nuit, cousin ? Ne me dis pas que la batterie de ton iPhone était à plat. Une excuse n'est bonne qu'une seule fois.

— J'étais avec une fille.

Il me dévisagea de biais. Je ne me détournai pas. Il écarta les bras et se laissa tomber sur le canapé.

— Que tu mènes ta barque comme bon te semble ne me pose aucun problème, cousin. Mais, pour l'amour du Ciel, sers-toi de ton téléphone. Prouve-moi que t'es encore de ce monde. Je me fais du souci quand tu ne réponds pas à mes appels. Mets-toi à ma place. J'peux pas surveiller mes arrières et mes cartes en même temps.

— J'ai oublié.

— T'as pas oublié, tu *t'es* oublié. Tu crois que l'orage est passé ? Il y a encore de la foudre dans l'air. Est-ce que tu sais qui a été zigouillé, hier soir ? ... Cuchillo !

— Quoi ?

— Ouais, cousin. Cuchillo le Maléfique... On l'a découpé en petits morceaux et on l'a aligné en brochettes sur le gril dans le jardin de Sergio, pour le barbecue. Alors, s'il te plaît, tâche de trier tes fréquentations.

— Tu penses qu'on est si importants pour être finis à la tronçonneuse ?

— Je pense qu'on n'est jamais assez prudent.

Il me pria d'aller lui chercher une bière dans le frigo.

— Les choses s'accélèrent, Diego.

— On sait qui est derrière la liquidation de Cuchillo ?

— N'importe qui. Il y a eu pas mal de tueries, ces derniers temps. On ne squatte pas un territoire sans qu'il y ait de la casse. Et puis, les Rebeldes doivent être au courant de ce qui se trame dans leur dos. Tu crois qu'ils vont rester les bras croisés ?

— Putain, Cuchillo !

— Tu vas pas chialer pour cette andouille. T'avais pas arrêté de te plaindre de lui quand tu trimais au labo. Qui sait ? T'es peut-être sur la liste des suspects.

— Moi ?

Il éclata de rire.

— Je te charrie, abruti. Tes bouquins t'ont rendu barjot ou quoi... (Il devint sérieux et frappa de sa main sur le canapé pour que je m'asseye à côté de lui.) J'ai l'intention d'acheter le dépôt du beau-père à Marlo.

— Tu as renoncé à notre projet à Mexico ?

— Pas du tout. J'achète le magasin pour une bouchée de pain et je le revends le triple. L'ancien acquéreur potentiel y tient toujours. Quand il a menacé le vieux au téléphone suite à ton fait d'armes de cow-boy, j'étais présent. J'ai pris le téléphone du vieux pour relever le numéro. Après j'ai appelé le gars et je l'ai baratiné, genre que j'étais un parent et qu'en ma qualité d'héritier, j'étais prioritaire pour acheter le dépôt. Il a gueulé un coup, puis il s'est calmé quand je lui ai dit qu'on pouvait s'entendre tous les deux.

— Ça va prendre combien de temps, la transaction ?

— Lorsque ce vieux con aura signé les papiers. Je les ai établis il y a deux jours. Chez un *vrai* notaire.

— Et on partira quand de cette arène ?

— Dès que j'aurai mis à exécution mon plan au sujet des recettes. Je m'attends à ce qu'il y ait du grabuge. El Cardenal est obligé de venger son bras droit. Et les mécontents ne vont pas se faire prier pour ramener la grosse artillerie. Pendant que tout le monde est occupé à consolider ses barricades, je pointe au bureau des collectes, je rafle la mise et à nous Mexico.

— Ce bureau est un moulin ?

— Y a que deux types à l'intérieur. Des comptables. On leur apporte les recettes à heure fixe pour chaque secteur. Ils ouvrent la porte blindée, et je surgis. Bang ! Bang ! et je ne suis plus là.

— Si c'est si simple que ça, pourquoi personne n'y a songé ?

— Ça, cousin, c'est mon petit jardin secret.

Ma montre affichait 10 heures.

— J'ai un truc à régler, je dis à Ramirez. Tu me prêtes ta voiture ?

— Ce n'est pas *ma* voiture, c'est *notre* voiture.

— C'est ça, comme *notre* petit jardin secret.

— C'est pas la même chose, cousin. On peut porter une même casquette, mais pas la même pensée.

Il me balança les clefs de la bagnole.

— Amuse-toi bien… dans ton petit jardin secret bien à toi.

— Je risque de rentrer tard.

— Prends tout ton temps. J'ai qu'à siffler pour me dégotter une caisse avec chauffeur. Je suis le *capo*, cousin. T'as oublié ?

Je quittai Ramirez avec une certitude : je n'attendrais pas le déluge.

Je n'avais qu'une idée en tête : récupérer Elena et mettre le cap sur le bout du monde.

Je passai trois fois devant la résidence secondaire de Grucho. Sans rien déceler d'intéressant. Le 4 × 4 et la Chrysler n'étaient pas là. Je me rabattis sur les Jardines Senecú pour réfléchir. Pourquoi ne pas tendre un piège à Grucho sur son propre terrain ? Je l'attendrais derrière la villa et je l'abattrais à son retour. Lui, en premier. Ensuite, je m'occuperais de Quasimodo. Après, je n'aurais qu'à pousser Elena dans ma voiture…

Je retournai sur le boulevard Tomás Fernández, me rangeai non loin de la résidence, sur le trottoir d'en face. Sans jumelles, je ne pouvais pas observer grand-chose. Mais quelque chose me tenait rivé là. Bêtement. Taillant en pièces mes angles d'attaque. Je me voyais mal assurer loin de ma base.

— Tu es en train de tout foutre en l'air, Diego, m'as-séna Osa-Mayor. Quand on est passés tout à l'heure devant la résidence de Grucho, Dolly et moi, et qu'on t'a vu garé sur le bas-côté, on a été choqués. Une patrouille de police aurait pu te remarquer. Tu aurais dit quoi aux flics ? Que t'étais en panne ? Ils t'auraient demandé les papiers du véhicule et auraient appelé le central pour vérifier si t'étais en règle ou pas. Et te voilà fiché, Diego. En cas de grabuge, tu ferais partie des suspects. Or, personne ne doit te soupçonner.

Nous étions dans l'appartement d'Aguires. Osa-Mayor paraissait embêté par mes initiatives.

Aguires était d'accord avec Osa-Mayor ; il acquies-çait de la tête en serrant son toutou contre sa poitrine.

— Il faut battre le fer tant qu'il est chaud, dis-je pour justifier mon erreur de calcul. Je ne peux pas me permettre de prendre mon temps quand chaque jour est un enfer pour Elena.

— Ce serait un suicide. Et tu gâcherais la seule chance qu'a cette pauvre fille d'échapper à la carrière qui l'attend. Laisse-nous te préparer le terrain. Tu restes dans l'ombre et tu attends ton heure. Et après, ni vu ni connu.

— Mayor a raison, Diego, dit enfin Aguires. Tu dois nous faire confiance. On va te régler ça comme du papier à musique.

Ils avaient l'air si sincères et dévoués.

Je me détendis un peu.

— Je ne vous remercierai jamais assez pour ce que vous faites pour moi, les gars, leur avouai-je. Je m'étais trompé sur votre compte et je m'en veux d'avoir été injuste avec toi, Dolly. Tu ne peux pas savoir combien je regrette de m'être si mal conduit…

— C'est pas grave, Diego. On ne se connaissait pas, avant.

— Tâche seulement de ne pas nous oublier quand tu seras *capo*, dit Osa-Mayor.

— Moi, *capo* ?

— C'est le bruit qui court. On raconte que Cisco a un projet pour toi.

Le soir même, alors que je m'étais promis de ne plus me hasarder sur le boulevard Tomás Fernández avant d'avoir réglé son compte à Grucho, en sortant d'un restaurant, je tombai nez à nez avec ce dernier. Il descendait de son 4 × 4, pendant que son énorme garde du corps se précipitait pour ouvrir la portière à Elena. J'étais tellement surpris que j'ai manqué une marche et failli me casser la figure sur le perron. Elena s'était tournée vers moi. Nos regards s'étaient télescopés. Je crois qu'elle avait tiqué. Je ne m'en souviens pas bien. Je m'étais détourné très vite pour cacher mon émotion, mais Quasimodo et son maître étaient trop occupés à donner des instructions au voiturier pour faire attention à moi. Je m'étais dépêché de m'éloigner. En me retournant, je vis Elena qui me regardait, l'air de se demander si elle n'hallucinait pas…

Dieu ! Qu'elle était belle, Elena… belle à un point qu'on ne saurait imaginer.

Cette nuit encore, je jugeai sage de ne pas rentrer à Tres Castillos. Couché sur le lit de ma chambre d'hôtel, je gardai les yeux grands ouverts pour ne pas m'endormir. Je ne voulais pas que l'image d'Elena me fausse compagnie une seule seconde. Elle habitait le plafond de la pièce, les miroirs, les draps autant que mon sommeil, mais, cette nuit-là, en restant éveillé, je priai pour que mes rêves d'autrefois redeviennent la seule et unique réalité.

Je me souviens, après ce qu'il s'était passé dans les ruines, qu'Elena évitait de croiser mon chemin. Lorsqu'elle gardait ainsi ses distances, j'avais l'impression que notre village était le plus vaste des déserts, et Elena le plus cruel des mirages. Malgré le poids de la culpabilité, je ne pouvais m'empêcher de songer à nos promesses d'enfants épris l'un de l'autre. Je me retranchais derrière la butte, et je passais mon temps à guetter Elena comme un veilleur de nuit le lever du jour. Lorsqu'elle sortait de chez elle, moi, je sortais de mon corps pour courir la regarder de près. Elle était encore plus jolie dans la douleur, Elena. Pour me faire à l'idée que tout était fini entre nous, je ne cessais de me répéter qu'elle était trop belle pour moi, que cette fille méritait de vivre dans une superbe baraque, avec un tas de domestiques et un multimillionnaire aux petits soins pour elle. Qu'avais-je à lui offrir, moi, à part des mots volés dans des bouquins ? Et alors, en même temps que j'apprenais à renoncer à tout espoir de la reprendre dans mes bras, quelque chose fulminait en moi tel un geyser et je jurai que si Elena me revenait, je mettrais le destin à genoux pour qu'elle ne manque de rien.

26

Pour rendre hommage à son bras droit, El Cardenal organisa des funérailles dignes d'un chef d'État. Le cimetière disparaissait sous les couronnes de fleurs et les grosses cylindrées aux vitres teintées. Tous les chefs des gangs amis avaient tenu à honorer de leur présence l'enterrement de Cuchillo. Il y avait les caïds des quatre coins de l'État de Chihuahua, d'anciennes alliances, et même des délégués des cartels rivaux. Certains parrains rappliquaient du Texas et du Nouveau-Mexique pour présenter leurs condoléances à un Sergio inconsolable. Après la cérémonie, tout ce beau monde fut convié sous un chapiteau dressé pour la circonstance dans un parc quadrillé par des vigiles. Pacorabanne était là, pathétique dans un costume trop étroit pour lui. On s'était salués de loin. Mais le regard que m'avait décoché Joaquín l'informaticien m'avait estoqué comme une épée de toréador. Un moment, j'avais cru qu'il *savait* au sujet de la mort son cousin germain, José Maria Fuentes, puis je m'étais rappelé que le courant n'était jamais passé entre nous deux, et j'avais mis l'attitude de Joaquín sur le compte de nos vieilles incompatibilités d'humeur.

Après les accolades et les adieux, Ramirez m'emmena dans un bar. Il m'annonça que les hostilités dont il me parlait étaient ouvertes et que *notre* jour était en train d'arriver.

— T'as entendu parler d'un certain Naaman le Libanais ?

— Le patron du *Pharaon* ?

— Cisco a décidé de l'éliminer. Et il a pensé à toi. J'ai dit à Cisco que tu n'étais pas bien ces derniers temps et je lui ai proposé de m'occuper personnellement de l'opération. Il n'était pas content, mais il a dit qu'il allait y réfléchir. Si jamais il te convoque, ne le laisse pas t'intimider. Tu refuses, point barre.

Je ne l'écoutais que d'une oreille. Mon esprit était ailleurs ; j'attendais un coup de fil « important » de Dolly Aguires.

Osa-Mayor finit par localiser la « faille » dans le dispositif de Grucho. Il me donna rendez-vous chez sa mère qui habitait à Plutarco Elías, à l'autre bout de la ville, très loin de Tres Castillos et des indiscrétions. Un vent chargé de poussière soufflait sur Juárez, annonçant l'orage. Aguires nous rejoignit plus tard. Nous dînâmes chez la mère d'Osa-Mayor avant de prendre le périph Camino Real jusqu'à la sortie donnant sur la calle Tulanango. Vers 22 heures, nous atteignîmes Adolfo López Mateos. Nous passâmes deux fois devant un kiosque vandalisé qui devait me servir de point de repère. À une trentaine de mètres en face du kiosque, il y avait une petite rue qu'éclairait parcimonieusement un lampadaire. Osa-Mayor me montra une maison à deux étages devant laquelle étaient garées des voitures.

— C'est p't-être un lieu de réunions secrètes ou un club restreint pour mordus de poker. Une chose est sûre, chaque mardi soir, Grucho s'y rend... *Seul*. Il arrive aux alentours de 20 heures, dans son 4 × 4 qu'il gare sur la petite place où tu vois les voitures. Sans son rhinocéros de garde du corps, insista-t-il. Il reste là-dedans entre vingt minutes et quatre heures. Parfois, jusqu'au matin. Ça dépend des jours. Tu te planques derrière le kiosque et tu attends. Quand Grucho sort, tu lui tires dessus, tu sautes dans ta caisse et tu prends l'avenue sur la gauche jusqu'au périph. En moins de dix minutes, tu te perds dans la circulation. Ni vu ni connu.

Nous étions vendredi. Nous revînmes sur les lieux le samedi, pendant la journée pour mieux tâter le terrain et étudier les itinéraires d'approche et de repli ; le dimanche soir, nous étions de nouveau sur les lieux en reconnaissance de nuit ; le lundi, je revins seul, le matin et le soir, pour revoir chaque détail et anticiper un plan de repli au cas où les choses tourneraient mal.

Le mardi matin, j'étais debout aux aurores. J'avais pris un somnifère et je m'étais levé du bon pied. Je me sentais *prêt*. Aussi avais-je manqué d'avaler de travers mon os de poulet quand, dans l'après-midi, alors que mentalement j'étais déjà à Adolfo López Mateos, Ramirez m'annonça qu'il avait besoin de la voiture.

— Prends un taxi, Ramirez. Ou siffle quelqu'un. Tu es le *capo*.

— Désolé, mais j'ai promis à Maria de l'emmener dîner au *Plaza Portales*.

— J'ai vraiment besoin de la voiture. C'est très important.

— Ça l'est aussi pour Maria et pour moi. Je ne t'ai jamais rien refusé, cousin. Mais aujourd'hui est un jour particulier.

Les yeux de Ramirez brillaient d'une flamme jubilatoire. Il était inutile, pour moi, d'insister.

Je claquai la porte de ma chambre et m'effondrai sur le lit.

Un quart d'heure plus tard, Ramirez revint sur sa décision :

— Je te gâte trop, me cria-t-il. Mais c'est ma faute si tu ne grandis pas.

Il me jeta les clefs de la voiture à la figure et quitta le patio en marmonnant de mécontentement.

J'allai prier dans une église. Jusqu'au coucher du soleil. Le fantôme de José Maria Fuentes occupait un banc au fond du sanctuaire. Il m'observait en silence, un vague sourire sur ses lèvres bleues. Après m'être signé, je passai à côté de lui sans rien lui dire.

Il y avait un incendie au nord d'Adolfo López Mateos. Des pompiers arrosaient de leurs lances une bâtisse en flammes au milieu d'un attroupement de voyeurs fascinés. Vers 19 h 45, je me rangeai derrière le kiosque. Le réverbère le plus proche se trouvait à l'autre bout de la rue. Il n'y avait personne dans les parages, mais le 4 × 4 de Grucho était déjà sur la petite place, au milieu de cinq voitures.

Minuit. Il ne restait sur la petite place que deux voitures et le 4 × 4.

J'étais tenaillé par la soif. Je m'aperçus que je n'avais rien mangé depuis le déjeuner. J'entendais mes tripes remuer ; j'avais mal aux rotules et au dos mais, bizarrement, je ne ressentais aucune angoisse. C'était comme si ma chair et mon âme s'étaient déconnectées l'une de l'autre. Dans mon esprit, une seule idée fixe : tirer juste.

Je sursautai. Un chien ébouriffé grattait à la portière de ma voiture. Le tableau de bord affichait 1 h 37. Je m'étais assoupi. Je me redressai d'un bond : ouf ! le 4 × 4 était toujours là, avec les deux voitures.

Un terrible besoin de fumer s'ajouta au travail de sape de la soif et de la faim. Comment allumer une cigarette sans attirer l'attention ? Je cherchai dans la boîte à gants de quoi calmer mes manques. Hormis un paquet de mouchoirs en papier, un tournevis et des lunettes de soleil abîmées, rien.

Un homme sortit de la maison. Il était grand, large d'épaules. Il monta dans une voiture, manœuvra pour contourner la bâtisse et n'alluma ses phares que lorsqu'il atteignit la grande avenue.

2 h 35. Grucho apparut. Un courant glacial me traversa. Dans ma fébrilité, mon pistolet m'échappa des mains. Je me mis à pester en farfouillant sous le siège, sans succès. Je ne pouvais pas allumer le plafonnier, Grucho risquait de me repérer. Je me mis à plat ventre sur le plancher et brassai dans tous les sens. Au bout d'interminables acrobaties, je réussis à atteindre la crosse ; le revolver avait glissé sous la pédale de l'accélérateur. Avant même de me relever, j'étais certain qu'il me fallait reporter l'opération à mardi prochain. J'avais perdu trop de temps à chercher mon arme. Quel ne fut pas mon soulagement quand je vis Grucho encore debout sur la petite place. Il était en train de téléphoner. À cet instant précis, la voix de Nonito anéantit les quelques doutes qui s'incrustaient au tréfonds de mon subconscient : « Dis-toi que tu n'es qu'un

fumier de fils de pute dont le diable se passerait volontiers, et que lorsque tu butes un autre fumier de fils de pute ou bien lorsque tu es buté par lui, Dieu est le premier à s'en féliciter. »

Grucho comprit aussitôt pourquoi je fonçais sur lui. Mais c'était trop tard. Il n'eut pas le temps de s'emparer de son arme ni de battre en retraite. Son téléphone se fracassa au sol au moment où j'appuyais sur la détente. Chaque détonation retentissait en moi comme un coup de tonnerre. L'onde de choc partait de mon poignet, raidissait mon bras et compressait mon cerveau. J'ignore combien de fois j'ai tiré. Grucho fut projeté contre le mur – je crois qu'il a crié *madre mia*, mais je n'en suis pas sûr. Il pivota sur lui-même, tituba vers la maison aux deux étages, puis s'écroula face contre terre.

Je voulus m'approcher de lui et l'achever d'une balle dans la nuque. Une porte claqua quelque part et je dus m'enfuir.

Quand je repris mes sens, je roulais à tombeau ouvert sur le périph. Dans la mauvaise direction. Je me rabattis sur la première sortie pour rebrousser chemin.

La voiture se mit à chasser à cause d'une crevaison. Je continuai de rouler jusqu'à un square. La roue était sur la jante, le pneu en lambeaux. Je pris le cric dans le coffre et m'apprêtai à changer la roue défectueuse quand j'eus un premier vertige. Je m'assis sur le trottoir pour reprendre mon souffle. Surgissant de nulle part, une voiture de police s'arrêta à ma hauteur. Le flic orienta sa torche sur mon visage :

— Tu t'en sors ?

— J'ai crevé.

— Je vois. Tâche de ne pas trop traîner par ici si tu ne tiens pas à *crever* pour de vrai.

290

Il me dévisagea encore, puis il éteignit sa torche et s'éloigna, tous gyrophares allumés.

Je mis un temps fou à changer la roue. Mes doigts s'étaient engourdis et une douleur atroce attaquait mes articulations. Lorsque je rabattis enfin le capot du coffre sur le cric et le pneu abîmé, mon téléphone sonna. C'était Ramirez :

— Dis-moi que c'est pas vrai ! hurlait mon cousin. Dis-moi que je cauchemarde !

— Qu'est-ce qu'il y a ?

— Qu'est-ce qui t'a pris de t'attaquer à Grucho ?

Mon sang se glaça.

— De quoi tu parles, Ramirez ?

— Cisco vient juste de me raccrocher au nez. Il est dans tous ses états. Il m'a ordonné de le rejoindre à l'hôpital.

— Quel rapport avec moi ?

— On dit que c'est toi qui as tiré.

— Comment ça, moi ?

— Je te pose la question, Diego. Bordel, dans quel merdier tu nous as foutus ?

Je tombai à quatre pattes, un sifflement sidéral dans les oreilles. Le sol ondoyait sous mon corps.

Mon cousin me rappela. Je n'eus pas la force de décrocher. Il continua de rappeler sans arrêt. Je ne voyais pas comment Cisco pouvait savoir que c'était moi. Quelqu'un m'avait-il reconnu pendant que je m'étais assoupi dans la voiture ? Y avait-il un témoin dans l'une des deux voitures garées sur la petite place de part et d'autre du 4 × 4 de Grucho ?

J'appelai Aguires, puis Osa-Mayor. Ils étaient tous les deux sur répondeur. J'insistai. Au bout d'une dizaine de tentatives, j'eus enfin Aguires au bout du fil.

— Ça fait une heure que je vous appelle, bon sang !

— Je crains que même le Seigneur ne se soit inscrit aux abonnés absents pour toi ce soir, me dit Aguires. Quand bien même tu arriverais à le joindre, il ne bougerait pas le petit doigt pour toi.

Je crus m'être trompé de numéro, mais c'était bien la voix d'Aguires. Je ne comprenais pas.

— Qu'est-ce que ça veut dire ?

— Attends, je te passe une vieille connaissance.

La voix d'Osa-Mayor crachota au bout du fil :

— T'es foutu, mon gars. Tout le monde est au courant.

— C'est pas possible. J'ai suivi ton plan à la lettre, Osa.

— Justement. (Il rit.) Justement…

— Qui a bien pu me dénoncer à Cisco ?

— Devine, connard.

Cette fois, je partis en vrille, complètement démaillé. Une sueur froide m'inonda le dos.

— C'est toi, Osa ?

— Les hommes de Grucho ne vont pas tarder à te mettre le grappin dessus. C'est pas des humains, c'est pire que des monstres. Ils vont te dépiauter comme un lapin… non, ils vont t'étriper pour ensuite t'empailler et te mettre dans une cage en verre sur la voie publique.

— C'est toi qui m'as mouchardé ?

— Et comment !

— Pourquoi ?

— Pour un tas de raisons, tête de nœud… Et surtout pour José Maria Fuentes que tu as lâchement abattu. C'était un bon gars, José Maria. Il avait une gosse, et une femme qui se trouve être ma sœur. Tu croyais que je t'avais pas reconnu le jour où tu t'es pointé dans mon salon de coiffure avec cette raclure de Marlo le Vendu ?

Aguires lui prit le téléphone pour renchérir :

— Et pour Santos. Et pour tous les Muchachos que vous avez liquidés, toi et ton taré d'Indien. Espèce de péquenot pouilleux. Berger de mes deux. Tu déboules de ton bled perdu, avec de l'avoine dans les cheveux et de la crotte de bique collée au froc, et à peine tu apprends à ne plus te moucher sur ton bras, tu t'la joues caïd, et tu te permets de poser ta sale patte de branleur de boucs sur moi. Tu mérites même pas de lever les yeux sur moi, enculé de ta putain de race. T'es qu'un trou du cul qui se prend pour le nombril du monde !

Osa-Mayor reprit le téléphone :

— La fête ne fait que commencer. On va venger nos morts jusqu'au dernier.

Je raccrochai. Lessivé. Abasourdi. Une bourrasque dans la tête.

La nausée me plia en deux ; je vomis sur le bitume…

Je ne savais plus si je devais leur en vouloir ou bien ne m'en prendre qu'à moi-même. Ils m'avaient manipulé comme une marionnette et j'avais marché dans leur combine avec un zèle de troufion. Pourtant, on m'avait averti maintes fois : ne te fie à personne, à personne, à personne… Tandis que je tentais de reprendre mon souffle, me vint à l'esprit cette phrase que Ramirez m'avait dite le soir où nous avions mis les pieds, pour la première fois, à Ciudad Juárez : « Diego, mon pauvre cousin, à Juárez, même le bon Dieu a un hameçon piégé au bout de la perche qu'il te tend. »

Je m'affalai derrière le volant, allumai une cigarette, puis une deuxième. Ma bouche était emplie d'un goût de cendre.

Ramirez me rappela.

— Pourquoi tu as buté Grucho ? Cisco comptait lui confier *Le Pharaon*. Comment j'vais faire, moi, pour te tirer de là ? Où est-ce que tu es ? Ne t'avise pas de rentrer à Tres Castillos. Casse-toi quelque part jusqu'à ce que je trouve une solution…

— Trouve plutôt Dolly Aguires et Osa-Mayor et fais-en de la pâtée pour chiens. C'est le dernier service que je te demande.

— Qu'est-ce que tu entends par dernier service, Diego ? … Qu'est-ce que tu vas faire ? Surtout pas de conneries, tu en as suffisamment fait pour cette nuit. Diego, Diego… Je t'interdis de…

J'éteignis le téléphone.

Toute turbulence venait de s'estomper en moi. Subitement. J'avais le sentiment de sortir d'une forge. Pareil à une machine. Mon cœur n'était plus qu'une pompe à injection. Je n'éprouvais ni peine ni colère. J'étais un automate qu'on actionne. D'un seul coup, je m'éveillai à l'unique fonction pour laquelle j'étais programmé : aller chercher Elena et mettre le cap sur le bout du monde.

Je poursuivis ma route jusqu'aux Jardines Senecú pour revenir sur le boulevard Tomás Fernández, me garai devant la résidence secondaire de Grucho, scrutai les alentours avant de descendre de la voiture. La Chrysler de Quasimodo n'était pas là. La maison baignait dans le silence. Pas de lumière au premier étage. La porte principale, en bois massif, était fermée à clef. Je fis le tour de la demeure en rasant une haie à cause d'une fourgonnette qui remontait la rue. La porte de service était verrouillée ; les fenêtres barreaudées.

Un vasistas céda. Je me glissai à l'intérieur d'un cagibi ; une machine à laver ronronnait dans le noir, les voyants semblables à des lucioles. Je collai mon oreille au mur sans rien déceler. Je suivis un petit couloir jusqu'au vestibule, que deux appliques éclairaient. Un lampadaire halogène était allumé dans le salon. Sur la droite s'étalait une vaste cuisine américaine qui étincelait sous les spots comme un bloc opératoire. Un pot de crème glacée suintait sur le plan de travail, à côté d'un reste de poulet et d'une assiette de salade de fruits. Un paquet de Marlboro et un briquet massif serraient de près un cendrier dans lequel reposaient quelques mégots. Il y avait aussi une tasse de café à moitié pleine, une cuillère et une cigarette non entamée. On aurait dit que quelqu'un n'avait pas fini de manger quand il avait quitté précipitamment la table. Sans doute Quasimodo. On l'aurait appelé à la rescousse après ce qu'il était arrivé à son patron.

Je tendis l'oreille vers l'étage. Aucun bruit suspect ne me parvint. J'avançai à pas feutrés, le revolver contre l'épaule, le doigt sur la détente. Le sang battait si fort à mes tempes qu'il semblait résonner sourdement à travers toute la maison.

— Elena... Elena... C'est moi, Diego.

Une porte grinça au premier. Puis une lampe s'alluma dans le corridor. J'empoignai mon revolver à deux mains, prêt à ouvrir le feu. Des pas se firent entendre sur le parquet... Elena apparut en haut de l'escalier. Splendide dans sa robe de chambre bleu pâle qui moulait à merveille son corps de sirène. Les cheveux lâchés sur la poitrine. Le visage, légèrement bouffi par le sommeil, orné de deux yeux aussi captivants qu'un songe – des yeux que je reconnaîtrais entre mille constellations ; les magnifiques yeux en amande dans lesquels je me désaltérais jusqu'à plus soif autrefois lorsque, assis sur le rocher dominant notre village, nous étions, Elena et moi, plus proches du ciel que nos prières.

Mon cœur cognait à tout rompre. Je ne savais pas s'il battait la mesure de mes délivrances ou bien celle de mes appréhensions. Quelque chose démystifiait l'instant, comme une fausse note au beau milieu d'une sonate. J'étais devant la femme qui comptait le plus dans ma vie, et pourtant le regard qu'elle posa sur moi m'écrasa avec la même brutalité que celui qui m'avait tenu en joue naguère, dans ce temple maudit un jour où l'on célébrait les morts et au cours duquel mon existence avait basculé.

Je m'appuyai d'une main sur la rampe, un pied sur la marche, et demeurai ainsi, suspendu entre la tentation de monter la rejoindre et le besoin de la voir descendre jusqu'à moi.

Elle choisit de rester en haut de l'escalier.

Elle ne paraissait pas surprise de me voir. Comme si elle m'attendait. Ou peut-être ma présence l'indifférait-elle. Son visage ne laissait transparaître aucune émotion. Elena m'évoquait ces statues de cire que l'on expose dans les galeries.

— Je suis venu te chercher.

Elle souleva un sourcil, mi-amusée mi-étonnée.

— Pourquoi ?

Sa voix n'était qu'un souffle monocorde qui s'échappait d'entre ses lèvres comme si elle s'adressait à elle-même.

— Comment ça, pourquoi ?

Elle sortit un téléphone de la poche de sa robe de chambre.

Son regard inexpressif me traversa de part en part.

— On n'a pas une minute à perdre, Elena…

Du doigt, elle me pria de patienter un instant, le temps pour elle d'écrire un message sur son téléphone. Une fois le SMS envoyé, elle me montra la porte du menton.

— Grucho est vivant. Tu ferais mieux de partir.

Sans m'en apercevoir, je gravis l'escalier, tel un supplicié l'échafaud. Elle tendit le bras pour m'empêcher de l'approcher de trop près.

— Viens avec moi, Elena.

Elle esquissa un semblant de sourire :

— Grucho a lancé toute la ville à tes trousses.

— Je m'en fiche. Rhabille-toi vite et partons loin de ce foutoir de malheur.

— Je suis très bien là où je suis.

— Ta place est avec moi. Pas avec cette brute. Tu es libre, Elena. Nous irons où tu voudras. J'ai de l'argent. Nous achèterons une maison en bord de mer…

Elle posa un doigt sur ma bouche :

— Chut ! On a dépassé l'âge, voyons. Et puis, j'ai une maison, une *vraie* maison, et je ne manque de rien. C'est toi qui n'as plus un seul endroit où te poser.

— Il ne nous rattrapera pas.

— Il n'aura pas à me courir après. Je suis heureuse avec lui.

— Ah, oui ? Il te tabasse tout le temps.

— Tu vois des traces de coups sur moi ?

— Ne mens pas. Je l'ai vu te battre.

— Ça lui arrivait au début. Il me trouvait un peu sauvage. Il ne me bat plus maintenant. Et il ne laisserait personne lever la main sur moi, *lui*.

— Tu n'es pas son amour, tu es son bien. Quand il se lassera de toi, il te livrera à des contingents de pervers.

Elle haussa imperceptiblement une épaule.

— Ça m'est égal.

— Ça t'est égal ?

— Qu'est-ce que j'ai à risquer de plus après ce que j'ai perdu ?

Je sentis un pic à glace me transpercer le cœur.

— Rien n'est tout à fait perdu, Elena. On a encore des années devant nous.

— Il est des choses qu'on ne répare pas avec le temps.

— Tu m'en veux encore ? Après tout ce que j'ai fait pour me racheter ? Ça fait plus d'une année que je te cherche. J'ai risqué ma peau pour toi, j'ai tué pour toi. Est-ce que tu t'en rends compte ? J'ai tué…

— C'était le sale type des ruines qu'il fallait tuer. Mais tu étais resté à genoux, les mains sur la tête, à le regarder prendre son pied.

— Tu ne me pardonneras donc jamais.

— Ce n'est la faute à personne. Dieu l'a voulu ainsi. Il a rendu possible le tort le plus cruel qui puisse s'assumer dans une vie : faire du mal à ceux qui nous aiment parce que nous avons cessé de les aimer…

Jamais propos ne m'avait si profondément atteint.

— Va-t'en avant que les hommes de Grucho ne viennent te pendre avec tes entrailles. Parce qu'ils ne vont pas tarder à rappliquer. (Elle me montra son mobile.) Je les ai alertés.

Je lus sur l'écran de son téléphone le SMS qu'elle venait d'envoyer : *Il est chez moi.*

La plus glaciale des douches froides ne m'aurait pas fouetté avec une telle violence. J'étais tétanisé. En une fraction de seconde, j'explorai de fond en comble les arcanes de ma stupeur, fis le tour des questions qui m'avaient tenu en haleine pendant d'interminables nuits blanches, et rien de ce que j'espérais provoquer ne se produisit. C'était comme si la Terre n'avait jamais été ronde, comme si tout ce que j'avais subi, redouté ou supplié n'avait aucun sens. J'étais arrivé au bout du tunnel, et à mes pieds, il n'y avait que le vide.

— Tu me hais tant que ça, Elena ?

Elle ne répondit pas. Ce n'était pas nécessaire. Certains silences en disent plus long que les diatribes les plus véhémentes.

Le rideau tomba. Tel un couperet. Elena me devint subitement aussi étrangère que les joies de ce monde. Le chagrin que j'avais pour elle s'évanouit aussitôt. Je ne ressentis en moi qu'un vague remous, une sorte de frustration plus proche du dépit que du remords.

Je hochai la tête et sortis dans la rue.

Dehors, dans la rumeur de la ville, les sirènes des ambulances cadençaient le pouls de la nuit. Je demeurai un moment debout sur le trottoir, au pied d'un lampadaire. Je faisais exprès de m'attarder là, certain qu'Elena était en train de m'observer d'une fenêtre pour voir comment j'allais réagir à la terrible menace qui pesait désormais sur moi. Elle devait sûrement s'attendre à me voir détaler comme un gibier qu'on lève, sauf que je n'étais plus le Diego d'autrefois. J'allumai une cigarette, décidé à la fumer jusqu'au bout, là, sur le trottoir, à deux pas de la « vraie » maison. En vérité, je me fichais éperdument de ce qui pourrait m'arriver. Je venais de me rendre compte qu'Elena n'avait pas prononcé mon nom une seule fois.

Dans le ciel, les étoiles faisaient le pied de nez aux lumières d'ici-bas. Elles se moquaient des enseignes au néon, des panneaux publicitaires, du clinquant illusoire et des feux d'artifice ; elles se moquaient surtout des prières qui n'ont pas assez de cran pour monter jusqu'à elles.

Un petit vent du Texas soufflait sournoisement sur les bidonvilles ; il revenait troubler l'esprit de ces régiments de paumés qui moisissaient au fond de leurs bicoques en rêvant de chances providentielles et d'une vie de château à ne savoir où engranger l'excédent des fortunes.

C'était une nuit comme les autres, lunatique et fourbe. Le peuple des insomniaques s'éveillait à ses instincts. Les racoleuses s'appliquaient à envoûter leurs proies, les violeurs à peaufiner leurs pièges, les seconds couteaux à fourbir leurs armes, les ripoux à accomplir leur tournée des popotes ; il y aura de la casse par endroits, des beuveries festives jusque dans les plus misérables des tripots, mais partout, pour les nantis comme pour les crevards, pour ceux qui dormaient dans des draps soyeux comme pour ceux qui couchaient sur des cartons, tôt ou tard, d'une manière ou d'une autre, la roue tournera et l'addition sera salée pour tout un chacun.

Il est des territoires où les jours se clonent uniquement pour renouveler leur décrépitude. Chaque matin se lève avec un tas de promesses pour rentrer le soir, une main devant, une main derrière, du sang sur l'une, du cambouis sur l'autre. Ciudad Juárez en est, sans conteste, la parfaite illustration. Pareillement aux jours, ses rues tournaient en rond. Je pouvais prendre n'importe laquelle et semer un à un les malheurs du monde entier, tous les raccourcis et toutes les fuites en avant me ramèneraient à la case départ. Juárez est un circuit fermé, un huis clos interlope où les dieux et les démons s'affrontent parce qu'ils ne savent rien faire d'autre ; quant aux mortels qui y slaloment au milieu des traquenards, ils continuent de survivre aux périls qu'ils incarnent afin d'élever leur agonie reconductible au rang des miracles.

Un homme éméché s'approcha de moi. Il me dit quelque chose que je ne saisis pas. Lorsqu'il battit en retraite, probablement désarçonné par le masque mortuaire qui me tenait lieu de figure, je réalisai qu'il m'avait demandé du feu.

Du feu ? Lequel ? Celui qui brûlait en moi ou bien celui de l'enfer qui m'attendait ?

Sur le trottoir d'en face, une silhouette surgit de la pénombre. C'était le fantôme de José Maria Fuentes. Je me rendis compte que j'étais en train de m'habituer à lui comme à un animal de compagnie.

Je jetai mon mégot par terre, l'écrasai sous ma chaussure. En prenant mon temps. Tout mon temps. Ensuite, je montai dans ma voiture, ajustai le rétroviseur en évitant de regarder dedans – il m'importait peu de savoir si Elena était à sa fenêtre, si la « vraie » maison était toujours là ou si elle s'était évanouie dans l'épaisseur de la nuit. Il ne me restait plus qu'à enclencher la vitesse et à foncer droit vers mon destin, cet intraitable *prêteur sur gages* qui devait se frotter les mains en songeant à la bonne affaire que je représentais pour lui.

— Diego.

Je me retournai.

C'était Elena.

— Attends-moi, je vais chercher mes affaires.

J'ai cru halluciner, entendre des voix. Que signifiait cette volte-face ? Elena cherchait-elle à me retenir jusqu'à l'arrivée des tueurs ? Si elle était capable d'une telle monstruosité, je n'essayerais même pas de me défendre contre les hommes de Grucho ; je les laisserais me lyncher à leur guise car je ne saurais continuer de vivre avec le sentiment qu'à cause de moi Elena avait perdu son âme après avoir renié sa chair.

J'ai attendu, attendu. Les minutes s'étiraient démesurément.

Lorsque Elena me rejoignit dans la voiture, ce fut comme si toutes les chances s'étaient mises de mon côté.

Jamais nuit n'aura autant mérité ses étoiles que ce soir-là.

La photocomposition de cet ouvrage
a été réalisée par
GRAPHIC HAINAUT
30, rue Pierre-Mathieu
59410 Anzin

Imprimé en Espagne par
Liberdúplex
à Sant Llorenç d'Hortons (Barcelone)
en février 2022

POCKET - 92, avenue de France - 75013 Paris

S32173/01

YASMINA KHADRA

Yasmina Khadra est né le 10 janvier 1955 à Kenadsa, un village séculaire aux portes du Sahara algérien. À 9 ans, son père le confie à l'institution militaire où il passera trente-six ans de sa vie. Descendant d'une longue lignée de poètes, il écrivit sa première nouvelle à l'âge de 11 ans, et son premier recueil à l'âge de 17 ans, qui paraîtra au début des années 1980 sous son vrai nom, Mohammed Moulessehoul, aux éditions Enal-Alger. L'armée se situant aux antipodes de la vocation littéraire, la carrière militaire de Yasmina Khadra sera jalonnée de déboires et de déconvenues. Son amour pour le verbe et la langue française l'aidera à s'accrocher à son rêve d'enfant : devenir écrivain. Pour échapper à la censure militaire, il écrira pendant onze années dans la clandestinité. Yasmina Khadra sont les deux prénoms de son épouse. Ils le feront connaître dans le monde entier. Consacré à deux reprises par l'Académie française, salué par des prix Nobel, Yasmina Khadra est traduit dans une cinquantaine de pays et a touché des millions de lecteurs. Il a fait son entrée dans *Le Petit Robert des noms propres* en 2011. Ses œuvres sont adaptées au théâtre, au cinéma, en bandes dessinées et ont inspiré plusieurs supports artistiques (chorégraphie, photographie, musique, etc.). Aujourd'hui sexagénaire, Yasmina Khadra prône l'éveil à un monde meilleur, malgré le naufrage des consciences et le choc des mentalités. Soutenu par son large lectorat sans lequel il ne « serait que lettre morte », il nous démontre, de livre en livre, que « le plus grand des sacrifices, et sans doute le plus raisonnable, est de continuer d'aimer la vie malgré tout ».

Retrouvez toute l'actualité de l'auteur sur :
www.yasmina-khadra.com

Peter Eicher · Bürgerliche Religion

Peter Eicher

Bürgerliche Religion

Eine theologische Kritik

Kösel-Verlag München

CIP-Kurztitelaufnahme der Deutschen Bibliothek

Eicher, Peter:
Bürgerliche Religion: e. theol. Kritik/
Peter Eicher. — München: Kösel, 1983.
  ISBN 3-466-20242-6

ISBN 3-466-20242-6
© 1983 by Kösel-Verlag GmbH & Co., München
Printed in Germany. Alle Rechte vorbehalten
Satz: R. & J. Blank, Composer- & Fotosatzstudio GmbH, München
Druck und Bindung: Kösel, Kempten
Umschlag: Günther Oberhauser, München

Für Dieter Schellong

Inhalt

Vorwort

Wir beginnen zu begreifen, daß die Fundamente der Neuzeit den Bau unserer Zukunft nicht mehr tragen. In der Erschütterung unseres Glaubens an die Wissenschaft, im Zerrinnen der Hoffnung auf wirtschaftlichen Fortschritt und in der Angst vor der eigenen atomaren Sicherheit wächst ein noch ganz anderer Zweifel als der, von dem man sagt, daß in ihm das neuzeitliche Bewußtsein geboren worden sei: Wenn die Neuzeit mit dem Zweifeln beginnt, so scheint sie mit dem Verzweifeln zu Ende zu gehen. Und so herrscht denn gegenwärtig auch gar kein Mangel an Krisentheorien zur Moderne. Die christliche Theologie kann darüber nur verwundert sein, da sie seit ihren Anfängen mit dem Glauben vertraut war, daß die Geschichtszeit insgesamt im Argen liege und „Krise" gleichsam ihren Normalzustand bezeichne. Gerade deshalb bezieht sich die Theologie nicht nur kritisch, sondern auch geduldig auf die ganz besondere Krise der eigenen Zeit. Es ist wahr, daß wer in die eigene Geschichte zurückblickt, von ihrem Schrecken gebannt wie Lots Weib zur Salzsäule erstarren kann, aber wahr ist auch, daß eine blinde Flucht nach vorn nur in die neue Irre führt. Wer also vorwärts gehen will, muß rückwärts sehen, was den eigenen Gang niederhält und was seine Hoffnung orientieren kann. Denn wer nach vorne zielen will, der muß ja seinen Bogen erst einmal kräftig zurückspannen können, sonst zielt er nicht weit. Und deshalb tut es heute not, den Glauben des modernen Bürgertums, dem wir als europäische Zeitgenossen zugehören, in seinen Ursprüngen und in der von ihm heraufgeführten Leidensgeschichte kritisch zu bedenken. Ohne kritischen Rückbezug auf die uns tragende Neuzeitgeschichte kommen wir nicht weiter als bis zur Resignation (dem Notenschlüssel der gegenwärtig herrschenden Moll-Tonarten) oder aber bis zur Reaktion, die bekanntlich in die alten Nöte zurückführt.
Kritisch denken heißt praktisch unterscheiden lernen: Die Kritik gibt der praktischen Entschiedenheit ihre Vernunft. So-

wohl die Entschiedenheit im christlichen Glauben als auch die nachchristliche Entschlossenheit zur Selbstverwirklichung und Systemgerechtigkeit bedürfen einer kritischen Vergewisserung der sie tragenden Fundamente. Und dafür sind auch heute die Selbstverständlichkeiten des modernen Bewußtseins und die Nichtselbstverständlichkeiten des christlichen Glaubens trotz der zunehmenden Isolierung der „Systeme" und der angeblichen Ausdifferenzierung der gesellschaftlichen Rollen, miteinander im kritischen Gespräch zu halten. Kurz und gut: Für die Christen, die katholischen zumal, ist es höchste Zeit, sich über Gehalt, Ziel und Wirkung des spezifisch neuzeitlichen „Glaubens" klarzuwerden, um nicht in falscher Anpassung oder träger Ignoranz die eigene geschichtliche Aufgabe zu verschlafen — für die Gott längst losgewordenen Bürger der pluralistischen Gesellschaft dagegen wird es dringlich, sich nicht nur darüber klarzuwerden, was für einen „Gott" sie verabschiedet haben, sondern auch, was ihren eigenen Glauben trägt. Es kann nicht mehr genügen, die „unbefriedigte Aufklärung" (so der Titel der feinsinnigen Studien von W. Oelmüller von 1969) zu beschwören, vielmehr ist auch das Unbefriedigende der Aufklärungshoffnungen ins Auge zu fassen; die „Dialektik der Aufklärung", die angesichts der faschistischen Moderne zum Grauen der Geschichte wurde, kann heute nicht aufgehoben werden in eine ethisch affirmative Handlungstheorie, die all das für die Zukunft unterstellt, was die Früheren von uns erhofft haben. Das Fundament dieser Hoffnung ist heute vielmehr noch einmal zu prüfen. Und zu diesem Fundament gehört wesentlich, was hier — faute de mieux — die „Bürgerliche Religion" genannt wird.

„Bürgerliche Religion" meint nicht nur eine ganz besondere soziologische Verkörperung von empirisch nicht ausweisbaren Letztannahmen, sondern auch eine spezifische Entschärfung des Gehaltes jüdisch-christlicher Tradition in der Moderne. Die bürgerliche Religion sucht nicht mehr eine kirchliche Institutionalisierung, sondern wirkt als tragendes Moment des öffentlichen Bewußtseins, als Ethos der Vernunft in den Wissenschaften ebenso wie im angeblichen „Geist" von Wirtschaft und Politik, in der Kampfkraft moderner Armeen ebenso wie in der Hoffnungsgestalt von neuen sozialen Lebensformen und psychologischen Heilverfahren und — es ist nicht zu verschweigen

— in der kirchlichen Bürokratisierung. Überall da, wo die Grundannahmen dieses bürgerlichen Glaubens nicht mehr tragen (wo z.B. das Vertrauen in Arbeit als Vermittlungsform des wahren Selbst gebrochen wird), kann der neuzeitliche Glaube in seiner Differenz zum jüdisch-christlichen Bekenntnis erst recht scharf erkannt und in eine wirklich kritische Beziehung gebracht werden. Für den vorliegenden Band meinte ich, daß einige Sonden, vor allem bis ins 17. Jahrhundert zurück, mehr von dem Glauben der Neuzeit verraten würden als breitflächige Überblicke über die institutionalisierten Formen dieses Neuzeit-Ethos. Es macht nun einmal die Leidenschaft von Theologen aus, ziemlich bald zur Sache zu kommen, auf Wesentliches, Hintergründiges und Entscheidendes versessen zu sein und dabei den schillernd schönen Schein der Lebensfülle leicht zwischen den Fingern durchgleiten zu lassen. Immerhin wollte ich nicht vergessen, daß es keine „Moderne" an und für sich gibt, daß es vielmehr wie in aller Geschichte Menschen sind, die sich wandeln, die denken und handeln. Und deshalb werden die Grundgehalte neuzeitlichen Glaubens nicht abstrakt, sondern in der Auszeichnung durch drei Gestalten, Spinoza, Hobbes und Fichte, entfaltet.

Zur kritischen Erschließung der theologischen Brennpunkte (der Christologie, Geschichtstheologie und Soteriologie) mußte allerdings das Podium der gewichtigen Stimmen wesentlich erweitert werden, von Pico della Mirandola über Kant bis zu Habermas auf der einen, und von Luther über Barth bis zu den Kollegen Schellong, Metz und Peukert auf der anderen Seite. Die Kollegen mögen verzeihen, wo ich sie — gesagt oder ungesagt — für Anliegen in Anspruch nehme, die sie vielleicht nicht teilen; zwar wollte ich niemanden vor den eigenen Karren spannen, gestehe aber gerne, daß mir ihre Zugkraft erst dazu verhalf, selbst in die Richtung zu gehen, die hier ganz offensichtlich eingeschlagen ist: in die Richtung einer Theologie, die im kritischen Verhältnis zum Glauben der Neuzeit den biblischen Glauben in seiner alten kirchlichen Vermittlung erst recht kennenlernt. Der Rückblick auf die Neuzeit hat mich wenigstens dazu geführt, die Aufgabe für Morgen klar zu erkennen. Um dem Leser die Lektüre nicht zu ersparen, kann ich hier natürlich nicht verraten, worin diese Aufgabe liegen könnte. Aber ein Confiteor ist doch nicht zu vermeiden: Der ganze

Gehalt, von dem her die Kritik der bürgerlichen Religion vorangetrieben wird, ist hier noch nicht eigens entfaltet, er wird nur in Grundlinien angezeigt. Mir würde es das Schönste scheinen, wenn er künftig selbst zur Sprache käme. In diesem Sinne sehe ich in den vorgelegten Studien eine Brücke von der fundamentaltheologischen Vergewisserung zur Wahrnehmung von Gottes handelndem Wort im Glauben von Gemeinden, die bewußt gesellschaftskritisch handeln.

Ohne die fleißige Hand von Johannes Thiele wäre es ganz unmöglich gewesen, neben den allzuvielen anderen Sorgen wenigstens diese Sorge loszuwerden: einmal zusammengefaßt zu sagen, was eine bürgerliche Praktik der Religion von christlichem Glauben unterscheidet; ich danke ihm für diesen Dienst.

Die praktische Unterscheidung ruft nicht nur den Glauben zu seiner Entschiedenheit, sondern auch zu dem, was jedenfalls katholische Theologen von der bürgerlichen Religion noch immer lernen können: zur kritischen Toleranz. Wenn irgendwo im folgenden die theologische Kritik diese Toleranz vielleicht doch verschlungen haben sollte — es geht um ein altes Theologenleiden —, da leiste ich im voraus Abbitte. Ich gebe aber zu bedenken, daß die rabies theologorum des Menschen Würde wohl doch noch eher respektiert, als das umgekehrte und heute nicht gerade seltene Laster, nach dem schon Toleranz die Kritik erübrigt. Ohne Kritik findet der Glaube nicht zu seiner eigenen Wahrheit, ohne die Wahrheit des Glaubens kommt die bürgerliche Religion nicht zu ihrer verdienten Kritik.

Paderborn, Pfingsten 1983   Peter Eicher

Zugang

I. Christlicher Humanismus?

> „.... die Scharfrichter von heute
> sind bekanntlich Humanisten. Dar-
> um kann man der humanitären
> Ideologie gar nicht mißtrauisch ge-
> nug begegnen...“
>
> A. Camus[1]

1 Eine allzu menschliche Frage?

Die Forderung nach Humanität setzt inhumane Zustände voraus. Und der Ruf nach einem Humanismus von heute entspringt der Enttäuschung über die Humanismen von gestern,
die nicht gehalten haben, was sie versprachen. Hat der klassische Humanismus, den das europäische Handelsbürgertum als
sein besseres Selbst im Gepäck der kolonialen Eroberungen mit
sich führte, nicht gerade den unterworfenen Kulturen ihre eigene Menschlichkeit geraubt, ohne ihnen die versprochene Humanität zu bringen? Und wird heute zur Sicherung der angeblichen Humanität von liberalen Märkten und sozialistischen Ar-
beiterstaaten nicht wieder ein Potential der Vernichtung aufgebaut, welches nicht nur jeder *Menschlichkeit* spottet, sondern
die *Menschheit* im ganzen auszulöschen droht? Und was bringt
dieser Konkurrenzkampf von liberal-demokratischen und mar-
xistisch-leninistischen Humanismen den zwei Dritteln der
Menschheit auf der Schattenseite des Weltmarktes? Geht es
jetzt nicht endlich um die *eine* Menschheit und darin um die
elementare Menschlichkeit jedes Erdgeborenen? Sind denn
nicht längst die Güter dieser Erde für *alle* knapp geworden, die

---

[1] *A. Camus*, Réflexions sur la guillotine: Essais. Ed. R. Quilliot. Paris
1965, 1019–1075, 1061.

Wirtschaftssysteme *aller* Länder bedroht und die Zukunftsvisionen *aller* gefährdet? Die Frage, was des *Menschen* würdig sei, ist zur elementaren Frage geworden, was der *Menschheit* notwendig ist. Die nationale, kulturelle, klassengebundene oder ideologische Enge aller geschichtlich überlieferten Humanismen wird heute aufgesprengt von der Frage nach einer Praktik von Humanität, die zuerst dem nackten Überleben und dann elementar dem friedlichen Aufblühen der schnell wachsenden Menschheit dient. Wenn die sich permanent bereichernden Industrienationen in der Aufbauphase nach dem 2. Weltkrieg das Problem von Humanität noch herablassend als ein Problem für die unterentwickelten Länder sahen, so wird jetzt ihre eigene Unterentwicklung an Menschheits-Würde offenbar. Denn die nach außen getragenen wirtschaftlichen, militärischen und sozialen Probleme kehren in ihr Vaterhaus zurück und lassen die Ängste in den Zentren des Welthandels wachsen: Die unaufhaltsam zunehmende Arbeitslosigkeit raubt den Unterprivilegierten ihre Selbstachtung, die Friedlosigkeit der militärischen Blöcke schwächt die politische Stabilität und selbst schon die spürbare Grenze des Wirtschaftswachstums entzieht dem industrialisierten Humanismus den Boden seiner angeblichen Menschenfreundlichkeit.

Soll nun in der wachsenden Krise der Menschheit ein nochmals neuer Humanismus Rettung bringen? Oder soll die Verheißung jetzt — wie schon vor und nach dem 2. Weltkrieg — den Namen eines „christlichen Humanismus" tragen?

Verrät nicht eine solche Fragestellung schon den ideologisch verschleierten Herrschaftswillen ihrer Träger? Ist den christlichen Kirchen angesichts einer bedrohten Zukunft ihr einziger Name Jesus Christus nicht mehr tragfähig genug, kann ihre alte Botschaft angesichts der neuen Not nicht mehr auf eigenen Füßen gehen, muß sie sich als kleines „christliches" Adjektiv dem großen Subjekt des „Humanismus" anbieten, um hilfreich zu sein und um herrschend zu werden? Es genügt, sich dem schwarzen Humor *Jean-Jacques Rousseaus* auszusetzen, um von der Abgründigkeit der Frage nach einem „neuen christlichen Humanismus" zurückzuschrecken: „Man sagt uns, daß ein Volk von wahren Christen die vollkommenste Gesellschaft bilden würde, die man sich vorstellen kann. Ich sehe bei dieser Annahme nur eine große Schwierigkeit: Sie besteht darin, daß eine Gesellschaft von wahren Christen keine Gesellschaft von Menschen mehr wäre."[2]

Offensichtlich ist es den Christen noch immer nicht gegeben, die elementare Menschlichkeit Gottes in Jesus Christus so zu bezeugen, daß dieser Glaube sie selbst und ihre Gesellschaften zu einem menschenwürdigen Leben anzustiften vermag. Die Christen fragen sich vielmehr sonderbarerweise heute selber, ob und inwiefern ihr Glaube menschlich und ob und wie er angesichts der großen Menschheitskrisen hilfreich sei. Die internationale Tragweite der gegenwärtigen Menschheitsfragen zwingt deshalb (vor jeder Inanspruchnahme christlichen Glaubens für einen neuen Humanismus) zur geschichtlichen Besinnung auf das, was der ursprünglich europäische Begriff von „Humanismus" meint und wofür er bisher beansprucht wurde. Diese — noch sehr grobmaschige — Bestimmung des humanistischen Kerns des neuzeitlichen Bewußtseins muß dann allerdings in den folgenden Studien des zweiten Teils an einzelnen Gestalten des bürgerlichen Selbstbewußtseins erst noch präzisiert und entfaltet werden, um in den Studien des dritten Teils zur theologischen Grundlagenbesinnung auf den Glauben der europäischen Neuzeit einen Beitrag leisten zu können.

2 Die humanistische Würde

Die Geschichte der europäischen Humanismen zu erzählen würde heißen, die Verwandlung der modernen Welt seit dem 14. Jahrhundert in einer ihrer kontinuierlichsten Ausdrucksformen nachzuzeichnen[3]. Denn so berechtigt die europäischen Epochenaufteilungen, wie die in Renaissance, Barock, Aufklärung, Zeitalter der Revolution und Restauration, der Imperialismen und der Weltkriege auch sein mögen: Jede dieser Zeiten

---

[2] *J.J. Rousseau*, Du contrat social, l. IV. ch. VIII. Paris 1966, 176: „On nous dit qu'un peuple de vrais chrétiens formerait la plus parfaite société que l'on puisse imaginer. Je ne vois à cette supposition qu'une grande difficulté, c'est qu'un société de vrais chrétiens ne serait plus une société d'hommes."

[3] Grundlegend bleiben *J. Burckhardt*, Die Kultur der Renaissance in Italien. Ein Versuch. 2 Bde. Leipzig [12] 1919, [1] 1860; *W. Dilthey*, Weltanschauung und Analyse des Menschen seit Renaissance und Reformation.

kennt ihren eigenen Humanismus. Obwohl es töricht wäre, die humanistische Kontinuität in der zerklüfteten Geschichte der Neuzeit auf einen abstrakten Nenner zu bringen, scheint doch *ein* Wille alle Ausdrucksformen des neuzeitlichen Humanismus zu prägen: die unbedingte Intention zur Selbstverwirklichung, zur Freiheit des Menschen, sich selbst zu definieren, den Willen zur Macht der Selbstbestimmung. Dem Begriff der „Selbstverwirklichung" gemäß artikuliert sich das „Selbst" in jedem historischen Kontext revolutionär verschieden, äußert sich das, was jeweils „Freiheit" im Gegensatz zu konkreten Unfreiheiten genannt wird, je und je anders, aber die humanistische Idee legitimiert darin prinzipiell das Recht zur ständig revolutionären Selbstbestimmung. Drei Texthinweise aus den historisch kaum mehr vergleichbaren Situationen der Florentiner-Akademie zum Ausgang des 15., dem nachrevolutionären Idealismus zu Ende des 18. und dem existentialistischen Nachkriegshumanismus des 20. Jahrhunderts können auf die Kontinuität solcher humanistischer Selbstbestimmung hinweisen:

2.1 Renaissance-Humanismus

Der erste Text gehört nicht nur zufällig in jenes Jahr 1492, mit dem die jüngere Geschichtsschreibung die „Neuzeit" beginnen läßt: In diesem Jahr wird der Islam endgültig nach Nordafrika abgedrängt, die spanisch-portugiesische Expansion in die „neue" Welt gelingt *(Kolumbus)*, womit gleichzeitig die schrankenlose Judenverfolgung, die inquisitorische Folterung und die Verbrennung von „Hexen" (1487: *Malleus maleficarum*) in Europa einsetzt; *Behaim* konstruiert 1492 in Nürnberg den ersten Erdglobus, *da Vinci* zeichnet seine Flugmaschine, *Kopernikus* beginnt seine Studien in Krakau, *Lorenzo di Medici*, der große Mäzen der Renaissance-Kultur, wird in Florenz zu Grabe getragen, und *Alexander VI.* wird Papst: Ein Jahr später

Gesammelte Schriften Bd. II. Stuttgart, Göttingen 1969 (=Abhandlungen von 1891—1904); *P.O. Kristeller*, Humanismus und Renaissance. Bd. I. Die antiken und mittelalterlichen Quellen. München 1974; Bd. II. Philosophie, Bildung und Kunst. München 1976; *R. Weimann, W. Lenk, J.J. Slomka*, Renaissanceliteratur und frühbürgerliche Revolution. Berlin, Weimar 1976.

schon teilt er die ganze neue Welt unter die Spanier und Portugiesen auf... In diesem Jahr, das die Umbrüche einer Epoche in sich vereint, faßt der junge *Giovanni Pico della Mirandola* das Vermächtnis der frühen humanistischen Kultur von Florenz in ein Werk, das zur Programmschrift nicht nur der italienischen, sondern auch der englischen *(Th. Morus)*, französischen (*G. Budé, Faber Stapulensis*) und deutschen Humanisten *(Reuchlin* und *Erasmus)* wird. Das Werk trägt den Titel des Programms: *De Hominis Dignitate*[4] — Des Menschen Würde. Noch gibt darin eine Gottesrede dem Menschen seine Würde: Aber die Freiheit, die Gott hier schafft, liegt darin, daß der Mensch nun auch von diesem seinem Ursprung loskommen kann. Nachdem der höchste Baumeister der Erde seine Schöpfung bereits vollständig ausgebaut hatte, blieb ja nichts mehr übrig, um daraus noch einen Menschen zu bilden. Und so gibt Gott der Vater dem Menschen alles zum Besitz, was schon geschaffen war:

"Daher ließ sich Gott den Menschen gefallen als ein Geschöpf, das kein deutlich unterscheidbares Bild besitzt, stellte ihn in die Mitte der Welt und sprach zu ihm: ,Wir haben dir keinen bestimmten Wohnsitz, noch ein eigenes Gesicht, noch irgendeine besondere Gabe verliehen, o Adam, damit du jeden beliebigen Wohnsitz, jedes beliebige Gesicht und alle Gaben, die du dir sicher wünschst, auch nach deinem Willen und nach deiner eigenen Meinung haben und besitzen mögest. Den übrigen Wesen ist ihre Natur durch die von uns vorgeschriebenen Gesetze bestimmt und wird dadurch in Schranken gehalten. Du aber bist durch keinerlei unüberwindliche Schranken gehemmt, sondern du sollst nach deinem eigenen freien Willen, in dessen Hand ich dein Geschick gelegt habe, sogar deine Natur dir selbst vorherbestimmen. Ich habe dich in die Mitte der Welt gesetzt...
Wir haben dich weder als Himmlischen noch als Irdischen, weder als Sterblichen noch Unsterblichen ge-

---

[4] *G. Pico della Mirandola*, Über die Würde des Menschen. Dt. Ausg. *H.W. Rüssel*. Leipzig 1940; Lat. Ed.: De Hominis Dignitate, Heptaplus, De Ente et Uno, e Scritti Vari. Hrsg. *E. Garin*. Florenz 1942.

schaffen, vielmehr sollst du als dein eigener, ganz frei und ehrenhalber arbeitender Bildhauer und Dichter dir selbst die Form geben, in der du zu leben wünschst'."[5]

Als Schüler des Plato christianus, *Marsilio Ficino*, will Pico noch immer eine spiritualistische Ethik des Seelenaufstiegs zur Gottheit begründen, und er ist dazu mit aller Rhetorik einer universalistischen Bildung ausgestattet, die vom iranischen Zoroastrismus über die Orphik, Gnostik und die Kirchenväter bis zur islamischen Mystik und jüdischen Kabbala reicht.

Aber der Bruch mit der scholastischen Einbindung des Menschen in die hierarchische Schöpfungsordnung wird in diesem moralischen Platonismus unübersehbar. Hier — und nicht schon in der Theologie von Albert und Thomas — wird der Mensch auf sich selbst gestellt, hier findet die Anthropozentrik zu ihrem neuzeitlichen Ausdruck, hier wird die Theologie von der Freiheit des Menschen und nicht mehr von der schöpferischen Vorsehung Gottes her entworfen. Die neue Sprache und der neue Stil entsprechen dem neuen Selbstbewußtsein eines Frühbürgertums, das so universal über die engen Schranken der alten Feudalitäten hinausschoß, wie der neue Handels- und Geldverkehr der europäischen Städte seit dem 13. Jahrhundert[6]. Es wäre töricht, den Ausdruck „Humanismus" für jede Kulturleistung zu gebrauchen, in welcher der Mensch sich selbst zum Thema macht; von der Bibel und Homer über die Scholastik, von der wissenschaftlichen und industriellen Revolution bis zur ökologischen Bewegung der Gegenwart gäbe es nichts mehr als Humanismen zu besprechen...

Der Ausdruck „Humanismus", der erst zu Beginn des 19. Jahrhunderts geprägt wurde[7], zielt auf jenes kulturelle Bildungsprogramm, das wir den Humanisten der Renaissance verdanken: Sie verlegten den Schwerpunkt der Bildung von der Metaphysik, von der Logik, von der Mathematik, vom römischen

---

[5] Ebd. 49 f.
[6] Vgl. *R. Weimann*, a.a.O., 13; zur Differenzierung des Verhältnisses zwischen geistiger Universalität und abstraktem Geldwert vgl. *R.W. Müller*, Geld und Geist. Zur Entstehungsgeschichte von Identitätsbewußtsein und Rationalität seit der Antike. Frankfurt, New York 1977.
[7] Der Ausdruck wurde 1808 vom deutschen Pädagogen *F.J. Niethammer* eingeführt, vgl. *R. Romberg*, Humanismus, Humanität: Hist. Wörterb. d. Phil. 3, 1217—1225, 1217.

Recht und der scholastischen Theologie auf die Literatur der Antike. Die *studia humanitatis* der Grammatik, Rhetorik, Geschichte, Dichtung und Moral sollten jetzt die alternative Welt der Antike erschließen, um damit den alt gewordenen Kosmos von Scholastik und feudalem Recht zu sprengen („Renaissance")[8]. Gewiß noch nicht, um ein antichristliches Universum zu entwerfen, aber doch, um das „Vertrauen in den Wert des Menschen" *(Kristeller)*[9] mit allen sprachlichen Mitteln zu stärken und zu feiern. Ein humanistisches Menschenbild gibt es also nur insofern, als sich der Mensch ein eigenes Bild von sich entwirft und daraus lebt — sei es nun, daß er sich „christlich", „liberal-revolutionär" oder „sozialistisch" entwerfen will. Das humanistische Menschentum entspricht in dem ihm eigenen Verständnis der Würde der Freiheit nicht einer beliebigen Geschichte, sondern der Geschichte des europäischen Bürgertums in ihrem revolutionären Charakter seit dem 14. Jahrhundert: Die Humanisten sprengten — wie der Text von Pico exemplarisch zeigt — die Fesseln der naturwüchsigen Verhältnisse, um im Rückgriff auf die universalistischen Aspekte der antiken Welt ihre neue Welt zu rechtfertigen. Diese neue Welt aber griff alsbald kolonial über die engen Grenzen der Feudalität und der Stadtstaaten hinaus, sie begann — worauf schon *Jacob Burckhardt* insistierte — ihre eigenen Verhältnisse statistisch zu berechnen[10] und darin die einzelnen zu würdigen. Jetzt kann die Schönheit der freien und raffinierten Geselligkeit ebenso in den Vordergrund treten wie die Empfindung einer den Menschen umgebenden Landschaft: Überall beantwortet die Sphinx, die alle Rätsel kennt, die drängenden Fragen mit der einen Auskunft: „Du bist des Rätsels Lösung — der Mensch", „die Welt ist deine Welt" — „sie ist deine Schöpfung". Die Kunst — Architektur, Skulptur und Malerei — wird zur Sprache des Menschen, die alles in sein Ebenbild verwandelt.

---

[8]   Vgl. *P.O. Kristeller*, a.a.O., Bd. I, 15—20; *J. Huizinga*, Das Problem der Renaissance. Renaissance und Realismus. Darmstadt 1974.
[9]   *P.O. Kristeller*, a.a.O., Bd. I, 28.
[10]   Vgl. *J. Burckhardt*, a.a.O., Bd. 1, 59 f.

2.2 Idealistischer Humanismus

Während der klassische Humanismus vom 14.–16. Jahrhundert auf die antike Vorzeit zurückgriff, um seine Gegenwart zu gestalten, blickt der idealistische Humanismus nach der Zeit der französischen Revolution auf sein eigenes Freiheitsbewußtsein, um die Zukunft zu formen. Die Tradition von Antike und Christentum ist als solche abgetan und gilt nur noch, wo sie auf das Niveau des eigenen Freiheitsdenkens gebracht werden kann. Dies kann ein zweiter Text verdeutlichen.

In Deutschland, wo die geschichtlichen Revolutionen nachträglich und bloß im Kopf gemacht werden, hat *Johann Gottlieb Fichte* das humanistische Bildungsideal im Sinne des revolutionären Freiheitsbewußtseins systematisch zu Wort gebracht. Denn: ,,Jetzt ist es Zeit, das Volk mit der Freiheit bekannt zu machen, die dasselbe finden wird, sobald es sie kennt... Jetzt der Zeitpunct der hereinbrechenden Morgenröthe, und der volle Tag wird ihr zu seiner Zeit folgen.''[1] Aber die Freiheit kann nur bekannt werden, wenn sie jedem selber zugemutet wird, wenn sie jeder selber wahrnehmen will. Hier spricht nicht mehr ein Schöpfergott von außen dem Menschen die Freiheit zu, sondern hier fordert der geschichtlich in der Revolution zum Durchbruch gekommene Freiheitswille sozusagen sich selber auf, alle Verhältnisse freiheitlich durchzuarbeiten:

> ,,Die Urquelle alles meines [...] Denkens und meines Lebens, dasjenige, aus dem alles, was in mir, und für mich und durch mich seyn kann, herfliesst, der innerste Geist meines Geistes, ist nicht ein fremder Geist, sondern er ist schlechthin durch sich selbst im eigentlichsten Sinn hervorgebracht. Ich bin durchaus mein eigenes Geschöpf. Ich hätte blind dem Zuge meiner geistigen Natur folgen können. Ich wollte nicht Natur, sondern mein eigenes Werk seyn; und ich bin es geworden, dadurch, dass ich es wollte.''[2]

[1] *J.G. Fichte*, Beitrag zur Berichtigung des Publicums über die französische Revolution: Fichtes Werke. Hrsg. *I.H. Fichte*. Berlin 1971. Bd. VI, 37–286, 45.
[2] *J.G. Fichte*, Die Bestimmung des Menschen: Fichtes Werke, a.a.O., Bd. II, 165–319, 256.

Wer sich solchermaßen seine Freiheit nimmt, der wird sich zugleich seiner Verantwortung für die Freiheit aller bewußt, denn die Freiheit zeigt sich nicht als etwas, was schon ist, sondern als das, was in allen Verhältnissen sein soll. Die Forderung des Gewissens gebietet die Anerkennung jeder anderen Freiheit und enthält „die absolute Forderung einer besseren Welt"[13], d.h. einer freiheitlichen Staaten- und Handelsordnung, einer Pädagogik und einer Religion der Freiheit, die das irdische Reich in das ewige aufhebt. Doch wie gesagt: Fichtes Revolution findet im Kopf, in der Bildung statt und verbleibt so im Rahmen des klassischen Humanismus. Wo er konkret wird, zielt er auf zweierlei: auf eine mystische Innerlichkeit, in der sich Gott im menschlichen Bewußtsein das Bild seiner absoluten Freiheit schafft, und auf eine schrankenlose Erziehungsdiktatur zur Freiheit und zur nationalistischen Selbstbehauptung. In seiner geschichtlichen Innerlichkeit und in seiner äußeren Anmaßung zeigt Fichtes Humanismus die Grundzüge der bürgerlichen Religion[14], des religiösen Humanismus jenseits aller kirchlichen Glaubensbekenntnisse. Zu diesem idealistischen Humanismus gehört übrigens auch, daß er — wie Fichte sagt — „die wilden Stämme" der außereuropäischen Welt von ihrer rohen Sinnlichkeit befreit und sie kultiviert: „sie werden dadurch denn doch in Vereinigung mit dem großen Ganzen der Menschheit treten, und fähig werden, an den weiteren Fortschritten derselben Antheil zu nehmen"[15] — und sei es durch den „natürlichen Krieg" mit den „ungebildeten Völkern"[16]. Zur Konsequenz des humanistischen Freiheitswillens der Europäer gehört der Terror der sich als universal behauptenden Vernunft. Zu welcher politischen, pädagogischen und ethischen Konsequenz die bürgerliche Vernunft fähig ist, die sich in ihrer Freiheitsreflexion bis zur religiösen Absolutheit steigert, wird erst die Entfaltung von Fichtes Politik der absoluten Religion

---

[13] Ebd. 265.
[14] Vgl. *D. Schellong*, Bürgertum und christliche Religion. München 1975, 7—28; *P. Eicher*, Von den Schwierigkeiten bürgerlicher Theologie mit den katholischen Kirchenstrukturen: *H. Fries, K. Rahner;* Theologie in Freiheit und Verantwortung. München 1981, 96—137 (dort weitere Lit.).
[15] *J.G. Fichte*, Über die Bestimmung, a.a.O., 271.
[16] *J.G. Fichte*, Die Staatslehre (1813): Fichtes Werke, a.a.O., Bd IV, 367—600, 600.

selber zeigen (vgl. Studie IV). Zur ersten Orientierung genügt
diese vorläufige Einordnung.

2.3 Existentialistischer Humanismus

Der kundige Leser erwartet hier, was kommen muß; denn in
der Tat führt eine direkte Linie von Picos klassischem über
Fichtes revolutionären zu *Jean Paul Sartres* existentialisti-
schem Humanismus. Nach dem entsetzlichen Untergang der
bürgerlichen Lebenswelt im 2. Weltkrieg ist jede Restauration
einer christlichen-abendländischen Bildungswelt im Sinne der
Renaissance und jede idealistische Durchsetzung revolutionärer
Freiheit unmöglich geworden. Deshalb gilt es abzurechnen mit
den Formen des klassischen Humanismus. Denn der Humanismus, der sich den Menschen zum Ziel setzt und ihn als einen
höheren Wert nimmt, hat sich ad absurdum geführt: „Der Kult
der Humanität verendet in einem in sich geschlossenen Humanismus [...] und, man kann es nicht verschweigen, im Faschismus. Diesen Humanismus wollen wir nicht"[1][7]. Der kritische
Humanismus Sartres sucht deshalb konsequent zu Ende zu
denken, was es heißt, daß der Mensch weder durch eine vorge-
gebene Schöpfung oder Natur noch durch die angeblichen Gesetze der Geschichte und ihres Ziels zum Menschen wird. Und
so spricht er von einem anderen Sinn des Humanismus:

> „Der Mensch ist ständig ausser sich. Indem er sich aus-
> serhalb seiner selbst entwirft und sich darin verliert,
> bringt er den Menschen zum Existieren, indem er ande-
> rerseits Ziele verfolgt, die ihn übersteigen, kann er exi-
> stieren. Der Mensch, der in diesem Überstieg existiert
> und die gegenständliche Welt nur darin erfaßt, steht im
> Herzen, im Zentrum dieses Überstiegs. Es gibt kein an-
> deres Universum als ein menschliches Universum, das
> Universum der menschlichen Subjektivität [...] dies
> nennen wir den existentialistischen Humanismus. Huma-
> nismus, weil wir den Menschen daran erinnern, dass es
> keinen anderen Gesetzgeber gibt als ihn selbst [...] Der

[1][7] *J.P. Sartre*, L'existentialisme est un humanisme. Paris 1949, 92.

24

Existentialismus ist nichts anderes als ein Bemühen, alle Konsequenzen aus einer kohärenten atheistischen Position zu ziehen [...] auch wenn Gott existierte, würde dies nichts ändern."[1][8]

Es ist wahr, daß diese, eine ganze Generation nach dem totalen Krieg ansprechenden Sätze längst schal geworden sind, weil sie weder der Rebellion von 1968 noch den Befreiungsbewegungen in der dritten Welt, noch den ökologischen Alternativen und der Friedensbewegung heute Orientierung zu geben vermögen. Und sie vermögen es nicht, weil sie das Bewußtsein der Freiheit nicht mit dem Bewußtwerden jener konkreten Schuldigkeit zu verbinden vermögen, welche Befreiung erst ermöglicht. Wo der Mensch nie Mensch sein darf, weil er es erst noch werden soll, da muß er vorläufig stets noch un-menschlich bleiben, er kann nicht, was er soll. Der revolutionäre Rigorismus Sartres, der dem Menschen die angeborene Würde nimmt, um ihm die Freiheit des ständigen Transzendierens zu geben, bleibt nicht nur absurd — sondern wird zum Prinzip der gnadenlosen Selbstverwirklichung. Obwohl Sartres Analysen in psychosozialer Ontologie wiederholen, was der frühe Fichte transzendental entwarf, bleibt die Konsequenz: Der rigorosen Innerlichkeit entspricht die dezisionistische Praxis. Die Kritik der Reformatoren am klassischen und Marxens Kritik am idealistischen Humanismus haben dazu das Notwendige eingewandt.

3 Der Protest

Noch einmal: Die wurzelreiche und weitverästelte humanistische Bewegung kann durch den Hinweis auf eine ihrer Bestimmungen — und sei es die der autonomen Menschlichkeit — nicht definiert oder gar erklärt werden. Aber die Theologie muß wissen, auf welches Terrain sie sich begibt, wenn sie heute selber wieder humanistisch werden will. Die Geschichte des neuzeitlichen Christentums ist mit Theologien gesättigt, die

[1][8] Ebd., 92—95.

den alten Glauben mit den jeweils neuen Humanismen zu vermitteln suchten — und sie wird kontrapunktiert von den wenigen, aber energischen theologischen Protesten gegen solche Einvernahmen. Die Konfrontation spitzte sich in ihrer Tiefe stets von neuem auf diesen einen Punkt hin zu: auf das Problem von Freiheit und Knechtschaft, von Herr und Knecht. Kann der Mensch zum Herrn über sich selbst, zum Beherrscher der Natur und zum freiheitlich schöpferischen Gestalter der sozialen und politischen Verhältnisse werden — oder verstrickt er sich durch diese Selbstverwirklichung nur noch tiefer in die Abhängigkeit gegenüber seinem Willen zur Macht? Kann der Mensch sich selbst und seine Situation frei entwerfen oder ist er schon immer so sehr in die ihn beherrschenden Verhältnisse verstrickt, daß er aus eigenem Antrieb nicht zur Freiheit kommt? Theologisch: Ist der Mensch an und für sich fähig, sein Heil zu wollen und es selbst zu befördern — oder steht die konkrete Menschlichkeit, der gefallene Adam so sehr unter der Herrschaft der Sünde, daß alle eigenen Befreiungsversuche nur tiefer in die Verzweiflung führen? Braucht die konkrete Bestimmung der Freiheit Erlösung, braucht sie Gottes gnädiges Handeln an ihr, um selber zu wirklichem Leben, zu Versöhnung und zu befreiendem Handeln zu kommen? Ist die von uns zu verantwortende Geschichte auf Gottes schöpferische Herrschaft angewiesen, um ein Reich der Freiheit zu werden — oder kann sie in humanistischer Gestaltung ihre eigene Heilsgeschichte sein?

Martin Luther hat gegen den Fürsten des christlichen Humanismus, gegen *Erasmus*, die faktische Versklavung aller menschlichen Freiheitsanstrengungen, die ein Ausdruck der gott-losen Selbstsucht bleiben, ins Feld geführt. Im Lichte der befreienden Erlösungstat, in der Gott sich selbst bis zum Kreuz den Folgen der menschlichen Selbstverwirklichung preisgibt, um deren Fluch auf sich zu laden, erscheint der moralische Optimismus der Humanisten als törichte Selbstverblendung und als Gipfel der Undankbarkeit von Gottes gnädiger Versöhnungstat. *Blaise Pascal* spottet gleichermaßen über *Montaignes* humanistischen Persönlichkeitskult — „Er inspiriert eine Gleichgültigkeit des Heils"[19] — wie über die bürgerliche Religion der

---

[19] *B. Pascal*, Pensées: Oeuvres complètes. Ed. *J. Chevalier*, Paris 1954, 1079—1345, 1103 (fr. 77 = fr. 63 Ed. *L. Brunschvicg*)

Jesuiten, „die sogar soweit gehen zu behaupten, daß der Vorteil, den Jesus Christus der Welt gebracht hat, darin bestehe, darauf verzichten zu können, Gott zu lieben"[20], weil der zur Freiheit befreite Mensch nun auch ohne Gottes Liebe durch seine eigene Moral zum Heil gelange. Soll weiter an *Calvins* Verherrlichung der göttlichen Gnadenwahl gegenüber *Zwinglis* humanistischer Anstrengung, an *Kierkegaards* Dialektik der Verzweiflung gegen *Hegels* Beanspruchung der Menschheitsgeschichte als der Geschichte der Freiheit erinnert werden? Oder genügt es, darauf hinzuweisen, daß *Marx* den klassischen Humanismus im Gang seiner Kritik als die notwendige Ideologie eines Bürgertums sehen lehrte, welches unfähig geworden ist, die realen Verhältnisse zu vermenschlichen? Offensichtlich belehrt uns die Geschichte der Humanismuskritik nicht nur über das, was in den Humanismen unerlöst und uneingelöst bleibt, sondern auch darüber, daß man vom humanistischen Grundproblem durch Kritik nicht loskommt. Und man kommt nicht von ihm los, solange anerkannt bleibt, daß jeder menschliche Entwurf nicht als Spielball der Zufälle und der eisernen Notwendigkeit gedacht werden kann, sondern in der Verantwortung der Freiheit steht, wie immer sich diese auch auslege. Gerade durch die Kritik hindurch wird für den jungen Marx der Kommunismus zum „vollendeten Humanismus" und damit — über den kritisierten klassischen Humanismus hinaus — zur „*wahrhaften* Auflösung des Widerstreites zwischen dem Menschen mit der Natur und mit dem Menschen, die wahre Auflösung des Streits [...] zwischen Freiheit und Notwendigkeit, zwischen Individuum und Gattung. Er ist das aufgelöste Rätsel der Geschichte und weiß sich als diese Lösung."[21]
Aber das aufgelöste Rätsel hat offenbar den Widerstreit nicht ein für allemal aufgelöst, sondern ihn in seiner politischen Inanspruchnahme noch potenziert. Die Wurzel des im Marxismus heute selbst wieder entfachten Humanismusstreits dürfte darin liegen, daß in der Marxschen Theorie der Selbstverwirkli-

[20] *B. Pascal*, Les provinciales, ebd., 657–904, 778; vgl. *B. Groethuysen*, Die Entstehung der bürgerlichen Welt- und Lebensanschauung in Frankreich. 2 Bde. Frankfurt 1978, ([1]1927).
[21] Vgl. *K. Marx, F. Engels*, Ökonomisch-philosophische Manuskripte (1844): Werke. Erg. Bd. I. Berlin 1968, 465–588, 536 ff.

chung durch Arbeit[22] das bürgerliche Grundproblem der schrankenlosen Herrschaft über Natur und Freiheit bisher nicht gelöst werden konnte. Aber auch die katholischen Theologen, die, wie *Jacques Maritain* angesichts der wachsenden Katastrophe in den dreißiger Jahren gegen „den liberal-bürgerlichen Humanismus" das „säkulare oder profane Christentum" des „neuen", „integralen Humanismus" eingefordert haben[23], sind im Versuch gescheitert, die moderne Welt durch eine vergangene Kultur retten zu wollen. Die Beschwörung des Abendlandes, das als ein christlich-humanistisches vor dem Weltkrieg vergeblich wieder ausgegraben wurde, konnte auch nach dem Entsetzen die Tragödie des bürgerlichen Humanismus nicht mehr aufheben: Reliquien retten nicht.

Wenn *Hugo Rahner* 1945 noch in den rauchenden Trümmern der zerbombten Städte feierlich erklärte, daß die Christen nun „wissen, daß Gottes ewiges Wort sich gewürdigt hat, in diesen Raum der abendländischen Kultur herabzusteigen, um *von da aus* die Geister der ganzen Erde an sich zu ziehen, heimzuholen in die schöne Gemeinschaft eines christlichen Humanismus"[24], so wissen wir heute, daß die Rettung nicht aus dem Abendland und seinem Humanismus gekommen ist. Bleibt also ein christlicher Humanismus ein bloßer Traum, eine Ideologie intellektueller Oberschichten, der verzweifelte Versuch eines abstrakten Freiheitswillens, der immer neu im Terror der Geschichte endet? Oder muß nicht auch der christliche Glaube Rechenschaft davon geben, woher er das Humanum bestimmt und wohin seiner Meinung nach die Menschheit geht?

---

[22] Vgl. Kritik des Gothaer Programms: Werke, op. cit. Bd. 19. Berlin 1962, 11–32, 15 ff.
[23] *J. Maritain*, Christlicher Humanismus. Politische und geistige Fragen einer neuen Christenheit. München 1950, 6; L'humanisme intégral. Paris 1936.
[24] *H. Rahner*, Abendland. Reden und Aufsätze. Freiburg, Basel 1966, 15.

4 Erlösung zur Menschlichkeit

Das Evangelium des Alten und des Neuen Testaments kennt weder einen Humanismus noch einen Theismus: Der Gegensatz von beiden ist ihm deshalb erst recht ganz unbekannt. Denn das Evangelium macht den Menschen nicht in seiner Kultur schaffenden Mächtigkeit groß, sondern es macht ihn darin groß, daß ihm seine Sünden vergeben werden, daß er aus seiner Unmenschlichkeit erlöst und aus der Sklaverei herausgeführt wird. Das Evangelium spricht vom Allmächtigen nicht in der Sprache der Herrschaftsmetaphysik, sondern zeugt von Gottes Wort, das mächtig ist in der Ohn-Macht der Geschichte, stark in der Schwäche des Kreuzes, siegreich im Tod. Menschlicher als im alten und neuen Evangelium vom Menschen und seiner Welt die Rede ist, kann man gar nicht von ihnen reden: ist die menschliche Welt nach diesem Zeugnis doch geschaffen in dem Wort, das am Kreuz der Geschichte Mensch geworden ist: „ In ihm, in dem wir erlöst und in dem uns die Sünden vergeben sind [...] in ihm ist alles erschaffen, was im Himmel und auf Erden ist: das Sichtbare und das Unsichtbare, Throne, Herrschaften, Mächte, Gewalten" (Kol 1,14—16).
Das christliche Bekenntnis wird nicht getragen von einem Gott-Denken und wird nicht fundiert durch ein noch so hohes Denken vom Menschen, vielmehr lebt es daraus, daß es Gott dankt für das, was er an Israel und durch Israels Sohn Jesus Christus an allen Menschen tut. Die christliche Lehre vom Menschen ist deshalb ein Bekenntnis zu Gottes erlösendem Handeln, so wie die christliche Lehre von der kosmischen und menschlichen Natur ein Bekenntnis zu seinem schöpferischen Tun ist. Und das Bekenntnis feiert nicht abstrakte Begriffe über die Menschlichkeit Gottes oder die Göttlichkeit des Menschen, sondern gibt ein konkretes Zeugnis von Gottes eigenem und ewigem Wort, das in diesem einzigen aus den vielen Menschen, Jesus von Nazaret, ein Mensch geworden ist. Kein Humanist und kein religiöser Heros, sondern ein armer, ein verworfener und ein hingerichteter Mensch. Gottes Majestät liegt in der erniedrigten Humanität dieses seines Sohnes — des Menschen Humanität liegt in der erlösenden Aufnahme in diese göttliche Sohnschaft. Hier mag man , wie *Karl Barth* es in seiner *retractatio*, in der Überwindung seines anfänglichen Ressenti-

ments gegen jede humanistische Christlichkeit meisterhaft getan hat, vom „Humanismus Gottes"[2 5] reden: „Nein, Gott bedarf keines Ausschlusses der Menschheit, keiner Nicht-Menschlichkeit oder gar Unmenschlichkeit, um wahrhaft Gott zu sein"[2 6].

Wenn in diesem Sinne auch vom humanistischen Bekenntnis des christlichen Glaubens geredet wird[2 7], dann bleibt doch das entscheidende Kriterium für das, was „menschlich" heißt, die konkrete Menschlichkeit Jesu Christi und nicht die abstrakte Freiheit der Menschennatur (auch wenn diese zur Verständigung über ein solches Bekenntnis mit allen Nichtglaubenden mitbedacht werden muß). Was heißt das?

Es heißt *zuerst* schlicht die Anerkennung der unerhörten Neuigkeit des Evangeliums, daß Gott selbst zur Menschheit gehören will und sich ewig selbst auf sie bezieht. In sich selbst, in seinem eigenen Wort wollte Gott so menschlich sein, wie er es in Jesus von Nazaret für alle Menschen geworden ist. Durch sein sprechendes Handeln in der Geschichte Israels und gerade darin durch sein Wort Jesus Christus wird die von Gott allen Menschen schöpferisch gewährte Freiheit nicht ausgelöscht, sondern zur konkreten Freiheit erlöst: Gottes Menschenfreundlichkeit, die bis zum Tod am Kreuze geht, um den Fluch unserer verfehlten Freiheitsgeschichte zu löschen, vergöttlicht nicht unsere Freiheit, sie vermenschlicht unsere Menschlichkeit. Denn erst *der* Humanismus wird human, der in der Anerkennung seiner faktisch immer schon schuldig gewordenen Freiheit dankbar aus Gottes eigenem Versöhnungshandeln lebt. Die Erlösung zur Freiheit schafft ja nicht einen *andern* Menschen: Sie *erneuert* den alten Adam. Und in diesem Sinne bringt sie seine Freiheit erst recht zu sich selbst. Daraus folgt aber zweitens das brennende Interesse der Christen an allen humanen, humanitären und humanistischen Befreiungsbewegungen, die selber die Züge der barmherzigen, treuen und gerechten Menschlichkeit Gottes an sich tragen. Deshalb müssen

---

[2 5] *K. Barth*, Humanismus. Zürich 1950, 4.
[2 6] *K. Barth*, Die Menschlichkeit Gottes. Zürich 1956, 14.
[2 7] Vgl. dazu die Vermittlungsbemühungen von *R. Bultmann*, Humanismus und Christentum: *ders.*, Glauben und Verstehen. Bd. 2. Tübingen 1952, 133—148, welche die geschichtliche Dialektik von biblischem Glauben und neuzeitlichen Humanismen pragmatisch zu versöhnen versuchen.

sich die Christen umgekehrt von der unerbittlichen Kirchen- und Ideologiekritik des neuzeitlichen Freiheitsdenkens zu ihrer Humanität, zur Humanität Jesu Christi zurückrufen lassen. Denn es bleibt unübersehbar, wie die christlichen Kirchen das Antlitz der Menschlichkeit Gottes verzerrt und verborgen haben und wie dieses Antlitz aufscheint in unzähligen Bewegungen und bei unzähligen einzelnen, die gerade die christlichen Kirchen wegen ihrer Unmenschlichkeit verlassen und bekämpft haben. Deswegen ist es notwendig, das Adjektiv „human" heute nach dem Subjekt „Jesus Christus" zu betonen und notfalls in diesem Sinne ein humanes Christentum zu fordern[28].

Die Konsequenz von Gottes Menschlichkeit liegt nicht in einer neuen humanistischen Ethik für die Menschheit, sie liegt nicht im Gesetz, sondern im Glauben. Dieser Glaube ist die gute Gabe, die uns aus Gottes barmherziger, gerechter und treuer Gnade gegeben ist, damit wir füreinander menschlich werden:

— Weil er unser Friede ist und Frieden geschaffen hat (Eph 2) sind wir selig darin, daß wir Frieden schaffen dürfen (Mt 5,9) — gegen alle wahnsinnigen Sicherheitsmaßnahmen der Aufrüstung zum Tode.

— Weil in ihm alles geschaffen ist, sind wir selig darin, daß wir die Natur nicht zu beherrschen brauchen, sondern ihr Anteil geben dürfen an der erlösten Freiheit der Kinder Gottes (Röm 5,21).

— Weil er sein Volk befreit, sind wir selig, wenn wir nach Gerechtigkeit hungern und dürsten und um ihretwillen verfolgt sind (Mt 5,6.10).

— Weil er in seiner Menschlichkeit bis zum Kreuz ging, dürfen wir bis zu unserem Scheitern menschlich für die anderen sein.

— Weil er die Welt mit sich versöhnt hat, dürfen wir Gottlose in seinem Frieden leben und sterben.

Der Weg des Evangeliums trennt uns nicht von denen, die im Namen von Freiheit und Gerechtigkeit für andere ihr Leben tauschen. Es befähigt uns, mit ihnen zu gehen.

[28] Zur notwendigen Dialektik zwischen dem neuzeitlichen Freiheitsdenken und dem kirchlich verkündigten Evangelium vgl. *P. Eicher*, Von den Schwierigkeiten bürgerlicher Theologie, a.a.O.; *ders.*, Theologie. Eine Einführung in das Studium. München 1980, 211—230.

Gestalten

Andere Fragen als die von der eigenen Geschichte gestellten beantworten zu wollen, heißt unter das Niveau dieser Geschichte zu fallen. Die abgründige Gottesfinsternis der europäischen Neuzeit kann deshalb nur zur Frage werden, wenn sie in ihrem neuzeitlichen Ursprung begriffen wird. Mehr noch als die französische Libertinage oder die methodisch sich ihrer Grenzen bewußt werdende Naturwissenschaft des 17. Jahrhunderts gehört zu diesem Ursprung das absolute Gott-Denken und die methodische Durchbrechung aller sozialen und also auch religiösen Verhältnisse. Mit *Spinoza*, dem reinsten Philosophen der Niederlande, und mit *Thomas Hobbes*, dem angelsächsischen Philosophen par excellence, kommen zwei Denker zu Wort, die wie keine andere die frühbürgerliche Situation ihrer Zeit reflektierten und darin auf den Begriff brachten, was Religion neuzeitlich noch heißt: Spinoza in seiner Kritik aller Offenbarung durch das expressive Gott-Denken, Hobbes in seiner Kritik aller öffentlichen Religion durch das absolutistische Staatsdenken. Die beiden einander so ungleichen, aber in der politischen Konsequenz so einigen philosophischen Gebrüder des 17. Jahrhunderts, lassen zumindest ahnen, was den geheimen Leitfaden der neuzeitlichen Gottesfrage bestimmt. In Deutschland kommt die bürgerliche Aufklärung erst ein Jahrhundert später — nach dem Vorgang Frankreichs — zwar nicht zur Realität, wohl aber zum Bewußtsein; in welcher religionsphilosophischen Form sie nach der französischen Revolution idealistisch aufgehoben wird, sucht die Studie zu *Fichtes* Politik der absoluten Religion kritisch zu verstehen.

II. Spinoza: Der Gott des Bürgertums

*„Gott, der absolut frei existiert,
erkennt und handelt, er existiert,
erkennt und handelt notwendig,
d.h. aus der Notwendigkeit seiner
Natur."*

Spinoza[1]

In nuce ist der bis heute andauernde Kampf um die Bestimmung des Menschen und um die Vergegenwärtigung Gottes in der Geschichte in Spinozas Religionsphilosophie schon klar und deutlich ausgesprochen: Sein expressives Gott-Denken hat den Wahrheitsanspruch des biblischen Zeugnisses von Gottes Wort zutiefst in Frage gestellt oder zumindest funktionalisiert. Hier wird — nach *Descartes* Grundlegung — der Streit um das dem menschlichen Denken immanente oder transzendente Heil, der Streit um die Absolutheit oder die schöpfungsbestimmte Endlichkeit der Welt, der Streit um die naturale Notwendigkeit oder die verantwortliche Freiheit allen menschlichen Handelns, die Auseinandersetzung also um das, was neuzeitlich „Natur", „Selbst" und „Gott" heißt, in souveräner Ruhe eröffnet. Die Theologie, die heute dem Zeugnis der Schrift von Gottes eigenem Wort die Ehre geben will, hat hier erst einmal zu lernen, warum dieses Zeugnis seine öffentliche Geltung und seine Anerkennung als die einzige Wahrheit Gottes für den Menschen verloren hat. Vielleicht läßt ein solcher Verlust erst denken, von wem wir gefunden wären, wenn wir heute vor das Angesicht des lebendigen Gottes zu stehen kämen, wie ihn das alt- und neutestamentliche Evangelium bezeugt.

Spinoza gehört zu den ganz wenigen Philosophen, die viel gedacht und wenig geschrieben haben. Im wesentlichen hat er

---

[1] *Spinoza*, Tractatus politicus, c. II, § 8; hier zit. nach der neust. krit. Ausg. Spinoza, Traité politique. Texte, traduction, introduction et notes. Ed. *S. Zac*, Paris 1968, 42; die Übersetzungen stammen — wenn nicht anders angegeben — vom Autor.

nur zwei Werke verfaßt: die „Ethik", die posthum in seinem
Todesjahr 1677 erschien, und den „Theologisch-politischen
Traktat", der 1670 anonym herausgegeben wurde. Das übrige
und nicht sehr umfangreiche Schrifttum gehört entweder als
Vorarbeit zur „Ethik" (so die „Prinzipien der Philosophie
René Descartes" mit ihrem „Kurzen Traktat von Gott dem
Menschen und dessen Glückseligkeit" und die „Abhandlung
über die Berichtigung des Verstandes") oder aber zur *Konsequenz* dieser Schriften, so der unvollendete „Politische Traktat", den er im letzten Lebensjahr verfaßte[2]. Wie jedes tiefe
Denken letztlich nur einen Gedanken zu fassen vermag, so ver-
läßt sich Spinoza auf die eine notwendige Wahrheit, auf die absolut unendliche Wirklichkeit, ohne die nichts sein und nichts
begriffen werden kann, d.h. auf das adäquate Begreifen Gottes.
Im Gott-Denken liegt das menschliche Glück, weil es den Menschen von der unendlichen Auslieferung an die undurchschau-
ten Kausalitäten befreit. Vor dem Tribunal dieser Aufklärung
über das adäquate Gott-Denken erscheint die biblische Religion von Judentum und Christentum als inadäquate Gotteserkenntnis, als bloße Einbildung, und das heißt als Auslieferung
des Menschen an die unbegriffenen Wirkmächte der Natur. Jeder Staat, der die Freiheit solchen affirmativ-kritischen Denkens beschränkt, verhindert das adäquate Erkennen der wah-

[2] Zur vollständigen Bibliographie bis 1966 vgl. *J. Préposiet*, Bibliographie spinoziste. Paris 1967. Soweit vorhanden wird im folg. zit. nach
Spinoza, Opera-Werke. Hrsg. *G. Gawlick, F. Niewöhner*. Bd. 1. Tractatus
Theologico-Politicus. Darmstadt 1979, im folg. zit. TTP; Bd. 2. Tractatus
de intellectus emendatione. Ethica. Darmstadt 1978, im folg. zit. T de
int.; Ethik; das übrige nach *Spinozas* Opera im Auftrag der Heidelberger
Akademie der Wissenschaften. 4 Bde. Hrsg. *C. Gebhardt*. Heidelberg
1924; die Korrespondenz nach *B. de Spinoza*, Briefwechsel. Hrsg.
M. Walther. Hamburg [2] 1977. In deutscher Übersetzung ist am leichtesten
zugänglich die Ausgabe *Baruch de Spinoza*, Sämtliche Werke in sieben
Bänden. Hrsg. *C. Gebhardt*. Meiners philosophische Bibliothek Bd. 91
bis 96 b. Hamburg 1965—1977. Verfaßt wurde der erst seit 1852 wieder
edierte Text der „Korte verhandeling van God, de Mensch en deszelfs
welstand" um 1660, der Tractatus de intellectu emendatione um 1661,
die Renati des Cartes principiorum philosophiae Pars I et II 1663; die
Ethik entstand in den Jahren 1661—65 und 1670—75, da ihre Ausarbeitung unterbrochen wurde durch die Arbeit am Theologisch-politischen
Traktat von 1665—70; im letzten Lebensjahr entstehen 1676—77 der Politische Traktat, die hebräische Grammatik und die Algebraische Berech-
nung des Regenbogens.

ren und unendlichen Ursachen aller Handlungen, und das heißt, er verhindert das menschliche Glück. Spinoza, in seiner Lebensführung so schlicht und konstant wie in seinem Philosophieren, hat seinen tiefsten Gedanken von der Notwendigkeit des unendlichen göttlichen Wirkens nicht nur spekulativ ohne Furcht bis zu seinen letzten Konsequenzen durchgehalten, sondern er hat diesen seinen Gottesgedanken zugleich mit einer solchen Fülle empirischer Beobachtungen angereichert, daß er bis heute den einen als Mystiker und jüdisch-christlicher Idealist, den anderen als herrlicher Empiriker und erster Materialist erscheint.

In der Tat ist die ganze Auslegungs- und Wirkungsgeschichte Spinozas von einer tiefen Ambivalenz durchzogen, und zwar in der christlichen Apologetik des Barock *(Bayle, Malebranche, Fénélon* und *Leibniz)* und in der Aufklärung *(Lessing, Jacobi, Mendelssohn, Herder* und *Kant)* nicht weniger als im deutschen Idealismus (bei *Fichte, Schelling, Hegel*) und in der marxistischen Kritik (von *Engels* und *Plechanov* bis zum orthodoxen Marxismus heute). Der jüdische Bann, der den Vierundzwanzigjährigen aus der Synagoge ausstieß und die inoffizielle Lösung des Banns durch einen jüdischen Denker *(Klausner)* gibt dieser Ambivalenz einen dramatischen Ausdruck. Wenn hier einleitend so knapp wie nötig der Hauptpunkt im geschichtlichen Streit um die Auslegung von Spinozas Gott-Denken angezeigt wird, dann nur, um bewußt zu machen, wie wirkmächtig Spinoza die Frage um Offenbarung oder natürliche Expressivität der unendlichen Wirklichkeit gestellt hat — und wie präzise damit der Kernpunkt des neuzeitlichen Streites um den, der „Gott oder die Natur" heißt, für das konfessionell verfaßte Judentum und Christentum, für das davon emanzipierte bürgerliche Bewußtsein und für die marxistische Organisation der gesellschaftlichen Wirklichkeit bis heute benannt worden ist.

Spinozas Aufhebung der mosaischen Gesetzgebung in die Weisheit Christi und damit in ein entkonfessionalisiertes Gott-Denken ist der erste Ausdruck jener europäisch-bürgerlichen Welt, deren Spätfolgen die Problematik unseres gesellschaftlichen Daseins bestimmen. Spinoza bleibt in der Tat, wie Hegel meint, „Hauptpunkt der modernen Philosophie"[3], wenn

---

[3] *G.W.F. Hegel*, Theorie-Werkausgabe Bd. 20. Vorlesungen über die Geschichte der Philosophie. III. Frankfurt 1971, 163.

„Philosophie" noch heißt, unsere eigene Zeit in der sie tragenden Abgründigkeit zur Sprache zu bringen. Die Artikulation des Offenbarungsproblems durch Spinoza bündelt das metaphysische Gott-Denken seit der europäischen Antike in den Brennpunkt einer neuen Optik, die gerade die religiöse Artikulation des fortschrittlichen Frühbürgertums scharf zu erfassen erlaubt. Deshalb wird im folgenden erstens der Hauptpunkt der ambivalenten Wirkungs- und Auslegungsgeschichte genannt; zweitens der Text Spinozas — konzentriert auf die Offenbarungsfrage hin — ausgelegt; drittens wird versucht, über die gesellschaftliche Bestimmtheit von Spinozas Gott-Denken aufzuklären, um abschließend die theologische Grundfrage wenigstens zu benennen.

1 Der größte Atheist — der höchste Christ

Wer von der immensen Forschungsgeschichte her den Text Spinozas verstehen will, hat sich zuerst vom gelehrtesten Zweig der Spinozaforschung, jener positivistischen Sippenforschung nach der Tradition von Begriffen und Einzelgedanken freizumachen, welche Punkt für Punkt minutiös nachzuweisen vermag, daß es bei Spinoza kein Wort, keine Probleme und keine Denkfiguren gibt, welche nicht schon vorgegeben wären in der Bibel, bei Plato, Aristoteles und der Stoa, im jüdischen Neuplatonismus von Philo bis zur hebräischen Renaissance von *Leone Ebreo*, im Aristotelismus des *Maimonides*, der Kabbalah, der sadduzäischen Kritik der Marranen bei *Uriel da Costa* und natürlich in der zeitgenössischen Philosophie des Barock von *Giordano Bruno* über *Herbert von Cherbury, Hobbes* und *Descartes*. Im Blick von Spinoza zurück erscheint sein Text — je nach Kenntnissen des Autors — bald als die Wahrheit der Kabbalah („Was die Kabbalah in orientalisch-allegorischer Form vorträgt, das lehrt die Ethik in mathematisch-ontologischer Weise")[4], bald als der Text eines „Volljuden", der „weit mehr

---

[4] *S. Gelbhaus*, Die Metaphysik der Ethik Spinozas im Quellenlichte der Kabbalah. Wien 1917, 108; zu einer ähnlichen Transformationsthese mit der Mystik von Jakob Boehme, vgl. *A. Dyroff*, Zur Entstehungsgeschich-

Jude war als andere dachten, ja — mehr als er selber dachte"[5] ; dann wiederum darf Spinoza nur die logischen Konsequenzen von Descartes ausziehen[6] oder schließlich nach *Harry Wolfson*[7] nur das Puzzle jener Elemente zusammenfügen, welche in der griechischen, lateinischen, arabischen, hebräischen und zeitgenössischen Philosophie von Aristoteles bis Descartes ausgeschnitten wurden[8]. Wer in der Diskussion um Spinozas Kritik aller Offenbarung von diesem Blick zurück fasziniert bleibt, gleicht Lots Weib: Er kann keinen Schritt nach vorwärts tun, schon gar nicht jenen Schritt, der Spinoza aus der Synagoge trieb und der ihn im Blick der Zeitgenossen, der Aufklärung, des deutschen Idealismus und des marxistischen Denkens zum größten Überwinder der jüdisch-christlichen Theologie gemacht hat. Bezüglich der Traditionsgeschichte, der Spinoza verpflichtet war, kann nur gelten, was *Carl Gebhardt* als ceterum censeo ans Ende seiner mannigfaltigen Studien zu den sogenannten Vorläufern Spinozas zu bemerken pflegte: „Von *hieraus* hat der größte Versuch zur Religion, den die Neuzeit kennt, *seinen Ausgang* genommen"[9].

So wenig eine nur traditionsgeschichtliche Auslegung die Bedeutung der religionsphilosophischen Überwindung allen Offenbarungsdenkens durch Spinoza zu erhellen vermag, so viel zeigt

te der Lehre Spinozas vom Amor Dei intellectualis, in: Archiv für Geschichte der Philosophie 24 (1918) 1—28.

[5] *J. Klausner*, Der jüdische Charakter der Lehre Spinozas, in: *S. Hessing* (Hrsg.), Spinoza. Dreihundert Jahre Ewigkeit. Spinoza Festschrift 1632 bis 1932. Den Haag [2]1962, 109—133, 128 f.

[6] So schon Leibniz und für die Gegenwart *K. Fischer*, Geschichte der neueren Philosophie. Bd. I. T. II. München 1880, 144—265. Zum Ausgleich in der Verhältnisbestimmung zu Descartes vgl. *P. Lachièze-Rey*, Les origines cartésiennes du Dieu de Spinoza. Paris 1950.

[7] Vgl. *H. Wolfson*, The Philosophy of Spinoza, unfolding the latent processes of his reasoning. 2 Bde. Cambridge (Mass.) 1934.

[8] Vgl. a.a.O., 3; vgl. die krit. Rez. von *E. Levinas*, Spinoza, philosophe médiéval, in: Revue des Etudes Juives 101 (1937) 114—119.

[9] *L. Ebreo*, Dialoghi d'amore. Hrsg. *C. Gebhardt*. London, Paris, Amsterdam 1929, 110, v.m.gesp.; vgl. *C. Gebhardt*, Die Schriften des Uriel da Costa. Amsterdam, Heidelberg, London 1922, XXXIX: „Spinoza beginnt da, wo da Costa endet"; *ders.*, Einleitung, in: *B. de Spinoza*, Theologisch-politischer Traktat. Hrsg. *C. Gebhardt*. Hamburg [5]1965, V bis XXXVII, XIV—XXVIII. Vgl. auch die mittlere Position, die *S. Zac*, Spinozisme et judaisme, in: Foi et vie 5 (1958) 225—239 in dieser Frage vertritt: „On ne saurait pas expliquer le spinozisme à partir du judaïsme, car

umgekehrt die Ambivalenz der Wirkungsgeschichte gerade im Blick auf die fundamentale Kategorie der „Offenbarung" für das jüdische und christliche Selbstverständnis in der Neuzeit. Ich kann für jede Epoche dieser Auseinandersetzung nur die für unsere Fragestellung bedeutsamsten Punkte nennen.

1.1 Im zeitgenössischen Barock

Für die Zeitgenossen — die calvinistischen zumal — ist vordringlich die Frage aufregend, wie ein Mensch außerhalb der konfessionellen Gnadengemeinschaft ein ethisch so guter Mensch sein könne, wie Spinoza es offensichtlich gewesen ist. Er war — wie *Kortholt* bezüglich seiner selbstlosen Lehrweise und seiner ärmlichen Lebensart bemerkt, „unentgeltlich ein schlimmer Atheist", der zudem noch „seine unreine Seele ... ruhig ausgehaucht hatte"[10]. Kann ein Leben, das praktisch und theoretisch die Gnade und damit die Sünde verwirft, ein gutes Leben sein, ist — nach *Camus* formuliert — der Heilige ohne Gott denkbar?

Strukturell tiefer hat diese lebensgeschichtliche Frage nicht nur den eifrigen Apologeten eines universalen Christentums, *Leibniz* (1646—1716) bedrängt, sondern auch den „christlichen Spinoza" *Malebranche* (1638—1715) und den bischöflichen Seelenführer *Fénélon* (1651—1715). *Leibniz* sieht in Spinozas Gott-Denken den Nerv eines christlichen Universums getroffen, weil der Gott, dessen Freiheit im *notwendigen* Handeln nach seiner unendlichen *Notwendigkeit* besteht, sowenig einen Willen haben wie mit seiner Schöpfung ein Ziel verfolgen kann. Wenn Gott nicht frei die Welt als beste mögliche schafft, so könnte er als Gott im christlichen Sinne nicht gerechtfer-

le spinozisme est une transposition philosophique, sans aucun compromis avec les grandes religions révélées, de la nouvelle conception de la nature, définie comme enchainement nécessaire des phénomènes, qui prédomine dans la pensée européenne depuis Galilée. Mais pour établir cette philosophie, il retrouve quelques intuitions de la pensée juive" (239).

[10] *Ch. Kortholt*, De tribus imposteribus magnis liber. Kiloni 1680 (Hamburg [2]1700), in: *C. Gebhardt* (Hrsg.), Spinoza — Lebensbeschreibungen und Gespräche. Hamburg 1977, 41; zum letzteren fügt er a.a.O. hinzu: „Ob ein derartiges Hinscheiden zu einem Atheisten passen könne, ist von den Gelehrten vor nicht vor so langer Zeit zur Diskussion gestellt worden."

tigt werden, dann wären auch Wunder nicht mehr denkbar, die Eschatologie, Erlösung und die Offenbarung müßten entfallen. Die Logik der Offenbarung, das wird bei Leibniz deutlich, muß das *Mögliche* denken können: denn wenn es, wie bei Spinoza nur das Wirkliche als von Gott notwendig Gewirktes gibt, so bricht die christliche Metaphysik und damit auch ihre Moral in sich zusammen[11]. *Malebranche* argumentiert, was die Denknotwendigkeit eines göttlichen Wollens für den Schöpfungsbegriff betrifft, ganz ähnlich: Wenn es Geschöpfe gibt, „so sind sie, weil Gott sie eben erschaffen wollte"[12], und das heißt, daß er auch nichts hätte schaffen *können*, was wiederum zeigt, daß sich an der Logik des *Möglichen* die Frage von Schöpfung, Offenbarung und Erlösung im christlichen Sinne entscheidet. *Fénelon* spitzt diese Frage noch zu, weil nach ihm Gott nicht nur gemäß der besten aller Möglichkeiten, d.h. gemäß seiner Natur, die Welt frei erschafft, wie Leibniz und Malebranche spekulierten, sondern weil er sie in seiner Allmacht auch so schaffen könnte, wie es ihm beliebt[13]. Dies zeigt, daß für die Zeitgenossen die tiefste Frage an Spinoza gemäß der nominalistischen Tradition die Frage nach dem Willen Gottes, nach der Prädestination und also nach der Intelligibilität aller Wirklichkeit war: denn wenn alles, was ist, als notwendiger Ausdruck von Gottes wirkmächtiger Substantialität gefaßt werden muß, dann wird mit der Aufklärung über die Wirkursachen der Welt Gott selber vollständig aufgeklärt, und das heißt, als transzendenter Herr der Geschichte im Sinne der christlichen Metaphysik aufgelöst. Die verhängnisvolle Karikatur, die *Pierre Bayle* (1647—1706) von dem „größten Atheisten, der jemals gelebt hat"[14] zeichnete, gibt noch durch die

---

[11] Vgl. *G. Friedmann*, Leibniz et Spinoza. Paris [2]1962, 68—113. Auch der beste deutsche Kenner Spinozas zur Zeit der Aufklärung in Deutschland, *Christian Wolff*, legt Spinoza nur dar, um ihn in allen Hauptpunkten einer christlichen Metaphysik zu widerlegen, vgl. Theologia naturalis. Pars I,1. Frankfurt, Leipzig 1739, § 671—716.

[12] *N. Malebranche*, Traité de morale I, 1,5, in: Oeuvres complètes T. XI. Ed. *M. Adam*. Paris 1977, 18: „...c'est que Dieu a bien voulu en créer".

[13] *F. Fénelon*, Lettres sur la métaphysique, IV. Deuxième question: De la liberté de Dieu pour créer ou pour ne créer pas, in: Oeuvres philosophiques de Fénelon. Ed. *A. Jacques*. Paris 1863, 259.

[14] *P. Bayle*, Aus den „Verschiedenen Gedanken über die Kometen" vom Jahre 1680, in: *C. Gebhardt* (Hrsg.), Spinoza — Lebensbeschreibungen

Verzeichnung dem Grundproblem beredten Ausdruck: Wenn die Geschichte (Bayle spricht von der Ermordung von 10 000 Türken durch die Deutschen) notwendiger Ausdruck von Gottes Wirkkraft ist, dann kann weder Gott gerechtfertigt, noch der Mensch für seine Geschichte verantwortlich gemacht werden. Das jüdische und christliche Offenbarungsdenken hatte demgegenüber sowohl die Verborgenheit des göttlichen Willens als auch die selbständige Verantwortlichkeit des Menschen zu wahren gesucht. Der Barock diskutiert mit Spinoza die Grundprobleme von Anthropologie, Ethik und Religion noch streng metaphysisch, als Probleme von Gottes An-und-für-sich-Sein. Wir werden zu fragen haben, was diese Diskussion um Offenbarung oder kausale Notwendigkeit geschichtlich zum Ausdruck bringt.

1.2 Aufklärung

Ganz im Gegensatz zu *Lessing* (1729—1781), der sich nach einem 1785 von *Jacobi* (1743—1819) veröffentlichten Gespräch freimütig zu Spinoza bekannte (,,Wenn ich mich nach jemand nennen soll, so weiß ich keinen andern" und ,,Es gibt keine andere Philosophie als die Philosophie des Spinoza")[15], verwahrt sich *Kant* gegen den Vorwurf, die Kritik der reinen Vernunft leiste dem ,,Spinozism" Vorschub[16]. Jacobis gezielte Enthüllung über Lessings Spinozismus setzte nicht nur die Zeit der erstarrten Aufklärung mächtig in Bewegung, sie entfachte nicht nur jenen *Pantheismusstreit*, der *Mendelssohn* (1729 bis 1786) ins Grab gebracht haben soll und der *Herders* (1744 bis

und Gespräche. Hamburg 1977, 50; vgl. das Pamphlet Bayles gegen Spinoza in: *P. Bayle*, Dictionnaire historique et critique (Rotterdam 1697). Dt. Übers. d. 4. Aufl. 1740. 4 Bde. Leipzig 1741—44. Bd. 4 (1744) 260 bis 279.
[15]   *F.H. Jacobi*, Über die Lehre des Spinoza in Briefen an den Herrn Moses Mendelssohn, zit. nach der 2. verm. Aufl. in: Jacobis Spinoza Büchlein nebst Replik und Duplik. Hrsg. *F. Mauthner*. München 1912, 52—190, 66 f. Zum Pantheismusstreit vgl. *H. Scholz*. Die Hauptschriften zum Pantheismusstreit zwischen Jacobi und Mendelssohn. Berlin 1916.
[16]   *I. Kant*, Was heißt: Sich im Denken orientieren? in: *ders.*, Werke in zehn Bänden. Hrsg. *W. Weischedel*. Darmstadt 1968. Bd. 5, Schriften zur Metaphysik und Logik, 265—291, 279.

1803) und *Goethes* (1749—1832) Naturgefühl mächtig beflü-
gelte, sondern diese Stellungnahme Lessings darf auch als die
Geburtsstunde des idealistischen Gott-Denkens betrachtet
werden. Kant machte angesichts dieses ganzen Streites die son-
derbare Bemerkung, „der Spinozism" führe „gerade zur
Schwärmerei", und zwar seines dogmatischen Charakters wegen, der mit einer „über alle Grenzen gehenden Anmaßung"
mathematischer Strenge die Erkenntnis übersinnlicher Gegen-
stände behaupte[17].

In der Tat wußte sich Jacobi selbst vor der rationalistischen
Strenge des spinozistischen Kausaldenkens, das er in allem für
unwiderleglich hielt, nicht anders zu retten als durch den
Sprung in einen Glauben, der sein Fundament im Gefühl hat.
Die schwärmerische Übertreibung der Konsequenz, mit der
Spinoza den göttlichen Willen und die Finalität der Weltordnung durch die Notwendigkeit der vollständig erkannten göttlichen Natur aufgelöst hatte, führte ihn selber zur schwärmeri-
schen Antithese eines persönlichen und sich offenbarenden
Gottes auf blinden Glauben hin[18]. Aber Kants Beobachtung
von der durch den Spinozismus ausgelösten Schwärmerei bliebe bedeutungslos, wenn sie sich nur auf Jacobi bezöge: Sie erhält Tiefenschärfe erst im Blick auf Herder, Goethe und auch
Moses Mendelssohn.

Die systematische Bedeutung von Herders und Goethes Spino-
za-„Schwärmerei" liegt darin, daß sie Spinozas metaphysischen Natur- und Kausalitätsbegriff empirisch auffassen und
damit Spinozas Gott-Denken selber zu einer Offenbarungsphilosophie werden ließen. Im Hinblick darauf, daß im folgenden
gerade die Differenz von Spinozas universalem Expressionismus und der christlichen Offenbarungstheologie herausgestellt
wird, sollen zwei längere Zitate zeigen, was eine Inanspruchnahme Spinozas für das Offenbarwerden Gottes in dem diffus
christlichen Bürgertum der Neuzeit bedeutet. *Herder* schreibt
1784 über Spinoza an Jacobi:

---

[17] *I. Kant*, a.a.O.; vgl. gleichfalls: *ders*. Einige Bemerkungen von Herrn
Professor Kant, in: a.a.O., 287—291, 287.
[18] Vgl. die Kritik von Jacobis Spinoza-Verständnis durch *A. Hebeisen*,
Friedrich Heinrich Jacobi. Seine Auseinandersetzung mit Spinoza. Bern
1960.

„"... lieber, bester extramundaner Personalist [...] Was Ihr, lieben Leute, mit dem ‚ausser der Welt existieren' wollt, begreife ich nicht: existiert Gott nicht in der Welt, *überall* in der Welt, und zwar überall ungemessen, ganz und unteilbar (denn die ganze Welt ist nur eine Erscheinung seiner Größe für uns erscheinende Gestalten), so existiert er nirgend [...]: er ist das höchste lebendigste, tätigste Eins — nicht *in* allen Dingen, als ob die was ausser Ihm wären, sondern *durch* alle Dinge, die nur als sinnliche Darstellungen für sinnliche Geschöpfe erscheinen [...]"[1][9] „Ich fürchte, Bester, nicht ich, sondern Du irrest Dich in dem, was *Spinoza* will [...] was soll Dir der Gott, wenn er nicht in Dir ist und Du sein Dasein auf unendlich innige Art fühlest und schmeckest und er sich selbst auch in Dir als einem Organ seiner tausend Millionen Organe geniesset! Machst Du mir diesen innigsten, höchsten, alles in eins fassenden Begriff zum leeren Namen, so bist Du ein Atheus, und nicht *Spinoza*. [...] Du geniessest also Gott nur immer nach Deinem innersten Selbst, und so ist er als Quelle und Wurzel des geistigen, ewigen Daseins unveränderlich und unaustilgbar in Dir. Dies ist die Lehre Christus' und Moses', aller Apostel, Weisen und Propheten."[2][0]

Doch nicht genug damit, daß Spinozas offenbarungskritisches Gott-Denken ausdrücklich für diese neue „Offenbarung" beansprucht wurde[21], Spinoza selbst wird nun gleichsam zum Offenbarer für dieses naturfühlende Christentum, wie der Generalsuperintendent *Herder* schon acht Jahre früher schrieb:

„Je tiefer, reiner und göttlicher unser Erkennen ist, desto reiner, göttlicher und allgemeiner ist auch unser Würken, mithin desto freier unsere Freiheit [...] So werden wir [...] bekommen, was jener Philosoph suchte, in uns einen

[1][9] *H. Düntzer, F.G. v. Herder*, Aus Herders Nachlaß. Bd. II. Frankfurt 1857, 254 f., zit. in: *H. Scholz*, Die Hauptschriften, a.a.O., XCI f.
[2][0] *H. Düntzer*, Aus Herders Nachlaß, a.a.O., 263 ff., zit. bei *H. Scholz*, Die Hauptschriften, a.a.O., XCIV f.
[2][1] Der Ausdruck „Offenbarung" wird von *J.G. Herder*, Gott. Einige Gespräche über Spinozas System. Gotha 1787 zur Auslegung Spinozas strapaziert.

Punkt, die Welt um uns zu überwinden, ausser der Welt einen Punkt, sie mit allem was sie hat, zu bewegen. Wir stehen auf höherem Grunde und mit jedem Ding auf seinem Grunde, wandeln im großen Sensorium der Schöpfung Gottes, der Flamme alles Denkens und Empfindens, der *Liebe*. Sie ist die höchste Vernunft, wie das reinste, göttlichste Wollen; wollen wir dieses nicht dem hl. Johannes, so mögen wir denn ohne Zweifel dem noch göttlicheren *Spinoza* glauben, dessen Philosophie und Moral sich ganz um diese Achse bewegt."[22]

Herders Gespräche über Spinoza und seine Ideen zur Philosophie der Geschichte der Menschheit, die sich aus Gesprächen mit Goethe über Spinoza entwickelt hatten, waren *Goethe* „das liebste"[23] und das „liebwerteste Evangelium"[24]. Nachdem er schon ein Jahr vor dem Ausbruch des Pantheismusstreites mit Frau von Stein die Ethik seines „Heiligen" im lateinischen Original als sein „metaphysisches Leibgericht"[25] gelesen hatte, schrieb er nach Jacobis Enthüllungen an diesen: „Er beweist nicht das Dasein Gottes, das Dasein ist Gott. Und wenn ihn andere darum Atheum schelten, so möchte ich ihn theissimum, ja christianissimum nennen und preisen"[26]. Dieser Preis gilt nicht mehr dem, was *Lessing* bewog, sich Spinoza am nächsten zu fühlen, es gilt also nicht mehr der strahlenden Toleranz jenes Gott-Denkens, nach welchem alles in Ewigkeit von der Vorsehung bestimmt bleibt und in dem kein freier Wille mehr den Menschen ängstigt (denn in der Leugnung des freien Willensvermögens fühlte sich Lessing „als echter Lutheraner"[27] Spinoza am meisten verpflichtet). Goethes Preis von Spinoza bezog sich vielmehr bei seiner, wie er bekennt, „rei-

---

[22] *J.G. Herder*, Sämtliche Werke. Hrsg. *B. Suphan*. Berlin 1877—1913, Bd. VIII, 202.
[23] *J.W. Goethe*, Brief vom 8.10.87 an *J.G. Herder*; vgl. *G. Schneege*, Zu Goethes Spinozismus, Breslau 1910, 15—19; zu Goethes Spinoza-Aufsatz vgl. *B. Suphan*, Aus der Zeit der Spinoza-Studien Goethes 1784—85, in: Goethe Jahrbuch 12 (1891) 3—12; zum ganzen vgl. die Analyse von *M. Bollacher*, Der junge Goethe und Spinoza, Studien zur Geschichte des Spinozismus in der Epoche des Sturm und Drangs. Tübingen 1969.
[24] *J.W. Goethe*, Brief vom 12.10.87.
[25] Brief vom 28.12.84 u. v. 4.12.83 an Frau von Stein.
[26] Brief vom 9.6.85 an Jacobi.
[27] Vgl. *F.H. Jacobi*, Über die Lehre, a.a.O., 77.

nen, tiefen, angeborenen und geübten Anschauungsweise, die mich Gott in der Natur, die Natur in Gott zu sehen unverbrüchlich gelehrt hatte"[2 8] auf die „Gottesverehrung des Atheisten"[2 9], in dessen Ethik er sein „Asyl" fand[3 0].
Wie gesagt: *Kant* hielt all dies nüchtern für „Schwärmerei". Und für nicht viel besser hielt er auch des „scharfsinnigen" und „subtilen" *Moses Mendelssohn*[3 1] Ehrenrettung Spinozas. Mendelssohn machte zwar aus Spinoza keinen christianissimum, aber er glaubte zeigen zu können, daß sich der von ihm „geläuterte Spinozismus hauptsächlich mit dem Judenthume sehr gut vereinigen lässt", denn: „Die Lehre des Spinoza kömmt dem Judenthume offenbar weit näher, als die orthodoxe Lehre der Christen"[3 2]. Und sie kommt ihm näher durch die praktische Konsequenz ihrer Religions- und Sittenlehre, wenn, ja wenn eben nur Spinozas spekulative Lehre geläutert wird. Mendelssohn ändert dazu im wesentlichen nur *einen* Punkt an Spinozas Ideen, wie er sie verstand, nämlich als die Lehre des ἕν καὶ πᾶν, des „Eins ist Alles, Alles ist Eins" — und dieser Punkt liegt in der klaren Unterscheidung von Gott und Welt, also der Rettung einer für sich bestehenden endlichen Welt und darin eines für sich bestehenden Bewußtseins außerhalb der göttlichen Selbständigkeit[3 3]. Sehr zum Mißvergnügen von Kant geschieht eine solche Läuterung dadurch, daß Mendelssohn in dieser — Spinoza zu einem jüdischen Theisten beschneidenden — Auslegung alles auf einen bloßen Streit um Worte zurückführt: „im Grunde" meinte Mendelssohn, „ist es Missdeutung derselben Metapher, die bald Gott zu bildlich in die Welt, bald die Welt zu bildlich in Gott versetzt... Thuet auf Worte Verzicht, und Weisheitsfreund", ruft er Spinoza zu, „umarme deinen Bru-

[2 8] *J.W. Goethe*, Tag- und Jahreshefte (unter 1811, Ausgang), zit. in: *G. Schneege*, Zu Goethes Spinozismus, a.a.O., 12.
[2 9] Brief vom 5.5.86 an Jacobi.
[3 0] Tag- und Jahreshefte, a.a.O.
[3 1] *I. Kant*, Einige Bemerkungen, a.a.O., 288 f.
[3 2] *M. Mendelssohn*, An die Freunde Lessings. Ein Anhang zu Herrn Jacobis Briefwechsel über die Lehre des Spinoza. Berlin 1786, in: *H. Scholz*, Die Hauptschriften, a.a.O., 283–325, 295.
[3 3] Vgl. bes. *M. Mendelssohn*, Morgenstunden oder Vorlesungen über das Dasein Gottes, in: *ders.*, Schriften zur Philosophie und Ästhetik. Bd. III, 2.1–176, vgl. bes. die Vorlesungen 13–15, 104–137.

der"[34]. Kants Spott über diese Wortverdrehungen zum Zwek-
ke der durchsichtigen Aneignung sind für eine Spinozaausle-
gung, die sich um das Verhältnis von jüdisch-christlichem Offenbarungsbegriff zu Spinozas Expressionsdenken bemüht, bis
heute heilsam: „Es ist [...] als ob er den Durchbruch des Oze-
ans mit einem Strohwisch stopfen wollte [...] es ist aber zu
besorgen: dass, indem er künstelt, allenthalben Logomachie zu
ergrübeln, er selbst dagegen in Logodädalie verfalle, über welche der Philosophie nichts Nachteiligeres widerfahren
kann"[35].
Nota bene: um wieviel mehr der Theologie!

1.3 Idealismus

Wenn Spinozas Philosophie der Freiheit unter materialisti-
schem Gesichtspunkt als ein Ausdruck der Emanzipation von
der Feudalität zum kolonialistischen Handelsbürgertum im gol-
denen Zeitalter der Niederlande des 17. Jahrhunderts verstanden werden muß, so erstaunt nicht, daß das von der französischen Revolution entzündete Freiheitspathos im Deutschen
Idealismus zu Beginn des 19. Jahrhunderts in Spinoza jene
„verschlossene Knospe" sah, die sich jetzt im bürgerlichen
Denken Deutschlands „zur Blume entfalten" sollte *(Schelling)*[36]. *Fichte* (1762—1814), *Schelling* (1775—1854) und
Hegel (1770—1831) verstehen ihre absolute Philosophie der
Freiheit gleichermaßen als das zu sich selbst gekommene Bewußtsein jener noch unbegriffenen Notwendigkeit, in welcher
Spinoza Freiheit begründet sah. Spinoza gehört — so der frühe
Fichte — zu jener ersten Stufe der Menschheit, die sich noch
nicht zum vollen Gefühl ihrer Freiheit und absoluten Selbständigkeit erhoben hat, weil sie sich noch dogmatisch als „Pro-
duct der Dinge" sieht. „Wer aber", so beansprucht es Fichte
für sein Zeitalter, „seiner Selbständigkeit und Unabhängigkeit
von allem, was ausser Ihm ist, sich bewusst wird, — und man
wird dies nur dadurch, dass man sich, unabhängig von allem,
durch sich selbst zu etwas macht, — der bedarf der Dinge nicht

[34] A.a.O., 124.
[35] *I. Kant*, Einige Bemerkungen, a.a.O., 289.
[36] *F.W.J. Schelling*, Zur Geschichte der neueren Philosophie. Münchener
Vorlesungen (1827). Darmstadt 1975, 39.

zur Stütze seines Selbst [...]"[37]. Obwohl auch für *Hegel* gilt, daß „wenn man anfängt zu philosophieren [...] man zuerst Spinozist sein muss"[38], so ist doch auch für ihn „das Empörende, was das Spinozistische System in sich hat"[39], die Bewußtlosigkeit des Substanzdenkens. In der „Vertilgung des Moments des *Selbstbewußtseins* im Wesen" liegt der Mangel von Spinozas Philosophie[40], der die idealistische Reflexion über diese hinaustreibt. Dies heißt nichts anderes, als daß die expressive Substanz Spinozas zum sich offenbarenden Selbstbewußtsein geworden ist, oder — plakativer gesagt —, daß Spinozas Philosophie Gottes in der Philosophie der Offenbarung aufgehoben wird. Dieser Übergang in die idealistische Offenbarungsphilosophie ist gerade deshalb sorgfältig zu notieren, weil sie ihre „absolute Grundlage" *(Hegel)*[41], ihren „tiefsten Grund" *(Schelling)*[42] und das einzig zu überwindende „völlig consequente System" *Fichte)*[43] in Spinoza hat. Die idealistische Aufhebung Spinozas zeigt die wesentlichen Momente der Differenz zwischen dem reinen Gott-Denken und einer Philosophie der Offenbarung.

Die allgemeine Differenz des idealistischen Denkens zum Kausaldenken Spinozas liegt dabei hauptsächlich im Übergang von der Substanz zum Subjekt. Substantiell ist für die Idealisten nicht mehr das absolut Unendliche der *causa sui*, sondern das sich reflektierend entwickelnde Selbstbewußtsein. Sehr fein läßt sich dieser Übergang an *Fichtes* Auslegung von Spinozas *conatus suum esse conservandi*[44], dem „Streben, sein Sein zu erhalten", beobachten; Fichte übersetzt: „Sein Selbst im Raisonnement nicht zu verlieren, sondern es zu erhalten und zu behaupten, dies ist das Interesse", welches alles Denken der Philosophie leitet. Das Selbst im Raisonnement, d.h. in der Reflexion, tritt an die Stelle des bloßen „seins", das Reflexions-

[37]   *J.G. Fichte*, Erste Einleitung in die Wissenschaftslehre (1797), in: Fichtes Werke. Hrsg. *I.H. Fichte*. Bd. I. Berlin 1971, 417–450, 433.
[38]   *G.W.F. Hegel*, Vorlesungen über die Geschichte der Philosophie, a.a.O., 165.
[39]   A.a.O., 193.   [40]   A.a.O., 185.   [41]   A.a.O., 165.
[42]   *F.W.J. Schelling*, Philosophie der Offenbarung. Bd. I. Darmstadt 1974, 157.
[43]   *J.G. Fichte*, Grundlage der gesammten Wissenschaftslehre (1794) in: Werke. Bd. I, a.a.O., 83–328, 101.
[44]   Vgl. *Spinoza*, Ethik, a.a.O., 414 ff.

system an die Stelle des Seinsdenkens. Während sich in Spinozas Gott-Denken das Denken selbst als ein *notwendiger* Ausdruck des nur in seinem Ausdruck wirklichen Gottes begreift, *offenbart* sich im Reflexionsdenken das Absolute durch die Setzungen des denkenden Subjekts, und zwar in folgenden Differenzen zu Spinoza:

— Für *Fichte* überschreitet Spinoza das Ich, weil er dieses nur als Modifikation (nicht als Offenbarung!) der göttlichen Substanz auffaßt, und das heißt, von außerhalb seiner selbst her begründet, also unter kritischem Gesichtspunkt nicht begründet, sondern dogmatisch setzt. Spinoza zeige keinen Übergang über die zwei Welten vom Sein zum Bewußtsein, und so gerate sein konsequenter Dogmatismus — hier taucht die für das weitere so wichtige Beobachtung erstmals auf — zum „Materialismus"[45]. Wer vom Begriff des *ens*, vom Ding ausgeht, kommt nie zum freien Selbstbewußtsein, sondern bleibt der Materialität der Dinge verhaftet[46]. Dagegen läuft Fichtes späte Philosophie in eine transzendental-mystische Offenbarungsphilosophie aus, nach welcher sich das frei setzende Selbstbewußtsein als Metapher eines absoluten Grundes von schöpferischer Freiheit denken muß[47]. Die große Alternative heißt deshalb Materialismus oder transzendentale Offenbarungsphilosophie.

— „Der Anfang und das Ende aller Philosophie", dies dekretiert auch der frühe *Schelling*, „— ist *Freiheit*"[48], wenn auch nicht im einseitigen Sinne von Fichtes freier Bewußtseinstat. Denn — und darin folgt Schelling ausdrücklich Spinoza — „mit absoluter Freiheit ist auch kein Selbstbewußtsein mehr denkbar"[49], so daß alles Bewußtsein des Absoluten und also auch Offenbarung in einer absoluten Freiheit gründen müssen, die selber — spinozistischer geht es nicht — nach ihrem notwendigen Sein handelt: „Wer über Freiheit und Notwendigkeit nachgedacht hat, fand von selbst, daß diese Principien im Absoluten *vereinigt* seyn müssen — *Freiheit*, weil das Absolute aus unbedingter Selbstmacht, *Nothwendigkeit*, weil es eben dess-

[45] *J.G. Fichte*, Erste Einleitung, a.a.O., 437 f.
[46] Vgl. *ders.*, Grundlage, a.a.O., 119 f.
[47] Vgl. bes. *W. Janke*, Fichte. Sein und Reflexion — Grundlage der kritischen Vernunft. Berlin 1970.
[48] *F.W.J. Schelling*, Vom Ich als Princip der Philosophie (1795), in: *ders.*, Schriften von 1794—1798. Darmstadt 1975, 29—124, 57.
[49] *Ders.*, Philosophische Briefe über Dogmatismus und Kriticismus (1795), in: Schriften von 1794—1798, a.a.O., 161—222, 204.

wegen nur den Gesetzen seines Seyns, der inneren Nothwendigkeit seines Wesens gemäss handelt."[50] Schelling bleibt darin genuiner Schüler Spinozas, daß er einen Willen und eine Finalität im Absoluten ausschließt und das Absolute selbst auch nicht durch Reflexion entstehen, sondern in der „intellektualen Anschauung"[51] sich selbst affirmieren läßt, also durch den unmittelbaren ontologischen Gotteserweis[52]. Aber er trennt sich von Spinoza, insofern er die unendliche *potentia*, die Mächtigkeit der göttlichen Substanz als eine „*Selbst*macht" auslegt. Hier liegt der tiefste Ansatz der Differenz zwischen einer Philosophie der Offenbarung und dem expressiven Gott-Denken Spinozas: Schellings Gott ist nicht unendliche Substanz, sondern das, was „schlechterdings nicht als Ding gedacht werden kann", also weder als Objekt noch als darauf bezogenes Subjekt, sondern allein als „ein absolutes ICH"[53]. Die beträchtlichen Konsequenzen dieser Differenz zeigen sich erst im Spätwerk Schellings. Jetzt (1827) heißt es im Blick auf die Philosophie der Offenbarung, daß in Spinozas Substanz das Subjekt ganz verlorengehe[54], daß er die Art und Weise des notwendigen Zusammenhangs zwischen Gott und den Dingen nicht zeige[55], weil — und hier kehren wir zu Leibniz zurück — er „mit Ausschließung aller Potenz" Gott als Ursache ganz in seinen Wirkungen aufgehen lasse: „die Möglichkeit ist hier verschlungen von dem Sein"[56]. Weil hier Schelling Spinozas Differenz zum Offenbarungsdenken am tiefsten erfaßt hat, sei das Zitat angeführt:

> „Gott ist [bei Spinoza] nicht der frei schaffende oder hervorbringende Geist, der außer sich, außer seinem unmittelbaren Sein zu wirken vermag, er ist ganz eingeschlossen in sein unvordenkliches Sein, also können auch die Dinge nur in ihm sein, nur besondere Formen oder Arten, in denen sich das göttliche Sein *darstellt*, nicht daß

[50] A.a.O., 211.
[51] Vom Ich als Princip, a.a.O., 61.
[52] Vgl. Philosophische Briefe, a.a.O., 189.
[53] Vom Ich als Princip, a.a.O., 46 f.
[54] Zur Geschichte der neueren Philosophie, a.a.O., 37.
[55] A.a.O., 36.
[56] A.a.O., 34.

Gott selbst dadurch beschränkt würde, sondern daß jedes Ding das unmittelbare göttliche Wesen in sich nur auf eine gewisse und bestimmte Weise *ausdrückt.*"[5 7]

Soll sich Gott aber nicht nur in sich selbst darstellen und ausdrücken, so muß er sich offenbaren können, was wir allerdings — nach Schellings Philosophie der Offenbarung — nicht durch eine solchermaßen negative, d.h. apriorische Philosophie denken können, sondern als Tatsache der Philosophie der Offenbarung *vorauszusetzen* haben[5 8]. Um diese Voraussetzung wiederum denken zu können, brauchen wir eine Logik des Möglichen, d.h. eine Potenzenlehre, die es bei Spinoza nicht gibt.

— *Hegels* Spinoza-Paraphrasen sind — trotz der bekannten Lobsprüche — seichter und voller Mißverständnisse, weil er meint, Spinozas „Gott" wäre nur die in sich untätige und leere Einheit von Sein und Denken und seine „Welt" nur Imagination, das heißt eine Erscheinung, die im Abgrund der Substanz vernichtet werde[5 9]. Es verwundert nicht, daß eine solchermaßen mißgünstige Interpretation es schließlich auch philosophisch für bedeutsam hält, daß Spinoza an der Schwindsucht gestorben sei[6 0]. Bedeutsam wird erst, was Hegel — hier wie überall ein christologischer Denker — Spinoza entgegenhält: gegen seinen „in den Gedanken erhobenen absoluten Pantheismus und Monotheismus"[6 1] macht er den lebendigen, d.h. den dreieinigen Gott geltend: „Gott ist hier nicht Geist, weil er nicht der dreieinige ist"[6 2]. Als Geist aber kann Gott nur verstanden werden, wenn Vater und Sohn als das konkret Besondere gedacht werden, „deren jedes die ganze Natur (nur unter einer besonderen Form) enthält"[6 3]. Im Unterschied zu der

---

[5 7] A.a.O., 36; v.m. gesperrt.
[5 8] Philosophie der Offenbarung, a.a.O., 143; zu dieser Problematik vgl. bes. *W. Kasper*, Das Absolute in der Geschichte. Philosophie und Theologie der Geschichte in der Spätphilosophie Schellings. Mainz 1965; *W. Schulz*, Die Vollendung des Deutschen Idealismus in der Spätphilosophie Schellings. Pfullingen ²1975.
[5 9] Vgl. *G. W. F. Hegel*, Vorlesungen über die Geschichte der Philosophie, a.a.O., 157—197.
[6 0] A.a.O., 160, 167.
[6 1] A.a.O., 164.
[6 2] A.a.O., 165.
[6 3] A.a.O., 170.

„morgenländischen Anschauung" des absoluten Monotheismus, der „sich mit Spinoza zuerst im Abendlande ausgesprochen hat" fordert Hegel jene konkrete Individualität, die „durch das Christentum in der modernen Welt im Geiste durchaus [...] vorhanden ist"[64]. Was Spinoza also mangelt, wäre die konkrete Christologie, oder — spekulativ ausgedrückt — die Kraft zur Negation der Negation. Bei Spinoza „ist zu viel Gott"[65], ist nur die Affirmation jener Substanz, deren Bestimmungen, die Modifikationen der realen Dinge nur Negationen seien, also ohnmächtig gegenüber dem Begriff der Substanz. Es wird von selbst deutlich, daß für Hegel erst die Philosophie des Karfreitags jene Negation der Negation darstellen kann, welche das religionsphilosophische Denken befähigt, selber offenbarend zu sein. Viel mehr, als eine krude Antithese von Hegels trinitarischer Offenbarungsphilosophie und dem wesentlich verzeichneten Expressionsdenken Spinozas läßt sich aus dieser Paraphrase nicht entnehmen. Die scharfe Antithetik verschleiert für das Verhältnis von Spinozas Expressionsdenken und der idealistischen Offenbarungsphilosophie mehr als sie enthüllt. Daß Hegel Spinozas Gott-Denken so stark unter seinem Niveau auslegte, um zum eigenen Offenbarungsdenken zu kommen, zeigt nur, wie gefährlich nahe ihm dieses gekommen war.

1.4 Marxistische Kritik

Die katholische, calvinistische und jüdische Orthodoxie ließ sich bis heute nicht davon abbringen, Spinozas „Gott" für keinen Gott zu halten, sondern für den Ausdruck eines höchsten Atheismus. Darin stimmt die marxistische Kritik mit der christlich-jüdischen überein. Aber während die christlichen Theologien des 20. Jahrhunderts zumeist mit der offenbarungsphilosophischen Überhöhung des Gott-Denkens im Deutschen Idealismus kokettieren — wenn sie sich nicht schon von Anfang an mit ihm vermählt hatten —, suchte die materialistische Kritik alle diese offenbarungsphilosophischen Aufsteige-

---

[64] A.a.O., 165.
[65] A.a.O., 163.

rungen schon an ihrer Wurzel abzuschneiden. Diese Kritik er-
nüchterte den höher geführten Sturm und Drang des Idealismus, indem sie die „absolute Grundlage" des Systems als eine
materialistische nachzuweisen suchte, als *deus sive natura*. Spinoza wird zum „Moses der modernen Freigeister und Materialisten" *(Feuerbach)*[66]. Die materialistische Kritik fragte also
genauer — und dafür sollte ihr die Theologie zu Dank verpflichtet sein —, was für ein „Gott" denn Spinozas „Natur" sei. Und
sie gab darauf eine zunehmend differenzierte Antwort.

Feuerbach bemerkte feinsinnig, es sei „die *spinozische* Philosophie der *theologische Materialismus*"[67]: ein *Materialismus*,
weil die Ausdehnung, die Materie nicht mehr als etwas außer-
göttlich Geschaffenes begriffen wird, sondern die göttliche
Substanz selbst ausdrückt — ein *theologischer* Materialismus
aber noch, weil mit dieser göttlichen „Ausdehnung" nicht die
zu schmeckende sinnliche Realität verstanden wird, sondern
das „unsinnliche, abstrakte, metaphysische Wesen"[68]. Indem
nun Hegel das Selbstbewußtsein zum Ausdruck der göttlichen
Substanz gemacht hatte, ruhte sein theologischer Idealismus
„auf *demselben Fundament* als der paradoxe Satz Spinozas:
‚Die Ausdehnung der Materie ist ein Attribut der Substanz' "[69]. Wie bei Spinoza die Materie, so wird bei Hegel das
Selbstbewußtsein zum göttlichen Wesen, und das bedeutet
„*die Negation der Theologie auf dem Standpunkt der Theologie*"[70]. Wichtig für das theologische Verständnis kann hier
nicht sein, wie Feuerbach dieses göttliche Wesen von Materie
und Selbstbewußtsein in die kleinbürgerliche Vergöttlichung
von Sinnlichkeit und Gattungsvernunft verwandelt, theologisch unverzichtbar aber bleibt der Wink Feuerbachs, es möchten die Theologen doch auf keinen Fall übersehen, daß Spinozas theologischer Standpunkt als Negation der Theologie angelegt war und auch als solche wirksam wurde. Im Gegensatz zur

---

[66] *L. Feuerbach*, Grundsätze der Philosophie der Zukunft, in: Gesammelte Werke. Bd. 9. Hrsg. *W. Schuffenhauer*, Berlin 1970, 264—341, 287.
[67] A.a.O., 299.
[68] *L. Feuerbach*, Geschichte der neueren Philosophie von Bacon von
Verulam bis Benedikt Spinoza. Gesammelte Werke. Bd. 2. Hrsg.
W. Schuffenhauer. Berlin 1969, 448.
[69] *L. Feuerbach*, Grundsätze, a.a.O., 244.
[70] A.a.O., 245.

bürgerlich-christlichen Emphase des Deutschen Idealismus teilte *Karl Marx* durchaus diese nüchterne Einschätzung, wonach die anti-theologische Metaphysik des „früheren ‚Pfaffen' Spinoza"[71] ihre „gehaltvolle Restauration" erst in Hegels „metaphysischem Universalreich" erhielt[72] : Hegels absoluter Geist wäre demnach Spinozas Substanz mit den Augen von Fichtes Subjekt gelesen. Der wahre Materialismus tritt jedoch in Gegensatz zu diesem offenbarungsphilosophischen Spinozismus, so daß nicht die Offenbarungsphilosophie, sondern der historische Materialismus zur Vollendung bringt, was bei Spinoza angelegt war.

Die Vollendung Spinozas im wissenschaftlichen Sozialismus hat alle Phasen vom Vulgärmaterialismus bis zur differenzierten Dialektik durchlaufen, worauf abschließend zur wirkungsgeschichtlichen Auslegung nurmehr hingewiesen werden kann, um über die historische Tragweite des Problems von Gottes Offenbarung oder Expressivität der Natur Klarheit zu verschaffen. Der russische Marxismus (bei *Plechanov* und *Deborin* z.B.) feiert Spinoza als einen „im großen und ganzen" so „hervorragenden Atheisten und Materialisten", daß der Marxismus selbst als eine „Art Spinozismus" erscheint, und als der „wirkliche Erbe Spinozas: [...] das moderne Proletariat"[73] . Denn Spinoza löst nicht nur die theoretische Bedeutung der Religion auf, indem er die darin vorausgesetzte Willensfreiheit und Zwecksetzung Gottes destruiert, er klärt nicht nur über den historisch-kritischen Sinn der Bibel und den politischen Zweck der biblischen Religion auf, sondern er zeigt für den Materialismus auch, daß der Ausdruck „Gott" nichts anderes bezeichne als eben ein reales, materielles Ding, die Fülle der Materie, die selber das Geheimnis von Spinozas Substanz ausmache[74] . Der Ausdruck „Gott" wäre also von Spinoza aus bloßer Konvenienz, aus Vorsicht oder List beibehalten worden. Die differen-

---

[71]   *K. Marx, F. Engels*, Werke. Bd. 3. Berlin 1973, 162.
[72]   A.a.O., Bd. 2. Berlin 1957, 132.
[73]   *A. Deborin*, Die Weltanschauung Spinozas, in: *A. Thalheimer, A. Deborin* (Hrsg.), Spinozas Stellung in der Vorgeschichte des dialektischen Materialismus. Reden und Aufsätze zur Wiederkehr seines 250. Todestages. Wien 1928, 41 und 74.
[74]   Vgl. a.a.O., 54 f., 66 f.

ziertere Diskussion[75] kehrt nach diesen Platitüden zu Feuer-
bach-Marxsens Auslegung zurück und insistiert darauf, daß unter dem *deus sive natura* nicht die empirische Natur, sondern
die metaphysische Einheit von Ausdehnung und Denken verstanden werden müsse. Für die metaphysische Auffassung der
Natur ist die dialektische Bewegung der Materie noch nicht das
höchste Prinzip, sondern nur eine Modalität der Substanz[76].
Wichtig für unser Problem ist die ethische Konsequenz, mit der
Spinozas *amor Dei intellectualis*, also die notwendige Affirmation der ersten und einzigen Wahrheit ausgelegt wird: „If we
strip the metaphysical garments from the intellectual love of
God and strike off its theological trappings, *there is revealed
nothing other* than man's cognitive love of nature"[77]. Wenn
das wahre geistige Leben nichts anderes offenbart als des Menschen Verbundenheit mit der Natur (und dann natürlich auch
mit der eigenen Klasse in dieser Natur), dann offenbart sich
ihm doch wiederum nur die empirisch erfaßte Materie und also
nichts mehr von dem, was den sich selber offenbarenden Gott
im Sinne der jüdischen und christlichen Theologie auszeichnet.
Die differenziertere historische Kritik des Marxismus hat Spinozas Natur-Denken als ideologischen Ausdruck des fortge-
schrittenen Frühbürgertums zu interpretieren gesucht. Wieweit
diese Interpretation trägt, kann erst gefragt werden, wenn am
Text Spinozas selbst die Grundfrage verdeutlicht wird, was sein
Gott-Denken im Verhältnis zum jüdisch-christlichen Offenbarungsglauben auszeichnet, und was dabei der Ausdruck „Gott"
noch besagt.

2 Die Offenbarungskritik des universalen Expressionismus

Das für eine restlos arbeitsteilige Gesellschaft prinzipiell unlös-
bare Problem von Theorie und Praxis kann sich für den „rein-

[75] Zur differenzierten Betrachtung vgl. *L. Kline* (Hrsg.), Spinoza in
Soviet Philosophy. A series of essays. London 1952.
[76] Vgl. bes. *I.K. Luppol*, The historical significance of Spinozas Philosophy, in: *L. Kline*, Spinoza, a.a.O., 162—176, 170 ff.
[77] A.a.O., 175.

sten Weisen"[78], wie *Nietzsche* Spinoza nennt, von allem Anfang an nicht stellen. Der Erfahrungshintergrund und die *intentio legis* von Spinozas ganzem Werk wird im Prolog zu seinem ersten Traktat formuliert und bleibt bis zum letzten politischen Traktat leitend:

> „Nachdem mich die Erfahrung lehrte, wie eitel und vergeblich alles sei, was sich im alltäglichen Leben zuträgt [. . .], verlegte ich mich schließlich auf die Suche nach einem wahren Gut, das sich selber mitteilen würde [*sui communicabile esset*] und von dem, unter Ausschluß alles übrigen, die Seele allein erfüllt würde; ja ich suchte etwas zu finden und zu besitzen, was ich in beständiger und höchster Freude auf ewig genießen könnte."[79]

Die ganze christliche Gnadentheologie (vom Augustinismus über die Scholastik bis zur Transzendentaltheologie) setzt voraus, daß die vom Chaos der Empirie angewiderte Seele des Menschen ohne Ruhe nach einem sich selber mitteilenden und höchsten Gut suche, welches ihr die *fruitio*, die ewige Freude schenkt. Aber der Mensch vermag nach der christlichen Dialektik der Verzweiflung nicht selbst zu erlangen, wonach er sich sehnt: Um zur ewigen Freude zu gelangen, ist und bleibt er auf die huldvolle Offenbarung, auf die gnadenhafte Selbstmitteilung Gottes angewiesen, die er nur glaubend annehmen kann. Er bleibt also in diesem Leben in einer letzten Ungewißheit des Heils. Spinozas Lehre vom glücklichen Leben dagegen gibt keine bloße Analyse der Frage, die der Mensch ist, um eine Antwort in der Offenbarung zu finden, seine affirmative Philosophie verspricht vielmehr selbst jene höchste Freude, die den Sinn eines vollkommen beruhigten Daseins ausmacht: im wahren Gott-Denken teilt sich das höchste Gut des Menschen selber mit, denn die Philosophie ist die praktische Theorie des Lebens, also nicht nur die Lehre *von* der Glückseligkeit, sondern diese selbst. Es ist klar, daß eine solche Heilslehre in einen kritischen Gegensatz zu jeder Theologie der Offenbarung tritt, welche voraussetzt, daß durch wahres Denken der Mensch

---

[78]   *F. Nietzsche*, Werke in drei Bänden. Bd. I. Hrsg. *K. Schlechta*. München 1966, 686.
[79]   T de int, a.a.O., 6.

zwar sein Elend, nicht aber seine ewige Größe zu erkennen und schon gar nicht zu erlangen vermöge. Die Ethik als Spinozas praktische Philosophie des ewigen Glücks führt zur Kritik an aller Offenbarung als einer falschen Philosophie im Theologisch-Politischen Traktat[80]. Die Auslegung folgt dieser inneren Logik der Sache von der Ethik zum Traktat.

2.1 Ethik als Ausdruck Gottes

Im Zentrum jüdischer, christlicher und marxistischer Ethik steht heute die Hoffnung: sie sucht die Furcht vor einem ökologischen, militärischen und wirtschaftlichen Kollaps zu bannen, durch eine Handlungslehre, die zu einer besseren Menschheit führt, sei es durch den Gehorsam gegenüber Gottes Gesetz, sei es durch jenes Handeln, welches dem Evangelium von Gottes hereinbrechendem Reich entspricht oder sei es schließlich durch jene revolutionäre Aktion, die vorläufig von totalitären Staaten verwaltet wird. Kaum ein Satz aus Spinozas Ethik vermag deutlicher zu machen, wie sehr sich der frühbürgerliche Weise aus den Niederlanden von den gegenwärtigen Heilslehren unterscheidet, als der 47. Lehrsatz aus dem II. Teil der Ethik:

> „Spei, et Metus affectus non possunt esse per se boni" — „der Affekt der Hoffnung und der Furcht können nicht an sich gut sein."[81]

Denn die Hoffnung hat wie die Furcht einen Mangel an Erkenntnis zur Voraussetzung, sie baut auf Phantasien, die keine wirkliche, sondern nur mögliche Freude erzeugen. Zwar „ist der Pöbel furchtbar, wenn er nicht fürchtet"[82] und voller Verzweiflung, wenn er nicht hofft, und darum sind für ihn Furcht und Hoffnung nützlich, aber:

[80]   Es ist bekannt, wie die Ausarbeitung des Theologisch-politischen Traktats die Arbeit an der Ethik seit 1655 unterbrach und aus deren Horizont heraus die Kritik entwickelte. Ich verzichte im folg. auf ständige Stellenangaben, weil sich die Auslegung ohnehin nur aus dem Gesamtzusammenhang ergibt.
[81]   Ethik, a.a.O., 452.
[82]   A.a.O., 458.

„Je mehr wir nach der Leitung der Vernunft zu leben
streben, um so mehr streben wir danach, weniger von
Hoffnung abzuhängen, uns von der Furcht zu befreien,
das Schicksal zu beherrschen, soviel wir können und unsere Handlungen nach dem sicheren Ratschlag der Vernunft zu leiten."[83]

Dieses signifikante Detail aus Spinozas Praktischer Gotteslehre,
das so konträr zu allen progressiven Heilslehren steht, läßt nach
dem Begriff jener Vernunft fragen, welche so mächtig sein soll,
daß sie das Schicksal samt Furcht und Hoffnung zu beherrschen
vermag. Spinozas *mens* ist zuerst einmal nicht jene *ratio*, ist
also nicht jener vernunftunfähige Verstand, der auf der Ebene
der Wissenschaft die Gesetze der numerisch unendlichen Kau-
salketten im endlichen Bereich formuliert: Wissenschaft führt
nicht zur Beherrschung des Schicksals. Denn der kausal schlie-
ßende und bloß rechnende Verstand — wie jener von *Hobbes*[84] —
gibt keinen adäquaten Begriff der Wirklichkeit, er ist nicht wahr,
sondern bestenfalls richtig. Aber Spinozas mächtige Vernunft
ist auch nicht eine *neben* der Wissenschaft und *über* der theoretischen Vernunft angesiedelte praktische Vernunft, die zu tun
verpflichtet, was wir theoretisch nicht zu erkennen vermögen.
Jene Zerfällung in Sein und Sollen, die seit *Hume* so sehr die
Auflösung aller tragenden Lebensordnungen anzeigt, ist Spinoza
noch völlig fremd.
Seine Vernunft liegt vielmehr in der wahren Selbsterkenntnis,
d.h. im adäquaten Begreifen der eigenen Vernunft als einer reinen Kraft der Bejahung, und die Vernunft bejaht notwendig,
was sie als Wahrheit erkennt, ihr Wille und ihr Verstand sind
schlechthin dasselbe. Aber „was heißt Wahrheit"? Spinoza beantwortet diese Pilatusfrage radikal: Wahr ist nur „was durch
sich selbst und in sich selbst begriffen wird, so daß sein Begriff
nicht den Begriff eines andern Dinges in sich schließt"[85] (Die
sogenannten Attribute). Was den Begriff eines andern Dinges
in sich enthält (wie die Bewegung die Ausdehnung oder das
Gedachte das Denken) folgt notwendig aus diesem Begriff, ist
wahr nur, insofern es den Gehalt des nicht mehr ableitbaren

---

[83] A.a.O., 452.
[84] Vgl. die Studie III in diesem Band.
[85] Briefwechsel, a.a.O., 6 (2. Brief an Oldenburg).

Begriffs *ausdrückt*. Die Logik dieser Wahrheitstheorie ist die Logik der Expression[86] : als wahr kann nur das Selbstverständliche gelten, d.h. was sich in unserem Begreifen der Welt selber ausdrückt, als falsch dagegen alles, was nichts von diesem Selbstverständlichen ausdrückt. *Sicut lux seipsam, et tenebras manifestat, sic veritas norma sui, et falsi est* — wie das Licht sich selber und die Finsternis anzeigt, so ist die Wahrheit Norm ihrer selbst und des Falschen[87]. Entgegen aller Spinoza-Interpretationen insbesondere der Aufklärungszeit, welche unsern Denker zu einem Rationalisten degradierten, der das ganze Universum aus einer Ursache deduziere, ist festzuhalten, daß Spinoza die durch sich selbst einleuchtende Wahrheit nicht deduziert, sondern intuiert. Etwas durch sich selbst begreifen, heißt jene Voraussetzung erkennen, ohne welche nichts sein oder begriffen werden kann, d.h. die Voraussetzung des eigenen Begreifens begreifen und das heißt für den Menschen, Materialität und Denken als das wahrnehmen, ohne was er weder Körper sein noch Körperliches erfassen könnte. Was Denken heißt und was allen Bewegungen meines Körpers zugrundeliegt, kann ich nicht aus dem Denken und aus dem Begriff des Körpers deduzieren, ich muß es schlicht wahr-nehmen. Im Gegensatz zum problematisierenden Denken hat *Gabriel Marcel* dies die Erhellung des ontologischen Geheimnisses genannt[88]. Ich nenne es mit *Deleuze* die Logik der Expression, die auf einer Theorie der Intuition beruht; Spinoza nennt sie selber *scientia intuitiva*[89]. Die Theorie der Intuition[90] gewinnt ihren praktischen Charakter erst durch den interessanten Übergang aus dem Begriff von Denken und Ausdehnung zum Begriff des absolut Unendlichen. Denn weder das Denken noch die Ausdehnung können als be-

[86] Vgl. *G. Deleuze*, Spinoza et le problème de l'expression. Paris 1968; *L. Brunschvicg*, Spinoza et ses contemporains. Paris ⁵1971, 290—307, spricht in seinen Analysen der mathematischen Revolution Spinozas von der „logique de la compréhension", a.a.O., 300, ohne die Logik der Expression zu nennen, die den Schlüssel von Spinozas Überwindung der „logique de l'extension" bildet.
[87] Ethik, a.a.O., 230; vgl. Briefwechsel, a.a.O., 286 (Brief an Albert Burgh).
[88] Vgl. *G. Marcel*, Position et approches concrètes du mystère ontologique. Louvain, Paris 1949.
[89] Ethik, a.a.O., 226.
[90] Vgl. Spinozas Zusammenfassung der erkenntnistheoretischen Stufen in: Ethik, a.a.O., 226 f.

grenzt gedacht werden, sie drücken etwas Unendliches aus. Da aber weder Denken noch Ausdehnung durch sich selbst als notwendig existierend gedacht werden können, sind sie nicht *causa sui*, sie existieren nicht notwendigerweise. Der zureichende Grund ihres Daseins liegt nicht in ihnen selbst. In scharfer Abhebung zu *Descartes* und der ganzen christlichen Metaphysik begründet Spinoza die Existenz von dem, was wir erkennen (von der körperlichen Welt und unserem Begreifen dieser Welt) nicht durch einen Grund *außerhalb* von Denken und Ausdehnung. Der zureichende Grund von dem, was durch sich selbst einleuchtet, die Unendlichkeit von Denken und Ausdehnung liegt vielmehr in dem, was sie selber wiederum zum Ausdruck bringen, in dem, was durch sich selbst notwendig auf absolut unendlicher Weise existiert, also in dem, der „Gott" genannt werden muß. Der Gewinn dieser ontologischen Denkfigur liegt zumindest in dreierlei: Erstens erkennt jeder Mensch, der sich selbst in seinen Voraussetzungen begreift, notwendigerweise Gott als in unendlicher Weise existierend, d.h. als Substanz; zweitens erkennt der sich selber begreifende Mensch die absolute Unendlichkeit Gottes auf adäquate Weise in zwei Weisen der unendlichen göttlichen Expressivität, im Denken und in der Ausdehnung; und drittens erkennt er, der denkende Körper-Mensch, sich selbst als ein Ausdruck, d.h. ein Modus dieser Ausdrucksweise Gottes[91]. Das Gott-Erkennen drückt also Gottes ewige Mächtigkeit, seine absolut unendliche Tätigkeit des Sich-selber-Darstellens aus: Die wahre Philosophie ist die höchstmögliche Anteilnahme des Menschen an der unendlichen Expressivität, die Gott ist, ja sie ist selber aktiver Ausdruck der unendlichen Vollkommenheit Gottes. Solches Gott-Erkennen bejaht notwendig die unendliche Bejahung, als welche Gott existiert oder in den Worten Spinozas: *Mentis erga Deum Amor intellectualis pars est infiniti amoris quo Deus se ipsum amat* — Die vernünftige Liebe des Geistes zu Gott ist ein Teil der unendlichen Liebe, durch die sich Gott selbst liebt[92]. Spinoza

---

[91] Ethik, 128: „Res particulares nihil sunt, nisi Dei attributorum affectiones sive modi, quibus Dei attributa certo et determinato modo exprimuntur"; die Einzeldinge sind nichts als Affektionen oder Modi, durch welche die Attribute Gottes auf sichere und bestimmte Weise ausgedrückt werden.

[92] Ethik, a.a.O., 547.

nennt solche vernünftige Gottesliebe mit dem Ausdruck der Schrift die *gloria*, die *kabod*, die Herrlichkeit. Die Gottesphilosophie ist das Herrlichste, was es gibt, weil sie ausdrückt, was Gott selber ist, nämlich unendliche Expressivität.

Spinoza hat das, was er suchte, das wahre Gut, das sich selber mitteilt, im adäquaten Verstehen seiner selbst gefunden. Aber diese wahre Selbsterkenntnis, die sich als ein Ausdruck der unendlichen Ausdruckskraft Gottes bejaht, ist für Spinoza nicht ein mystischer Luxus, ist nicht eine bloße Möglichkeit des Daseinsverständnisses, vielmehr gilt ihm das expressive Gott-Denken als das für den Menschen allein Nützliche und Notwendige. Der Mensch, der wie alles Seiende dem Selbsterhaltungstrieb *(conatus suum esse conservare)* folgt, überwindet das passive Erleiden der ihn bestimmenden innerweltlichen Kausalitäten nur, indem er Anteil nimmt an der Aktivität des alles bestimmenden göttlichen Ausdrucksgeschehens, er überwindet den Tod und wird frei in dem Maße, als er in der Welt Gottes höchste Macht der Selbstdarstellung ausdrückt, d.h. Gott wahrhaft erkennt und sich darin selber als Ausdruck seiner Liebe liebt:

> „Das Nützliche im Leben ist daher, die Vernunft oder den Verstand, soviel wir vermögen zu vervollkommnen und nur darin besteht des Menschen höchstes Glück oder die Glückseligkeit; denn Glückseligkeit ist nichts anderes als die Beruhigung der Seele selbst, die der intuitiven Gotteserkenntnis entspringt."[93] „Wer allein nach dem Gebot des Verstandes lebt, also der freie Mensch, wird nicht von Todesfurcht geleitet, sondern lebt aus dem unmittelbaren Verlangen nach dem Guten, das heißt zu handeln, zu leben, sein Sein zu erhalten auf dem Fundament, daß er seinen eigenen Nutzen sucht; er denkt an nichts weniger als an den Tod, seine Weisheit liegt in der Betrachtung des Lebens [*ejus sapientia vitae est meditatio*]. Was zu beweisen war."[94]

[93] A.a.O., 488.
[94] A.a.O., 479.

2.2 Die Revolution der Denkungsart

Nach dem konzentrierten Hinweis auf das Eigene der spino-
zischen Heilslehre muß zur Verdeutlichung gesagt werden, was
sie von allen jenen Denkformen *unterscheidet*, welche der
jüdischen und christlichen Metaphysik die Auslegung ihrer
gemeinsamen hl. Schrift als Offenbarung Gottes ermöglichte.
Ein Gott, der sich durch menschliche Worte selbst offenbaren
können soll, muß in dem, was er offenbart, als prinzipiell unbekannt, als verborgener Gott gedacht werden. Und die jüdisch-
christliche Tradition hat gerade dieser Erfahrung der Transzendenz Gottes dadurch Rechnung getragen, daß sie in ihren
mannigfaltigen Denkformen immer auch eine *theologia negativa*
blieb. Im jüdischen und christlichen Neuplatonismus galt gerade die Lichtfülle der Gottheit als für die Augen des menschlichen Geistes so blendend, daß ihr unaustrinkbares Licht nur in
der Abschattung des dunklen Weltstoffes wahrnehmbar und
aussagbar wurde. Nur dadurch, daß sich das Vollkommene im
Unvollkommenen selbst absteigend offenbart, wird es überhaupt
erst sichtbar. Spinozas Gott-Denken erscheint der Logik solcher
offenbarenden *Emanation* gegenüber als eine schlechthin affirmative, als eine nur positive Theologie, welche — wie bei *Duns
Scotus*[95] — den formellen Gehalt der unendlichen Attribute im
univoken Sinn von Gott und dem von ihm Ausgedrückten aussagt, also univok von der schöpferischen und der geschaffenen
Wirklichkeit Gottes redet. Das Licht des Verstandes besteht ja
für Spinoza gerade darin, ein Ausdruck der göttlichen Mächtigkeit zu sein: es gibt schlechthin nichts Wahres, was Gott dem
Menschen verbergen könnte, denn die Ausdrücke „Wahrheit"
und „Gott" bezeichnen dasselbe, nämlich die sich in unserm
wahren Denken selbst affirmierende Ausdrucksmacht Gottes.
Damit erscheint die Welt nicht mehr als ein Absturz aus der
göttlichen Höhe, sondern als Ausdruck der göttlichen Macht.
Hier gibt es nichts mehr, was Gott näher oder entfernter wäre,
alles drückt ihn gleichermaßen aus. Die Grundlage der christlichen Hierarchie, die absteigende Offenbarungsvermittlung ist
damit erledigt, eine theologisch radikal demokratische Gotteslehre verdrängt jeden Ansatz zum sakralen Feudalismus, der
das Heil von oben nach unten vermittelt.

[95] Vgl. *E. Gilson*, Jean Duns Scot. Paris 1952.

Bekanntlich hat die aristotelisch inspirierte *Analogielehre* gegenüber dem Weltabsturz des Neuplatonismus bereits zwischen Gottes Transzendenz und seiner Offenbarkeit in der vom Menschen selbständig begriffenen Welt zu vermitteln gesucht, indem sie die neuplatonische Partizipationslehre mit der aristotelischen Realistik einer eigenständig wirklichen Welt verband: was die Schrift als Gottes Offenbarung zur Sprache bringt, kann verstanden werden mit Hilfe dessen, was der natürliche Verstand von der Welt offenbart, wenn dies natürlich Offenbare nur in unendlicher Unähnlichkeit, d.h. in absoluter Vollkommenheit von Gott ausgesagt wird (oder — als Grenzfall der Analogie — bei *Maimonides* nurmehr homonym von Gott gesagt werden kann)[96]. Auch hierin trennt sich Spinoza von jeder Tradition: eine Analogie zwischen Gott und Welt setzte ja die Eigenständigkeit der Welt gegenüber einem ihr gegenüber wieder eigenständigen Gott voraus, was Gottes absolute Unendlichkeit aufheben würde. Denn „Gott" heißt ja nichts anderes, als was er in unendlicher Vollkommenheit wirkt und was wir davon erkennen, begreifen wir, weil wir selber ein Ausdruck davon sind. Paradox gesprochen: weil Gott *nur* in seiner Offenbarkeit besteht und in nichts dahinter Stehendem, kann er sich gar nicht offenbaren. Da wir nur jene Unendlichkeit Gottes denken können, die sich an uns selber ausdrückt (Denken und Ausdehnung) und nicht die absolut unendliche Offenbarkeit Gottes, bleibt Gott zwar unendlich erhaben über unser Gott-Denken, aber das, worin er erhaben ist, kann von uns auch auf keine Weise erfaßt und also auch nicht durch Offenbarung mitgeteilt werden: mehr als was sich unserm Denken von Gott offenbart, kann Gott uns gar nicht offenbaren. Der religionsphilosophische Expressionismus vernichtet jede Möglichkeit von Offenbarung.

Als wichtigste Konsequenz dieser Revolution der theologischen Denkungsart bleibt anzumerken, daß dadurch die zumindest für die christliche Metaphysik entscheidende Teleologie der Schöpfung und der ihr entsprechende Wille Gottes völlig aufgehoben wird. „Wille" und „Zweck" sind Begriffe, die unmög-

---

[96] Vgl. *Mose ben Maimon*, Führer der Unschuldigen. Hrsg. *A. Weiss*. Bd. 2. Hamburg 1972, Buch 2, Kap. 18, 117—124; Buch 3, Kap. 20, 118—126.

lich von Gott ausgesagt werden können: ihr Begriff enthält einen Mangel des Wissens, einen Mangel an Wirklichkeit und damit einen Mangel an Macht. Wenn Gott etwas wollen könnte, was noch nicht ist, so wäre er nicht die absolute Unendlichkeit — es gibt deshalb in Gott und damit in dem ihn ausdrückenden Universum schlechthin nichts Mögliches. „Möglichkeit", „Wille", „Zweck" und „Zufall" sind ebenso wie „Wunder", „Sünde" und „Gnade", „gut und bös" Begriffe der menschlichen Vorstellungen, die der *imaginatio*, d.h. dem Nichtwissen um die notwendigen Ursachen entspringen, es sind inadäquate Ideen, die nichts von dem ausdrücken, was wirklich ist, d.h. nichts von Gottes Expressivität[97]. Gottes Wesen drückt sich für uns erfaßbar in der Unendlichkeit von Denken und Ausdehnung aus; jede Vorstellung, die keine Unendlichkeit bezeichnet, spricht nicht von Gott. Das Verbum divinum besteht für Spinoza in der reinen unendlichen Ausdrucksweise Gottes, also in den absolut unendlichen Worten (attributa) als welche Gott existiert. Gott ist damit gleichsam der absolut unendliche Sprechakt, von dem wir zwei Worte adäquat hören. Die Bibel spricht nicht von diesen Worten, sie drückt schlechthin nichts von Gott aus, sie redet also nicht expressiv, sondern bloß imaginativ. Die Kritik aller biblischen Offenbarung ergibt sich aus dem affirmativen Gott-Denken von selbst.

2.3 Divinationskritik

Spinoza gebraucht das Wort „Offenbarung" nicht im Sinne der neuzeitlichen christlichen Theologie, sondern im Sinne der antiken „Divination"[98] und der jüdischen „Prophetie"[99]. Die

---

[97] Vgl. den zweiten Teil der Ethik, a.a.O., 160—255.

[98] Vgl. *P. Eicher*, „Offenbarungsreligion". Zum sozio-kulturellen Stellenwert eines theologischen Grundkonzepts, in: *ders.* (Hrsg.), Gottesvorstellung und Gesellschaftsentwicklung. München 1979, 109—126.

[99] Vgl. TTP, a.a.O., 19. Der einzige Artikel eines kath. Theologen, den ich zu Spinozas Offenbarungsbegriff fand, leidet darunter, daß er diese Differenz nicht sieht und so zur bloß positivistischen Entgegensetzung ohne jeden Erklärungswert kommt: *P. Siwek*, La révélation divine d'après Spinoza, in: Revue Universitaire (Ottawa) 19 (1949) 5—46. Zum jüdischen Begriff der Prophetie, der auch Spinoza bestimmt, vgl. *C. Sirat*, Les théories des visions surnaturelles dans la pensée juive du moyen-âge. Leiden 1969.

christliche Theologie dagegen gebraucht den Terminus „Offenbarung" heute als einen metatheoretischen oder transzendentalen Ausdruck, der nicht nur den Ursprungsakt der Glaubens-
gehalte, sondern auch den Glaubensgehalt und die Voraussetzungen zu seiner Bejahung bezeichnet[100]. Aus christlicher Sicht
kommt daher der Auseinandersetzung mit der Offenbarungskritik Spinozas, sofern sie sich nur auf die terminologisch ein-
geengte prophetische Inspirationsfrage beschränkt, nur eine
untergeordnete Bedeutung zu: wirklich in Frage gestellt wird
das christliche Offenbarungsdenken dagegen durch die religionsphilosophische Hermeneutik, welche über den Sinn der Schrift
und *darin* über den Sinn der prophetischen Inspiration entscheidet.

Der Theologisch-politische Traktat, neben *Richard Simons*
Werk *das* Grundbuch der historisch-kritischen Forschung für
die Neuzeit überhaupt, versteht sich als ein Buch der *Reform*:
es will nicht *nova introducere, sed depravata corrigere*[101]. Diese Reformation des Schriftverständnisses steht wie die politologische Bibelkritik von Hobbes im Interesse der Staatsethik
konkret im Dienste jenes Friedens, der durch die Religionskriege und die dogmatisch geführte Innenpolitik der Niederlande
aufs höchste gefährdet ist. Die historisch-kritische Reformation
ist „heilsam und notwendig [. . .], damit die Menschen im Staa-
te in Frieden und Eintracht leben"[102]. Ihr Interesse gilt nicht
der Frage, ob wahr oder falsch sei, was die Schrift von Gott
sagt, sondern — was *Bultmann* zweieinhalb Jahrhunderte später
zum Grundsatz *christlicher* Entmythologisierung erklärt[103] —
welcher *Sinn* diesem Reden von Gott zukommt: *De solo enim
sensu orationum, non autem de earum veritate laboramus* —
Wir kümmern uns nur um den Sinn der Sätze, nicht aber um

[100]   Zur Entfaltung dieses Ansatzes in den verschiedenen Theologien
vgl. *P. Eicher*, Offenbarung — Prinzip neuzeitlicher Theologie, München
1977; *ders.*, Im Verborgenen offenbar. Essen 1978; *ders.*, Theologie.
a.a.O., 169—210.
[101]   Vgl. TTP, a.a.O., 443.
[102]   A.a.O., 441.
[103]   Vgl. *R. Bultmann*, Welchen Sinn hat es, von Gott zu reden?, in:
Theologische Blätter IV (1925) 129—135; vgl. dazu *G. Ebeling*, Zum Verständnis von R. Bultmanns Aufsatz: „Welchen Sinn hat es, von Gott zu
reden?", in: *ders.*, Wort und Glaube. Bd. 2. Beiträge zur Fundamentaltheologie und zur Lehre von Gott. Tübingen 1969, 343—371.

deren Wahrheit[104]. Im Hintergrund steht einerseits die Akzeptation des reformatorischen *sola scriptura* und andererseits die der Schrift durch alle ihre Widersprüche hindurch entnommene Gesamtintention ihrer Aussagen, die sich darin zeigt,

> „daß die Lehre der Schrift weder sublime Spekulationen noch einen philosophischen Gehalt enthält, sondern nur die allereinfachsten Dinge, die auch noch vom Beschränktesten begriffen werden können [. . .], daß sie also nichts anderes bezweckt als den Gehorsam und daß sie auch über die göttliche Natur nichts anderes lehrt, als was die Menschen in einer bestimmten Lebensweise nachahmen können."[105]

Die für den Traktat konstante Formel „nichts anderes als" zeigt das produktive Vorurteil dieser historisch-kritischen Auslegung. Vom Standpunkt des adäquaten und sich seiner selbst völlig gewissen Wissens um „die göttliche Natur" zeigt sich das niedrigere Interessenniveau der Schrift: ihre Rede von Gott steht unter dem Niveau des expressiven Gott-Denkens, was sich als Offenbarung ausgibt, kommt nicht an das praktische Wissen des *amor intellectualis Dei* heran. Die Philosophie der Schrift besteht nur in den für die rüden und ungebildeten Massen nützlichen Erzählweisen, sie besteht in einer bloß narrativen Theologie, der Theologie der Imagination.

Gemäß der hebräischen Schrift bewährt Spinoza seine historisch-kritische Hermeneutik an der Thora, den Ketubim und den Nebiim, dem Gesetz, den Schriften und den Propheten. Der Literalsinn der Thora wird dabei hart abgegrenzt gegenüber jener allgemeingültigen *lex divina naturalis*, die sich nicht dem Glauben an Geschichten erschließt, sondern aus der in der Ethik vollständig durchgeführten Selbsterkenntnis des Menschen[106]. Mose selbst hat Gottes Gesetz, wie die Schrift zeigt, nicht auf adäquate Weise als ewige Wahrheit begriffen: er hat vielmehr nur das, was für die zeitliche Wohlfahrt des Staates Israel das beste schien, als göttliche Vorschrift erlassen[107], wäh-

---

[104] TTP, a.a.O., 236.
[105] A.a.O., 414.
[106] Vgl. a.a.O., 106.
[107] Vgl. a.a.O., 146, 162 f.

rend Christus als Mund Gottes für alle Menschen bei Spinoza höchster Philosoph ist[108]. Die Auslegung der Christologie von Spinoza wird zeigen, weshalb der Christus an jene Stelle rückt, die bei *Maimonides* dem Mose als dem einzig unmittelbar zu Gott stehenden Propheten zukam[109]. Die Prophetie oder die Offenbarung im engeren Sinne ist immer an Visionen und Auditionen gebunden und steht deshalb als eine mit der Imagination notwendig verbundene Vorstellungsweise wiederum weit unter dem Niveau jener göttlichen Prophetie, durch die Gott seine Dekrete der natürlichen Vernunft gleichsam diktierte[110]. Auch wenn Mose durch eine geschaffene Stimme Gott hörte, trat er doch nicht aus der für alle Prophetie geltenden Beschränkung heraus, welche darin liegt, daß sie auf Zeichen angewiesen bleibt[111]. Im Grunde genommen liegt der ganze Effekt der Prophetie wie auch der Wundererzählungen nach Spinoza in der Unkenntnis der wahren Ursachen der Ereignisse und in der heilsamen Wirkung einer narrativen Dramaturgie, welche von Gott zwar redet wie ein König, Richter und Liebhaber, aber damit nicht eine wahre Aussage von Gott, sondern nur eine sinnvolle Aussage für eine staatlich günstige Lebensführung erreicht:

> „Die rechte Begründung des Lebens oder das wahre Leben selbst sowie die Verehrung und Liebe Gottes war für sie daher mehr eine Knechtschaft als eine wahre Freiheit, als eine Gnade und Gabe Gottes."[112]

Die historisch-kritische Reformation nimmt dem biblischen Text jede Expressivität, sie funktionalisiert ihn auf das, was für das Volk zwar nicht leicht zu tragen, für die Erhaltung einer Gesellschaft von Ungebildeten aber notwendig ist. Damit stellt sich die Frage, was Spinozas Gott-Denken und seine religionskritische Beschränkung biblischen Glaubens für die Konstituierung des neuzeitlichen Bürgertums selber ausdrückt.

---

[108] Vgl. bes. a.a.O., 148; zur Bezeichnung „summus philosophus" vgl. unten S. 143.
[109] Vgl. unten S. 142—155.
[110] A.a.O., 29.
[111] Vgl. a.a.O., 69.
[112] A.a.O., 90.

3 Zur religiösen Artikulation des Bürgertums

Die unmittelbare Zuordnung oder gar Erklärung eines Denkens zur gesellschaftlichen Lage seiner Zeit, also die unmittelbare ideologiekritische Analyse verrät — um mit Spinoza zu sprechen — zumeist nur die Ignoranz der auf ein Denken einwirkenden Ursachen, deren es immer unendlich viele gibt. Deshalb sind vor einer geschichtlichen Zuordnung noch einmal jene Faktoren zu bündeln, welche Spinozas frühbürgerliches Gott-Denken und seine Wirkungsgeschichte bis zum idealistischen Bürgertum auszeichnen. Der gemeinsame Nenner für dieses sich entkonfessionalisierende Bewußtsein zeigt sich in dem, was die Entdramatisierung des gesellschaftlichen Bewußtseins zugunsten eines universalen Herrschaftsbewußtseins genannt werden kann. Die hervorstechendsten Merkmale, die dem biblischen Glauben seine Expressivität bestreiten, bilden Konstanten im Werk und in der Wirkungsgeschichte Spinozas, auch wenn sie in dieser Auslegungsgeschichte zum Teil von neuen und mächtigeren Faktoren überlagert wurden.

3.1 Entdramatisierung

So richtig die Beobachtung auch sein mag, daß mit dem Zusammenbruch der feudal-hierarchischen Ordnung im englischen Nominalismus, der deutschen Reformation, im Barock der spanischen Scholastik und des französischen Jansenismus die brennende Frage nach der *Gewißheit* die Suche nach der *Wahrheit* ablöste und damit Ausdruck der tragischen *vision du monde (L. Goldmann)*[113] darstellt, so allgemein bleibt doch noch diese Bestimmung. Sie legitimiert ja die seelenruhige Gottesgewißheit Spinozas nicht anders als das ekstatische Mémorial *Pascals* oder die rationalistische Apologie *de Lugos*. Und wenn diese Gewißheitssuche Ausdruck für den Zusammenbruch der kosmischen Ordnung, die Weitung der geographischen Räume und den Zerfall eines heiligen Reiches sein soll, so ist keine hi-

---

[113] Vgl. *L. Goldmann*, Der verborgene Gott. Studie über die tragische Weltanschauung in den Pensées Pascals und im Theater Racines. Neuwied, Darmstadt 1973.

storische Zeit zu finden, welche nicht in irgendeiner Art im Zusammenbruch war. Die Krise gehört zur geschichtlichen Zeit und so ist präzise zu fragen, welche Gewißheiten zerbrachen und welche neue Sicherheiten aufgebaut wurden.

Gleichsam von den Rändern der Geschichte her wird im 17. Jahrhundert eine spezifische Entdramatisierung der Zeit sichtbar, wenn auch durchaus im Rückgriff auf antike Traditionen. Eine der größten Merkwürdigkeiten in Spinozas Denken liegt in seiner Zeitlosigkeit, in seiner Betrachtung aller Bewegungen *sub specie aeternitatis*. Darin wird ein Anfang der Schöpfung — Spinoza spricht nicht von *creatio* sondern von der *productio* (!) — ebenso systematisch vermieden, wie ein Ende der Geschichte ins Auge gefaßt. An die Stelle einer zwischen Schöpfung und kommendem Reich Gottes dramatisierten Geschichte, die in der Gegenwart Jesu Christi ihre ständige Vergegenwärtigung hat, tritt das unendliche Funktionieren der Wirkungskräfte im Universum als Ausdruck der göttlichen Aktion. Indem sich der Mensch dem unendlichen Aktionsprinzip verschreibt, wird er der Herr über alle Zeit, er beherrscht den Anfang und das Ende seines Lebens selbst. Schon *Lessing* hat hierin Spinoza überboten, indem er Spinozas individuelle Erziehung von der Auslieferung an die Zeit der Offenbarung zur Beherrschung der eigenen Lebenszeit *sub specie aeternitatis* auf die Gesamtgeschichte projizierte und damit jene Beherrschung der Universalgeschichte vorbereitete, die in *Hegel* ihren reflektierten Abschluß fand und dem Marxismus als dem selbsternannten Vollender Spinozas als praktische Aufgabe noch verbleibt. Die Entdramatisierung der jüdisch-christlichen Lebenszeit durch ihre Selbstbeherrschung führt zu jenem Charakteristikum des Bürgertums, welches in der Utopie liegt: es muß ein Zustand angestrebt werden, der prinzipiell nicht erreichbar ist, ein Zustand der Zeit, der Ausdruck der Ewigkeit wäre. Spinoza hat den Grundimpuls dieser bürgerlichen Progression nicht wie *Hobbes* durchschaut, für den das Glück nur in der ständig unabschließbaren Machterweiterung lag[114]: er fand in der Gegenwärtigkeit eines schlechthin ungeschichtlichen Gottes seine Ewigkeit, seine Beherrschung der Zeit.

[114] Vgl. die Studie III in diesem Band.

Wie die zeitliche Dramatisierung, so wird im frühbürgerlichen Gott-Denken auch die konkret räumliche und darin körperliche Dramatisierung aufgehoben. Die Zeremonialgesetze des Alten Testaments, die christliche Liturgie und der Kult aller Religionen wird als bestenfalls funktionstüchtiger Aberglaube unter das Niveau der aufgeklärten Gott-Vernunft gestellt. Die Gott-Denker beherrschen alle Räume durch die Allgemeingültigkeit ihrer Vernunftreligion wie *Spinoza* in Holland, so *Herbert von Cherbury* in England, *Malebranche* in Frankreich: die aktive Toleranz reißt die kulturellen Dramatisierungen jener in den Kolonien zu beherrschenden Primitiven ebenso nieder, wie der durch die Nationalstaaten einheitlich zu verwaltenden Bürger. An die Substanz des biblischen Dramas, in dem Gott die menschliche Geschichte verheißend, richtend und erlösend anfordert, gehen aber erst die zwei tiefsten Negationen: die Vernichtung der Sünde und die Absperrung gegenüber jedem Sinn des Wunders. Spinoza standen unter vielem anderen auch die *Institutiones* Calvins vor Augen und damit eine Theologie, die mit der biblischen Anerkennung des Menschen als eines begnadeten Sünders und einer schlechthin wunderbaren Schöpfung steht und fällt[115]. Gerade von dieser Theologie des alt- und neutestamentlichen Evangeliums trennt er sich am schärfsten. Was für *Calvin* in Gottes unerforschlichem Ratschluß dunkel bleibt, die Erwählung, das klärt Spinoza völlig auf und das heißt, daß er Gottes Vorsehung und Erwählung ohne jede Gnade denkt. Wo es keine Gnade gibt, da gibt es auch keine Sünde und keine Wunder, sondern nur die eiserne Notwendigkeit einer immer wieder verschiedenen Artikulation des Lebens. Spinozas Gott ist weder barmherzig noch gerecht, er vergibt nicht und zürnt nicht, er ist wie er ist und das heißt auch für den Menschen — hierauf beruft sich noch die Psychoanalyse — daß er so sein darf, wie er ist, ohne Furcht vor einem richtenden Gott und ohne Freude an seiner Vergebung. Die Vernichtung der Sünde, die noch *Nietzsche* an Spinoza so entzückte[116], entläßt den Menschen aus dem Drama der Geschichte Gottes mit seinem Volk, sie macht Kreuz und Auferstehung gleichermaßen überflüssig (wobei Spinoza dieses biblische Zeugnis bemerkens-

---

[115] Vgl. bes. *L. Strauss*, Die Religionskritik Spinozas als Grundlage seiner Bibelwissenschaft. Berlin 1930, 182—217.
[116] Vgl. *F. Nietzsche*, a.a.O., Bd. III, 1171.

werterweise gegen alle seine Prinzipien allegorisch auslegt)[117].
Spinozas Ethik deklassiert die Religion zur Moral, weil sie
Schöpfung, Erlösung und sakramentales Leben nicht mehr als
Dramatisierung der Geschichte zuläßt, sondern nur noch in ihrer Funktionalität für noch nicht aufgeklärte Massen. Die Ethik
des aufgeklärten Bürgers dagegen besteht in der Reflexion auf
seinen eigenen Selbsterhaltungstrieb, auf seine Bedürfnisstruk-
tur und die Bejahung seiner *libido dominandi*. Spinoza hat
noch nicht an die von *Hobbes* reflektierte Selbsterhaltung
durch Eigentum, an die durch universale Bildung herzustellen-
de Selbsttätigkeit *Fichtes* und an das marxistische Prinzip der
Selbstverwirklichung durch Arbeit gedacht, aber im *conatus
suum esse conservandi* ist die Vorform dieser potenzierten
Gnadenlosigkeit formuliert und akzeptiert.

Daß Spinozas praktische Theorie der Gottesliebe wie *Descartes,
Hobbes* und *Cherburys* natürliche Gottvernunft eine radikale
Kritik aller Traditionen ermöglicht und diese Tradition dement-
sprechend „nichts anderes als" das, was unter dem Niveau der
erreichten Vernunft steht, erklären kann, zeigt, wie tief der
Abgrund zwischen dem Drama der Gnadenordnung und der
Selbstbeherrschung schon im 17. Jahrhundert aufgerissen war.
Dieser Abgrund ist im bürgerlichen Denken nie wieder über-
wunden worden.

3.2 Ideologiekritik

Die Konstituierung der bürgerlichen Religionsphilosophie kann
weder in einzelnen Denkfiguren noch im Gesamtduktus als
Säkularisierung erfaßt werden: wie eingangs betont, sind alle
einzelnen Elemente dieser Glückseligkeitslehre in der Antike
schon vorformuliert (Glückseligkeit ohne Erlösung gibt es bei
Epikur ebenso wie die Ewigkeit einer produzierten Welt in der
Stoa). Und die Gesamtbewegung dieser nicht konfessionellen
Heilslehre wird besser durch die geschichtlichen Kräfte in den
Niederlanden erklärt als durch die ominösen Umbesetzungsthe-
sen vom christlichen Universum in eine angeblich profane

---

[117]   Vgl. *Spinoza*, Briefwechsel, a.a.O., 291—293 (79. Brief an Oldenburg).

Welt[118]. Aber die Frage ist, welchem Problem diese Revitalisierung antiker Heilslehren Ausdruck verschafft? Welches Problem sucht sie zu lösen?

Spinozas eigene Angaben bleiben völlig individuell und vom Genus literarium der klassischen Heilslehren stilisiert: der Lebensüberdruß führt zum Beschluß, das wahre Gut der Seelenruhe zu suchen. Aber warum verschafft ihm die traditionelle Religion keine Seelenruhe? Warum findet er das höchste Gut nicht in dem, was auf allen Straßen liegt? Ein biographisches Erklärungsmuster bietet sich leicht an: Als Sohn jener in Spanien zwangsbekehrten Juden, die von ihren christlichen Glaubensbrüdern *marranos* (Schweine) genannt wurden, auf Umwegen in die Niederlande fanden und dort zum Judentum rekonvertierten, als Jude schließlich, der von der Synagoge in den Leerraum zwischen allen Konfessionen gestoßen wurde und im Kreis der undogmatisch, christlich-liberalen Kollegianten Zuflucht fand[119], wurde Spinoza zur Überkonfessionalität gleichsam gezwungen. Aber warum ließ er sich nicht taufen? Dafür kann an den dreißigjährigen Krieg erinnert werden, in dem das konfessionelle Christentum die Friedenskraft ihrer Dogmatik für die aufblühenden Nationalstaaten ein für allemal selbst vernichtete. Spinozas praktische Theorie des inneren Friedens könnte als privatistische Ideologie der außenpolitisch im ständigen Krieg mit Spanien, England und Frankreich liegenden Niederlande des 16. und 17. Jahrhunderts gefaßt werden. Seine Aversion gegen die katholische Hierarchie und den offenbarungstheologischen Feudalismus überhaupt könnte als Spiegelung der revolutionären Befreiungskriege der Niederlande gegen Spaniens Monarchie und als Ausdruck der sich vom Zunftzwang befreienden Manufakturen Hollands erklärt werden. Präziser noch lokalisiert die marxistische Klassenanalyse dieses fortgeschrittensten „kapitalistischen Musterlandes des 17. Jahrhunderts"[120] Spinoza als den ideologischen Denker

---

[118] Zur Kritik vgl. *W. Jaeschke*, Die Suche nach den eschatologischen Wurzeln der Geschichtsphilosophie. Eine historische Kritik der Säkularisierungsthese. München 1976.

[119] Vgl. bes. *C. Gebhardt*, Die Religion Spinozas, in: Archiv für Geschichte der Philosophie 51 (1932) 339—362.

[120] *A. Talheimer*, Klassenverhältnisse und Klassenkämpfe in den Niederlanden zur Zeit Spinozas, in: *A. Talheimer, A. Deborin*, Spinozas Stellung, a.a.O., 11—39, 18.

jener mächtigen Oligarchie der Handelsbourgeoisie, die aufgrund der größten Handelsflotte und Werftindustrie, der blühenden Manufaktur und dem führenden Kapital in Europa als elitäre Kaste um die Gebrüder *de Witt* die Regierungsgeschäfte beherrschten. Diese Handelsbourgeoisie hatte sich zur Lebenszeit Spinozas gegen die calvinistischen Prädikanten, die Stützen der Oraniermonarchie, durchzusetzen: sie braucht die ideologische Förderung ihrer Entwicklung der Mathematik, Technik und Naturwissenschaften, sie braucht die Toleranz für ihre billigen Fremdarbeiter, welche zumeist nicht calvinistisch getauft werden. Sie braucht zugleich eine staatliche Beschränkung der calvinistischen Kirchen und eine für die Aufrechterhaltung von Ruhe und Ordnung funktionstüchtige Volksfrömmigkeit. Sie braucht schließlich für die revolutionäre Expansion in die ost- und westindischen Kolonien eine allgemeingültige Theorie, welche alle partikularen Kulte, Traditionen und Lebensformen überwinden ließ. Und schließlich braucht sie ganz schlicht eine von den herrschenden Religionen unabhängige Legitimation der Macht, um selber an der Macht zu bleiben. Es ist evident, daß Spinozas universale Heilslehre all dieses vorzüglich zu bieten hatte: die ökonomische Expansion in die unermeßlichen neuen Handelsräume, das neue Machtgefühl der Ausdehnung und die Notwendigkeit eines streng instrumentellen Denkens, die Unendlichkeit dieser *extensio* und *cogitatio* spiegeln sich noch in dem, was Spinoza für den Ausdruck der absoluten Unendlichkeit göttlicher Macht hielt.

Die Schwäche — oder ist es die Stärke? — der marxistischen Ideologiekritik liegt darin, daß sie Spinozas *deus sive natura* auf einen platten Materialismus festlegt und damit — ungewollt — eine materialistische Weltanschauung als adäquaten Ausdruck jener Verheerungen des Bürgertums[121] lehrt, welche im kapitalistischen Konkurrenzkampf bis zu zwei Weltkriegen und dem gegenwärtigen Irrsinn der Aufrüstungen ihre revolutionäre Kraft beweist. Die Wirkungsgeschichte Spinozas läßt sich auch als lehrreiche Aufsteigerung dieser bürgerlichen Ideologie lesen, wobei allerdings Stück für Stück die heitere Seelenruhe, die in Spinozas Denken herrscht, zugleich mit der darin noch gewahrten Transzendenz der Unendlichkeit Gottes verlorenging.

[121] Vgl. *D. Schellong*, Bürgertum und christliche Religion, a.a.O., 7 bis 16.

4 Die Frage des Glaubens

So wie einige christliche Theologen — allen voran *Friedrich Schleiermacher* und *David Friedrich Strauß* — Spinoza zu einem „christianissimum" bekehren zu müssen glaubten, so gibt es nicht wenige jüdische Stimmen seit *Mendelssohn*[122], die den einstigen Sepharden vom Banne lösen und als einen der ihren in Anspruch nehmen. Aber soviel Jüdisches und soviel Christliches seine philosophische Heilsvergewisserung auch einschließen mag, sein Gott-Denken schließt das biblische Zeugnis von Gottes sprechendem Handeln von der Evidenz der philosophisch begriffenen Wahrheit Gottes selber aus.

Nach dem Zeugnis des alt- und neutestamentlichen Evangeliums erschließt Gott seine Wahrheit in der prophetischen und inkarnatorischen Gegenwart seines Wortes, eines Wortes, das schöpferisch, erwählend, richtend und erlösend in der Geschichte wirkt. Die Entsprechung zur geschichtlich wirksamen Gegenwart Gottes in seinem handelnden Wort geschieht in der Umkehr der ganzen Existenz von Gottes Volk, in der Umkehr Israels und der universalen Kirche zur Wahrheit der Verheißung, die Gottes Wort für die ganze Geschichte bringt. Dieses Begreifen der Wahrheit Gottes in der Umkehr zu seinem Wort der Verheißung heißt „glauben". Der Glaube Israels und der Glaube der auf diesen „edlen Ölbaum" aufgepfropften christlichen Kirchen (vgl. Röm 11,16-24) denkt sich Gott nicht unabhängig vom Vernehmen seines eigenen Wortes, vielmehr dankt er dem in seinem Wort schöpferisch und erlösend handelnden Vater des Himmels und der Erde für seine auf die Menschheit zukommende Gegenwärtigkeit. Das Bedenken der Wahrheit Gottes wird jüdisch und christlich deshalb zur Auslegung seines Wortes, in dem Gott seine Wahrheit selbst geschichtlich ausspricht. Die Wahrheit des alttestamentlichen Anthropomorphismus und die Wahrheit der neutestamentlichen Botschaft vom gekreuzigten Herrn der Geschichte, der als Gottes eigenes Wort Mensch geworden ist, diese Wahrheit wird noch nicht ausgedacht, wo sie nur als ein Produkt der menschlichen Vorstellung

---

[122] Vgl. bes. *J. Klausner*, Der jüdische Charakter, a.a.O.; *E. Cassirer, L. Baeck, D. Baumgardt*, Spinoza. Zur dreihundertsten Wiederkehr seines Geburtstages. Der Morgen Nr. 5, Dez. Berlin 1932.

unter das Niveau des absoluten Begründungsdenkens gebracht wird. Denn die biblische Vorstellung Gottes als eines selber Redenden hebt ja das Bilderverbot, das Verbot jeder vergegenständlichenden Rede von Gott nicht auf, sondern setzt es voraus. Und deshalb heißt „Wahrheit" jüdisch-christlich gerade das Zur-Sprache-Kommen des Unaussagbaren, das Leben aus dem sich selber treuen Wort des unvorstellbaren Gottes.

Wenn Spinozas Offenbarungskritik nicht nur als Beschränkung der Prophetie auf eine für Israel nützliche Moralveranstaltung gesehen wird, sondern als Kritik aller Offenbarung vom Standpunkt der bürgerlichen Heilslehre aus, dann kann deutlich werden, wofür in der Neuzeit Judentum und Christentum als Zeuge gemeinsam stehen. Spinozas expressives Gott-Denken löscht durch seinen allmächtigen Gott den in der Geschichte mit seinem Volk schwachen Gott aus; es vermag die biblische Offenbarungsmächtigkeit, die in der Ohn-Macht von Gottes freiwilliger Selbstpreisgabe in seinem geschichtlichen Worte liegt, gerade nicht zu denken. Das Gott-Denken des liberalen Bürgertums gibt den Ebed Jahwe, den namenlos für alle leidenden Knecht Gottes als die Wahrheit Gottes ebenso preis, wie den bis zum Kreuz erniedrigten Messias mit dem Namen Jesus von Nazaret. Gerade deshalb legt es sich mit Spinoza Jesus als den höchsten Philosophen zurecht.

Die glaubend ergriffene Wahrheit der Schrift bezeugt Gottes sprechendes Handeln als sein gnädiges Sich-Einlassen in die Realgeschichte derer, die von der Geschichte erdrückt werden. Sie bezeugt so in allen ihren alt- und neutestamentlichen Entfaltungen Gottes eigenes Wort, seine Wahrheit, die in Jesus Christus selber auf die Welt gekommen ist. Kann dieses Zeugnis als die Wahrheit gedacht werden, die Gott in seinem Offenbarsein selbst ist? Von was für einer Wahrheit ist da die Rede, wo Gottes handelndes Wort, wo Jesus Christus als Gottes einzige und ganze Wahrheit dankbar anerkannt wird? Die Frage führt zur einzigen Frage des Glaubens: zur Infragestellung des absoluten Gott-Denkens durch die Wahrheit des Wortes Gottes selbst. Spinoza ist an dieser Frage nicht vorbeigegangen. Er hat die christologische Frage in der Tiefe beantwortet, die seinem ganzen Denken entspricht: Jesus wird zum Zeugen des wahren Gott-Denkens. Dafür aber nimmt er ihn aus dem Horizont des prophetischen Zeugnisses, das Gottes geschichtlicher Gegenwart in seinem Wort entspricht, gänzlich heraus und stellt ihn in den Horizont des bürgerlichen Selbstbewußtseins: ein großes Vorbild für die Jesusvorstellungen der verbürgerlichten Theologien seit dem 18. Jahrhundert bis heute. Für dieses Bewußtsein und für die ihm entsprechende Praxis ist nicht nur jedes erlösende Handeln Gottes in der realen Geschichte undenkbar geworden, sondern erst recht Gott selbst in der Gestalt des Gekreuzigten. An diesem Punkt wird die Wahrheitsfrage eigens zu stellen sein[123].

Auch wer die materialistische Ideologiekritik für flach hält und Spinoza als wahren Aufklärer der intellektuellen Gottesliebe schätzt, muß sehen, daß der darin allmächtig sich ausdrückende Gott ganz gnadenlos sich um die Opfer der Realgeschichte der europäischen Zeit der Aufklärung nicht kümmern kann. Er überläßt die Sorge um das nicht philosophierende Volk (das von der Gott selber denkenden Elite unter ihrem Niveau stehen gelassen wird) dem philosophisch deklassierten Gott der Offenbarungsvorstellungen, dem schwachen Gott der Schwachen. Vielleicht hat Spinoza richtig gesehen, daß die Expressivität der Bibel nicht in ihrem starken Gott-Denken, sondern in der Schwäche von Gottes Barmherzigkeit und der ihr entsprechenden Feindesliebe liegt. Er hat jedoch — und das gehört zur historischen Schuld der Christen gegen die Juden, gegen die Mitchristen und die Andersglaubenden — nicht zu sehen vermocht, daß Gott selbst sich als unser Allernächster in der geschichtlichen Konkretion offenbart. Vielleicht ist dieses Sehvermögen nur dann möglich, wenn gerade dies erfahren wird, was dem Selbsterhaltungstrieb des Bürgers am tiefsten widerstrebt: die Vergebung der Schuld und die Anerkennung der noch in ihrem Gott-Denken gott-los bleibenden Sünder durch Gottes barmherzige Hingabe in eben diese Geschichte hinein. Der auf seine Selbsterhaltung und später auf seine Selbstverwirklichung bedachte Bürger sperrt sich ab vor einem an ihm selber schöpferisch und erlösend handelnden Gott. Und deshalb legt er sein eigenes Handeln, zuhöchst also sein eigenes Denken, als Ausdruck von Gottes Leben selber aus.

[123]   Vgl. unten S. 143—155.

III. Hobbes: Die Religion im säkularen Staat

1 Ideenpolitischer Narzißmus

Als 1938 — die Wehrmacht hatte Österreich wiedervereinigt und die Eroberung neuen Lebensraumes begann —, die deutsche Hobbes-Gesellschaft des 350. Geburtstages ihres Ahnherrn gedachte, da feierte *Carl Schmitt* den englischen Leviathan der Politikwissenschaft als den eigenen, kommenden, den deutschen Hobbes:

> „Erst jetzt, im 4. Jahrhundert seiner Wirkung, tritt das Bild dieses großen politischen Denkers in reinen Linien zutage und wird der echte Klang seiner Stimme vernehmbar. Für sein eigenes Jahrhundert hat er selbst voll Bitterkeit von sich gesagt: ‚Doceo, sed frustra' [. . .] Heute dagegen begreifen wir die unverminderte Kraft seiner Polemik [. . .] und lieben wir den unbeirrten Geist, der [. . .] als ein wahrer ‚Promachos' die trüben Evasionen aller ‚indirekten Gewalten' zerstörte [. . .] Über die Jahrhunderte rufen wir ihm zu: ‚Non jam frustra doces, Thomas Hobbes'!"[1]

Für das professorale Parteimitglied der NSDAP ging erst jetzt auf, was Hobbes gesät hatte: Es ist jener „Dezisionismus", der wahre Typus der juristischen Wissenschaftlichkeit, dessen Grundsatz „authoritas, non veritas facit legem"[2] Schmitt sich

---

[1] Zit. nach: Veröffentlichungen der deutschen Hobbes-Gesellschaft. *Hrsg. C. v. Brockdorff*, IX (1938) bei *H. Rumpf*. Carl Schmitt und Thomas Hobbes. Ideelle Beziehungen und aktuelle Bedeutung. Berlin 1972, 108 f.; wörtlich fast gleich *C. Schmitt*, Der Leviathan in der Staatslehre des Thomas Hobbes. Sinn und Fehlschlag eines politischem Symbols. Hamburg 1938, 131.

[2] Ausdrücklich eingeführt ist dieser Grundsatz bei Hobbes selbst erst in der monarchistischen (lateinischen) Überarbeitung von 1670 des englischen Leviathan von 1651; in der englischen Fassung notiert Hobbes, daß die Auslegung der natürlichen Gesetze nicht durch moralphilosophische Schriftsteller Gesetzescharakter erhalte, sondern durch die Autorität des „Commonwealth", dies gelte auch für seine eigene Lehre und zwar „For

schon 1922 in der Weimarer Zeit zur Stützung des fatalen Ausnahmeartikels 48 der Weimarer Verfassung zu eigen gemacht hatte[3]. „Souverän ist, wer über den Ausnahmezustand entscheidet"[4], glaubte er — auch hier höchst ungenau lesend[5] — mit Hobbes formulieren zu können, obwohl für Hobbes — das wird zu zeigen sein — gerade der Ausnahmezustand über den Souverän entscheidet. Schmitt, der wie *Helmut Schelsky* 1938[6] „das Politische als das Totale erkannt" hat[7], hielt mit Schelsky das für diese Zeit prototypische Werk des Thomas Hobbes[8] allerdings für eine noch nicht vollendete Totalität des Staates,

though it be naturally reasonable; yet it is by the Soveraigne Power that is Law" (Leviathan or the Matter, Form, and Power of the Commonwealth Ecclesiastical and Civil, in E.W. III, 263); in der lateinischen Fassung entfällt jeder Hinweis auf die natürliche Vernünftigkeit zugunsten der lapidaren Formel: „Doctrinae quidem verae esse possunt; sed authoritas, non veritas facit legem" (Leviathan. Sive de materia, forma et potestate civitatis ecclesiasticae et civilis, in O.L. III, 202). Hobbes' Werke werden zit. nach: The English Works of Thomas Hobbes of Malmsbury; now first collected and edited by *Sir William Molesworth*, XI vol., Aalen (Repr. d. Ausg. London 1839—1845) [2]1966 = E.W.; Thomae Hobbes, Malmesburiensis Opera Philosophica quae Latine scripsit Omnia. In Unum Corpus Nunc Primum Collecta Studio Et Labore Gulielmi Molesworth, V vol., Aalen (Repr. d. Ausg. London 1839—1845) [2]1966 = O.L. Merkwürdigerweise lassen mehrere deutsche Übersetzungen des Leviathan trotz seines eindeutigen Titels und seiner inneren Logik den religionspolitischen dritten und vierten Teil entfallen, was auch eine Form der „Säkularisierung" darstellt; so die Übersetzung von *P.C. Mayer-Tasch* in der Rowohlt-Ausgabe und die Übersetzung von *J.P. Mayer* in der Reclam-Ausgabe. Vgl. dagegen vollständig (aber vergriffen) *Th. Hobbes*, Leviathan oder Stoff, Form und Gewalt eines bürgerlichen und kirchlichen Staates, Hrsg. *I. Fetscher*, Übers. *W. Euchner*, Neuwied, Berlin 1966.
[3] *C. Schmitt*, Politische Theologie. Vier Kapitel zur Lehre von der Souveränität, München/Leipzig 1934, 44.
[4] A.a.O., 11.
[5] Vgl. *Ch. Graf von Krockow*, Soziologie des Friedens. Drei Abhandlungen zur Problematik des Ost-West-Konflikts, Gütersloh 1962, 66 f.; *ders.*: Die Entscheidung. Eine Untersuchung über Ernst Jünger, Carl Schmitt, Martin Heidegger, Stuttgart 1958, 54—67; *J. Petzold*, Wegbereiter des deutschen Faschismus. Die Jungkonservativen in der Weimarer Republik, Köln 1978, 336—349; trotz der Harmonisierung von *H. Rumpf* gibt dieser schließlich doch eine Ehrenerklärung für Hobbes gegen Schmitt ab, a.a.O., 106—108.
[6] Vgl. *H. Schelsky*, Die Totalität des Staates bei Hobbes: Archiv für Rechts- und Staatsphilosophie 31 (1938) 176—193.
[7] Politische Theologie, a.a.O., 7.
[8] Vgl. *C. Schmitt*, Der Staat als Mechanismus bei Hobbes und Descartes: Archiv für Rechts- und Sozialphilosophie 30 (1936/37) 622—632, 630.

nicht nur weil Hobbes den Staat noch als eine legale Maschinerie statt als das personalistische Führertum einer artgleichen
Volksbewegung von 1933[9] sah, sondern auch — und das interessiert hier besonders — weil Hobbes in den Mythos des Leviathan einen selbstzerstörerischen Vorbehalt einbaute: die religiöse Innerlichkeit als vom Souverän unantastbare. Den Mythos
vollendete erst Schmitt's Erledigung von Verfassungsrecht und
Grundwerten[10] selbst; denn erst mit der Vollendung dieses
Mythos wird offenbar auch die Säkularisierung vollendet: „Alle
prägnanten Begriffe der modernen Staatslehre sind säkulari-
sierte theologische Begriffe"[11]. Es bleibt also festzuhalten,
daß nach Schmitt in Hobbes politischer Theorie die Säkularisierung nicht zur Vollendung gelangte und damit jene Ansatz-
punkte einer inneren religiösen Liberalität bestehen gelassen
wurden, welche als Verhaltensnormen zur französischen Revolution und zum „normativistischen" Liberalismus führten, zum
Erzfeind der katholischen politischen Theologie von der Ro-
mantik bis zum Faschismus[12].

Dieser Analyse „zur Pathogenese der bürgerlichen Welt" ist in
seiner Hobbes-Interpretation der Schmitt-Schüler *Reinhart
Koselleck* gefolgt: Hobbes hätte den Menschen entzweigeteilt
„in eine private und eine öffentliche Hälfte"[13]. Die öffentliche

[9] *C. Schmitt*, Staat, Bewegung, Volk, Hamburg [2]1934 (1933), 46—82.
[10] Vgl. *C. Schmitt, E. Jüngel, S. Schelz*, Die Tyrannei der Werte, Hamburg 1979, 9—44.
[11] *C. Schmitt*, Politische Theologie, a.a.O., 49.
[12] Vgl. *G. Bruchmüller*, Der politische Katholizismus. Ein Kampfab-
schnitt dargestellt nach der römisch-katholischen Zeitschriftenliteratur
vom Umbruch der Zeit bis zum Ende des Pontifikats Pius XI. Diss. Heidelberg 1941; *K. Breuning*, Die Vision des Reiches. Deutscher Katholizismus zwischen Demokratie und Diktatur, München 1969; *G. Kraiker*,
Politischer Katholizismus in der BRD. Eine ideologiekritische Analyse,
Stuttgart 1972. Für *Schmitt* erklärt sich diese zersetzende Liberalität in
der Folge von Hobbes bei Spinoza „aus der jüdischen Existenz heraus"
(Der Leviathan in der Staatslehre des Thomas Hobbes, a.a.O., 88). Dagegen stellt *Ch. Graf von Krockow*, Soziologie des Friedens, a.a.O., 68,
richtig, daß „Schmitts Kritik an Hobbes *vom totalitären Standpunkt aus
völlig berechtigt und zutreffend ist*. Hobbes ist weder ein Advokat des
Totalitären oder ein Mythologe, noch ein Freund-Feind-Dezisionist, sondern ein nüchterner Denker, der sich bemühte, jene Zone der Sicherheit
zu schaffen, die das Bürgertum zur Entfaltung seiner materiellen wie ide-
ellen Kräfte benötigt."
[13] *R. Koselleck*, Kritik und Krise. Ein Beitrag zur Pathogenese der bürgerlichen Welt, Freiburg, München [2]1959, 29.

Hälfte, die Herrschaft des absoluten Souveräns erscheint als „Potenzierung" religiöser (alttestamentlicher) Verhältnisse[14], also als Form der Säkularisierung, das Hobbessche „Private, is in secret free"[15] bleibt ein funktionalisierter Rest abendländisch-religiöser Tradition[16]. Wie Schmitt legt Koselleck Hobbes auf eine halbe und deshalb fatale Säkularisierung als Ausdruck des 17. Jahrhunderts fest. Massiver noch klingt dies wiederum beim Koselleck-Schüler *Bernard Willms*[17] an, welcher nun Hobbes Leviathan als eine politische Theologie auslegt; sie vermittle die abstrakte Souveränität, welche der soziale Wandel des 17. Jahrhunderts erforderlich machte mit dem Christentum als der „normativen Substanz der Herkunftswelt"[18], woraus nun eben — und bist du nicht Hegel, so brauch ich Gewalt — der bekannte Ansatzpunkt der Negation entspringt: der Vorbehalt der christlichen Innerlichkeit[19], welche wiederum säkularisiert nach *Max Weber* zum Sieg des Kapitals geführt habe.

„Solches also", um mit *Bloch* zu reden, „kommt heraus, wenn die Kraft, auf die Füße zu stellen [. . .] ausschließlich als Säkularisierung erscheint". In der Tat ist solcher „Sippenforschung nach der mythologischen Großmutter"[20] in der Hobbes-Literatur kein Ende, nicht einmal dort, wo Säkularisierung als theologische Ideenpolitik entlarvt wird, weil sie die Substanz des Neuen in ihrem Alten vorgegeben sieht; also nicht einmal bei *Hans Blumenberg*. Hobbes denkt für ihn — gemäß seiner funktionalisierten Säkularisierungsthese — im „Modell des theologischen Absolutismus, das hier in den Naturzustand des Menschen gleichsam hineinprojiziert ist"[21], so daß der Krieg eines jeden gegen alle nun nicht mehr wie bei Hobbes den Zustand des Konkurrenzkampfes seiner Zeit analysiert, sondern eben theologische Vorstellungen „hineinprojiziert". Dieses formale

[14] A.a.O., 162.
[15] Leviathan, E.W. III, 350.
[16] Vgl. *R. Koselleck*, Kritik und Krise, a.a.O., 162.
[17] *B. Willms*, Die Antwort des Leviathan — Th. Hobbes politische Theorie, Neuwied/Berlin 1970.
[18] A.a.O., 209.
[19] A.a.O., 211 ff.
[20] *E. Bloch*, Das Prinzip Hoffnung. Gesamtausgabe in 16 Bänden. Bd. 5, Frankfurt am Main 1977, 1613.
[21] *H. Blumenberg*, Die Legitimität der Neuzeit, Frankfurt a.M. 1966, 190; *ders.*, Säkularisierung und Selbstbehauptung, Frankfurt a.M. 1974, 257.

Schema unterscheidet den Ansatz der Neuzeit „fundamental von der Tradition staatsphilosophischer Ideale" der Antike, nämlich *Platos*[22]. Das heißt, wie zu zeigen sein wird, Blumenberg hat wie Schmitt, Koselleck und Willms nicht zur Kenntnis genommen, wovon Hobbes ausging, nämlich gerade von der Antike, nicht der ideal-platonischen zwar, aber jener der Geschichte des peloponnesischen Krieges von Thukydides. Nicht Hobbes projiziert Theologie, sondern Blumenberg[23].

Und so sieht es selbstverständlich auch auf der anderen Seite aus, auf der theologischen. *Sören Holm* vermutet, Hobbes rationalisiere das Christentum, weil er sich „ni orthodoxe ni ouvertement hérétique" zu zeigen wage[24], er bringe in seiner Theorie des Christentums sein „sacrifizio del intelletto"[25]. Dies will auch das große theologisch-aggressive Werk von *Dietrich Braun*, der sich als *Barth-Schüler* versteht, untermauern, und zwar mit einer saftigen Säkularisierungsthese: Hobbes sei ein säkularisierter „echter Mystiker" und der wohl markanteste Vertreter einer „Dogmatik des Politischen"[26]. Denn er fülle den Raum der mittelalterlichen Gottesmetaphysik mit einer Metaphysik von unten: „Sinnliches tritt an die Stelle von

---

[22] A.a.O., 191.

[23] Daß *Blumenberg* hier wie anderswo *historisch* projizieren muß, ist Folge seines Welterklärungssystems, in welchem Kontinuität gerettet wird nicht durch die fortwirkende Substanz, sondern durch die von ihr vermittelten — und nicht mehr erfüllbaren — *Bedürfnisse*. Auch für die Politologie von Hobbes soll also das Christentum mit seinem „Volumen ungesättigter, enttäuschter, zur Insistenz gesteigerter Erwartungen und Ansprüche" (a.a.O., 71) jenen ursprünglich theoretisch zu befriedigenden Anspruch erklären, den der theologische Absolutismus hinterlassen hatte. Aber Hobbes erklärt nicht die vom Christentum freigestellten Absolutheitsbedürfnisse, sondern den neuzeitlichen Willen zur besitzindividualistischen Expansion und die Bedingungen zu dessen Sicherung; diese Erklärung wird bei Hobbes materiell und ansatzweise ökonomisch durchgeführt. Hier wie anderswo läßt sich *Blumenberg* nicht auf die Geschichte materieller Bedürfnisse ein. Dies aber läßt die bürgerlichen Sicherungsinteressen seiner „kulturoptimistischen Illusion" (*W. Jaeschke*, Die Suche nach den eschatologischen Wurzeln der Geschichtsphilosophie. Eine historische Kritik der Säkularisierungsthese, München 1976, 39) deutlich durchscheinen. Die neuzeitlichen Bedürfnisse sind nicht schon durch formale Welterklärungssysteme aufklärbar.

[24] S. *Holm*, L'attitude de Hobbes a l'égard de la religion: Archives de philosophie 12 (1936) 227—248, 228.

[25] A.a.O., 248.

[26] D. *Braun*, Der sterbliche Gott oder Leviathan gegen Behemot, Teil I, Zürich 1963, 10.

Übersinnlichem, Immanentes an die von Transzendentem, die Staatsvernunft an die von Offenbarung"[27], kurz, er verkehre die wahre Rangordnung, die ursprüngliche Ordnung von Offenbarung und Vernunft. Und warum dies? Weil Hobbes, der seine Berufung zum christlichen „Propheten, zu dem er offensichtlich vorbestimmt erschien"[28], zurückstieß, sich dem Geheimnis des Wortes Christi verschloß und dem „‚Reich der Finsternis' [. . .] verhaftet blieb"[29]. So bleibt dem Theologen nichts anderes übrig als zu schließen: „Wir stehen vor dem Rätsel dieses Menschen"[30].

Es muß etwas dran sein an dieser rätselhaften Säkularisierungssucht, in der das Machtstreben der einzelnen durch die Allmacht des nominalistischen Gottes, die Souveränität der Fürsten durch die Souveränität von Papst oder Gott selbst, der Gesellschaftsvertrag durch die puritanische Föderaltheologie (Bundestheologie), der kriegerische Naturzustand durch die Erbsünde, das Naturgesetz durch das *ius divinum* und das *homo homini deus* durch die Inkarnation des Evangeliums, der Faschismus Schmitts letztlich durch einen faschistisch verstandenen Gott selbst erklärt werden kann. Meine Vermutung ist, daß alles, was an solcher Legitimierung durch theologische Kontinuität dran ist, nicht Hobbes, sondern nur unseren eigenen Legitimationswillen betrifft. Wenn Hobbes nur umbesetzt hat, dann kann so schrecklich nicht sein, was er als Wesen des modernen Nationalstaates entdeckte und was seine Theorie der einzig möglichen Art des Überlebens in diesem expansiven Nationalstaat formulierte, ich meine den individualistischen Konkurrenzkampf, der durch den Polizeistaat nach innen und durch die starke Armee nach außen zu sichern ist. Dies hat der herrliche Empiriker, Historiograph und humorvollste Moralist des 17. Jahrhunderts, „that most English of Englishman" *(Collingwood)*[31] schärfer gesehen als seine deutschen Mysti-i-

[27] A.a.O.; ähnlich *K. Th. Buddeberg*, Descartes und der politische Absolutismus: Archiv für Rechts- und Sozialphilosophie 30 (1936/37) 541 bis 560, 550; „Nicht mehr Gott selbst ist Gott, der Fürst ist Gott... Hier (bei Hobbes, P.E.) ist es sozusagen unumwunden ausgesprochen: Der Souverain ist der Gott dieser Erde."

[28] *D. Braun*, a.a.O., 23.

[29] A.a.O., 31.

[30] A.a.O., 32.

[31] *R.G. Collingwood*, The New Leviathan, Oxford 1942, 266.

katoren, welche — wie Schmitt — Hobbes durch die Brille des preußischen Staatsphilosophen Hegel lesen wollen. Diese Brille gibt ihnen eine Weitsichtigkeit, welche vom Naheliegendsten entfernt, nämlich davon, daß Hobbes als Kritiker der politischen Theologie und der kapitalistischen Ökonomie zugleich weder den Staat sakralisieren noch die Religion säkularisieren wollte, sondern bescheidener, in seiner Analytik der schlechten Zustände — mit Hilfe der aus vergleichbaren Zuständen erwachsenden Denkmittel (peloponnesischer Krieg, mechanische Bewegungslehre) — jenes schwer zu findende Gleichgewicht formulierte, in welchem der bürgerliche Staat mit einer bürgerlichen Religion den Kriegszustand unterbrechen sollte. Dies allein heißt für die modernen Nationalstaaten, die das Eigentum organisieren, im Frieden leben zu können. Hegel ist Hobbes schon nähergekommen, wenn er meinte, Hobbes Schriften enthielten „über die Natur der Gesellschaft und der Regierung gesündere Gedanken als zum Teil noch im Umlauf sind", freilich sei in seiner Lehre „eben nichts Spekulatives eigentlich Philosophisches darin"[32]. Drei Momente dieser exzellenten englischen Empirie, welche Hegel eine seichte nennt[33] und die so scharf wie nachher nur *Nietzsche* (aber ohne sein deutsches Pathos) und so ökonomisch-kritisch wie *Marx* (aber ohne die auch darin deutsche Kampfeswut) den neuzeitlichen Staat durchschauten, werden im folgenden ins Auge gefaßt, um den Ballast der das Konkrete verschlingenden Säkularisierungsdebatte loszuwerden: der Bürger Hobbes, das Leistungsprinzip als Konstruktionsprinzip des Staates und seine Analyse der bürgerlichen Religion.

2 Ad personam

Höchst aufschlußreich der Zeitpunkt seiner Geburt, der Karfreitag des 5. April 1588: die große spanische Armada nähert sich dem Kanal und wenige Tage später erzwingen die Kanonen

---

[32] *G.W.F. Hegel*, Vorlesungen über die Geschichte der Philosophie III. Theorie Werkausgabe Bd. 20, Frankfurt a.M. 1971, 226.
[33] A.a.O., 227.

der englischen Galionen jenen Durchbruch, welcher eine Neu-
verteilung der Welt bedeutet. 1493 hatte Papst *Alexander VI.*
kraft seiner apostolischen Gewalt mit einer Demarkationslinie
den außereuropäischen Globus in zwei Hoheitsgebiete, die spanischen und die portugiesischen, aufgeteilt; 1600 lizensiert dagegen Elisabeth die Ostindische Kompagnie: Hobbes wird gemeinsam mit der — durch koloniale Expansion fundierten und
staatlich kontrollierten — Marktgesellschaft geboren. Seine
Mutter soll im Erschrecken vor der Armada zu früh niederge-
kommen sein und ihn — wie er in seiner in lateinischen Distichen
holperig verfaßten Autobiographie vermerkt — als Zwilling
der Furcht und seiner selbst zugleich geboren haben[34]. Die
Todesfurcht wird von ihm zum Prinzip jener Vernunft erklärt
werden, welche bereit ist, die Sicherung des bedrohten Eigentums dem staatlichen Souverän abzutreten; er soll kurz vor
seinem Tode auf die Frage, was auf seinen Grabstein zu schreiben sei, gesagt haben: „Dies ist der Stein der Weisen"[35]. Dies
wiederum könnte von allen Liebhabern der Säkularisierung im
Anschluß an *Max Weber* auf die nervöse Lust für eine systematische Lebenskontrolle der Puritaner zurückgeführt werden,
auf jene Todesfurcht, die zur Rationalisierung zwingt und in
der Prädestinationsungewißheit ihre Wuzeln hätte[36], wenn eben
nicht die von Hobbes reflektierte Destruktion durch die Kräfte
der alten Weltordnung selbst das ganze Zeitalter des Barock bestimmt hätte[37]. Die innere Repression hängt — wie sich an den
Kreuzzügen des 12./13. Jahrhunderts[38] und der spanisch-por-

---

[34]   „Atque metum tantum concepit tunc mea mater/Ut pareret gemi-
nos, meque metunque simul", Thomae Hobbes Malmesburiensis Vita carmine expressa. Authore seipso, in: O.L.I, 81—99, 86.
[35]   *F. Tönnies*, Thomas Hobbes. Leben und Lehre, Stuttgart-Bad Canstatt 1971, 64.
[36]   Vgl. die zu Webers Schlußfolgerungen kritische Studie von *M. Walzer*,
Puritanism as a Revolutionary Ideology; History and Theory 3 (1963)
59—89; vgl. *M. Weber*, Gesammelte Aufsätze zur Religionssoziologie.
Bd. I, Tübingen 1972, 84—163.
[37]   Vgl. *L. Goldmann*, Der verborgene Gott. Studie über die tragische
Weltanschauung in den Pensées Pascals und im Theater Racines. Neuwied, Darmstadt 1973.
[38]   Vgl. *P. Eicher*, Gottesfurcht und Menschenverachtung. Zur Kulturge-
schichte der Demut, in: *H. v. Stietencron* (Hrsg.), Angst und Gewalt. Ihre
Präsenz und ihre Bewältigung in den Religionen, Düsseldorf 1979, 111
bis 136.

tugiesischen Inquisition im Zusammenhang mit der beginnen-
den Seefahrt zeigen läßt — mit der kolonialen Expansion zusammen. Hobbes, Sohn eines heruntergekommenen anglikanischen Landpfarrers und einer schlichten Bäuerin, wurde jedoch
tatsächlich während fünf Jahren im oxfordschen Magdalen Hall
puritanisch erzogen. Der Bibliothekskatalog der Universität
von 1661 „unterstreicht den puritanisch-calvanistischen Geist
dieser Bildungsstätte"[39] : Hobbes intensiver Kampf gegen die
calvinistischen Presbyterianer und Leveller beruhte auf bester
Quellenkenntnis. Aber seine relativ strenge Lebensführung
— die den zölibatären Sittenrichter über die Komödienschrei-
ber seiner Zeit nicht hinderten, noch im Greisenalter Bassgeige
zu spielen, einmal jährlich betrunken zu sein und sich am Ball-
spiel zu ergötzen — mutet nicht puritanisch an; sie ist die
Lebensform der *gentry*, des aufsteigenden Landadels der
Cavendish's, in deren Schutz und zu deren Erziehung Hobbes
ein Großteil seines Lebens verbrachte.
Die *gentry* bildet als die Gruppe der marktorientierten fortschrittlichen Grundbesitzer[40] neben den Seefahrern und Händ-
lern Londons die aufsteigende Mittelklasse schon des elisabe-
thianischen Zeitalters (1558—1603), die im King in Parliament
ihr staatliches Zentrum, im Klientelsystem und im staatlich
kontrollierten Kirchenwesen ihre bürokratische Ordnung hatte.
Mit dem Aufstieg der im Unterhaus vertretenen *gentry* und
Kaufmannsschaft hing die wachsende soziale, wirtschaftliche
und politische Bedeutung des Unterhauses zusammen. Aber
die *gentry* bildete nicht eigentlich eine Klasse, sondern eher
den sozialen Rang ritterlicher Feudalität im Übergang zur
Klasse der durch die Einzäunung und die Marktwirtschaft er-
möglichten Grundbesitzer: sie repräsentiert das Ideal des *Gentleman*, den *Nobleman*[41]. Ohne die *gentry* konnte die Krone
nicht regieren, so wie sie ohne die Krone nichts war. Aber
Hobbes, zeitlebens mit der *gentry* verbunden, wird nicht zu

[39]   Vgl. *W. Förster*, Thomas Hobbes und der Puritanismus. Grundlagen
und Grundfragen seiner Staatslehre, in: *R. Koselleck, R. Schnur* (Hrsg.),
Hobbes-Forschungen. Berlin 1969, 71—90, 77.
[40]   Vgl. *K. Kluxen*, Geschichte Englands, Stuttgart ²1976, 238.
[41]   Vgl. *K. Kluxen*, a.a.O., 249 ff.; *C.B. Macpherson*, Die politische
Theorie des Besitzindividualismus, Frankfurt a.M. 1967, 21—85; *W. Röh-
rich*, Sozialgeschichte politischer Ideen. Die bürgerliche Gesellschaft,
Reinbek bei Hamburg 1979, 15—30.

ihrem Ideologen, er repräsentiert — wie *Pascal* und *Descartes* in Frankreich — den *honnète homme* des 17. Jahrhunderts, der im Gegensatz zu dem des 18. Jahrhunderts als Gentleman von Renten und kleinen Bezügen zur Subsistenz lebt. Dieser *honnète homme* lebt im kleinen Zirkel der europäischen Naturwissenschaftler-Philosophen erst recht auf: entscheidend wird in seinem 47. Lebensjahr die Bekanntschaft mit *Galilei*, der nach der Darstellung seiner Verehrer ihm 1635/6 „auf einem Spaziergang beim großherzoglichen Lustschlosse Poggio Imperiale die erste Idee gegeben, die Sittenlehre durch Behandlung nach geometrischer Lehrart zur mathematischen Gewißheit zu bringen"[42]. Hobbes ist sich dieser Abhängigkeit immer dankbar bewußt geblieben. Nicht weniger wichtig aber war für sein Werk der Umgang mit *Mersenne*, der Galileis Dialoge übersetzte, mit *Descartes*, der seine Gegenschrift in die Meditationes aufnahm[43], mit *Bacon*, dessen Privatsekretär er kurze Zeit war, schließlich mit *Gassendi* und *Harvey*, dessen Blutkreismodell seine Bewegungslehre bestätigte.

Wilhelm Dilthey betont, daß Hobbes „Auffassung des Menschen"[44] aus den „Welterfahrungen" erwuchs, die er am Hofe *Richelieus* — einer „Mischung von Animalität, Witz, Staatsräson und Intrige"[45] und später *Karls II.* gewann. Aber nicht nur ist „Welterfahrung" zu wenig, weil Hobbes immerhin zweimal als politischer Flüchtling erst aus England, dann aus Frankreich ein *politischer* Beobachter seiner Zeit war, sondern es ist auch hier an die allenthalben unterschlagene Quelle dieses Werkes zu erinnern: Hobbes ist *zuerst* und *zuletzt* Philologe gewesen und in nicht unbedeutender Weise zeit seines Lebens ein Historiograph geblieben. Mit sechs Jahren lernte er Lateinisch und Griechisch, mit 14 fertigte er eine in lateinischen Jamben gehaltene Übersetzung der Medea von *Euripides*[46] — so wie als

[42] Zit. bei *F. Tönnies*, Siebzehn Briefe des Thomas Hobbes an Samuel Sorbière, nebst Briefen Sorbière's, Mersenne's u.a.: Archiv der Geschichte der Philosophie 3 (1890) 58—71; 192—232, 232.

[43] Objectiones ad Cartesii Meditationes de prima Philosophia vulgo dictae Objectiones tertiae, O.L. V, 249—274.

[44] *W. Dilthey*, Weltanschauung und Analyse des Menschen seit Renaissance und Reformation. Gesammelte Schriften, Bd. II, Stuttgart, Göttingen [8]1969, 361.

[45] A.a.O., 360.

[46] Vgl. *F. Tönnies*, Thomas Hobbes, a.a.O., 62.

87jähriger noch eine in englische Jamben gebrachte *Homer*-Übersetzung[47] ; mit dem 70. Lebensjahr verfaßte er seine lang vorbereitete *Historia ecclesiastica* in lateinischer Versform[48] und mit 77 seine historische Erzählung betreffend Häresie und deren Bestrafung[49], sowie mit 80 den Behemot oder das lange Parlament[50], unverzichtbar für das Verständnis seiner rationalen Kritik des bürgerlichen Staates und der bürgerlichen Religion. Der Schlüssel zu dem allen liegt aber in seiner ersten publizierten Arbeit: *The History of the grecian war written by Thukydides* von 1629[51] und nach der griechischen Ausgabe von *Aemilius Porta* übersetzt. In seiner Widmung an die Leser empfiehlt er Thukydides als „the most political historiographer that ever writ"[52], arbeitete seine philosophische Stellung im Anschluß an *Anaxagoras* heraus, „on thee one side not superstitious on the other side not an atheist"[53] und bestimmt seine politische Stellung: „For his opinion touching the governement of the state, it is manifest that he least of all liked the democracy"[54] ; er preist die Klarheit[55], die Kraft und Strenge seines Stils, die Reinheit und Schicklichkeit seiner Schreibart[56] gegenüber den Attacken des *Dionysios von Halikarnass*, der sich auch darüber beklagt, daß Thukydides die Elendsgeschichte der Griechen anstelle ihrer Ruhmesgeschichte schreibe. Dazu bemerkt Hobbes, daß es für den Menschen profitabler und lehr-

[47]   Homers' Ilias. Translated out of Greek by Thomas Hobbes of Malmesbury, E.W. X.
[48]   Historia Ecclesiastica Carmine elegiaco concinnata. Authore Thoma Hobbio Malmesburiensi, L. V, 341—408.
[49]   An Historical Narration Concerning Heresy and the Punishment thereof, E.W. IV, 385—408.
[50]   Kritische Ausg.; Behemot or the Long Parliament by Thomas Hobbes of Malmesbury, Ed. *F. Tönnies*, London 1889; erste dt. Übers. *J. Lips*, in: ders., Die Stellung des Thomas Hobbes zu den politischen Parteien der großen englischen Revolution, Darmstadt 1970, 101—288; vorkritische Ausg.; Behemot: The History of the Causes of the Civil Wars of England, E.W. VI, 161—418.
[51]   The History of the Grecian War written by Thucydides. Translated by Thomas Hobbes of Malmesbury, E.W. VIII, IX, hier: To the Readers VIII, VII—XXXII, VIII.
[52]   The History of the Grecian War, a.a.O., VIII.
[53]   A.a.O., XV.
[54]   A.a.O., XVI.
[55]   A.a.O., XXII.
[56]   A.a.O., XXIII.

reicher sei, die schlimmen Ereignisse und das menschliche Elend zu sehen als nur sein Glück und seine Erfolge[57]; Thukydides war für Hobbes größer als seine Kritiker „not as lover of his country but of truth"[58]. Wer hätte je genauer Thomas Hobbes beschreiben können denn Thomas Hobbes, als er den Thukydides beschrieb! Sein philosophisches Werk — die *Elements of Law Natural and Politic* von 1640[59], *De cive* von 1642 als dritter vorausveröffentlichter Teil der *Elementorum Philosophiae*[60], 1651 die englische Ausgabe des *Leviathan*, 1655 *De corpore* als erster Teil der *Elementorum Philosophiae*[61], 1658 der zweite Teil *De homine*[62], 1670 der lateinische, monarchistisch überarbeitete *Leviathan*[63] — dieses philosophische Werk muß *als die naturwissenschaftlich auf ihre Grundelemente zurückgeführte Historiographie* des Zeitalters des Thomas Hobbes verstanden werden. Das ist der Kern der Sache.

3 Das Leistungsprinzip als Konstruktionsprinzip des modernen Staates

Die erste politologische Schrift, die *Elements of Law Natural and Politic*, die Hobbes mit 52 Jahren ausdrücklich zur Stabilisierung der Verhältnisse schrieb, enthält nicht nur *in nuce* das später nurmehr erweiterte System von *De cive* und *Leviathan*, sondern zumeist auch noch die schärferen Einsichten der noch

[57] A.a.O., XXIV.
[58] A.a.O., XXV.
[59] The Elements of Law Natural and Politic. By Thomas Hobbes of Malmesbury. Ed. *F. Tönnies*, London 1889.
[60] Elementorum Philosophiae Sectio tertia, De Cive, O.L. II, 133—432; die englische Übersetzung von Hobbes erschien 1651: Philosophical Rudiments Concerning Government and Society by Thomas Hobbes of Malmesbury, E.W. II.
[61] Elementorum Philosophiae Sectio prima, De Corpore, O.L. I; die englische Übersetzung von Hobbes erschien mit geringen Korrekturen 1656: Elements of Philosophy. The First Section, Concerning Body, written in Latin by Thomas Hobbes of Malmesbury and translated into English, E.O. II.
[62] Elementorum Philosophiae Sectio secunda, De Homine, O.L. II, 1—132.
[63] Zu den Ausgaben des Leviathan und ihren merkwürdigen deutschen „Kürzungen" vgl. Anm. 2.

nicht völlig durchsystematisierten Lehre von den Elementen des bürgerlichen Staates. Mit seinem Zeitgenossen *Pascal* teilt er die noch naive mechanische Anschauung, daß die mathematische Vernunft, weil interesselos, unfehlbare Gewißheit verbürge, der Bereich der Interessen aber, also der Geschichte, der Politik, des Staates und der Metaphysik bis jetzt nur dem Streit der Meinungen unterworfen gewesen sei. Pascal *bleibt* jedoch dabei, daß für die Humanwissenschaften die geometrische Methode die *wahre* wäre, doch „die Menschen werden nie dahin gelangen: denn was die Geometrie übersteigt, übersteigt uns selbst"[64] ; die geometrische Methode für den Bereich der Interessen „wäre schön, aber sie ist ganz unmöglich"[65] , weil darin jeder zu definierende Begriff andere Begriffe in unendlichem Zirkel voraussetzen würde. Hobbes, bei gleicher methodischer Voraussetzung jedoch, unternimmt genau dies, das Definieren jener Elemente, welche die geschichtlichen Interessen bestimmen und den Einbau der Geschichte in die dadurch definierten Naturgesetze ermöglichen, „bis das Ganze als eine uneinnehmbare Festung sich darstellt [. . .] die wahre und einzige Grundlage solcher Wissenschaft"[66].

Solches Definieren kann nicht aufgrund der zu definierenden Erfahrung gelingen, sondern nur durch die Verrechnung der Wörter mit ihrem allgemein zugelassenen Gebrauch nach logischen Gesetzen, d.h. nach dem Sinn unserer Vorstellungen, die eine Bewegungsreihe nach Gesetzen ausmachen. Aber bekanntlich machen wir die Wörter zur Bezeichnung unserer Leidenschaften selbst und insofern wir die Gesetze dieser Spracharbeit kennen und daraus die logischen Schlußfolgerungen ziehen, ist Wissenschaft von menschlichem Handeln möglich, ist eine Handlungswissenschaft a priori möglich: „Eine demonstrative Erkenntnis a priori ist uns daher nur von den Dingen möglich, deren Erzeugung von dem Willen des Menschen selbst abhängt"[67], was in der Mathematik und in der Politik und Ethik

---

[64] *B. Pascal*, De l'esprit géometrique, in: Oeuvres complètes (Ed. *Chevalier*), Paris 1954, 577.
[65] A.a.O., 578.
[66] *Th. Hobbes*, Naturrecht und allgemeines Staatsrecht in den Anfangsgründen. Übers. *F. Tönnies*, Darmstadt 1976, 33 f.
[67] De Homine, s. II, c. X,4, in: O.L. II, 92: „Itaque earum tantum rerum scientia per demonstrationem illam a *priore* hominibus concessa est, quarum generatio dependet ab ipsorum hominum arbitrio."

der Fall ist, währenddessen die Natur, insofern sie nicht selbst konstruiert wird, gerade keine streng wissenschaftliche Erkenntnis erlaubt. Insofern wir also den Staat selber schaffen, ist vom Staat eine Wissenschaft möglich: dieses konstruktive Prinzip erledigt feudales Naturrecht und metaphysisch — religiöse Staatsbegründung jeder Art. Es zeigt das geschichtliche Selbstbewußtsein einer Politik der Kolonial- und Manufakturzeit an, die jeder religiösen Besetzung unbedürftig ist. Die ersten Namen, deren politischen Gebrauch Hobbes untersucht, betreffen die Grundlagen der Ethik: die „Liebe", das „Endziel", das „Glück" und „Gott". Gefragt wird nach dem, was unter diesen Namen vorgestellt wird, nach den Elementen der politischen Geschichte des 17. Jahrhunderts also: und die Antworten zeigen, daß diese Vorstellungen nicht mehr ein religiös-ethisches Bewußtsein spiegeln, sondern ein durch und durch kinetisches: die Welt ist nicht nur in Bewegung geraten, sondern besteht aus Bewegung, und zwar nurmehr aus der Bewegung als solcher: Liebe ist die förderliche Bewegung und die Förderung der Bewegung ist Lust[68]. Da nun aber „alle Lust Begierde ist, und die Begierde ein weiteres Ziel zur Voraussetzung hat, so kann es nur Befriedigung geben im Fortschreiten"[69]. Der *Fortschritt* als solcher, die Progression der Macht definiert das Telos, vernichtet eine zielgerichtete Geschichte: „Die Glückseligkeit daher, die wir als ein dauerndes Lustgefühl verstehen, besteht nicht darin, daß man Erfolg gehabt hat, sondern daß man Erfolg hat"[70]. Der Wille zur Macht definiert die Grundbewegung des expansiven Bürgertums der Neuzeit, aber ohne daß diese Macht auch erreicht werden kann, sie bleibt ein ständiges Mächtigerwerden als andere, sie definiert die Wollust[71]: „Stets

---

[68] Naturrecht und allgemeines Staatsrecht, a.a.O., 59 f.

[69] A.a.O.; vgl. De Homine, a.a.O., s. II, c. IX,16, in: O.L. II, 103: „Omnis enim sensio cum aliquo appetitu vel fuga conjuncta est; et non sentire est non vivere. Bonorum autem maximum est, ad fines semper ulteriores minime impedita progressio... Nam vita motus est perpetuus, qui, cum recta progredi non potest, convertitur in motum circularem." Die Säkularisierungsthesen des 20. Jahrhunderts konnten sich daran nicht genug tun, den Fortschritt der offenen Progression gegenüber angeblich griechisch zirkularem Denken hervorzuheben: Er soll der biblischen Eschatologie entspringen! Hobbes sah genauer, worin die Lust solcher Progression liegt.

[70] Naturrecht und allgemeines Staatsrecht, a.a.O., 61.

[71] Vgl. a.a.O., 73.

den nächsten vor uns zu besiegen ist Glück"[72]. Das Leistungsprinzip hat Hobbes als Grundelement des modernen Bürgertums entdeckt.

Diese Definition des Grundelementes des possessiven Individualismus der Neuzeit erlaubt Hobbes, das Gefüge des seit *Heinrich VIII.* faktisch nicht mehr religiös legitimierten Staates zu rekonstruieren. Denn die Frage für das politische Denken, das im strengen Sinne für Hobbes ein Rechnen, ein Addieren und Subtrahieren von Bewegungen bedeutet[73], die Frage für diese kybernetische Politologie heißt, was ohne den Staat die Situation der Individuen ausmachen würde: der Staat minus Zwangsgewalt ergibt die Einsicht in die Elemente, die dem Staat zugrundeliegen, also den behaupteten hypothetischen Naturzustand[74]. Hier ist nicht gefragt, wie in der ebenfalls schon rechnenden katholischen Barockscholastik, was die *natura pura* ohne die Gnade Gottes bedeutet[75], sondern was dem geschichtlich gewordenen Staat für eine Bewegung der Individuen zugrundeliegt: es ist nach den *Elements* die Möglichkeit eines jeden, jeden anderen zu töten — auf diesem Punkt der Nullität sind alle gleich —, woraus nach dem Leviathan die Hoffnung eines jeden entspringt, alles zu besitzen[76]. Als Verhaltensforscher seiner Zeit definiert Hobbes, was das Recht eines jeden heißt: „Jeder Mensch hat von Natur ein Recht [. . .], alle Dinge, die er erreichen kann und will, zu besitzen, zu benutzen und sich ihrer zu freuen"[77]. Da das Resultat der Subtraktion, das Reich der abstrakten Freiheit, zur Selbstzerstörung führen müßte, wird gefragt, was den Suizid der Menschheit verhindern kann: es ist der Stein der Weisen, die Todesfurcht und der Sicherungstrieb des Besitzers[78]. Sie diktieren

[72] A.a.O., 77.

[73] Vgl. bes. Leviathan, p. I, c. V, in: E.W. III, 29—38; O.L. III, 31—39.

[74] Zur Diskussion von Hobbes' eigener Einsicht in diese Polito-Logik vgl. *C.B. Macpherson*, Die politische Theorie des Besitzindividualismus, Frankfurt 1973, 30—42.

[75] Vgl. *H. de Lubac*, Die Freiheit der Gnade. Bd. I, Das Erbe Augustins, Einsiedeln 1971.

[76] Vgl. Naturrecht und allgemeines Staatsrecht, a.a.O., 96—100, und Leviathan, p. I, c. XIII, in: E.W. III, 110—116; O.L. III, 97—102.

[77] Naturrecht und allgemeines Staatsrecht, a.a.O., 98.

[78] Vgl. bes. a.a.O., 105, und Leviathan, p. I, c. XIII, in: E.W. III, 116; O.L. III, 102; diese zentrale Stelle zum Übergang vom Naturzustand zu den Naturgesetzen lautet in der lat. Fassung: „Passiones quibus homines

die Naturgesetze als die Leistungsmoral des Besitzindividualismus. Diese natürliche Leistungsmoral dient der Selbsterhaltung in der ständigen Bewegung der Akkumulation; die Rationalität dieser Akkumulation verlangt aber die Unterwerfung und gleichzeitige Konstituierung einer regulativen Herrschaft über alle Bürger, die definitionsgemäß „nach Macht, Vorrang und Privateigentum streben"[79]. Sie verlangt nach der von einem jeden mitgetragenen Konstituierung staatlicher Herrschaft, also nach dem starken Staat (vorzüglich, aber nicht nur einer aufgeklärten Monarchie). Der Mensch macht das, was ihn menschlich, d.h. was ihn wettbewerbsfähig macht, selbst: den Staat. Die Erhaltung der Wettbewerbsfähigkeit ist der Sinn des Staates (der Staat hat keinen Zweck und kein Ziel mehr); er konstituiert das Eigentum als Eigentum, und zwar so, „wie es nach seiner Ansicht der Billigkeit und dem Gemeinwohl entspricht"[80]. Denn für eine Zeit, in der „die Geltung oder der Wert eines Menschen wie der aller anderen Dinge sein Preis ist", also „von dem Bedarf und der Einschätzung eines anderen abhängig"[81], kann nur die staatliche Lenkung den Sozialvertrag und damit den Frieden garantieren. Dieser erlischt, wenn der Souverän die Bürger nicht mehr schützen kann oder sie durch die Todesstrafe bedroht, also wenn der Ausnahmezustand ein-

ad pacem perduci possunt, sunt metus, praesertim vero metus mortis violentiae, et cupiditas rerum ad bene vivendum necessarium, et spes per industriam illas obtinendi. Pacis autem articulos quosdam suggeret ratio, quae leges sunt naturales..."
[79] Naturrecht und allgemeines Staatsrecht, a.a.O., 127.
[80] Das bonum commune als Regel für den Souverän wird im lat. Leviathan allerdings leicht abgeschwächt zugunsten der unumschränkten Vollmacht des Souveräns; vgl. Leviathan, p. II, c. XXIV, in: E.W. III, 234: „wherein the sovereign assigneth to every man a portion, according as he, and not according as any subject, or any number of them, shall judge agreeable to equity, and the common good"; O.L. III, 186: „distributio terrae illius inter cives dependet ab eo qui summam habet in civitate potestatem; habebuntque portiones suas, non ut cuiquam civi aut numero civium aequum esse vel ad bonum publicum conducere videbitur, sed ut violebitur summam habenti potestatem."
[81] Leviathan, p. I, c. 10, in: E.W. III, 76: „The value, or WORTH of a man, is of all other things, his price; that is to say, so much as would be given for the use of his power: and therefore is not absolute; but a thing dependant on the need and judgment of another... And as in other things, so in men, not the seller, but the buyer determines the price." Auch hier schwächt der reaktionäre lat. Text leicht ab: „Dignitas significat interdum valorem sive pretium hominis...", O.L. III, 69.

tritt. Denn gut, d.h. nützlich[82] ist nur, was dem Frieden der Leistungsgesellschaft dient.

Ist das Säkularisierung? Wird hier religiöse Substanz weltlich freigesetzt oder transformiert? Werden hier religiöse Räume marktwirtschaftlich besetzt oder werden diese politischen Begriffe aus theologischen verweltlicht? Die Fragen zeigen unverhohlen ihr Interesse: die eigene, nicht religiös legitimierbare ökonomische Substanz des modernen Nationalstaates soll in Kontinuität mit der christlichen Sakralität gebracht werden. Das verschleiert ihr Fundament und gibt ihr offenbar noch immer Autorität. Schmitt hat den von Hobbes definierten Zustand des Leistungsstaates die „vollendete Reformation" genannt[83] und damit die Eschatologie in die kapitalistische Akkumulation, in den ständigen Mehr-wert (bei ihm auch den autoritär-faschistischen) des Bürgertums verlegt. Hobbes hat dagegen die Zwei-Reiche-Lehre offengehalten und damit die Reformation unvollendet gelassen.

4 Bürgerliche Beschränkung der Religion

Die einzige Macht, die der Mensch nicht definieren kann, ist die göttliche, und so drückt jede Rede von Gott, die mehr besagen will als diese seine Undefinierbarkeit, nur „unseren Mangel an Macht aus, irgend etwas, was mit seiner Natur zusammenhängt, zu begreifen"[84]. So grenzt Hobbes das erste Element

---

[82] Den Vorbehalt der Selbstverteidigung bei Hobbes unterschlagen zu haben kritisiert *P.C. Mayer-Tasch*, Thomas Hobbes und das Widerstandsrecht, Tübingen 1965, insbesondere an Carl Schmitt's Gebrauch von Hobbes zu Recht; vgl. a.a.O., 83–125. Im Blick auf Leviathan, p. I, c. 14, in: E.W. 116–130, O.L. III, 102–111 wäre auch erneut zu fragen, inwiefern die Todesstrafe, da sie vom Gestraften gar nicht gewollt werden kann, bei Hobbes nicht schon im Ansatz kritisch gefaßt wird, auch wenn sie in ihrer Wirksamkeit noch unbestritten bleibt. Hier gibt es kein Naturrecht auf gerechte Sühne durch den Tod wie bei Kant und Hegel, im Gegenteil: „Si quis se seipsum non defensurum esse contra vim paciscatur, pactum invalidum est. Nam ... jus se defendendi contra mortem intentatam, vulnera, incarcerationem ... deponere nemo potest", O.L. III, 109.
[83] *C. Schmitt*, Die vollendete Reformation. Bemerkungen und Hinweise zu neuen Leviathan-Interpretationen: Der Staat 4 (1965), 51–69, 65.
[84] Naturrecht und allgemeines Staatsrecht, a.a.O., 82.

der bürgerlichen Religion aus dem wissenschaftlich verfügbaren Raum aus: Religion als Gefühl der schlechthinnigen Abhängigkeit von dem, was amorphe Macht bleibt. Da jedoch, wo diese Macht konkret besetzt wird — in den christlichen Konfessionen —, wo sie gebraucht wird für definierbare Herrschaftszwecke, da tritt sie ein in jenen Bereich, der in nichts zu unterscheiden ist von dem Naturrecht der Individuen, die schlechthin alles, d.h. je größere Macht besitzen wollen. Die Religion als Realisierung konkreter Freiheit ist im ganzen immer eine auch politische Größe. Als organisierte Gemeinde, Papstkirche oder als Sektenverband bedroht sie deshalb den Frieden im Staat zuerst. In seiner Geschichte des langen Parlaments, dem Behemot, zeigt Hobbes, daß die religiösen Bewegungen minus des starken Staates den Krieg eines jeden gegen alle bedeuten würde[85]. In diesem Krieg wäre der Mensch für den Menschen bekanntlich ein Wolf; da aber „keine Kriege heftiger geführt werden als die zwischen den verschiedenen Sekten einer Religion und zwischen den verschiedenen Parteien eines Staates"[86] und da für die Zeit der Geschichte, die Hobbes überschauen kann, die religiöse Motivation der Bürgerkriege die größte Krise dieser Geschichte heraufbeschworen hat, liegt es nahe, dieses *Plinius*-Zitat[87] ἄνθρωπος ἀνθρώπου λύκος auch demgemäß zu interpretieren: Wölfe sind die Christen, insofern sie konkrete Herrschaft beanspruchen. Die Presbyteraner zuerst, die glauben, „von Gott ein Recht zu haben, jeder seine Gemeinde und alle zusammen die ganze Nation zu regieren" und sich deshalb mit den Besitzenden im Parlament gegen den König verschwören; dann aber die Papisten, die „die Meinung vertreten, daß wir vom Papst regiert werden müßten", schließlich die Sekten, die Gottes Reich schon auf Erden anbrechen sehen[88] und erst dann die Humanisten, die zuviel *Cicero* lesen, die von den Niederlanden Faszinierten, die Arbeitslosen und Ignoranten, welche den starken Staat für ihre Zwecke schwächen oder stürzen wollen.

[85] Vgl. Behemot, Ed. *F. Tönnies*, a.a.O., 2 f.
[86] De cive, c. I, 5, in: O.L. II, 163; E.W. II, 7.
[87] Vgl. *F. Tricaud*, ‚Homo homini Deus', ‚Homo homini lupus' Recherches des Sources des deux Formules de Hobbes, in: *R. Koselleck, R. Schnur*, Hobbes-Forschungen, a.a.O., 61—70.
[88] Behemot, Ed. *F. Tönnies*, a.a.O., 2 f.

Die konkrete Herrschaft der Religion mit ihrem unbeschränkten Machtinteresse muß für Hobbes im Interesse des Friedens vom staatlichen Souverän ausgeübt werden. Seine Exegese des Alten Testaments zeigt dies für den Abraham- und Mose-Bund mit Leichtigkeit. Das Neue Testament wird dafür strenger, und zwar ganz und gar eschatologisch ausgelegt: Christus hat in seinem Wirken nicht Herrschaft ausgeübt, sondern die Menschen wiedergeboren — für die Zeit der Geschichte; nach seinem Tod ist er allein der *kommende* Herrscher. Jetzt ist er erst Lehrer der Frömmigkeit und der Moral, die zum Frieden führt: sein Reich ist nach Joh 18,36 nicht von dieser Welt, der Weg ins himmlische Reich führt über Römer 13, den Gehorsam gegen die Obrigkeit. Hobbes definiert ein entscheidendes Element der bürgerlich beschränkten Konfession: ihr Prinzip soll Hoffnung und ihre Moral Staatstreue sein, im ganzen: ein unpolitischer Messianismus und eine domestizierte Innerlichkeit. Er reflektiert, was die Geschichte der Religions- und Konfessionskriege dem Christentum gebracht hat: das Ende seiner öffentlichen Herrschaft. Auch dies als Verweltlichung oder Freisetzung des Christentums ins wahre Eigene zu bezeichnen, heißt die bürgerliche Depotenzierung des Messianismus für die Gottesherrschaft selbst zu halten. Der moderne Nationalstaat, den Hobbes *in* der Geschichte für den Gott hält und *mit* der Geschichte für einen sterblichen Gott[89], ist kein Säkularisat des Messianismus, sondern die Konstruktion jener Eigentümer, die zu ihrer eigenen Sicherheit die Polizei und das Volksheer erfunden haben.

Angesichts der selbstzerstörerischen Folgen der vergöttlichten Sicherheit, die in ihrer bürokratischen Form zur systematischen Auslöschung des Subjekts und in der Form der atomaren Rüstung zur möglichen Auslöschung der Gattung zu führen droht, stellt sich theologisch mit aller Dringlichkeit noch einmal die Frage nach dem Frieden Jesu Christi für diese unsere Geschichte. Wenn die modernen Nationalstaaten jede Anerkennung einer göttlichen Friedensstiftung privatisiert haben und wenn die verbürgerlichte Christenheit sich mit dieser Privatisierung auch längst beruhigt hatte, so fordern heute doch gerade die Folgen dieses schrankenlosen Sicherheitstriebes die Christen

---

[89] Vgl. Leviathan, p. II, c. XVII, in: E.W. III, 158; O.L. III, 131.

noch einmal dazu heraus, die soziale und politische Konsequenz ihres Bekenntnisses zum Herrn der Geschichte öffentlich wahrzunehmen. Auf die bürgerliche Beschränkung der
Christologie, wie sie Hobbes konzipierte, wird in der kritischen
Reflexion deshalb eigens zurückzukommen sein.

IV. Fichte: Die Politik der absoluten Religion

„Die Erwählten aber sind nicht
von Gott zu Erlösende,
sondern Erlöser Gottes.“
Augustinus (über die Manichäer[1])

Nichts ist dem europäischen Bildungsbürgertum seit dem 18. Jahrhundert für sein Selbstbewußtsein wichtiger geworden, als sich rational zu geben, das heißt, sein ganzes Handeln durch ein allgemein gültiges Wissen öffentlich zu legitimieren. Was dem traditionellen Bewußtsein als die Quintessenz des unvernünftigen und gottlosen Handelns erschien, die politisch-soziale Revolution von 1789, das wurde für die deutsche Bildungselite zum Anlaß für ihre universale Rechtfertigung der sich selbst begründenden Vernunft in der Geschichte überhaupt. Noch *Kant* hatte die unübersehbar gewordene Rationalisierung der Lebenswelt durch die mechanistischen Naturwissenschaften als universal gültig nur zu dem Preis zu erweisen gewußt, daß das traditionelle religiöse Verlangen nach dem ewigen Heil, nach der Ganzheit des Schöpfungsglaubens und nach der sittlichen Verantwortung aus diesem wissenschaftlich gerechtfertigten Universum ausgespart und dem Glauben überantwortet wurde. Ein solchermaßen tragischer Riß von Wissen und Glauben konnte jenem Willen zur Totalität nicht mehr genügen, der sich im deutschen Bildungsbürgertum *nach* der französischen Revolution und *vor* der Wahrnehmung der industriellen Revolution in Deutschland mächtig zeigte. Ein Sonderbereich der Religion, der gegenüber Wissenschaft, politischer Sphäre und ökonomischer Wirklichkeit die darin zurückgestellten Heilsinteressen noch potentiell befriedigt hätte, mußte im idealistischen Willen zur Totalität der Vernünftigkeit selber aufgehoben werden. Der Aufklärung des 18. Jahrhunderts war es mit ihrer Kritik allen Aberglaubens und Priesterbetrugs ja keineswegs gelungen, selber eine die Massen befriedigende Religion der Vernunft zu

[1] *Augustinus*, Ennarratio in psalmum 140, c. 12 (CCL 40, 2035).

konstituieren; jetzt sollte die Versöhnung der aufgeklärten
Vernunft mit der Tiefe des Glaubens selbst die Einheit wieder-
bringen, die dem Bürgertum auch gegenüber der widerständi-
gen Religion zur universalen Macht des Wissens verhelfen könnte. Dieses Wissen durfte aber weder in die mythologische oder
gegenständlich-dogmatische Form zurückfallen, welche die
Aufklärung überwunden glaubte, noch durfte es sich mit der
Selbstbegrenzung des wissenschaftlichen Verstandes abfinden,
welche das Heilsverlangen sowohl der Massen als auch der Eli-
ten so offensichtlich nicht zu befriedigen wußte. Aus diesem
Dilemma entstand die absolute Selbstbegründung des Wissens
in idealistischer Form, von *Johann Gottlieb Fichte* (1762—
1814) mächtig begründet. In ihrem Zentrum steht das Zur-
Erscheinung-Bringen Gottes durch die Reflexion; darin versöhnt
sich das Bürgertum auf seine Weise des autonomen Bewußtseins mit dem immer offensichtlicher werdenden Verfall der
sozialen Einheit, des ökonomischen Ausgleichs und des politischen Friedens zwischen den sich aufsteigernden Nationalstaaten.

Der transzendentalphilosophische Idealismus Fichtes setzt der
Unvernunft seines Zeitalters gerade aus dem Zentrum der religionsphilosophischen Spekulation ein politisches Bewußtsein
entgegen, das im Ausgang von Deutschland für alle Völker ret-
tend sein sollte. Die spekulative Legitimierung dieser deutsch-
bürgerlichen Religion zeigt im religionsgeschichtlichen Ver-
gleich nun aber wesentliche Züge mit der *Gnosis* der Antike.
Wenn die idealistische Religionsbegründung Fichtes als eine
Form der Gnosis analysiert wird, verliert sie ihren noch durchaus wirksamen Nimbus als letztbegründende Tiefe neuzeitlicher
Vernunft überhaupt. Und dieser Nimbus hält insbesondere die
katholische Transzendentaltheologie nach dem Zweiten Weltkrieg gefangen[2], eine Theologie, welche den rückständigen
Katholizismus mit der Moderne dadurch zu versöhnen sucht,

---

[2] Vgl. *P. Eicher*, Immanenz oder Transzendenz. Gespräch mit Karl Rahner, in: FZThPh 15 (1968) 29—62; *ders.*, Die anthropologische Wende.
Karl Rahners Weg vom Wesen des Menschen zur personalen Existenz, Fri-
bourg 1970; *ders.*, Wovon spricht die transzendentale Theologie? Zur gegenwärtigen Auseinandersetzung um das Denken von Karl Rahner, in:
ThQ 156 (1976) 284—295; *ders.*, Erfahren und Denken. Ein notabene
zur Flucht in meditative Unschuld, in: ThQ 157 (1977), 142 f.; *ders.*, Offenbarung, a.a.O., 347—424.

daß sie alle dogmatischen Gehalte der Kirche durch ihre Beziehung auf die apriorische Vernünftigkeit des Subjekts im Sinne Fichtes apologetisch als glaubwürdig zu erweisen sucht. Glaubwürdig für wen? Für welches Bewußtsein? Für welche geschichtliche Situation? Dieser Rückgriff der aktuellen Theologie auf die religiöse Vernunft des Bürgertums wird im folgenden unerwähnt gelassen, wobei aber nicht verschwiegen werden soll, daß die kritischen Analysen nicht ohne Folgen für die Konstruktionen der katholischen Theologie von heute bleiben können. Auf Dauer genügt es nicht, den biblisch fundierten Glauben — mit einer Jahrhundertverspätung — einem Bürgertum anzupassen, dessen internationale Verheerungen längst unübersehbar geworden sind.

Die hier entwickelte These greift bewußt auf ein Buch zurück, das schon 1835 mit dem programmatischen Titel erschien: „Die christliche Gnosis oder die christliche Religionsphilosophie in ihrer geschichtlichen Entwicklung"; sein Autor war der selber idealistisch gestimmte *Ferdinand Christian Baur*[3]. Die Pointe der Darstellung von Baur liegt gerade darin, daß die christliche Gnosis der Antike mit der Theosophie *Böhmes*, der idealistischen Spekulation *Schellings* und *Hegels* und der religionsphilosophischen Theologie *Schleiermachers* „auf einem und demselben Wege liegt, und von ihr nicht dem Wesen, sondern nur der Form nach verschieden ist", ja „die christliche Religionsphilosophie kann, wenn man es nicht für besser erachtet, ihren Begriff ganz aufzugeben, nur auf dem einmal betretenen Weg ihr Ziel weiter verfolgen."[4] Religionsphilosophie im christlichen Horizont wäre demnach *christliche Gnosis* — oder es gäbe sie nicht. Das hieße auch, daß der deutsche Idealismus nicht — wie er sich selbst verstand — als die höhere Form christlicher Orthodoxie reformatorischer Prägung zu begreifen wäre, sondern als die reflektierte Gnosis, als Gnosis der Gnosis, als die Gnosis in der Form des deutschen Selbstbewußt-

---

[3] *F.Ch. Baur*, Die christliche Gnosis oder die christliche Religionsphilosophie in ihrer geschichtlichen Entwicklung. Tübingen 1835 (Repr. Darmstadt 1967).

[4] A.a.O., 735. Zu Harnacks These von der Hellenisierung des Christentums, die Baurs These entspricht, wurde, was die Gnosis betrifft, von Hans Jonas insbesondere der orientalische Einfluß geltend gemacht; vgl. *H. Jonas*, Gnosis und spätantiker Geist. Teil 1. Die mythologische Gnosis. Göttingen [3]1964, 50 f.

seins von der französischen Revolution bis zur gescheiterten Revolution von 1848. Nun hat freilich Baur seiner selber idealistischen Darstellung keinen historischen Ort gegeben und damit auch den Zusammenhang von Gnosis (sprich Religionsphilosophie) und Politik unberührt gelassen: die Religionsphilosophie bleibt politisch unschuldig, sowohl in der antiken als auch in der neuzeitlich deutschen Form. Spätestens nachdem die marxistische Kritik der idealistischen Religionsphilosophie (sprich der modernen Gnosis) ihre politische Unschuld gründlich geraubt hatte, wäre nun zu erwarten gewesen, daß der politische Nerv des gnostischen Unternehmens freigelegt worden wäre. An Stelle dessen wurden jedoch bisher politische Kategorien vorzüglich nur auf ein rein religiöses Selbstverständnis übertragen, und damit die politischen Kategorien ebenso wie die damit thematisierte Gnosis entpolitisiert. Auf dem Boden der frühen Heideggerschen Daseinsanalyse hat dies 1934 *Hans Jonas* brillant durchgeführt: für ihn trägt die „gnostische Seinsart des existentialen Subjekts"[5] „unverkennbar revolutionäre Züge"[6]. „Revolutionär" aber heißt nun die gnostische *Interpretation*, der neue *Sinn*, vor allem im Aufstand des unerhörten Selbstbewußtseins gegen die vorhandenen Götter und ihren Kosmos[7]. Und damit wurde die Gnosis in ihrer revolutionären Sprengkraft zum hermeneutischen Ereignis (ein, wie zu zeigen sein wird, durchaus deutsches und durchaus nicht unschuldiges Phänomen).

Wenn die Gnosis in ihrer nichtchristlichen Ausbreitung und in ihren mannigfachen jüdischen und christlichen Adaptationen[8] nicht historistisch in die antike Religionsform der römischen Kaiserzeit völlig eingeschlossen werden soll, sondern durch die eklatanten Differenzen von Antike und Moderne hindurch zumindest in grundlegenden Strukturen religionsgeschichtlich für vergleichbar gehalten wird, dann kann die Beleuchtung des

---

[5] *H. Jonas*, Gnosis, a.a.O., 62.

[6] A.a.O., 215.

[7] A.a.O., 214—251.

[8] Zur Einführung in den neueren Stand der Forschung zur „Gnosis" vgl. die Arbeiten von Karl Rudolph; vgl. *K. Rudolph*, Gnosis und Gnostizismus, ein Forschungsbericht, in: ThR 34 (1969) 121—175, 181, 231· 36 (1971) 1—61, 89—124; 37 (1972) 289—360; 38 (1973) 1—25; *ders.*, Die Gnosis. Wesen und Geschichte einer spätantiken Religion. Göttingen 1977; *ders.* (Hrsg.), Gnosis und Gnostizismus. Darmstadt 1975.

Verhältnisses von Gnosis und Politik auch historisch nur gewinnen, wenn — um es vorsichtig zu sagen — eine quasi gnostische Religionsphilosophie der Moderne gerade auch in ihrem religionspolitischen Charakter dechiffriert wird.

Die transzendentalphilosophische Spekulation *Johann Gottlieb Fichtes* (1762—1814), die nicht nur das ermöglichte, was „deutscher Idealismus" heißt, sondern bis zur Gegenwart auch den Staat, die Nation, den Krieg, die Erziehung und die Wissenschaft als die rettenden Erscheinungen der Gottheit innerhalb einer an sich schlechten Wirklichkeit begreifen lehrt, diese Religionslehre vom deutschen Reich des Lichts in der Finsternis europäischer Aufklärung und außereuropäischer Roheit macht zumindest aufmerksam auf den Übergang von der innerlichen Totalität zur totalitären Veräußerung dieser quasi gnostischen Religionsform. Obwohl heute bereits nahezu alle Ausdrucksformen des modernen bürgerlichen Religionsbewußtseins von *Spinoza* über *Schelling* und *Hegel* bis zu *Jaspers*, *Heidegger* und *Wittgenstein* samt der Theosophie von *Böhme* bis *Steiner* und der bürgerlichen Literatur von *Rilke* über *Musil*, *Joyce* und *Mann* bei ihrem gnostischen Charakter behaftet wurden — was *Ferdinand Christian Baurs* Diktum ständig neue Wahrheit gibt — ist doch Fichte von dieser religionsgeschichtlichen Zuordnung bisher verschont geblieben (bis auf eine kurze Bemerkung bei *Arnold Gehlen*[9]). Eher *wegen* der radikal religionsphilosophischen Begründung des kriegerischen Deutschtums als *trotz* ihr schweigt sich die neue Fichte-Renaissance in ihren zahllosen immanenten Interpretationen[10] über den Zusammenhang dieser totalen Religion mit der totalitären Politik aus: Fichtes „Theorie des Christentums"[11], wird als solche verehrt[12]. Ein

[9] *A. Gehlen*, Deutschtum und Christentum bei Fichte. Berlin 1935, 57 bis 61, ordnet den Johannismus Fichtes Marcion, Montanus und Mani zu.
[10] Zur Bibliographie vgl. *H.M. Baumgartner, W.G. Jacobs*, J.G. Fichte — Bibliographie. Stuttgart, Bad Canstatt 1968; *W. Lautermann*, Transzendentalphilosophie als Anthropologie und als Erscheinungslehre — Ein Panorama neuerer Fichteinterpretationen, in: PhR 24 (1976) 197—253.
[11] Fichtes Werke werden im folg. interpretiert und zitiert nach der Ausg.: *J.G. Fichtes* sämtliche Werke. Hrsg. *I.H. Fichte*. 8 Bde. Berlin 1971 (Repr. d. Ausg. Berlin 1845—1846); *J.G. Fichtes* nachgelassene Werke. 3 Bde. Berlin 1971 (Repr. d. Ausg. Berlin 1834—35), zit nach der von I—XI fortlaufenden Bandzahl. Hier: V, 492 (Die Anweisung zum seligen Leben, 1806)
[12] Eine bemerkenswerte Ausnahme — wenn auch ohne religionsge-

Ausblick in diese fortwirkende Gnosis des Deutschtums ergänzt deshalb im folgenden die Erwägungen zum quasi-gnostischen Religionssystem Fichtes in seiner politischen Konsequenz.

1 Der Baum des Lebens

Erwägungen zur politischen Bedingtheit, Intentionalität und Konsequenz einer Religionsphilosophie setzen voraus, daß deren eigene Gestalt erst einmal ganz in den Blick genommen wird. Erst das voll entfaltete System läßt ermessen, worin ihr quasi gnostischer Grundzug liegt, auch wenn die Wurzeln des Systems durch alle Umbrüche und Neuansätze hindurchdringen bis zu den frühesten vorkritischen Äußerungen[13]. Vom Anfang bis zum Ende aber tritt diese Religionsphilosophie in der für sie charakteristischen Spannung von Religionslehre oder Verkündigung und von Wissenschaftslehre oder Religionsreflexion auf. Auch wenn diese unaufhebbare Spaltung im Genus der religiösen Sprachform nach Fichte nur dem Elend seiner gegenwärtigen Geschichtszeit entsprechen soll, welche „als Zeitalter der absoluten Gleichgültigkeit gegen alle Wahrheit" noch nicht zur Endzeit jener Vernünftigkeit ausgebildet ist, welche sich selbst als Erscheinung Gottes lebendig weiß[14], so bleibt diese Spannung zwischen der erweckenden Verkündigung und ihrer theoretischen Reflexion dem System selbst doch nichts Äußerliches. Äußerlich bliebe diese doppelte Form der Wahrheit, wenn *dasselbe* Heilswissen einmal — wie in der „Anweisung zum seligen Leben" — für Personen des weiblichen Geschlechts, für Geschäftsmänner und jüngere Gelehrte[15] in

schichtliche Einordnung — bietet die Diss. von *R. Lösch*, Die Theologie der Lehre Fichtes von Staat und Nation. Michelsstadt 1957.
[13] Zur vorkritischen Reflexion Fichtes vgl. *R. Preul*, Reflexion und Gefühl. Die Theologie Fichtes in seiner vorkantischen Zeit. Berlin 1969; einen umfassenden Überblick der frühesten Äußerungen und eine einläßliche Interpretation der Offenbarungsschrift von 1792 gibt *M. Kessler*, Kritik aller Offenbarung. Untersuchungen zu einem Fichteschen Forschungsprogramm und zur Entstehung und Wirkung seines „Versuchs" von 1792. Diss. masch. Tübingen 1981.
[14] VII, 11 (Grundzüge des gegenwärtigen Zeitalters, 1806).
[15] V, 414 (Anweisung); die Anm. zu V, 397—574 beziehen sich im folg. immer auf die Anweisung zum seligen Leben von 1806.

populärer Form gegeben, für die Gelehrten jedoch in der höheren Form der absoluten Reflexion vorgetragen werden könnte. Das Wissen des Wissens, das sich in seiner höchsten Form als das Zum-Bewußtsein-Kommen Gottes selbst versteht und also Heilswissen par excellence bedeutet, muß sich in seiner eigenen Reflexionsarbeit jedoch schließlich selbst als das wahre Leben verstehen und mitteilen können. Und die Erweckung zu diesem Leben bedarf des Anrufs dessen, der bereits das Wissen weiß, der also selig lebt und damit in seiner Reflexion schon zur reinen Erscheinung Gottes geworden ist. Diesen, der Gnosis vertrauten Ruf muß Fichte als wahrhafter Pneumatiker gegenüber den Psychikern, die noch im Moralgesetz und historischen Christentum gefangen sind, notgedrungen in populärer, d.h. alltagssprachlicher Form ergehen lassen und zwar unter ständiger Versicherung, daß das göttliche Leben, das er verkündet, selbst sprachlich nicht mehr zu vermitteln ist, sondern in die σιγή, in das Verstummen der absoluten Reflexion mündet:

> „Ich z.B., ein Lehrer, Alles auf Erkenntnis gründend, will vor allen Dingen Erziehung Aller. So wollte es Jesus auch, nur versteckt, nicht so klar es aussprechend [. . .] So bin ich drum wahrhaft Stifter einer neuen Zeit: der Zeit der *Klarheit* [. . .] Alles Andere will *mechanisieren*, ich will befreien. Erziehung zur Klarheit ist nemlich Erziehung zur Freiheit; denn nur in der *Klarheit* ist *Freiheit*. Beides aber ist nur *formal* [d.h. noch nicht ewiges Leben selbst, *P.E.*]. In der That bleibt nemlich der unendliche Inhalt jener Freiheit, die sittliche Aufgabe, etwas Unbegreifliches, das Bild Gottes eben darum, weil dieser schlechthin unbegreiflich ist, und nur zu erleben in den Offenbarungen der Geschichte."[16]

Das, was nur zu erleben ist, der Inhalt der wahren Philosophie, erscheint also nicht als ein Produkt der Reflexionsarbeit, sondern offenbart sich dem Geist, der seiner sittlichen Aufgabe in der Geschichte unmittelbar bewußt geworden ist, d.h. um den göttlichen Ursprung seines Bewußtseins unmittelbar weiß. Insofern fällt für Fichte das Resultat der unendlichen Reflexion

[16] VII, 580 f. (Exkurse zur Staatslehre, 1813).

der Wissenschaftslehre und die allgemeine, populäre Religion in eines zusammen. „Wahrhaftig denken heißt wahrhaftig leben", und deshalb kann „auch eine Seligkeitslehre [...] nichts anderes seyn, denn eine Wissenslehre."[17] Aber für die Nicht-wissenden, denen es nicht gegeben ist, in der Wissenschafts-lehre Gottes Dasein selber denkend zu erfahren, ist der Ruf der Wissenden zur unmittelbaren Geistererfahrung unverzichtbar[18]. Als einen solchen Ruf in der Wüste des Nicht-Denkens weiß Fichte seine eigene Reflexion: in ihr erscheint das absolute Selbst mit universalem Anspruch. Das Populäre wird mit dem Allgemeinen jedes Bewußtseins identifiziert und damit jede historische Religion in ihrer kultischen, dogmatischen und prak-tischen Bestimmung an der Wurzel negiert. Fichtes transzen-dentale Reflexion enthält also keineswegs eine — wie gerade von Theologen gerne angenommen — neutrale Theorie des Christentums oder gar eine transzendentalphilosophische Grundlegung aller Gotteserfahrung, sondern sie will selbst eine neue Religion und damit „besonders unter den Deutschen" eine „ganz neue Schöpfung" anheben lassen[19]:

> „Mit Einem Worte: [...] diese Religion des Einwohnens unseres Lebens in Gott soll allerdings auch in der neuen Zeit herrschen [...] Dagegen soll die Religion der alten Zeit [...] allerdings mit der alten Zeit zugleich zu Grabe getragen werden; denn in der neuen Zeit bricht die Ewig-keit nicht erst jenseits des Grabes an, sondern sie kommt ihr mitten in ihre Gegenwart hinein [...], sie ist lediglich Erkenntniss: sie macht bloß dem Menschen sich selber voll-kommen klar und verständlich [...] löst ihm den letzten Widerspruch auf. Sie ist seine vollständige Erlösung und Befreiung von allem fremden Bande."[20]

---

[17] V, 410.
[18] Damit lassen sich die von *G. Bader*, Mitteilungen göttlichen Geistes als Aporie der Religionslehre Johann Gottlieb Fichtes. Tübingen 1975, 189—198 sehr präzise herausgearbeiteten Spannungen zwischen dem An-spruch der Religionslehre und ihrer Reflexion wenigstens Fichte-imma-nent auflösen. Theologisch bleibt die Frage nach der Vermittlung von Heilswissen und Reflexionswissen für die Zeit der Geschichte offen. Fich-tes Vermittlung überspringt die Zeit der Geschichte durch die Ewigkeit des sich in der Zeit der Reflexion offenbarenden Daseins des Seins.
[19] VII, 306 (Reden an die deutsche Nation, 1808).
[20] VII, 298 (Reden).

Die Logik dieser Soteriologie und ihr Verhältnis zur christlichen Orthodoxie und Gnosis kann am deutlichsten umrissen werden im Blick auf „Die Anweisung zum seligen Leben" (1806); ich stelle sie deshalb kurz an ihren systematischen Ort im Denken Fichtes selbst.

1.1 Der Expressionismus der absoluten Reflexion

Wenn sich die antike Gnosis als Aufstand des Selbstbewußtseins gegen das kosmische Fatum interpretieren läßt[21], so wäre zumindest der Ursprung von Fichtes Freiheitslehre der Gnosis darin nahe, daß er als das schlechthin Erlösende die radikale Freisetzung des Selbst vom universalen kosmischen Determinismus denkt. Die εἱμαρμένη fesselte ihn in der Gestalt des objektiven Expressionismus von *Spinoza*[22], für den, was *ist*, als *notweniger* Ausdruck der unendlichen Expressivität existiert, die allein „Gott" genannt zu werden verdient. *Kant*s Revolution der Denkungsart, die Freiheit als Postulat der praktischen Vernunft, löste ihm bekanntlich die Zunge zum eigenen Denken der Freiheit, zur Glückseligkeit der Transzendentalphilosophie. Das Licht der zum unermüdlichen Handeln herausfordernden Postulatenlehre Kants entzündete zwei Jahre nach der großen Revolution in Frankreich Fichte zum spekulativen Jakobiner der Freiheit und im Feuer dieser Befreiung erschien nun die noch von Spinoza festgehaltene Ruhe und Beständigkeit der Welt als Tod, als Schatten und als das Nichtige schlechthin. Der Dogmatismus, d.h. das Bewußtsein, das sich den objektiven Gesetzen einer äußeren Natur ausliefert, wird als *der* versklavende Götzendienst überhaupt entlarvt: der Dogmatismus ist der wahre Demiurge, der dem Wahn einer Schöpfung huldigt und ihr die Freiheit zum Opfer bringt.

Die Anweisung zum seligen Leben setzt deshalb, wie die Wissenschaftslehre seit ihren Anfängen überhaupt, mit der Entscheidung zwischen Leben und Tod ein. Leben beginnt mit dem Selbst, das sich freiheitlich zum Bewußtsein bringt, „daß

---

[21] So noch einmal zusammenfassend *H. Blumenberg*, Säkularisierung und Selbstbehauptung. Frankfurt a.M. 1974, 146—156.
[22] Vgl. die Studie II in diesem Band.

sich anschaut und von sich weiß"[23], sich also wahrhaft selber liebt und selig ist; Fichte nennt eine solche Anschauung das Leben in „Gott". Das eigentlich Böse, das heißt, das sich seines Selbst, seines Lebens nicht bewußte Wissen aber bleibt in der Nacht und im Schein: es ist „nichtig, elend und unselig"[24], „ein Nichtexistieren, ein Todtseyn und Begrabenseyn bei lebendigem Leibe"[25], kurz es ist die „Welt". Zwei gnostische Konsequenzen springen in die Augen: erstens erscheint jetzt „die Annahme einer Schöpfung als der absolute Grundirrthum aller falschen Metaphysik und Religionslehre, als das Urprincip des Juden- und Heidenthums"[26], als Grundprinzip aller schlechthinnigen Abhängigkeit. Und zweitens verschwindet für den, der sein *will*, was werden soll, die Sünde aus der Welt, weil er in der Wahrnehmung seiner Freiheit das göttliche Sein und Leben in ihm selbst entwickelt[27]: aus dem Reich von Legalität und Moralität ist er in das Reich von Religion und Wissenschaft eingetreten:

> „Wer in Gott sich verwandelt, der lebt nun gar nicht mehr, sondern in ihm lebt Gott: aber wie könnte Gott gegen sich selbst sündigen? Den ganzen Wahn demnach von Sünde, und die Scheu vor einer Gottheit, die durch Menschen sich beleidigt fühlen könnte, hat er weggetragen und ausgetilgt."[28]

Dualistisch wird der Ansatz insofern, als es hier im falschen Leben kein wahres gibt und das Böse nicht nur das Gottlose, sondern das zwar nicht teuflischerweise, wohl aber — schlimmer — menschlicherweise Gottvernichtende schlechthin repräsentiert. Nicht dualistisch vollendet sich die Erlösung durch das Bewußtsein der Freiheit: die absolute Reflexion hebt den Kosmos, seine knechtende Macht und das darin gefangene Selbst als einen bloßen Schein vollständig auf. Was aber zeigt die absolute Reflexion selbst?
Ausgangspunkt sind die Dichotomien der alten Welt, die *Kant*

[23] V, 402.
[24] V, 406.
[25] V, 493.
[26] V, 479.
[27] Vgl. V, 533 f.
[28] V, 490.

noch bestehen ließ: das Ich der transzendentalen Apperzeption schwebt als ein bloß formales Element über dem erkennenden Verstand und der unbedingt angeforderten praktischen Vernunft. Fichte kann sich bei dieser Arbeitsteilung des Bewußtseins nicht mehr beruhigen, er zwingt beides in eins: das handelnde Ich konstituiert selbst *alle* bewußte Erkenntnis. Damit wird auch Gott als die höchste Idee der Vernunft — so schon im *Versuch einer Kritik aller Offenbarung* von 1791[29] — von der praktischen konstituiert. Gottes Selbstoffenbarung in der Natur und der Geschichte wird regulativ begrenzt von seiner Erscheinung im moralisch tätigen Bewußtsein. Die konsequente Weiterführung dieser kritischen Theorie zur prinzipiellen Wissenschaftslehre von 1794[30] brachte den Durchbruch zur eigenen Offenbarungsreligion: indem das Ich auch das Andere, die es affizierende Wirklichkeit als Erscheinung seines Selbstbewußtseins begreift, die so sein *soll*, wie sie nun einmal erscheint, erfährt es das Selbst als Ort der tätigen Offenbarung überhaupt. Ein Gott, der dem Bewußtsein äußerlich wäre, kann keiner mehr sein. Vielmehr bezeichnet jetzt der Ausdruck „Gott" den absoluten Ruf der Freiheit im Bewußtsein, den Ruf der moralischen Ordnung, in Freiheit das zu werden, was sein soll.

Zwar hat solche Radikalität Fichte 1799 im Atheismusstreit den Lehrstuhl gekostet, aber gleichzeitig auch ihn selbst zu der für ihn entscheidenden Einsicht gebracht: „Gott" bezeichnet das im Bewußtsein erscheinende Absolute, nichts anderes also als das, was sich letztlich durch die uns bewußt erscheinende Welt ausdrückt. Man kann dies einen reflexiven Expressionismus nennen. Schon die Wissenschaftslehre von 1804[31] vollendet den Grundgedanken (der in der Wissenschaftslehre von 1812[32] noch einmal kritisch begrenzt wird): alles Wissen erscheint als ein Ausdruck, ein Bild des Seins selbst, d.h. als das, worin Gott bei sich ist, *indem* er sich ausdrückt. Demnach gibt es kein objektives Wissen von Gott, vielmehr nur die Vergewisserung der Erscheinung Gottes im Bewußtsein[33]. Und deshalb

[29] V, 9—172.
[30] I, 83—328.
[31] X, 87—314.
[32] X, 315—492.
[33] Zur rein immanenten Entfaltung vgl. bes. *W. Janke*, Fichte. Sein und

wird — hierin gründet *Heideggers* ontologische Hermeneutik —
das sich seiner selbst bewußte Ich zum Dasein des Seins, zum
Ort der Offenbarung, zur Erscheinung Gottes oder zur Lich-
tung des Seins. Kritisch begrenzt wird für Fichte eine solche
Erscheinungslehre Gottes nur vom Leben selbst: wie das Leben
nur innerhalb dieser Reflexionsform zur Erscheinung kommt,
so kommt die Reflexion erst durch den grundlegenden Trieb,
durch das Wollen zum Leben. Die lebendige *Anschauung* solcher Selbstoffenbarung Gottes heißt „die Liebe". In ihr kommt
Gott zur Wirklichkeit.

Die Anweisung zum seligen Leben will bekanntlich gerade die
Form der Reflexion und die Liebe als Tat des Lebens zusam-
menbringen; sie trägt demgemäß Wissenschaftslehre und Reli-
gionsverkündigung zugleich vor. Denn:

> „Das reine Denken ist selbst das göttliche Daseyn; und
> umgekehrt, das göttliche Daseyn in seiner Unmittelbar-
> keit ist nichts anderes als das reine Denken"[34] [. . .] „und
> dieses Wissen ist das göttliche Daseyn selber, schlechthin
> und unmittelbar und inwiefern wir dieses Wissen sind,
> sind wir selber in unserer tiefsten Wurzel das göttliche
> Daseyn"[35].

Das Wissen, das sich seiner Göttlichkeit bewußt geworden, tritt
nun in die Welt als der Ruf zum wahren Leben —, und insofern
wird Wissenschaft zur Offenbarungsrede:

> „Ich sage dir [. . .]: erhebe dich nur in den Standpunct
> der Religion, und alle Hüllen schwinden; die Welt vergehet
> dir mit ihrem todten Princip, und die Gottheit selbst tritt
> wieder in dich ein, in ihrer ersten und ursprünglichen
> Form als Leben, als dein eigenes Leben, das du leben
> sollst und leben wirst."[36]

Reflexion. Grundlagen der kritischen Vernunft. Berlin 1970, und
G. Schulte, Die Wissenschaftslehre des späten Fichte. Frankfurt a.M.
1971.
[34] V, 419.
[35] V, 438.
[36] V, 471.

Solches Leben offenbart sich nur dem, der „den täuschenden Phänomenen einer Geburt und eines Sterbens in der Zeit durchaus keinen Glauben beimißt"[37], sie verschließt sich dem, der in der Entfremdung der sinnlichen Wirklichkeit vergeblich sein Glück sucht:

> „Und so irret denn der Abkömmling der Ewigkeit, verstoßen aus seiner väterlichen Wohnung, immer umgeben von seinem himmlischen Erbtheile, nach welchem seine schüchterne Hand zu greifen bloß sich fürchtet, unstät und flüchtig in der Wüste umher [. . .] zum Glück durch den baldigen Einsturz jeder seiner Hütten erinnert, daß er nirgends Ruhe finden wird, als in seines Vaters Haus"[38].

Das Unglück des solchermaßen verirrten fleischlichen Menschen und des von ihm bestimmten Zeitalters bleibt jedoch nicht nur das traurige Geschick des Menschen, vielmehr trifft es — das ergibt sich zwingend — die Gottheit selbst:

> „Das göttliche Daseyn [. . .] ist notwendig *Licht*: Dieses Licht — sich selbst überlassen bleibend —, zerstreut und zerspaltet sich in mannigfaltige und in unendliche Strahlen und wird auf diese Weise, in diesen einzelnen Strahlen, sich selber und seinem Urquell entfremdet."[39]

Die göttliche Selbstentfremdung und die fleischliche Existenz fallen ebenso in eines zusammen, wie das offenbarende Bei-sich-sein Gottes und die Glückseligkeit der transzendentalphilophischen Gnosis. Fichtes Verhältnis zur Orthodoxie des Christentums bestätigt den Sachverhalt.

1.2 Zur religionsgeschichtlichen Ambivalenz

Fichte hat keine historische Religion durchgearbeitet: dazu gibt die Seligkeit des Denkens keinerlei Veranlassung. Solcher Seligkeit genügt der historische Anstoß, um zu sich selbst zu kommen. Einmal bei sich selber angelangt, will sich dann allerdings das gottselige Leben jeweils doch als die höhere Form der nur historischen Religionen oder zumindest als Säkulari-

[37] V, 488.
[38] V, 409.
[39] V, 461.

sierung ihrer eigentlichen Wahrheit behaupten können. Bei Fichte bleibt diese historische Rechtfertigung sehr ambivalent, und sie kann es auch bleiben, denn „Nur das Metaphysische, keineswegs aber das Historische, macht selig; das Letztere macht nur verständig."[40]

Zur religionsgeschichtlichen Verständigung jedoch ist erst einmal deutlich zu unterscheiden zwischen dem, was Fichte selber *Gnosticismus* nennt und was gegenwärtig — nach den Funden in Nag Hammadi — *Gnosis* zu heißen verdient. Für Fichte meint der „Gnosticismus" alle aufgeklärte Bibelerklärung, für die Neuzeit insbesondere die rationalistische Aufhebung des biblischen Textes, wie sie dem Schoße des Protestantismus entsprang. Diese gnostische Auslegung erscheint ihm „gerade so vernünftig, als das allerschlechteste philosophische System, das Lockische"[41]. Diese Gnosis lasse jedenfalls den Hauptirrtum stehen: den willkürlich handelnden und Bünde schließenden Gott. Indem das transzendentale Denken den Schöpfer- und Bundesgott gleichermaßen auflöst, versteht es sich nun aber selber — und hierin liegt die Merkwürdigkeit — als wahre „Theorie des Christentums"[42]. Es ist für Fichte klar, daß das Neue, was er gegenüber der christlichen Tradition insgesamt bringt, „der Weg einer consequent systematisch und wissenschaftlich klaren Ableitung" des Christentums sei[43] — und in der Konsequenzenmacherei ist in der Tat sein System nicht zu überbieten. Aber von welchem Christentum ist hier die Rede?

Die Auskunft bleibt vage. Was die absolute Reflexion bringt, das habe „vom Ursprung des Christenthums an in jedem Zeitalter, wenn auch von der herrschenden Kirche größtentheils verkannt und verfolgt, dennoch hier und da, im Verborgenen gewaltet und sich fortgepflanzt."[44] Was soll das für eine Bewegung sein? Fichte nennt sie das johanneische Christentum, zu dem auch *Plato* auf dem Wege war; er weiß sich als der eigentliche Nachfolger *dieses* Christentums[45]. Aber dazu ge-

---

[40] V, 485.
[41] VII, 103 (Grundzüge des gegenwärtigen Zeitalters, 1806).
[42] V, 492.
[43] V, 419.
[44] A.a.O.
[45] Vgl. V, 424.

nügt noch nicht die Eliminierung des alttestamentlichen Schöpfer- und Bundesgottes, dazu wird auch noch die paulinische Theologie, so wie Fichte sie versteht, vom wahren Christentum getrennt. Paulus und seine Partei sind „halbe Juden geblieben" und haben „den Grundirrthum der Juden" fortgepflanzt, die Theologie der Schöpfung, des Gesetzes und der Sünde[46]. Um wenigstens das Johannesevangelium als die „ächteste und reinste Urkunde" des Christentums[47] auf die Höhe der eigenen Vernunft zu bringen, wird allerdings auch für diesen Restbestand eine Operation notwendig: das nur historisch Gültige des vierten Evangeliums ist wegzuschneiden von dem darin absolut Wahren und ewig Gültigen. Und so bleiben denn im wesentlichen nur die Verse des Prologs (ohne das Zeugnis des Täufers, das ja mit dem Alten Bund verbindet) und wenige Sätze von der Liebe aus dem johanneischen Schrifttum als die Zeugen des wahren Christentums, d.h. von Fichtes reflexionsphilosophischem Ertrag. Die Menschwerdung des Wortes kann nun problemlos als die Erscheinung des Seins im Dasein interpretiert werden, sie ereignet sich je und je, wo wahrhaft philosophiert wird. Denn in der transzendentalen Reflexion kommt Gott in seiner Äußerung, in seinem Wort zur Wirklichkeit, der Philosoph wird wie Christus mit dem ewigen Wort „transsubstantiirt"[48], er wird selber Christus[49].

Die vage Auskunft Fichtes, daß seine Religionslehre das wahre, von der Kirche allemal unterdrückte Evangelium systematisch zur Klarheit bringe, erhält, meine ich, deutlichere Konturen, wenn die Grundthese von *Baur* heute noch einmal zum Tragen gebracht wird. Was seit dem Neuen Testament selbst *Gnosis* und *Orthodoxie* unterscheidet, das unterscheidet das transzendentalphilosophische Unternehmen als Religionslehre auch

---

[46] V, 476, vgl. 479.
[47] V, 476.
[48] V, 488.
[49] Vgl. bes. V, 483—491 und die Beilage zur 6. Vorlesung der Anweisungen V, 567—574. Zur bürgerlichen Christologie der Neuzeit vgl. über Studie V hinaus *P. Eicher*, Der bürgerliche Christus, in: *J. Thiele, R. Becker* (Hrsg.), Chancen und Grenzen religiöser Erziehung. Düsseldorf 1980, 53 bis 96; *ders.*, Von den Schwierigkeiten bürgerlicher Theologie mit den katholischen Kirchenstrukturen, a.a.O. (vgl. Anm. 14, Studie I), 116—151; *ders.*, Le Christ selon les penseurs de la société civile bourgeoise, in: RSPhTh 66 (1982) 199—223.

vom kirchlich verfaßten Christentum. Die transzendentalphilosophische Gnosis kann also durchaus als eine neuzeitliche Aufhebung von gnostischen Offenbarungslehren gelesen werden. Kritisch wird diese ins Höhere gehobene Form der Gnosis, weil in den gnostischen Fragmenten der Antike der Weg der Heilserkenntnis als ein jeweils objektiver Vorgang erzählt wird. Und die Gnosis erzählt so dogmatistisch wie die Orthodoxie. Aber in der Form dieser nicht aufgeklärten Objektivität steckt doch ein Gemeinsames, was das idealistische Projekt religionsgeschichtlich schärfer fassen läßt: Ich meine nicht so sehr die Entweltlichungstendenz, die für *H. Jonas* entscheidend war[50], sondern gerade den umgekehrten Vorgang, den religiösen Expressionismus. Solcher Expressionismus meint nicht die Flucht aus der kosmischen und politischen Welt ins Jenseits (diesen Weg beschreiben ja auch die gnostischen Fragmente nicht), sondern meint die Selbstdarstellung aus dem Absoluten heraus, wobei diese Darstellung durch alle Kämpfe hindurch sich bis in die unterste Welt einzubilden hat. Ich weise hier — um nicht der Versuchung zum endlosen Puzzlespiel der Aneinanderreihung von Analogien zu verfallen — sofort auf diese Mitte der Sache hin.

Am reinsten tritt uns der spekulative Expressionismus im bisher veröffentlichten gnostischen Schrifttum im gut bezeugten Apocryphon des Johannes in der *Barbelo-Gnosis* (aus dem letzten Drittel des 2. Jahrhunderts) entgegen. Im Rahmen des Visionsberichts (man kann ihn mit Fichtes Ruf zur Entscheidung vergleichen) stellt der Text[51] in einer großen Litanei negativer Theologie bekanntlich erst einmal die alle Sprache vernichtende Über-Existenz des unnennbaren Gottes vor (Fichte nennt dies das an und für sich unaussagbare Sein). Gott kann nicht gesagt werden, ,,weil er sein Eigenes ist'' (25,1) und also wird er mit einer Metapher bestimmt, die auch für unseren ersten Idealisten die Lieblingsmetapher blieb: mit dem ,,Licht''. Aus diesem Licht entspringt die Erscheinung Gottes, worin wir ihn erkennen:

[50]   Vgl. *H. Jonas*, Gnosis, a.a.O., 5.
[51]   Hier nach der Berliner Kurzfassung in der Übersetzung: *W. Foerster*, Die Gnosis. Bd. 1. Zeugnisse der Kirchenväter. Zürich, Stuttgart 1969, 141—161; Numerierung nach diesem Text.

„Er der nach sich selbst verlangt in der Vollendung des Lichts, erkennt das reine Licht [. . .] Das Licht, der Lichtspender, das Leben, der Lebensspender, der Selige, der Seligkeitsspender, Die Erkenntnis, der Erkenntnisspender [. . .] was nicht so beschaffen ist, weil es hat, sondern weil es gibt" (25,9-20).

Die Gottheit existiert gnostisch in ihrer Expressivität: sie wird gerade als verborgene offenbar. Diese Offenbarkeit der Gottheit erscheint im Bild als das, was sie selber *ist*; wo sie als solches Bild ergriffen wird, und zwar gegen alle von der Lichtwelt getrennten Mächte, da ereignet sich die Rückkehr in den ewigen Offenbarungsvorgang, die Rückkehr ins Licht. Solcher Expressionismus — will mir scheinen — macht den erlösenden Kerngedanken der *Barbelo-Gnosis* und der *Quasi-Gnosis Fichtes* zugleich aus. Daß darin Christus als Bild des Bildes gesehen wird, nachdem Barbelo als Bild des Unendlichen „inbrünstig in die Lichtreinheit geblickt hatte" (29,20), daß die Erkenntniskrise eintritt durch die mit Begierde vermischte Sehnsucht, daß Jaldabaoth als der alttestamentliche Schöpfergott seine Herrschaft über die Schöpfung mißbraucht und damit erlösende Erkenntnis verhindert, daß der entfremdete Zustand des Menschen durch das Eingeschlossensein seiner abgestürzten Lichtseele in den Herrschaftsbereich des Kosmos erzählerisch erklärt wird usw., all dies bleiben Weiterungen des Themas, das gleichermaßen die Äonenspekulation und die Transzendentalphilosophie bewegt. Mit solchem Expressionismus ist der Dualismus von erscheinender Gottheit und kosmisch-geschichtlicher Determiniertheit gegeben: Aus ihm entkommt nur, wer selber zum Ausdruck der Gottheit wird, und um dies zu werden, ist in der Irrfahrt der Entfremdung durch die Ignoranz die Gabe der Erkenntnis schließlich das eschatologische Ereignis schlechthin. Ziel bleibt die Rückkehr vom Baum der Erkenntnis zum Baum des Lebens. Neuzeitlich entmythologisiert liest sich dies bei Fichte so:

„Im Paradiese [. . .] des Rechtthums und Rechtseyns ohne Wissen, Mühe und Kunst, erwacht die Menschheit zum Leben. Kaum hat sie Muth gewonnen, eigenes Leben zu wagen, so kommt der Engel mit dem feurigen

Schwerte des Zwanges zum Rechtseyn, und treibt sie aus dem Sitze ihrer Unschuld und ihres Friedens. Unstät und flüchtig durchirrt sie nun die leere Wüste, kaum sich getrauend, den Fuß irgendwo festzusetzen, in Angst, daß jeder Boden unter ihrem Fusstritte versinke. Kühner geworden durch die Noth, baut sie sich endlich dürftig an, und reutet im Schweiße ihres Angesichts die Dornen und Disteln der Verwilderung aus dem Boden, um die geliebte Frucht des Erkenntnisses zu erziehen. Vom Genusse derselben werden ihr die Augen aufgethan und die Hände stark, und sie erbauet sich selber ihr Paradies nach dem Vorbilde des verlorenen; der Baum des Lebens erwächst ihr, sie streckt aus ihre Hand nach der Frucht und isst, und lebet in Ewigkeit."[52]

Wie soll solche Ewigkeit mit der politischen Zeitlichkeit noch zur Vermittlung kommen?

2 Die Revolution im Reich der Lüfte

Am 19. Februar 1813, wenige Wochen vor der Kriegserklärung *Friedrich Wilhelm III.* an Frankreich, brach Fichte in der allgemeinen Erhebung der deutschen Befreiungskriege seine Vorlesung über die Wissenschaftslehre ab, weil nunmehr „alle der Notwendigkeit gehorchen" müssen[53]. Aus den von seinem Sohn überlieferten Tagebuchaufzeichnungen wissen wir, daß Fichte die Notwendigkeit der Stunde darin sah, wie schon 1807[54] als Feldprediger der Nation seine Dienste den deutschen Armeen anzutragen:

„Erste Pflicht ist, meine Wissenschaft weiter zu bringen [. . .] — Aber Pflicht ist es auch, Theil zu nehmen an der grossen Bewegung der Zeit [. . .] — Halt, dies schärfer! Wenn ich wirken könnte, dass eine ernstere, heiligere

[52] VII, 12 (Grundzüge, 1806).
[53] IV, 610 (Rede an seine Zuhörer, 1813).
[54] In den Reden an die Deutsche Nation; vgl. auch VII, 507 (Anwendung der Beredsamkeit für den gegenwärtigen Krieg, 1806).

Stimmung in den Leitern und Anführern wäre, so wäre ein Grosses gewonnen; und dies ist das Entscheidende."[55]

Daß das Entscheidende in der Erweckung einer heiligen Stimmung der Generalität liegt, versteht sich nicht als die Gefühlsmache eines religiösen Patrioten, sondern gewinnt prinzipielle Bedeutung für Fichtes Religionslehre selbst. In ihrer Totalität drängt sie dazu, das Absolute zur geschichtlichen Erscheinung zu bringen. Und zur Vermittlung dieser Erscheinung in der Geschichte gehört der Krieg. Mitten im Frühjahrsfeldzug der schwarz-rot-goldenen Jägerverbände und des sich sammelnden Volksheeres, das im folgenden Herbst mit hunderttausend Toten in der Leipziger Völkerschlacht den „Sieg" erringt, trägt Fichte bezüglich seiner Feldpredigerei ins Tagebuch ein:

> „Den 1sten, 2ten April. Ob ich diesen Beruf auf diese Weise mir geben dürfe, ist die Frage. — Welches ist er? In der gegenwärtigen Zeit und für den nächsten Zweck die *höhere Ansicht* an die Menschen zu bringen, die Kriegsführer in Gott einzutauchen. — Nebenfrage: Will ich dadurch die Religiosität überhaupt oder das bessere Gelingen des gegenwärtigen Zweckes? Ich will freilich das Letzte, aber wer sagt, daß ich es nicht mitbefördern könne? — [. . .] Alle meine Wirksamkeit ginge also auf Bilden eines neuen Menschen."[56]

Die höhere Ansicht vom Eintauchen der Kriegsführer in Gott unterscheidet sich — wie auch aus einem gleichzeitigen Brief an einen Freund hervorgeht — durchaus nicht von der spekulativ schon nachgezeichneten „höheren und geradezu praktischeren Ansicht vom Christenthum"[57], die ja auf das Herausbilden einer *nova creatura* zielt. Man kann sich ein solches Pathos natürlich vom Leibe halten, wie *Reinhardt Lauth*, indem die politischen Konsequenzen der transzendentalen Religionsphilosophie als fehlerhafte „Induktionsschlüsse" ausgegeben werden, weil sie ja als solche das rettende System nicht gefährden[58];

[55] *J.H. Fichte* (Hrsg.), Johann Gottlieb Fichtes Leben und literarischer Briefwechsel. Bd. 1. Sulzbach 1830, 556 f.
[56] A.a.O., 559.
[57] A.a.O., 562.
[58] Vgl. *R. Lauth*, J.G. Fichtes Gesamtidee der Philosophie, in: PhJ 71 (1963/64) 253—285, 279.

oder man kann das Despotische daran vom Freiheitssystem selber auch dadurch trennen, daß man es allein der harten Persönlichkeit dieses gründlichsten aller Deutschen anlastet, wie schon *Eduard Zeller* es sich zurechtlegte[59] — oder — das ist in der deutschen Rezeption der Normalfall — man verschreibt sich dem totalitären Pathos mit Haut und Haar, wie ein ganzes Heer von Fichteanern insbesondere 1914 und nach 1933. Auf Fichtes Niveau zu begreifen, ist seine politische Rhetorik jedoch erst im Zusammenhange von seiner Religionsphilosophie mit dem ihm immanenten politischen Terror. Und dazu sind 3 Gesichtspunkte entscheidend: die systematische Konsequenz des religiösen Expressionismus, das Verhältnis zur französischen Revolution und die deutsche Wirkungsgeschichte.

2.1 Die politische Ein-Bildung des Absoluten

Mitten in der Anweisung zum seligen Leben steht ein Satz, der die Religionslehre mit dem breit gefächerten übrigen Werk verbindet:

> „Ich sage: Gottes inneres und absolutes Wesen tritt heraus als Schönheit; es tritt heraus als vollendete Herrschaft des Menschen über die ganze Natur; es tritt heraus als der vollkommene Staat und Staatenverhältnis; es tritt heraus als Wissenschaft, kurz, es tritt heraus in demjenigen, was ich die Ideen im strengen und eigentlichen Sinne nenne."[60]

Die Idee soll nicht im Kopf sein: sie soll vielmehr herrschen in der Wirklichkeit. Aber schon das Zitat macht auf eine fatale Schwierigkeit solcher Idealität Gottes in der Geschichte aufmerksam. Gottes absolutes Wesen, das sich in der Welt herrschaftlich ausprägen will, geht am Individuum und an der Geschichte souverän vorbei. Fichte träumt von der Herrschaft *des* Menschen über die Natur, obwohl diese Herrschaft als vollendete nichts anderes sein soll als Gottes eigene Selbstdarstellung. Der Staat als vollkommener hat längst den — in Fichtes

---

[59]   *E. Zeller*, Fichte als Politiker, in: Vorträge und Abhandlungen geschichtlichen Inhalts. Leipzig 1875.
[60]   V, 526.

Frühwerk noch bevorzugten — Vertragszustand von menschlichen Subjekten hinter sich, seine *volonté générale* ist der reine Wille Gottes, die göttliche Expression[61]. Für die transzendentale Logik erfüllt sich die Freiheit der Individuen also darin, daß sie sich zur Einheit und Allgemeingültigkeit jener Idee erheben, die Gott als sein eigenes Bild in der Geschichte ausdrücken will[62]. Dies ergibt die Vernichtung des Einzelnen zugunsten des Ganzen. Freilich, darauf ist in dem angezogenen Zitat zu achten, solche Aufhebung ereignet sich erst in der *vollendeten* Herrschaft, im *vollkommenen* Staat — und also noch nicht in *dieser* Welt, in der die zeitliche Ordnung zwischen Geburt und Tod durch bloße Rechtsverhältnisse mühsam aufrechterhalten werden muß. Aber — das hat der quasi-gnostische Expressionismus, in dem der Einzelne unmittelbar vom Ewigen her sich zu sich selbst verhält, so in sich: das Vollkommene *soll* nun einmal sein. Und da das Reich des göttlichen Willens nicht vom kosmisch künftigen, und also äußerlichen Einbruch einer orthodoxen Eschatologie abhängig gemacht werden darf, wird der politische Druck zu seiner Verwirklichung selber absolut. In der Vollgestalt des idealistischen Systems zeigt sich deshalb ein unheilbarer Riß der politischen Grundlegung: einerseits steht der einzelne, wo er in seinem Bewußtsein zur Erscheinung Gottes wird, unmittelbar in der Ewigkeit Gottes selbst — andererseits sucht diese Ewigkeit ihre vollkommene Darstellung in Kunst und Wissenschaft, Staat, Volk und Erziehung vorläufig noch vergeblich durchzusetzen. Das ergibt für den einzelnen die Tragik einer im Hinblick auf das Ganze vergeblichen Selbstvernichtung in Gott, für die geschichtlichen Institutionen aber die Forderung nach ihrer totalen Idealität. Dies aber zwingt die Individuen, dem Gotte endlich zum Durchbruch zu verhelfen, wodurch ein metaphysischer Revolutionsdruck entsteht. Schärfer ist die Gnadenlosigkeit der politischen Metaphysik der Moderne kaum jemals auf den Begriff gekommen.

[61] Zum Frühwerk vgl. W. *Weischedel*, Der Aufbruch der Freiheit zur Gemeinschaft. Studien zur Philosophie des jungen Fichte. Leipzig 1939; zur Gesamtentwicklung der politischen Theorie vgl. *B. Willms*, Die totale Freiheit. Fichtes politische Philosophie. Köln, Opladen 1967; zum Verhältnis zu Rousseau vgl. *G. Gurwitsch*, Kant und Fichte als Rousseau-Interpreten, in: Kant-Studien 27 (1922) 138—164.
[62] Vgl. IX, 560 (Transzendentale Logik, 1812).

Wenn es also die Aufgabe der Philosophie ist, das Absolute darzustellen[63], so heißt das politisch erst einmal, daß sich die Individuen für die konkreten Ordnungen von Wirtschaft, Staat, Erziehung und Religion aufzuheben haben in das göttlich begründete Ganze, wie es die geschichtsphilosophischen Vorlesungen von 1804/05 ohne jede Zurückhaltung formulieren:

> „Nichts Einzelnes vermag zu leben in sich und für sich, sondern alles lebt in dem Ganzen, und dieses Ganze selber in unaussprechlicher Liebe stirbt unaufhörlich für sich selber, um neu zu leben. Das ist einmal das Gesetz der Geisterwelt: Alles, was zum Gefühle des Daseyns gekommen, falle zum Opfer dem ins unendliche fort zu steigernden Seyn; und dieses Gesetz waltet unaufhaltsam, ohne irgend eines Einwilligung zu erwarten. Nur dies ist der Unterschied, ob man mit der Binde um das Haupt, wie ein Thier, sich zur Schlachtbank wolle führen lassen; oder frei und edel, und im vollen Vorgenusse des Lebens, das aus unserem Falle sich entwickeln wird, sein Leben am Altare des ewigen Lebens zur Gabe darbringen"[64].

Hobbes Frage, *die* politische Frage überhaupt, läßt sich nicht verdrängen: *quis judicabit*? Wer wird über die darzubringenden Opfer entscheiden? Wer über das, was Darstellung des Absoluten werden soll? Entläßt sich die Gottheit ins Empire, ins Reich des Zaren oder in die preußische Nation in ihre geschichtliche Vollendung? (Alles Außereuropäische steht, da es im Zustand der Wildheit verbleibt, jedenfalls nicht auf der Liste der göttlichen Kandidatur.) Im religionsphilosophischen Expressionismus wurde die Frage über die Weltpolitik gnostisch entschieden — und dafür wurde er letztlich auch ausgedacht: Der Philosoph denkt sich zum regierungsamtlichen Sprecher der göttlichen Weltregierung hinauf, er kennt das Urteil über die Weltgeschichte und muß seinem Spruch zum Durchbruch verhelfen. Deshalb muß er als Prediger der neuen Religion und als Feldprediger der deutschen Nation in die Geschichte treten, er muß die Idee zur Herrschaft bringen, muß durch Erziehung herrschen.

[63] Vgl. X, 94 (Wissenschaftslehre, 1804).
[64] VII, 63 (Grundzüge 1806).

Fichte hat nach 1796 in immer neuen Ansätzen den politischen Prozeß der Selbstdarstellung Gottes in der Geschichte
zum Ausdruck gebracht, genauer gesagt: in der *deutschen* Geschichte, die er fast ausschließlich aus dem Antagonismus zur
Entwicklung Frankreichs zu lesen fähig war. Orientiert an der
zünftig-handwerklichen Wirtschaftsvorstellung, die der unent-
wickelten Ökonomie der deutschen Kleinstaaten zwischen
1800 und 1812 durchaus entsprach, formulierte er 1800 den
merkantilistischen geschlossenen Handelsstaat[65]. In diesem
vollstreckt die Regierung die politische Vernunft dadurch, daß
sie zugunsten einer autarken deutschen Wirtschaft und einem
radikal sozialen Ständestaat alles Ausländische von sich ab-
trennt: „Der unmittelbare Verkehr des Bürgers mit irgend
einem Ausländer müßte unmöglich gemacht werden"[66]. Die
religionsphilosophische Begründung dieser Zwangsmaßnahmen
bleibt im geschlossenen Handelsstaat noch verschleiert, obwohl
ohne die Vermittlung mit dem göttlichen Willen auch darin
schon die totalitäre Vision mit dem Willen des einzelnen nicht
denkbar gewesen wäre. Aber spätestens seit dem Ende des Heiligen Römischen Reiches Deutscher Nation wird die Staatsbegründung offen religionsphilosophisch geführt. Und für sie
ist charakteristisch der Übergang vom Staat zur Nation, vom
Rechtsstaat zum Volk oder vom Staat zum politischen Ver-
nunft-Reich überhaupt. Und dieser Übergang ist zugleich der
Weg der Geschichte aus dem Zustand der Roheit zu ihrer Vollkommenheit, welche schließlich in der Deutschheit liegt, im
wahren Ausdruck Gottes. Der Weg kann in wenigen Strichen
nur angedeutet werden, er zeigt, was die politische Konsequenz
der quasi-gnostischen Religionslehre des ersten deutschen
Idealisten auszeichnet[67]:
— Mensch werden kann nur, wer sich durch die Zwangsanstalt
des Staates seine Freiheit geben und beschränken läßt, denn
nur durch die Idee des Staates bildet sich Gott der Menschheit
ein.

[65] III, 387—513. Zur Einführung in die ökonomischen Verhältnisse vgl.
F.-W. Henning, Die Industrialisierung in Deutschland 1800 bis 1914. Paderborn ³1976.
[66] III, 484. Zur realpolitischen Einordnung von Fichtes politischen
Schriften vgl. die Einleitung von *Z. Batscha*, in: *ders., R. Saage* (Hrsg.),
Johann Gottlieb Fichte. Politische Schriften, Frankfurt a.M. 1977, 8—58.
[67] Vgl. die prägnante Entwicklung bei *R. Lösch*, Die Theologie, a.a.O.

— Der Staat muß sich als die Synthesis der Geisterwelt zum absoluten Vernunftstaat hin entwickeln: diese Entwicklung ist die Aufgabe der Politik, ihre theoretische Formulierung die Aufgabe der Philosophie, die nie eine andere sein kann als die Religionsphilosophie überhaupt. Die Gottheit, die als „ein ewiger Strahl [. . .] in der irdischen Erscheinung sich in mehrere individuelle Strahlen verteilt"[68] muß durch die schließliche Einheit der Individuen zur Vollendung kommen, sie vollendet sich in der Gattung.

— Der zu erreichende absolute Vernunftstaat fordert von allen Individuen, daß sie nach dem Bilde des totalen Staates selber zum Bild der Gottheit werden, darin liegt ihre Gleichheit und ihre Instrumentalisierung für den Staatszweck gleichermaßen begründet. 1806 sah Fichte die Zeit heraufkommen, in der „mehr als je zuvor jeder Bürger mit allen seinen Kräften dem Staat untergeordnet, von ihm innerlich durchdrungen und sein Werkzeug sey."[69] Der absolute Staat will keine Idee im Sinne einer platonisierenden Scholastik sein, sondern Idee im idealistischen Sinne, das heißt reale Institution als Ausdruck des göttlichen Lebens selbst, er soll die reale Form der Idee und also auch die reale Form der Gattung werden.

— Zur Verwirklichung des Vernunftstaates bedient sich die Gottheit nicht eines Individuums, sondern des „Urvolkes", wie es verfassungsmäßig Genesis 1 und ideell das Neue Testament zum Ausdruck brächten[70]. Zur Wiederherstellung dieser vermittelnden Größe zwischen Individuum und Menschengattung hat sich in der Geschichte das einzigartige Wert-Volk, die deutsche Nation entwickelt. Das deutsche Volk ist zum Gefäß der Gottheit geworden, das zeigen die Reden von 1808 ohne jede Skepsis — durch seine Ursprache und seine Begabung zur Freiheit, sprich: zur politischen Religiosität. In diesem Volk liegt das „Heil". Es kommt zum Durchbruch im nationalen Befreiungskrieg der Deutschen.

— Die Herausbildung zur kriegsfähigen Nation verlangt die Erziehungsdiktatur des Staates, die durch „frühe Zucht"[71] die

[68] VII, 188 (Grundzüge 1806).
[69] VII, 152 (a.a.O.).
[70] Vgl. VII, 137 f. (a.a.O.).
[71] VII, 432 (Reden an die Deutsche Nation, 1808); vgl. VII, 584 (Excurse zur Staatslehre, 1813): „Ich will jedoch die Ehen alle kinderlos,

Kinder den Eltern zu entziehen hat, und dabei auch die zum Gelehrtendasein Befähigten frühzeitig selektieren und zur Einweihung in die Gelehrtenrepublik vorbereiten kann.

— Schließlich erhält dieser nationale Ausdruck des göttlichen Lebens seine höhere Weihe durch den eigenen Kult der vierten Konfession, d.h. der „allgemeine(e) Christen"[72], oder, wie sie nun auch zu nennen ist, „der Hauptgemeine der Deutschen [...] ohne Beinamen."[73] Wer sich einen Begriff vom abgeschmackten Kult der Deutschen Religion machen will, der schlage dazu das Liturgiehandbuch Fichtes von 1813 nach[74]. Zusammenfassend zieht 1813 Fichte für die Deutschen die apokalyptische Schlußfolgerung:

> „Mit den übrigen, noch unchristlichen, ungebildeten Völkern stehen sie im natürlichen Kriege, oder diese vielmehr mit ihnen. Es kann nicht fehlen, daß sie nicht Sieger seyen [...] und so das ganze Menschengeschlecht auf der Erde umfaßt werde durch einen einzigen innig verbündeten christlichen Staat, der nun nach einem gemeinsamen Plane besieget die Natur, und dann betrete die höhere Sphäre eines anderen Lebens."[75]

2.2 Die anti-politische Revolution

Liberale Fichte-Interpreten wie *Heinrich Rickert* und *Wilhelm Weischedel* neigen dazu, dem Sog des Wortes „Freiheit" nachzugeben und von diesem Begriff zu trennen, was bei Fichte ganz offensichtlich zur Begründung des totalitären Nationalismus gehört[76]. Aber der Ausdruck „Freiheit" impliziert so wenig

auch allen ferneren Zusammenhang zwischen Eltern und Kindern aufgehoben, durchaus wie Plato. An die Stelle der Eltern treten die Erzieher."
[72] VII, 534 (Politische Fragmente, 1813).
[73] A.a.O., 537.
[74] Vgl. a.a.O., 533—545.
[75] IV, 600 (Die Staatslehre, 1813).
[76] *H. Rickert*, Die philosophischen Grundlagen von Fichtes Sozialismus, in: Logos XI (1922/23) 149—180; *W. Weischedel*, Der Aufbruch der Freiheit, a.a.O. Zur Begründung totalitärer Demokratie in der 2. Hälfte des 18. Jhdts. in Frankreich vgl. *J.L. Talmon*, Die Ursprünge der totalitären Demokratie. Köln, Opladen 1961, eine zum Verständnis von Fichtes politischer Theorie im Zusammenhang seiner Religionsphilosophie unverzichtbare Studie.

wie der Ausdruck „Gott" liberale oder gar befreiende politische Einsicht und Handlungsfähigkeit. Es gibt keine politisch unschuldige Religionsphilosophie, Theologie und Religion. Solange aus purer historischer Unkenntnis die gnostischen Quellen der Spätantike politisch unschuldig erscheinen, steht der Verdacht auf ihre politische Bedingtheit, Intentionalität und Konsequenz. Wenn zugelassen wird, daß der transzendentale Idealismus quasi-gnostische Züge trägt, dann wird — im Blick auf die historischen Fragestellungen — dringlich, worin der Nexus zwischen dem totalitären Charakter dieser neuzeitlichen Gnosis und den politischen Verhältnissen ihrer Zeit gelegen haben mag. Drei Momente stechen für die politische Gnosis des Deutschtums bei Fichte hervor:

— *Die Geburt des revolutionären Bewußtseins aus der Erfahrung universaler Entfremdung.* Scharfblickend erkennt Fichte auf dem Höhepunkt des Atheismusstreites 1798/99, wie wenig es darin um die rein spekulative Gottesfrage geht. Denn in dem von ihm spekulativ vernichteten Dogmatismus „stehen die Throne fest, die Altäre wanken nicht, und kein Heller geht an den Stohlgebühren verloren."[77] Das heißt: Fichtes religionsphilosophischer Ansatz transportiert auf seine Weise die revolutionäre Gewalt Frankreichs in die feudale Ordnung der deutschen Kleinstaaten. Und so nennt er selbst als „den wahren Sitz"[78] des ganzen Streites: „Ich bin ihnen ein Demokrat, ein Jakobiner, dies ist's"[79]. Die radikale Subjektivierung, die Fichtes frühes Gott-Denken kennzeichnet, enthält also nach Fichtes eigener Einsicht revolutionären Charakter. Wichtig allerdings wird die Frage, woher sich das Interesse nährt, die begeistert rezipierte Revolution selbst ins Metaphysische hinaufzuheben und so den spekulativen Kampf gegen den Dogmatismus selbst als eine politische Tat zu begreifen. *Bernhard Willms* macht aus der Durchsicht der Frühschriften dafür als Grundstruktur plausibel, daß sich hier ein auf Autonomie versessenes Individuum einer Umwelt entgegensetzt, die global als korrupt

[77] *J.G. Fichte*, Appelation an das Publikum (1799), in: J.G. Fichtes Atheismusstreit. Hrsg. *F. Böckelmann*. München 1969, 93—139, 97.
[78] *J.G. Fichte*, Der Herausgeber des Philosophischen Journals gerecntliche Verantwortungsschriften gegen die Anklage des Atheismus (1799) in: *Böckelmann* (Hrsg.), a.a.O., 140—182, 169 f.
[79] Vgl. *B. Willms*, Die totale Freiheit, a.a.O., 16.

und feindlich empfunden wird. Hinzuzufügen ist dieser Einsicht nur, daß diese radikale Negation der bestehenden Zustände zum *Denken* der göttlichen Freiheit — und nicht zur politischen Tat und Vermittlungsarbeit führt, weil die deutsche Situation nach 1789 strukturell eine nationale Revolution gar nicht denkbar werden läßt (vor allem verhindert vom Antagonismus der Kleinstaaterei). Dies führt zweitens:

— *Zur Alleinherrschaft des Gedankens.* Vierzig Jahre nach den Ereignissen betrachtet *Heinrich Heine* präzise spottend Fichtes Weg so:

> „... um die Kritik der reinen Vernunft sammelten sich unsere philosophischen Jakobiner, die nichts gelten ließen, als was jener Kritik standhielt, Kant war unser Robespierre. — Nachher kam Fichte mit seinem Ich, der Napoleon der Philosophie, die höchste Liebe und der höchste Egoismus, die Alleinherrschaft des Gedankens, der souveräne Wille, der ein schnelles Universalreich improvisierte, das ebenso schnell wieder verschwand, der despotische, schauerlich einsame Idealismus. — Unter seinem konsequenten Tritte erseufzten die geheimen Blumen, die von der Kantischen Guillotine noch verschont geblieben oder seitdem unbemerkt hervorgeblüht waren, die unterdrückten Erdgeister regten sich, der Boden zitterte, die Konterrevolution brach aus..."[80]

Ob Fichte als kantischer Jakobiner oder idealistischer Napoleon aufzufassen sei, die Frage erledigt Heine präzise: er hat sich vom ersten zum zweiten entwickelt. Aber beides, Revolutionär und Konterrevolutionär war Fichte nur — in Gedanken. Und es ist der Gedanke, der die revolutionäre Sprengkraft zur nationalistischen Gegenrevolution drängt. Die deutsche Revolution fand „im Reich der Lüfte" *(Jean Paul)* statt, wie *Mirabeau* schon *vor* der Revolution den Deutschen ihre politische Unreife attestierte „weil das, was Euch bewegt, seine Wurzeln bei Euch im Kopfe hat"[81]. Wichtig zu sehen bleibt

[80] *H. Heine*, Kahldorf über den Adel in Briefen an den Grafen M. von Moltke. Nürnberg 1931, in: Beiträge zur deutschen Ideologie. Hrsg. *H. Mayer*. Frankfurt 1971, 373.
[81] *G. Landauer*, Die Französische Revolution in Briefen. Hamburg 1961, 52.

allerdings, daß die Philosophie der absoluten Einheit ihre deutsch-nationale Expression nicht mehr nur im Reich der Lüfte, sondern im Reich von Blut und Boden über die Befreiungskriege hinaus gefunden hat. Der quasi-gnostische Expressionismus ermöglichte gerade in der staatlichen Unfähigkeit zur inneren Reform die Herausbildung der totalitären Idee von „Nation", die ja noch bei *Lessing* und *Herder* Ausdruck skeptischer Betrachtungen blieb[82]. Die Religionsphilosophie, die aus dem Schock der Revolution sich in die Reflexion des Selbst zurückzog, wurde zum Vehikel totalitärer Ideologie.

— *Die erlösende Bildung* bleibt schließlich als einziger Heilsweg, wenn die Realpolitik durch politisches Bewußtsein abgelöst wird. Bildung des Freiheitsbewußtseins statt Revolution auf der Straße war schon die Parole des jüngeren Fichte[83] und dieser Zug verstärkte sich elementar durch die religionsphilosophische Entwicklung, nach der es ja nun darum ging, Gott *durch* Bewußtsein zur Erscheinung zu bringen. Das Böse, die gegenständliche Welt, kann nur durch das Heilswissen vernichtet werden, das die transzendentale Religionslehre bringt:

> „Ich weiß sehr gut, und bin durchdrungen von der Überzeugung, daß dem Reiche des alten Erbfeindes der Menschheit, dem Bösen überhaupt [. . .] durch nichts so sicherer und größerer Abbruch geschieht, als durch die Ausbildung der Wissenschaft im Menschengeschlechte. Dass ich darunter nicht verstehe ein historisches Wissen, sondern die Verwandlung des Wissens, der Vernunft, der Weisheit in das Leben selbst, und in dessen höchsten Quell und Antrieb, ist ihnen bekannt."[84]

Dieser „geistige Krieg", als den Fichte die Bildung versteht, soll den militärisch geführten Krieg zwar ersetzen, jedoch nur so lange, als die geistige Kriegsführung im äußeren Frieden und ungestört an den staatlichen Erziehungsanstalten geführt werden darf. Hier wurzelt nicht zuletzt die Bedeutung des Aufstiegs zum Bildungsadel in Deutschland bis heute.

---

[82] Vgl. *J. Binder*, Fichte und die Nation, in: Logos X (1921/22) 275 bis 315 (eine selber deutsch-national geprägte Studie).

[83] Vgl. z.B. VI, 6 (Zurückforderung der Denkfreiheit, 1793).

[84] IV, 604 (Rede an seine Zuhörer, 1813).

Der totalitäre Impetus des absoluten „Daseyns" Gottes läßt sich nur aus Fichtes System und seinem historischen Konnex erheben, er hat selber Wirkung gezeigt und wurde jeweils virulent, wenn es in Deutschland um das Deutsche schlechthin ging. Darauf ist abschließend hinzuweisen.

2.3 Politische Gnosis?

Eine gründliche Untersuchung zur Rezeptionsgeschichte, die von *Schelling* bis zu *Habermas* über die königlich preußische, sozialistische, nationalsozialistische und bürgerlich-liberale Wirkung Fichtes Rechenschaft gäbe, und damit einen geheimen Leitfaden der politisch ungeheuerlichsten Geschichte der Moderne, der deutschen Geschichte, zu verfassen hätte, steht noch aus[85]. Aber in das Ungeheuerliche, das angeblich Irrationale dieser Geschichte, bleibt Fichtes Werk verstrickt. Seine religionsphilosophisch fundierte Theorie der Deutschheit einen „politischen Messianismus" zu nennen, wie *Talmon* es für die Jakobiner und für Babeuf vorschlug, empfiehlt sich nicht: der transzendentalphilosophische Idealismus braucht keinen Messias, um ins Reich zu kommen (es sei denn, man wolle das deutsche Volk und darin Fichte selbst mit messianischen Zügen ausgestattet sehen, wozu Fichte selber neigte). Auch der Ausdruck „politische Mystik" will nicht recht passen im Blick auf das, was Mystik auszeichnet: das Gebet. Darf man von „politischer Gnosis" reden? Die herrschende Entfremdungsangst, der reflexive Dualismus, die Nichtung von Schöpfungstheologie samt dem metaphysischen Antijudaismus dazu („ihnen Bürger-

[85] Einen kurzen Überblick gibt *B. Willms*, Die totale Freiheit, a.a.O., 1—14, und *H. Lübbe*, Politische Philosophie in Deutschland. Studien zu ihrer Geschichte. München 1974, 194—205. Lübbes Analyse von Fichtes „Deutschtumsphilosophie" kommt für ihre fortwährende Wirkungsgeschichte zu dem merkwürdig offenen Schluß: „Der ideologische Nationalismus, wie weit er auch die gesellschaftliche Wirklichkeit überfliegen mag, ist selbst eine neue, möglicherweise politisch entscheidende Wirklichkeit", a.a.O., 204. Daß eine solche Möglichkeit durch das bei Fichte angelegte dezisionistische Engagement heute allenfalls einzulösen wäre, wird weder offen gefordert, noch kritisch in seiner politischen Gefahr analysiert: die fortdauernde Wirklichkeit solcher „Möglichkeiten" gehört zum Grundbestand dessen, was nicht nur eine kritische Theologie an deutschem Bürgertum weiterhin aufzuklären hat.

rechte zu geben, dazu sehe ich wenigstens kein Mittel als das, in einer Nacht ihnen allen die Köpfe abzuschneiden und andere aufzusetzen, in denen auch nicht eine jüdische Idee sei")[86], die Gnadenlosigkeit der Moralbegründung und deren politisch ebensowohl asketische (in der Erziehungsdiktatur) als libertinistische Konsequenz (Preisgabe des Staates), der Einheitstrieb und die ständig einbrechende Ewigkeit, die soteriologische (und dämonologische) Kosmologie (die erst recht bei *Schelling* zum Zuge kommt), die revolutionäre Innerlichkeit und die Äonenlehre der hypostasierten Begrifflichkeiten, der aufgeklärte Kult von Taufe und Totenritual, dies alles — das Verhältnis zur christlichen Orthodoxie nicht ausgenommen — empfiehlt den Ausdruck der „politischen Gnosis" für das Werk. Wenn daraus Fragen an die Gnosis der Spätantike in ihrem Verhältnis zur Politik entstehen, so kann dies gerade von Fichte her nur durch die radikale Differenz von Antike und Moderne hindurch geschehen. Denn gerade das zentral politische Moment bei Fichte, die nationale Idee und Volksbewegung als die Ideologie eines noch gar nicht vorhandenen Staates macht seine Religionsphilosophie modern, trennt ihn vom antiken Staatswesen.

Das moderne Deutschland aber verbindet sich mit Fichte in dieser politischen Gnoses intensiv. Als Prophet für die Einheit des Reichs, als den ersten namhaften „Verkündiger jener Ideen, welche heute Deutschlands nationale Partei bewegen" und als den Lehrmeister zum Charakter des Krieges, pries ihn 1862 *Heinrich von Treitschke*[87]. In die Orthodoxie der evangelischen Theologie und den ihr eigenen Hang zum Deutschtum heimgeholt, hat ihn 1914 jedoch erst *Friedrich Gogarten*, während die katholische Theologie — aus der römischen Distanz zum nurmehr Deutschen Reich — erst später in der über *Maréchal* und *Heidegger* vermittelten Transzendentaltheologie ohne offenes politisches Pathos in die Nachfolge Fichtes trat. Gogarten faszinierte an Fichte der religiöse Denker, der „Handeln, und das heißt Geschichte, und Mystik zusammengebracht hat"[88]. Und das Bedeutende dieser politischen Mystik, die ihm

---

[86] VI, 153 (Beiträge ... über die Französische Revolution, 1793).
[87] *H. von Treitschke*, Fichte und die nationale Idee, in: Ausgewählte Schriften. Bd. I. Leipzig 1911, 241–292, 269.
[88] *F. Gogarten*, Fichte als religiöser Denker. Jena 1914, 3; auch

1914 zeitgemäß genug ist, um sie kritiklos zu feiern, sieht er in der „rücksichtslosen Tiefe" der Verbindung von Vaterlandsliebe und Mystik (n.b. „Vaterlands-Liebe" drückt den Sachverhalt genau aus):

> „Tief ist diese Vaterlandsliebe, denn in ihr ist das Volk eine eigentümliche Offenbarung des göttlichen Lebens. Und rücksichtslos ist sie, denn nur soweit das Volk eine solche Offenbarung ist und sie in immer weiterer Vollkommenheit herausarbeitet, steht diese Liebe auf einer Seite. Alles Selbstische, Eigensüchtige bekämpft sie schärfer als ein Feind es könnte. Und Politik im gewöhnlichen Stil ist mit ihr nicht zu machen."[89]

Aber gewöhnliche Politik wollte Gogarten ja auch nicht befördern, dazu war ihm die Kriegstheologie eine zu heilige Sache. Für die Herausarbeitung der „göttlichen Eigenart des Volkes"[90] durch den Krieg gegen Frankreich aber kam die ungewöhnliche politische Wirkung von Fichtes rücksichtsloser Mystik Gogarten gerade recht, auf „daß das Reich Gottes verwirklicht werde"[91]. Wie *nach* dem verlorenen Krieg Fichte gleich wieder gut war, die Nation zu retten, zeigt, um wenigstens ein Beispiel zu nennen, die im „Logos" 1921/22 veröffentlichte Studie „Fichte und die Nation" von *Julius Binder*[92]:

> „... der nachdenkliche Mensch von heute, der nach den Gründen unseres heutigen Zusammenbruchs frägt und sie vielleicht darin erblicken möchte, daß die Deutschen wieder aus Selbstsucht ihr Selbstbewußtsein verloren haben, wird wieder den ‚innersten Aufbau der Nation' verlangen und wird damit auch zu den theoretischen

E. *Hirsch*, Fichtes Religionsphilosophie im Rahmen der philosophischen Gesamtentwicklung Fichtes. Göttingen 1914 spricht von Fichtes „Mystik", 129, bleibt aber analytisch nüchterner, wenn auch grundsätzlich unkritisch.
[89] F. *Gogarten*, a.a.O., 116.
[90] A.a.O., 119.
[91] A.a.O., 109.
[92] J. *Binder*, Fichte und die Nation, a.a.O.

Grundlagen, die Fichtes Gedanken von der Nationalerziehung erst ermöglicht haben, zurückkehren müssen."[93]

Diesem Imperativ zur Rückkehr in die Quellen der Nationalerziehung folgte 1935 gleichzeitig *Helmut Schelsky*s unkritische „Theorie der Gemeinschaft nach Fichtes ‚Naturrecht' von 1796"[94], die am Rande auch auf eine Theorie der Rasse abhebt[95], und vor allem unüberbietbar plakativ *Arnold Gehlen* mit seinen Vorträgen „Deutschtum und Christentum bei Fichte"[96]. Gehlen, der Fichte für den letzten großen Häretiker und sein Werk für „reine und echte Mystik" hält[97], stellt ihn in die Ahnenreihe der Gnostiker *Marcion*, *Montanus* und *Mani*: mit Montanus teile er das Bewußtsein, selber Paraklet zu sein, mit Marcion den Dualismus, die Soteriologie, die Ablehnung der jüdischen Elemente in der christlichen Religion und das Bewußtsein von der höheren Christlichkeit[98]. Aber diese Gnosis Fichtes verdichtet er nun — Fichte konstant empirisch interpretierend — zum Sozialismus und Nationalismus so, daß dafür „das einzig treffende Wort" der Nationalsozialismus sei[99]. In der Sache geht es um überschwängliche Nationalität, Antiliberalismus und Erziehungszucht, Krieg und schließlich um den „großartigen Gedanken" der Diktatur[100]. Der religiöse Expressionismus Fichtes ist damit zum empirischen Expressionismus des Nationalen heruntergekommen, die idealistische Gnosis ist parteipolitisch geworden. Die religiöse Reflexion des deutschen Bürgertums vollendet sich in der Anpassung an den Geist, der wahrhaft von dieser Welt ist.

[93] A.a.O., 281.
[94] *H. Schelsky*, Theorie der Gemeinschaft nach Fichtes „Naturrecht" von 1796. Berlin 1935.
[95] A.a.O., 81.
[96] *A. Gehlen*, Deutschtum und Christentum bei Fichte. Berlin 1935; unkritisch dazu *L. Samson*, Naturteleologie und Freiheit bei Arnold Gehlen. München 1976, 187—222; kritisch dagegen *C. Hagemann-White*. Legitimation als Anthropologie. Eine Kritik der Philosophie Arnold Gehlens. Stuttgart 1973.
[97] Deutschtum und Christentum, a.a.O., 57, 63.
[98] A.a.O., 57—62.
[99] A.a.O., 15.
[100] A.a.O., 31 f.

Theologische Brennpunkte

V. Jesus im Prozeß der Neuzeit

> *„Du gleichst dem Geist,*
> *den du begreifst, —*
> *Nicht mir!"*
> *J.W. Goethe* (Der Geist zu Faust)

1 Die „Offenbarwerdung des Modernen"

1.1 Die Anpassungsleistung der Theologie

„Wenn einst unsere Kultur als etwas Abgeschlossenes vor der Zukunft liegt, steht die deutsche Theologie als ein größtes und einzigartiges Ereignis in dem Geistesleben unserer Zeit da [. . .] Und die größte Tat der deutschen Theologie ist die Erforschung des Lebens Jesu. Was sie hier geschaffen, ist für das religiöse Denken der Zukunft grundlegend und verbindlich." Mit dieser theologischen Feier deutscher Geistestat leitete *Albert Schweitzer* 1906 seine systematische Geschichte der Leben-Jesu-Forschung ein[1]. Abgesehen von der merkwürdigen Germanophilie

---

[1] *A. Schweitzer*, Geschichte der Leben-Jesu-Forschung. München, Hamburg [6]1966 (1. Aufl. 1906 unter dem Titel „Von Reimarus zu Wrede '). Selbst *E. Hirsch* urteilt in seiner mehr als germanophilen Geschichte der neuern evangelischen Theologie. Bd. V. Gütersloh [8]1968 zurückhaltender: durch seine Ausbildung der historisch-kritischen Theologie „hat das deutsche evangelische Christentum eine hinsichtlich ihres Werts sehr gegensätzlich beurteilte, hinsichtlich Umfang und Tiefe aber jedenfalls ungemeine geistes- und religionsgeschichtliche Wirkung ausgeübt" (492). Die „einzigartige Erscheinung" (a.a.O.) dieser Kritik wird auch von Hirsch nicht ausdrücklich auf die religionskritische Tradition Europas seit dem 17. Jahrhundert zurückbezogen. Vgl. dagegen die wirklich historische Fundierung der Kritik des 19. Jahrhunderts durch *H.J. Kraus*, Geschichte der historisch-kritischen Erforschung des Alten Testaments. Neukirchen-Vluyn [2]1969, deren Grundsatz nicht nur für das Alte Testa-

des Elsässers, enthält dieser Introitus in Schweitzers dramatischem Forschungsbericht zwei für den Kulturprotestantismus der Jahrhundertwende charakteristische Wertschätzungen: einerseits wurde das Ergebnis der eigenen *Theologie* im Blick auf die Vergangenheit und die Zukunft der Religion für ein Kulturereignis gehalten, das nur mit einem Superlativ adäquat zu beschreiben war *(id quod majus cogitari nequit)* — und zweitens wurde dieses Werturteil in eigener Sache durch die schöpferische Kraft dieser Leistung begründet. Im Blick auf die neuzeitliche Religionsgeschichte Westeuropas stellt sich allerdings die Frage, ob die historisch-kritische Leben-Jesu-Forschung in der Theologie des 19. Jahrhunderts wirklich ein solchermaßen einzigartiges Novum geschaffen hat, wie Schweitzer es darstellte, oder ob „die größte Tat der deutschen Theologie" nicht vielmehr als eine Anpassungsleistung an jene Auffassung Jesu Christi zu verstehen ist, welche sich als ein Kennzeichen der bürgerlichen Religion schon seit dem 17. Jahrhundert in den Niederlanden, in England und in Frankreich deutlich herausgebildet hatte.

Schweitzer, der im wesentlichen eine Fortschrittsgeschichte von „Ideen" und „Wahrheiten" ohne Berücksichtigung der soziokulturellen Faktoren der theologischen Arbeit selber schrieb, faßte den Ertrag der Leben-Jesu-Forschung in der Erkenntnis zusammen, daß diese endgültig ein „Scheidungsmittel" an die Hand gegeben habe, um das moderne und das neutestamentlich-antike Gedankengut „unfehlbar sicher" auseinanderzulösen. Das Kriterium dieser Trennung lag bekanntlich in der Entdeckung der durchgängigen eschatologischen Bestimmtheit der — aus allen dogmatischen Übermalungen herauspräparierten — Verkündigung und Handlungsform Jesu[2]. Nun ist aber für Schweitzer nicht eigentlich die Entdeckung wichtig, daß bei Jesus alles am Kommen Gottes hing, sondern „für die moderne Theologie noch viel wichtiger" ist ihm die Einsicht in die Nichtmodernität dieser eschatologischen Erwartung Jesu[3]. Denn die Erkenntnis von Jesu veralteter „eschatologischer

ment gilt: „die tieferen Ursprünge der historischen Kritik liegen im 16. und 17. Jahrhundert" (3), d.h. in der Reformation und in der französischen, englischen und niederländischen Aufklärung.
[2]   *A. Schweitzer*, Geschichte, a.a.O., 265.
[3]   A.a.O.

Weltanschauung"[4] ermöglicht gerade „die Offenbarwerdung des Modernen als solchen"[5]. Das Moderne aber liegt für Schweitzer in der schöpferischen Persönlichkeit, im Willen, der sich Weltanschauungen schafft und durch sie hindurch sittlich tätig wird. Im Lichte dieser modernen Offenbarung kann trotz der veralteten Weltanschauung Jesu von dem hereinbrechenden Handeln Gottes das Eigentliche seiner Botschaft schöpferisch angeeignet werden und zwar so: „Daß er [Jesus] eine übernatürlich sich realisierende Endvollendung erwartet, während wir sie nur als Resultat der sittlichen *Arbeit* begreifen können, ist mit dem Wandel in dem Vorstellungsmaterial gegeben [. . .] Nur darauf kommt es an, daß wir den Gedanken des durch sittliche *Arbeit* zu schaffenden Reiches mit derselben Vehemenz denken, mit der er den von göttlicher Intervention zu erwartenden in sich bewegte, und miteinander wissen, daß wir imstande sein müssen, alles dafür dahinzugeben"[6].

In der Tat ist der neuzeitliche Bürger bereit, für die Arbeit und ihr Produkt alles dahinzugeben; deshalb befremdet ihn die Vorstellung von einem selber an ihm handelnden Gott: das Eschatologische wird unvereinbar mit dem rastlos tätigen Willen zur Selbstverwirklichung und deshalb als alte Weltanschauung abgelegt. Bedeutsam an Jesus bleibt nur noch die „Vehemenz" seiner Kraft und das „Schöpferische" seiner „Persönlichkeit"; dieses Schöpferische aber liegt darin, daß diese Persönlichkeit die „Räder der eschatologischen Maschinerie [. . .] durch sittliche religiöse Kräfte in Gang setzt"[7]. Präziser als mit der Metapher von den religiösen Kräften, die das göttliche Handeln der heilbringenden Maschinerie in Gang setzen läßt, läßt sich die ethische Ideologie des Industriezeitalters nicht beschreiben.

Indem Schweitzer das Eschatologische des Neuen Testaments als vergangene Weltanschauung ablegt, um der modernen Arbeitsethik Raum zu geben, zeigt sich bei ihm das Charakteristische der nicht konfessionellen Auffassung Jesu seit dem 17. Jahrhundert. Die kritisch oder affirmativ festgehaltene Bot-

---

[4] *A. Schweitzer*, Aus meinem Leben und Denken, in: Gesammelte Werke in fünf Bänden. Bd. 1. München o.J., 19—252, 72; vgl. *ders.*, Geschichte, a.a.O., 623 f.
[5] *A. Schweitzer*, Geschichte, a.a.O., 265.
[6] A.a.O., 627; Sperrung P.E.
[7] A.a.O.

schaft Jesu wird nicht daraufhin befragt, was sie von sich selbst
her uns Modernen zu sagen hat, sondern sie hat zu sagen, was
unabhängig von ihrer Eschatologie durch uns selbst feststeht:
die Darstellung Jesu wurde so zur Funktion der Politologie von
Hobbes, zur beiläufigen Metapher des metaphysischen Expressionismus von *Spinoza*, zum wandelbaren Instrument der Mas-
senideologie *Voltaires*, zum Herzensanliegen der Didaktik
Rousseaus, zum höchsten Ausdruck der autonomen Ethik
Kants und der idealistischen Erziehungsdiktatur *Fichtes*,
schließlich zum Druckmittel utopischer Sozialisten vom Schlage *Saint-Simons*, *Weitlings* und *Proudhons*, um nur die wichtigsten der von Schweitzer nicht exegesierten Jesusdarsteller zu
nennen. Die zwar glänzende, aber durchaus sekundäre Rolle,
die der Menschensohn in der Ideologie des nicht konfessionellen Bürgertums spielt, steht im Gefolge mehr von *Abälard*,
Machiavelli und *Erasmus* als von *Augustinus*, *Luther*, *Calvin*
und dem *Tridentinum*.

Aber hier ist nicht die akademische Sippenforschung entscheidend, sondern die Frage, woher das Bewußtsein des Bürgertums die Farben nimmt, um seinen vornehmsten Repräsen-
tanten Jesus selber auszumalen — und das zum Bildungs- und
zum Geldadel aufsteigende Bürgertum liebt die Repräsentation,
nicht nur im Portrait, im bürgerlichen Drama und im Baustil,
sondern eben auch in der ihm eigenen religiösen Darstellung.
Es mag als signifikantes Detail (das *Michel Vovelle* herausgear-
beitet hat)[8] erwähnt sein, daß der Bürger *Joseph Sec* aus Aix
en Provence, der im 18. Jahrhundert aus der Bauernschaft über
das Handwerk durch geschäftige Agitation zum revolutionären
Geldadel aufstieg, sich für sein Grabmal selbst ein Monument
errichten ließ, dessen reiche freimaurerische Symbolik von ca.
60 Plastiken, Reliefs und Inschriften — gekrönt von der Statue
des Gesetzes nach revolutionärer Ikonographie — auch zwei
Darstellungen aus dem Leben Jesu enthält, die dem plastischen
Symbol der Sklaverei (Neger) bzw. der Initiation (Johannes
der Täufer) untergeordnet sind: Unter Johannes dem Täufer
wird die Taufe Jesu sichtbar und unter der „Sklaverei" Jesus

---

[8]   M. *Vovelle*, Die Elite oder Der Trug der Wörter, in: *I.A. Hartig* (Hrsg.),
Geburt der bürgerlichen Gesellschaft: 1789. Frankfurt a.M. 1979, 236
bis 270, 256 f. (= L'Elite ou le mensonge des mots, in: Annales E.S.C.
29, 1974, 49—72); die zit. Inschrift: Anm. 17.

in der Werkstatt des Joseph. Diese Darstellung der Kindheit Christi wird durch die Inschrift erläutert:

„Aus grausamer Knechtschaft stieg ich empor,
Fortan mein eigener Gebieter.
Meine Freiheit aber nutzte ich nur,
um dem Gesetz zu gehorchen.“

Was der Parvenu aus Südfrankreich zur Interpretation des Lebens Jesu heranzieht, könnte ebensogut auf den Grabstein Immanuel Kants gemeißelt sein. Gebieter über sich selbst zu werden, um dem Gesetz gehorchen zu können, macht den Sinn nicht nur der Ethik Kants, sondern auch seiner bürgerlichen Religion aus, die „auf moralische Begriffe gegründet“ wird[9]. Denn der reine Religionsglaube (der *catholicismus rationalis*) unterscheidet sich vom traditional-kirchlichen Glauben (dem *catholicismus hierarchicus*) dadurch, daß er „das Wesentliche aller Verehrung Gottes in der Moralität des Menschen setzt“[10] und also gänzlich auf Orthopraxie ausgerichtet wird[11]. Selbstverständlich muß in dieser Optik alles Eschatologische an Jesus,

[9]   *I. Kant*, Der Streit der Facultäten, in: *ders.*, Werke in zehn Bänden. Hrsg. *W. Weischedel*. Bd. 9. Darmstadt 1968, 261—393, 310 (A 62). Der bürgerliche Charakter der in der kantschen Kritik konstituierten Vernunftreligion zeigt sich besonders deutlich in der transzendentalen Deduktion der „*ethischbürgerlichen*“ (im Gegensatz der *rechtlichbürgerlichen*) Gesellschaft“ unter dem Vereinigungsprinzip der Tugend (*I. Kant*, Die Religion innerhalb der Grenzen der blossen Vernunft, in: Werke, a.a.O., Bd. 7, 645—879, 752, B 130/A 122). Hier wird das erst von Hegel reflex erfaßte Prinzip der Religion in der bürgerlichen Gesellschaft (vgl. unten) faktisch vorausgesetzt: das aus den Banden von Tradition und Familie entlassene Individuum vermittelt sich in seiner reinen Sittlichkeit mit der allgemeinen Vernunft des Staates durch die Religion. Die Religion aber kann nach Kant diese Vermittlungsarbeit nicht mehr durch ihre traditionale und partikulare Kirchlichkeit leisten, sondern nurmehr durch ihre schlechthin universale Sittlichkeit, die das vernünftige Reich Gottes auf Erden sich selbst anzueignen imstande sein muß. Zu der von Kant bewußt verinnerlichten und streng rationalisierten Abhängigkeit von der lutherischen Tradition vgl. *E. Topitsch*, Die Voraussetzung der Transzendentalphilosophie Kants in weltanschauungsanalytischer Bedeutung. Hamburg 1975.
[10]   *I. Kant*, Der Streit der Facultäten, a.a.O., 316 (A 72 f.).
[11]   A.a.O., 313 (A 67). Der revolutionäre Charakter von Kants Kritik liegt nicht sosehr in seiner transzendentalen Wende, als vielmehr in deren pragmatischem Sinn: die Vorordnung der praktischen vor der theoretischen Vernunft reflektiert gerade in ihrer metaphysischen Absicht den neuzeitlichen Primat der Arbeit vor der Gegebenheit.

alles, was als fremde Einwirkung einer göttlichen Macht erscheint, von dieser Ethik der sittlichen Arbeit her eliminiert werden: „Die Schriftstellen also, die eine bloß passive Ergebung an eine äußere in uns Heiligkeit wirkende Macht zu erhalten *scheinen*, müssen so ausgelegt werden, daß daraus erhelle, wir *müssen* an der Entwicklung jener moralischen Anlagen in uns selbst arbeiten"[12].

Jesus wird dementsprechend als der „Menschenfreund"[13] gefeiert, dessen Liebenswürdigkeit darin bestehe, jener Religion Raum geschafft zu haben, die „schon in uns liegt"[14]. Die hermeneutische Instanz zur Auslegung der fremden biblischen Schriften kann also nurmehr die *eigene* Religiosität sein oder, wie Kant unmißverständlich sagt: „der Gott in uns ist selbst der Ausleger", weil „die Göttlichkeit einer an uns ergangenen Lehre [. . .] durch nichts als durch Begriffe unserer Vernunft,

---

[12]   A.a.O., 309 (A 61); Sperrung P.E. Hier wird die Arbeitsmoral zum universalen hermeneutischen Prinzip und die sittliche Leistungsfähigkeit zur kritischen Norm dieser Hermeneutik.
[13]   *I. Kant*, Das Ende aller Dinge, in: Werke, a.a.O., Bd. 9, 171—190, 188 (A 520).
[14]   Der Streit der Facultäten, a.a.O., 328 (A 93). Kant entfaltet in der Religion innerhalb der Grenzen der bloßen Vernunft eine transzendentale Deduktion des Sohnes Gottes, die in ihren apriorischen Bestimmungen nach der lutherischen Orthodoxie konstruiert bleibt. Der „Sohn Gottes" wird darin als die letzte transzendentale Gegegenheit der praktischen Vernunft entdeckt: er bezeichnet das für jede menschliche Vernunft notwendige Ideal der vollkommenen Menschheit. „Dieses Ideal der Gott wohlgefälligen Menschheit ... können wir uns nun nicht anders denken als unter der Idee eines Menschen" und das heißt — Schleiermacher avant la lettre! — als „Urbild der Menschheit" (Die Religion, a.a.O., 714, B 76/ A 70 f.). Im Lichte dieses Ideals des transzendentalen Sohnes Gottes wird die Finsternis unseres Elends ebenso sichtbar, wie die unbedingte Forderung nach der *metanoia* der Gesinnung im Blick auf eine sittliche Menschheit. Wenn hier auch sehr deutlich wird, wie die philosophische Rationalisierung den eigenen (lutherischen) Glauben als allgemein notwendigen zu erzwingen sucht, so ist doch dabei die kritische Normierung des *sola gratia* durch das moralische Gesetz (das jetzt selber zur unbegreiflichen Gnade wird) nicht zu übersehen. Die historische Erfahrung des zur Erscheinung gekommenen Urbildes (dessen Namen Jesus Christus auszusprechen Kant sich immer hütet) wird in dieser Rationalisierung heilsirrelevant, „weil nur der Glaube an die praktische Gültigkeit jener Idee, die in unserer Vernunft liegt ... moralischen Wert hat" (a.a.O., 715, B 78/A 72); zur kritischen Erörterung Kants vgl. Studie VII. Zur souveränen theologischen Diskussion dieser soteriologischen Christologie Kants vgl. *K. Barth*, Die protestantische Theologie im 19. Jahrhundert. Bd. I. Hamburg [3]1975, 239—259.

sofern sie rein moralisch und hiermit untrüglich sind, erkannt werden kann"[15]. Es ist wahrlich aufschlußreich, in concreto die Auslegungen des Neuen Testamentes von der Instanz dieses bürgerlichen Gottes aus zu lesen: Mit der Bergpredigt will Jesus (resp. der „Gott in uns"), daß „nur die reine moralische Herzensgesinnung den Menschen Gott wohlgefällig machen *könne*"[16] und mit dem Gleichnis vom Senfkorn (Mt 13,31 f.), daß „sich die Religion durch innere Kraft allmählich zu einem Reiche Gottes vermehren würde"[17], wozu schließlich auch die Allegorese paßt, daß der „Lehrer des Evangeliums" mit seiner großen Gerichtsrede (Mt 25,31-46) „aus bloßen Beweggründen der Pflicht" zu handeln empfehle[18].

Der Hinweis auf Kants bürgerlichen Christus zeigt, welcher Auffassung Schweitzer selbst verpflichtet war. Was er für eine epochale theologische Leistung hielt: die Erkenntnis, Jesus sei, „man vergesse es nicht, seinem Wesen nach ein Moralist und Rationalist, der in der spätjüdischen Metaphysik lebte", bei deren weltanschaulichen Abzug die wahre „Jesusmystik" übrigbleibe[19] —, das wird jetzt schon deutlicher als theologische Adaptation an das nichtkonfessionelle Christentum des Bürgertums greifbar. Ganz äußerlich ließe sich eine solche Leistung auch durch Schweitzers philosophische Promotion über *Kants Religionsphilosophie*[20] erklären. Aber die Frage bleibt, welcher Tradition und welcher soziokulturellen Situation das verbürgerlichte Christusbild, das Kant entwirft, selber Ausdruck verschafft; wenn dabei im folgenden einige nichtkonfessionelle Spuren dieser bürgerlichen Ikone für das Nebenzimmer gesichert werden[21], so geschieht dies nicht ohne kritischen Blick

[15]   Der Streit der Facultäten, a.a.O., 315 (A 71).
[16]   Die Religion, a.a.O., 828 (B 239/A 225).
[17]   A.a.O., 830 (B 242/A 228).
[18]   A.a.O., 832 (B 245/A 232).
[19]   *A. Schweitzer*, Geschichte, a.a.O., 629.
[20]   *A. Schweitzer*, Die Religionsphilosophie Kants. Tübingen 1899; vgl. *ders.*, Aus meinem Leben, a.a.O., 37–44.
[21]   Die Deutungen zur Entstehung der Neuzeit sind Legion, aber es gibt, soweit ich sehe, noch keine einzige Gesamtdarstellung und Interpretation der modernen „Christologie", die nicht auf eine theologisch-konfessionelle Tradition beschränkt bleibt. Mit den folgenden methodischen und historischen Hinweisen soll deshalb mehr ein Problembewußtsein geschaffen, als ein schon vorhandener Problemstand interpretiert werden. Es ist das Verdienst der vorläufig nur als Vorlesungsmanuskripte edierten

auf die Säkularisierungsstrategie von *Max Weber*[22]. Für Weber vermochte die Theologie in der Neuzeit nicht nur ein einzigartiges Ereignis im *Geistesleben* zu produzieren, sondern sogar das neuzeitliche Hauptereignis im Wirtschaftsleben: den sogenannten „Geist" des Kapitalismus — als ob dieser eines solchen Geistes zu seiner revolutionären Besetzung aller Märkte bedurft hätte. Webers (späte und sehr schmale!) Quellen zeigen eher, was auch bei Schweitzer offenkundig wird: die späte theologische Adaptation an eine Ideologie, die nur durch schärfste Religions- und Konfessionskritik hindurch zu ihrem Eigenen gefunden hat, zur bürgerlichen Moral im Dienste jener Nationalstaaten, die nicht unwesentlich dazu da sind, die kapitalistische Wirtschaftsform abzusichern. Kant spürte dies übrigens noch genauer als Weber, wenn er statuierte: „Was den Staat in Religionsdingen allein interessieren darf, ist: wozu die Lehrer derselben anzuhalten sind, damit er nützliche Bürger, gute Soldaten, und überhaupt getreue Untertanen habe. Wenn er nun dazu die Einschärfung der Rechtgläubigkeit in statutarischen Glaubenslehren und eben solcher Gnadenmittel erwählt, so kann er hierbei sehr übel fahren"[23].

Daß der Staat mit dem nichtkonfessionellen, bürgerlichen Chri-

Arbeiten von X. Tilliette, erstmals die philosophische Christusinterpretation vom 17.—20. Jahrhundert aus der neuzeitlichen Philosophie herausgeschält und als eigenes Problem artikuliert zu haben: *X. Tilliette*, Le Christ des philosophes. T. 1—3. Paris (Institut Catholique de Paris) 1976 bis 1978. Tilliette interpretiert seine reichen werkimmanenten Analysen noch nicht im Rahmen der philosophischen und soziologischen Neuzeittheorien. Für die im folgenden herausgestellten Ursprünge der modernen Christusinterpretation im 17. Jahrhundert bleiben neben den bekannten Werken W. Diltheys, M. Webers, E. Cassirers, P. Hazards und E. Hirschs entscheidend: *R. Pintard*, Le libertinage érudit dans la première moitié du XVIIe siècle. Paris 1943 und *L. Kolakowski*, Chrétiens sans Eglise. La conscience religieuse et le lien confessionel au XVIIe siècle. Paris 1969.

[22] *M. Weber*, Gesammelte Aufsätze zur Religionssoziologie. Bd. I. Tübingen [6]1972, 17—236 (= Die protestantische Ethik und der Geist des Kapitalismus; Die protestantischen Sekten und der Geist des Kapitalismus). Zur kritischen Auseinandersetzung vgl. *M. Geiger*, Calvin, Calvinismus, Kapitalismus, in: Gottesreich und Menschenreich. E. Staehlin zum 80. Geburtstag. Basel, Stuttgart 1969, 231—286; *C. Seyfarth, W.M. Sprondel*, Seminar: Religion und gesellschaftliche Entwicklung. Studien zur Protestantismus-Kapitalismus-These Max Webers. Frankfurt a.M. 1973; *D. Schellong*, Kritik und Bewahrung christlicher Tradition in der Moderne, in: *W. Oelmüller*, Wozu noch Geschichte? München 1977, 93 bis 118, 101—104.

[23] *I. Kant*, Der Streit der Facultäten, a.a.O., 329 (A 96).

stus besser fährt als mit dem konfessionellen und ihm deshalb auch anzuempfehlen sei, war die Überzeugung aller Aufklärer des 17. und 18. Jahrhunderts. Dies erlaubt zwei methodische Vorbemerkungen zur Interpretation des bürgerlichen Christus.

1.2 „Säkularisierung"

Zum historischen Bewußtsein einer Zeit, die sich selber als eine „neue" versteht, gehört auch die ständig neue Auslegung ihrer eigenen, sehr kurzen und für sie allein wichtigen Zeit (die nach *Hegel* mit *Descartes* beginnt). Zum „Neuen" der Neuzeit gehört dementsprechend die Auffassung, es wäre die alte Zeit durch eine unaufgeklärte Religion bestimmt gewesen, sei es in mythischer oder in metaphysischer Form. Zur Herstellung einer *Kontinuität* mit der als religiös aufgefaßten mittelalterlichen und antiken Tradition diente den Interpreten der Neuzeit, die sich selber aufgeklärt wissen, der Begriff der „Säkularisierung". Dieses Schlagwort hatte den zweifachen Vorteil, daß es das Neue als das bessere Alte und das Alte als im Neuen aufgehoben erscheinen ließ. Das ideenpolitische Chamäleon der „Säkularisierung" verschleiert nun allerdings aus durchsichtigen Interessen die historischen Sachverhalte wesentlich[24]. Denn der Begriff enthebt erstens der Pflicht zur eigenständigen Erklärung der neuen wirtschaftlichen, politischen und sozialen Wirklichkeit, die dem traditionalen Glauben des Mittelalters und der Antike fremd, ja gotteslästerlich gewesen wäre. – Er unterschlägt zweitens die Kontinuität des konfessionskritischen Bewußtseins, der wirtschaftlichen Rationalität[25] und der als neu

[24] Grundlegend bleibt *H. Lübbe*, Säkularisierung. Geschichte eines ideenpolitischen Begriffs. Freiburg, München [2]1975; zur Kritik dieser Ideenpolitik vgl. *D. Schellong*, Bürgertum und christliche Religion, a.a.O., 24 ff.; *W. Jaeschke*, Die Suche nach den eschatologischen Wurzeln der Geschichtsphilosophie. Eine historische Kritik der Säkularisierungsthese. München 1976; aufschlußreich ist auch die gründliche *retractatio* von *J.B. Metz*, Glaube in Geschichte und Gesellschaft. Studien zu einer praktischen Fundamentaltheologie. Mainz 1977, 23 ff., gegenüber seiner eigenen Säkularisierungstheorie in: Zur Theologie der Welt. Mainz 1968, 11–45.
[25] Historisch sehr aufschlußreich: *H. Cancik*, Römische Rationalität. Religions- und kulturgeschichtliche Bemerkungen zu einer Frühform des technischen Bewußtseins, in: *P. Eicher* (Hrsg.), Gottesvorstellung und Gesellschaftsentwicklung. München 1979, 67–108.

ausgegebenen sozialen Lebensformen mit der griechischen, römischen und arabischen Antike ebenso, wie mit der keineswegs geschlossen religiösen Lebenswelt des Mittelalters. — Drittens gibt dieser Aufhebungsbegriff keine Rechenschaft von der gewaltigen Ungleichzeitigkeit der sozialen Wirklichkeit und des religiösen Bewußtseins, die auch in der sogenannten „Neuzeit" nicht nur die Kulturen der „dritten" Welt bestimmt, sondern auch die äußerst vielfältigen Lebensformen in den durchindustrialisierten Gesellschaften selbst. Die Vorstellung etwa, das Christentum wäre in seiner katholisch-hierarchischen und in seiner reformatorisch-gemeindlichen Form in der Neuzeit immer weltlicher geworden, wird schon durch den oberflächlichsten Blick in die Kirchengeschichte widerlegt. — Viertens aber lenken die Säkularisierungstheoretiker (die theologischen mit eigenen Motiven) vom Vorgang der neuzeitlichen Resakralisierung der Arbeit, der Nation, der Liebe und des Todes und auch des wissenschaftlichen Wissens als der „Offenbarung" ab. Der Säkularisierungsbegriff erklärt weder den Wandel noch die Kontinuität. Er ist deshalb zur Erschließung des bürgerlichen Christus wenig hilfreich.

1.3 Theorie des Bürgertums

Der hier strapazierte Ausdruck „bürgerlich" und die Rede vom „neuzeitlichen Bürgertum" wird zumindest vom theologischen Publikum negativ gewertet verstanden (im Sinne des „Spießbürgers" und des „Klassenkampfes"). Deshalb ziehen denn auch gerade Theologen die Rede von der „Aufklärung" vor — mit der bemerkenswerten Ausnahme von *Karl Barth*, der das europäische Christentum seit dem 18. Jahrhundert in seinem bürgerlichen Charakter präzise bestimmte (in seiner „Protestantischen Theologie im 19. Jahrhundert"[26]). Aber die Selbstbezeichnung der „bürgerlichen Gesellschaft", deren neuzeitlicher Sinn erstmals in Hegels Rechtsphilosophie[27] entfaltet wird,

[26] Vgl. Anm. 14; zur Erschließung von Barths Neuzeitinterpretation vgl. *K.G. Steck, D. Schellong*, Karl Barth und die Neuzeit. München 1973; *F.-W. Marquard*, Theologie und Sozialismus. Das Beispiel Karl Barths. München 1972.

[27] *G.W.F. Hegel*, Grundlinien der Philosophie des Rechts oder Naturrecht und Staatswissenschaft im Grundrisse. Theorie-Werkausgabe Bd. 7.

bringt nicht nur Vorteile für die ernüchternde Sozialwissen-
schaft von der Religion mit sich, sondern schärft auch der ihrer
eigenen Sache bewußten Theologie den ideologiekritischen
Blick. Der guten Ordnung halber seien auch hier vier Argumente
für diesen Vorteil genannt.

Der Ausdruck „bürgerlich" zwingt erstens dazu, die verselb-
ständigte Ideengeschichte auf ihren historischen Ort und ihren
sozialpolitischen Kontext zu beziehen. Hegels Charakterisierung
der bürgerlichen Gesellschaft als des Reiches zwischen der naturwüchsigen Familie und der Vernunft des Staates (eines Reiches, das er durch die französische Revolution endgültig inaugu-
riert sah), wurde durch die kritische Lektüre der Nationalöko-
nomie von *Say, Ricardo* und *Smith* gewonnen[28]. Bürgerlich
heißt demgemäß jene gesellschaftliche Öffentlichkeit, welche
als System privatisierter Bedürfnisbefriedigung, d.h. als Frei-

Frankfurt a.M. 1970, 339—497 (§§ 182—329). Zur Bedeutung des hegelschen Begriffs der bürgerlichen Gesellschaft vgl. *J. Ritter*, Hegel und die
französische Revolution. Frankfurt 1965, 12 ff., 43 f.; *M. Riedel*, Studien zu Hegels Rechtsphilosophie. Frankfurt a.M. 1969; *ders.*, Materiali-
en zu Hegels Rechtsphilosophie. 2 Bde. Frankfurt a.M. 1975; *ders.*, Bürgerliche Gesellschaft und Staat. Grundproblem und Struktur von Hegels
Rechtsphilosophie. Neuwied, Berlin 1970; *H. Schnädelbach*, Zum Verhältnis von Logik und Gesellschaftstheorie bei Hegel, in: *O. Negt* (Hrsg.),
Aktualität und Folgen der Philosophie Hegels. Frankfurt a.M. 1971, 58
bis 80; *P. Eicher*, Von den Schwierigkeiten bürgerlicher Theologie mit
den katholischen Kirchenstrukturen, in: a.a.O., 96—137, 104—113. Zu
der hier berücksichtigten sozialwissenschaftlichen Erklärung der Geschichte der bürgerlichen Gesellschaft vgl. *B. Groethuysen*, Die Entstehung der bürgerlichen Welt- und Lebensanschauung in Frankreich, a.a.O.;
F. Borkenau, Der Uebergang vom feudalen zum bürgerlichen Weltbild.
Darmstadt (Paris 1934) 1971; *L. Kofler*, Zur Geschichte der bürgerlichen
Gesellschaft. Versuch einer ‚verstehenden' Deutung der Neuzeit nach
dem historischen Materialismus. Halle 1948; *J. Habermas*, Strukturwan-
del der Öffentlichkeit . Untersuchungen zu einer Kategorie der bürgerlichen Gesellschaft. Frankfurt 1961; *L. Goldmann*, Der christliche Bürger
und die Aufklärung. Neuwied, Darmstadt 1968; *B. Willms*, Revolution
und Protest oder Glanz und Elend des bürgerlichen Subjekts. Stuttgart
1969; *M. Riedel*, Bürger, in: Historisches Wörterbuch der Philosophie.
Bd. I. Darmstadt 1971, 962—966; *R. zur Lippe*, Bürgerliche Subjektivität. Autonomie als Selbstzerstörung. Frankfurt a.M. 1975; *I. Fetscher*,
Herrschaft und Emanzipation. Zur politischen Philosophie des Bürgertums. München 1975; *B. Nelson*, Der Ursprung der Moderne. Verglei-
chende Studien zum Zivilisationsprozess. Frankfurt a.M. 1977; *W. Müller*, Bürgertum und Christentum, in: Christlicher Glaube in moderner Gesellschaft. Bd. 18. Freiburg/Basel/Wien 1982, 6—58.
[28] Vgl. *G.W.F. Hegel*, Grundlinien, a.a.O., 346 f. (§ 189).

raum der Konkurrenz die atomisierten Individuen durch ihre antagonistischen Wirtschaftsinteressen zusammenhält, dabei die *Familie* zerstört und den übergeordneten *Staat* braucht, um die Verheerungen der gesellschaftlichen Unvernunft zu mäßigen. *Marx* stellte 15 Jahre nach seiner Kritik der Hegelschen Rechtsphilosophie fest, daß seine eigenen Untersuchungen in dem Ergebnis mündeten, „daß Rechtsverhältnisse wie Staatsformen [. . .] in *den* materiellen Lebensverhältnissen wurzeln, *deren Gesamtheit* Hegel, nach dem Vorgang der Engländer und Franzosen des 18. Jahrhunderts, unter dem Namen ‚bürgerliche Gesellschaft‘ zusammenfaßt"[29]. Marx ging nur darin über Hegel hinaus, daß er den Begriff „bürgerlich" endgültig von seiner ständischen Bedeutung löste und ihn durch den Besitz an Produktionsmitteln definierte, d.h. schärfer als Hegel die Bedeutung der wirtschaftlichen Macht für das moderne Lebensgefüge überhaupt betonte. Beide aber erkennen, daß für diese bürgerliche Wirtschaftsgesellschaft die *inhaltliche* Bestimmung der Religion gleichgültig geworden ist und ihr Bedeutung nur noch zukommt zur Verinnerlichung und Legitimation der staatlichen „Vernunft" *(Hegel)* bzw. der Entfremdung durch die staatliche Unvernunft *(Marx)*. Wichtig ist also nicht mehr die Frage, was Jesus Christus nach der biblischen Tradition war und gebracht hat, sondern die Frage, wozu er in der Moderne gebraucht wird oder gebraucht werden kann.

Während der Begriff der Aufklärung sich zweitens auf die verallgemeinerungsfähige Vernünftigkeit des europäischen Elitedenkens konzentriert[30], muß zur Erklärung des „Bürgertums" seine Geschichte erzählt werden, wozu nicht nur die verallgemeinerte Herrschaftsvernunft, sondern auch die faktische Ausübung europäischer Vorherrschaft im kolonialistischen Welthandel, in den Nationalkriegen, im industrialisierten Arbeits-

---

[29] *K. Marx*, Zur Kritik der politischen Ökonomie, in: *K. Marx, F. Engels*, Werke. Bd. 13. Berlin 1978, 1–160, 8.
[30] Der jüngste Versuch der kritischen Theorie zur Rettung der Aufklärung durch ihre sozialwissenschaftliche Vermittlung hindurch macht dieses Rationalisierungsvermögen geradezu zur Bedingung eines gelingenden Lebens; die Fähigkeit zur Verallgemeinerung erhält soteriologischen Charakter und zwar ohne das bei Kant noch wache Bewußtsein für das Elend dieser Herrschaftsansprüche der sich selbst begründenden Vernunft: *J. Habermas*, Theorie des kommunikativen Handelns. 2 Bde. Frankfurt a.M. 1981.

und Bildungssystem gehört. In der mächtigen Persönlichkeit Jesu, dem vernünftigen Lehrer der Menschheit, spiegelt sich dieser seiner Macht bewußt gewordene Bürger: „Das Christentum ist eine Religion der Persönlichkeit" definiert *Gutzkow* im Erscheinungsjahr (1835) von *Straussens* „Leben Jesu"[31]. Es bleibt bedeutsam, daß zur Herstellung der universalen Persönlichkeit Jesu die kirchlich-dogmatische Auffassung Jesu Christi durch historische Kritik erst zerschlagen werden mußte.

Gegenüber der „Aufklärung", die sich tolerant gibt, akzentuiert der Ausdruck „Bürgertum" — drittens — stärker den revolutionären Charakter der modernen Betriebsamkeit. Die aufgeklärte Fortschrittsideologie pflegt die andere Seite der bürgerlichen Bewegtheit zu verschleiern: ihre durchaus revolutionäre Umarbeitung aller naturwüchsigen Verhältnisse mit Hilfe der Wissenschaften, der industrialisierten Technologien, Armeen und Ausbildungsstrategien. Der bruchlose Übergang von Christus, dem toleranten Lehrer der Menschheit, zum revolutionären Jesus verbleibt deshalb durchaus *innerhalb* des bürgerlichen Universums, das politisch zwischen Revolutionen und Konterrevolutionen schwankt, weil es ihm um die vollständige Beherrschung der Märkte und aller sozio-kulturellen Bereiche geht.

Schließlich verweist das Wort „bürgerlich" deutlicher als die „Aufklärung" auf das Harmoniestreben der expansionsfreudigen bürgerlichen Gesellschaft. Dem rastlos tätigen Bürger steht das geschichtlich krumm Gewachsene im Wege, er muß alles Partikulare, erst recht einen von jüdischer Glaubenstradition geprägten und dogmatisch nicht aufgeklärten Christus aus dem Wege räumen, um eine harmonische Jesusvorstellung entwickeln zu können. Das Bürgertum entdramatisiert deshalb die religiöse

---

[31] *Gutzkows* Werke. Hrsg. *P. Müller*. Bd. II. Leipzig, Wien o.J. (= Wally, die Zweiflerin, 3. Buch) 295; Gutzkows Christentumsbegriff könnte auch als Definition über der 1831 in 2. Aufl. erschienenen Glaubenslehre Schleiermachers stehen, insofern darin die Göttlichkeit der *Person* Christi durch das Merkmal ihrer *Persönlichkeit*, durch ihr „schlechthin kräftiges Gottesbewusstsein", interpretiert wird: *F. Schleiermacher*, Der christliche Glaube nach den Grundsätzen der evangelischen Kirche im Zusammenhange dargestellt. Bd. II. Berlin 1960, 45 (§ 94). Diese Christologie wird ganz bewußt als Rückprojektion der glaubenden Persönlichkeit entworfen: das göttliche Selbstbewußtsein Jesu fundiert das bürgerliche Selbstbewußtsein und zwar in Analogie zur Konstitution der bürgerlichen Gesellschaft, vgl. a.a.O., 94 f. (§ 100).

Tradition nach ihrer Zeitlichkeit und ihrer Räumlichkeit; nicht das Drama zwischen Schöpfung und Eschaton (samt Gericht, Himmel und Hölle) interessiert, sondern die Chronometrie der eigenen Geschichte und zwar zunehmend als Wirtschaftsgeschichte. Nicht der Erlöser im Horizont von Verheißung, Sündenfall, Versöhnung und Gericht begegnet in Jesus von Nazaret, sondern der freie Partner Gottes, der sittlich vorbildlich an sich selbst arbeitet, sich selbst verwirklicht und mit Gottes Hilfe rechnet. Die Räumlichkeit der Riten, des Kultes und darin der Liturgie wird als eine Äußerlichkeit preisgegeben, ist gut nur noch für das noch nicht aufgeklärte Volk. Der bürgerliche Christus herrscht nicht über das Äußere, er verschwindet in der harmonischen Innerlichkeit des Bürgertums, er begegnet nicht in der betonten Akklamation der Gemeinde, sondern in der privaten Bildungslektüre.

2 Zur Kritik des bürgerlichen Christus

Nietzsche, der empfindlichste Seismograph aller neuzeitlichen Erdbeben, porträtierte Jesus, den „freien Geist"[32], als einen Anti-Christus der Kirchen ganz eigener Art: „Die Kirche ist exakt das, wogegen Jesus gepredigt hat — und wogegen er seine Jünger kämpfen lehrte"[33]. Er formulierte damit auch dieses Wesentliche am neuzeitlichen Prozeß Jesu, daß sich „Jünger" nun mit Jesus gegen die Kirche zu kämpfen legitimiert sahen, „als Zeichen unserer guten Sache", wie *Ernst Bloch*[34] präzisierte. Aber wenn in diesem Kampf Jesus gleichsam aus der Kirche austrat, so stellt sich ja die Frage, in welches gesellschaftliche Gefüge er im Exodus aus seiner kirchlichen Heimat nun einzog, welche Kräfte und Instanzen ihn nun außerhalb der Kirche für sich beanspruchten. Und es stellt sich die Frage, welches Gepäck er auf dem Wege aus der sakramental-katholischen und evangelisch-reformatorischen Kirche abzuwerfen und welche neuen Kleider er im nicht mehr konfessionellen

---

[32] *F. Nietzsche*, Werke in drei Bänden. Hrsg. *K. Schlechta*. Bd. II. München [7]1973, 1194 (= Der Antichrist No. 32).
[33] *F. Nietzsche*, a.a.O., Bd. III, 658 (= Aus dem Nachlaß der Achtziger Jahre. Morphologie der Selbstgefühle).
[34] *E. Bloch*, Atheismus im Christentum. Frankfurt a.M. 1968, 169.

Bürgertum nun anzuziehen hatte, oder banaler: welchen Erwartungen er nun im Bürgertum entgegen kam.

Die vorausgehenden Studien zu *Spinozas* Gott-Denken und zu *Hobbes* Beschränkung der Religion im absoluten Staat erlauben es, die im bürgerlichen Denken zutage tretende Wahrheit an ihrem Bild von Jesus Christus zu prüfen. Die kritische Lektüre dieser bürgerlichen Christologie des 17. Jahrhunderts muß jedoch zumindest um die historische Dimension erweitert werden, die seit dem 18. Jahrhundert all jene christlichen Theologien in ihren Bann zog, die biblisch und modern zugleich sein wollten: um die Dimension der „Religion Jesu". Ihr geht es im Interesse der sozialen und politischen Ordnung wesentlich um die Orientierung der Volksmassen an Jesus dem Armen, um Orientierung also an dem historisch freigelegten Ideal des Jesus von Nazaret jenseits all seiner christologischen Bedeutung. Der Hinweis auf die Jesusreligion, die *Voltaire* am Vorabend der Revolution von 1789 in durchaus reaktionärer Absicht predigen zu müssen glaubte, verrät deshalb — die Ironie läßt sich nicht vermeiden — einen wesentlichen Zug der Inanspruchnahme Jesu Christi für die Zwecke des europäischen Bürgertums.

2.1 Der Mose des Bürgertums

Aus der ganz einmaligen kulturellen Situation der arabisch-jüdisch-christlichen Renaissance im Südspanien und Nordafrika des 10.–12. Jahrhunderts interpretierte *Maimonides* (1135–1204) unter dem Einfluß des arabischen Aristoteles die Gestalt des Mose allegorisch nach den Zügen eines vollendeten Philosophen. Nach dieser philosophischen Akkulturation unterscheidet sich Mose, der „Fürst der Propheten" von allen ekstatischen Divinationsempfängern dadurch, daß Gott mit ihm „von Mund zu Mund" (Num 12,8) nicht im Schlafe, sondern in der Klarheit der ruhigen Vernunft gesprochen hatte, sooft als Mose dies begehrte[35]. Der als vierundzwanzigjähriger aus

[35] Vgl. die 7. der 13 Iqqàrîm im Mischnakommentar des *Mose ben Maimon*, in: ders., Führer der Unschuldigen. Hrsg. *A. Weiss*. Bd. 1. Einleitung. Hamburg 1972, XLIII ff. und Bd. 2, a.a.O., 238–247 (Buch 2, Kap. 35 f.); zur Theorie des Offenbarungsempfangs in den Moreh Nebuchim vgl. *C. Sirat*, La théorie des visions surnaturelles dans la pensée juive du moyen âge. Leiden 1969, 136–146.

der Synagoge verbannte *Spinoza* (1632—77), in dessen Bibliothek der „Moreh Nebuchim" des Maimonides stand[36], degra-
dierte Mose wiederum unter die von ihrer Imagination abhän-
gigen Propheten und setzte an seine Stelle Christus als „höchsten Philosophen" (wie er ihn im Gespräch mit *Leibniz* bezeichnet haben soll)[37].
Was hat dies zu bedeuten, daß im Gesamtzusammenhang des
universalen Gott-Denkens Christus als der zuhöchst Gott-
Denkende gewürdigt wird? Spinozas schriftliche Fragmente
zu Christus zeigen eine Konsistenz, die es verbietet, sie nur als
Aussagen kluger Konformität zum Zweck der eigenen Sicherheit und Seelenruhe auszulegen. Aber die Fragmente von Spinozas Christologie geben seinem Christus auch keinen so entscheidenden Stellenwert im systematischen Gott-Denken, daß
ohne ihn die Wahrheit Gottes nicht gedacht werden könnte[38].
Der bürgerlichen Religionsbegründung ist es zwar wichtig, sich
selbst als der Art Christi denkerisch ebenbürtig zu erweisen,
nicht aber fragt sie selbstkritisch nach dem, was Jesus Christus
im Gesamtzusammenhang der Schrift ihr selber zu sagen hätte.
Denn dieser Gesamtzusammenhang wird als hermeneutischer
Horizont der Auslegung von Spinoza ja gerade als ein der Vernunft unwürdiger verworfen. Prinzipiell kann deshalb der bürgerliche Gott ohne sein eigenes Wort, das in Jesus Christus

[36] Inventaire de la bibliothèque personelle de Spinoza, No. 19 In folio,
in: *J. Préposiet*, Bibliographie spinoziste. Paris 1973, 339—343, 339.
[37] *E. Bodemann*, Die Leibniz-Handschriften. Hildesheim (Repr. Hanno-
ver 1889), 1966, 103; zur Interpretation vgl. *X. Tilliette*, Spinoza devant
le Christ, in: Gregorianum 58 (1978), 221—237.
[38] Nach den detaillierten Analysen von *A. Matheron*, Le Christ et le salut des ignorants chez Spinoza. Paris 1971, kann die leidige Vorfrage, ob
Spinozas Christusdarstellung etwa nur aus Anpassungsgründen oder Vor-
sichtsmaßnahmen erwachsen sei (*L. Brunschvicg, M. Francès*) als erledigt
gelten. Als erledigt kann aber auch die enthusiastische Interpretation von
J. Lacroix, Spinoza et le problème du salut. Paris 1970, angesehen werden: Le „Christ ... donne à sa pensée son unité ultime" (103). Christus
spielt, wie Matheron überzeugend zeigt, in Spinozas Philosophie keineswegs „un rôle capital" (a.a.O.). Ich würde vielmehr sagen, daß ihn der
niederländische Weise auf eben jenen Platz stellt, den er selber einnimmt:
„summus philosophus" — oder im nüchternen Schlußwort Matherons
ausgedrückt: „On voit, en définitive, ce que représénte le Christ pour Spinoza: s'il ne joue aucun rôle dans le système, du moins permet-il au philosophe — à titre privée, en quelque sorte — de *croire* au succes de sons
entreprise" (Le Christ et le salut, a.a.O., 276).

Mensch geworden ist, zureichend gedacht und geliebt werden. Was dies wiederum für die Auslegung Jesu Christi bedeutet, ist an den zwei charakteristischen Grundzügen von Spinozas Christologie zu zeigen.

2.1.1 Die Trennung Jesu Christi vom Judentum

Spinozas Dreistufung von der vorstellungsmäßigen Erfassung *(imaginatio)*, der verstandesmäßigen Erkenntnis *(ratio)* und der vernünftigen Anschauung *(intellectus)* wäre noch nicht begriffen, wenn sie nur als Erkenntnistheorie ausgelegt würde. Denn die drei Weisen der menschlichen Erfassung sind nicht nur drei verschiedene Zugänge zu der einen Wirklichkeit, vielmehr entspricht jeder Weise des menschlichen Begreifens eine eigene Welt, ein eigener Gott und auch eine eigene Zeit. In der ersten Welt der bloßen Vorstellung gibt es nur die beschränkte Wirklichkeit von Traditionen, Texten und Alltagserfahrungen. Durch diese „Wahrnehmung, die wir aus dem Hören oder durch irgendein Zeichen haben"[39] kann nur die narrativ vorgestellte Welt der Sprache erscheinen. Diese Welt macht den Vorstellungsraum der Religionen und darin insbesondere des prophetischen Glaubens, d.h. des jüdischen Glaubens aus. Als sein Prototyp erscheint Mose, der höchste Prophet, der die Gefangenschaft der Imagination nicht bricht, weil er „die Ratschlüsse Gottes nicht adäquat als ewige Wahrheiten auffaßte [. . .] sondern als Gesetze und Verordnungen"[40]. Mose denkt nicht, vielmehr stellt er vor: er bildet sich Gottes Sein sprachlich verfaßt und das heißt allzu menschlich ein: „So kam es, daß er sich Gott als Führer, Gesetzgeber, König, als barmherzig, gerecht usw. vorstellte, während dies doch alles Attribute bloß der menschlichen Natur sind, die von der göttlichen Natur gänzlich ferngehalten werden müssen"[41]. Die Anthropomorphie des biblischen Zeugnisses wird zum Indiz für das vorreflexive Niveau des jüdischen Glaubens: gerade das Wort, von Israel spätestens seit dem Exil als grundlegende Vergegenwärtigung Gottes in der Geschichte begriffen, wird für Spinoza zum Indikator der Abwesenheit Gottes. Ein Gott, der durch prophetische Vermittler und also nicht allein durch das Licht der

---

[39] *Spinoza*, T. d. int., a.a.O. (vgl. Anm. 2, Studie II), 17.
[40] *Spinoza*, TTP, a.a.O. (vgl. Anm. 2, Studie II), 146–148.
[41] A.a.O., 148.

eigenen Vernunft zur Sprache kommt, redet nicht von Gott, vielmehr drückt er nurmehr vergangene religiöse Vorstellungen aus.

Mit dieser jüdischen Voraussetzung scheint auch das Fundament des Evangeliums kritisch eliminiert zu sein: die Menschwerdung des Wortes. Und deshalb kommt für Spinoza alles darauf an, das Zeugnis des von ihm allein gewürdigten Johannesevangeliums kritisch in den Begründungszusammenhang seines eigenen Gott-Denkens aufzuheben. Gerade unter Inanspruchnahme des vierten Evangeliums interpretiert er deshalb Christus als den wahren Philosophen. Christus lebt, erkennt und handelt nach Spinoza aus der dritten und höchsten Erkenntnisweise, er handelt aus der distanzlosen Unmittelbarkeit der Liebe, aus dem reinen und völlig beruhigten Gott-Denken. Damit gehört er — und er im Gesamtzusammenhang der Bibel allein — zu einer anderen als der bloß vorgestellten Wirklichkeit, er drückt vielmehr die Wahrheit, die Gott ist, auf vollkommene Weise aus. Was von den Propheten gilt, gilt also nicht von Christus, denn „Christus war nicht so sehr Prophet als vielmehr der Mund Gottes [. . .] Eben daraus, daß Gott sich Christus oder seinem Geist unmittelbar offenbart hat und nicht durch Worte und Vorstellungen wie den Propheten, müssen wir erkennen, daß Christus die offenbarten Dinge in Wahrheit begriffen oder erkannt hat. Denn dann wird eine Sache erkannt, wenn sie rein durch den Geist, unabhängig von Worten und Vorstellungen begriffen wird"[42]. Was Mose abgesprochen wird, daß er Gottes Wahrheit „von Mund zu Mund" erfahren habe, das wird Christus in höchstem Maße zugesprochen: er ist selber Gottes Mund. Mund Gottes zu sein aber heißt für Spinoza in höchstem Maße expressiv zu wirken für das, was Gott als unendlicher Ausdruck selber ist, heißt denkend in der höchsten Art der sich mitteilenden Liebe existieren. Denn „die verstandesmäßige Liebe des Geistes zu Gott [*mentis amor intellectualis erga Deum*] ist Gottes Liebe selbst, in der sich Gott selbst liebt [. . .], woraus folgt, daß Gott insofern er sich selbst liebt, die Menschen liebt, so daß konsequent dazu Gottes Liebe zu den Menschen und die verstandesmäßige Liebe des Geistes zu Gott eines und dasselbe ist"[43].

[42] A.a.O.
[43] *Spinoza*, Ethica, a.a.O. (vgl. Anm. 2, Studie II), 544—546.

Christus, einen solchermaßen unmittelbar Gott-Liebenden und Gott-Geliebten, interpretiert Spinoza im 73. Brief als „ewigen Sohn Gottes, d.h. als Gottes ewige Weisheit, die sich in allen Dingen und am meisten im menschlichen Geist und vor allem am meisten in Christo Jesu kundgetan hat"[44]. Die für das neutestamentliche Evangelium ganz und gar aus dem Kontext der jüdischen Überlieferung begriffene Metapher des prophetisch bezeugten „Wortes" (vgl. bes. Jes 55,10f.) und der „Weisheit" Gottes (vgl. bes. Weish 18,14-16; Koh 8,22-30; Sir 24,8f.), die Johannes mit dem λόγος übersetzt[45], wird damit neuzeitlich in den Horizont des eigenen Philosophierens, des selbstbewußten Gott-Denkens gestellt. *Lessing* und die deutschen Idealisten werden darin Spinoza folgen. Um vom Worte Gottes zum Logos der eigenen Religionsphilosophie zu kommen, muß nicht nur der Wortcharakter der Prophetie, der Tora und der Psalmen aus dem neutestamentlichen Zeugnis von Jesus Christus eliminiert werden, sondern auch der Wortcharakter der jüdischen Weisheit, die durch die Schöpfung spricht. An die Stelle des uns an- und aussprechenden Wortes Gottes tritt, was die Neuzeit für allein vernünftig hält: die Herrschaft des Begriffs. Denn der Begriff allein kann der Menschheit (für die der Bürger denkt) all-gemein sein. Für den Begriff der *Wahrheit* wird damit aber auch der Begriff der allgemeinen *Vernunft-Geltung* entscheidend. Und dementsprechend können nurmehr Begriffe, die auszudrücken vermögen, was für die Menschheit insgesamt gelten soll, Gottes Wirklichkeit adäquat und also wahr ausdrükken. Da Mose jedoch Gottes Wort für sein Volk bezeugte, kann sich der Geltungsbereich seiner Sprache nicht über das Judentum hinaus erstrecken; Mose drückte sich in einer gegenüber der Wahrheit der Menschheit inadäquaten Sprache aus, einer Sprache, die nicht verallgemeinerungsfähig werden kann. Jesus aber „war nicht bloß als Lehrer der Juden, sondern der ganzen Menschheit gesandt worden und darum genügte es nicht, daß er einen bloß den jüdischen Anschauungen angepaßten Geist gehabt hätte, während er doch den Anschauungen aus den

---

[44] *Baruch de Spinoza*, Briefwechsel, a.a.O. (vgl. Anm. 2, Studie II), 277 (73. Brief).
[45] Vgl. neben den bekannten Kommentaren von Braun und Schnackenburg jetzt bes. *M.E. Boismard, A. Lamouille*, L'évangile de Jean. Paris 1977, 74 ff.

Überzeugungen, die der Menschheit gemeinsam sind, d.h. de allgemeinen und wahren Begriffen angepaßt sein mußte"[46].

Nun zeigt sich in diesem Interpretieren, in diesem Überwältigen des biblischen Textes durch den philosophischen Begriff, ein wesentliches Charakteristikum neuzeitlicher Christologie: Ihre Voraussetzung wird die Definition Gottes als der konsensfähigen Wahrheit, die sich im höchsten Begriff des Denkens auf allgemeine Weise selbst offenbart. Zwischen dem eigenen Gott-Denken und der Weisheit, als die Christus ausgelegt wird, kann keine Differenz mehr wahrgenommen werden, weil als „Gott" begriffen wird, was sich durch unser Denken ausdrückt. Gott ist zur Selbstoffenbarung unseres Geistes geworden und Christus als höchster Geist hat diesen unseren Gott am adäquatesten ausgedrückt. Unser Geist ist damit Christi eigener Geist. Dafür aber muß die Differenz zwischen dem Gott-Denken der Philosophie und dem alttestamentlich-jüdischen Charakter auch der christlichen Religion absolut gesetzt werden. Während das philosophische Gott-Denken dem diffus christlichen Bürgertum Westeuropas entgegenkam, widersetzte sich der partikulare Zeugnischarakter der jüdisch-christlichen Schrift in ihrem Reden von Gottes schöpferischem, richtendem und erlösendem Handeln dem Bedürfnis nach der unendlichen Selbstverwirklichung dieser Zeit. Spinoza hat gespürt, daß die alttestamentliche Vergegenwärtigung Gottes in seinem geschichtlich handelnden Wort in der Herrschaft des Allgemeinen nicht aufgeht. Aber er hat nicht mehr zu sehen vermocht, daß die neutestamentlichen Zeugnisse von Jesus Christus die Menschheit als ganze nicht durch ihre begriffliche Allgemeinheit, sondern durch ihre konkrete Botschaft vom erlösenden Handeln dieses Wortes Gottes befreit.

Es ist deshalb auch bezeichnend, daß Spinoza die Gleichnisse Jesu von Gottes Herrschaft, diese alltägliche Metapher von Gottes konkretem Auf-uns-Zukommen nurmehr als rhetorische Anpassung an die „Unwissenheit und Halsstarrigkeit des Volkes" verstehen konnte: „Solchen jedoch, denen es gegeben war, die Geheimnisse der Himmel zu verstehen, hat er ohne Zweifel die Dinge als ewige Wahrheiten gelehrt"[47]. Ob er oder ob nicht

---

[46] TTP, a.a.O., 148.
[47] A.a.O., 150.

vielmehr erst Spinoza „die Dinge als ewige Wahrheiten" lehrte, ist eine durchaus entscheidbare Frage. Schwieriger zu fassen ist dagegen der Grund, der das neuzeitliche Denken dazu trieb, gerade das jüdisch Partikulare aus der Botschaft Jesu Christi zu tilgen. Dieser Grund tritt in der zweiten Charakteristik des spinozistischen Christus deutlich hervor.

2.1.2 Die Kritik des Erlösers

„Ich bin ganz erstaunt, ganz entzückt!", schrieb *Nietzsche* am 30. Juli 1881 aus Sils-Maria seinem Freunde Overbeck, „Ich habe einen *Vorgänger* und was für einen! [. . .] Nicht nur, daß seine Gesamttendenz gleich der meinen ist — die Erkenntnis zum *mächtigsten Affekt* zu machen —, in fünf Hauptpunkten seiner Lehre finde ich mich wieder, dieser abnormste und einsamste Denker ist mir gerade in *diesen* Dingen am nächsten: er leugnet die Willensfreiheit —; die Zwecke —; die sittliche Weltordnung —; das Unegoistische —; das Böse —; wenn freilich auch die Verschiedenheiten ungeheuer sind, so liegen diese mehr in dem Unterschiede der Zeit, der Kultur, der Wissenschaft. *In summa:* meine Einsamkeit, die mir, wie auf ganz hohen Bergen, oft Atemnot machte und das Blut hervorströmen ließ, ist wenigstens jetzt eine Zweisamkeit. — Wunderlich!"[48]

Die wunderliche Zweisamkeit wirft ein helles Licht auf das, was neuzeitlichen und christlichen Glauben am meisten befremdet: das Insistieren auf der Sünde. Denn zusammengenommen ergeben die schon von Spinoza verabschiedeten „fünf Hauptpunkte" eben das, was Nietzsche als die Überwältigung des Lebenstriebes durch das Christentum zu entlarven suchte: die Metaphysik von Sünde und Strafe, die Idee der Moral, die *décadence*. Die Vorstellung von der Sünde setzt voraus, daß Leiden als Strafe interpretiert wird, wofür wiederum den Handlungen ein Ziel zugeschrieben werden muß, das bei Strafe des ewigen Heilsverlustes erreicht werden soll. Das „Böse" erscheint damit als die Konsequenz in der Verweigerung der Zweckordnung, wobei Nietzsche wie Spinoza diese Zweckordnung selbst als die Vorstellung von Herrschenden und dadurch erst als eine herrschende Vorstellung bloßstellten. Der Lebenswille des Ego,

---

[48] *F. Nietzsche*, Werke, a.a.O., Bd. 3, 1171 f.

das sich dieser Zweckordnung widersetzt, wird in solcher Straf-
metaphysik gebrochen — erst recht durch die Vorstellung von
Gott als dem Gesetzgeber und Richter einer solchen Zweckordnung, vor der das Ich verantwortlich gedacht wird. Diese Metaphysik der sittlichen Weltordnung hatte Spinoza bereits als die
elementare Beschränktheit der jüdischen Religion kritisch der
göttlichen Vernunftnotwendigkeit gegenübergestellt. Und dies
anerkannte Nietzsche nun auch als seine eigene Gesamttendenz:
„die Erkenntnis zum *mächtigsten Affekt* zu machen". Bei Spinoza ist damit die Einsicht in die Determiniertheit des eigenen
Handelns durch die expressive Macht Gottes gemeint, als deren
Ausdruck der Mensch erscheint, bei Nietzsche eher die tragische
Einsicht in die unentrinnbare Bestimmtheit des europäischen
Kulturraumes durch die moralische Metaphysik des Christentums.

„Wunderlich" bleibt beim seelenruhigen Vorgänger aus den
Niederlanden und beim richterlichen Antichristen aus Deutschland[49], wie sehr es ihnen Bedürfnis blieb, Jesus selbst aus dem
Gestein der zu überwindenden Religion herauszuhämmern,
und zwar selbst um den hohen Preis der von ihnen eingeschärf-
ten philologischen Gewissenhaftigkeit. Bei Nietzsche, der Jesus
entgegen anders lautenden Interpretationen nicht als *décadent*
sieht[50], ist mit dem aus seiner kruden kirchlichen Fassung her-
ausgelösten Evangelium Jesu die „,Sünde', jedwedes Distanz-
Verhältnis zwischen Gott und Mensch [...] abgeschafft —
ebendas ist die ,frohe Botschaft'"[51]. Wiederum, wie bei Spi-

---

[49] A.a.O., Bd. 2, 1212 (Antichrist, 47); der singularische Titel deutet
auf Nietzsche selbst.
[50] So noch einmal *D. Henke*, Gott und die Grammatik. Nietzsches Kritik der Religion. Pfullingen 1981, 116; das wesentliche Mißverständnis
verdankt sich einer ungenauen Lektüre des 31. Abschnittes von „Der Antichrist" (Werke. Bd. 2, 1161—1235, 1192 f.); wesentlich ist, daß Nietzsche nur unter der Bedingung von Jesus als dem „interessantesten décadent" sprechen wollte, daß „jene seltsame und kranke Welt, in die uns
die Evangelien einführen" nicht als die peinliche Verfälschung der theologischen Jesusverehrung zu lesen wäre, als welche sie die Philologie Nietzsches doch gerade bloßstellt. Von einer Lektüre, in der Jesus als décadent
erscheint, meint Nietzsche: „Trotzdem rät alles ab von ihr: gerade die
Überlieferung würde für diesen Fall eine merkwürdig treue und objektive
sein müssen: wovon wir Gründe haben das Gegenteil anzunehmen"
(a.a.O.).
[51] *F. Nietzsche*, a.a.O., 1195 (Antichrist, 33).

noza schon bemerkt, wird damit „das Judentum der Begriffe ‚Sünde‘, ‚Vergebung der Sünde‘, ‚Glaube‘, ‚Erlösung durch den Glauben‘ — die ganze jüdische *Kirchen*-Lehre [. . .] in der ‚frohen Botschaft‘ verneint.“[52] Als wesentliches, was Nietzsche an Jesus fasziniert, erscheint die vollendete Aufhebung von Transzendenz und Immanenz, die Aufhebung der jüdisch-christlichen Trennung von Gott und Mensch überhaupt. Sachlich meint Nietzsche, sei dies das Buddhistische an Jesus: „er hat jede Kluft zwischen Gott und Mensch geleugnet, er *lebte* diese Einheit von Gott und Mensch als *seine* ‚frohe Botschaft‘. . .“[53]. Die messianische Würde, die eschatologische Bedeutung, die ganze soteriologische Bestimmung von Leben, Tod und Auferstehung Jesu Christi wird als nurmehr jüdisch-paulinische Priester-Metaphysik von dem Buddhistischen an Jesus, d.h. von der „*Erfahrung* ‚Leben‘ wie er sie allein kennt“[54] abgetrennt.

Nicht nur in fünf „Hauptpunkten“ und nicht nur in der „Gesamttendenz“ geht Spinoza auf seine Weise Nietzsches Entlarvung der jüdisch-christlichen Heilsmetaphysik voran, sondern auch in der Herauslösung Jesu aus dieser kirchlichen Dogmatik. Denn schon Spinoza nahm Jesus nicht nur aus dem jüdischen Zusammenhang überhaupt heraus, er nahm ihm auch jede Bedeutung als Erlöser aus dem Fluch von Sünde, Tod und Gesetz. Zwar faßte er nicht wie Nietzsche im 19. Jahrhundert Jesus psychologisch als den, der aus „innerem Lustgefühle und Selbstbejahungen“ lebte[55], aber doch eben entscheidend als den, der unabhängig von irgendwelcher kirchlichen Bestimmung in höchster Form *lebt*, und das heißt für Spinoza: im Geiste der Liebe, die Gott selber ist, existiert. Diese Liebe schließt als höchste Form des Lebens jedes Verhältnis zu Sünde, Tod und Gesetz von sich her aus, sie verwirklicht sich schlechthin undogmatisch. „Sie müssen demnach zugeben“, schreibt er einem wenig sympathischen katholischen Briefpartner „daß die Heiligkeit des Lebens nicht der römischen Kirche eigen, sondern allen gemein ist. Und weil wir daraus erkennen (um mit dem Apostel Joh 1. Buch, Kap. 4. Vers 13 zu reden),

---

[52] A.a.O., 1195 f.
[53] A.a.O., 1203 (Antichrist, 41); zum Buddhistischen vgl. a.a.O., die Abschnitte 20—23, 31, 42.
[54] A.a.O., 1194 (Antichrist, 32).
[55] A.a.O.

daß wir in Gott bleiben und Gott bleibt in uns, so folgt daraus, daß alles, was die römische Kirche von den anderen unterscheidet, vollkommen überflüssig ist und folglich bloß aus Aberglauben herrührt. Denn es ist, wie ich mit Johannes gesagt habe, die Gerechtigkeit und die Liebe das einzige und gewisseste Zeichen des wahren katholischen Glaubens und die Frucht des wahren Heiligen Geistes, und wo diese sich finden, da ist Christus in der Tat, und wo sie fehlen, da fehlt Christus. Denn bloß durch den Geist Christi können wir zur Liebe der Gerechtigkeit und Nächstenliebe geführt werden."[56]

Für Spinoza ist jede Verwechslung ausgeschlossen: der *wahre* Heilige Geist, der Geist Chrisi, kann nicht als eine Gabe Gottes verstanden werden, deren die Menschen bedürften, um zum Frieden und zur Rechtfertigung vor Gott zu kommen, vielmehr gilt nur das andere Verhältnis: wer „den wahren Lebenswandel hat, der ist unbedingt glückselig und hat in Wahrheit Christi Geist in sich"[57]. Zum wahren Lebenswandel führt nicht das Vernehmen einer Geschichte und nicht das Verstehen der erlösenden Botschaft von Kreuz und Auferstehung, sondern allein das Leben aus der Leitung einer Vernunft, die sich vergewissert, in sich selbst Ausdruck Gottes zu sein. Die existentielle Heilsnot des Subjektes, der auch das Denken Spinozas entspringt[58], wird nicht erlöst durch die Anerkennung ihrer Schuldigkeit, sondern überwunden durch das selbständige Freiwerden von jeder Schuldigkeit überhaupt. Es ist also gerade die *Dei idea*, die wahre Gotteserkenntnis, welche den Menschen von der Angst zum Tode und von der Vorstellung des Bösen befreit. Und diese Gottesidee nennt er in der Ethik ausdrücklich den „Geist Christi"[59]. Der vernünftige Geist Christi befreit demnach gerade von allen Erlösungsvorstellungen, welche nach Spinoza allein durch die Phantasien der Angst, der politisch-theologischen Interessen und der kirchlichen Machtbehauptung zu erklären sind.

Klar und deutlich formuliert Spinoza damit die entscheidende Wende zur neuzeitlichen Heilslehre. Die Heilung des menschlichen Elends liegt nicht in der Überwindung des Bösen durch

---

[56]   *Spinoza*, Briefwechsel, a.a.O., 277 (76. Brief).
[57]   TTP, a.a.O., 185.
[58]   Vgl. bes. T. de.Int., a.a.O., 6—14.
[59]   Ethica, a.a.O., 480.

Moral — wie *Kant*, reformatorisch beeindruckt, wieder postulierte — sondern schlicht in der Aufhebung des Bösen durch die Vernunft selbst. Denn „Ein jeder existiert nach dem höchsten Recht der Natur so, wie es aus seiner Natur folgt [. . .] und demnach kann im natürlichen Zustand Sünde nicht gedacht werden. Im bürgerlichen Zustand dagegen, wo nach allgemeinem Konsens entschieden wird, was gut und schlecht sei, wird jeder gehalten, dem Staat zu gehorchen. Daraus wird klar, daß gerecht und ungerecht, Sünde und Verdienst äußerliche Begriffe, nicht aber Attribute sind, welche die Natur des Geistes erklären"[60]. Wenn das Böse nicht mehr zur geschichtlichen Freiheit selbst gehört, dann bedarf diese Freiheit auch keiner Erlösung mehr. Die Freiheit hat aufgehört, ein schöpferisches, erlösendes und richterliches Gegenüber vor sich zu finden, sie ist vielmehr identisch mit der göttlichen Notwendigkeit: sie ist nurmehr sich selbst. „Gut" und „böse" werden in dieser neuzeitlichen Metaphysik der absoluten Selbstentfaltung zu relativen Begriffen der bürgerlichen Sicherheit. An die Stelle ewigen Heils oder Unheils durch Erlösung und Sünde ist das prinzipiell a-moralische Universum der bürgerlichen Selbsterhaltung getreten. In diesem Universum wird das Recht auf die Entfaltung der eigenen Macht zum Synonym des Guten[61], ihre Minderung wird „böse" genannt. In der Entfaltung seines Selbsterhaltungstriebes lebt der Mensch jenseits von Gut und Böse. Und deshalb wird ihr fremd, was Inkarnation, Kreuz und Auferstehung im Zusammenhang des biblisch bezeugten Weges zum Frieden aus der Vergebung und der Versöhnung offenbaren.

Spinoza verliert kein Wort über den Gekreuzigten und weiß auch zum Inkarnationsglauben der Kirche nur zu bemerken, „daß ich nicht weiß, was sie damit sagen. Ja, offengestanden, scheint mir, was sie sagen, geradezu unsinnig als wenn mir jemand sagen wollte, der Kreis habe die Natur des Quadrates angenommen."[62] Die Menschwerdung Gottes zu denken setzt

---

[60] A.a.O., 438—440.
[61] Zur Konsequenz für die neuzeitliche Ethik von Sicherheit und Aufrüstung vgl. *P. Eicher*, „Er ist unser Friede". Von der Sicherheitsmoral zum Friedenszeugnis, in: *ders.* (Hrsg.), Das Evangelium des Friedens. Christen und Aufrüstung. München 1982, 42—102, 57—68.
[62] *Spinoza*, Briefwechsel, a.a.O., 283 (73. Brief).

ja zumindest die Anerkennung der prinzipiellen Differenz von Gott und seinem Modus, dem Menschen, voraus: längst vor Feuerbach ist hier das Menschliche als das Göttliche radikal zur Sprache gekommen. Darin zeigt sich, daß der moderne Mensch keine absolute Differenz zu ihm selbst mehr erträgt, schon gar keine soteriologische zwischen Gottes absoluter Heiligkeit und des Menschen Elend der Sünde. Und deshalb braucht er auch keine Auferstehungshoffnung, die über die eigene Lebenskraft hinausginge. Die Botschaft, welche christlich die radikale Heilsdifferenz von Tod und Leben überwindet, die Botschaft von der Auferweckung des Gekreuzigten, wird für Spinoza deshalb zur bloßen Allegorie für das Leben aus dem Geist der philosophisch begriffenen Liebe: „Dadurch daß er im Leben und Sterben ein Beispiel einziger Heiligkeit gegeben hat, erweckte er seine Jünger insofern von den Toten, als sie das Beispiel seines Lebens und Sterbens befolgen. Es dürfte nicht schwer fallen, die ganze Lehre des Evangeliums dieser Hypothese entsprechend zu erklären."[63]

In der Tat ist es auch vielen um Anpassung an das Bürgertum bemühten Theologen[64] nicht schwergefallen, mit dieser Hypothese historisch-kritisch aus der Auferweckung des gekreuzigten Königs der Juden das Weitergehen der Sache Jesu zu machen. Aber die Entscheidung für diese Hypothese geht der historisch-kritischen Arbeit im Einzelnen voraus, sie liegt in der Entscheidung zur neuzeitlichen Metaphysik der Selbstverwirklichung.

Die Wahrheit Jesu Christi, wie sie Spinoza unabhängig von jedem alttestamentlichen Horizont zu denken versucht, verdeutlicht die abgründige Heilsdifferenz, die zwischen dieser Selbsterlösungslehre und der biblisch bezeugten Botschaft von der Erlösung der Gottlosen besteht. So wenig wie die alte Gnosis erträgt das neuzeitliche Bürgertum das Jüdische — und deshalb setzt seine Christologie auch allemal ein mit dem neuzeitlichen Tausch des Horizontes, in dem Jesus von Nazaret als Jude selber lebte und starb. Wird Jesus vom Glauben eines Volkes ge-

---

[63] A.a.O., 285 (75. Brief).
[64] Vgl. *D. Schellong*, Von der bürgerlichen Gefangenschaft des kirchlichen Bewußtseins. Dargestellt an Beispielen aus der evangelischen Theologie, in: *G. Kehrer* (Hrsg.), Zur Religionsgeschichte der Bundesrepublik Deutschland. München 1980, 132—166.

trennt, dann wird die Christologie zur wächsernen Nase des Bürgertums, das sich in seinem Gott selbst darstellt. Das Bürgertum aber hält keinen Gott aus, der durch sein Wort an ihm selbst das Entscheidende tut, schon gar nicht, wenn die Botschaft von diesem Wort einen gekreuzigten Herrn der Geschichte bezeugt. Denn die Anerkennung eines solchen Herrn über Leben und Tod würde das sich seiner Macht bewußte Bürgertum zur Wahrnehmung jener zwingen, die unter seiner eigenen Mächtigkeit zugrunde gehen. Es ist deshalb kein Zufall, daß im Zentrum der Ethik von Spinoza und der decouvrierenden Kulturanalytik von Nietzsche die Kritik des Mit-Leidens steht[65]. Mitleiden schwächt den Starken in der Tat; nach dem alt- und neutestamentlichen Evangelium war sich Gott in seinem Wort nicht zu gut, sich um unseretwillen dieser Schwäche freiwillig hinzugeben. In der Anerkennung dieser freiwilligen Ohn-Macht Gottes liegt aber die Grundfrage nach unserer Ermächtigung zum Leben aus dem Frieden der Versöhnung durch Gott allein: die Grundfrage der Christologie.

3 Der Herr des Jenseits

Die politische, wirtschaftliche und soziale Situation Englands ist mit der Situation der Niederlande im 17. Jahrhundert nur bedingt vergleichbar: Wie die Niederlande so ist auch England — in der Armada von 1588 — die Umklammerung von der ersten Welthandelseinheit Spaniens und Portugals losgeworden, was die koloniale Expansion ermöglichte — aber in England spielt der aufsteigende Landadel der *gentry* eher jene Rolle, die in den Niederlanden der liberalen Handelsoligarchie zukam. Wie in den Niederlanden war das päpstliche Kanonische Recht zwar längst gebrochen, aber das Königtum kontrollierte mit Hilfe des anglikanischen Episkopalismus die staatskirchliche Ordnung stärker als dies den Oraniern durch die calvinistischen Kirchen Hollands gelang, so daß — wie dies zu Ende des 16. Jahrhunderts *Richard Hooker* theoretisiert hatte — Staats-

---

[65] Bei Spinoza vgl. bes. Ethica, a.a.O., 454 (Teil IV, Prop. 50); bei Nietzsche die außerordentlich differenzierten Beobachtungen, in: Werke, a.a.O., II, 198—201 (Die fröhliche Wissenschaft, 338).

bürgerschaft und Kirchenbürgerschaft in England praktisch zu-
sammenfielen[66]. Wenn die Reformation des 16. Jahrhunderts
in Deutschland aus innersten theologischen Gründen die Evangelische Kirche von Rom löste und sie gleichzeitig der äußeren
Protektion der Landesfürsten unterwarf, so unterstellte die
Kirchenpolitik *Heinrichs VIII.* und seiner Nachfolger im gleichen Jahrhundert aus äußeren staatspolitischen Unabhängig-
keitsbestrebungen die gesamte Jurisdiktion der Kirche der kö-
niglichen Gewalt. Die Lösung aus der päpstlich vermittelten
Gottes-Herrschaft über die zentralen Bereiche von Recht und
Lebenswelt ermöglichte erst die volle Herausbildung eines geschlossenen Nationalbewußtseins. Die anglikanische Kirche
Englands und die rasch sich ausbreitenden reformatorischen
Bewegungen (bes. die puritanischen Strömungen kongregatio-
nalistischer und presbyterianischer Art) setzten dabei ihre Vorstellungen der Christus-Herrschaft mit der nationalen Lebens-
ordnung gleich[67]. Der anglikanisch-königlichen Partei, welche
die traditional bestimmten agrarisch-feudalen Gebiete kontrollierte, trat — puritanisch geprägt — das aufsteigende Bürgertum
entgegen, welches durch koloniale Zugewinne sich marktwirtschaftlich orientieren konnte. In den Bürgerkriegen des 17. Jahrhunderts verband sich die wirtschaftliche mit der religiösen
Opposition. In seinem ganzen Werk hatte Thomas Hobbes mit
zunehmender Schärfe diese zum Bürgerkrieg führende Verbindung von politischen und religiösen Interessen analysiert. Als
kritischer Historiker der Zeitverhältnisse suchte er — wie in
Studie III zu *Hobbes* ausgeführt — die Gesetzmäßigkeiten dieser
politischen Wirklichkeit im Blick auf den Frieden im Staat vollständig durchzurechnen. Für die kritische Selbsterkenntnis des
Bürgertums ist dabei nicht nur lehrreich, um welchen hohen
Preis die possessive Machterweiterung der Individuen hier theoretisch gesichert wurde — um den Preis der absoluten Staatsgewalt nach Innen und Außen —, vielmehr zeigt sich auch gerade
in der religionspolitischen Theorie von Hobbes, welche Be-
schränkungen der Lebenswelt der moderne Bürger auf sich zu
nehmen bereit sein mußte, um sein spezifisches Interesse öf-

---

[66] Zur Bedeutung von *R. Hooker*, Of the Lawes Of Ecclesiastical Politie,
1594, vgl. *K. Kluxen*, Geschichte Englands. Stuttgart [2]1976, 213 f.
[67] Vgl. *K. Kluxen*, a.a.O., 166—411.

fentlich durchzusetzen. Für die Religionspolitik ist dabei nichts
so charakteristisch wie ihre bürgerliche Beschränkung der
Christologie[68].

3.1 Die religionspolitische Grundlage

Für Hobbes ist Religion keine Frage der Philosophie mehr:
nicht ihr Wahrheitsgehalt, sondern allein ihre faktische Macht
interessiert. Die Analysen zur Wirkungsweise religiöser Vorstellungen und Institutionen zielen deshalb — anders als bei *Spinoza* oder *Herbert von Cherbury*[69] — nicht auf die Konstituierung einer allgemein wahren Religion, sondern auf eine politologische Theorie im Interesse bürgerlicher Harmonie zwischen
der historisch überlieferten Religion und dem absolut gewordenen Staat. Die Frage ist, wie der Zwiespalt der Bürger zwischen ihrer Gottesfurcht und ihrem notwendigen Staatsgehor-

[68] Vgl. *F.C. Hood*, The divine politics of Thomas Hobbes. Oxford 1964;
er glaubt, Hobbes Sympathie gelte dem Episkopalismus im Sinne von Elisabeth I., vgl. a.a.O., 246; dagegen betont *L. Strauss*, Hobbes' politische
Wissenschaft. Neuwied, Berlin 1965, zu Recht, „daß Hobbes sich auf
dem Weg von den ‚Elements‘ über ‚De cive‘ zum ‚Leviathan‘ immer weiter von der religiösen Tradition entfernt, wenn man will die Entwicklung
vom anglikanischen Episkopalismus zum Independentismus ... mitge-
macht hat" (77). Für die Stellung Christi bedeutet dies, daß sich Hobbes
zunehmend einer völlig entkonfessionalisierten Auslegung der Christus-
herrschaft nähert, der Vorform jenes „catholicismus rationalis", der bei
Kant die sittliche Gesellschaft *in* der staatlichen Gewalt ausmacht. Für
diese Religionsform der bürgerlichen Gesellschaft vermag Christus keinerlei *potestas* im öffentlich rechtlichen Sinne zu beanspruchen. Aber Hood
behandelt Hobbes zu Recht „as a Christian thinker" (a.a.O., VII) gegen
Strauss, der betont, daß Hobbes in seinem veröffentlichten Werk niemals
als gläubiger Christ erscheine (a.a.O., 78). Die Frage, die sich hier stellt,
ist gerade die nach der *neuen* Art von christlichem Glauben, die sich hier
zeigt, die Frage nach der Religion des liberalen Bürgertums seit dem 17.
Jahrhundert.
[69] Herbert von Cherbury suchte gerade nach universal verallgemeinerba-
ren Prinzipien religiöser Vernunft, um von der allgemeinen Religion her
die Beschränkung der partikularen Religionen zu überwinden; Hobbes
will dagegen die Beschränktheit der historischen Religion gerade festge-
schrieben wissen; vgl. *Herbert of Cherbury*, De veritate, prout distin-
guitur a revelatione, a verisimile, a possibili et a falso. Stuttgart-Bad
Canstatt (Repr. d. Ausg. Paris 1924) 1971; zu den „Ex Consensu igitur
Universali" (a.a.O., 3) erschlossenen „Notitiae communes" vgl. a.a.O.,
210 f.

sam zu lösen ist, wie durchzukommen ist zwischen der Skylla des theokratischen Ideals, das die Rebellion gegen die Staatsmacht schürt, und der Charybdis der gottlosen Auslieferung an den Staat allein: „Um beiden Klippen zu entgehen ist die Kenntnis des göttlichen Gesetzes notwendig"[70]. Die Religion wird in allen ihren Erscheinungsformen nurmehr unter dem Aspekt ihres juridischen Verpflichtungscharakters relevant, sei es, wie die natürliche Religion, als „ein Bestandteil der menschlichen Politik [...] von irdischen Königen gegenüber ihren Untertanen", sei es, wie der Offenbarungsglaube, als die „göttliche Politik [...] für diejenigen, welche sich dem Reich Gottes unterworfen haben"[71]. Hobbes sucht weder nach Legitimation noch nach Kritik der Religion überhaupt — das macht gerade die erregende Neuigkeit seiner wissenschaftlichen Verrechnung von Religion aus — sondern nach der Analyse des faktischen religiösen Verhaltens, welches in all seinen Formen soziale und politische Wirkungen zeitigt. Die Religion wird zum Gegenstand soziologischer Funktionsanalysen mit dem Ziel politologischer Normierung.

Für Hobbes ist deshalb Religion auch keine Frage der Theologie mehr. Der faktische Glaube wird als ein kompaktes, natürliches oder übernatürlich geglaubtes System genommen, um als solches mit allen anderen Wirkungsgrößen im Staat rational verglichen werden zu können. Mehrmals erzählt er sein bon mot, wonach die Kraft der Religion nur wirksam sei, wenn ihre Geheimnisse wie Pillen ganz geschluckt werden: werden Sie zerkaut, wirken sie bitter und müssen ausgespuckt werden[72]. Der Affekt gegen das theologische „Durchkauen" von Religion gründet allerdings im innersten Interesse der bürgerlichen Religionssoziologie: sie orientiert sich nicht an der Wahrheit von Glaubensgehalten, sondern an der autoritativen Geltung von

---

[70] De cive, c. 15, 1; im folg. werden nach den Kapitel- und Abschnittsnummern der lat. Ausg. (vgl. Anm. 60, Studie III) die Seitenzahlen der Übersetzung zit. nach: *Th. Hobbes*, Vom Menschen. Vom Bürger. Hrsg. *M. Frischeisen-Köhler, G. Gawlick*. Hamburg 1966, hier: 235.

[71] Leviathan, c. 12; im folg. werden nach den Teil- und Kapitelnummern der engl. und lat. Ausg. (vgl. Anm. 2, Studie III) die Seitenzahlen der Übersetzung zit. nach: *Th. Hobbes*, Leviathan oder Stoff, Form und Gewalt eines bürgerlichen und kirchlichen Staates. Hrsg. *I. Fetscher*. Frankfurt a.M., Berlin, Wien 1976, hier: 85.

[72] Vgl. De cive, 18,4, S. 316; Leviathan III, 35, S. 285.

religiösen Verhaltensnormen. Die religionssoziologische Betrachtung von Hobbes zielt auf die Funktionalisierung von Religion für den gesellschaftlichen Gesamtkörper. Die theologische Problematisierung und ihre kritische Wahrheitsbehauptung stört jedoch das funktional verrechenbare Verhalten der religiösen Institutionen und ihrer Mitglieder wesentlich. Hobbes will deshalb seine eigene Schriftauslegung nicht als eine normative Erkenntnis entwickeln, sondern nur jene faktisch geltende Auslegung theoretisieren, „die vom Staat, dessen Untertan ich bin, autorisiert worden ist"[73]. Das ist konsequent gedacht, wenn Religion zum Bestandteil der Politik eines Staates geworden ist, in dem der Souverän über die Politik entscheidet. Problem wird für diesen Staat nur die faktische Anerkennung einer übernatürlichen Souveränität Gottes durch Bürger, die Christen sind. Und zur Lösung dieses Konflikts zwischen dem unsterblichen Gott als dem „Souverän aller Souveräne"[74] und der staatlichen Macht als dem sterblichen Gott zeigt er anhand der dogmatisch geltenden Schriftauslegung der episkopalistischen Staatskirche, wie sich das im Glauben anerkannte Reich Gottes auf die vom Bürger zu anerkennende Souveränität des Staates bezieht. Dabei geht es nicht wie in der Reformation um jene Unterscheidung von zwei Reichen, nach der auch die staatliche Erhaltungsordnung von Gott verordnet und begrenzt gedacht wird, sondern um die politologische Kompetenzabgrenzung, nach welcher allein der Souverän über alle öffentlich relevanten Lehren und Handlungen einer Kirche, die sich auf Gottes Herrschaft bezieht, zu entscheiden hat. Eigenständig und nicht von dieser Welt ist Kirche nurmehr bezüglich ihres eschatologischen Glaubensgehaltes, der sich nicht auf diese Welt bezieht: Gottes Reich wird schlechthin jenseitig und zukünftig gedacht. Die äußere Verwaltung dieses Jenseitsglaubens aber obliegt dem Staat. Von der reformatorischen Dialektik von weltlichem und geistlichem Regiment ist nurmehr die radikale Entpolitisierung der Reich-Gottes-Herrschaft geblieben; aus der katholischen Begrenzung der naturrechtlichen Staatskompetenz durch die übernatürlich legitimierte Kompetenz der Kirchenleitung in Glaubens- und Sittenfragen (die sich im 17. Jahrhundert aller-

---

[73] Leviathan, II, 38, S. 341.
[74] Leviathan, II, 33, S. 290.

dings eine Fülle politisch relevanter Eingriffsrechte vorbehielt) ist die Trennung von zwei völlig verschiedenen Wirklichkeitsbereichen „Natur" und „Übernatur" geworden. Was dies für die politische Konsequenz des christlichen Glaubens bedeutet, zeigt Hobbes Christologie.

3.2 Die entpolitisierte Christologie

Der Glaube an eine allgemeine Weltregierung Gottes, wie ihn die frühe englische Aufklärung — klassisch bei *Herbert von Cherbury* — propagierte, schafft kein Problem für den Staat, der zum Schutz der marktwirtschaftlichen und kolonialen Expansion stark geworden war. Denn die Entscheidung über die Regeln der öffentlich zu duldenden Gottesverehrung und der öffentlich zu vertretenden Gehalte einer natürlichen Gotteslehre kann von der Vernunft dem Souverän zugewiesen werden, der über das gesamte öffentliche Verhalten ebenso wie über die veröffentlichte Meinung zu wachen hat: eine natürliche Religion steht natürlicherweise dem absoluten Staat zur Verfügung. Nun bezogen sich aber die Christen aller Konfessionen Englands auf ein biblisch bezeugtes Reich Gottes, das die vernünftig zu beurteilenden Kräfte übersteigt und damit der staatlichen Souveränität entzogen schien. Für die geschlossene Politologie von Hobbes, die den Nationalstaat als System der Kräfte in sich zu stabilisieren suchte, kam alles darauf an, gerade diese vor- und überstaatliche Herrschaft Gottes so auf den Sozialkörper zu beziehen, daß jede irritierende Außenmacht dieser Herrschaft neutralisiert wurde.

In einer ersten Argumentationsreihe — die von *De cive* 1642 zum englischen *Leviathan* von 1655 wesentlich verschärft wurde — stellte Hobbes heraus, daß die biblisch bezeugte Herrschaft Gottes keine Differenzierung von Staat und Religion kennt, sondern durchaus auf eine vom jüdischen Volk durch Vertrag anerkannte Herrschaft Gottes zielt, die durch seine Stellvertreter Abraham, Mose, Christus und die Apostel direkt vermittelt wird: „Wären die Menschen wirklich so, wie sie sein sollten, so wäre dies die beste Staatsform"[75]. Der Ausdruck „Reich Gottes" meint also durchaus „einen bürgerlichen Staat,

[75] De cive, 16, 15, S. 267.

in dem Gott zuerst kraft des alten und sodann kraft des neuen Bundes souverän ist und durch seine Stellvertreter oder Statthalter herrscht."[76] Die biblisch bezeugte Souveränität Gottes würde also den irdischen Staat in seiner Herrschaftsform überflüssig machen, wenn die Menschen wären wie sie sein sollten. Daß Menschen faktisch anders sind, hatte Hobbes nicht nur in seinem Substraktionsverfahren gezeigt (die bürgerliche Gesellschaft minus Staatsgewalt ergibt den Krieg aller gegen alle), sondern dazu zog er im religionspolitischen Teil auch die Erbsündenlehre bei, nach der alle vom Fluch der Sünde Beherrschten selber wiederum faktisch sündigen[77]. Ebenso wie er in der Anthropologie die Liebe zu Gott streng juridisch mit dem Gehorsam gegenüber seinen Geboten gleichgesetzt hatte[78], verstand er die für seine Religionstheorie zentrale Lehre von der Sünde allein als Ungehorsam gegenüber den Gesetzen des göttlichen Souveräns. Dieser Ungehorsam gegenüber Gott rechtfertigte für Hobbes die Existenz der staatlichen Gewalt auch für Christen und Juden. Die Sünde erzwingt die weltliche Macht, die Erbsünde ihre souveräne Stärke. Gegen diese erste Argumentationsreihe erhob sich nur der Einwand durch das Evangelium von der Vergebung der Sünden, weil es eine ursprüngliche Ordnung der Theokratie zu restituieren schien. Deshalb galt die zweite und zentrale Argumentation von Hobbes dem Nachweis von der innerweltlichen Irrelevanz der Erlösungsbotschaft Jesu Christi für die Ordnung des bürgerlichen Staates.

Die Christologie von Hobbes kann nur als kritische Interpretation jener Verherrlichung Jesu Christi gelesen werden, die *Calvin* in der letzten Ausgabe seiner *Institutio christianae religionis* von 1559[79] erstmals und bleibend für die reformierte Theologie[80] ausgeprägt hatte: als Domestizierung der Lehre von den

---

[76]   Leviathan, II, 38, S. 345; vgl. II, 35, S. 316: „Das Gottesreich ist ein bürgerliches Königreich".
[77]   Vgl. De cive, 18,2, S. 311.
[78]   Vgl. De homine, c. 14,5 (vgl. Anm. 62, Studie III) zit. nach *Th. Hobbes*, Vom Menschen, vom Bürger, a.a.O., 45.
[79]   *J. Calvin*, Institutio christianae Religionis 1559. Ed. *P. Barth, G. Niesel*. Opera selecta. Vol. III. München 1967, 471–481 (L. II, c. XV).
[80]   Zur Entwicklungsgeschichte und theologischen Bedeutung vgl. *D. Schellong*, Barmen II und die Grundlegung der Ethik, in ΠΑΡΡΕΣΙΑ. Hrsg. *E. Busch*, Karl Barth zum 80. Geburtstag. Zürich 1966, 491–521.

drei Ämtern Christi. Um die für Hobbes bürgerliche Beschränkung der Christologie so ungemein charakteristische Umbiegung der reformatorischen Lehre von der Herrschaft Jesu Christi erkennen zu können, ist ein Hinweis auf zwei Fundamente der sachorientierten Schriftauslegung Calvins notwendig. Die erste Beobachtung bezieht sich auf den Stellenwert der calvinistischen Ämterlehre für seine Christologie, die zweite auf die prinzipielle Verhältnisbestimmung von kirchlicher Ordnung und staatlicher Macht.

Calvin versteht Christus nicht von seiner Herrschaftsfunktion her, sondern entwickelt die geistliche Macht Christi — sein soteriologisches Werk — von der Person Jesu Christi als dem Mittler von Gott und Mensch aus. Deshalb wehrt er jedes Verständnis des Bundes im Sinne einer Vertragstheorie ab: im Neuen Bund werden wir durch den Geist Gottes, der Christi Person ganz erfüllt, zu Gottes Eigentum. Der Neue Bund nimmt die Erwählten in das Sein der Person Jesu Christi auf. Die Drei-Ämter-Lehre zeigt, in welche Herrlichkeit die Christen dadurch aufgenommen sind[81]: Als *Prophet* wirkte Christus nicht nur indem er lehrte, vielmehr offenbart sich sein Geist in der Zeit der Geschichte durch die Verkündigung. Durch seine wirksame Gabe, das Evangelium, erhalten die Glaubenden Anteil an seinem Geist. Durch sein *königliches* Amt macht er sich auf geistliche Weise alle Glieder seiner Gemeinde fortwährend zum Eigentum; aber er gebraucht dabei sein Regiment nicht für sich, sondern für uns, indem er allen Glaubenden im fortwährenden Elend einer auf Reichtum und Sicherheit bedachten Staatenwelt Zuversicht und Kraft gibt, der vergänglichen Herrschaft dieser Welt (insofern sie von der Sünde bestimmt ist) den Abschied zu geben und aus seinem Frieden zu leben, bis „wir zum Triumph geführt werden"[82]. Durch sein *priesterliches* Amt, das er im Kreuzestod ein für allemal vollendet hat, nimmt er alle Erlösten in seine Heiligkeit wirkmächtig hinein, „er versöhnt uns mit Gott"[83]. Dieser nicht funktional, sondern an der Wirkmächtigkeit der Person Christi orientierten Schriftauslegung entspricht der Bezug des Kirchenregimentes zu den Ansprüchen

[81] Vgl. Institutio, a.a.O., 473 (L. II, c. XV, 2): „... notandum est ad haec tria munera Christi pertinere elogium..."
[82] A.a.O., 476 (L. II, c. XV, 4).
[83] A.a.O., 480 (L. II, c. XV, c. 6).

des staatskirchlichen Absolutismus[84]. Gegen den anglikanischen Summepiskopat seit Heinrich dem VIII., aber auch gegen die Inanspruchnahme geistlicher Kirchengewalt durch die Fürsten der reformierten Territorien in Deutschland, besteht Calvin unbeirrbar auf dem geistlichen Eigenrecht der einzelnen Landeskirchen. Die Spiritualisierung weltlicher Macht lehnt er gerade deshalb entschieden ab, weil die Kirche allein von der Kraft des Evangeliums beherrscht werden kann: diese aber widersteht dem Grundprinzip weltlicher Macht, auch wenn dringend wünschbar wird, daß christliche Fürsten der Kirche Freiraum schaffen, um die schlechthin erfreuliche Christusherrschaft in der Zeit der Geschichte bezeugen zu können.

Hobbes liest die alt- und neutestamentlichen Zeugnisse von Gottes Bundesschluß mit seinem Volk Israel und durch den Messias dieses Volkes mit der ganzen Menschheit ausschließlich im Sinne seiner Vertragstheorie. Er versteht den biblischen „Bund" als Unterwerfungsvertrag unter Gottes Souveränität: die Leistung dieses Vertrags konstituiert ein politisches Herrschaftsverhältnis. Für ihn steht fest, „daß das Reich Gottes ein bürgerlicher Staat ist, in dem Gott zuerst kraft des alten und sodann kraft des neuen Bundes Souverän ist und durch seinen Stellvertreter oder Statthalter herrscht."[85] In der späteren Entwicklung dieser theologisch-politischen Vertragstheorie versteht er im *Leviathan* auch das Reich des neuen Bundes, das Jesus Christus als Stellvertreter Gottes verkündet, durchaus als einen theokratischen Staat auf Erden. Wie sich dieser Gottesstaat mit dem absoluten Staat dieser Weltzeit zu vertragen hat, zeigt seine Fassung der Drei-Ämter-Lehre, die zwar in *De cive* 1642 schon enthalten, aber erst im *Leviathan* 1651 als eigenes systematisches Lehrstück ganz entfaltet wurde[86].

Um die gegenwärtige Macht der Wirkungsweise Jesu Christi, die für Calvin entscheidend war, zu brechen, führt Hobbes grundsätzlich die Dimension der Zeit in die Schriftauslegung ein. Dem Erlösungs-, Propheten- und Königsamt des Messias „entsprechen drei Zeiten. Denn er erlöste uns bei seinem erster.

---

[84] Vgl. zu dieser Einschätzung *J. Bohatec*, Calvins Lehre von Staat und Kirche mit besonderer Berücksichtigung des Organismusgedankens. Aalen (Repr. d. Ausg. Breslau 1937) 1968, 615—619.
[85] Leviathan, III, 38, 345.
[86] Vgl. De cive, 17, 4—18 (275—292); Leviathan, III, 41, 369—375.

Erscheinen durch sein Selbstopfer am Kreuz für unsere Sünden, er bekehrte uns teilweise damals in eigener Person und tut dies teilweise heute noch durch seine Diener und wird dies durch seine Wiederkunft fortsetzen. Und nach seiner Wiederkunft wird sein herrliches Regiment über seine Erwählten beginnen, das ewig dauern wird."[87] Die entscheidende Wende liegt dabei in der Konzipierung einer rein futurischen Eschatologie für die Ankunft des Reiches, der innerweltlich die völlige Verinnerlichung von Erlösungswirklichkeit und Jenseitshoffnung entspricht. In ihrer Grundstruktur ist schon hier *Schweitzers* Depotenzierung der eschatologischen Herrschaft Jesu Christi im Dienste des bürgerlichen Ethos durchgestaltet. Dies heißt im Einzelnen: Die Anerkennung des *priesterlichen* Amtes Christi, der Glaube an seine erlösende Tat, setzt den alttestamentlichen Glauben an die sühnende Wirkung des in die Wüste verbannten Sündenbocks und des stellvertretenden Opfers des leidenden Gottesknechts voraus. Durch seinen Kreuzestod ist Jesus zum Lamm Gottes in beiden Funktionen geworden: sein sühnender und stellvertretender Tod erlöst alle, die durch die Taufe dieses Amt Christi anerkennen, vom Fluch der Sünde. Diese Anerkennung geschieht durch den Glauben, daß Jesus der alttestamentlich verheißene Christus sei und durch die Umkehr zum Gehorsam gegenüber Gottes Befehlen. Was dieser Gehorsam einschließt, zeigt das *prophetische* Lehramt Christi: es besteht ausschließlich in der Verkündigung Jesu, daß er der Christus sei und in der Ermahnung, alle Gesetze der Natur, des Dekalogs und des bürgerlichen Staates zu befolgen, um des künftigen Reiches Gottes würdig zu werden. Deshalb „ist die Art, wie Christus in diesem Leben die Gläubigen leitet, nicht eigentlich ein Reich oder eine Herrschaft, sondern das Amt eines Hirten oder das Recht zur Lehre, d.h. Gott der Vater hat ihm nicht die Gewalt [...] wie den Königen dieser Erde gegeben [...]; sondern Christus sollte der Welt den Weg zeigen und sie die Wissenschaft des Heils lehren."[88] Zu dieser Heilslehre gehört all das nicht, was der alleinigen Herrschaft der irdischen Souveräne zusteht: die Entscheidungskompetenz über die politischen, militärischen, sozialen, wissenschaftlichen, jurisdiktio-

[87] Leviathan, III, 41, 369.
[88] De cive, 17, 6, 278.

nellen und erzieherischen Bereiche. Aber dazu gehört umgekehrt gerade die Einschärfung des bürgerlichen Gehorsams gegenüber dem irdischen Souverän: „Von all diesen Gegenständen, nämlich Recht, Politik und Naturwissenschaften, hat Christus erklärt, daß es nicht zu seinem Amt gehöre, darüber Vorschriften und Lehrsätze aufzustellen, bis auf den einen, daß die einzelnen Bürger bei allen Streitigkeiten hierüber den Gesetzen und Urteilssprüchen ihres Staates zu gehorchen hätten."[89] Für die Zeit der Geschichte ist damit die prophetische Sprengkraft der Verkündigung Jesu neutralisiert, mehr noch: dem Gehorsam zur Obrigkeit dienstbar gemacht.

Aber was der innergeschichtlichen, der politischen Wirkungskraft der Evangeliumsverkündigung entzogen wird, das kompensiert Hobbes nun intensiv in der Lehre vom rein futurischen *Königsamt* Christi. Das Gottesreich wird als ein rein politischer und irdischer Staat Gottes ausgelegt — nur eben als künftiger und daher jetzt noch nicht wirksamer. Und in der Betonung dieser exklusiv jenseitigen Geltung des Gottesreiches wurde der ansonsten eher wortkarge Hobbes sehr beredt. Seine ganze Christologie ist auf diese Schlußfolgerung hin entworfen: „Unser Heiland kam in die Welt, um in der künftigen Welt König und Richter zu sein [. . .] Dies bedeutet, daß er die gesamte Macht einmal innehaben sollte, die der Prophet Mose, die ihm nachfolgenden Hohenpriester sowie deren Nachfolger, die Könige, besaßen [. . .] Das Königreich, auf das er Anspruch erhob, sollte in einer anderen Welt sein [. . .] Wie konnten dann seine Worte oder Taten aufrührerisch sein oder zu dem Umsturz ihrer damaligen bürgerlichen Regierung führen?"[90] Der religiöse Heilsweg verlangt unbedingten staatlichen Gehorsam und wo der Staat vom christlichen Bürger öffentliche Handlungen erzwingen wollte, die für den Christen gotteslästerlich wären, da ist nicht Widerstand gegen die Staatsgewalt, sondern das Martyrium geboten[91]. Es bewahrt den Staat vor Unruhen und schafft dem bürgerlichen Christen die ewige Ruhe.

Hobbes zeigt, welcher Christus den Interessen des rastlos tätig werdenden Bürgertums dient: ein Herr, der die Hoffnung auf

[89] A.a.O., 17, 12, 287.
[90] Leviathan, III, 41, 371.
[91] De cive, 18, 13, 324.

ein jenseitiges Reich kompensatorisch beflügelt und dadurch den starken Staat legitimiert. Das hat für den Bürger den Vorteil, daß die Vergebung der Sünden von ihm keine Umkehr verlangt, die ihn in seinem weltlichen Geschäft behindern könnte. Als von Gott versöhnter Sünder darf er, ja muß er in seiner ganzen öffentlichen Handlungsweise bleiben, der er ist; der Gewinn der Religion besteht darüber hinaus in einer Innerlichkeit, die ihm auch die künftige Fortsetzung seines bürgerlichen Lebens garantiert und zwar unter der gnädigen Herrschaft von Gott dem Allmächtigen.

Solche Depotenzierung der reformatorisch freigelegten Christusherrschaft für die Zeit der Geschichte war in den Augen des ersten Politologen der Neuzeit notwendig, um den Frieden im Staat unter den Bedingungen des schrankenlosen Erwerbsstrebens zu sichern. *John Locke* (1632—1704) hat in seiner *Vernünftigkeit des Christentums*[92] nur wenige Jahre nach Hobbes diese Funktionalisierung des bürgerlichen Christus verschärft: der ausschließlich auf das seelische Heil zusammengefaßte Christusglaube ist nicht nur gut, sondern notwendig für das Volk, das zu arbeiten hat und deshalb nicht zum Denken kommen kann. Der Messiasglaube verbietet Ungehorsam und Rebellion[93], aber er muß zu diesem Zwecke, wie Hobbes schon demonstrierte, auf die einfachsten und streng jenseitsbezogenen Grundmomente zusammengestrichen werden. Die Religionskritik der französischen Materialisten und der liberal und sozialistisch orientierten Atheisten Deutschlands hat vom Ende des 18. bis zur Mitte des 19. Jahrhunderts die Ideologiekritik dieses bürgerlichen Christentums vollständig durchgeführt. Wie die an der Volksreligion noch interessierte Aufklärung (und die ihr verpflichtete bürgerliche Theologie) dieser Kritik standzu-

---

[92] *J. Locke*, The Reasonableness of Christianity, in: The Works of John Locke in ten Volumes. Vol. II. Aalen (Repr. London 1923) 1963. Zur Interpretation der für das moderne Bürgertum konstitutiven Momente bei Hobbes und Locke vgl. die hervorragende Studie von *C.B. Macpherson*, Die politische Theorie des Besitzindividualismus, a.a.O. (vgl. S. 81 dieses Bandes); zu Lockes Interpretation des Christentums vgl. *R.H. Tawney*, Religion und Frühkapitalismus. Bern 1946 (Übers. von: Religion and the Rise of Capitalism, 1926).
[93] The Reasonableness, a.a.O., 112; zu dieser Depotenzierung der kirchlichen Christologie vgl. *E. Hirsch*, Geschichte der neuern evangelischen Theologie, a.a.O., Bd. I, 271—292.

halten suchte, um die politisch stabilisierende Wirkung des Christusglaubens zu retten, zeigt die am Vorbild Jesu orientierte Religion für das Volk, wie sie *Voltaire* (1694—1778) als erster in kräftigen Strichen entwarf.

4 Eine Jesus-Religion für das Volk

Wer in einem ersten Zugriff *Voltaires* Zeichnungen der Jesusgestalt aus dem gewaltigen Panoptikum von Geschichtsschreibung und Briefliteratur, den Romanen, Dramen und Satiren, der Poesie und dem Epos herausgreift, bleibt verwirrt zurück; denn neben der zynischen Erledigung des Bastards von der jüdischen Frau Mirjam und dem römischen Soldaten Panther steht die hohe Darstellung eines Jesus, der als aufgeklärter Lehrer die wahre Religion gelebt und gelehrt hat. Die Verwirrung läßt sich allerdings leicht durch die Chronologie des Werkes lösen: Voltaire trennt um das Jahr 1760 die Kirchenkritik von der Jesuskritik und setzt jetzt die wahre Religion Jesu gegen das kirchliche Christentum[94]: ,,Das Christentum unterscheidet sich in allem von der Religion Jesu. . .''[95]. Der Grund dieses Umschwungs liegt darin, daß seine Freunde von der Enzyklopädie *d'Alembert, Diderot, Helvetius, d'Holbach* und *La Mettrie* mit ihrer zunehmend materialistischen Philosophie nicht mehr nur wie Voltaire den feudalen Klerus kritisierten, sondern — die Revolution von 1789 vorbereitend — in eins damit die fürstliche Feudalität und jede Religiosität überhaupt. Bis zu dieser Wende teilte er den Spott der Enzyklopädisten über den lächerlichen Nazarener, der in vielen Variationen jeweils nach der bewußt antichristlichen Verzerrung der mittelalterlich-jüdischen Polemik in den *Toldot Jeschu*[96] entworfen wurde. Dieser Spott hinderte ihn ja nicht, seine aufgeklärte Religiosität mit der un-

---

[94] Vgl. das fundamentale Werk von *R. Pomeau*, La religion de Voltaire. Paris 1956; einen Einblick in die neuere Interpretationsgeschichte gibt *I. Dumke*, Voltaire als Religionskritiker im Spiegel der Forschung (1956 bis 1969). Berlin 1972 (Diss.masch.).
[95] *Voltaire*, Mélanges. Ed. *J. van den Heuvel*. Paris 1961, 662.
[96] Vgl. *J. Klausner*, Jesus von Nazareth. Jerusalem ³1952, 17—66; *J. Maier*, Jesus von Nazareth in der talmudischen Überlieferung. Darmstadt 1978.

verbindlichen Beziehung zu einem gütigen Souverän im Himmel zu propagieren. Nun aber, da seine Freunde mit der Religion zugleich die Fundamente der Staatsordnung angriffen, sah er seine eigenen Interessen in Gefahr: „Es scheint" schreibt Voltaire gegen d'Holbachs 1766 erschienene *Enthüllungen des Christentums*, welche nach Diderots Vorwort auch die staatlichen Mächte bloßstellen [97] „als habe der Autor versucht, die Fürsten und Priester gegen sich zu vereinigen; man muß aber im Gegenteil zu zeigen versuchen, daß die Priester von je her die Feinde der Fürsten gewesen sind [. . .] Zwar sind sie in diesem Buch hassenswert dargestellt, aber die Könige auch [. . .] Nichts ist gefährlicher und ungeschickter [. . .] Die Brüder müssen immer die Moral und den Thron respektieren"[98]. Nicht zuletzt, um den Brüdern diesen schon vorrevolutionär bedrohten Respekt vor Thron und Moral zu verschaffen, entwarf Voltaire nach 1760 seine mannigfache Rechtfertigung des armen Juden Jesus als des schlechthin idealen Theisten.

Die wichtigsten Texte zur neuen Zeichnung Jesu, in denen Voltaire gegen die materialistischen Tendenzen der Aufklärung zunehmend seine theistische Moralreligion vertieft, finden sich innerhalb bezeichnender literarischer Gattungen: in einem Katechismus, in fiktiven Predigten und in einer Visionsschilderung[99]. Diese Sprachformen verraten die Intention: Voltaire missioniert für die vernünftige Volksreligion, die bürgerliche Religion hat öffentlich an die Stelle des klerikalen und dogmatischen Christentums zu treten. Zwar setzte Voltaire immer schon der geschichtlichen Religion einen nach bürgerlichen Zügen ausgemalten Souverän im Himmel zum Zwecke der Erhaltung der Volksmoral entgegen, jetzt aber muß dieser deistische Souverän auch auf Erden wirksam gemacht werden durch seine irdische Repräsentation: Jesus von Nazaret. Die entscheidenden Grundzüge dieser Verkündigung sollen wie bei *Hobbes*

[97] *P. Thiry d'Holbach*, Religionskritische Schriften. Berlin, Weimar 1970. Zum Vorwort Diderots vgl. *M. Naumann*, Die Bedeutung des „Christianisme dévoilé", in: a.a.O., 5—49, 17.
[98] Brief Voltaires an Damilaville vom 30.1.1762, in: *Th. Bestermann* (Ed.), La correspondance de Voltaire. Bd. XLVIII. Genève 1953 ff., 56.
[99] Vgl. den Katechismus des „honnête homme" von 1763, in: Mélanges, 651—670; die fiktiven Predigten zu London von 1765, in: a.a.O., 1119 bis 1161, und die ebenfalls fingierte Basler Predigt von 1768, in: a.a.O., 1269—1278.

und *Spinoza* all jene Widersprüche aufheben, welche die Christen in den Staat gebracht haben: Inquisition, Religionskriege, Angst und Verbot der Denkfreiheit. Aber Voltaire bleibt bei dieser kritischen Abgrenzung des 17. Jahrhunderts nicht stehen, sondern formuliert selbstbewußter eine neue, eine aufgeklärte Religion Jesu.

Die erste Bestimmung dieser bürgerlichen Religiosität liegt in der Toleranz. Schon in seinem *Traktat über die Toleranz* von 1763 untersuchte Voltaire mit allem Scharfsinn die Frage, „ob die Intoleranz durch Jesus Christus gelehrt worden sei"[100]. Seine Antwort begnügt sich nicht mit dem Aufweis, daß Jesus insbesondere in seinen Gleichnissen Milde, Geduld und Nachsicht predigte, sondern zielt tiefer, ja berührt den Rand der auch für die christlichen Kirchen maßgebenden Christologie: „Sokrates konnte den Tod vermeiden und er wollte es nicht: Jesus Christus gab sich freiwillig preis. Der griechische Philosoph verzieh nicht nur seinen Verleumdern, sondern bat sie, seine eigenen Kinder eines Tages wie ihn zu behandeln, wenn sie genügend glücklich wären, um ihren Haß zu verdienen wie er selbst: der Gesetzgeber der Christen, unendlich höher, bat seinen Vater, seinen Feinden zu verzeihen"[101]. Sokrates und — „unendlich höher" — Jesus von Nazaret zeigen, was göttlichen Rechts ist, d.h. was die natürliche Religion lehrt. Und so offenbaren sie den Willen Gottes als das vernünftige Lebensgesetz aller Menschen; dieses Gesetz ist darin vernünftig, d.h. universal gültig, daß es die Vernunft *aller* Menschen achtet. „Es gibt demnach", so in der Basler Predigt, „für einen wahren Jünger Jesu Christi keinen einzigen Fremden; er hat Mitbürger *(concitoyen)* aller Menschen zu sein"[102].

Die zweite Bestimmung dieser Religion Jesu liegt in ihrem christentumskritischen Charakter. Jesus erscheint darin nicht als Begründer einer Religion oder gar einer Kirche, vielmehr wird er zum Garanten einer Religion, welche Voltaires Aufklärung für die allein menschenwürdige hält. Die *infâme*, d.h. die dogmatischen, hierarchisch organisierten und kultisch verfaßten Kirchen werden gerade mit dem bekämpft, auf den sie sich berufen: „Wenn Jesus eine christliche Kirche hätte gründen

[100]   Mélanges, 613.
[101]   A.a.O., 616.
[102]   A.a.O., 1275.

wollen, hätte er dafür nicht Gesetze erlassen? Hätte er dafür nicht alle Riten eingerichtet? Hätte er nicht die sieben Sakramente verkündet, von denen er nicht spricht? Er erstellte kein Dogma, keinen Ritus, keine Hierarchie; er jedenfalls hat seine Religion nicht erschaffen"[103]. Die Christentumskritik wird also auch hier mit der historisch-kritischen Beschränkung Jesu auf sein irdisches Wirken und Geschick begründet: der menschliche Jesus der historischen Kritik wird zum Zeugen gegen einen für unmenschlich erklärten Christus. Wiederum — wie bei *Spinoza* — wird Jesu Gebot der Gottes- und Nächstenliebe im bürgerlichen Sinne einer moralisch integren Humanität gegen jede religiöse Konkretion (Institution, Dogma, Kult) ausgespielt. Jesus ist für Voltaire „der erste Theist"[104], d.h. der wahre Meister einer aufgeklärten Religion, welche einen vernünftigen Gott verehrt. Und vernünftig ist Gott, insofern er die Gesetze der Moral schützt, welche das aufsteigende Bürgertum braucht, um sich gegen die Feudalitäten durchzusetzen: „Erweise ich denn den Menschen keinen Dienst, indem ich ihnen nichts als die Moral verkünde? Diese Moral ist so rein, so heilig, so allgemein, so klar, so alt, daß sie von Gott selbst zu kommen scheint, wie das Licht [. . .] Hat er [Jesus] denn nicht allen Menschen, die in der Gesellschaft versammelt sind, die Idee eines höchsten Wesens inspiriert, damit die Anbetung, die man diesem Wesen schuldet das stärkste Band der Gesellschaft sei [. . .] Sobald die Menschen sich versammeln, offenbart sich Gott ihrer Vernunft: die Gerechtigkeit ist ihnen notwendig, sie verehren in ihm das Prinzip aller Gerechtigkeit"[105]. Hier zieht sich der Knoten zusammen, und es wird offenbar, zu welchen Zwecken er geknüpft wurde: Voltaire braucht für sein noch feudales Gesellschaftsbild eine stabile Moralität, die das unaufklärbare Volk bei der Stange hält. Im höchsten Wesen wird diese Gerechtigkeit verehrt; der Gott dieser Verehrung funktioniert als Schlußstein des bürgerlichen Normenbegründungs- und Normendurchsetzungsverfahrens. Jesus wird zum Garanten für die bürgerliche Moral im Rahmen eines aufgeklärten Feudalismus, der sich in der Gottesverehrung selbst verehrt, und schon deshalb das christliche Bekenntnis abstößt.

---

[103] A.a.O., 660.
[104] Brief an J. Vernes vom 19.8.1768 (Bestermann, 14, 220).
[105] Mélanges, 966.

Das dritte Moment, welches die besondere jesuanische Bestimmung der bürgerlichen Religion ausprägt, zeigt eine merkwürdige Ambivalenz. Denn Jesus wird darin nicht nur als höchster Philosoph wie bei *Spinoza* und schon gar nicht als der künftige Herr des kommenden Reiches Gottes wie bei *Hobbes* ausgelegt, sondern als ein historisches Vorbild, welches in keiner Weise zu den Interessen und der Existenz Voltaires paßt: er wird als der *Arme* gezeichnet. „Jesus war ein Armer, der den Armen predigte"[106]. Mit aller Berechtigung wird dieses Vorbild der Armut als Waffe gegen den Reichtum der Kirchen eingesetzt: „Ihr wißt besser als ich, welcher phantastische Unterschied alle Jahrhunderte zwischen der Demut Jesu und dem Stolz derer gesehen haben, die seinen Namen tragen; zwischen ihrem Geiz und seiner Armut; zwischen ihren Ausschweifungen und seiner Keuschheit. . ."[107]. Aber gleichzeitig dient diese vorbildliche Armut auch dazu, dem zum Geldadel aufsteigenden Bürgertum, dessen vornehmster Vertreter Voltaire selber ist, den Rücken freizuhalten: für das Volk ist es gut, ein Vorbild der Armut zu besitzen. Denn nur so wird es das Kapital akkumulierende Bürgertum in Ruhe lassen. Voltaire hat die feudale Ordnung immer gestützt, weil er sie brauchte, um in der wirtschaftlichen Expansion des 18. Jahrhunderts selber zum Geldadel zu kommen[108]; wie er sich den Adelstitel selber gab, so erwarb er sich als reichster Literat, als schweizerischer Grundbesitzer und Kleinmonarch durch zwielichtige Armeegeschäfte und Kornaufkäufe, durch Aktienspekulationen und Lotteriegeschäfte selber den realen Grund des bürgerlichen „Adels": ein Kapital. Die von ihm ideologisch geschützte Schicht des aufsteigenden Bürgertums braucht für sich selbst einen vernünftigen Gott, um die alte Ordnung der Feudalität über ihm noch zu stützen, und sie braucht einen armen Jesus, um das Volk unter ihm in Ruhe zu halten, „denn", so ist unter dem Stichwort „Getreide" im *Dictionnaire* zu lesen: „Unter-

[106]   A.a.O., 1158.
[107]   A.a.O.
[108]   Zu dieser Entwicklung vgl. bes. *G. Holmsten, Voltaire*. Reinbek b. Hamburg 1971; *B. Burmeister, E. Richter*, Die französische Aufklärung — Historische Bedingungen und Hauptetappen ihrer Entwicklung, in: *W. Schröder* (Hrsg.), Französische Aufklärung. Bürgerliche Emanzipation, Literatur und Bewußtseinsbildung. Leipzig 1974, 8—59.

scheide stets den guten Bürger *(les honnêtes gens)*, welcher denkt, von der Masse des Volkes, das zu denken nicht geschaffen ist"[109]. Daß gerade der Anwalt der Armen, der Prophet aus Galiläa, die Revolution der Massen beflügeln könnte, das vermochte Voltaire noch nicht abzusehen[110]. Und er konnte noch nicht ahnen, was *Schweitzer* zu Beginn des 20. Jahrhunderts als Fazit der Leben-Jesu-Forschung aufgehen sollte: daß die Evangelien keinen an-und-für-sich historischen Jesus rekonstruieren lassen.

5 Fazit

Schweitzer hatte nachgewiesen, daß alle theologischen Versuche, zu einer „Geschichte" Jesu im modernen Sinne des Ausdrucks zu kommen, nicht über die Selbstdarstellung unserer eigenen Geschichtsvorstellungen von Jesus hinausführen. Die hier entfalteten Einblicke in die Beanspruchung Jesu durch das europäische Bürgertum des 17. und 18. Jahrhunderts zeigen, wie sehr die theologische Forschung des 19. und 20. Jahrhunderts den Interessen dieses Bürgertums — mit theologisch geziemender Zeitverschiebung — nachgearbeitet hat. Das gilt für alle drei hier aufgezeigten Horizonte der bürgerlichen Vereinnahmung des Evangeliums: für die von ihr beanspruchte Kongenialität ihrer allgemeinen Vernunft mit dem Geist Jesu (sie fundiert die *idealistische Christologie*); für die Funktionalisie-

[109] Oeuvres complètes de Voltaire (Ed. *L. Moland*). T. 18. Paris 1878, 16.
[110] Zur Einführung in die gegenwärtige marxistische und bürgerliche Jesusgestalt vgl. *W. Post*, Jesus in der Sicht des modernen Atheismus, Humanismus und Marxismus, in: *F.J. Schierse* (Hrsg.), Jesus von Nazareth, Mainz 1972, 73—96; *J.M. Lochmann*, Christus oder Prometheus? Hamburg 1972; *H. Rolfes*, Marxistische Jesusdeutungen, in: *ders.* (Hrsg.), Marxismus-Christentum. Mainz 1979, 34—58; *ders.*, Jesus und das Proletariat. Düsseldorf 1982; *W. Dantine*, Jesus von Nazareth in der gegenwärtigen Diskussion, Gütersloh 1974; *H. Fries*, Zeitgenössische Grundtypen nichtkirchlicher Jesusdeutungen, in: *L. Scheffczyk* (Hrsg.), Grundfragen der Christologie heute. Freiburg 1975; *H.G. Pöhlmann*, Wer war Jesus von Nazareth? Gütersloh 1976; *Th. Pröpper*, Der Jesus der Philosophen und der Jesus des Glaubens. Mainz 1976; *K.-J. Kuschel*, Jesus in der deutschsprachigen Gegenwartsliteratur. Zürich, Köln 1978.

rung der christlichen Durchschnittsdogmatik (sie prägt die *religionssoziologische Domestizierung der Botschaft Jesu*) und schließlich für die *historisierende Jesus-Religion*, die aus dem Nazarener immer das Vorbild zu machen weiß, das zur Führung der Massen notwendig scheint (in kirchlicher Frömmigkeit nicht anders als in politischer Agitation). Wenn die Theologie sich den Interessen des europäischen Bürgertums verpflichten zu müssen glaubt, so tut sie gut daran, wenigstens deutlich zu sagen, woran sie sich anpaßt und warum sie sich dieser Geschichte in ihrer Auslegung des kirchlich bezeugten Evangeliums verpflichtet.

Durch die divergierenden Jesusauslegungen der Neuzeit hindurch zeigt sich als bleibendes theologisches Grundproblem der zugrunde gelegte Begriff der „Geschichte" in seinem Verhältnis zum Begriff von „Gottes Handeln" selbst. Das ehemals apologetische Schema von Vernunft und Offenbarung ist nach dieser Einsicht zu präzisieren in der Erörterung des Verhältnisses, in dem sich Gottes Handeln durch sein Wort auf unsere Geschichte bezieht. Diesem Verhältnis, dem christologischen Bezug Gottes zu unserer eigenen Geschichte, gelten deshalb die beiden letzten Studien.

VI. Zur Ideologiekritik der Kirchengeschichte

> *„Die Geschichte aber haben wir*
> *zu nehmen, wie sie ist;*
> *wir haben historisch,*
> *empirisch zu verfahren"*
>
> G.W.F. Hegel[1]

1 Der „bürgerliche Universal-Rock"

Die Geschichte, die zum *Stoff* von Wissenschaft und zugleich selbst zu einer *Wissenschaft* geworden ist, gehört historisch dem Selbstbewußtsein der bürgerlichen Gesellschaft zu. *Nietzsche* hat dies in den *Unzeitgemäßen Betrachtungen* vom Nutzen und Nachteil der Historie präzise notiert: „Die historische Bildung und der bürgerliche Universal-Rock herrschen zu gleicher Zeit"[2]. Gleichzeitig hat er die dem neuzeitlichen Bürgertum gemäße Herrschaft der historisch-kritischen Universalbildung ideologiekritisch als die „wandelnde Lüge" von instinktlosen Zeitgenossen entlarvt, von denen er sich fragte, ob „das noch Menschen" sind „oder vielleicht nur Denk-, Schreib- und Redemaschinen"[3]. Das Bild von den Maschinen für Menschen, die nur noch historisch-kritisch empfinden, wird bei einem Metaphoriker wie Nietzsche nicht zufällig verwendet: das Maschinelle der historisch-kritischen Auffassung liegt in der toten Reproduktion von Vergangenheit, in der wissenschaftlichen Verwertung und Verzweckung der lebendigen Tradition, in

---

[1] *G.W.F. Hegel*, Vorlesungen über die Philosophie der Geschichte. Theorie-Werkausgabe. Bd. 12. Frankfurt a.M. 1970, 22.

[2] *F. Nietzsche*, Werke in drei Bänden. Bd. I. Hrsg. *K. Schlechta*. München 1973, 239 (Text von 1874); zur historischen Aufklärung des neuzeitlichen Geschichtsbegriffs vgl. *R. Koselleck*, Standortbestimmung und Zeitlichkeit. Ein Beitrag zur historiographischen Erschließung der geschichtlichen Welt, in: *ders., W.J. Mommsen, J. Rüsen* (Hrsg.), Objektivität und Parteilichkeit in der Geschichtswissenschaft. München 1977, 17 bis 46; *R. Koselleck*, Wozu noch Historie? in: *H.M. Baumgartner, J. Rüsen*, Seminar: Geschichte und Theorie. Umrisse einer Historik. Frankfurt a.M. 1976, 17–35.

[3] A.a.O., 240.

ihrer nihilistischen Auflösung. Aber sosehr Nietzsche den Stolz des 19. Jahrhunderts, seinen historischen Sinn, als Krankheit diagnostizierte[4], sowenig konnte auch er sich dem Selbstverständnis des neuzeitlichen Bürgertums entziehen; er kritisiert das Übermaß von Historie, nicht den Menschen, der sich als ein Geschichte Machender versteht: „erst durch die Kraft, das Vergangene zum Leben zu gebrauchen und aus dem Geschehen wieder Geschichte zu machen, wird der Mensch zum Menschen"[5]. So stünde denn der neuzeitliche Bürger gerade durch seine Geschichtswissenschaft in einem unglücklichen Verhältnis zu der von ihm gemachten Geschichte, die ihn wiederum erst zum Menschen werden läßt. Eine solche Dialektik der Verzweiflung kennzeichnet in der Tat das Verhältnis zwischen dem, was die Geschichte *als Wissenschaft* ermöglichte, nämlich die bürgerliche Auffassung von der Selbstkonstituierung der Menschheit durch eine selber produzierte Geschichte und dem, was sie offenbar hervorbringen sollte: die Realgeschichte von Humanität. Was die Geschichte als Wissenschaft ermöglicht hat, scheint für das reale geschichtliche Handeln problematisch geworden zu sein.

Dies gilt im höchsten Maße für die Kirchengeschichte. Denn als Geschichts*wissenschaft* übernimmt sie notwendig das bürgerliche Verständnis von Geschichte als einem wissenschaftlich verstehbaren Prozeß der Selbstverwirklichung. In diesem Prozeß der geschichtlichen Selbstkonstituierung aber kann *Gottes* Handeln nicht als wissenschaftlich erfaßbare Ursache, sondern höchstens als eine von Menschen zu bestimmten Zwecken hervorgebrachte *Vorstellung* von geschichtlichen Ursachen vorkommen. Damit aber wird der Stoff und die Form von Kirchengeschichte nicht nur wissenschaftlich problematisch, sondern hinfällig. Wenn „Gottes Handeln" nur noch als eine Vorstellung menschlichen Handelns beschrieben werden kann, dann kann auch alles kirchliche Handeln, soweit es historisch faßbar ist, durch die prinzipiell gott-lose Geschichtswissenschaft zureichend beschrieben werden, womit das Handeln der Glaubenden, insofern es sich auf Gottes eigenes Handeln bezieht, jedenfalls aus der Geschichte verdrängt wird. Der Begriff von

---

[4] Vgl. a.a.O., Bd. II, 113.
[5] A.a.O., Bd. I, 215.

Geschichte, der die neuzeitliche Geschichte als Wissenschaft erst ermöglicht hat, schließt die Möglichkeit einer Kirchengeschichte aus, sofern diese auf Gott als Subjekt des Handelns rekurriert, sich also als theologisches Fach begreift. Dies soll an vier Voraussetzungen der bürgerlichen Geschichtsschreibung und ihrer Historik (Methodologie) kurz verdeutlicht werden.

1.1 Die *historisch-kritische* Lektüre der Tradition unterscheidet sich von der Philologie der Renaissance gerade dadurch, daß sie nicht wie diese das Recht der antiken Quellen vor der zeitgenössischen Vernunft zu bewähren sucht, um eine erzieherische Erneuerung aus dem Ursprung zu erreichen; die kritische Historik entwickelt sich vielmehr aus der umfassenden Traditionskrise des 17. Jahrhunderts zur Rechtfertigung einer Vernunft, die sich über ihre Geschichte selbstbewußt erhob und dieses Selbstbewußtsein in der Destruktion von Tradition bewährte. *Descartes* glaubte in seiner *Methodenlehre*, ,,daß ich für alle bisher in meine Gläubigkeit aufgenommenen Meinungen nichts besseres tun könnte als sie ein für allemal daraus zu entfernen, um sie dann wieder einzusetzen oder durch bessere zu ersetzen, wenn ich sie dem Niveau der Vernunft angepaßt hätte — *lorsque je les aurai ajustée au niveau de la raison*"[6]. Das Niveau der europäischen Vernunft bestimmte sich aber nach den Konfessionskriegen, der kolonialistischen Expansion und den mechanistischen Naturwissenschaften durch sein religionskritisches Gott-Denken, seinen Allgemeingültigkeitsanspruch und seine kausale Erklärungsweise. Im Lichte eines streng allgemeingültigen Denkens von Gott als dem notwendigen Grund aller Wirklichkeit führte *Spinoza* die historische Kritik der alttestamentlichen Geschichtsschreibung und des kirchlichen Geschichtsverständnisses als erster vollständig durch: die narrative Theologie der Schrift und der Kirchen fällt unter das Niveau des allgemeingültigen Gott-Denkens, weil sie sich Gottes Wirken anthropomorph als ein willentliches und also willkürliches Handeln vorstellen (und nicht — wie in Studie II ausgeführt — als notwendige Expression seiner Natur, welche die Vernunft bestimmt). Die Rekonstruktion der historisch situ-

[6] *R. Descartes*, Oeuvres et lettres. Ed. *A. Bridoux*. Paris 1953, 134 (Discours de la méthode, Deuxième partie).

ierten und damit zeitlich relativierten Texteinheiten ergibt, daß die populäre Vorstellung von Gottes absichtsvollem Handeln in der Geschichte nicht nur aus der Ignoranz der wahren göttlichen Ursache entsprang, sondern aus dem Interesse, das Volk durch die Angst vor Gottes Handeln zur gehorsamen Anerkennung der sittlichen Regeln zu bringen. Die „Geschichte der Schrift", in der Spinoza die „wahre Methode der Schriftauslegung erkennt"[7], befreit den Bürger aus diesem dogmatistischen Gehorsam[8], der — wie die äußeren Wirren des dreißigjährigen Krieges und die inneren Wirren der Niederlande zeigten — den Frieden unter den Staaten und in den Staaten selbst aufs höchste gefährdete[9]. Die historisch-kritische Forschung emanzipiert nach ihrem Selbstverständnis den Bürger aus der *infantia generis humani*, aus dem Erziehungsstadium der Menschheit, das — wie *Christian Gottlob Heyne* 1785 formulierte — wegen der *rerum itaque causarumque ignoratio* — wegen der Ignoranz der Sachverhalte und ihrer Gründe — in mythologischer Vorstellung befangen blieb[10]. Die historisch-kritische Forschung setzt die Erkenntnis der wahren geschichtlichen Wirkkräfte voraus und zeigt das falsche Bewußtsein der Tradition, das mit göttlichem Handeln rechnet[11]. Die historische Kritik schon Spinozas hielt jede Vorstellung von einem willentlichen Handeln Gottes in der Geschichte für ein falsches Herrschaftswissen, d.h. für Ideologie.

1.2 Für die Kritik einer *divina historia*[12], die das in der Schrift bezeugte Handeln Gottes auch für die fortdauernde Zeit der Geschichte in der Kirche für gegeben und beschreibbar hält, ist nicht nur das emanzipatorische Interesse einer abstrakten Vernunft leitend geworden, sondern auch die entsprechende politische Vernunft. Zur Sicherung seines wachsenden Eigentums und seiner damit erkauften politischen Macht löste sich das

---

[7] *Spinoza*, TTP (vgl. Anm. 2, Studie II), 262 f.
[8] Vgl. a.a.O., 493.
[9] Vgl. *P. Eicher*, Er ist unser Friede, a.a.O., 62—65.
[10] *Ch. P. Heyne*, Opuscul. academ. I. 1785, 190.
[11] Zur Durchsetzung des bürgerlichen Geschichtsbegriffs in der protestantischen Exegese vgl. die Studie von *Ch. Hartlich, W. Sachs*, Der Ursprung des Mythosbegriffs in der modernen Bibelwissenschaft. Tübingen 1952.
[12] Zur Begriffsgeschichte vgl. *G. Scholtz*, Geschichte, in: HWbPh 3, 344 bis 398, 349.

aufsteigende Bürgertum seit dem 16. Jahrhundert aus den feudalen Banden zunehmend durch die Vertragstheorie. Wenn der gegenseitige Unterwerfungs- und Staatsvertrag aus den Wolfsmenschen Bürger macht, wie *Hobbes* meinte, so entfiel die Notwendigkeit einer von Gott gegebenen Ordnung, es entfiel die Notwendigkeit jener politischen Theologie, ohne welche die europäische Geschichte von Konstantin bis zu den bürgerlichen Revolutionen nicht geschrieben werden konnte. Weil der neuzeitliche Bürger seine Vergesellschaftung selber leistet, verschwindet Religion in die unsichtbare und unbeschreibliche Innerlichkeit. Der Entpolitisierung der Kirche und der konsequenten Trennung von Kirchen und Staaten entspricht dabei die Abtrennung einer speziellen Kirchengeschichte (seit dem 16. Jahrhundert) von der Profangeschichte. Die „geradezu schismatische Situation", in der sich kirchliche und profane Geschichtsschreibung heute „gegenseitig als hoffnungslosen Fall" betrachten *(Fritz Wagner)*[13], spiegelt diesen ideologischen Konflikt zwischen der politischen Geschichte des Bürgertums, das sein praktisches Handeln souverän selbst legitimiert und dem kirchlichen Handeln, das Gottes eigenem Handeln in der Geschichte Raum zu geben sucht. Die Kirchengeschichte, die nun selber zum Objekt der bürgerlichen Historiographie wird, erscheint, wo sie theologisch bleiben will, als ideologische Parteiwissenschaft, bestenfalls als Phänomen der Religionsgeschichte, schlimmstenfalls als Funktionärin feudaler und absolutistischer Relikte des Gottesgnadentums.

1.3 Tiefer gesehen liegt der Differenz von Kirchengeschichte und Geschichtswissenschaft nicht nur ein Konflikt von öffentlichen Instanzen, sondern ein durchaus metaphysischer Konflikt zugrunde, ein Konflikt in der Auffassung des geschichtlichen Handelns überhaupt. *Hannah Arendt* hat in ihrem feinsinnigen Buch *Vita activa*[14] gezeigt, wie sich in der Neuzeit die öffentliche Aufmerksamkeit vom kommunikativen Handeln abgewendet und dem arbeitenden und herstellenden Tätigsein zugewendet hat. In der Analyse von *Marx*, nach der sich der Mensch durch Arbeit selbst produziert, so wie er durch die

---

[13] *F. Wagner*, Zweierlei Maß der Geschichtsschreibung — eine offene Frage, in: Saeculum X (1959) 113—123, 121.
[14] *H. Arendt*, Vita activa oder Vom tätigen Leben. München [2]1981.

Zeugung andere produziert, sieht sie die tiefste Schicht des neuzeitlichen Selbstverständnisses erreicht: die Arbeit wird darin der Fruchtbarkeit — dem was biblisch „Segen" heißt — gleichgesetzt[15] . Schon *Hegel* hatte die Weltgeschichte in ihrem Stoff und in ihrer Beschreibung als die „ungeheure Arbeit" des Geistes gefaßt, worin er zu sich selbst kommt, d.h. worin er Freiheit verwirklicht[16] . Aber *Marx* und *Engels*, die nach der Deutschen Ideologie „nur eine einzige Wissenschaft, die Wissenschaft der Geschichte" kennen wollen[17] , haben freigelegt, *wessen* Geist die ungeheure Arbeit der Geschichte leistet: nicht der Geist eines an und für sich werdenden Absoluten, sondern der „Geist" der Arbeiter selbst. Subjekt der Geschichte kann nur sein, wer den Mehrwert, von dem die Geschichte zehrt, selber produziert: also die arbeitende Klasse. Die bürgerliche und die sozialistische Geschichtsschreibung blieb sich bei aller Differenz der Interessen und der Erklärungszusammenhänge in dieser Frage darin einig, daß die Geschichte nurmehr als Produkt menschlicher Herstellung zu erzählen und zu erklären sei, wie es sogar *Droysens* Historik ausdrücklich formuliert: „Also die Eigenschaft, Stoff für unsere Wissenschaft zu sein, finden wir da, wo die Dinge das Gepräge von Menschenhand und Menschengeist erhalten haben [. . .] Geschichtlich interessiert uns an ihnen nichts als eben diese menschliche Signatur, die ihnen gegeben ist. Und nur noch unmittelbarer *Produkte* dieser menschlichen Geistesnatur sind dann die höheren Formgebungen etwa der Architektur, der Plastik, der Industrie, der noch höheren, in denen die Menschen selbst der geformte Stoff sind, so Staat, Gesellschaft, endlich die höchsten, in denen *sich* die Geistesnatur selbst als Objekt behandelt hat, Sprache, Religion, Wissenschaft usw."[18] Sprache, Religion, Wissenschaft usw.: also die Religion zwischen der Sprache und der Wissen-

[15] Vgl. a.a.O., 97.
[16] Vgl. *H. Schnädelbach*, Zum Verhältnis von Logik und Gesellschaftstheorie bei Hegel, in: *O. Negt* (Hrsg.), Aktualität und Folgen der Philosophie Hegels. Frankfurt a.M. ²1971, 62—84.
[17] *K. Marx, F. Engels*, Werke. Bd. 3. Berlin 1973, 18.
[18] *J.G. Droysen*, Historik. Hrsg. *P. Leyh*. Stuttgart, Bad Cannstadt 1977 (Vorlesung von 1857) 13, v. m. gesperrt. Zur Kritik des Historismus und seiner Folgen vgl. *J. und O. Radkau*, Praxis der Geschichtswissenschaft. Die Desorientiertheit des historischen Interesses. Düsseldorf 1972; *U. Enderwitz*, Kritik der Geschichtswissenschaft. Berlin, Wien 1983.

schaft als Produkt dieser menschlichen Geistesnatur! Wenn für
Geschichtsschreibung nichts interessiert als Produkte menschlicher Herstellung, dann muß eine theologische Geschichtsschreibung als Ideologie erscheinen; denn das kommunikative
Handeln des Glaubens und das darin geglaubte göttliche Handeln weist sich nicht durch Produkte aus, versteht sich nicht
als Arbeit, nicht als Praxis der Herstellung, sondern als intentio-
nale Praktik, d.h. als intentionales Handeln. Es läßt sich von
dem neuzeitlichen Erwartungsdruck an produktiven Kräften
her jedoch leicht verstehen, warum die katholische Kirche sich
im 19.Jahrhundert selbst als wunderbares Produkt des göttlichen Handelns zu empfehlen begonnen hat und ihre eigenen
Werke als Glaubwürdigkeitskriterien anpreist.

Gerade weil das neuzeitliche Bürgertum seine Geschichte selbst
produziert, faßt es diese wesentlich undramatisch auf. Zum
Drama gehört die Einheit der Zeit und die Entwicklung einer
individuellen Freiheitsgeschichte im Rahmen unabänderlicher
Gegebenheiten. Das kirchliche Geschichtsverständnis dramati-
sierte (insbesondere in der augustinischen Form der geschichts-
theologischen Schriftauslegung bis zu *Bossuet*) die Zeit der Geschichte durch den aus Gottes Schöpfung gesetzten Anfang,
durch ihre Krise der Sünde, ihre Erlösung in Jesus Christus und
ihr christologisch antizipiertes Ende; die christliche Historiographie forderte in diesem Rahmen das Individuum zur Entscheidung heraus: die Geschichtstheologie begriff die Weltgeschichte wesentlich als Bühne eines Dramas, das vor Gott ge-
spielt wird.

Die bürgerliche Vorstellung der Zeit — das hat phänomenolo-
gisch insbesondere *Bernhard Groethuysen* für Frankreich im
17. und 18. Jahrhundert nachgezeichnet[19] — orientiert sich
nicht an solchen dramatisierenden Grenzen der Geschichte,
sondern an den geschichtlichen Lebensbedingungen, die sich
die Menschheit jeweils selber schafft. Das Subjekt dieser Geschichte steht damit nicht mehr *coram Deo*, sondern verstrickt
sich in seine eigenen Produktions- und Konsumptionsbedingun-
gen. Die Beschreibung dieser Geschichte verlangt deshalb die
sozialwissenschaftliche Analyse dieser produzierten Bedingun-

[19] Vgl. *B. Groethuysen*, Die Entstehung der bürgerlichen Welt- und Lebensanschauung in Frankreich, a.a.O. (vgl. Anm. 20, Studie I).

gen, wobei die Sozialwissenschaften sowie früher die Geschichtstheologie die Strukturen der Handlungsbedingungen ins
Bewußtsein hebt. Der bemerkenswerteste Unterschied zur Geschichtstheologie liegt darin, daß nun offensichtlich die produzierten Rahmenbedingungen menschlichen Handelns eine
solchermaßen durchschlagende Gesetzeskraft erlangt haben,
daß darin ein freies Subjekt des Handelns nicht mehr beschrieben zu werden braucht oder nicht mehr beschrieben werden
kann. Hier — im gegenwärtigen Prozeß der Geschichte — schei-
den sich die Geister, weil mit dem Verschwinden des bürgerlichen Subjekts aus dem von ihm selbst in Gang gesetzten Prozeß
der revolutionären Industrialisierung das, was das 18.—20. Jahrhundert „Geschichte" genannt hat, sich aufzulösen droht in
einen nurmehr strukturalistisch und systemtheoretisch be-
schreibbaren Prozeß der *post-histoire*[20]. Das, „was man nur
historisch erklären kann", wird zum Restbestand dessen, was
systemtheoretisch-evolutiv (noch) nicht ganz erklärbar ist
(Hermann Lübbe)[21] oder wird schlicht — wie in der universalen
Verwaltungstheorie *aller* Systeme bei *Niklas Luhmann*[22] — als
Faktor der Kontingenz systemtheoretisch aufgelöst. Die kritische Theorie von *Jürgen Habermas*, die faktisch die Historio-

[20] Vgl. *R. Piepmeier*, Theoreme vom Ende der Geschichte, in: *W. Oelmüller* (Hrsg.), Normen und Geschichte. Materialien zur Normendiskus-
sion, Bd. 3. Paderborn 1979, 90—109.
[21] Vgl. bes. *H. Lübbe*, Geschichtsbegriff und Geschichtsinteresse. Analytik und Pragmatik der Historie. Basel, Stuttgart 1977, 75 f.; *ders.*, Fortschritt als Orientierungsproblem. Aufklärung der Gegenwart. Freiburg
1975, 154—168.
[22] Vgl. *N. Luhmann*, Soziologie als Theorie sozialer Systeme, in: *ders.*,
Soziologische Aufklärung. Bd. 1. Aufsätze zur Theorie sozialer Systeme. Köln, Opladen ³1972; *ders.*, Weltzeit und Systemgeschichte. Über
Beziehungen zwischen Zeithorizonten und sozialen Strukturen gesell-
schaftlicher Systeme, in: *ders.*, Soziologische Aufklärung. Bd. 2. Aufsätze zur Theorie der Gesellschaft. Köln, Opladen 1975; *ders.*, Evolution
und Geschichte, in: *ders.*, Soziologische Aufklärung. Bd. 2, a.a.O., 150
bis 169; *ders.*, Funktion der Religion. Frankfurt 1977; *H. Günther*, Luhmann und der Konservativismus, in: StdZ 193 (1975), 701—712; *J. Habermas*, Theorie der Gesellschaft oder Sozialtechnologie? Eine Auseinandersetzung mit Niklas Luhmann, in: *J. Habermas, N. Luhmann*, Theorie
der Gesellschaft oder Sozialtechnologie? Was leistet die Systemfor-
schung? Frankfurt a.M. 1971, 182—237; *K. Grimm*, Niklas Luhmanns
„Soziologische Aufklärung" oder Das Elend der aprioristischen Soziologie. Hamburg 1974; *J. Matthes*, Niklas Luhmann: Funktion der Religion
in: Soziologische Revue 1 (1978) 5—10.

graphie durch eine Entwicklungstheorie soziokultureller Systeme ersetzt, kann in dem sich selbst verwirklichenden Subjekt der bürgerlichen Geschichte nurmehr „eine Fiktion" erkennen, keine sinnlose zwar, aber nur noch eine kontrafaktisch im unterstellten herrschaftsfreien Diskurs wirksame[23]. Was aber nurmehr unterstellt werden kann, das kann auch nicht mehr historisch beschrieben werden. Die Geschichtsschreibung einer Zeit befindet sich jeweils in der Lage, in der sich ihre eigene Entwicklung befindet: heute stehen wir offenbar ratlos zwischen einer allein nomothetisch zu beschreibenden Systementwicklung und dem ideographisch zu beschreibenden geschichtlichen Handeln, wobei die Theorie stärker auf das System zielt und die faktische Geschichtsschreibung diese eher ignoriert (was auch der Zwiespalt in *Poppers* Geschichtstheorie zeigt)[24]. Es scheint, daß die Geschichtsschreibung verzweifelt an dem Subjekt festzuhalten sucht, welches in seinen Produkten unterzugehen droht. Aber das Festhalten an den Subjekten von Geschichte erscheint in der strukturalistischen und systemtheoretischen Sicht als eine bürgerliche Ideologie und das heißt als illusionäres Herrschaftsbewußtsein von faktisch sozial-evolutiv gesteuerten Systemelementen. Das Festhalten an einem geschichtsmächtig wirksamen Handeln Gottes wird in dieser Theorie nicht einmal mehr kritisiert, sondern als Kontingenzbewältigungspraxis theoretisch verwaltet. Der Ausdruck „Gott" erhält eine systemfunktionale Zuordnung zu dieser „Praxis", die keine geschichtliche mehr ist.

2 Die „wirksamste Apologie der Kirche"

Das Theoriedefizit der Kirchengeschichte wird von den katholischen Kirchenhistorikern regelmäßig festgestellt[25], nicht im-

---

[23] Vgl. *J. Habermas*, Über das Subjekt in der Geschichte, in: *H.M. Baumgartner, J. Rüsen*, Seminar: Geschichte und Theorie. Frankfurt 1976, 388—396; *ders.*, Erkenntnis und Interesse. Frankfurt a.M. 1973, 204—233.

[24] Vgl. unten Anm. 49.

[25] Die entschiedene Infragestellung des theologischen Charakters der Kirchengeschichtswissenschaft durch *V. Conzemius*, Kirchengeschichte

mer bedauert und vor allem nicht behoben. Bemerkenswerterweise fragen Kirchenhistoriker kaum nach den historischen Gründen, den geschichtlichen Auswirkungen und den strukturellen Merkmalen dieses ihres eigenen Reflexionsmangels. Strukturell fallen jedoch insbesondere zwei Gründe für den offensichtlich blinden Fleck im methodischen Selbstbewußtsein der katholischen Kirchengeschichtsschreibung in die Augen. *Erstens* delegiert die Kirchengeschichte, die sich durchweg als theologisches Fach verstehen will, ihre Begründungsaufgabe an andere Instanzen, und zwar einerseits an das Lehramt, andererseits an die Dogmatik und Fundamentaltheologie. *Zweitens* aber scheint der Stoff des kirchlichen Handelns, so wie ihn die Kirchengeschichtsschreibung versteht, selber nicht theoriefähig zu sein, sondern der sozial- und religionswissenschaftlichen Erklärung entzogen werden zu müssen. Beides dürfte auch seine historischen Gründe haben, was deutlich wird, wenn jetzt — im Blick auf einige pragmatische Erwägungen (4) — das methodologische Selbstverständnis der Kirchengeschichte kurz umrissen (2) und vom Begriff des göttlichen Handelns her in Frage gestellt wird (3).

2.1 Die ekklesiozentrische Geschichtswissenschaft

H. Jedin hielt die Kirchengeschichte für „die wirksamste Apologie der Kirche"; denn: „Wer im Lichte des Glaubens das Werden und Wachsen der Kirche studiert, dringt in ihr göttlich-

als „nichttheologische" Disziplin. Thesen zu einer wissenschaftstheoretischen Standortbestimmung, in: ThQ 155 (1975), 187—197, wurde in der katholischen Theologie bisher nicht auf dem von Conzemius geforderten Niveau einer wissenschaftstheoretisch geklärten Methodologie der Geschichtswissenschaften geführt; der kritische Beitrag von *K. Schatz*, Ist Kirchengeschichte Theologie?, in: ThPh 55 (1980), 481—513, nimmt zwar die Fragestellung von Conzemius kritisch auf und erweitert sie, bleibt aber noch in der Dichotomie von Geschichtsschreibung und Wertung stecken, weil die wissenschaftstheoretischen Erweiterungen der hermeneutischen, sozialwissenschaftlichen und handlungstheoretischen Fragestellungen noch keine Berücksichtigung finden. Dies leistet jetzt die umfassende Analyse des Selbstverständnisses der katholischen Kirchengeschichtsschreibung im Bezugsrahmen der allgemeinen Methodologie der Geschichtsschreibung von *H.R. Seeliger*, Kirchengeschichte — Geschichtstheologie — Geschichtswissenschaft. Düsseldorf 1981.

menschliches Wesen ein, erfaßt sie, wie sie ist, nicht nur wie sie sein soll [. . .]"[26] Auch *A. Franzen* hält die Geschichte der Kirche für den machtvollen Erweis der Gnade Gottes[27], weil das, was sich in dem historisch überprüfbaren Faktischen abgespielt hat, „die Offenbarung des Heilswirkens Gottes ist"[28]. Noch einen Ton höher gestimmt, erfahren wir von *J.A. Fischer*, daß „Kirchengeschichte betrachten [. . .] den Wegen des dreifaltigen Gottes mit seiner Kirche nachgehen" heiße[29] und zwar „im wörtlichen Sinn der Gotteserkenntnis"; schließlich erhalten ja für den Kirchenhistoriker *J. Wodka* die „natürlichen und kulturellen Werte [. . .] erst durch ihre Verbindung mit dem Göttlichen in der Kirche ihre Weihe und Heiligung"[30], so daß man zu guter letzt *G. Denzler* wird zustimmen müssen: „Der Kirchenhistoriker interpretiert die ganze Weltgeschichte in die Kirchengeschichte als universale Heilsgeschichte"[31]: *id quo majus cogitari nequit!*

Der Kirchenvater dieser ekklesiogenen Historik heißt *Johann Adam Möhler*, auf dessen Symbolik sich Jedin und Franzen ebenso berufen, wie auf dessen lehramtliche Sanktionierung durch *Pius XII.* in *Mystici corporis* und in seiner Ansprache an den X. Internationalen Historiker-Kongreß von 1955[32]. Wie gerade die Berufung auf Möhler und auf Pius XII. zeigt[33], wirken hier restaurative Tendenzen jener Ekklesiologie nach, die im *1. Vatikanum* ihre feierliche Dogmatisierung fanden. Aus-

---

[26] *H. Jedin*, Einleitung in die Kirchengeschichte, in: Handbuch der Kirchengeschichte. Bd. I. Freiburg, Basel, Wien 1962, 1–55, 11; zur Präzisierung vgl. *K. Schatz*, Ist Kirchengeschichte Theologie?, a.a.O., 488 ff.; auf evangelischer Seite verfolgt insbesondere *K.D. Schmidt* eine vergleichbare Kirchengeschichtstheologie; vgl. *ders.*, Grundriß der Kirchengeschichte. Göttingen ³1960, 9.

[27] *A. Franzen*, Kirchengeschichte, in: Sacramentum Mundi. Bd. II, 1170 bis 1204, 1175.

[28] A.a.O., 1178.

[29] *J.A. Fischer*, Kirchengeschichte heute, in: ThPQ 112 (1964), 13–21, 19.

[30] *J. Wodka*, Das Mysterium der Kirche in kirchengeschichtlicher Sicht, in: *F. Holböck, Th. Sartory* (Hrsg.), Mysterium Kirche in der Sicht theologischer Disziplinen. Bd. 1. Salzburg 1962, 347–477, 422.

[31] *G. Denzler*, Kirchengeschichte, in: *E. Neuhäusler, E. Gössmann* (Hrsg.), Was ist Theologie? München 1966, 139.

[32] *Pius XII*, Iis qui interfuerunt, in: AAS 47 (1955), 672–682.

[33] Vgl. *H. Jedin*, Einleitung, a.a.O., 3, 7, 11; *A. Franzen*, Kirchengeschichte, a.a.O., 1171 f.

drücklich wollen ja die genannten Historiker ihre Geschichts-schreibung ekklesiologisch begründet wissen, das kirchliche Handeln also nicht nur zum Stoff ihrer Darstellung, sondern zur erkenntnistheoretischen Voraussetzung ihrer Beschreibung machen. Der harte Kern dieser wissenschaftstheoretischen Ent-scheidung liegt dabei in der Rechtfertigung der kirchlichen Hierarchie als der göttlich verordneten Kirchenstruktur und in der damit zusammenhängenden Theologie der Kirche als dem fortlebenden Christus. Beides zeigt, unter welchen Prämissen diese Kirchengeschichtsschreibung arbeitet: die hierarchische Selbstbehauptung der katholischen Kirche und ihr Verständnis von ihrer eigenen Institutionalität als fortlebenden Christus stellt die denkbar härteste Form der Absage an das neuzeitliche Bürgertum insgesamt dar. Die Katholische Kirche in der Zeit von *Pius VI.* (seit 1775) bis zum *2. Vatikanum* faßte nicht nur ihre eigene und die Weltgeschichte auf eine nichtbürgerliche Weise auf, sondern sie handelte auch durchaus entgegen allen revolutionären, aufgeklärten und wissenschaftlich-technologi-schen Prinzipien des europäischen Bürgertums. Die ekklesiolo-gische Begründung der Kirchengeschichte beweist nur einmal mehr, wie wenig sich die Katholische Kirche bisher mit dem neuzeitlichen Bürgertum vermittelt hat: die mannigfachen Ver-urteilungen der historisch-kritischen Forschung, der demokrati-schen Vertragstheorien, des Wirtschaftsliberalismus und des Fortschritts überhaupt zeigen die institutionelle und ideologi-sche Ungleichzeitigkeit der Katholischen Kirche mit der mo-dernen Welt[34].

Aber ähnlich wie sich das hierarchisch verfaßte Volk Gottes in seinem faktischen Handeln der ihm strukturell fremden Umge-bung wirkungsvoll anzupassen wußte, paßte sich auch die ekklesiozentrische Geschichtswissenschaft der bürgerlichen Ge-schichtswissenschaft an. Alle genannten Kirchengeschichtler insistieren ja nicht nur auf dem theologischen Charakter ihrer Arbeit, sondern auch auf der „streng wissenschaftlichen Erfor-schung der Tatsachen" *(Franzen)*[35]: „Die Kirchengeschichte bedient sich wie der gleichen Methode so auch der gleichen

[34] Vgl. *P. Eicher*, Von den Schwierigkeiten bürgerlicher Theologie mit den katholischen Kirchenstrukturen, a.a.O. (vgl. Anm. 14, Studie I).
[35] *A. Franzen*, Kirchengeschichte, a.a.O., 1178.

Hilfswissenschaften wie die allgemeine Geschichte" *(Jedin)*[36]. Was soll das heißen? Kann mit der gleichen Methode einmal die Geschichte der Kirche sozialwissenschaftlich erklärt, aus dem vergangenen Selbstverständnis verstanden und als ganz und gar immanentes Geschehen erzählt werden, um dann ein anderes Mal als das Zusammenwirken von Gottes Handeln und menschlicher Geschichte verstanden und erzählt zu werden? Die wissenschaftliche Erforschung der Tatsachen schließt selbstverständlich die Wahrnehmung eines solchen Zusammenwirkens aus, weil die historisch-kritische, die hermeneutische und die sozialwissenschaftliche Geschichtsauffassung keine äußerliche Methode, sondern eine grundlegende Auffassung von dem bedeutet, was „Geschichte" heißt: in ihr *kann* Gottes Handeln nicht erkannt werden. Faktisch ersetzt denn auch eine Fülle von nicht historisch begründeten Wertungen die zuvor programmatisch verheißene Geschichte des „Zusammenwirkens" von Gott und Mensch (wie insbesondere *Brox, Alberigo* und *Poulat* im einzelnen nachgewiesen haben)[37]; die Begründung dieser Wertungen wird an das Lehramt oder die Theologie delegiert: ein schlechter Zirkel, wenn man sieht, wie sich umgekehrt das Lehramt und die Dogmatik für ihre Wertungen auf die Geschichte berufen.

Prinzipiell stellt sich die Frage, *wie* denn *historisch* ein Wirken Gottes *erkannt* werden kann, wenn „historisch" doch gerade das menschlich Verwirklichte heißen soll. Die christologische Deutung der Kirche als fortlebender Christus, welche es erlaubte, die Kirchengeschichte „unvermischt und ungetrennt" zugleich als Geschichte des göttlichen Handelns auszulegen[38] ist von der Ekklesiologie des 2. Vatikanums vorsichtig zurückgenommen worden: *Lumen gentium* spricht nurmehr „von einer nicht unbedeutenden Analogie" zwischen der hypostatischen Union und der Art wie „das gesellschaftliche Gefüge der Kirche

---

[36] *H. Jedin*, Einleitung, a.a.O., 11.

[37] *N. Brox*, Fragen zur Denkform der Kirchengeschichtswissenschaft, in: ZKG 90 (1979), 1–21; *G. Alberigo*, Neue Grenzen der Kirchengeschichte?, in: Concilium 6 (1970) 486–495; *E. Poulat*, Histoire de l'Eglise et Histoire religieuse, in: Rivista della storia della chiesa in Italia 25 (1971) 422–440.

[38] So noch *A. Franzen*, Theologie der Geschichte und theologische Kirchengeschichte, in: Oberrheinisches Pastoralblatt 67 (1966) 395–400, 399.

dem Geist Christi" dient[39]. Die Frage für eine theologische Kirchengeschichte wäre also, ob und wie dieser Geist als geschichtlich wirkender erkannt und beschrieben werden kann.

2.2 Die geschichtstheologisch vermittelte Kirchengeschichte

Eine wachsende Zahl von Autoren suchte die ekklesiogene Ideologie der Kirchengeschichte (der allerdings ihre faktische Geschichtsschreibung nicht immer entspricht) dadurch zu sprengen, daß sie sich weniger von einem lehramtspositivistischen Kirchenbegriff her definiert, als vielmehr durch ihren Bezug zur Theologie der Geschichte. Wegen der hier gebotenen Kürze und weil die entsprechenden Theologien *Tillichs, v. Balthasars, K. Rahners* und *Pannenbergs* in einer wachsenden Dissertationsflut ständig besprochen werden, beschränke ich mich auf die Anzeige des dadurch noch deutlicher werdenden Problems. Die Theologien der Geschichte stehen — mit der Ausnahme der trinitarischen Phänomenologie *v. Balthasars* — in einem anderen Verhältnis zum neuzeitlichen Bürgertum als die neukatholische Orthodoxie des *1. Vatikanums*. Sie akzeptieren grundsätzlich das bürgerliche Geschichtsverständnis der Selbstverwirklichung der Menschheit, weshalb der Bereich von Heilsgeschichte und Weltgeschichte in diesen Theologien materialiter zusammenfällt und von ihrer einen Zukunft in Jesus Christus her eschatologisch ausgelegt wird. Die Geschichte der Kirche wird in der Geschichtstheologie nicht mehr topisch auf das institutionelle Handeln der sichtbaren Kirche begrenzt, sondern vom Sinn der Geschichte überhaupt her gelesen[40]. Dieser Sinn der Geschichte transzendiert ständig die Realgeschichte von ihrem antizipierten Ende der Geschichte her. So paradox es klingt, so zwingend ist deshalb die Einsicht, daß die Geschichtstheologien die Realgeschichte als Ort des Heilshandelns Gottes zwar bejahen, aber das Heil nicht in der Geschichte und durch die Geschichte gegeben sehen, sondern in ihrer Aufhebung, in dem

---

[39] Lumen gentium, 8.
[40] Zur kritischen Diskussion der Geschichtstheologien im Rahmen einer allgemeinen Methodologie der Geschichtsschreibung vgl. *F. Platzer*, Geschichte — Heilsgeschichte — Hermeneutik. Gotteserfahrung in geschichtsloser Zeit. Frankfurt a.M., Bern 1976.

in Jesus Christus schon offenbaren, aber noch nicht verwirklichten Ende der Geschichte. Die Geschichtstheologen schreiben deshalb keine Kirchengeschichte, sie sind vielmehr an ihrer Aufhebung in Gottes Reich interessiert. Und sie können deshalb auch keine historische Wahrnehmungslehre geben, die zu zeigen vermöchte, wie das geschichtliche Handeln des Menschen als Handeln Gottes historisch zu verstehen und historisch zu beschreiben sei. Die Beschreibung der Offenbarungsgeschichte und der Kirchengeschichte bleiben getrennt. Die Vergewisserung von Offenbarung geschieht nicht durch historische Deskription, sondern durchaus transhistorisch: im transzendentalen Rückgang auf die Gnade als die Bedingung der Möglichkeit aller Selbstverwirklichung bei *K. Rahner*[41], durch das unbedingte Ergriffensein des Glaubens, das „der historischen Existenz Sinn verleiht trotz der niemals endenden Erfahrung der Sinnlosigkeit" bei *Tillich*[42] und durch die glaubende Wahrnehmung der göttlichen Herrlichkeit bei *Hans Urs von Balthasar*, der gerade die historisch-kritische Methodik im ganzen zu überwinden sucht[43]. *Pannenbergs* Fixpunkt für die historisch-kritische Feststellung von Gottes Handeln in der Auferweckung Jesu Christi ist gerade historisch-kritisch nicht anerkannt worden, während umgekehrt seiner universalgeschichtlichen Metaphysik der Vorwurf nicht erspart blieb, die Bedeutung der Realgeschichte faktisch von ihrem vorweggenommenen Ende her zu verflüchtigen[44]. So bleibt der Kirchengeschichtsschreibung die Einsicht nicht erspart, daß sie sich für ihre theologische Begründung heute nicht durch den Verweis auf die vorliegenden Theologien der Geschichte von ihrer eigenen theologischen Verant-

[41]   Vgl. *P. Eicher*, Die anthropologische Wende, a.a.O. (vgl. Anm. 2, Studie IV), 79—92, 373—410; *ders.*, Offenbarung, a.a.O. (vgl. Anm. 100, Studie II), 369—421.
[42]   *P. Tillich,* Systematische Theologie. Bd. 1. Stuttgart 1956, 304; vgl. *E. Rolink*, Geschichte und Reich Gottes. Philosophie und Theologie der Geschichte bei Paul Tillich. München, Paderborn, Wien 1976.
[43]   Vgl. *P. Eicher*, Offenbarung, a.a.O., 301—312; 319—335; *E. Saurer*, Kirchengeschichte als historische Disziplin?, in: *F. Engel-Janosi, G. Klingenstein, H. Lutz* (Hrsg.), Denken über Geschichte. München 1974, 157 bis 169, zeigt an Daniélou und von Balthasar, wie wenig eine umfassende Geschichtstheologie die konkrete Geschichte aufarbeitet und mit dem intendierten Geschichtssinn vermittelt.
[44]   Vgl. *P. Eicher*, Geschichte und Wort Gottes. Ein Protokoll der Pannenbergdiskussion von 1961—1972, in: Catholica 32 (1978), 321—354.

wortung entlasten kann. Denn die Geschichtstheologien beziehen sich gerade nicht auf die Kirchengeschichtsschreibung, um Gottes Handeln wahrzunehmen und zur Sprache zu bringen.

3 Das intentionale Handeln

Wenn die Kirchengeschichte erklären will, was sie faktisch tut, dann kann sie sich nicht durch einen ungeschichtlichen Kirchenbegriff definieren und nicht in Geschichtstheologie aufheben. Vielmehr hat sie sich gerade im Interesse des kirchlichen Selbstverständnisses, wie es im *2. Vatikanum* zu Wort kam und im Interesse der dieser Kirche verpflichteten Theologie auf die *Geschichte* selbst zu konzentrieren und sich von dem her zu definieren, was „Geschichte" in unserer eigenen Situation heißt. Sie hat von daher zu fragen, ob und wie ein geschichtliches Handeln Gottes erfahren und beschrieben werden kann.

3.1 Wie kann geschichtliches Handeln wissenschaftlich beschrieben werden?

Wenn die Vergangenheit für die Gegenwart dem Vergessen entrissen werden soll, so sind zwei Extreme des bürgerlichen Geschichtsverständnisses gleichermaßen zu vermeiden, ich meine das rein hermeneutische und das rein sozialwissenschaftliche. *Die Hermeneutik* liest (aus ihrem angeborenen Gegensatz zu den Naturwissenschaften) die ganze Vergangenheit als einen *Text* und konzentriert sich so auf das, was Frühere über ihre eigene Geschichte *gesagt* haben: nicht was der Fall gewesen ist und wie es erklärt werden kann, sondern was das Frühere für mich bedeutet, wird zur entscheidenden Frage. Die Auslegung der früheren Sprachwelt durch die eigene Sprache hebt die immer anders gewesene Geschichte in die eigene Geschichtlichkeit auf: „Es kann daher keine richtige Auslegung ‚an sich' geben, gerade weil es in jeder um den Text selbst geht. In der Angewiesenheit auf immer neue Aneignung und Auslegung besteht das geschichtliche Leben der Überlieferung" *(H.G. Gadamer)*[45] .

[45] *H.G. Gadamer*, Wahrheit und Methode. Tübingen [2]1965, 375; vgl. *H.G. Stobbe*, Hermeneutik — ein ökumenisches Problem. Eine Kritik der katholischen Gadamer-Rezeption. Zürich, Köln, Gütersloh 1981.

Das Erzählen der Geschichte wird methodisch unkontrollierbar und dient dem Selbstverständnis des bürgerlichen Subjekts, nämlich der Erweiterung seiner Möglichkeiten und nicht der Kritik seiner Wirklichkeit von dem her, was die Toten vergeblich von den Späteren erhofft haben, von dem her, was sie sehr anders als die Zeitgenossen gelebt und erlitten haben und schließlich von dem her, was in der Vergangenheit den Wahnsinn jener Unternehmungen zeigt, denen auch wir uns schon wieder verpflichten zu müssen glauben. Der Hermeneutik mangelt die Methode der Kritik (was sie für manchen katholischen Theologen allerdings gerade empfiehlt), es mangelt ihr letztlich die Fähigkeit, etwas anderes als den eigenen Entwurf gelten zu lassen und zwar unter bewußtem Ignorieren jener strukturellen Gewalten der Geschichte, die nicht wie ein Text reden, sondern wie ein Schicksal herrschen wollen (ökonomische, politische, soziale Herrschaftsstrukturen).

Das andere Extrem der *sozialwissenschaftlichen Theorie* betont dagegen gerade die Gesetzmäßigkeit der strukturellen Gewalten und bleibt so — wie schon angezeigt — der sich selber herstellenden technokratischen Gesellschaft verpflichtet: weil die Subjektivität, das freie Handeln des Individuums in der liberal- und staatskapitalistischen Warenwelt nicht mehr wahrgenommen werden kann, wird von dieser Erfahrung her die ganze Geschichte als Produkt ökonomischer Verhältnisse (so im engen marxistischen Ökonomismus) oder als sozialer Revolutionsprozeß quasi naturgeschichtlicher Art erklärt (so in der liberalen kritischen Theorie).

Müssen wir uns entscheiden, ob wir die Kirchengeschichte als Auslegung des kirchlichen Selbstverständnisses zu lesen haben, oder sollen wir sie als Produkt von Bedingungen zu erklären versuchen, welche wir mit soziologischen, psychologischen, wirtschaftswissenschaftlichen und ethnologischen Gesetzmäßigkeiten rekonstruieren? Wir müssen uns dann nicht entscheiden, wenn wir diese Gegensätze historisch zu verstehen und deshalb auch sachlich aufzuheben uns bemühen können. Gerade im Hinblick auf die Kirchengeschichte lohnt es deshalb, sich den vergangenen Ursprung der gegenwärtigen Entzweiung noch einmal vor Augen zu halten. *Immanuel Kant* hat für diesen Ursprung das Grundproblem der Aufklärung, die Antinomie zwischen dem religiösen Bewußtsein, das seine Geschichte freiheitlich bestimmt und der wissenschaftlichen Welt, die im Reich der Notwendigkeiten lebt, klassisch formuliert.

Zur Lösung der Frage, ob rational entschieden werden könne, die Welt habe einen Anfang und hänge an Gottes schöpferischem Handeln oder nicht, unterscheidet Kant zwei Arten von Wirkungen: die Naturwirkungen, die nach dem Gesetz des Verstandes, also nach Naturgesetzen erklärt werden können und die „Wirkung aus Freiheit"[46] die als Idee unserer Vernunft gedacht werden muß. Daß es Wirkungen aus Freiheit gibt, zeigt die moralische Verantwortung in der Wahrnehmung unserer selbst[47]. Die menschlichen Handlungen stehen nun einerseits ganz in der Welt der sinnlichen Erscheinungen und müssen insofern naturgesetzlich kausal erklärt werden; aber die Reihe der naturgesetzlichen Bedingungen, die wissenschaftlich beschreibbar sind, können das freie Handeln nicht bewirkt haben, wenn dieses zurechnungsfähig sein soll. Mit anderen Worten: Für die Handlungen aus Freiheit „finden wir eine ganz andere Regel und Ordnung als die Naturordnung ist. Denn da sollte vielleicht all das nicht geschehen sein, was doch nach dem Naturlauf geschehen ist, und nach seinen empirischen Gründen geschehen mußte"[48]. Kant meint, daß alles Handeln ohne Widerspruch unter diesen zwei Hinsichten betrachtet werden kann: nach seiner (mechanistisch) aufgefaßten Naturgesetzlichkeit und nach seinem freiheitlichen Charakter. Er hält Wissenschaft und Religion für gleichzeitig möglich, wenn auch aus zwei verschiedenen Gründen. Nur kann eben die Wirkung aus Freiheit und also auch ein schöpferisches Handeln Gottes wissenschaftlich nicht *festgestellt* werden, sie kann nur als praktische Idee *gedacht* oder vorgestellt werden. Deshalb ist der Glaube an ein schöpferisches Handeln Gottes zwar vorstellbar, aber es kann selber weder aus apriorischen Prinzipien gedacht noch gar empirisch verifiziert werden. Für die Kirchengeschichte würde dies heißen, daß ihre Annahme, Gott wirke in der Freiheit durch die menschliche Freiheit in der Geschichte hindurch, eine zwar nicht völlig sinnlose Vorstellung wäre, wohl aber

---

[46] *I. Kant*, Kritik der reinen Vernunft. Werke in zehn Bänden. Hrsg. *W. Weischedel*. Darmstadt 1968, 496 (B 572/A 544).
[47] Vgl. a.a.O., 498 f. (B 575/A 547).
[48] A.a.O., 500 (B 578/A 550).

eine ebenso undenkbare wie wissenschaftlich unbeschreibbare Idee: eine bloße Fiktion.

Aus der Einsicht in das freiheitliche Handeln, das in der Geschichte wirkt, ohne naturwissenschaftlich nachweisbar zu sein, hat sich die Hermeneutik darauf beschränkt, das freiheitliche Selbstverständnis der geschichtlich Handelnden auszulegen, ohne genügend zu berücksichtigen, daß dieses sich in der Welt von wissenschaftlich erklärbaren Erscheinungen abspielt. Die sozialwissenschaftliche Erklärung der Geschichte dagegen erschließt, was das geschichtliche Handeln in der Welt der Erscheinungen bewirkt, ohne den freiheitlichen Handlungsgrund zu berücksichtigen (*Habermas* berücksichtigt diesen Grund nur für die normativen Regeln des herrschaftsfreien Diskurses in den kontrafaktischen Annahmen).

Sir Karl Popper hat in der bewußten Weiterführung der Aufklärungstradition versucht, die Antinomie zwischen dem freiheitlichen Selbstverständnis und der deterministischen Theorie der menschlichen Geschichte nach der Verabschiedung der bei Kant vorausgesetzten *mechanischen* Naturwissenschaften neu zu lösen und für die Methodologie der Geschichtswissenschaft fruchtbar zu machen[49]. Sein Lösungsvorschlag zeigt, daß wir auch in unserer geschichtlichen Situation die für das Bürgertum konstitutive Entzweiung zwischen der wissenschaftlich beherrschbaren öffentlichen Welt und der Welt der privaten Innerlichkeit nicht überwunden haben: der Kampf zwischen Hermeneutik und Sozialwissenschaften ist dafür das (Krankheits)-Symptom.

Popper will gegen die totalitäre Beanspruchung der Geschichte im Marxismus und Faschismus die liberale Rationalität der Aufklärung retten. Er trennt deshalb scharf die kausale Erklärung vergangener Tatsachen von ihrer Interpretation. Die kausale Erklärung ermöglicht die Analyse von objektiv vorliegenden Produkten der Geschichte (Texte, Institutionen, Kunstwerke usw.) und zwar dadurch, daß wir Hypothesen über die Problem-

[49] Vgl. *K.R. Popper*, Das Elend des Historizismus. Tübingen [5] 1979; Die offene Gesellschaft und ihre Feinde. 2 Bde. Bern, München [2] 1969; Die beiden Grundprobleme der Erkenntnistheorie. Tübingen 1979, 396–406; vgl. *F. Schupp*, Poppers Methodologie der Geschichtswissenschaft. Bern 1975; *ders.*, Die Problemstellung. Poppers Methodologie der Geschichtswissenschaft, in: Conceptus X (1976) Nr. 27, 30–40.

situation entwerfen, zu deren Lösung diese geschichtlichen Werke entstanden sind: „Alle Geschichte sollte, denke ich, eine Geschichte von Problemsituationen sein"[50]. Das Handeln, aus dem nach Popper Geschichte besteht, kann demnach generell als ständiger Versuch von Problemlösungen verstanden werden. Entgegen der mechanistischen Anschauung Kants werden nun die historischen Erklärungen, welche vergangene Handlungen als Lösung von Problemsituationen erzählen, so wenig verifizierbar wie naturwissenschaftliche Erklärungen, aber sie können als Hypothesen durch das Vetorecht historischer Tatsachen ständig widerlegt werden. Die Behauptung, die Geschichte gehe auf ein Ziel zu oder habe einen Sinn, kann dabei wie bei Kant nur als willkürliche Interpretation des ständigen Problemlösungshandelns der Menschen verstanden werden[51] : sie kann aus den Hypothesen zum tatsächlichen Verlauf von Handlungsreihen in den immer problematischen Situationen der Geschichte nicht deduziert oder induziert werden, sie interpretiert in pragmatischer Absicht willkürlich. Zwar ist es berechtigt, der eigenen Geschichte durch Entschluß einen Sinn zu geben, aber von der Geschichte kann ich nur lernen, wie sich früher ähnliche Sinngebungen faktisch ausgewirkt haben. Popper hält in seiner Theorie die Interpretationen der Hermeneutik für „im Grunde alle gleich geistreich und gleich willkürlich"[52], übersieht aber — wie *Franz Schupp* gezeigt hat[53] —, daß sein eigenes Konzept Interpretationsmomente enthält, die von ihm nicht für willkürlich, sondern für rational kritisierbar gehalten werden (z.B. die Interpretation von Geschichte als dem Kampf zwischen offenen und geschlossenen Gesellschaften). Die Geschichtswissenschaft im objektiven Sinn Poppers muß selbst als ein Problemlösungsversuch angesehen werden und setzt die Wahl von Kriterien voraus, die beurteilen lassen, welche Hypothesen der Faktenlage adäquat sind oder nicht. Gegen die Auflösung der Geschichte in eine soziologische oder ökonomistische Entwicklungstheorie zeigt Popper überzeugend,

---

[50] K.R. *Popper*, Intellectual Autobiography, in: *P. Schilpp* (Hrsg.), The Philosophy of Karl Popper. La Salle 1974, 106.
[51] Vgl. *K.R. Popper*, Die offene Gesellschaft und ihre Feinde. Bd. II, a.a.O., 345.
[52] A.a.O., 118.
[53] Vgl. *F. Schupp*, Die Problemstellung, a.a.O., 37.

warum eine deterministische Kausalerklärung von Geschichte nicht möglich ist: ebenso wie geschichtliches Handeln ein ständiges Problemlösungshandeln in problematischen Situationen bleibt, kommt auch die Geschichtsschreibung nicht über die Erzählung im Horizont von Problemstellungen hinaus, über die wir selbst entscheiden müssen. Die Kirchengeschichte könnte also rational verantwortet das vergangene kirchliche Handeln daraufhin befragen, wie es in der Geschichte je und je seine problematische Situation als Glaubensgemeinschaft in einer nicht glaubenden Welt gelöst hat. Sosehr Poppers kritische Forderungen an die Adresse der Hermeneutik von seinem eigenen Interesse an wissenschaftlich kritisierbaren Erklärungen des geschichtlichen Handelns verständlich sind, so wenig löst jedoch sein Plädoyer für objektive Geschichtsschreibung das von der Hermeneutik in den Mittelpunkt gestellte Problem, nämlich die Frage nach dem sich je und je neu geschichtlich entwerfenden Subjekt oder — für die Kirchengeschichte formuliert — die Frage nach dem im Glauben ergriffenen Sinn geschichtlichen Handelns. Kann die Kirchengeschichte nur zeigen, wie sich das Handeln jener Gruppen und Individuen faktisch ausgewirkt hat, die der Geschichte durch das kirchlich ausgelegte Evangelium des Alten und des Neuen Testaments einen Sinn zu geben sich entschlossen haben? Kann sie nur erzählen, welche Problemsituationen durch das Handeln aus Glauben gelöst oder verschärft wurden? Kann sie nur demonstrieren, wie das geschichtliche Verstehen von Gottes Handeln sich in intentionalen Folgen und nicht intendierten Nebenfolgen auswirkte? Oder kann sie Gottes Handeln in der Geschichte selber beschreiben, indem sie kirchliches Handeln beschreibt. Zur Beantwortung dieser Frage muß Poppers Beschreibung des menschlichen Handelns präzisiert werden.

3.2 Kann Gottes Handeln erfahren und beschrieben werden?

Die analytische Sprach- und Handlungstheorie hat zwei Punkte geklärt, die bei Kant und auch noch bei Popper dunkel blieben, aber für die Kirchengeschichte von zentralem Interesse sind. Der erste Punkt betrifft den Zusammenhang von Handeln und Sprechen, der zweite die Frage, was wir eigentlich wahrnehmen, wenn wir das Handeln von jemandem wahrnehmen. Ich nehme hier im Blick auf die Kirchengeschichte beides zusammen und zwar ohne die extensive methodologische Diskussion um diese komplexe Problematik zu diskutieren. Der Ertrag der Sprechakttheorie von *John L. Austin* und *John R. Searle*[54] und der intentionalen Handlungstheorie von *George Henrik von Wright*[55] kann Blick auf die Frage, ob und wie wir Gottes Handeln in der Geschichte wahrnehmen können, etwa folgendermaßen in vier Prämissen zusammengefaßt werden, in Prämissen, die gegeben sein müßten, um sein geschichtliches Handeln wahrnehmen und erzählen zu können:

(1) *Eine Kommunikationsprämisse:* Handeln ist von anderer Art als Herstellen und Arbeiten. Während das Herstellen in Produkten aufgeht und das Arbeiten im instrumentellen Tun, hat Handeln einen kommunikativen Charakter[56]. Handeln zeigt sich als ein sprechendes Tun und Sprechen als eine intensive Form des Handelns. Hermeneutik und Handlungstheorie müssen in der Geschichtswissenschaft zusammenkommen, weil der Stoff der Geschichte aus sprechenden Handlungen und handelndem Sprechen besteht. Wir interpretieren Texte der Vergangenheit nicht nur als sprachlich verfaßte Wesen, sondern als handelnd Sprechende.

Das heißt theologisch, daß „Glauben" nicht nur eine sprachliche Auslegung sein kann, sondern als ein Handeln begriffen werden muß, das etwas sagt, und als eine Verkündigung, die etwas bewirkt. Im Glauben wird Gottes Wort als wirksames

[54] Vgl. *J.L. Austin*, Zur Theorie der Sprechakte. Stuttgart 1972 (How to do Things with Words. Oxford 1962); *J.R. Searle*, Sprechakte. Ein sprachphilosophischer Essay. Frankfurt a.M. 1971 (Speech Acts. Cambridge 1969).

[55] Vgl. *G.H. v. Wright*, Norm and Action. A logical Inquiry. London 1963; *ders.*, Erklären und Verstehen. Frankfurt a.M. 1974 (Explanation and Understanding. Ithaca, New York 1971); *ders.*, Causality and Determinism. New York 1974; *ders.*, Handlung, Norm und Intention. Untersuchungen zur deontischen Logik. Berlin, New York 1977. Zur Diskussion von Wrights analytischer Handlungstheorie im Blick auf die Methodologie der Geschichtswissenschaft vgl. *K.-O. Apel, J. Manninen, R. Tuomela*, Neue Versuche über Erklären und Verstehen. Frankfurt a.M. 1978.

[56] Zum Überblick vgl. *W. Weymann-Weyhe*, Sprache — Gesellschaft — Institution. Sprachkritische Vorklärungen zur Problematik von Institutionen in der gegenwärtigen Gesellschaft. Düsseldorf 1978; *R. Bubner*, Handlung, Sprache und Vernunft. Grundbegriffe praktischer Philosophie. Frankfurt a.M. 1976; *H. Arendt*, Vita activa, a.a.O.

195

erfahren, als seine eigene Sprachhandlung, wobei jede geschichtliche Erfahrung von Gottes Handeln den nicht nur historischen Glauben an die Wirkmächtigkeit seines Wortes voraussetzt. Wenn der Historiker erzählt, was Frühere geglaubt haben und wie sich ihr Glaube geschichtlich auswirkte, dann gibt er nicht Gott selbst das Wort, wie die Schrift und die Verkündigung, erzählt aber nichtsdestoweniger von einem Handlungszusammenhang, der in geschichtlichen Problemsituationen von Gottes sprechendem Wort Zeugnis geben *wollte*. Die Bedeutung solchen Wollens erschließt die zweite Prämisse.

(2) *Die Intentionalitätsprämisse:* Die Wahrnehmung dessen, was jemand faktisch hergestellt und direkt oder indirekt bewirkt hat, macht noch nicht die Wahrnehmung seines *Handelns* aus. Das Handeln von jemandem erfahren heißt vielmehr, seine Absicht kennenlernen und das heißt die Intention seines Tuns verstehen. Es ist durchaus möglich, daß seine Intention faktisch nicht beabsichtigte Nebenwirkungen hat oder sich seine Intention durch von ihm gar nicht gewollte Ursachen erfüllt; trotzdem rechnen wir ihm die Handlung zu. Entscheidend für die Erfahrung seines Handelns ist die Wahrnehmung einer zielgerichteten Aktion: im intentionalen Handeln zeigen sich die Interessen, das, worauf es einer absieht, was er will, worumwillen er lebt. Die Intentionalität eines Geschehens wahrnehmen heißt, dieses als eine Handlung verstehen.

Die theologische Tragweite dieser Prämisse ist beträchtlich, weil vom Handeln Gottes nicht erst dann gesprochen werden kann, wenn etwas als von Gott kausal bewirkt nachgewiesen werden könnte (wie im physiko-theologischen Wunderverständnis), sondern dann, wenn es Gottes Intentionalität ausdrückt. In dieser theologischen Logik ist nicht die Frage entscheidend, ob nun Gott die Wasser des roten Meeres selber auseinandergetrieben und darin die Ägypter ertränkt habe, sondern die Frage, welche Intentionalität durch diese Erzählung ausgedrückt wird. Nicht das leere Grab an sich interessiert theologisch, sondern was die Evangelien als Intention des göttlichen Handelns durch diese Erzählung verkünden wollten. Die berechtigte Frage nach der gesellschaftlichen und kirchlichen Problemsituation, welche 1870 zur Problemlösung der Unfehlbarkeitserklärung führte, ist nicht die theologisch entscheidende, sondern die Frage, welche Intentionalität diese päpstliche Prärogative im Verhältnis zu der Intentionalität des Evangeliums ausdrückt. Die Intentionalität des Evangeliums vom Alten und Neuen Testament aber bricht allen geschichtlichen Herrschaftswillen durch den darin zu Wort kommenden Willen Gottes, der in der Ohn-Macht des Gekreuzigten die ungerechten, unbarmherzigen und treulosen Intentionen der geschichtlich Handelnden durch seinen gerechten, barmherzigen und treuen Willen schon so überwunden hat, daß diese Überwindung die eschatologische Zukunft unserer Geschichte ausmacht.

(3) Die Intentionalität eines Geschehens kann nicht an der Wirkung von Handlungen abgelesen werden, sondern muß dem handelnden Sprechen der an einer Tat Beteiligten entnommen werden. Die sprachlich ausgedrückte Intentionalität kann aber nicht empirisch erkannt, sondern muß freiheitlich an-erkannt werden. Daß ein Geschehen Intentionalität ausdrückt, daß jemand damit etwas *gewollt* hat, das kann man nur glauben. Und „glauben" heißt Anerkennung der Freiheit durch Freiheit[57], d.h. Anerkennen-Wollen. Die glaubende Wahr-Nehmung von Intentionen kann nicht bewiesen, wohl aber enttäuscht werden und die Erzählung solcher Enttäuschungen führt zur gereiften Erfahrung.

In dieser Erzählung hat die Kirchengeschichte ihren Sitz im Leben der Kirche. Wo sie die Intentionalität des kirchlichen Handelns zur Sprache bringt, redet sie vom Konflikt zwischen der im kirchlichen Handeln *verkündeten* Intentionalität des barmherzigen, treuen und gerechten Handelns Gottes und der sich *geschichtlich auswirkenden* Intentionalität der kirchlich Handelnden selbst. Die Kirchengeschichte wird ein theologisches Fach, wenn sie im Interesse des gegenwärtig kritischen Verhältnisses von kirchlicher Verkündigung und kirchlichem Handeln die Geschichte dieses Verhältnisses erzählt[58] und zwar aus dem Glauben an die eschatologische Bedeutung dessen heraus, was Gott in seinem Wort Jesus Christus für alle Geschichte getan hat. Dieser eschatologische Vorgriff, der seinen Gehalt dem Rückblick auf die Intentionalität des Evangeliums verdankt, ermöglicht die kritische Erzählung des kirchlichen Handelns, das immer „zwischen den Zeiten" steht, zwi-

---

[57] Vgl. *P. Eicher*, Theologie, a.a.O. (vgl. Anm. 28, Studie I), 216—227.
[58] Vgl. a.a.O., 130—136.

schen Gottes Ankunft in der Geschichte und seiner Zukunft, die unsere Geschichte beendet.

(4) Die Schwäche der analytischen Theorie des intentionalen Handelns liegt darin, daß sie die historischen Bedingungen nicht erklärt, welche die Voraussetzung dafür sind, daß bestimmte Intentionen entstehen und die Folgen nicht berücksichtigt, welche durch intentionales Handeln bewirkt werden. Ihr Begriff von Handlung und von Intention wird nicht geschichtlich erklärt. Dies aber ist auch für das Verstehen von Intentionen notwendig, wenn nicht wiederum der bürgerlichen Schizophrenie zwischen den Gesetzen der öffentlichen Produktionswelt und der privatisierten Intentionalität Vorschub geleistet werden soll. Die biblische Historiographie erzählt nicht nur von Gottes verkündetem Wollen, sondern knüpft dieses an eine schonungslose realistische Analyse der zumeist miserablen geschichtlichen Verhältnisse. Das geschichtliche Handeln und seine Intentionalität kann nur aus dem gesellschaftlichen Kontext und seinen historischen Voraussetzungen erklärt werden. Es geht z.B. nicht an, die Papstgeschichte vom Willen der Päpste allein her zu erzählen, weil dieser Wille erst aus dem gesellschaftlichen und darin kirchlichen Kontext verstehbar wird und in seinen gewollten und ungewollten Wirkungen und Nebenwirkungen zur Geschichte gehört. Aber Gottes Handeln kann in diesem Sinne nicht *erklärt* und also auch nicht von einer Problemsituation her als Lösungsversuch beschrieben werden. Sein Wort schafft zwar eine neue Situation, eine *nova creatura*, deren historische Wirkungen beschrieben werden können, aber sein Handeln selbst ist uns nur intentional faßbar, im Gebet, daß „Dein Wille geschehe". Und dieser Wille geschieht nach keiner uns verfügbaren Erklärung — *sola gratia*, wahrnehmbar *sola fide*.

4 Thesen zur pragmatischen Funktion der Kirchengeschichte

These 1: Die Kirchengeschichte erinnert an die vergebliche Hoffnung der Toten und die unabgegoltenen Intentionen des Evangeliums. Als Erfahrungswissenschaft par excellence soll sie sich deshalb *nicht* geschichtstheologisch definieren, sondern die Dogmatik kritisch begleiten. Sie wird damit zur Ideologiekritik des dogmatischen Selbstbewußtseins der Kirche.

These 2: Das menschliche Handeln läßt sich nicht in institutionelle Sektoren aufteilen. Die Kirchengeschichte kann sich deshalb nicht topisch durch einen ungeschichtlichen Begriff von Kirche definieren. Es genügt, wenn sie sich von ihrem Stoff, dem geschichtlichen Handeln her versteht.

These 3: Im Fachbereich Theologie bleibt die Aufteilung von Exegese und Kirchengeschichte künstlich, weil die Intentionalität von Gottes Handeln in der Geschichte nicht ohne die Geschichte des Alten und des Neuen Israel wahrgenommen werden kann. Aber die Kirchenhistoriker sollen nicht nur für die Dogmatiker, sondern auch für die Exegeten unangenehme Kollegen sein, weil sie auch auf den negativen Folgen dessen insistieren, wofür das Evangelium des Alten und Neuen Testaments gebraucht wurde und gebraucht wird.

These 4: Die ekklesiogene Kirchengeschichte vernachlässigt zum Schaden der Kirche die negative Wirkungsgeschichte der Verkündigung. Die Vernachlässigung der kirchlichen Repressionsgeschichte im kolonialen Zeitalter, in der Judenverfolgung, der Unterdrückung der Frau, der Verwerfung der Menschenrechte bis zum zweiten Weltkrieg und was der Greuel kirchlichen Handelns mehr sind, erschwert die religiöse Sozialisation und verhindert den Schmerz des befreienden Reifens.

These 5: Die Kirchengeschichte kann sich nicht von der sozial- und religionswissenschaftlichen Erklärung der kirchlichen Veränderungen dispensieren, weil auch das Handeln der Glaubenden gesellschaftliche, psychische und wirtschaftliche Voraussetzungen und ebensolche Folgen und Nebenfolgen hat.

These 6: Indem die Kirchengeschichte nicht aufhört, ihre Geschichte im kritischen Licht der eschatologischen Intentionalität des Evangeliums zu erzählen, leistet sie der bürgerlichen Geschichtswissenschaft einen ideologiekritischen Dienst. Sie erinnert an das, was nicht hergestellt, erarbeitet und konsumiert, sondern nur glaubend anerkannt werden kann. Sie erinnert indirekt an Gottes eschatologisches Handeln.

These 7: Die Intentionalität von Gottes Handeln, wie es die Schrift bezeugt, könnte die Kirchengeschichte daran erinnern, daß die geschichtliche Macht Gottes nicht bei den Mächtigen zu suchen, sondern in der Ohn-Macht der Unterdrückten zu finden ist (vgl. Mt 25,31-46).

These 8: Die Trennung von Profangeschichte und Kirchengeschichte ist nur historisch und also pragmatisch zu erklären. Sie entspricht keiner sachlichen Notwendigkeit.

These 9: „Bis es einen neuen Himmel und eine neue Erde gibt, in denen die Gerechtigkeit wohnt (vgl. 2 Petr 3,13) trägt die pilgernde Kirche in ihren Sakramenten und Einrichtungen, die noch zu dieser Weltzeit gehören, die Gestalt dieser Welt, die vergeht, und zählt selbst so zu der Schöpfung, die hier jetzt noch seufzt und in Wehen liegt und die Offenbarung der Kinder Gottes erwartet (vgl. Röm 8,19-22)" (*Lumen gentium* 48).

These 10: Indem die Kirchengeschichte auf der Vergangenheit insistiert, erinnert sie uns an unsere bald kommende Vergangenheit. Daß die *Geschichte* der Kirche nicht das letzte Wort über die Kirche sei, das macht die eschatologische Hoffnung der Glaubenden aus.

VII. Gott handelt durch sein Wort

*„Wir haben nicht den Geist der
Welt empfangen, sondern den
Geist aus Gott, damit wir wissen,
was uns von Gott gegeben ward"
(Kor 2,12)*

1 Das Skandalon

„Wer hat die Macht, Sünden zu vergeben außer Gott allein?"
Das Evangelium des Neuen Testamentes überliefert nicht nur
das offenbar mächtige Handeln Jesu Christi, „damit ihr wißt,
daß des Menschen Sohn die Macht hat, auf Erden Sünden zu
vergeben" (Lk 5,21-24), sondern es überliefert diese messianische Macht auch allen, die in der Nachfolge Jesu Christi glaubend handeln. Denn so sollen die Jünger ja zu beten wagen:
„Vergib uns unsere Sünden, wie auch wir einem jeden vergeben,
der uns etwas schuldet" (Lk 11,4). Als einziger Kommentar
zum Gebet des Herrn[1] fügt Matthäus ein: „Denn wenn ihr den
Menschen ihre Sünden vergebt (*Si enim dimiseritis hominibus
peccata eorum* übersetzt die Vulgata zu Recht das Ἐὰν γὰρ
ἀφῆτε τοῖς ἀνϑρώποις τὰ παραπτώματα αὐτῶν) so vergibt
auch euch euer himmlischer Vater. Wenn ihr aber den Menschen
nicht vergebt, so vergibt euer Vater eure Sünden nicht"
(Mt 6,14 f.). Noch etwas schärfer formuliert wird diese große
messianische Vollmacht nach Markus: „Vergebet . . . damit
(ἀφίετε . . . ἵνα καὶ) euer Vater in den Himmeln auch eure Sünden vergibt" (Mk 11.25)[2]. Was Gott allein tun kann, das tut
der Menschen Sohn Jesus von Nazaret, und das gibt er seinen
Jüngern zu tun. Ganz offensichtlich gibt das Mensch gewordene
Wort Gottes, Jesus von Nazaret, nicht nur zu denken, sondern

---

[1]   Zur Einführung vgl. *J. Jeremias*, Das Vater-Unser im Lichte der neueren Forschung. Stuttgart 1962.
[2]   Wie stark die Sperrung gegenüber dieser eschatologischen Vollmacht
durch die katholische Bußtheologie wirkt, zeigt sich noch im Kommentar
von *R. Pesch*, Das Markusevangelium. II. Teil. Freiburg, Basel, Wien
1977, 207, wo zur Stelle das ἀφιέναι für Gott durch „Vergeben", für die
Menschen immer nur mit „Verzeihen" übersetzt wird.

es gibt zu tun. Aber es gibt nicht so zu tun, daß durch das Handeln von glaubenden Menschen Gottes eigenes Handeln aufgehoben würde, vielmehr ruft eines das andere. Die Jünger erflehen Gottes endzeitliches Handeln: „Vergib uns die Schuld" eingedenk dessen, was Gott an ihnen getan *hat*: „Gott aber, reich an Erbarmen, hat uns, die wir tot waren durch Sünden, mit Christus zusammen lebendig gemacht . . . erschaffen in Christus Jesus, um in guten Werken . . . zu leben" (Eph 2,10). Dessen eingedenk, was Gott getan hat, schreien die Christen nach dem, was Gott allein tun kann: „Dein Reich komme . . . Dein Wille geschehe". Ist das Entfremdung vom eigenen Tun? Offenbar — wie der Blick auf die Sündenvergebung zeigt — ist das Gegenteil gemeint: die erinnernde Macht des Eingedenkens und die bittende Macht der eschatologischen Erwartung ermächtigen zum versöhnenden Handeln, das selbst ein Zeichen der Herrschaft Gottes gibt. Der Bitte „Dein Wille geschehe" entspricht nicht die Logik der Resignation oder die Zynik asozialer Passivität, sondern das Tun des Willens Gottes: „Nicht jeder, der zu mir sagt, Herr, Herr, wird eingehen in das Reich der Himmel, sondern wer den Willen meines Vaters im Himmel tut" (Mt 7,21). Das Gebet aus dem eschatologischen Urgestein des Evangeliums, das — unbeschadet der kirchlichen Bußdisziplin (vgl. Joh 20,23) — allen Christen die Macht gibt, Sünden zu vergeben, erinnert nicht nur daran, in *welcher* Art und Weise das Glauben praktisch ist, das Evangelium von der Vergebung weist vielmehr auch auf die untrennbare Verbindung dieser Praktik[3] mit dem eschatologischen Handeln Gottes in seinem Worte Jesus Christus hin. Theoretisch formuliert: es gibt intersubjektive Handlungen in unserer eigenen Geschichte, die ohne sie erst ermöglichenden Bezug auf das vergangene Handeln Gottes in seinem menschgewordenen Worte und ohne glaubende Vorwegnahme des eschatologischen Handelns Gottes nicht vollziehbar sind. Dies macht für den neuzeitlichen Handlungszusammenhang das Skandalon des Glaubens aus. Und so formuliert denn auch *Immanuel Kant* auf die Frage, ob wir nicht

---

[3]   Der Begriff der „Praktik", den *F. Nietzsche* zur Bezeichnung des Lebens des Erlösers beizieht, unterscheidet sich vom Begriff der „Praxis" gerade dadurch, daß er seine Sache nicht von einer Theorie abhebt, sondern das Evangelium als Handeln bezeichnet; vgl. Der Antichrist, in: Werke, a.a.O., Bd. II, 1161—1235, 1195 (No 33).

aufgrund von göttlicher Offenbarung die Wohltat der Vergebung Gottes erhoffen dürfen:

> „Antwort: Eine unmittelbare göttliche Offenbarung, in
> dem tröstenden Ausspruch: ‚dir sind deine Sünden verge-
> ben‘, wäre eine übersinnliche Erfahrung, welche unmög-
> lich ist. Aber diese ist auch . . . nicht nötig"[4]

2 Das für sich selbst sprechende Handeln des Bürgertums

Was hat dies zu bedeuten, daß neuzeitlich die Glaubenser-
fahrung von Gottes gerechtem, barmherzigen und treuen
Handeln „unmöglich" und Gottes schöpferisches und erlösendes Handeln in der Geschichte „nicht . . . nötig" sein soll?
„Nicht nötig" — für wen? Und „unmöglich" — in welchen Be-
gründungszusammenhängen? Der Blick auf Kant macht deutlich, wie fundamental Gottes Handeln in der Gott los gewordenen Praxis der bürgerlichen Gesellschaft in Frage gestellt
wurde. Die praktische Glaubensvergewisserung der Theologie
kann nur als argumentative Konfrontation mit der stärksten
Bestreitung des göttlichen Handelns selbst geführt werden, ich
meine der Bestreitung von Gottes Handeln durch die Würde
der eigenen Freiheit[5].
Wenn *René Descartes* — wie *Hegel* meint — deshalb als der
„wahrhafte Anfänger der modernen Philosophie" gelten darf,
weil er mit „Hintansetzung aller Voraussetzung . . . vom Denken angefangen" hat und zwar vom klar unterscheidenden
Denken[6], so darf *Immanuel Kant* als der Vollender der klar
unterscheidenden Vernunft gewürdigt werden. Bei Descartes
blieb noch unklar, wie das sich selbst begründende Denken auf

---

[4]   *I. Kant*, Der Streit der Facultäten (1798), a.a.O. (vgl. Anm. 16, Studie
II), Bd. 9, 263—393, 314 (A 69).
[5]   Insofern sich der Glaube durch die Selbstmitteilung des Schöpfers und
Herrn der Geschichte sowohl als anerkennender Akt wie als anerkannte
Wahrheit begründet, kann er nicht noch einmal in weiteren Begründungs-
zusammenhängen expliziert werden; wohl aber bedarf er zu seiner Vergewisserung der argumentativen Auseinandersetzung, um in der Bestreitung
seine Glaub-Würdigkeit zu behaupten.
[6]   *G. W. F. Hegel*, Vorlesungen über die Geschichte der Philosophie. Theorie-Werkausgabe. Bd. 20. Frankfurt a.M. 1971, 123.

das christliche Handeln gemäß der Schrift zu beziehen sei. Und unklar blieb, wie sich der die Wissenschaft begründende Gott auf den in Jesus Christus handelnden Gott überhaupt noch beziehen könne. Kant schafft auch darin Klarheit, indem er theoretisch unterscheidet, was praktisch im europäischen Bürgertum zur Zeit der französischen Revolution — also in der *wirklichen* Aufklärung — endgültig auseinandergetreten war: er unterscheidet den Schein der Lebenswelt von der wissenschaftlichen Wahrheit der Welt und den kirchlichen Glauben von der bürgerlichen Religion; er unterscheidet darin das glaubend nur vorgestellte Handeln Gottes vom aufgeklärten Handeln des Bürgers selbst. Etwas theoretisch zu unterscheiden ist nun allerdings nicht dasselbe wie es praktisch zu trennen, im Gegenteil: Kants Theorie fügt praktisch zusammen, was politisch, sozial und institutionell längst auseinandergefallen war[7]. Gerade weil der Theoretiker aus Königsberg den großen Mut hatte, sich seines Verstandes zu bedienen, wurde er zum praktischsten aller Aufklärer, was alle befremden muß, die gewohnt sind, die Theorie von der Praxis zu trennen. Kant dagegen zeigte als erster — und darin bis heute nicht überholt —, daß die Unterscheidung von Theorie und Praxis, von Wissenschaft und Freiheitsinteresse selbst eine praktische Unterscheidung ist. Jede Theorie (d.h. jedes wissenschaftliche Verständnis der Welt) und alle Metaphysik (d.h. jede vernünftige Vorstellung von der Wirklichkeit) wird geleitet und bestimmt von praktischen Interessen — und alle Praxis wird ermöglicht durch die theoretischen Anschauungen, Gesetze und Ideale. Praxis ohne Theorie wird blind — Theorie ohne Praxis bleibt leer.

Was das für unsern Zusammenhang bedeutet, hat Kant mit wünschenswerter Deutlichkeit im Streit der Fakultäten von 1798 formuliert:

> „Alles kommt in der Religion auf's Tun an und diese Endabsicht, mithin auch ein dieser gemäßer Sinn muß allen biblischen Glaubenslehren unterlegt werden."[8]

[7] Vgl. *W. Oelmüller*, Die unbefriedigte Aufklärung. Beiträge zu einer Theorie der Moderne von Lessing, Kant und Hegel. Frankfurt a.M., 1969, 188 f.

[8] Der Streit der Facultäten, a.a.O., 307 (A 56).

Daß in der Religion alles aufs Tun ankommt, war zwar für das aufgeklärte europäische Bewußtsein nicht gerade neu[9]. Neu aber ist die kritische Unterscheidung zwischen der biblischen Vorstellung von Gottes Handeln und der eigenen Praxis der vernünftigen Religion. Gewiß zielen beide, der Offenbarungsglaube und die aufgeklärte Religionspraxis, auf die Verwirklichung des Reiches Gottes, aber der Glaubende maßt sich dazu noch die Vorstellung an, daß dieses Reich von Gott selbst heraufgeführt werde — während der religiös Vernünftige sich bescheidet und nur so handelt, als ob er dieses Reich zu verwirklichen habe. Kritisch unterscheiden heißt also sich zu bescheiden mit dem, was den Menschen möglich ist. Und „schlechterdings unmöglich" — das war das Ergebnis der Kritik der reinen Vernunft — ist, „daß der Mensch durch seine Sinne den Unendlichen fasse, ihn von Sinneswesen unterscheiden, und ihn woran kennen solle":

> „Denn wenn Gott zum Menschen wirklich spräche, so kann dieser doch niemals *wissen*, daß es Gott sei, der zu ihm spricht"[10].

Ein vorgestellter Gott wäre ein verdinglichter Gott, ein Stück der theoretisierten Natur — kein Gott der Freiheit. Es hilft also nichts, daß der historisch-kritische Bibeltheologe auf die Zeugnisse verweist, nach denen Gott in der Geschichte gehandelt habe, denn auch dieser Verweis kommt nicht weiter als bis zu vergangenen Vorstellungen von Gottes Handeln. Und deshalb macht die historisch-kritische Arbeit zwar gelehrt — nicht aber selig:

> „Daß aber ein Geschichtsglaube Pflicht sei, und zur Seligkeit gehöre, ist Aberglaube"[11].

---

[9] Nach Spinoza schon darf der Sinn der biblischen Religion nurmehr in der Erfüllung der Nächstenliebe und kann nicht mehr in ihrer Wahrheitsprätention liegen; vgl. oben Studie II.
[10] Der Streit der Facultäten, a.a.O., 333 (A 103). Zur katholischen Apologetik der Aufklärungszeit, der es angesichts dieser Fragestellung um die quaestio facti von Offenbarung ging, vgl. *P. Eicher*, Offenbarung, a.a.O. (vgl. Anm. 100, Studie II), 73—164.
[11] Der Streit der Facultäten, a.a.O., 335 (A 107).

Aber was an religiöser Vorstellung unmöglich ist, das ist nun auch nicht nötig. Um aus Freiheit so zu handeln, daß dadurch die Befreiung aller Menschen möglich wird, um also moralisch nach dem Gesetz der Freiheit zu leben, ist nur die praktische Religion unbedingt nötig. Denn um Freiheit wahrzunehmen, muß man an sie glauben: denn Freiheit kann sich nach Kants Voraussetzungen in der Welt der Erscheinungen, die unter dem Naturgesetz steht, nirgends selber zeigen[12]. Der reine Vernunftglaube an die Freiheit aber ist unbedingt notwendig für Menschen, die vom bösen Prinzip beherrscht[13] werden und den Naturgesetzen in allem, was sie sind und tun, unterworfen bleiben: zwar muß Gott nicht gedacht werden, um praktisch aus Freiheit handeln zu können, aber er darf postuliert werden, um das Wunder der freien Widerstandskraft unserer Freiheit gegen die Zwänge der Bedürfnisse begründen zu können. Das war im wesentlichen das Ergebnis der Kritik der Religion innerhalb der Grenzen der bloßen Vernunft von 1793. Doch der solchermaßen postulierte Gott, der das Wunder unseres guten Handelns zu denken erlaubt, darf gerade nicht als ein selber an uns handelnder vorgestellt werden. Und deshalb ist — wie Kant in einer Anmerkung zu seinem Flugblatt von 1796 „Von einem neuerdings erhobenen vornehmen Ton in der Philosophie" notiert, schon der Begriff von einem *Willen* Gottes „entweder ein leerer oder (welches noch schlimmer ist) ein anthropomorphistischer Begriff, der . . . alle Religion verdirbt, und sie in Idolatrie verwandelt"[14]. Ein Gott, der etwas von uns wollen könnte, wäre nicht nur ein allzu menschlicher Gott, sondern ein geradezu unmenschlicher: er raubte uns die Würde der eigenen Freiheit. Hermeneutisch ergibt sich für diese Handlungstheorie der einzig mögliche Schluß, daß das biblische Zeugnis nicht aus Gottes eigenem Wort und nicht in seinem Geiste ausgelegt werden kann, sondern göttlichen Sinn erst durch unser Handeln erhält. Die Orthopraxie ist der hermeneutische Schlüssel dieser

---

[12] Darauf zielte die kritische Unterscheidung der dritten Antinomie zwischen Natur- und Freiheitskausalität; vgl. *I. Kant*, Kritik der reinen Vernunft. Werke, a.a.O., Bd. 4, 427—433 (A 443—451), 488—506 (A 532 bis 559).
[13] Vgl. *I. Kant*, Die Religion innerhalb der Grenzen der bloßen Vernunft. Werke, a.a.O., Bd. 7, 647—879, 665—705 (AB 3 — A 58/B 64).
[14] In: Werke, a.a.O., Bd. 5, 375—397, 390 (A 414).

Handlungstheorie[15] : die Schrift ist wahr, insofern sie praktisch ist, sie muß im Licht der moralischen Anlage in uns ausgelegt werden[16].

Im Blick auf eine Fundamentaltheologie, die in der gesellschaftlichen Verfassung der bürgerlichen Neuzeit sich des kirchlichen Glaubens (nomen actionis) als eines kommunikativen Handelns zu vergewissern sucht, das aus der Erlösung der Freiheit (vgl. Gal 5,1) lebt, sind hier vier grundlegende Einsichten zu gewinnen:

(1) Die kritische Unterscheidung zwischen der menschwürdigen Religion der praktischen Vernunft und dem Offenbarungsglauben hat ihren Kern in der Handlungstheorie. Die Theorie des vernünftigen Handelns reflektiert die historisch gewordene Spaltung zwischen dem kirchlichen und dem öffentlichen Handeln, wobei das öffentliche Handeln seine Moralität selbständig legitimiert. Jede öffentliche Verantwortung des Glaubens und damit jede Kritik an der diffus bürgerlichen Religion des europäisch-nordamerikanischen Bürgertums hat zu zeigen, wie sich das Zeugnis von Gottes sprechendem Handeln auf die Würde des freiheitlichen Handelns bezieht (erscheine dies nun als emanzipiertes, demokratisches, solidarisches oder kommunikativ verantwortetes).

(2) Der fundamentaltheologische Streit ist auf der Ebene der kritischen, und das heißt, der praktischen Hermeneutik auszutragen. Von Kant über Max Weber bis zu Jürgen Habermas ist nicht vergessen, daß sich das gesellschaftliche Handeln nicht in einer spontanen Generation herausbildet, sondern nur aus einer geschichtlichen Herkunft und Zukunft verstehen läßt. Die streitbare Würde der Theologie macht es aus, die Tradition der Schriftauslegung nicht im Nachweis dessen aufgehen zu lassen, was man in unserem Handeln eben nur historisch erklären kann, und auch nicht darin, den biblischen Text — wie Kant formuliert —, dem Wortlaut „zuwider"[17] für unser Handeln praktisch zu machen. Die Theologie gibt vielmehr dem freien

[15] Vgl. bes. die „Philosophischen Grundsätze der Schriftauslegung zur Beilegung des Streits", in: Der Streit der Facultäten, a.a.O., 303—310 (A 49—A 63).
[16] Zur christologischen Konsequenz dieser Hermeneutik vgl. oben Studie V, 1.
[17] A.a.O., 308 (A 59).

Worte Gottes selbst die Ehre und zwar in der Zuversicht, der Freiheit damit nicht nur zu ihrer Würde, sondern zu ihrer Erlösung zu verhelfen. Kants Anweisungen zur Schriftauslegung sperren sich nicht nur vom Handlungscharakter des biblischen Wortes selber ab, sondern auch von der Verständigung über den Text des Evangeliums. Kant liest die Schrift unter dem Primat einer praktischen Vernunft, die recht eigentlich sprachlos bleibt, einer Freiheit, die sich mit keiner andern über den befreienden Anspruch des Textes verständigt, sondern einsam in den mechanischen Hallen der Wissenschaft von Newton mit dem Text die eigene Freiheit zu verwirklichen sucht. Indem Kant jedoch darauf aufmerksam macht, daß Freiheit innerhalb gesetzmäßiger Erscheinungen wirklich sein kann, bereitet er die Einsicht der kommunikativen Handlungstheorie vor, für die alles darauf ankommt, daß sich Freiheit durch die gesetzmäßige Erscheinung mitteilt, die uns Verständigung ermöglicht: durch die Sprache. Und das gibt für die Grundlegung einer fundamentaltheologischen Handlungstheorie am meisten zu denken.

(3) Kant argumentiert unter den Bedingungen der bürgerlichen Neuzeit. Der Begriff der Neuzeit aber ist nicht äußerlich zu nehmen, als ginge es in ihr nur um neue wirtschaftliche, soziale, wissenschaftliche und politische Verhältnisse; der Begriff geht vielmehr an die Wurzel des Neuen selbst: an die Verhältnisse des Bürgers zur menschlichen Zeit überhaupt, an das Bewußtsein von der eigenen *Geschichte*. Die menschliche Wirklichkeit, die Kant bedenkt, ist die Geschichte ohne Drama von Schöpfung, Erlösung und eschatologischem Ende. Was sein theologischer Zeitgenosse, der Exeget Thomas Wizenmann 1789 in seiner Geschichte Jesu programmatisch formuliert: „Die Geschichte ist die Quelle, aus der alles geschöpft werden muß"[18], das macht auch Kants Voraussetzung aus, wobei für ihn die Vollendung der Geschichte in weltbürgerlicher Absicht erst noch aus unserem Freiheitsvermögen geschaffen werden muß. Wenn aus der Geschichte alles geschöpft werden *kann*, dann erübrigt sich die Erwartung von Gottes Handeln, wenn aus ihr alles geschöpft werden *muß*, dann kann der Mensch nur zu

[18]   *Th. Wizenmann*, Die Geschichte Jesu nach dem Matthäus als Selbstbeweis ihrer Zuverlässigkeit betrachtet. Hrsg. *J.F. Kleuken*. Leipzig 1789, 651.

sich selbst kommen, indem er bei sich selbst — in seiner Geschichte — bleibt. Und dabei gibt es nichts, was des Menschen würdig ist, das nicht erarbeitet werden muß. Wenn die Theologie den pragmatischen Ansatz der Handlungstheorie kritisch auf das Handeln beziehen will, das aus Gottes schöpferischem, erlösendem und auf uns zukommendem Worte lebt, dann muß sie *diese* Grenze sprengen, sie muß die geschichtliche Selbstverwirklichung durch Arbeit in die Dialektik zur Selbstverleugnung der Nachfolge Christi bringen, sie muß die Gnade, die bei Kant nur das Ergebnis der Tugendarbeit sein kann[19] als Voraussetzung befreiten Handelns erweisen.

(4) Schließlich ist auf den Widerspruch der von Kant bedachten Freiheitsgeschichte selber aufmerksam zu machen. Aus der marxistischen Analyse des Selbstwiderspruchs zwischen der universalen Moralität des bürgerlichen Handelns und ihrer kolonialistischen Voraussetzung im universal unterdrückerischen Geschäft des Welthandels kann ebenso wie aus dem Widerspruch zwischen Kants Vertrauen in die Frieden schaffende Konkurrenz der Geldwirtschaft[20] und dessen proletarischen Folgen auf dem Arbeitsmarkt im Äußeren gelernt werden, was die bürgerliche Selbstbegründung der Freiheit zumindest auch gerechtfertigt hat. Aus dem Innern des Freiheitsbegriffs selber ist aber weiter zu fragen, wie denn der nur moralisch Gerechtfertigte der Verzweiflung entrinnen will[21], die für jede Freiheit darin liegt, nicht zu können, was sie soll, ja nicht einmal frei wollen zu können, was wirklich Freiheit bringt. Zur Freiheit kommt nur, wer von *anderer* Freiheit anerkannt, befreit und

19 Vgl. das im Schlußsatz gezogene Fazit der Kritik der Religion innerhalb der Grenzen der reinen Vernunft, a.a.O., 879 (B 314/A 296): „Noch aber hat man nicht gesehen: daß jene, ihrer Meinung nach, außerordentlich Begünstigten (Auserwählten) es dem natürlichen ehrlichen Manne, auf den man im Umgange, in Geschäften und in Nöten vertrauen kann, im mindesten zuvortäten, *daß* sie vielmehr, im ganzen genommen, die Vergleichung mit diesem kaum aushalten dürften; zum Beweise, daß es nicht der rechte Weg sei, von der Begnadigung zur Tugend, sondern vielmehr von der Tugend zur Begnadigung fortzuschreiten."
20 Vgl. *I. Kant*, Zum ewigen Frieden. Ein philosophischer Entwurf (1795), in: Werke, a.a.O., Bd. 9, 191—251, 226.
21 Vgl. *E. Drewermann*, Strukturen des Bösen. Die jahwistische Urgeschichte in exegetischer, psychoanalytischer und philosophischer Sicht. Teil III. Die jahwistische Urgeschichte in philosophischer Sicht. Paderborn 1978, 12—59.

gewollt wird, aus der Not der eigenen Freiheit findet nur, wem die Schuld seiner Freiheit schon vergeben ist.

Damit aber stehen wir wieder am Anfang, belehrt allerdings durch die Kritik, die zur Bescheidung zwingt und historisch gelehrt durch die widersprüchliche Erfahrung der neuzeitlichen Freiheitsgeschichte selbst. Das kirchliche Handeln beansprucht auch in dieser Geschichte nur, ganz und gar Zeuge von Gottes erlösendem Handeln zu sein. Kann die Theologie dieses Zeugnis handlungstheoretisch als des Glaubens würdig erweisen? Und wenn ja, wird dann nicht der Reichtum Jesu Christi, die Tiefe der Erkenntnis des Alten und des Neuen Evangeliums pragmatistisch verkürzt, wird dann nicht a priori Gottes selber handelndes Wort funktionalisiert und der Glaube zum Gespött aller gemacht, die wissen, was praktisch nicht nur mit dem neuzeitlichen Bürgertum, sondern auch mit der Geschichte der Kirche der Fall ist? Läuft dies alles nicht auf eine unmögliche via empirica hinaus? So berechtigt diese kritischen Fragen auch sein mögen, so können sie doch selber eine *unpraktische* Bibel und einen unvernünftigen kirchlichen Glauben nicht beabsichtigen wollen. Denn darin zumindest ist Kant recht zu geben: „Eine Religion, die der Vernunft unbedenklich den Krieg ankündigt, wird es auf die Dauer gegen sie nicht aushalten"[22]. Und so bleibt nur der Weg, der neuzeitlichen Herrschaftsvernunft, die sich im Verblendungszusammenhang ihrer produktiven Entäußerung bis zur Selbstvernichtung tödlich gefährdet, „bedenklich" den Krieg anzukündigen. Theologisch ist dies allerdings nur möglich, indem ihr zwar nicht der Krieg, wohl aber der Friede bedenklich angekündigt wird. Wie der Friede Jesu Christi, wie Gottes eigene Versöhnungstat dem Handeln eines Bürgertums zuzumuten ist, das auf der Würde seiner Freiheit besteht, das wird zur Grundfrage für das kirchliche Handeln, das sich als Verkündigung, solidarische Praxis und Reflexion zwar nicht zu verteidigen, wohl aber zu verantworten hat. Daß dies möglich ist, kann eine fundamentaltheologische Handlungstheorie zeigen, die zur praktischen Theorie der Schriftauslegung wird. Ich entfalte diese praktische — und also kritische — Hermeneutik in drei Schritten.

[22] Kritik der Religion, a.a.O., 657 (A XIX).

3 Das für uns handelnde Wort Gottes

3.1 Glauben als irrationales Handeln

Im Blick auf eine praktische Fundamentaltheologie ist der „Kirchenvater" der gegenwärtig im deutschen Sprachraum herrschend werdenden Handlungstheorien, *Max Weber*, nicht zu umgehen, weil er den Glauben an Gottes Handeln, wie ihn Israels Propheten bezeugten, rational zu *erklären* sucht. Er hält — mit Kant — das spezifisch biblische Handeln der Offenbarungsbezeugung für zumindest vernünftig erklärbar, ja sogar für notwendig, um den Geist der gegenwärtigen Handlungszusammenhänge, den Geist des Kapitalismus, in seiner rationalen Wurzel zu fassen. Allerdings muß der Geist der biblischen Prophetie auf dem Boden der sozialen, wirtschaftlichen und rechtlichen Verhältnisse in einer „rein empirischen Analyse" objektiv erklärt und nicht religiös wertend verstanden werden[23]. Aber verstanden werden muß zuerst einmal, daß die Propheten innerhalb der konkurrenzlosen Beziehung von Jahwe auf Israel handeln: „Man sieht: alles, sowohl in der außenpolitischen wie in der innenpolitischen Haltung war rein religiös motiviert, nicht realpolitisch"[24]. So wenig die nichtkultischen Propheten ihre ‚Orakel' um eines Erwerbes willen abgaben, so wenig geht es ihnen um den besten Staat: sie hängen allein an Gottes Wort, von dem sie sich gesandt wissen[25]. Ihr Gott war „ein Gott des Handelns, nicht: der ewigen Ordnung"[26], von seiner gnädigen Zuwendung hing alles ab. Die Leistung der Propheten von Hosea bis Deuterojesaia besteht nach Max Weber darin, daß sie das auf Israel beschränkte Handeln Jahwes in der katastrophalen Kriegssituation mit Assyrern, Neubabyloniern und Persern *rationalisierten*. Die Rationalisierungsleistung lag darin, daß die Propheten den Glauben Israels von seinen sozialen Trägern, den Priestern und Königen ablösten, um ihn auf die ganze Geschichte und darin auf jeden einzelnen zu beziehen. Der

---

[23] *M. Weber*, Gesammelte Aufsätze zur Religionssoziologie. Bd. III. Das antike Judentum. Tübingen 1971, 2; vgl. *W. Schluchter*, Max Webers Studie über das antike Judentum. Frankfurt a.M. 1981.
[24] *M. Weber*, a.a.O., 296.
[25] A.a.O., 313; Weber spricht deshalb — im Unterschied zur Divination in Delphi hier von den „Sendungspropheten", a.a.O.
[26] A.a.O., 326.

Universalisierung des alten Glaubens entspricht seine Individua-
lisierung und damit seine ethische Fassung: der einzelne wird
Subjekt von Schuld und Gnade[27]. Die Propheten wären soweit
Intellektuelle[28], die Israels Kriegsangst rationalisierten und
darin den „Weltschöpfer und Lenker der Universalgeschichte"
produzierten. Zur höchsten Leistung bringt es Deuterojesaia,
der im unverdienten Leiden des Gottesknechtes Israels Not
rational als Erlösung durch Jahwe deutet — und damit die
Bergpredigt vorwegnimmt[29]:

> „Der Sinn des Ganzen ist eben: die Verklärung der Paria-
> volkslage und des geduldigen Ausharrens in ihr."[30]

Spätestens hier wird deutlich, wie die sozialwissenschaftliche
Erklärung das religiöse Handeln versteht, das allein aus Gottes
Wort und seiner Inkarnation im leidenden Gottesknecht lebt.
Das Zeugnis von Gottes Handeln in der Geschichte erscheint
als intellektuelle Rationalisierung von erklärbarer Angst, als
Produkt eines Krisenkultes und muß deshalb als irrationale
Handlung erklärt werden, sozusagen als eine irrationale Rationalisierungsleistung[31]. So bleiben die Propheten für Max Weber
nicht mehr nur „Intellektuelle" sondern sie werden in ihrer
Agitation gegen die priesterliche und royalistische Ordnung zu
wilden „Demagogen", ihre Friedensvision wird zur „Utopie"[32]
der durch Leiden erlösende Gott „bleibt also alles in allem ein
furchtbarer Gott"[33], die universale Ethik Israels wird als „eine
miserabilistische Ethik des Nichtwiderstandes"[34] abgetan. Die
Botschaft von der Erlösung durch das stellvertretend sühnende
Leiden wird unter das Niveau der eigenen sozialwissenschaftlichen Rationalität gebracht. Vor dem Anspruch der versachlich-
ten Welt wird alles Glauben an Gottes Handeln disqualifiziert:

[27] Vgl. a.a.O., 356.
[28] Vgl. a.a.O., 392.
[29] Vgl. a.a.O., 314 f., 317, 319, 326, 336 f.
[30] A.a.O., 392.
[31] Vgl. die entsprechende Analyse von *H. Peukert*, Kontingenzerfahrung
und Identitätsfindung, in: *J. Blank, G. Hasenhüttl* (Hrsg.), Erfahrung,
Glaube und Moral. Düsseldorf 1982, 76—102, 83 ff.
[32] A.a.O., 335 f., vgl. 288, 334, 395.
[33] A.a.O., 324.
[34] A.a.O., 392.

die Berechenbarkeit steht über der religiösen Begegnung, die Weltbeherrschung über dem Unverfügbaren des Schöpfungs- und Erlösungsglaubens, das zweckhafte Handeln über dem sinnvollen Tun. In der Hochschätzung des politischen Kalküls, der militärischen Macht und des bürokratisierten Rechts verkommt der alte Glaube der Propheten und seine Brüderlichkeitsethik (der doch einstmals die europäische Kultur zur individualisierten Universalethik rationalisierte) zum selber irrationalen Tun, was Weber immerhin noch als die Tragik der Moderne zu sehen verstand[35].

Es bleibt ein für allemal merkwürdig, wie der Neukantianer Weber mit der Trennung von Werturteilen und wissenschaftlicher Rationalität hinter Kants eigene Einsichten zurückging. Denn der oberste Wert der wertfreien Analyse Webers, die versachlichte Rationalität kann doch selber wiederum nur pragmatisch erklärt werden, als ein praktischer und an einer bestimmten Gesellschaftsform interessierter Glaube — wie Weber selber einmal paradox formulierte —, als ein Glaube an die Wissenschaft[36]. *Jürgen Habermas* hat diesen unaufgeklärten Glauben energisch kritisiert[37], weil erstens die in Webers Rationalitätsurteil enthaltenen ethischen Wertungen nicht zum Bewußtsein gekommen seien und weil Weber zweitens (mit Marx und der kritischen Theorie) nicht gesehen hätte, daß Handeln etwas anderes heißt als Zwecke zu verwirklichen[38]. Denn wirklich rationales und also ethisches bewußtes Handeln ist für Habermas zu unterscheiden

— vom bloßen *Verhalten*, das seine Zwecke nicht selber setzt (und z.B. physiologisch zu erklären ist)

— vom instrumentellen *Tun*, das subjektiv gemeinte und objektiv analysierbare Zwecke verwirklicht (worunter er auch die Arbeit versteht)

[35] Vgl. *M. Weber*, Gesammelte Aufsätze zur Religionssoziologie. Bd. I. Tübingen [6]1972, 536—573.
[36] Daß die wertfreie Analyse den Glauben an den Wert der Wissenschaft voraussetzt, sieht Weber selbst, ohne daraus allerdings methodologische Konsequenzen zu ziehen; vgl. *M. Weber*, Gesammelte Aufsätze zur Wissenschaftslehre. Tübingen [4]1973, 146—214, vgl. bes. 193, 213.
[37] Zuletzt in: *J. Habermas*, Theorie des kommunikativen Handelns. Bd. 1. Handlungsrationalität und gesellschaftliche Rationalisierung. Frankfurt a.M. 1981, 205—366.
[38] Vgl. a.a.O., 208.

— und auch vom *Handeln*, das sich durch Symbole selber ausdrückt (z.B. schreiben oder etwas aussprechen).

Rational darf — nach Habermas — erst ein verständigungsorientiertes Handeln heißen, also das sogenannte „kommunikative
Handeln". Erst das kommunikative Handeln erlaubt es wirklich, das Tun und Handeln in der gesellschaftlichen Interaktionsgemeinschaft zu verantworten. Und verantwortet werden
kann alles instrumentelle und symbolische Tun — hier werden
die Grenzen von Max Weber gesprengt — nur durch die sprachliche *Verständigung* mit allen andern Handelnden. Und „Verständigung" meint „die auf gültiges Einverständnis abzielende
Kommunikation"[39]. Nur wer sein Tun im lebensweltlichen
Sprachzusammenhang intersubjektiv zu begründen fähig und
willens ist, handelt rational — das ist die These. Und fähig dazu
kann nur sein, wer jederzeit bereit ist, die Geltung seines Tuns
in Frage stellen zu lassen und den Konsens über die Ansprüche
zu suchen, die mit seinem Tun immer verbunden sind. Die
Theorie heißt „Universalpragmatik", weil sie restlos alle
menschliche Arbeit und alle Handlungen — also auch die religiösen — durch eine universal gültige Regel als rational oder
irrational zu beurteilen erlaubt. Salopp formuliert heißt die
Regel: wer allzeit bereit ist, sein Handeln zu begründen und
gegebenenfalls kritisieren zu lassen, der handelt rational. Der
Sinn des Handelns stellt sich in der Verständigung selber her.
Und damit dies möglich ist, muß jeder Handelnde gegen allen
Anschein der repressiven Verhältnisse (auch der intellektuellen
Begründungsdiktaturen) von jedem anderen Handelnden glauben, daß er sagt, was er denkt, daß er die Wahrheit sucht und
gerecht handeln will. Ohne diese „Unterstellung" an die Wahr-
heitsfähigkeit, den Gerechtigkeitswillen und die Wahrhaftigkeit
der Gesprächspartner bleibt Reden ziellos und rationales Handeln unmöglich. Zu dieser Stufe der Reflexivität hat sich der
moderne Mensch als das offenbar rationalste Wesen der Geschichte — mirabile dictu — empor entwickelt.

Darf man jetzt aufatmen und sich religiös wenigstens insofern
rational verhalten, als man dieses Handeln theologisch *begrün-*

---

[39] A.a.O., 525; einen sehr breiten und lehrreichen Überblick über die
Genese der Theorien kommunikativen Handelns gibt *E. Arens*, Kommunikative Handlungen. Die paradigmatische Bedeutung der Gleichnisse Jesu für eine Handlungstheorie. Düsseldorf 1982.

den kann (obzwar eine für wahrhaft Glaubende entsetzliche Vorstellung)? Kann über das Zeugnis von Gottes Wort ein Konsens hergestellt werden, der den Anforderungen des kommunikativen Handelns genügt? Obwohl viele Theoriegläubige annehmen möchten, daß Habermas bereit wäre, zumindest einen theologischen Konsens als Argument für religiöses Handeln zu würdigen, wird ihnen mit der Theorie klargemacht, daß dies unmöglich sei: die moderne, reflexive Rationalität hat „die bannende Kraft des Heiligen" und ihre irrationale Tradition längst sublimiert und in die geradezu religiös „bindende Kraft" der argumentativ rechtfertigenden Diskurse überführt[40]. Max Weber wird *nicht* vorgeworfen, daß er die jüdisch-christliche Religion letztlich wegen ihres Pazifismus (Gesinnungsethik!), der ihm aus nationalstaatlichen Gründen im 1. Weltkrieg unverantwortlich erschien, als eine irrational gewordene Tradition deklassierte, sondern vorgeworfen wird ihm nur, daß er „eine von ihrer erlösungsreligiösen Grundlage entkoppelte kommunikative Ethik nicht in Betracht zieht"[41]. Jede Rechtfertigung eines Glaubens aus Gottes handelndem Wort erscheint evolutionstheoretisch überholt und durch den Standard einer Rationalität aufgehoben, die sich im kommunikativen Handeln ihr Ethos selbst voraussetzt.

Was nun? Ist das Leben aus der Versöhnungstat Gottes in Jesus Christus durch die kommunikative Vernunft der Neuzeit definitiv irrational geworden?

3.2 Die aporetische Lösung

Zwischen der Evolutionstheorie, die Habermas zur Erklärung der Religionsgeschichte beizieht und seiner eigenen Theorie des kommunikativen Handelns, welche ja auch für Religionswissenschaft und Theologie normativ zu sein beansprucht, klafft ein unlösbarer Widerspruch: die evolutionstheoretische Erledigung jeder Glaubensbegründung als nurmehr irrationalem Anspruch setzt einen objektivistischen Beurteilungsstandpunkt voraus, den der kommunikative Diskurs gerade verbietet. Wenn

---

[40] *J. Habermas*, Theorie des kommunikativen Handelns. Bd. 2. Zur Kritik der funktionalistischen Vernunft. Frankfurt a.M. 1981, 119; vgl. a.a.O., Bd. 1, 317–321.
[41] Theorie des kommunikativen Handelns, a.a.O., Bd. 1, 331.

jeder wissenschaftliche Diskurs — und der humanwissenschaftliche zumal — sich nur als ein verständigungsorientiertes Handeln recht versteht, dann kann auch die sozialwissenschaftliche Theorie der Religion keine nomothetische Evolutionslogik zum Kriterium ihrer Ver-Urteilung von Glauben als irrationalem Handeln erheben. Über die Rationalität von Glauben wird dann vielmehr in einem Diskurs zu handeln sein, welcher den interpretatorischen Charakter der beigezogenen Kategorien und Theorien berücksichtigt und das heißt, den eigenen historischen Standpunkt der Beurteilung kritisch offenhält gegenüber dem Rationalitätsanspruch des glaubenden Gesprächspartners. In Habermas theoretischer Verortung von Religion wird das Gelingen von Verständigungsprozessen im Interesse eines kooperativen gesellschaftlichen Handelns gar nicht mehr angezielt, obwohl der Wille zu dieser Intersubjektivität nach der Theorie die Mindestvoraussetzung kommunikativer Rationalität auch gegenüber expressiven Äußerungen zu sein hätte: „in theoretischen, praktischen und explikativen Diskursen müssen die Argumentationsteilnehmer von der (oft kontrafaktischen) Voraussetzung ausgehen, daß die Bedingungen einer idealen Sprechsituation in hinreichender Annäherung erfüllt sind. Von ‚Diskursen' will ich nur dann sprechen, wenn der Sinn des problematisierten Geltungsanspruches die Teilnehmer konzeptuell zu der Unterstellung nötigt, daß grundsätzlich ein rational motiviertes Einverständnis erzielt werden könnte, wobei ‚grundsätzlich' den idealisierten Vorbehalt ausdrückt: wenn die Argumentation nur offen genug geführt und lange genug fortgesetzt werden könnte"[42].

Die kontrafaktische Unterstellung dieser Theorie verrät ein Zweifaches: Erstens die entschiedene Stellungnahme zugunsten der universalistischen Vernunftforderungen bürgerlicher Aufklärung, die sich auch nach dem faschistischen Staatsterror dieses Bürgertums nicht beirren läßt im Glauben an den Fortschritt des praktischen Bewußtseins. Und zweitens die fatale Trennung der Theorie in ihrem unendlich offenen Entwicklungsgang von der Realgeschichte[43], die nicht nur für die in ihr

---

[42]   A.a.O., 71.
[43]   Zu dieser Trennung vgl. *M. Theunissen*, Zwangszusammenhang und Kommunikation, in: Suhrkamp Informationen. Philosophie 1981. Frankfurt a.M. 1981, 19—27, 21.

Leidenden und Hoffenden, sondern auch für die Geschichte-
Denkenden jeweils unerbittlich ein Ende hat. Habermas sucht
die kritische Theorie gerade in ihrer realgeschichtlichen Dialektik gegenüber den Verheerungen der bürgerlichen Aufklärung
durch die Theorie des kommunikativen Handelns aufzuheben.
Aber dafür muß erst einmal die Theorie immunisiert werden
gegenüber den Schrecken dieser Geschichte, zu denen ihr (möglicherweise selbst provoziertes) Ende ebenso gehört wie die in
ihr wirksame Macht des Bösen. Der unterstellte Fortschritt der
Rationalität läßt nicht nur die Vernunft der Glaubenstraditio-
nen verschwinden, die dem Bösen ins Angesicht zu sehen sich
nicht scheuen, er unterdrückt auch die Hoffnung auf ein Jenseits der Geschichte, das diese Geschichte selbst bewegen
könnte.

In seiner feinsinnigen Rekonstruktion der Wissenschaftstheorie,
die er vom logischen Positivismus bis zu ihrer Habermasschen
Fundierung in der Theorie kommunikativen Handelns verfolgt,
greift *Helmut Peukert* in seiner theologischen Basistheorie[44]
auf die kritische Theorie zurück, um den von Habermas abge-
brochenen Diskurs von Theologie und Wissenschaften argumentativ neu in Gang zu bringen. Für unsern Zusammenhang
ist dabei allein die Frage entscheidend, ob und wie es Peukert
gelingt, das Zeugnis von Gottes Handeln in der Geschichte so
mit dem neuzeitlichen Handlungsbegriff zu vermitteln, daß zumindest die Selbstwidersprüchlichkeit jeder Theorie kommunikativen Handelns offenbar wird, die von ihrer rationalen Selbstbehauptung das glaubende Sich-Einlassen auf das schöpferische
und erlösende Handeln Gottes ex-kommuniziert. Peukert stellt
die transzendentallogisch nicht zu widerlegende Theorie kommunikativen Handelns in die historische Dialektik der Aufklärung zurück: „gerade eine sich normativ verstehende kommunikative Vernunft droht [...] an ihren eigenen Paradoxien zu
scheitern, wenn sie die Reflexion auf Unbedingtheits- und Ver-

---

[44] Vgl. *H. Peukert*, Wissenschaftstheorie — Handlungstheorie — Fundamentale Theologie. Analysen zu Ansatz und Status theologischer Theo-
riebildung. Frankfurt a.M. 1978; *ders.*, Was ist eine praktische Wissenschaft? Handlungstheorie als Basistheorie der Humanwissenschaften: An-
fragen an die praktische Theologie, in: Christen für den Sozialismus —
Münster (Hrsg.), Zur Rettung des Feuers. Solidaritätsschrift für K. Füssel.
Münster 1981, 280—294 *ders.*, Kontingenzerfahrung und Identitätsfindung, a.a.O.

nichtungserfahrungen in Intersubjektivitäten abbricht"[45]. Soweit ich zu sehen vermag, enthält diese vorsichtige Feststellung eine dreifach massive Aufsprengung der kommunikativen Handlungstheorie von Habermas:

— Sie macht den neuzeitlichen Rationalitätsanspruch der Theorie verantwortlich für die Uneinlösbarkeit der in ihm enthaltenen Forderungen: „Die *Krise* scheint ja tatsächlich eine *neue Qualität* dadurch zu gewinnen, daß die großen Hoffnungen der Neuzeit auf fortschreitende Beherrschung der Natur, gesteuerte Höherentwicklung der Gesellschaft und Befriedigung der Glückswünsche des Individuums sich nicht nur nicht zu erfüllen, sondern in einer seltsamen Dialektik um so unerreichbarer zu werden scheinen, je entschiedener die klassischen Mittel der Neuzeit eingesetzt werden"[46].

— Sie zeigt an dem von Habermas unlösbaren Grenzproblem seiner Theorie, nämlich der Sterblichkeit der Kommunikationsteilnehmer und der Vergessenheit jener Toten, die unsere Kommunikation ermöglicht haben, wie von dieser Todesgrenze her „in der Mitte dieser Konzeption eine elementare Aporie besteht"[47] : die Theorie schließt — gegen ihre Voraussetzungen universaler Kommunikationsgemeinschaft — die durch biologischen und sozialen Tod zum Verstummen Gebrachten von ihrem Diskurs aus.

— Schließlich unterdrückt die bisher entwickelte Basistheorie der Sozialwissenschaften aber auch gerade die hermeneutisch greifbare Unbedingtheitserfahrung aller, die angesichts des Todes der *andern* diese nicht dem Vergessen anheimgeben, sondern im Glauben an die Auferweckung des Gekreuzigten mit ihnen solidarisch bleiben. Dies schließt die unbedingte Zuwendung der glaubend Handelnden an alle sozial Getöteten ein.

Die Wahr-nehmung des Evangeliums von der Auferweckung Jesu zwingt dazu, die kommunikative Handlungstheorie wiederum zu einer wirklich kritischen Theorie werden zu lassen und damit den Begriff der „Rationalität" um den Begriff der „universalen Solidarität" zu erweitern. Begründet wird diese Erweiterung von Peukert durch den theologischen Diskurs, der

---

[45] Kontingenzerfahrung und Identitätsfindung, a.a.O., 99.
[46] A.a.O., 78 f.
[47] Wissenschaftstheorie, a.a.O., 300.

218

zumindest zeigen kann, wie sich die Botschaft von der Auferweckung des Gekreuzigten durch das wahrhaft solidarische Handeln begründen läßt, das nach den Evangelien Jesu Botschaft vom Reiche Gottes auslegt[48]. Aber dieser Diskurs kann seine Wahrheit nicht objektivistisch außerhalb solidarisch kommunikativen Handelns bewähren, sondern allein im Vollzug einer Praxis, die auf den andern im unbedingten Vertrauen so zugeht, daß Gott dadurch zu unserer Wirklichkeit kommt.

Indem Peukert den der kommunikativen Handlungstheorie immanenten Begriff der „Rationalität" kritisch erweitert durch den Begriff der „anamnetischen Solidarität"[49], d.h. eines solidarischen Handelns, das sich in der unbedingten Anerkennung des tödlich verkannten Lebens vollzieht, kritisiert er das neuzeitliche Handlungsverständnis radikal, an seine Wurzeln gehend. Die auch im wissenschaftlichen Handeln angelegte Progression der Macht wird — Habermas eingeschlossen — ihrer Absurdität überführt. Die Frage ist allerdings, ob die von Peukert dazu energisch festgehaltene Todesgrenze nicht selbst jene bürgerliche Angst vor dem Tode voraussetzt, die den neuzeitlichen Selbsterhaltungswillen wie ein Schatten begleitet. Die inneren Aporien der Handlungstheorie, die er im Blick auf die Botschaft von der Auferweckung des Gekreuzigten als dem hermeneutischen Schlüssel des praktischen Redens von Gott im christlichen Glauben entwickelt, verlangen für die reflexive Grundlegung einer fundamental praktischen Theologie zumindest nach drei Erweiterungen, die in Peukerts Basistheorie der Theologie bisher nicht explizit entfaltet wurden:

— Die Rede von Gottes auferweckendem und also schöpferischen Handeln an den Toten, das sich auf die Botschaft von der Auferweckung Jesu bezieht, setzt nicht nur eine Reflexion auf den Vollzug solidarischen Glaubenshandelns voraus, sondern auch eine explizite Theologie des Wortes Gottes, durch welches sein Handeln erst glaubend erfahren werden kann. Wie bezieht sich die Solidargemeinschaft der Handelnden auf Gottes eigenes Handeln, wenn doch gerade keine Theorie, sondern nur die in der Kommunikation der Interaktionsgemeinschaft

---

[48] Vgl. a.a.O., 325—331.
[49] Vgl. a.a.O., 331 f.; zur Einführung des Begriffs vgl. J.B.Metz, Glaube in Geschichte und Gesellschaft, a.a.O. (vgl. Anm. 24, Studie V), 161 bis 211.

einander zugemutete Verkündigung ein Handeln *als* Gottes Tat bewußt machen kann?

– Der faktische Mangel der Kommunikation wird bei Peukert in seiner strukturellen Ermöglichung von Täuschung und Lüge stets mit dem Hinweis auf das falsche Bewußtsein erklärt, wie es Marx, Nietzsche und Freud markieren[50]. Aber dabei wird die Verfehlung der Freiheit selbst, ihre Schuldigkeit und die Irre ihrer konkreten Sünde nicht thematisiert. Damit aber bleibt der soteriologische Charakter *allen* theologischen Redens unterbelichtet: das solidarische Handeln wird nicht aus dem vergebenden Tun, sondern allein aus der Rettung vom Tode her begründet. Ist aber die Schuld nicht der Grund der Angst zum Tode? Und die Vergebung der Anfang des Lebens?

– Schließlich liegt im Ansatz des kommunikativen Handelns ein eminent ekklesiologischer Bezug, der nicht nur die sprechende Handlungsgemeinschaft der Glaubenden unter sich denken läßt, sondern diese Gemeinschaft wesentlich auf die Gesellschaft bezieht, *innerhalb* derer und für die allein die Solidargemeinschaft der Glaubenden ihr Zeugnis gebendes Handeln vollzieht.

Diese anstehenden Erweiterungen einer handlungstheoretisch reflektierten Fundamentaltheologie können hier nicht durchgeführt werden[51], aber ihr Ansatz, der abschließend skizziert wird, gibt Rechenschaft vom kritischen Standpunkt, von dem aus nicht die Grenzen, sondern die Mitte bürgerlicher Religion dialektisch auf die Botschaft von Gottes Handeln bezogen wurde.

---

[50] Vgl. *H. Peukert*, Wissenschaftstheorie, a.a.O., 297 f.; Kontingenzerfahrung und Identität, a.a.O., 89 f.; *ders.*, Pädagogik – Ethik – Politik. Normative Implikationen pädagogischer Interaktion, in: *H. Heid, K. Mollenhauer* u.a. (Hrsg.), Das politische Interesse an der Erziehung und das pädagogische Interesse an der Gesellschaft. Beiträge vom 7. Kongress der Deutschen Gesellschaft für Erziehungswissenschaft vom 17.–19. März 1980 in der Universität Göttingen. Weinheim, Basel 1981, 63 f.

[51] Den soteriologischen Zusammenhang mit der befreienden Praxis von Glauben formuliert intensiv *J.B. Metz*, Glaube in Geschichte und Gesellschaft, a.a.O., 108–119. Die Kritik von *K.F. Reith*, Mikrologie. Reflexionen zu einer kritischen Theorie. Frankfurt a.M., Bern 1982, 72–92, trifft nur unter Voraussetzung seiner reduktiven Kritik an allem metaphysischen Reden von Gott zu und wird deshalb Peukerts Intention nicht gerecht.

Gottes Wort wahrzunehmen und seinen Willen zu tun ist schlechterdings unmöglich — das wurde spätestens seit Kant theoretisch klar —, wenn die Naturgeschichte und darin die menschliche Freiheitsgeschichte alles ist, was wahrgenommen und was getan werden kann. „Mit einer Religion" konstatierte deshalb *Friedrich Engels* 1882, wird man „erst fertig . . ., sobald man ihren Ursprung und ihre Entwicklung aus den historischen Bedingungen zu erklären versteht, unter denen sie entstanden und zur Herrschaft gekommen ist. Und namentlich beim Christentum"[52]. Nun enthält die Theorie des kommunikativen Handelns aber zumindest zwei Einsichten, die es nötig machen, diesen Geschichtsbegriff zu sprengen und die es möglich machen, die vorgetragenen Argumente gegen die glaubende Wahrnehmung vom sprechenden Handeln Gottes in der Geschichte zu widerlegen.

Die erste Einsicht zeigt, daß der theoretischen *Trennung* von Natur und Freiheit eine praktische Einheit vorausgeht, die alle (uns bedingende, von uns hergestellte und von uns erzählte) Geschichte immer schon überschritten hat: die Sprache. Denn die Sprache, die nach Regeln strukturiert ist, transportiert eine ständig gegenseitige Anerkennung der Freiheit. Wir ordnen das Haus der Welt nicht mit ewigen Gesetzen unseres Verstandes (Kant), sondern in der geschichtlichen Verständigung über sie, im sprachlichen Einverständnis über unsere Handlungen. Die Verständigung über die von uns erarbeitete und begriffene Welt setzt aber die Anerkennung der freien Gesprächspartner voraus, genauer: in der sprachlichen Verständigung über unser Handeln *wird* Freiheit gewährt. Wir reden über die Welt (in 3. Person), indem wir mit-einander reden (in 1. und 2. Person). Das Mit-einander-Reden aber hört bekanntlich mit der Behauptung derer auf, die das letzte Wort haben wollen: ein letztes Wort über unsere Geschichte zu haben, heißt die freie Verständigung über sie verweigern, heißt selber ungeschichtlich reden. Und deshalb wird auch keine historische Erklärung mit dem Christentum „fertig": es gilt auch hier das zu Habermas kritisch

---

[52] *F. Engels*, Bruno Bauer und das Urchristentum (1882), in: MEW, a.a.O., 22, 449.

Bemerkte. *Die zweite Einsicht* führt aus solchen Formalismen heraus. Sie wird durch die Sprechakttheorie begründet[53] und liegt in folgender Pointe: Wenn wir miteinander über die Welt reden, dann handeln wir auch aneinander. Nicht nur in Sprachvollzügen, die selber tun, was sie sagen (evident im Fall von: „Ich heirate dich", „Ich liebe dich"), sondern auch in aller informativen Rede sind Aufforderungen enthalten. Wer Wahrheit aussagt, gibt zugleich einen Wink, wie die effektiven oder supponierten Gesprächspartner sich zur Welt verhalten können oder sollen. Und es gibt kein menschliches Tun und Handeln, das nicht sprachlich verfaßt ist. Wenn also menschliche Worte Freiheit gewähren und damit immer auch das Handeln bestimmen können, warum soll es dann nicht möglich sein, im sprechenden Handeln ein uns erlösendes und richtendes Wort uns gegenseitig zuzumuten und anzuerkennen, das zum befreienden Handeln führt? *Max Weber* betonte zu Recht, daß Propheten wie Amos und Jeremias *gegen* alle plausible Erfahrung Israels allein aus Gottes Wort handelten, aber es ist zu präzisieren, daß dieses Wort sich *gegen* alle diplomatischen und militärischen Herrschaften gerade darin als mächtig erweist, daß es selber schöpferisch tut, was es sagt: „Siehe: ich lege meine Worte in deinen Mund, Königreiche und Völker . . . auszureuten und einzureißen, zu bauen und zu pflanzen." (Jer 1,10).

Gerade dies bezeugt die älteste Reflexion auf Jahwes Sprechen, daß Gott nicht unabhängig von seinem Wort, das in der Geschichte schöpferisch wirkt, Herr dieser Geschichte sein will: „So wirkt mein Wort aus meinem Munde: Es kommt nicht leer zu mir zurück, ohne vollbracht zu haben, was ich wollte, und ausgeführt zu haben, wozu ich es sandte." (Jes 55,11)

Was evident ist für den Fall des sehr irdischen Heiratens, wird erst recht evident im Glauben an das schöpferische Wort. Das sprechende Handeln eines anderen wahrnehmen, fordert nicht nur, daß ich ihm glaube, was er an mir tut, indem er es sagt, sondern verlangt auch, daß ich die *Intention* seines handelnden Sprechens frei anerkenne und durch das eigene sprachliche Handeln beantworte. Nicht erst den modernen Sozialwissenschaftlern und den Theoretikern kommunikativen Handelns

---

[53] Zur theoriegeschichtlichen Entwicklung im Blick auf die Theologie vgl. *E. Arens*, Kommunikative Handlungen, a.a.O.

wurde klar, daß keine Erfahrung beweisen kann, daß und wie ein geschichtliches Ereignis durch menschliche Freiheit oder durch göttliches Handeln gewirkt ist, diese Not des Glaubens hat vielmehr schon die Propheten dazu gebracht, nur *dies* zu erwähnen: daß das handelnde Wort Jahwes durch die Umkehr derer, die dieses Wort trifft, seine rettende Macht erweise. Nach jüdischer Tradition hat *Martin Buber* dies so expliziert: „Als Gott, so wird erzählt, seine Schöpfung vorbedachte und sie vor sich auf einen Stein hinritzte, wie ein Baumeister sich den Grundstein zeichnet, sah er, daß die Welt keinen Bestand haben würde. Da schuf er die Umkehr: nun hatte die Welt Bestand, denn nun war ihr, wenn sie sich von Gott weg, in Abgründe der Selbstheit verlief, die Rettung erschlossen, der in eigener Bewegung zu vollziehender Rückschwung gnadenhaft gewährt."[54]

Die Umkehr führt zur theologischen Rede von Gott zurück, die aus der Wurzel des alt- und neutestamentlichen Evangeliums dazu gezwungen wird, die vorliegenden Ansätze kritisch weiterzuführen.

Die dritte Einsicht zerstört den freiheitlichen Schein der kommunikativen Handlungstheorie. Daß in der menschlichen Verständigung nicht Freiheit waltet, sondern — wie Augustinus notierte — die *libido dominandi* der *civitas terrena* (der Wille zur Macht, der im Staat seine volle Gewalt erst zeigt)[55], das weiß auch die Universalpragmatik heute: Freiheit, Wahrheit und Gerechtigkeit erscheinen nur verzerrt im sprechenden Handeln der Kommunikationspartner. Die transzendentalen Ideale erscheinen in der Form von Normen und Gesetzen. Aber sie müssen postuliert werden, damit Interaktionspartner menschlich handeln können. Was die moderne Theorie dabei überspielt, klang bei Kant noch an: die unwiderstehliche Macht der Sünde (bei Kant das Prinzip des Bösen). Was heißt es denn realgeschichtlich, daß die Kommunikationsteilnehmer gerade das, was sie als ethische Norm postulieren müssen, die freie gegenseitige Anerkennung, faktisch nicht erfüllen und im Verblendungszusammenhang der beherrschten Verhältnisse auch

---

[54] *M. Buber*, Der Jude und sein Judentum. Köln 1965, 193, vgl. 56.
[55] Die praefatio von *Augustinus*, De civitate Dei (PL 41, 14) zeigt, daß dieses Thema der humilitas Christi und der libido dominandi für ihn die Dialektik der Geschichte bestimmt.

gar nicht erfüllen können? Es heißt, daß alle Menschen, die in diese Welt kommen, *indem* sie ihre Freiheit wahrnehmen, an ihrer Freiheit auch scheitern, theologisch gesprochen: schuldig werden. Da wir einander nicht zur Freiheit erlösen können, erreicht das kommunikative Handeln nicht, was es will und was es soll. Es führt deshalb wohl zur Verurteilung anderer und zur Verzweiflung des Selbst, aber nicht zur wirklichen Befreiung. Denn in jeder Befreiungstat, das kann die kommunikative Handlungstheorie ja gerade kritisch aufdecken, wird die Freiheit des andern immer auch beherrscht. Die kommunikativ Handelnden werden aneinander schuldig. Wenn Befreiung wirklich werden soll, dann muß die Freiheit selbst in unseren Verblendungszusammenhang erlösend eintreten und uns durch ihr handelndes Wort versöhnen. Ein theistischer Gott, der Tote auferweckt, um sie unserem Vergessen zu entreißen, würde noch immer an unserer Freiheit vorbei etwas tun, was für schuldige Tote vielleicht so erstrebenswert gar nicht wäre. Und deshalb kann keine theologische Handlungstheorie gedacht werden, es sei denn als die Wahrheit des Mensch gewordenen Wortes Gottes selbst, das uns in unserem eigenen kommunikativen Lebenszusammenhang zur Freiheit befreit. Freiheit kann nur theologisch zu Ende gedacht werden, weil sie realgeschichtlich nur als schuldige sich realisieren kann.

Ein historisch rekonstruierter Jesus, der ein sympathischer Gleichniserzähler oder radikaler Befreier gewesen wäre, stände wie alle Menschen in der ausweglosen Dialektik von Befreiung und neuer Versklavung. Aber nicht davon, sondern von etwas ganz anderem gibt das im kirchlichen Lebenszusammenhang an uns handelnde Wort Gottes ein Zeugnis: das im Anfang von Gott ausgesprochene Wort ist als ewig auf uns bezogenes Mensch geworden, nicht ein vom Schuldzusammenhang ideal herausgenommener Mensch, sondern der Mensch, der die Fülle von Gottes Zorn (Röm 1,18 - 3,20) und die Fülle der menschlichen Unterdrückung bis zum Tode, ja bis zum Tod am Kreuz auf sich genommen hat. In der Anerkennung dieser Tat Gottes für uns verkündet Paulus das Ungeheuerliche „Christus hat uns vom Fluch des Gesetzes losgekauft, indem er selbst für uns zum Fluch geworden ist — γενόμενος ὑπὲρ ἡμῶν κατάρα" (Gal 3,13), ja — so im Römerbrief — Gott verurteilte die Sünde im Fleisch, indem er seinen Sohn sandte „ἐν ὁμοιώματι σαρκὸς ἁμαρτίας in der Gleichgestalt der sündigen Welt" (Röm 8,3). Indem der Fluch, die Schuld, der Zorn Gottes von den Schuldigen getötet wurde, hat er in seinem freiwilligen Tod *den* sozialen Tod getötet, der unseren Verblendungszusammenhang beherrscht: den Tod der Schuld. Zu bezeugen, daß dieses Mensch gewordene Wort hinfort die Geschichte beherrscht, heißt unserer schuldigen Freiheit zuzumuten, daß sie erlöst ist zur herrlichen Freiheit der Kinder Gottes. Eine Kommunikationsgemeinschaft, die einander dieses uns gesagte Wort zuspricht, trifft die tödlichen Herrschaftsverhältnisse alles letztlich nur für sich selbst sprechenden Handelns in der Wurzel. Sie wird zur Freiheit befreit. Und das ermächtigt sie dazu, der neuzeitlichen Herrschaftsvernunft auch in ihrer theoretischen Verblendung den Frieden bedenklich anzukündigen; es befähigt sie dazu, von dem her, der Frieden *schafft*, der Friede *ist* und Friede *evangelisiert* (Eph 2,14-17) selber Frieden zu schaffen (Mt 5,9). Dadurch wird man zwar nicht im neuzeitlichen Sinn der Bedarfs- und Bedürfnisbefriedigung glücklich, wohl aber im Sinne der evangelischen Bedürftigkeit — „selig".

Wenn Gottes freie Tat der Selbsthingabe seines Sohnes unser Handeln zur Freiheit erlösen kann, dann bleibt als letzte Einsicht allein der Glaube. Denn gerade das heißt Glauben, diesen Willen Gottes zu tun und also auch selber Schuld zu vergeben. Das aber ist in der Tat keine Möglichkeit der unversöhnten Freiheit — und insofern schweigt sich die philosophische Reflexion der Neuzeit darüber auch konsequent aus. Die δύναμις Θεοῦ, die Voll-Macht Gottes, die Jesus Christus gerade in der Form der „Schwäche" und „Torheit" Gottes ist (1 Kor 1,24 f.), kann uns nur in der Vermittlung des Zeugnisses *gegeben* werden. Dazu genügt es nicht, das Verhältnis von Gottes Wort zu unserem kommunikativen Handeln als gefährliche Erinnerung und eschatologische Hoffnung zu denken, sondern dazu muß gesagt werden, wie Gottes handelndes Wort in der Geschichte Israels und darin in der Geschichte seines Sohnes Jesus Christus und darin in der Geschichte der Kirche überhaupt wahrgenommen werden kann. Dazu aber darf Gott nicht wie bei Hegel im Verhältnis von Vater und Sohn, Herr und Knecht allein gedacht werden[56], um durch die Entäußerung des Bewußtseins

---

[56] Vgl. *L. Oeing-Hanhoff*, Hegels Trinitätslehre. Zur Aufgabe ihrer Kritik und Rezeption, in: Theologie und Philosophie 52 (1977), 378—407.

zum Frieden der Reflexion zu kommen, sondern dazu muß Gott trinitarisch bekannt werden. Nur in seinem eigenen Geist, d.h. in der uns mitteilbaren Gabe von Vater und Sohn, wie die Augustinische Tradition formulierte, kann der begnadete Sünder das sprechende Handeln Gottes tun: „Wer nicht den Geist Christi hat, gehört ihm nicht zu. Ist aber Christus in euch, so ist der Leib zwar um der Sünde willen tot, der Geist aber ist Leben um der Gerechtigkeit willen" (Röm 8,9).

Weil nur im Geiste des Vaters und des Sohnes erlösende Freiheit wahr-genommen und wahr-gemacht werden kann, lebt die versöhnte Kommunikationsgemeinschaft als Gemeinschaft in der Communio Christi: Kirche wird als Gemeinschaft vom schöpferischen Worte Gottes selbst gebildet, sie hat sich als *creatura verbi* ihm allein zu verdanken. Im Zusammenhang der Geschichte, die in ihrer Anstrengung zur Befreiung immer mächtigere Herrschaften produzierte, steht diese Kreatur des Wortes aber nicht nur als schon versöhnender Zeuge der auf die Geschichte zukommenden Erlösung in der Welt, sondern, wie es schon das altisraelitische Credo von Josua 24,27 formuliert, auch als Zeuge gegen sich selbst. Wo die kirchliche Gemeinschaft *sein* Wort als *ihr* Wort für sich behält, wo sie aus empfangener Vergebung nicht selbst vergibt, aus empfangener Befreiung nicht selbst befreit, da wird sie zum Stein, den Josua als Bundeszeichen für jene errichtete, die doch verkündeten: „Jahwe, unserem Gott, wollen wir dienen und auf seine Stimme wollen wir hören! ... Und Josua sprach zu dem ganzen Volk: ,Seht dieser Stein soll Zeuge gegen uns sein, weil er alle Worte gehört hat, die Jahwe zu uns sprach; er soll Zeuge gegen euch sein, damit er euch hindert, euren Gott zu vergessen'" (Jos 24,27).

Vor einem Abgrund ist schon Kant innerhalb der Grenzen der bloßen Vernunft zurückgetreten: vor „dem Abgrund eines Geheimnisses, von dem ... was Gott tue"[57]. Und deshalb wagte er Jesus zwar wohl als Anschauung unserer Moralität, nicht aber als Gottes Wort von der befreienden Vergebung zu denken. Die Frage erhält jetzt Gewicht: warum eigentlich nicht? Was gibt es da zu fürchten?

[57] *I. Kant*, Die Religion innerhalb der Grenzen der bloßen Vernunft, a.a.O., 806 (A 199).

Weil im Zeichen des Kreuzes die schuldig gewordenen Freien zum befreienden Handeln versöhnt wurden und weil wir dies gerade um unserer Freiheit willen glauben dürfen, deshalb ist die in der Tat „übersinnliche Erfahrung" der Sündenvergebung möglich. Weil wir der frei gewährten Vergebung im Verblendungszusammenhang der aneinander schuldig Werdenden bedürfen, ist ihre freie Anerkennung auch mehr als andere Not wendend. Und weil das alles so ist, bleibt die Schrift, die gerade in ihrer historischen Konkretion als Zeugnis von Gottes selber sprechendem Handeln gelesen werden darf, das praktischste Buch, das es gibt. Die Theologie, die ein solches Zeugnis der Erlösung bedenkt, wird zur Theologie der Befreiung.

Namenregister

Nachweis der Veröffentlichungen

Studie I: Leicht überarbeitete Fassung von: Die Konsequenz von Gottes Menschlichkeit. Zum Problem eines christlichen Humanismus, in: Concilium 18 (1982) 291—298.

Studie II: Erweiterte Fassung von: Expression und Offenbarung. Spinozas radikale Frage, in: *Jakob J. Petuchowski/Walter Strolz* (Hrsg.), Offenbarung im jüdischen und christlichen Glaubensverständnis, Freiburg/Basel/Wien 1981, 123—161.

Studie III: Erweiterte Fassung von: Theorie des säkularen Staates. Zum 300. Todestag von Thomas Hobbes, in: *Burkhard Gladigow* (Hrsg.), Staat und Religion, Düsseldorf 1981, 98—113.

Studie IV: Erstveröffentlichung.

Studie V: Erstveröffentlichung; übernommen wurden Teile aus: Le Christ selon les penseurs de la société civile bourgeoise, in: RSPhTh 66 (1982) 199—223; Der bürgerliche Christus, in: *Johannes Thiele/Rudolf Becker* (Hrsg.), Chancen und Grenzen religiöser Erziehung, Düsseldorf 1980, 53—96, vgl. 76—81.

Studie VI: Geringfügig veränderte Fassung von: Zur Ideologiekritik der Kirchengeschichte, in: Kairos 23 (1981) 244—260.

Studie VII: Erstveröffentlichung.

KW-053-273

Contents

ACKNOWLEDGEMENTS

The map on page 19 is taken from Gay: *The Geography of Religion in Britain* by permission of the author and the publisher, Gerald Duckworth and Company Ltd. The extract from the article by Michael Baily on page 36 is reproduced from The Times by permission. Acknowledgements for photographs are due to the following: Popperfoto (pages 13, 23, 33), Barnaby's Picture Library (pages 8, 28), S. K. Dutt and Camera Press Ltd (page 42), Hecht Photo Features and Camera Press Ltd (page 48), and Noeline Kelly (page 25).

COVER PHOTOGRAPH: *George Basil Hume, Abbot of Ampleforth, being installed as Archbishop of Westminster. By kind permission of Keystone Press.*

The Roman Catholic Church

by
Martin Murphy

FOREWORD BY BISHOP BUTLER,
AUXILIARY BISHOP IN WESTMINSTER

A Division of Pergamon Press

A. Wheaton & Company Limited
A Division of Pergamon Press
Hennock Road, Exeter EX2 8RP

Pergamon Press Ltd
Headington Hill Hall, Oxford OX3 0BW

Pergamon Press Inc.
Maxwell House, Fairview Park, Elmsford, New York 10523

Pergamon of Canada Ltd
75 The East Mall, Toronto, Ontario M8Z 2L9

Pergamon Press (Australia) Pty Ltd
19a Boundary Street, Rushcutters Bay, N.S.W. 2011

Pergamon Press GmbH
6242 Kronberg/Taunus, Pferdstrasse 1,
Frankfurt-am-Main, West Germany

First edition 1977
Reprinted 1978

Printed in Great Britain by A. Wheaton & Co. Ltd, Exeter
ISBN 0 08 020913 0 flexi net
ISBN 0 08 020912 2 flexi non net

Foreword

To give a helpful, balanced account of the Roman
Catholic Church in a few pages is no easy task. Not
easy; but, as this book shows, it can be done. Naturally,
the book tells you mainly about the outward story of
the Catholic Church down the ages (and particularly
in England since the Reformation); as also about the
decorations and church services to be found in Catholic
places of worship. I hope some of the book's readers
will be encouraged to explore the heart of Catholicism
and its faith in God as Love and in that Love
becoming man to help us towards a real and practical
love of our fellow-men. I warmly recommend the
book.

B. C. Butler
Auxiliary Bishop in Westminster

1

The Roman Catholic Image

Mention 'Roman Catholic', and some people immediately think of the Pope, incense, Irish priests or large families. Can you describe what picture of Roman Catholics you have in your own mind, and where you got it from?

There are about 615 million Roman Catholics in the world, of whom only about six million live in England and Wales, so there is clearly no such thing as a 'typical' Catholic. There are also important differences of character from country to country. The Catholicism of Italy, for instance, is different from that of England.

Catholics themselves have always thought of the Church as a mother. A mother is closest to her children during the years of childhood, and so it is with the Church. Our memories of childhood are always of things we can touch and see and hear and smell. The memories of a Catholic childhood are perhaps of setting up the figures for a crib on Christmas Eve, of lighting a candle in front of a statue, of the day of First Communion – a world of beauty and goodness. The Church, like many mothers,

A procession at a religious festival in Italy.

is not always so successful with some of her children when they begin to grow up. This is a time when the young man or woman is putting away the things of childhood and trying to work out things for himself. He may even reject his family and the beliefs of childhood, only to come back to them later and to find in them a deeper truth and a deeper meaning.

Religion is about the encounter of man with the mystery of the invisible God. But it is also the force which binds a society together, which gives a whole tribe or a whole people its special moral character and attitude to life. A particular people develops its own religious traditions, and when these traditions are attacked from outside they defend them passionately. Persecution only makes the religious spirit of a nation even stronger. You have only to think of the Jews, or of the Catholics of Poland.

In previous centuries most men were content to die in the religion or denomination of their birth. But there have always been individuals who have been forced by their own personal search for truth to break away from the religious traditions of their group when these become too oppressive. As someone once wrote: 'Christ likes us to prefer Truth to Him, because before being Christ he is Truth'.

In this book we shall be concerned mainly with the Roman Catholic Church in its visible and social aspects. But Popes and bishops and churches are not the whole story: the real history of the Church is made by the millions of unknown people who are continually generating its power by their hidden work or prayer. The Church is for people, not people for the Church.

2

Catholic and Roman

'Catholic' is a Greek word which means Universal or 'belonging to all'. An ancient statement of Christian belief is called the Nicene Creed, because it includes some phrases first worked out at a council of the universal Church held in 325 A.D. at Nicea in Turkey. In this, Christians of almost all denominations declare their belief in the 'holy catholic church'. In saying this they are echoing the command of Jesus Christ to his followers when he told them to preach the gospel to the whole world: his message was to be universal.

Nowadays the original meaning of the word catholic has been largely forgotten. When people talk about the Catholic Church they are usually referring to a particular body of Christians, in fact the largest body of Christians in the world – those who are united under the spiritual leadership of the Bishop of Rome.

Yet the words Catholic and Roman seem to be contradictory when taken together. How can the Catholic Church be truly universal if it does not include all Christians? And in England and Wales the contradiction seems to be even more striking. If you went to your local Catholic Church on a Sunday you

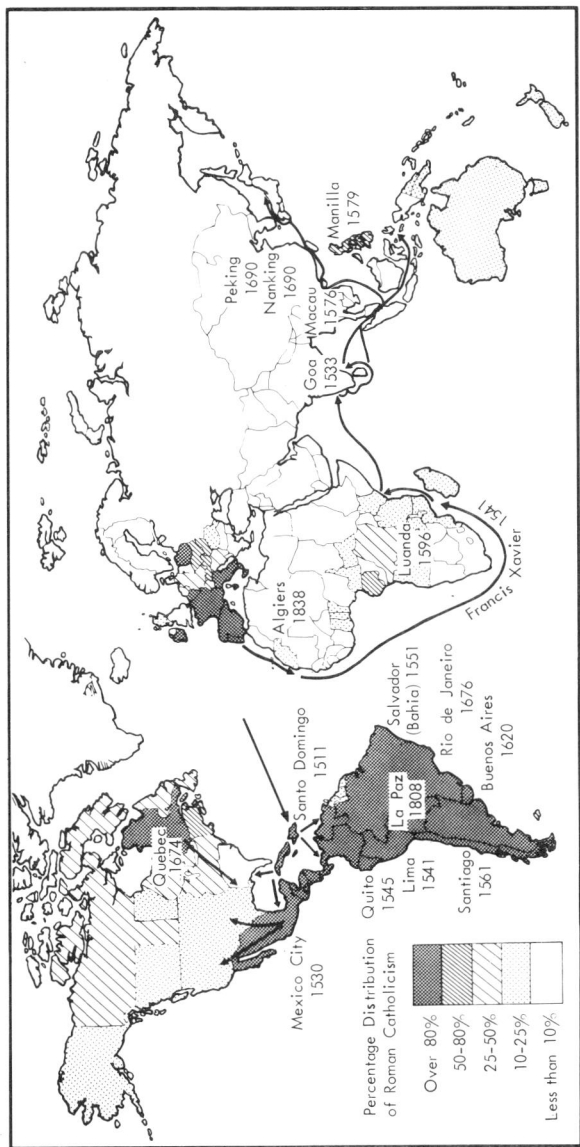

THE WORLDWIDE DISTRIBUTION OF ROMAN CATHOLICISM. *The map also shows the routes taken by the 16th-century Spanish and Portuguese missionaries. The dates give the years in which bishoprics were established in the mission countries.*

Percentage Distribution of Roman Catholicism

Over 80%
50–80%
25–50%
10–25%
Less than 10%

Mexico City 1530
Quebec 1674
Santo Domingo 1511
Quito 1545
Lima 1541
La Paz 1808
Salvador (Bahia) 1551
Santiago 1561
Rio de Janeiro 1676
Buenos Aires 1620

Francis Xavier 1541

Algiers 1838
Luanda 1596
Goa 1533
Macau 1576
Manilla 1579
Peking 1690
Nanking 1690

Present-day world Roman Catholic population (1969 estimates)

Europe	252 554 000	Asia, Australia	
N. America	122 862 000	and Oceania	47 729 000
S. America	159 979 000	Africa	31 782 000
		Total 614 906 000	

These figures give the estimated number of baptised Roman Catholics, not practising ones.

11

might think sometimes you were attending the Irish church – but the universal church? To get an idea of the universality of the Roman Catholic Church you would have to go to Rome or to a great centre of pilgrimage such as Lourdes.

The map overleaf gives some idea of the distribution of Roman Catholics throughout the world. In Europe they are the largest religious group in Italy, Spain, Portugal, France, Belgium, Poland and Ireland. Germany and Holland are almost equally divided between Catholics and Protestants. From Europe, Catholicism has spread to every part of the world. The Spanish and Portuguese brought their religion with them to Central and South America, and so did the French to Canada, and the Irish to Australia. The population of the United States came from every country of Europe, and so, like Europe, it consists of both Catholics and Protestants. Missionaries went to Africa, too, from Catholic and Protestant European countries: for instance there are more Catholics than Protestants in Zaire (which was originally colonised by the Belgians) and more Protestants than Catholics in Nigeria (originally colonised by the British).

ORIGINS For many centuries after the death of Jesus Christ there were neither 'Catholics' nor 'Protestants': there was simply 'the Church', to which all Christians belonged. Jesus had told his apostles to go and spread his message through the whole world, and before long Christian communities were set up in nearly all the main cities of the Roman Empire. As time went past, because sometimes the teaching of Jesus was distorted, the link with the original apostles became more and more important. The teaching may have been passed on from one generation to another, but ultimately it could be traced back to one of the apostles who had received it from Jesus himself. The connection with the apostles was important because it gave a kind of guarantee to the local church.

In these early days there was no central organisation, but gradually the church at Rome became more and more influential, especially when the Emperor had left Rome for his new capital, Constantinople. The Christians of Rome traced their origins back

12

to St Peter, the leader of the apostles and first bishop of Rome. According to tradition, both St Peter and St Paul were martyred in Rome, and there is evidence in the New Testament (Acts 28:11–31) that St Paul stayed there for at least two years. In addition, Rome was the centre of the known world. So when there were disagreements between local churches about matters of Christian belief or practice, the opinion of the church of Rome was treated with particular respect.

In more recent times there have been many disputes about the exact relation of the church of Rome to the other Christian

The opening of the Second Vatican Council in St Peter's, Rome, on 11 October 1962. The Pope is enthroned at the far end.

churches. Catholics believe that the bishops of Rome are successors of St Peter and that because of this they have a special position of authority in the Universal Church. Jesus chose twelve men as his first apostles, but, Catholics claim, he made Peter their leader: "I say to thee: that thou art Peter; and upon this rock I will build my church. . . . And I will give to thee the keys of the kingdom of heaven. And whatsoever thou shalt bind upon earth, it shall be bound also in heaven; and whatsoever thou shalt loose upon earth, it shall be loosed also in heaven" (Matthew 16:18–19). For Catholics, the Pope, as bishop of Rome, continues the task of St Peter in providing a kind of final authority as Christ's representative.

FROM EMPEROR TO POPE   In its early days the Christian community at Rome was a small, secret society. But gradually its numbers grew. Christianity became the official religion of the Roman Empire. In time the power of Rome became weaker and the long line of Roman Emperors came to an end in the West. With the end of the Empire, the Popes became more important. They were now not only spiritual leaders but political leaders, first of Rome, then of Italy and finally of Europe. They acquired lands, and they became involved in European politics.

As the power of the Roman Church became greater, so the churches of the Eastern Mediterranean became more suspicious of it. The west was Latin-speaking, but the churches of the East were mainly Greek-speaking and their leader was the head of the church at Constantinople. In the end the church of Constantinople broke away from Rome in 1054. This split between the eastern 'Orthodox' Church and the western Church of Rome has continued to this day.

REFORMATION AND RENEWAL   The western Church remained united right up to the sixteenth century. In medieval Europe, belief in God and in Jesus Christ was taken for granted, and the unity of the church was taken for granted, too. The church was pictured as a ship – the 'boat of St Peter' – which carried people safely through the storms and waves of this world to the harbour

14

of the next world. If you were not on board St Peter's boat, you were lost.

The Pope, as successor of St Peter, was the captain of this ship. There were good Popes and bad Popes. The bad Popes often did great harm, and they were fiercely criticised, but the institution of the Papacy was strong enough to survive them. Every generation produced new leaders to bring fresh life to the Church – men like Francis of Assisi, and women like Catherine of Siena. The Church managed to change and to renew itself without falling apart.

By the beginning of the sixteenth century, however, this unity was showing signs of strain. The revival of the study of Greek meant that scholars were once more able to read the gospels in their original language and to discover Christ's message again in all its original purity. There was a longing to clear away all the magnificence of the Church's structure, and to get back to the simple essentials. At the same time, corrupt practices had made the Roman Church unpopular especially among the people of Germany and Northern Europe. The feelings of such people found their spokesman in the German friar Martin Luther, who became the leader of the protest movement (hence their name, 'Protestants'). At first Luther attacked corruption in the Church, but one thing led to another, and his criticisms widened to include basic Catholic beliefs. The western Church split apart and became divided into two opposing camps. Generally speaking, the countries of northern Europe (Scandinavia and most of Germany, Holland and Switzerland) sided with the Protestant reformers, while the Mediterranean countries (Italy, Spain, France, Portugal), with Poland and Ireland remained Catholic.

The result of the Reformation was to drive Protestants and Catholics to opposite extremes. Each side retired behind its own defences and communication between them virtually stopped. It was a tragedy for Christ's church, which needed the talents and contributions of both sides. Meanwhile the Catholic Church set about putting her house in order, and as a result became far more highly organised and centralised. The Pope became increasingly powerful, and a council of the Church held at Trent in Italy laid

15

down rules which were to govern almost every part of Church life for the next three hundred years.

THE REFORMATION IN ENGLAND   England was something of a special case at the Reformation – Europe's odd man out, as usual. Under Henry VIII the Church of England kept most of the teachings and many of the practices of the Catholic Church, but no longer recognised the authority of Rome. The break came in 1534, when Henry declared himself to be the supreme head of the Church of England. The majority of Englishmen accepted the change, but a number refused. This small group of men are the link between the old pre-Reformation Church and the Roman Catholic Church in England today. The most famous of them was Thomas More, ex-Lord Chancellor of England, who was condemned and beheaded for refusing to recognise the King as supreme head of the Church.

Under Queen Mary, Roman Catholicism was re-established for a short while, but Mary's attempt to put down Protestantism by force caused great bitterness and many good men lost their lives. Under Elizabeth the pendulum swung back and things became more and more difficult for the Catholics. The life of many priests ended on the scaffold, and during Elizabeth's reign one hundred and eighty-three Catholics were put to death.

Matters were not made any easier for English Catholics by the Pope who in 1570 declared that Queen Elizabeth was a heretic and that Catholics were no longer bound to obey her. In fact the Pope had no right to make or unmake an English monarch. The great majority of English Catholics continued to obey the Queen as their lawful sovereign, but the harm was done. For years, if not centuries, afterwards Catholics were regarded as disloyal and un-English, and the Pope was looked upon as a foreign bogeyman. Catholics – or 'Papists', as they were called contemptuously – were not allowed to hold any public position, and they were liable to fines, imprisonment and even death.

The last Catholic to be condemned to death for his faith was executed in 1681. After that, Catholics were allowed to practise their religion in private, but they were by now a tiny minority.

The 'old faith' was mainly kept alive on the country estates of Catholic gentlemen who kept a chaplain in their house to say Mass for the family and servants. It was not until 1829 that the Emancipation Act was passed which gave Catholics back most of their civil rights.

THE 'SECOND SPRING' In the 1840s things began to change rapidly, mainly due to the large increase in immigration from Ireland. The native Irish had remained steadfastly faithful to the Catholic religion, and English attempts to crush it had met with stubborn resistance. Now the disastrous potato famines of the 1840s drove more and more Irishmen and their families to England in search of work and food. Large immigrant communities sprang up in the industrial areas of Lancashire, the West Midlands and South Wales. In time, Catholic churches were built to provide for their spiritual needs. Like many immigrants, the Irish did not mix much with their English neighbours but lived a separate social life. The parish priest was not only their spiritual leader: they trusted him in a way they did not trust the official authorities, and so he became their spokesman. His word was law.

At about the same time a crisis in the Church of England brought a number of young university men into the Catholic Church. During the 1840s a group of clergymen at the University of Oxford (the 'Tractarians') became convinced of the need to turn the Church of England away from Protestant tendencies and back to Catholic tradition. Most of them remained within the Church of England, but in 1845 one of their leaders, John Henry Newman, caused a sensation by joining the Roman Catholic Church. Educated Englishmen could not understand Newman. For them, Roman Catholicism was a religion for foreigners and immigrants, not for gentlemen.

Newman was followed into the Roman Catholic Church by other English 'converts', and there were high hopes of a 'second spring' of the Catholic faith in England. In 1850 the Pope appointed the first Catholic bishops in England and Wales since the Reformation – an act which triggered off a wave of anti-

Catholic protest, the last of its kind. From now on, Catholics were accepted as loyal members of society. Within the Catholic community there were three rather different groups, who took some time to grow together: the old English Catholics, the Irish, and the newer converts. The old English Catholics were by nature rather reserved: they disliked any kind of showiness or display of emotion in church. The converts, on the other hand, reacted against the Church of England by being 'more Roman than the Romans'. They had more in common with the Irish (by far the most numerous of all three groups) than with the old English Catholics.

1895 saw the building of the great Roman Catholic cathedral at Westminster. The Archbishop of Westminster is the leader of the Roman Catholic community in England and Wales.

THE PRESENT SITUATION   During the past century, the Roman Catholic Church in England and Wales has grown enormously in size until it now numbers nearly six million (with another eight hundred thousand in Scotland). The various elements within the Catholic community have been welded together over the years and the old divisions are scarcely visible. Many English Roman Catholics have Irish names, inherited from parents or grand-parents or great-grandparents who came originally from Ireland, but their roots are now in England. Meanwhile other Catholic immigrants have come – among them Poles, Ukrainians and Italians. On the whole these new immigrant communities live a separate life of their own.

The greatest change in the Roman Catholic Church has come within the last decade, since the second Vatican Council (1962–1965). The council was called by Pope John XXIII so that the Church could take stock, and renew itself to meet the needs of a rapidly changing world. Until then the Roman Catholic Church had almost prided itself on its resistance to change: its attitudes, its organisation, its worship remained basically the same as they had been for over four hundred years. Then suddenly everything began to change. The Mass, which had always been in Latin, was now translated into English. Church

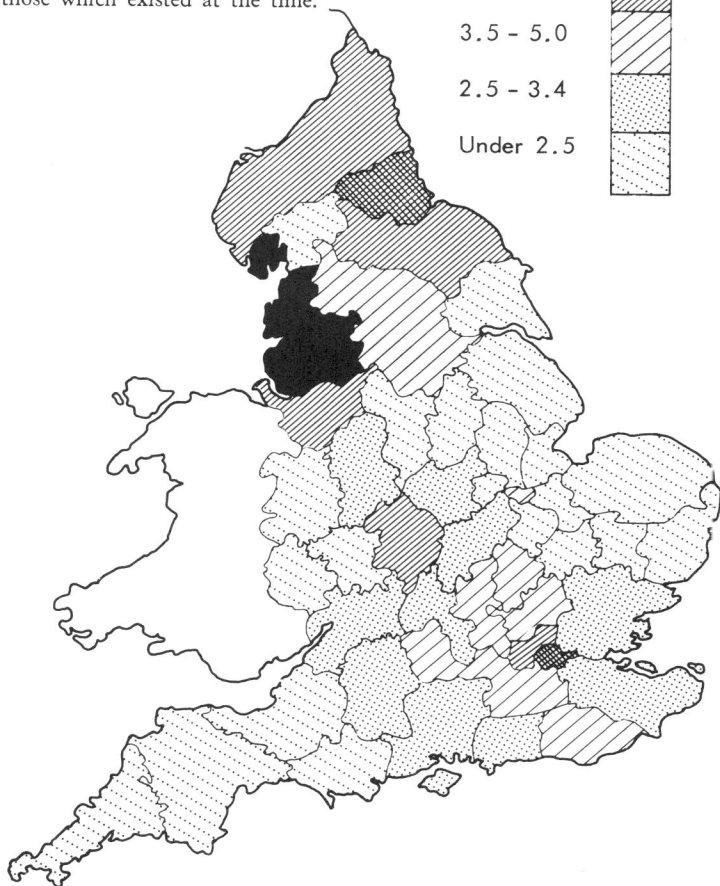

THE DISTRIBUTION OF THE
ROMAN CATHOLIC POPULATION IN ENGLAND.

The map is based on a survey of Mass
attendance during 1962. Those attending
Mass at Roman Catholic churches are
shown as a percentage of the total
population. The county boundaries are
those which existed at the time.

Over 7.0

6.1 – 7.0

5.1 – 6.0

3.5 – 5.0

2.5 – 3.4

Under 2.5

19

buildings were rearranged. Old rules and regulations were swept away. Problems and difficulties were discussed more freely, and old attitudes were questioned.

The change – some called it a revolution – disturbed many older Catholics who were bewildered by the sudden disappearance of familiar traditions and landmarks. But the Vatican Council has made the Church more open and flexible. Most important of all, the Roman Catholic Church is now co-operating actively with other Christian Churches in the search for unity.

Think about . . .

Does the Roman Catholic Church have a special character? How does this differ from the character of other Christian denominations?

How can the various Christian churches come together without losing their individual qualities?

'He who loves Christianity better than truth', wrote Coleridge, 'will proceed by loving his own sect of church better than Christianity, and end by loving himself better than all'. What did Coleridge mean?

Make a special study of one of the saints of the Roman Catholic church. You could choose from one of the following:

Ignatius Loyola (and the beginnings of the Society of Jesus)

Francis Xavier (and his missions to India and Japan: see the map on page 11)

Vincent de Paul (and his work among the galley slaves and the poor)

Bernadette Soubirous (and the story of Lourdes)

Teresa of Avila.

The map on page 19 shows the distribution of Roman Catholics in England. Which are the areas in which they are most numerous? Can you find any historical reasons why this is so? The chapter on Irish immigration in Peter Speed's book *Social Problems of the Industrial Revolution* (Pergamon Press 1975) may be useful here.

3

A
Guided
Tour

A visitor to a Muslim Mosque has to take off his shoes before entering. We do not have to take off our shoes when we enter a Christian church, but we should go in with care and respect. A church is not a museum: it is a holy place of contact between man and the invisible God.

THE ALTAR   The most important part of a Catholic church, as of many other churches, is the altar. Here, every day, the priest performs the most important act of Catholic worship: the Mass. At every Mass the priest repeats what Jesus Christ did and said at the Last Supper on the night before he died. There, St Matthew's gospel tells us, Christ took bread, blessed it and broke it, then gave it to his disciples with the words: 'Take this, all of you, and eat it: this is my body which will be given up for you'. Then he did the same with a cup of wine. 'Take this, all of you', he said, 'and drink from it. This is the cup of my blood. . . . Do this in memory of me'. The Mass begins with readings from the scriptures – that is what the reading desk (beside the altar) is for. Then comes

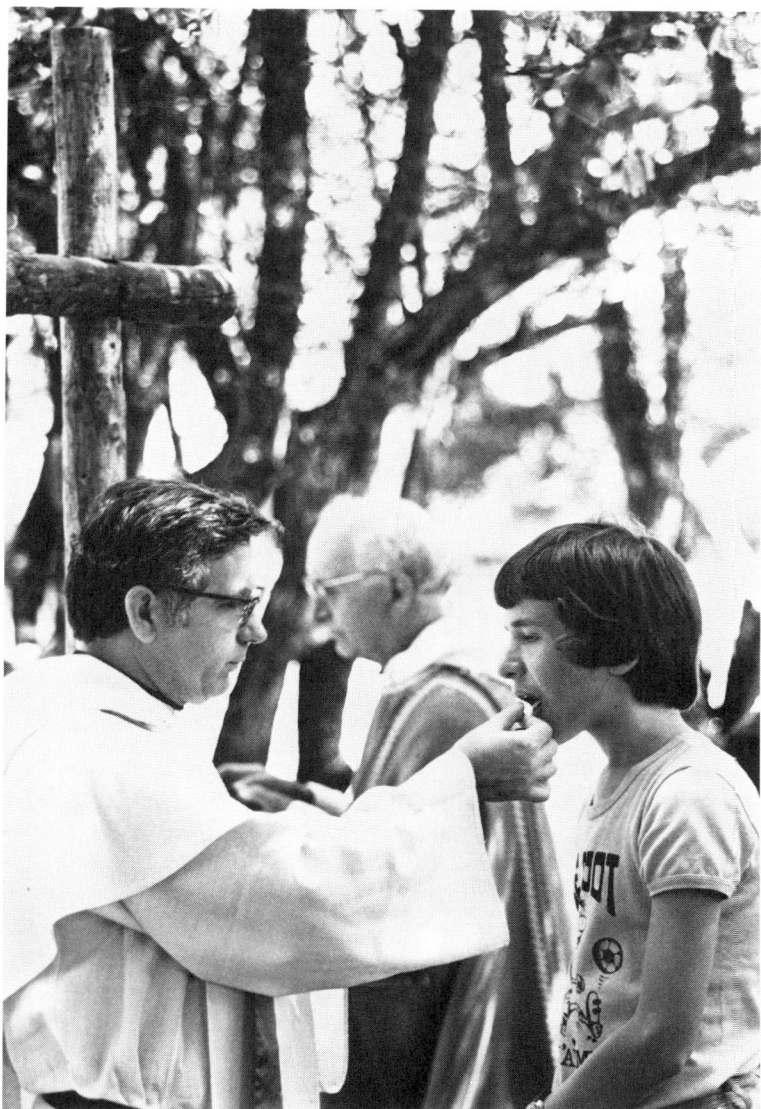

Receiving Communion at an open-air Mass.

the offering of bread and wine. Catholics believe that Christ's words 'This is my body' and 'This is my blood' are to be taken literally, and that inwardly the bread and wine really become the body and blood of Christ, even though they keep the appearance and properties of bread and wine. So after the words of consecration what is being offered to God is no longer bread and wine but Jesus Christ himself. That is why the Mass is a sacrifice, and that is why it is celebrated at an altar.

But the altar is also a table, because the Mass ends with a meal. The Church encourages people to 'receive Communion' whenever they attend Mass. Over the years it has become customary for Catholics to receive only the bread, without the wine, and nowadays the bread takes the form of thin round wafers.

The altar is now usually positioned immediately in front of the people, and the priest stands on the other side facing them so that they can follow the action of the Mass closely. Until recently the altar was right up against the eastern end of the church, and the priest celebrated Mass with his back to the people. Bringing the altar forward is designed to make the Mass more of a community act of worship. Some modern Catholic churches are even built in circular form, so that the congregation surrounds the altar.

THE BLESSED SACRAMENT Some of the consecrated bread is always kept locked in a wall cupboard or 'tabernacle' behind the altar or in a side chapel, and you will nearly always see a light burning near the altar to show that what Catholics call the 'Blessed Sacrament' is present. Thus the church is not only a meeting house for services on Sunday: it is a place where people came to pray throughout the week in the firm belief that, in a special sense, Jesus Christ is present there in the sacrament.

This devotion to the sacrament of Christ's body has been very strong in recent centuries. The fact that two colleges at Oxford and Cambridge are called Corpus Christi (Latin for 'the body of Christ') shows that the devotion was already strong in late medieval times. Many parishes have a procession on Corpus

Christi day in the early summer to pay honour to the sacrament: in Catholic countries the priest or bishop carries the sacrament through the streets, and the people follow with music and hymns.

Until recently nearly every Catholic parish had an evening service of Benediction, when the consecrated host was placed on the altar, for everyone to see, in a holder ('monstrance') of precious metal. It was a way of honouring Christ in the sacrament, and the service ended when the priest solemnly blessed the people with the monstrance. In recent years this service has become less common.

THE FONT The font is where membership of the Church begins. From New Testament times Christians and their families have been baptised as a sign that they belong to Christ (Acts 16:15 and 33). Like the Church of England, the Roman Catholic

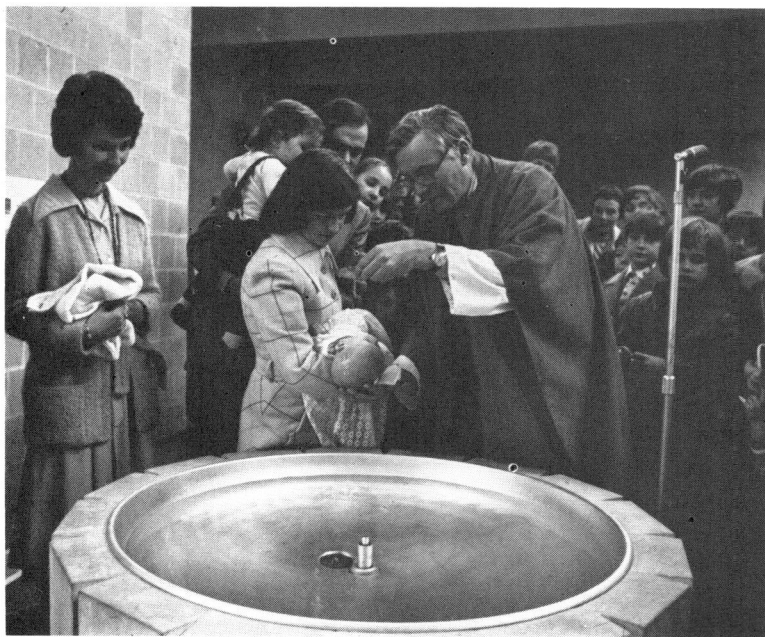

The Church welcomes a new member.

Church has long since adopted the practice of infant baptism. The parents come to the church and ask for their child to be baptised, and they take on the responsibility of bringing the child up in the knowledge and love of God. The baby of course is not in a position to make any promises: the promises are made in the baby's name by parents and godparents. The personal decision will come many years later as the baby becomes an adult and can freely accept or reject what was said and done here at the font in his or her name.

THE CONFESSIONAL   The sacrament of the Eucharist is received at the altar, and the sacrament of baptism is received at the font. The sacrament of Penance can be received anywhere but it has become customary over the years for Catholics to confess their sins in the privacy of the confessional, which is simply a partitioned wooden box with a screen between the priest and the penitent.

The Church believes that when Christ told his apostles 'Whose sins you shall forgive, they are forgiven', he was passing on to them and to their successors the power to forgive sins in his name. In the early Church when a Christian committed a serious fault he had to do public penance, but later on the practice of private confession became more widespread. Rightly used, the sacrament of Penance provides strength and comfort: it is an opportunity for each individual to compare his way of life with the example of Christ's life, to ask for forgiveness and to renew his Christian life: the priest is there simply as Christ's representative, bringing his understanding and pardon. But the sacrament of Penance has often been badly used. It has been treated sometimes as a kind of spiritual slot machine, dispensing automatic forgiveness. Since the second Vatican Council the Church has tried to give this sacrament back its real meaning and purpose, and in 1975 the form of the sacrament was changed.

THE LADY CHAPEL   On the right of the church as you face the altar you will usually find a chapel or at least a statue of the Virgin Mary – 'Our Lady', as Roman Catholics call her.

Devotion to the Mother of God goes back a long way in the Church's history. There is little we know about Mary's personality, and yet millions of Christians in many countries and over many centuries have found their way to God through her. In the gospel account of the marriage at Cana (John 2:1–11) it was Mary who noticed the embarrassment of her hosts when the wine ran out, and it was she who put in a word for them with her son.

Most Catholic prayers and devotions have grown up spontaneously, and so it is with devotion to Mary. People are sometimes shocked by what they consider to be a devotion that on occasion seems to amount to a kind of worship. But it should be remembered that Christ did not come to save only twentieth-century Anglo-Saxons: there is more than one way of approaching God.

The most popular prayer to Our Lady is the Hail Mary, which begins with the angel's greeting (Luke 1:28): 'Hail Mary, full of grace. The Lord is with thee. Blessed art thou among women and blessed is the fruit of thy womb Jesus. Holy Mary, Mother of God, pray for us sinners now and at the hour of our death.'

This prayer is the basis of the devotion of the Rosary, which was first made popular by St Dominic many centuries ago. While reciting this prayer Catholics meditate on the inner meaning of the main events in the life of Christ and of his mother.

STATUES AND IMAGES   Throughout Christian history the mother of God has been a favourite subject for artists and sculptors. She has been seen in happiness and in sorrow, as the young mother nursing her baby, or as the suffering mother holding her dead son in her arms as he is taken down from the Cross. Nowadays in Catholic churches the statue of the Virgin is often a mass-produced and rather sentimental object, but a statue does not have to be great art in order to inspire genuine prayer.

Probably the most conspicuous image in the church will be the figure of Christ on the Cross – the crucifix. We are so used to the crucifix that we forget how extraordinary it is, this image

A wayside shrine.

28

of a man dying a criminal's death in agony. There have always been Christians who have said that such things are better left to the imagination. In the early Church the 'iconoclasts' ('image-smashers') were against the use of any human picture to represent the invisible, and even today many Christians think that statues and images are no better than idols. The Catholic Church, on the other hand, has always believed that images and statues have their use as starters, to help the mind and heart off on their journey of love towards God.

Most Catholic churches contain other statues, too. Perhaps there is a statue of the church's patron saint, or one of St. Joseph or a statue of the 'Sacred Heart'. Throughout the history of the Church, people have thought of Christ in different ways: as a suffering victim on the cross, as a king or as a shepherd. Devotion to the heart of Jesus centres round the idea of his love for mankind – the heart being the sign or symbol of this.

Along the side walls of the church are fourteen pictures of the events of Christ's suffering and death – from the time he was condemned to death to his burial. These 'Stations of the Cross' are a way of following Christ on his journey: at each 'station' or 'stopping-place' one pauses to meditate in prayer on the mystery of Christ's suffering. It is common to 'make' the Stations of the Cross during the season of Lent and Passiontide which leads up to Easter.

RELIGIOUS OBJECTS   There are many other details in a Catholic church which deserve attention: the holy water, for instance, with which people make the sign of the cross as they go in and out of church. Or the colour of the vestments and altar hangings: red, green, white, purple and black – each with its own meaning. (For an interesting explanation, see page 151 of George Ferguson's book *Signs and Symbols in Christian Art*.) At one level such things may be regarded as mere decorations, and so they are, if taken by themselves. Yet such things as flowers and lights and bells and incense may help to create an atmosphere of religious mystery to start the spiritual beginner off on a voyage of prayer. This is the experience of Hinduism as well as of

Catholicism, that man reaches the invisible through the visible.

In any case the movement in the Catholic Church today is towards plainness and simplicity. Because of this some people say the Catholic Church is becoming more 'Protestant'.

Think about . . .

"The child who is baptised as an infant is being set on a direction that will last for his whole life. But he is not being press-ganged. Freedom does not start from nothing: it starts from what we bring to it – our first beginnings, our family, the atmosphere we have grown up in. One day the child can and must make his own free and personal choice." What do you think?

What is prayer? Jesus Christ has left us a model of what prayer should be in his own words. This is the 'Lord's Prayer' (which Roman Catholics sometimes call the 'Our Father'). Study the Lord's Prayer (Matthew 6:9–13) carefully. How does Jesus want his followers to pray, and what are they to pray for?

Carry out a survey of your local Roman Catholic church or churches, including

(a) The name of the church. If it is a saint's name, can you find out more about the saint? If not, what is the meaning of the church's title? It may be necessary to consult a Dictionary of Saints such as *The Penguin Dictionary of Saints* (edited by Donald Attwater).

(b) Architecture. When was the church built, and in what style of architecture? (See the book by Bryan Little listed on page 55.) A ground plan can be drawn, and the church's main features described.

(c) The interior of the church: statues, stained glass, stations of the cross, etc. Try to find out the meaning of each. The book by George Ferguson: *Signs and Symbols in Christian Art* explains the meaning of many religious objects and symbols.

(d) An account of the local church's activities: societies, meetings, etc. Some information about these can be obtained from the parish newsletter or from the notices posted in the porch.

Contact with the local Roman Catholic church and its priest is best made by the leader or teacher on behalf of a group or class. When visiting a church or chapel don't forget you are there as a guest in what is above all a house of prayer.

Roman Catholic newspapers are on sale outside most churches. Make a study of one or more of these. What picture of the Roman Catholic Church do they present? The two main weekly newspapers are *The Universe* and *The Catholic Herald*.

See if it is possible to obtain a recording of Gregorian chant (sometimes called plainsong or plain-chant) – the traditional music of the Catholic Church. Some of this music goes back over fifteen hundred years to the very earliest days of the Church. The words of the Latin Mass and Latin hymns were set to Gregorian music.

4

The Church down the Road

To most people the Catholic Church means the church down the road – the local branch of the Universal Church. In the rural areas of England and Wales Catholic churches are few and far between, but in areas like Merseyside, Lancashire and the West Midlands – the traditional areas of Irish immigration – the picture is very different. (See the map on page 19.) There are sixty-eight Roman Catholic churches in Liverpool alone.

The first visit a Roman Catholic pays to his local church is when he is baptised as a baby, and he returns here each Sunday to renew at Mass the spiritual life which he received at baptism. As a young teenager he comes to receive from the bishop the sacrament of Confirmation to be strengthened in faith, and later perhaps he will come on his wedding day with his bride to receive the sacrament of matrimony. The sacraments which renew the spirit and the sacraments which mark the solemn moments of human existence – birth, marriage and death – are all centred on this place. However ramshackle the local church may look, for the believer it is the house of God and the gate of heaven.

An open-air Mass in France for young holiday-makers.

33

GOING TO MASS   By Church law, Roman Catholics are bound to attend Mass on Sundays and on certain other feasts such as Christmas Day, Ascension Day and the Epiphany (the so-called 'holidays of obligation') which fall on a week day.

Before the Second Vatican Council the Mass was the same in most churches all over the world, and the Latin language was generally used, following a pattern laid down at the Council of Trent in the sixteenth century. The Vatican Council made some changes to the form and the words of this 'Tridentine' Mass and made it possible for Mass to be said in all the different languages of the world. In England, for instance, the regular parish Mass is now said in English. The aim of these changes has been to bring the Mass to the people, so that they can take a more active part. Some traditionalists have resisted these changes and in recent years they have found a leader in the 'rebel' French archbishop Marcel Lefebvre.

The Mass is now much more of a community action, but to have a community action you must first have a community. Many Catholic congregations come from a wide area and may never have occasion to meet each other during the week: they may be drawn from every class and section of society. There are some traditionally Catholic areas where the community spirit is very strong, but in other places it has to be created. There is often more sense of community in the group Masses which are now increasingly popular – for instance when the parish priest comes to celebrate Mass for a group of neighbours in one of their homes. On these occasions the Mass really feels like a family celebration.

GETTING MARRIED   Many people who normally do not go to church very often feel they have missed something if they do not have a church wedding. It is not simply because of the music and the flowers and the confetti and photographs outside the church – underneath all that is the feeling that true love is sacred and the wish to start life together with God's blessing.

The laws of the Roman Catholic Church about marriage have often been considered harsh. The Church has seemed to favour marriages between Catholics, and to put various difficulties in the way of 'mixed marriages', that is to say marriages between Catholics and non-Catholics. Even now permission for a mixed marriage has to be obtained from the local bishop. When an engaged couple go to the parish priest to make arrangements for their wedding, he has to make sure that they both know what kind of responsibilities they are taking on, and that the non-Catholic partner knows something about the teaching of the Roman Catholic Church, particularly as regards marriage and the family. The Catholic partner on the other hand must promise to keep his or her own faith and to see that the children are brought up in the Catholic faith. The purpose of all this is to ensure that possible difficulties are faced before the wedding rather than after. If a husband and wife have different ideas about what marriage and family life are for, then they may fall apart later.

The reasoning behind the Church's rules is logical, though the rules themselves have in the past sometimes been applied unfeelingly. Now things are less rigid. When a Roman Catholic and an Anglican get married, for instance, the wedding can, with permission, be celebrated in the Anglican Church. The building is not important: what matters is that husband and wife know what they are entering into and why.

THE PARISH PRIEST   The ideal parish priest is a man of prayer, a businessman, welfare worker, psychologist, counsellor, conversationalist and handyman all rolled into one. Like the unicorn, this mythical creature does not exist. The real parish priest is an ordinary human being who tries to be all of these things and succeeds in being some of them sometimes.

Before ordination, candidates for the priesthood have a course of training at college or 'seminary' which lasts six years. They must study a wide variety of subjects ranging from scripture and theology to social studies, but practical experience is even more important for the priests than for other people. Throughout the history of the Catholic Church the priesthood has been barred to women, and for many centuries it has been Church law that priests should remain unmarried. It is possible that some time in the future these laws may be changed. Meanwhile the Catholic priest is something of a man apart – with all the advantages and difficulties which that involves.

The parish priest's day begins with Mass – sometimes in the church, sometimes in a local convent or hospital. Afterwards he will bring holy communion to the old or sick people who can no longer come to church. The special Sacrament of the Sick is for those who are seriously ill or even in danger of death, and here the priest anoints the body of the sick person with holy oil to strengthen them in spirit. The priest is a man who frequently comes face to face with death.

Besides visiting the old and lonely, the parish priest has meetings to organise, visitors to see and financial problems to solve. Many Catholic parishes have a school attached to them, and besides that there is the upkeep of the church and the parish hall to see to. And then there are the tramps at the door asking for some money to buy food (how can he ensure that they don't spend it on drink?). Many parishes have to raise a loan to build a church or school, and this means a debt to pay off. This is why some parishes have to resort to organising Bingo sessions or football pools to raise money. It is a question of being, like St Paul, 'all things to all men'.

THE OPEN PARISH   Traditionally membership of the local church is restricted to the parishioners. But there are some priests who see their job as putting the church at the service of all the people in the district.

A recent newspaper report gave an example of the open parish at work in a multi-racial area of West London, not far from London Airport:

> The Presbytery (priests' house), set back from a typical, mainly Asian, shopping street is an open house. Apart from the three priests – usually dressed in slacks and sports shirts and known simply as Michael, Peter and Terry – it houses a young housekeeper and her husband and child, and an

otherwise changing population. It is registered with the police and probation service as a hostel, and may have up to six young people or ex-prisoners staying at any one time. Three tramps have breakfast there each day, and up to twenty-five assorted visitors will sit down to Sunday lunch, served by the priests.

There are parish committees to look after the business side of the parish, to organise social activities like dances, discos and outings, to cope with housing problems in the area, and to plan the church services. The clubs include one for teenagers which organises weekends in different surroundings, where they can get away from the pressures of school or home or work to discuss their problems or simply relax.

The parish priest explained the social set-up of the parish: 'We have a series of concentric rings. There is the Catholic population of whom 50 per cent is Irish. Then there is an Indian ring: quiet, peaceful, law-abiding people who practise their faith. Then there are the West Indians, ebullient people who like to sing and dance. These three types of person we bring together by mixing them up.'

There are of course problems in making the open parish work – particularly in an area where there is still some racial feeling. It is an approach which makes great demands on people's generosity. In particular, the idea of keeping open house is something which most of us find difficult. As one of the priests put it, 'We don't know of anyone yet taking in people in trouble but a lot of people are pleased that we do. Perhaps they like to think we are doing it on their behalf – and anyway it makes it easier to preach about it if you're doing it.'

The parish priest should have the last word: 'Sometimes we are very happy, sometimes depressed. But this is a strangely happy place and we want to keep it that way. If we seem to be a living witness to racial harmony . . . perhaps that may be more truly missionary than tub-thumping about Jesus Christ'.

Think about . . .

Roman Catholic priests do not marry. What are the advantages and disadvantages of this for their ministry?

The priests in the parish described at the end of the chapter keep 'open house'. Could you do this?

Investigate the history of the Roman Catholic church in your district. The local parish priest or the head of the local Catholic school may be able to provide useful advice. Other information will be available from the local history section of the public library.

5

A Nun's Story

One day in September 1946 Sister Teresa, a geography teacher at St Mary's High School in Calcutta, went to the head of her convent with an unusual request. She wanted permission to leave the convent, to give up teaching, and to start work by herself caring for the poor people in the slums of Calcutta. It meant asking special permission from the Church, because without it a nun who has made her final vows may not leave her convent. It was two years before the permission was granted, and then Sister Teresa went out into the unknown. On that first day she had exactly five rupees, no helpers and no nursing experience. It was a leap in the dark.

YUGOSLAVIA TO BENGAL   Teresa Boyaxiu's story began in Yugoslavia, where she was born in 1910, the daughter of Albanian parents. She was brought up in the Catholic faith and was an active member of the local Catholic youth group (or 'sodality') which met for prayer and discussion. This group was in contact with some Yugoslav Jesuit missionaries who had recently gone to work in Bengal, and at the age of eighteen Sister Teresa decided to volunteer for the mission herself. She was to join the Loreto nuns, an Irish order which had a convent in Calcutta, and so she had to go first to Ireland for her training. The decision meant leaving her family and friends and going to a new country with a strange language.

After a year in the Irish convent, Sister Teresa completed her training in India and then started the work at the Loreto convent in Calcutta which she was to continue for the next twenty years. It was a quiet, ordered life of prayer and teaching – and Sister Teresa was a very good teacher. For some years she was head-mistress of the school. Yet gradually as the years went by she became convinced that something more was being asked of her. The girls who were lucky enough to go to the convent school had parents and teachers to care for them, but outside in the dirty, crowded streets of Calcutta there were thousands of people who were dying of neglect and starvation. Calcutta has been described as a 'human ant-heap'. Sister Teresa did not think of people as ants but as human beings.

LEAP IN THE DARK   When she left the Loreto convent Sister Teresa laid aside the Loreto habit she had worn for twenty years, and put on the white sari which Indian women wear. This sari, with a special blue border and a cross on the shoulder, was to be her new habit, and the habit of the new congregation of sisters which she was soon to start. Then, after a short period of medical training, she opened a little school in the slums of Calcutta. There were only five children in the school on the first day (today there are over five hundred). She began by teaching them the alphabet, because though they were quite old the children had never been to school before. She taught them basic lessons in health: how to wash themselves, for instance. And so the work grew. Gradually Sister Teresa was joined by others: the first ten girls who came to help her were all old pupils of hers from the Loreto School.

In 1952 Sister Teresa started a new venture: a home for the dying. Calcutta was a city plagued by disease and starvation, and the city authorities could not cope with the problems of looking after them. Some people who belonged to the class of 'untouchables' were even turned out in the streets to die. Once Sister Teresa picked up a woman who had been half eaten by the rats and ants in the hot, dirty street. She decided she must have a place where she could bring such people, and so the authorities gave her a disused temple. Some of the outcasts who are brought here eventually recover, but for the others this is a place where they can die in peace and dignity, with the sisters to care for them. The home for the dying has taken in over twenty-three thousand people from the streets since it first started.

Five years later the sisters began yet another kind of work. Five lepers came to them to ask for shelter: they had been thrown out of work, and no-one would take them in. Leprosy is worse than a serious disease in India, because many people still look on it as a disgrace. Men and women who catch the disease are often turned out of their homes and become social outcasts: they have to live by begging and wander from place to place with no-one to care for them. The five lepers who came to the sisters were taken in, and in eighteen years their numbers have grown to ten thousand. The doctors and sisters who look after them are specially trained for the work, and if people come in time there is a good chance that they will be cured. The Indian Government has given the sisters some land for building a rehabilitation centre where the lepers can be trained at jobs, so that they can go back and earn their living in society.

A NEW BRANCH   Sister Teresa is now Mother Teresa, the head of the new congregation of sisters which she founded, the Missionaries of Charity. Like other religious congregations the sisters take three vows of poverty, chastity and obedience. The Missionaries of Charity take the vow of poverty very seriously indeed, because they believe that to work among the poor they must be poor themselves. They also have a special fourth vow of their own – to give wholehearted free service to the poor. This means that they cannot work for the rich, nor can they accept any money (from the government, for instance) for the work they

Mother Teresa

do. They depend entirely on what they receive from charity, and this comes from all over the world. The contributions of British school children, for example, pay for the bread which the sisters take with them every day into the streets of Calcutta.

The life of a Missionary of Charity is not an easy one. If a girl wants to join the congregation she spends six months first as an 'aspirant' – looking at the work of the sisters to see if this is really what she wants to do. If it is, she spends a total of two and a half years in training before she takes her first vows, and must wait some years after that before she is allowed to take final vows. The aim of the training is not to produce nurses or teachers or doctors but to provide inner resources of love and faith. 'The biggest disease today' says Mother Teresa, 'is not leprosy or tuberculosis but rather the feeling of being unwanted, uncared for and deserted by everybody'.

A day in the life of the Calcutta sisters begins at 4.30 a.m. with prayers and meditation followed by Mass in the chapel. Then they set to with the washing and cleaning before breakfast. After that they all go off to their different jobs – some to the home for the dying, others to the lepers, others to schools and medical dispensaries, and others to look after the unwanted babies and children who have come into their care (some of whom are even picked out of dustbins). The sisters have Indian and European 'co-workers' to help them: some of these are specialist doctors and nurses, while others are just ordinary people (Hindus as well as Christians) who are prepared to lend a hand. The Missionaries of Charity have spread to twenty-five cities in India, and in the last ten years they have opened new centres in Venezuela, Sri Lanka, Tanzania, Australia and Jordan. In 1968 they even came to Rome to open a centre in the slums there.

THE RELIGIOUS ORDERS The story of Mother Teresa is an old one in the history of the Catholic Church. Every century has produced its Mother Teresas, men and women of outstanding faith and character who can move mountains. Gradually they attract followers to help them in their work, and a new religious order or congregation is born. The real problems begin when the founder dies, for as time goes by the original vision and the original spirit may easily get lost. Perhaps this is why Mother Teresa invented her special fourth vow for the Missionaries of Charity. Other congregations which were originally founded to teach the children of the poor have ended up by running schools for the well-to-do. She is determined that this will not happen to the Missionaries of Charity.

The Missionaries of Charity are only one of the latest in a long line of religious congregations, some of which go back hundreds of years. The 'habit' or dress of a religious order or congregation is often a clue to its age: for instance the tunic and hood of Franciscan friars, which now looks like a historical costume, was the ordinary dress of a poor man in the thirteenth century. Since the Second Vatican Council many religious orders have brought their dress up-to-date: some nuns, for instance, have laid aside their picturesque starched headdress and now wear a simple veil. Some modern communities wear ordinary dress and their members work in factories and offices. The old saying is still true: 'It is not the habit which makes the monk'.

There is something for everybody in the religious orders and congregations of men and women in the Catholic Church. The older 'orders' go back to medieval times. The Benedictines (known as 'black monks') have their abbeys, where the daily worship of God is carried on with great care and reverence. Most of the English Benedictine abbeys have schools attached to them where the monks teach. The Cistercians ('white monks') follow a stricter rule of life, and they combine a life of prayer with manual work. Then there are the orders of friars, like the Franciscans (originally the 'grey friars') and Dominicans ('black friars') whose main work is preaching. Until the reformation most religious orders were anchored to their monasteries, but the changing times brought about the need for more active 'religious' who would be ready to go anywhere and to do a variety of tasks in the service of the Church. The Jesuits were the first of the many active congregations of men and women which have since been founded to meet every kind of need: teaching, nursing, missionary work and caring for the old or handicapped. But there are still many 'contemplative' monks and nuns who lead a hidden life of prayer. Carmelite nuns, for instance, never leave their convent: theirs is a life of strict self-discipline and union with God through meditation.

The 'contemplative' and 'active' orders reflect two different approaches to the Christian life. For a few, God is to be found in solitude, away from the world, while for most he is to be found in the world of everyday life.

Think about . . .

Christ said that it was easier for a camel to pass through the eye of a needle than for a rich man to pass into the kingdom of heaven (Matthew 19:24). What did he mean? Does the story of Mother Teresa throw any light on this saying? Is Christianity possible in a prosperous consumer society?

'The more you spend your personality, the richer it becomes'. How can this be true?

Find out if there is a monastery or convent in your area. The teacher or group leader may then be able to arrange for a member of the community to come and give a talk about their life and work. This could be followed up by a study of this particular religious society or congregation. When and where did it start, and who was the founder? How has the congregation adapted itself to modern circumstances?

6

A Pope's Story

On 9 October 1958 Pope Pius XII died. He had been Pope for nineteen years – a whole generation – and for many people he was simply 'the Pope': they could not imagine any other. He was a man whom people respected, though they did not know much about his personality.

Just over a fortnight later the fifty-one cardinals of the Roman Church came together from all over the world to elect a new Pope. In accordance with the old custom they met in a special part of the Vatican Palace, which was then sealed off from the outside world. The doors were locked: they would not be opened again until one of the cardinals inside the 'conclave' was elected by a two-thirds majority.

Outside the world watched and waited. As usual, the people of Rome showed a lively interest in the proceedings. Crowds gathered in the vast square outside St Peter's, hoping for news of the result. It is very unusual for a Pope to be elected on the first, or even the second or third ballot. (In 1740 the Cardinals took five months to reach a decision.) When the ballot produces no clear result it is customary to burn the ballot papers with a mass of damp straw, thus producing a lot of black smoke. When the ballot finally produces a two-thirds majority the papers are burned without straw, and the result is a thin greyish smoke. Outside in St Peter's square all eyes are on the chimney, therefore, for signs of what is going on inside. But on this occasion the smoke signals got mixed up, and the result was confusion.

At last on the afternoon of Wednesday 28 October the senior cardinal came out on to the balcony of St Peter's to give the news. 'We have a Pope', he announced. The cardinals had chosen Angelo Giuseppe Roncalli, a seventy-six year old Italian, who now took the name of John. The very name was unusual. There had not been a Pope John for over six hundred years, and the last one – Pope John XXII – had not been a great success. Angelo Roncalli chose the name John because it was his father's name and because St John's was the name of the village church where he had been baptised. It was also the name of the two saints who were closest to Jesus Christ: John the Baptist and John the Evangelist. In his first words after his election Pope John XXIII echoed the words of St John: 'My children, love one another'. It was to be the keynote of his four years' reign.

Angelo Giuseppe Roncalli was born in 1881, the son of a poor farmer living near the north Italian town of Bergamo. The people in this part of Italy are completely different from what many English people imagine Italians to be. They are sturdy, hard-working and independent, sober but humorous. Angelo had eleven brothers and sisters, and family life was simple. 'There was never any wheat bread on our table', he later recalled, 'only polenta (a kind of maize). No wine for the children and young people, and meat only on rare occasions. Only at Christmas and Easter did we have a slice of home-made cake'. Though Angelo's father was later able to move the family to a larger house, he was never a rich farmer. In later days the son once said jokingly: 'There are three ways of ruining yourself: wine, women and agriculture. My father chose the dullest'.

It was natural that Angelo, as the cleverest of the boys, should soon be thought of as a future priest. In those days a poor Italian country boy had little chance of getting a secondary education or of 'rising' in the world unless he became a priest. Not that the priesthood was regarded as a career. It was seen as an honour,

Pope John at prayer.

which involved responsibilities and sacrifices. Future priests were sent away at an early age to begin their studies, and in fact Angelo was only nine when he started at the local seminary. It sounds a grim system and yet it produced many good and dedicated men like Angelo Roncalli. Seminary discipline was strict and, by our standards, narrow: the students were not allowed to read newspapers, for instance, and they were only allowed to read approved books. But it did not break the spirit of Angelo Roncalli. He was a healthy, good-natured young man with the jovial spirits of a farmer's son.

After ordination as a priest Roncalli worked in his home town for a while and during the First World War he did his military service at an Italian army hospital. When he was forty-four he was appointed to a job in the Vatican diplomatic service. The Pope, like other rulers, has a representative in nearly all the countries of the world. It is the task of this representative to be a link man between the Vatican and the nation's government, so the job calls for tact, friendliness and patience. Roncalli was posted first to the out-of-the-way country of Bulgaria where he spent nine rather lonely years looking after the poor and scattered Catholic population. This was followed by ten years in Istanbul, where he acted as the Pope's representative to Greece and Turkey. He was so successful there during the difficult period of the Second World War that in 1944 he was given the important post of representative in Paris. Finally in 1953 at the age of seventy-two he had his reward for these years of wandering, for in that year the Pope brought him back to Italy to be the Cardinal Archbishop of Venice. At last he could end his days in the work he had always wanted – the work of a pastor.

In fact his real work did not begin until almost five years later when he was elected Pope at the age of seventy-six, a time of life when most people have long since retired.

Many people thought that a 76-year-old Pope would simply be a stop-gap. They were wrong. John XXIII was an old man in a hurry.

People were used to the Pope being a rather remote person – someone to be seen from a distance, when he appeared on the balcony of St Peter's, for instance. But Pope John had no intention of being a prisoner in the Vatican. He went out and about among the people. One of his first visits was to Rome's biggest prison. 'You cannot come to me', he told the prisoners, 'so I came to you'. On his first Christmas day as Pope he visited two children's hospitals in Rome and went round the wards. One boy told him that he had not yet decided whether he would become a Pope or a policeman. 'I would go in for the police if I were you', came the reply. 'Anyone can become Pope—look at me!'

The secret of Pope John's success was that he remained himself. He saw his job not as that of head of a powerful organisation but as that of a father. This attitude is illustrated by a story which he told of these first days after his election, when he was kept awake at night worrying about a problem: 'I said to myself, "I will ask the Pope about it." Then I remembered, "But *I* am the Pope".'

In 1958 the structure of the Roman Catholic Church was basically the same as it had been for four hundred years. Discipline and organisation were strong. Roman Catholics stood apart from other Christians in rather proud isolation. Outsiders sometimes admired the efficiency of the Roman Church – it seemed to stand for something permanent in a world of change and doubt – but they more often found its official attitudes rigid and stand-offish. There was a barrier between Rome and the rest of the world. It was Pope John who broke down this barrier. As someone else put it, he opened the windows of the Church.

For centuries there had been hardly any contact between Rome and the other branches of Christianity. Now Pope John set about improving relations with his Christian neighbours. For the first time since the Reformation there was a meeting between the Pope and the Archbishop of Canterbury. And there were contacts with the Eastern Orthodox Church – contacts which led eventually to a meeting between Pope Paul and the Patriarch of Constantinople. There were even contacts with the Communist world.

But Pope John's most important decision was to hold a new Council of the Church at Rome. There had not been such a council for a hundred years and it was time, Pope John felt, for all the bishops of the world to meet together. It was time for the Church to take a look at itself, to see what changes were necessary in its ancient structure. The problems in organising the Council were enormous: over 2500 bishops attended from all over the world. But at last, in October 1962, the Council opened with a full session in St Peter's cathedral.

The documents of the Second Vatican Council are not easy reading. Unlike Pope John, the Council did not catch the imagination of ordinary people. And yet it led to a profound change of attitude in the Roman Catholic Church. The Church had too long lived according to a kind of rule-book; now it came down into the market-place of the modern world.

Pope John did not live to see the end of the Council. Perhaps he would not have approved of everything it did. The difficult job of putting the Council's decisions into practice has been left to his successor, Pope Paul VI. In the end perhaps Pope John himself had more immediate influence than the Council. When he died in June 1963 he was mourned by millions not just as 'the Pope' but as a father. He did the job which Christ gave to his predecessor St Peter with the words: 'Feed my sheep'.

Think about . . .

Pope John was seventy-six years old when he was elected. In our country most people retire at the age of sixty-five or even earlier. By making people retire so early do we lose the benefit of the wisdom and experience which old people can give us?

What are the qualities needed in a Pope, especially in the world as it is today?

Prepare a study of the Vatican and the central organisation of the Roman Catholic Church.

Make a special study of the art and architecture of St Peter's Basilica in Rome. The chapter entitled 'Grandeur and Obedience' in Kenneth Clark's book *Civilisation* will be very helpful.

Important Dates

about 67 A.D.	Death of St Peter at Rome.
325	Conversion to Christianity of the Roman Emperor Constantine.
	Christianity now becomes the official religion of the Roman Empire.
about 405	Completion of St Jerome's translation of the Bible into Latin. This version, called the Vulgate, is to remain the Bible of the Church for well over a thousand years.
1054	Separation ('schism') of the eastern Church of Constantinople from the western Church of Rome.
1517	Luther's first public 'protest', the beginning of the Protestant movement.
1534	Act of Supremacy, declaring the King to be the supreme head of the Church of England.
1545–63	Council of Trent.
1570	Excommunication of Queen Elizabeth I by Pope Pius V.
1681	Execution of the last Catholic martyr in the British Isles, St Oliver Plunkett.

1829	Catholic Emancipation Bill.
1845	Reception into the Catholic Church of John Henry Newman.
1845–7	Irish potato famine, leading to the first great wave of Irish immigration into England.
1850	Restoration of the Roman Catholic hierarchy (bishops) in England and Wales.
1870	Entry of the Italian army into Rome, marking the end of the Pope's 'temporal power'. First Vatican Council.
1958	Death of Pope Pius XII and accession of Pope John XXIII.
1962–5	Second Vatican Council.
1963	Death of Pope John XXIII and accession of Pope Paul VI.

Further Reading

The publications of the Catholic Truth Society can be obtained in the porch of almost all Catholic Churches. C.T.S. pamphlets are cheaply priced and provide information about every aspect of Catholic life and teaching.

The Simple Prayer Book published by C.T.S. contains the traditional prayers and devotions of the Church, as well as the basic text of the Mass.

The series *Helping Catholic Parents* gives a simple introduction to the way children are taught about the sacraments.

OTHER WORKS

The Penguin Dictionary of Saints ed. DONALD ATTWATER (Penguin Books 1965).

Christian Symbols, Ancient and Modern by H. CHILD and D. COLLES (G. Bell and Sons 1971).

Civilisation by KENNETH CLARK (John Murray). The chapter entitled 'Grandeur and Obedience' is a key to the understanding of St Peter's in Rome and the men who built it.

The Oxford Dictionary of the Christian Church ed. F. L. CROSS (O.U.P. revised edition 1974). This contains concise information about Christian history, practice, and belief.

Mother Teresa, Her People and Her Work by DESMOND DOIG (Collins 1976).

Signs and Symbols in Christian Art by GEORGE FERGUSON (O.U.P. 1971).

Pope John XXIII by PAUL JOHNSON (Hutchinson 1975).

St Peter's by JAMES LEES-MILNE.

Catholic Churches since 1623 by BRYAN LITTLE (Robert Hale 1966). A detailed illustrated study of the architecture of Roman Catholic churches in England and Wales.

Roman Catholicism in England from the Reformation to 1950 by E. I. WATKIN (Home University Library 1957). A good, detailed history.

The Catholic Directory (published yearly by Universe Publications). Contains information and statistics and lists every Roman Catholic parish in England and Wales.

FILMSTRIPS

The Early Christians Time-Life 'Eternal City' Series, Part 3, 76 frames, colour. Illustrates the history of the Church from Peter and Paul to Charlemagne (800 A.D.). Obtainable from Time-Life International, c/o Edward Patterson Associates Ltd, 68 Copers Cope Road, Beckenham, Kent.

Faiths People Live By: Roman Catholicism 70 frames, colour. Obtainable from Concordia Films, 117/123 Golden Lane, London EC1Y 0TL.

Useful Addresses

The Catholic Fund for Overseas Development provides information about its work to relieve poverty and suffering. The CAFOD Journal is obtainable from CAFOD, 21a Soho Square, London W1V 6NR. Teachers or students applying for copies are asked to give their school address.